Dark Fire
by C.J. Sansom

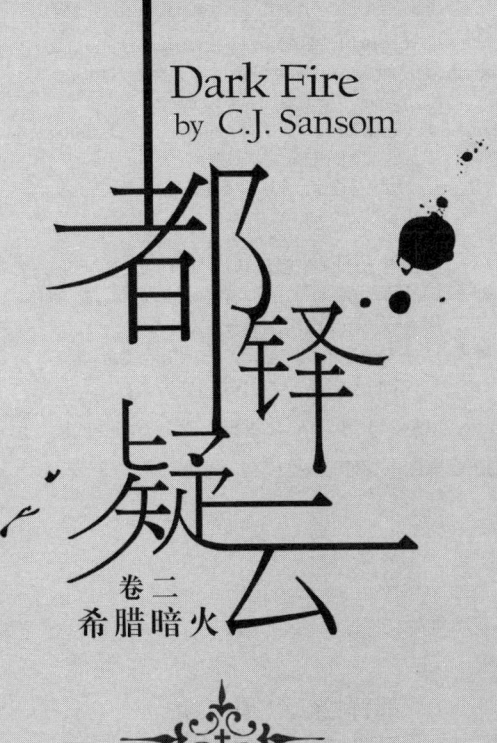

都铎疑云

卷二
希腊暗火

[英] C.J.桑森 著
曹茜、曾真 译

重庆出版集团 重庆出版社

Dark Fire
Copyright © 2005 by C. J. Sansom
Published in agreement with Greene & Heaton Ltd.,
though The Grayhawk Agency.
Simplified Chinese Translation Copyright © 2017 by Chongqing Publishing House Co., Ltd.
All rights reserved.
版贸核渝字（2015）第143号

图书在版编目(CIP)数据

都铎疑云（卷二）/〔英〕C.J.桑森著；曹茜，曾真译.
—重庆：重庆出版社，2017.6
书名原文：Dark Fire（The Shardlake Series）
ISBN 978-7-229-11757-3

Ⅰ.①都… Ⅱ.①C…②曹…③曾… Ⅲ.①推理小说—英国—现代 Ⅳ.①I561.45

中国版本图书馆CIP数据核字（2016）第272425号

都铎疑云（卷二）
DUDUO YIYUN（JUAN ER）
[英]C.J.桑森 著 曹茜 曾真 译

责任编辑：邹禾 龚颖淳 方媛
装帧设计：OCEAN
责任校对：杨婧

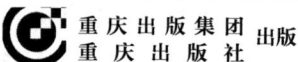
重庆出版集团 出版
重庆出版社

重庆市南岸区南滨路162号1幢 邮政编码：400061 http://www.cqph.com
重庆出版集团艺术设计有限公司制版
重庆鹏程印务有限公司印刷
重庆出版集团图书发行有限责任公司 发行
E-mail:fxchu@cqph.com 邮购电话：023-61520646
重庆出版社天猫旗舰店
cqcbs.tmall.com
全国新华书店经销

开本：890mm×1230mm 1/32 印张：18.5 字数：480千
2017年6月第1版 2017年6月第1次印刷
ISBN 978-7-229-11757-3
定价：76.80元

如有印装问题，请向本集团图书发行有限公司调换：023-61520678

版权所有 侵权必究

伦敦 沃尔布鲁克
温特沃斯家族族谱

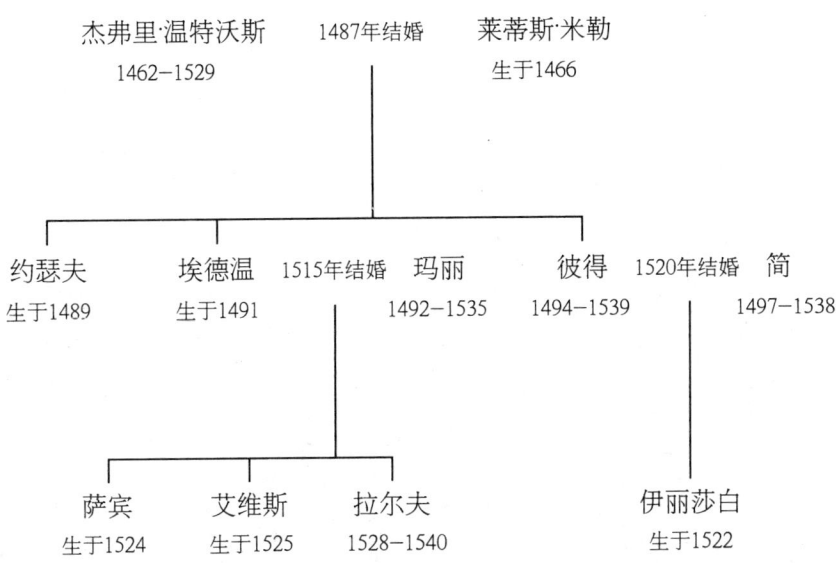

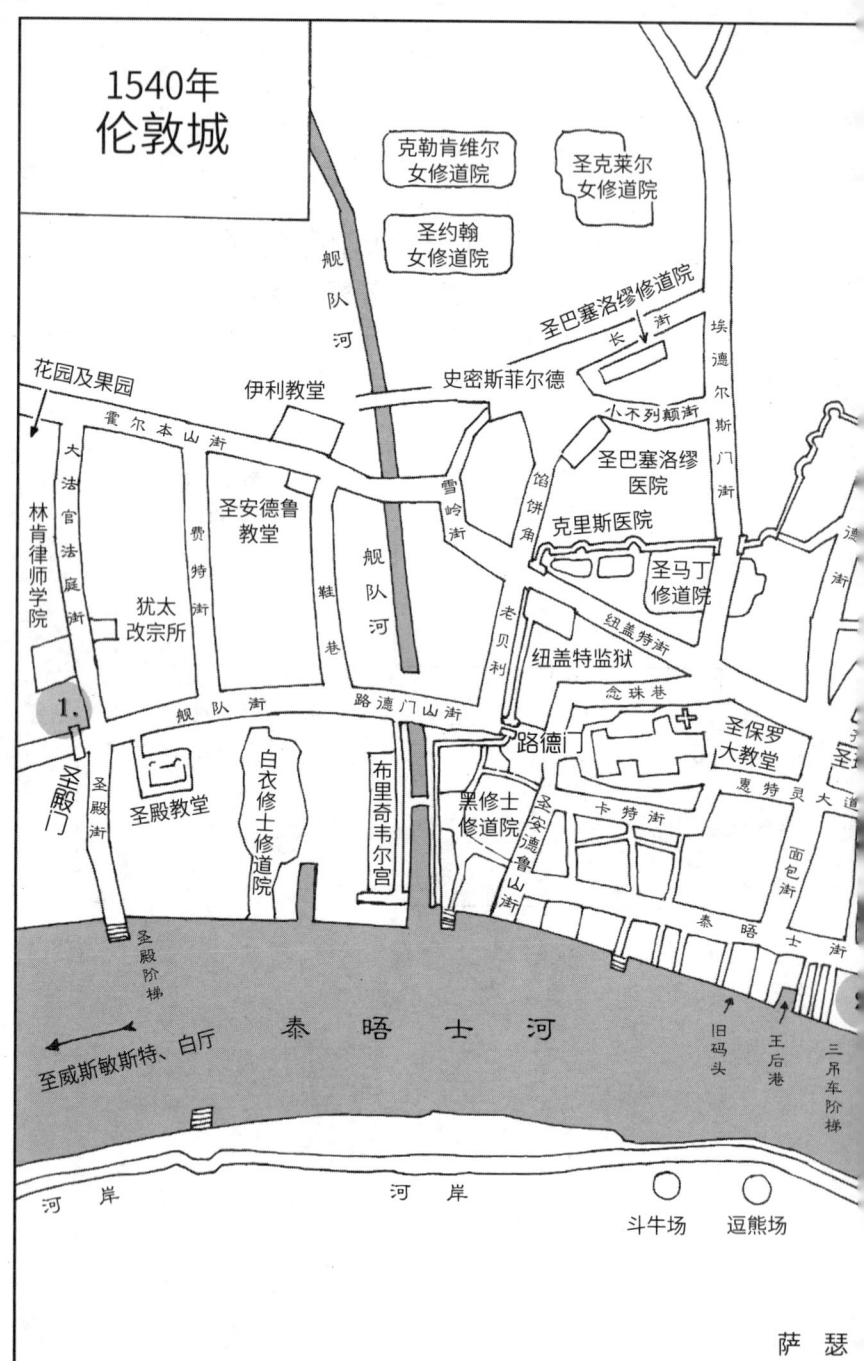

Dark Fire

第一章

　　天光初放之际，我离开了位于大法官法庭街的家，以市议会代理律师的身份前往同业公会大厦商讨一件案子。这件棘手的案子像块石头一样沉甸甸地压在我心上，但当我骑马走过静悄悄的舰队街时，早晨清新的空气还是让我感到一丝振奋。五月末的天气十分炎热，虽然时间还早，火球般的太阳已经悬挂在碧蓝的天空中了，我的黑色律师袍下只穿着一件轻薄的背心。老马"大法官法庭"慢悠悠地往前踏步，看到街道两旁枝叶葱茏的绿树，我不禁再一次想起自己的愿望来：退出律师行业，远离伦敦城喧闹的人群。两年后我就满四十岁了，到了那个年纪，人将开始步入老年。如果业务红火，也许那时我能攒下足够的钱，实现这个愿望。我经过舰队大桥，桥上伫立着两位古代国王歌革与玛各①的雕像。一过大桥，伦敦墙就隐约在望了，我打起精神，朝臭气熏天、纷杂喧嚣的伦敦城进发。

　　到了同业公会大厦，我立刻和伦敦市长霍利埃斯以及市议会的高级律师见了面。市议会曾经以《不法妨害排除令状》②为依据，要求对一个收购了被解散修道院的土地投机者排除妨害。让我感到惭愧的是，这名投机者竟然是林肯律师学院的出庭律师，算是我的同行。他名叫布里克纳普，是个虚伪贪婪的无赖。今年春天，英国最后一座修道院被解散，投机者们为了争夺修道院地产用尽手段。布里克纳普买下了伦敦的一座小型男子修

----

① 先知预言中人类反基督的领袖，同时也是伦敦城的守护神。
② 《不法妨害排除令状》是针对因被告土地上的侵权行为，妨害到原告所占有土地这一类情况的法律条令。

001

道院，但他并没有拆毁教堂，而是把这座建筑物改造成了一所公寓，公寓里乌烟瘴气，脏乱不堪。他还为房客们挖了一个公共粪坑，结果这粪坑是豆腐渣工程，粪坑里的屎尿直接漏进隔壁归市议会所有的公寓的地下室里，害得里面的房客苦不堪言。

市议会命令布里克纳普改建粪坑，可这个卑鄙无耻的家伙却向王座法庭提起诉讼，宣称修道院不受议会管辖，因而市议会无权要求他做任何事。案子一周后就要进行审理。我对市长说出了我个人的看法：布里克纳普赢得官司的概率很小。此人原本是个胆大包天的无赖，只是因为机缘巧合才当上了律师。我很了解这种人，他们一向刚愎自用，宁愿把时间和金钱浪费在毫无把握的争执上，也不愿意像个文明人一样承认自己有错，然后好好地采取补救措施。

我打算沿着来时的路，穿过齐普塞街往回走。行至莱德巷和伍德街的交会处时，我看到一辆装满铅块和瓦片的货车翻倒在伍德街上，将小街堵住了。车上的东西显然来自已经成为废墟的圣巴塞洛缪修道院，一堆长满青苔的瓦片散落出来，铺满了街面。这辆货车很大，拉车的是两匹雄骏的夏尔马，其中一匹被马夫解开马套站了起来，另一匹却侧躺在车辕之间无法脱身。它巨大的马蹄胡乱蹬踢，将瓦片踏得粉碎，扬起片片灰尘。可它越是用力，越是站不起来，几番挣扎之下，它发出惊恐的嘶叫，眼珠直朝着围观的人群转动。我听到一个人说有不少货车为此堵在后面，就快堵到跛子门了。

近来伦敦城里多的是这样的场面，随着许多老建筑被推倒，城中到处瓦砾成堆，大量土地被空了出来。虽然伦敦人满为患，那些指使手下推倒老建筑的朝臣和贪婪的投机者们一时竟不知道该如何处置这些土地。

我调转"大法官法庭"的头，穿过迷宫般的小巷，朝齐普塞街走去，

第一章

沿途的小巷非常窄，有些地方仅能容纳一人一马通过，低矮的屋檐几乎碰到了我的脑袋。虽然时间还早，巷子两旁的作坊已经开了门，小巷里挤满了人，这些人中既有学徒期满的新手工匠、走街串巷的小贩，也有驮着圆锥形大木桶的背水人。伦敦这个月很少下雨，家家户户的水桶都差不多见底了，所以背水人的生意很好。拥挤的人流减缓了我赶路的速度，我骑在马背上，想象着即将到来的那场会面，心里直犯愁：说句实在话，我真不知道该怎么面对那个人，而且依着这样的速度，我铁定会迟到。

现在天气炎热，阴沟里浓烈的臭气直冲上来，熏得我皱起鼻子。一头猪在阴沟里拱来拱去，鼻子上沾满了黄黄绿绿的垃圾，也不知道都是些什么东西。它拱了一阵就失去了兴趣，哼哼唧唧地从"大法官法庭"身旁蹭过去，把它挤到一旁。我气得破口大骂，两个身穿蓝色紧身背心的学徒听到我的叫骂声回过头来，他俩面目浮肿，应该是刚从彻夜的狂欢中归来的。其中一个矮矮胖胖、长相粗犷的小伙子朝我咧嘴一笑，极尽轻蔑之态。我咬紧嘴唇，驱使"大法官法庭"往前走。我知道自己现在是什么模样：一个脸色苍白的驼背律师，黑衣黑帽，别人的腰间或许会佩挂长剑，但我只别着一只笔袋，挂着一把匕首。

终于走到齐普塞街宽阔平坦的路面上了，我长长地舒了一口气。齐普塞市场的摊位四周人头攒动，在颜色鲜艳的遮阳篷下，小贩们争相呼喊着"你需要什么？"或是和戴白头巾的主妇们讨价还价。偶尔也有富家太太带了几个贴身侍从在市场里闲逛，她脸上戴着面纱，以免烈日晒黑白皙的肌肤。

经过宏伟的圣保罗教堂时，我听到一个卖报小贩在高声叫卖。那是一个面容消瘦的年轻小伙，身穿一件脏污的黑背心，腋下夹着一叠小报。他朝人群咆哮着："沃尔布鲁克那个杀害小孩儿的女凶犯被抓进纽盖特监狱了！"我勒住马缰，弯腰递给他一法新。他舔了舔手指头，揭下一张小报递给我，然后继续朝人群叫卖着："这可是今年最恐怖的案件！"

Dark Fire

我在圣保罗教堂投下的巨大阴影里阅读这张小报。教堂周围和往常一样坐满了乞丐——衣衫褴褛、骨瘦如柴的大人小孩倚靠在墙根下，展露出身上的疥疮和残疾，希望获得路人的施舍。我别过脸避开他们祈求的目光，集中精力去看报上的内容。纸上有一幅木版画，描绘着一张女人的面孔——说这女人是谁都行，因为画质实在太粗糙了，就是一张线条潦草的脸上顶着一头乱发。图画下面有两行字：

沃尔布鲁克发生惊天罪案
男童被心怀嫉妒的堂姐残忍杀害

这个月十六号是星期六，当天晚上，在绸布商人同业公会会员埃德温·温特沃斯爵士位于沃尔布鲁克的豪宅里，他的宝贝儿子，一个十二岁的男孩儿，被发现倒卧在花园里的一口井中，脖子折断了。埃德温爵士有两个漂亮女儿，一个十五岁，一个十六岁，她们告诉父亲自己的弟弟是被她们的堂姐伊丽莎白·温特沃斯推进深井里的。伊丽莎白本是个父母双亡的孤儿，埃德温爵士出于好心收留了她，把她带回家中。事发之后，这个姑娘被关进了纽盖特监狱，本月二十九号就要上法庭接受最终审判。如果她不肯在法官面前服法，就很有可能遭受重石压迫的处罚；而如果认了罪，下一个绞刑日一到，她便会被送上泰伯恩刑场。

这份纸张廉价的小报印刷得很粗劣，我才拿了一会儿，指尖就沾上了黑色的油墨。我把小报塞进衣袋里，策马朝主祷文街赶去。现在这个案子已经不是秘密了，随着这些价格低廉的小报在城里流传，杀人事件一定会闹得尽人皆知，势必又将引起一场轰动。不管这姑娘有罪无罪，在如今的情势下，她怎么可能得到伦敦陪审团的公正审判？印刷技术的传播给我们带来了英文版《圣经》，就在一年前，每个教堂都奉命配备了一本；可它也带来了这样的小报，既为背街陋巷的印刷作坊引来了财源，也在无形中

第一章

引导着舆论,但凡上了这种小报的人,要不了多久就会成为刽子手手下的亡魂。古人说得对,这世上的一切,无一不受到腐化堕落的侵蚀。

走回家门前已将近正午了。日上中天,我解下帽带,发现下巴底下有一线黏湿的汗水。在我下马的时候,我的管家琼替我开了门,圆鼓鼓的脸上挂满忧色。

"他来了,"她小声说着,朝身后瞥了一眼,"就是那个姑娘的叔叔……"

"我知道了。"约瑟夫一定是骑马穿过伦敦城赶到这里的,说不定他也看到了那种小报。

"他的情绪如何?"

"挺忧郁的,先生。他现在在客厅里。我给他端了一杯淡啤酒。"

"谢谢你。"我把缰绳递给西蒙,这个男孩儿是琼新近雇来帮助她干家务的,他身材纤细,发色金黄,是个不折不扣的淘气鬼。他牵起马缰,蹦蹦跳跳地往前跑。"大法官法庭"对他还不熟悉,四蹄刨着地面的碎石不肯向前,差一点儿踩到了他的一只光脚。西蒙安抚了它几句,匆匆忙忙地朝我鞠了一躬,把马牵到马棚里去了。

我说:"那孩子应该穿双鞋子。"

琼摇了摇头。"他是不会穿的,先生。他说鞋子会磨破他的脚。我早就对他说过,在一个绅士家里应该穿鞋。"

"那你告诉他,只要他能坚持穿一个星期的鞋,我就给他六便士。"说完我深吸了一口气,"好了,我必须去见见约瑟夫。"

约瑟夫·温特沃斯是个五十出头的老人,身材有点儿发福,面颊红润。他今天穿上了他最好的淡棕色背心。这衣服看来让他很不舒服,因为料子是羊毛的,现在天气这么热,穿这种衣服已经不合适了,所以他这会儿虽然正襟危坐，脸上却是汗出如浆。看他的外表就知道他是什么人了；他是个勤劳的小农场主，在埃塞克斯拥有几块贫瘠的土地。约瑟夫的两个弟弟都在伦敦发了家，但是他一直留在农场。两年前一个大地主想要强行买下他的土地用来养羊，我替他打赢了那场官司。我很喜欢这个朴实的老头，但是几天之前，当我收到他的来信时，我的心还是禁不住往下一沉。说句真心话，我很想坦率地回复他我无能为力，可他写信的口吻是那么绝望无助，让我不忍心拒绝。

一看到我，他顿时面露喜色，快步走上前来，急切地握住我的手。"夏雷克先生！你好，你好。你有没有收到我的信？"

"我收到了。你现在是不是在伦敦暂住？"

"我住在王后港附近的一家旅馆里，"他说，"因为我护着侄女，所以我弟弟不许我住在他家。"他那双淡褐色的眼睛里流露出一丝绝望。"先生，你一定要帮我，求你了。你一定要帮我救救伊丽莎白。"

我决心单刀直入，不再和他绕弯子。我从衣袋里拿出小报递给他。

"约瑟夫，你有没有看过这个？"

"看过。"他抬手抓了抓卷曲的黑发，"可那些人凭什么这么说？既然法庭还没判定她有罪，怎么能一口咬定她杀了人？"

"话是这么说没错，可是现实中人们往往不这么想。"

他从衣袋里抽出一方精致的绣花手帕，擦了擦额头。"今天早上我去纽盖特监狱看过伊丽莎白，"他说，"上帝啊，那个地方很可怕。但她还是不肯开口。"他伸手抹了抹圆鼓鼓的脸颊，脸颊上的胡楂刮得很不干净。"她为什么不开口，为什么？这是拯救她自己的唯一希望。"他用祈求的眼神看着我，仿佛我知道答案似的。我抬起一只手。

"好了，约瑟夫，你先坐下。我们从开头说起。眼下我只知道你在信里说的那些，内容比这张不入流的小报多不了多少。"

他坐到一张椅子上，一脸歉意地说："真不好意思。我不擅长写

第一章

东西。"

"你的某个弟弟就是那名死去男孩儿的爸爸……我没说错吧？而另一个弟弟是伊丽莎白的爸爸？"

约瑟夫点了点头，我看得出他在努力让自己恢复冷静。

"我弟弟彼得是伊丽莎白的爸爸。他少年时来到伦敦，从一个染坊的学徒做起，开始慢慢发迹。他的印染生意做得还算不错，但自从法国对英国实施禁运之后……唉，这几年生意一落千丈。"

我点了点头。英国与罗马教廷决裂后，法国开始禁止对英国出口明矾，而明矾是印染业不可缺少的原料。听说现在就连国王都只能穿黑色长筒袜了。

"彼得的太太两年前去世了。"约瑟夫继续说，"去年秋天，彼得也得痢疾死了，余下的家产只够办他的葬礼，什么也没给伊丽莎白留下。"

"她是他们夫妇唯一的孩子？"

"是的。她原本想到乡下和我一起生活，但我考虑了一下，觉得她还是跟着埃德温好一些。我毕竟是个一辈子没结婚的孤老头，而他家财万贯，还有骑士身份。"他的话音里掺进一丝苦涩。

"小报上说他是个绸布商人，这是真的吗？"

约瑟夫点了点头。"埃德温很有经济头脑。他当年跟着彼得来到伦敦，直接干了绸布贸易这一行。他知道去哪里卖布可以赚取最大的利润。如今他非常富有，还在沃尔布鲁克买下了一座豪宅。说句公道话，埃德温不是个有了钱就忘本的人，当初是他自告奋勇要收养伊丽莎白的，在那之前他已经把我们的妈妈接到了他家……十年前她患了天花，病好之后就失明了，于是埃德温让她搬出了农场。他一直是她最喜欢的儿子。"他抬起头看着我，露出一丝自嘲的笑意，"埃德温的太太五年前去世了，从那以后，他家的家务就由我妈妈管理，虽然她已经七十四岁了，而且眼睛看不见，但是治家很严。"

"这么说埃德温也是个鳏夫?"

"没错。他带着三个孩子生活。萨宾,艾维斯,还有……还有拉尔夫。"

"小报上说两个女孩儿都十五六岁了,比男孩儿要大。"

约瑟夫点了下头。"是啊。她们长得很漂亮,满头金发,皮肤柔滑,就像她们的妈妈。"他凄然一笑,"她们整天谈论伦敦的流行时尚啦,和布商公会里的年轻男人们跳舞啦,总之都是些小姑娘们喜欢的东西。如果上星期没有发生那样的事,她们也许会一直快乐下去。"

"那个男孩儿呢?拉尔夫?他是个什么样的孩子?"

约瑟夫又开始揉搓手帕。"他是他爸爸的心肝宝贝。埃德温一直想要个男孩儿继承他的家业,在生下萨宾之前,他太太玛丽曾经生养过三个男孩儿,但都没等出摇篮就夭折了。她在生下两个女儿后终于生下了一个儿子,而且顺利成活了。可怜的埃德温现在伤心欲绝,也许他太娇惯这个孩子了……"他突然停住了话头。

"你为什么这么说?"

"我不得不说拉尔夫很淘气。从小调皮捣蛋,喜欢捉弄人。他可怜的妈妈从来管不住他。"约瑟夫咬了咬嘴唇,"可他也是我们的开心果,我去年给他买了一套西洋棋,他爱不释手,很快就学会了怎么下,还下赢了我。"从他悲伤的笑容里,我能感觉得到和家人决裂给他带来了多么深重的孤独感。他扛下这一切并不容易。我低声问:"你是怎么得知拉尔夫的死讯的?"

"埃德温给我写了一封信,一个信使快马加鞭,事发第二天就把信送到了我手上。他要我来伦敦参加验尸。按照规矩,他必须亲自检视拉尔夫的遗体,可要是让他一个人去看,他会受不了的。"

"所以你就到伦敦来了,什么时候到的,一个星期以前吗?"

"不错。我和他一起去认了尸。那真是一次可怕的经历。苦命的拉尔

第一章

夫穿着他的小背心躺在一张脏兮兮的长桌上，小脸是那么苍白。可怜的埃德温泣不成声，我以前从没见他哭过。他靠在我的肩头，流着眼泪说：'我的儿子，我的儿子。那个邪恶的女巫。'说了一遍又一遍。"

"邪恶的女巫指的就是伊丽莎白。"

约瑟夫点点头。"之后我们到验尸官法院听取了验尸官的证词。没过多久就听完了，时间短得让我有点儿吃惊。"

我点了点头。"是啊，格林卫做事一向麻利。指证伊丽莎白的人是谁？"

"首要证人是萨宾和艾维斯。看到她们姐妹俩安安静静地站在证人席上，我有种古怪的感觉：我觉得她们被吓坏了，可怜的姑娘们。她们说事发那天下午她们一起在屋子里织挂毯。花园的围墙边有一棵树，伊丽莎白就坐在那棵树下看书，她们可以透过客厅的窗户看到她。过了一会儿，她们看到拉尔夫跑到伊丽莎白跟前，开始和她说话。之后她们听到一声尖叫和咚的一声，像是有什么东西掉到井里去了。她们抬起头来，发现拉尔夫离开了。"

"离开了？"

"应该说不见了。她们立刻跑到屋外。伊丽莎白站在井边，脸上的表情十分愤怒。她们不敢靠近她，但是萨宾问过她发生了什么事，伊丽莎白没有回答。而且，先生，从那以后她就不说话了。萨宾说她们朝井里看过，可是那口井太深了，她们看不到底。"

"这口井还在使用吗？"

"没有，沃尔布鲁克的地下水已经被下水道污水污染很多年了。埃德温找管道工修了一根管子，直接把干净的地下水引进了宅子里，那时他刚买下宅子没多久。我记得是国王迎娶安妮·波琳那年的事。"

"这项工程一定造价不菲吧。"

"埃德温很富有。可他们早该给那口井加上盖子。"他说着摇了摇头，

009

"他们应该盖上它。"

我眼前突然浮现出一个男孩儿在黑暗中不断坠落的画面，尖叫声在潮湿的砖壁间回响。虽然天气很热，我还是禁不住打了个寒战。

"姑娘们说没说接下来发生了什么事？"

"艾维斯赶紧跑去找管家尼德勒。他用一根绳子爬到了井下。拉尔夫就躺在井底，脖子折断了，可怜的小身子还是热的。尼德勒把他背了出来。"

"这个管家在审讯时作证了吗？"

"啊，是，戴维·尼德勒那天也去了。"约瑟夫皱起眉头。我敏锐地觉察到他的不快："你不喜欢他？"

"他这人很没礼貌。我从乡下到我弟弟家串门的时候，他常常用轻蔑的眼神看我。"

"这么说来，根据他们的证言，两个女孩儿都没有亲眼看到发生的事？"

"没有，她们是听到叫声才抬头的。伊丽莎白经常一个人坐在花园里。她……怎么说呢，她和家里其他人的关系……不大好。她似乎特别讨厌拉尔夫。"

"我明白了。"我直视着他的眼睛，"伊丽莎白是个什么样的人？"

他靠在椅背上，把皱巴巴的手帕搁在膝头。"她在某些方面很像拉尔夫。他们都继承了我们温特沃斯家的样貌特征，长着黑头发，绿眼睛。可她又是个特立独行的姑娘。她早逝的父母生前对她非常溺爱，因为她是他们唯一的孩子。这孩子胆子挺大，常常语出惊人，简直不像个姑娘家，而且她喜欢读男人读的书。不过她的维金纳琴弹得好，也很喜欢刺绣。她年纪还小，先生，年纪还小。而且她生性善良……她经常救助街上的流浪猫狗。"

"我明白了。"

第一章

"可是彼得死后她就变了,我不得不承认这一点。这也难怪,她的父母相继去世,之后家里的房子也被卖了。先生,从此以后她就把自己封闭起来,我熟悉的那个热情、健谈的姑娘不见了。彼得下葬之后,当我告诉她为了她能有更好的前途,她最好去埃德温家生活,而不是跟我回乡下的时候,她用一种让我永生难忘的眼神看着我,那眼神里有着难以言喻的愤怒。然后她转身就走了,一句话也没有对我说。"回忆让他陷入痛苦之中,我看到他的眼角有泪光闪烁。他眨了眨眼睛,忍住了泪水。

"她搬到埃德温家之后,过得并不好?"

"的确不好。她爸爸去世后,我到我弟弟家去过几次。我放心不下她。每次去他家,埃德温和我妈妈都说伊丽莎白变得越来越孤僻,越来越古怪。"

"怎么个孤僻古怪法?"

"不肯和家里人说话,天天呆在自己房里,有时候连饭也不吃,更别说好好地穿衣打扮了。要是有人打算责备她,她要么一声不吭,要么就发狂尖叫,让所有人离她远一点儿。"

"这么说她和她三个堂弟妹的关系都很恶劣喽?"

"我想萨宾和艾维斯是被她弄糊涂了。她们对验尸官说她们曾经试图用女孩子喜欢的东西引起她的兴趣,但伊丽莎白只是叫她们走开。她今年十八岁,比她俩稍大一些,但她们都是年纪相仿的小姑娘,应该能玩到一块儿才对。而且她们的社交圈子不是我们这些普通人能比的,能教给伊丽莎白很多东西。"他又咬起嘴唇来,"我希望她能进步,将来有个好前程。可没想到事情会变成这样。"

"你为什么会认为她非常讨厌拉尔夫?"

"这件事我尤其想不通。埃德温告诉我,最近只要拉尔夫一靠近,伊丽莎白就用一种憎恶的眼神看着他,那眼神看了简直叫人害怕。二月的一个晚上,我亲眼见过一次。当时我正和我弟弟一家吃饭,家里人都在,这顿饭吃得很不容易。我们吃的是牛排，我弟弟很喜欢这道菜，他很少特别爱吃什么，那天晚上是个例外。但我看得出伊丽莎白并不喜欢——她摆弄着面前的食物，就是不吃。我妈妈说了她几句，不过她没有吭声。之后拉尔夫好声好气地问她喜不喜欢这牛排，没想到她突然脸色煞白，丢下刀叉就恶狠狠地瞪着他，我怀疑……"

"但说无妨。"

他压低声音说："我怀疑她精神出了问题。"

"据你所知，伊丽莎白真的没有理由憎恨这家人？"

"没有。埃德温对她的举动大惑不解，自从她进了他家的门，他就被她弄得糊里糊涂的。"

我很想知道埃德温爵士家中后来发生了什么，虽然约瑟夫看起来知无不言，但他会不会还有什么事没告诉我？家丑不可外扬，有事瞒着我也不奇怪。只听他继续说："他们找到尸体之后，戴维·尼德勒立刻把伊丽莎白锁在了她自己的房间里，到同业公会大厦给埃德温报信。埃德温骑马赶回家中，尽管百般询问，她还是一句话也不肯说，他只好叫来了巡官。"他两手一摊，"他还能怎么做呢？他担心要是再这么下去，他女儿和我们的老母亲恐怕都会出事。"

"那在审讯的时候呢？伊丽莎白说话了吗？难道她一句话也没说？"

"没有。验尸官告诉她，现在她还有机会为自己辩护，但她只是静静地坐在被告席上，用一种冷漠、空洞的眼神盯着他。她的反应惹恼了验尸官和陪审团。"约瑟夫叹了口气，"陪审团裁定拉尔夫是被伊丽莎白·温特沃斯所杀，验尸官下令把她送进纽盖特监狱，审判时她将面临谋杀指控。因为她蔑视法庭，他还要求把她关进监狱的地牢里以示惩罚。在那之后……"

"之后怎么样？"

"之后伊丽莎白转过头来看着我。只看了一秒钟。她的眼神充满了痛

第一章

苦,先生,再也没有半点儿愤怒,只有痛苦。"约瑟夫再一次紧咬嘴唇,"在她还是个小女孩的时候,她非常喜欢我,常常到农场来玩儿,一呆就是好几天。我那两个弟弟都把我看作没见过世面的乡巴佬,可伊丽莎白却极其喜爱农场,每次一到那里,她做的第一件事就是跑去看我养的动物。"他笑了笑,笑容里有种说不出的哀伤之意。"那时候她才一丁点儿大,天天想尽办法让那些羊啊猪啊陪她玩耍,她可能觉得这些畜生和她的宠物猫狗差不多吧。如果它们不配合,她就哭鼻子。"他抚平了被他撕扯得破烂起皱的手帕,"你知道吗,这手帕是她两年前绣给我的,她为了我绣了好多张。看我把它弄成什么样了。我相信她仍然对我有感情,可早上我去那个可怕的地方看望她的时候,她蓬头垢面地躺在那里,似乎已经放弃一切,一心等待着死亡。不管我如何哀求,她也不肯说一句话,只是用一种空洞茫然的目光凝视着我,仿佛我根本不存在。她星期六就要接受审判了,离现在只有五天。"他的声音重新变得低沉起来。"有时候我甚至在想,她是不是被魔鬼附体了?"

"好了,约瑟夫,现在想这些事根本没有意义。"

他直视着我的脸,眼中满是恳求。"你能帮帮她吗,夏雷克先生?你能救她吗?你是我最后的希望。"

我沉默了一会儿,小心斟酌着接下来的话。"指控她的证据非常有力,足以让陪审团裁定她有罪,除非她说出一些对她有利的信息。"我停顿了一下,接着问,"你真的确定她没有杀人?"

"我确定,"他回答得毫不犹豫,捏紧拳头敲了敲胸口,"我这里感觉得到。她的心地一直很善良,先生,很善良。我知道,在我所有的家人中,只有她的善良是发自内心的。就算她的精神出了问题,圣子保佑,也许真有这个可能,我也不相信她会干出杀死一个小男孩儿的事来。"

我深吸了一口气。"过几天上了法庭,法官会问她认不认罪。如果她拒绝回答,那么依照法律,陪审团将无法对她做出裁决。但是这种情况更加糟糕。"

约瑟夫点点头。"我明白。"

"*Peine forte et dure*,这是法文,意思是强烈而持久的痛苦。她会被关进纽盖特监狱的一间牢房里,铐着锁链仰躺在地上。行刑人会把一块尖利的大石头垫在她背后,把一块宽石板压在她身上。他们会不断地往宽石板上添加重物。"

"但愿她能开口。"约瑟夫呻吟了一声,抬手捂住脸。但是他的反应没能打断我,我决定说下去,我也不得不说下去:他必须知道她将要面对的一切。

"他们会给她少得可怜的食物和水,让她不至于饿死渴死。每过一天,石板上的重物就会增加一点儿,直到她开口求饶,或是被活活压死。当重物的重量达到一定程度,她的脊柱会因为承受不了背后那块石头的挤压而生生折断。"我略微停了停,又说:"当然,也有一些勇敢的人坚持不肯服罪,宁愿选择被压死,因为如果重罪罪名不成立,他们的财产就不会被国家没收。伊丽莎白有财产吗?"

"完全没有。她家卖房子的钱刚够偿还彼得欠下的债务,最后剩的几马克,全都花在了葬礼上。"

"约瑟夫,万一这件可怕的事真是她做的呢,说不定是她一时狂性大发,清醒后又觉得自己罪孽深重,所以才一心求死。你有没有想过这一点?"

他摇了摇头。"没有。我不相信。我不相信。"

"刑事被告人在法庭上没有辩护权,这一点你知道吧?"

他难过地点点头。

"法律给出的理由是,在刑事审判中,定罪证据一向是足够充分的,不需要给予被告请律师的权利。这种规定是很荒谬的,案件的审理多半进行得很快,陪审团常常会偏向于某个人的证言,仅仅依照这些证言做出判

第一章

决。大多数陪审团并不希望把人送上绞刑架,所以他们时常偏袒被告人,但是这件案子……"我看了桌上那张劣质的小报一眼,"被害人是个孩子,而人常常倾向于同情弱者,所以伊丽莎白多半得不到偏袒。她要是想活命,唯一的希望就是在法庭上否认有罪,再把真相一五一十地告诉我。如果她真的因为失去理智而杀人,我会以精神失常为由请求法庭轻判,这样也许还能救她一命。虽然她会被送到贝德兰姆去,但我们可以想办法求国王赦免她。"我嘴上这样说,心里却想,如果要求得国王赦免,只怕约瑟夫把所有的钱花光了也不够。

他猛地抬起头来,我看到他眼中闪烁着希望的光芒。我怔了怔,突然回过神来,原来我刚才在无意中说出了"我会以精神失常为由请求法庭轻判"这句话——这就等于亲口答应了他。

"但是如果她坚持不开口,"我继续说,"那没人救得了她。"

他探过身子,用两只汗津津的手抓住我的手。"噢,谢谢你,夏雷克先生,谢谢你,我就知道你会救她……"

"我先声明一句,我不确定我能救得了她。"我直率地说,说完又觉自己把话说得太重了,于是补充道,"不过我会尽力的。"

"先生,我会付钱的。虽然我没什么钱,但我一定会给。"

"我想我还是去纽盖特监狱看看她的好。还有五天……我必须尽快见到她,不过我得先去林肯律师学院办点儿事,恐怕要花整整一下午。明天一早,我可以在纽盖特监狱旁边的长柄扫帚酒馆和你见面。就定在九点钟吧,你看呢?"

"没问题,没问题。"他说完站起来,把手帕塞回衣袋里,紧紧抓住我的手。"先生,你是个好人,非常虔诚的好人。"

我心中暗想,说我是个容易心软的人还差不多。但是说句心里话,他的赞美让我有些感动。约瑟夫和他的家人都是坚定的改革者,因为我曾经也是,所以我知道这样的人是不会轻易说出这种话的。

"我妈妈和我弟弟都认为她有罪,当我说出想要帮助她的话时,他们暴跳如雷,但我必须找出真相。验尸时出了一件奇怪的事,我当时就觉得纳闷,埃德温也是……"

"是什么事?"

"我们去看尸体的时候,拉尔夫不过死了两天。今年春天虽然炎热,但是等待验尸官查验的尸体都存放在一间地下室中,里面非常阴凉。而且可怜的拉尔夫还穿着衣服。可是尸体竟然发臭了,先生,臭得就像大夏天肉市里一颗没卖出去的牛头。我被熏得恶心想吐,验尸官也一样。我当时还以为埃德温会昏过去。先生,这究竟是怎么一回事?我一直想把这件事弄清楚。这意味着什么呢?"

我摇了摇头。"我的朋友,在这个世界上,我们不理解的事情至少有一半。而这些事往往并不意味着什么。"

约瑟夫也摇了摇头。"可是上帝希望我们找到万事万物的真正含义,他已经把线索给了我们。先生,如果因为没有解决这件事而导致伊丽莎白枉死,那只会让真正的凶手逍遥法外。"

第二章

第二天一大早，我又骑马进入了伦敦城。今天和昨天一样热，齐普塞街两旁坐落着许多小楼，阳光从小楼的菱形玻璃窗格上反射下来，刺得我睁不开眼睛。刑台边的颈手枷今天又派上用场了，一个中年男人站在里头，头上戴着一顶纸帽子，颈间挂了一块面包。颈手枷旁边立着一个告示牌，上面说这男人是个面包师，因为卖面包时缺斤少两才受到这样的惩罚。他身旁散落着几个烂水果，长袍上沾了不少果汁，看上去很是狼狈可笑，但是往来的行人很少去注意他。我看向他身处的地方，心中暗想，或许比起身体的折磨，丢脸蒙羞才是对他最大的惩罚。可我很快就意识到自己错了。当他试图调整姿势的时候，面孔因为痛苦而变得扭曲。他的头和手臂都被刑具束缚着，脖子被迫向前伸，对一个不再年轻的人来说，这样的姿势是很难受的；如果受刑的人是我，我的背不知道会痛成什么样子？想到这里，我不禁打了个寒战。好在这几天我的背很少给我惹麻烦，这可多亏了盖伊。

走过"老驳船"就看到了一条狭窄的小巷，巷子里有一排药剂师开的店铺，盖伊的店铺就在其中。"老驳船"是一栋古老而巨大的房屋，过去十分壮观，如今辉煌不在，被改造成了廉价出租屋。白嘴鸦在倾圮的防卫墙上筑起密集的巢穴，茂盛的常春藤爬满了砖砌的墙面。我一拐进小巷，阳光立刻被高大的"老驳船"挡住了，巷子里十分阴凉。

我在盖伊的店铺前勒住了马缰，不知怎的，我总觉得有人在看我。小巷很安静，大部分店铺还没有开张。我不紧不慢地下了马，把"大法官法庭"拴到店门前的栏杆上，努力装出一副无所察觉的样子，竖起耳朵聆听

身后的响动，然后我飞快地转过身，扫视着半条小巷。

"老驳船"楼上果然有动静。我赶紧抬头，只来得及瞥见一扇窗户里有个黑影一闪而过。窗户的百叶窗正紧闭着，木头窗板被虫蛀得千疮百孔。我凝视了一会儿，内心突然被一种强烈的不安所笼罩。我慢慢转过身，朝盖伊的店铺走去。

店门上方挂着一个招牌，上面写着"盖伊·莫尔顿"，这是店铺的名字，也是店主的名字。大多数药剂师喜欢在橱窗里摆放鳄鱼和其他奇怪动物的标本，盖伊的橱窗里没有这些，只有排得整整齐齐的细颈瓶，每只瓶子上都贴着标签。我在门上敲了几下，推门走了进去。店里像往常一样干净整洁，装有草药和香料的罐子成排摆放在架子上。空气中飘散着一股麝香的气息，这浓郁辛辣的气味把我带回过去的岁月，仿佛我眼下不是在伦敦的一家店铺里，而是回到了斯卡恩西修道院，身处盖伊的诊疗室中。盖伊今天穿着一件药剂师长袍，长袍本是深绿色，但从幽暗的光线中看去近乎于黑色，很容易让人误以为是修士袍。此刻他坐在桌前，身旁坐了一名身材矮壮的年轻人，年轻人的手臂被烧伤了，伤口狰狞可怖。盖伊黝黑瘦削的脸膛上眉头微皱，他全神贯注地从一个小钵里挑出一种药膏，敷在伤口上。一丝淡淡的薰衣草味儿钻进我的鼻子里。盖伊抬起头来朝我一笑，一口白牙闪了闪。

"马修，等我一分钟。"他用他那种含糊不清的口音说道。

"真不好意思，我比约定的时间来得早。"

"没关系，就快弄完了。"

我点了点头，找了把椅子坐下。我看到墙上贴着一张图纸，上面画了一组同心圆，同心圆中央是一个裸体男人，表明人类是由一系列物质组成的。这图案让我联想到一个被束缚在箭靶上的人。图案下面有一张表格，注明了四种元素及其相对应的四种人的性格：土对应忧郁，水对应冷漠，空气对应愉快，火对应暴躁。

第二章

年轻人叹了口气,抬头看着盖伊。"以圣子之名,先生,涂了你的药,我感觉好多了。"

"那就好。薰衣草有冰凉湿润的特性,可以吸走你手臂的燥热。我等会儿给你一瓶,你每天一定要敷四次。"

年轻人看着盖伊棕色的面孔,眼中满是惊奇。"我还从来没听说过薰衣草有这种疗效。先生,在你的家乡,薰衣草就是这样用的吗?也许在那个地方,每个人都会被太阳晒伤。"

"噢,佩迪特先生,你说得太对了,"盖伊一本正经地说,"如果我们不穿上薰衣草做的衣服,全身上下就会被晒伤,变得干瘪焦枯。除了薰衣草,我们也穿棕榈树叶。"他的病人深深地看了他一眼,或许是觉察出了话中的嘲弄之意。我留意到病人那两只蒲扇般的大手上布满了淡淡的伤痕。盖伊起身递给他一个瓶子,微笑着竖起中指。"一天四次,记住了。再往腿上敷一些,治治被那个庸医弄出来的伤口。"

"先生,多谢你。"年轻人起身道谢,"我觉得我的烧伤已经好多了,就在上个星期,伤口被袖子擦到还把我痛得要死呢。谢谢你了。"他从腰带上取下钱包,拿出一枚银格罗特①递给盖伊。待他离开店铺,盖伊转身看着我,轻笑了几声。

"起初人们说出这种话来的时候,我还会纠正他们,告诉他们格拉纳达也下雪,也有四季。可是现在我只会顺着他们的话说。他们从来不确定我到底是不是在开玩笑。不过这样也好,这样他们就很难忘记我这个人了。这个小伙子说不定还会把我的事情讲给他在罗斯柏瑞的朋友们听。"

"他是个铸造工?"

"是的,佩迪特先生刚刚结束学徒期。他是个不苟言笑的年轻人,工作的时候不小心把滚烫的铅水洒在了手臂上,不过我的老方子很有希望治

---

① 英国现已废弃的四便士银币。

好他的伤。"

　　我忍不住笑了。"看来你学到了不少做生意的门道，居然懂得把你的与众不同之处转化为优势。"

　　药剂师盖伊·莫尔顿曾经是莫尔顿的盖伊修士，他原本是西班牙摩尔人，幼年时因为格拉纳达陷落跟随父母逃出了西班牙。长大成人后，他在法国的卢万接受了医学教育，成了一名医师。三年前我奉命到斯卡恩西修道院侦破案件，我们由此成为了朋友。在那段可怕的日子里，他向我提供了无私的帮助。修道院解散后他来到伦敦，我一心想替他谋一份医师职位，可是医学院不肯接纳他，理由是他生着一张棕色面孔，而且从前是个天主教徒。幸好钱可通神，最后我买通了几个人，把他弄进了药剂师行会，如今他已经在这一行做得风生水起了。

　　"佩迪特先生起初去找了一个医师看病。"盖伊边说边摇头，"那个医师把一根灌肠管插进他的腿部，想把他手臂上的疼痛引下来，后来腿上的伤口红肿发炎了，医师却死活坚持说这表明他的疗法起了作用。"他摘下头上的药剂师帽，露出一头卷发，这些头发曾经是黑色的，如今白了一大半。他曾经光秃秃的头顶又长出了发茬，虽然我已经看过不止一次，可是今天看时仍有种古怪的感觉。他用那双敏锐的棕色眼睛细细地打量我。

　　"马修，你这个月觉得怎么样？"

　　"挺不错的。我可是个很听话的病人，每天锻炼两次。我的背最近疼得不厉害，除非是举了重物——我在林肯律师学院不是有间办公室吗，里面的法律文件堆得像小山一样。"

　　"这种重活应该让你的书记员来做。"

　　"他只会把它们弄得乱七八糟。斯凯利先生的脑子和别人不太一样，我担保你以前从没见过他这种人。"

　　他被我逗乐了。"是吗，那有机会我一定要见识见识。"

　　他起身点燃一支蜡烛，霎时间芳香弥漫开来。趁他关上百叶窗时，我

第二章

脱下了背心和衬衣。我不愿意让其他人看到我扭曲的背部,除了盖伊。他让我站起来活动肩膀和手臂,然后站到我身后,伸手轻轻摩挲我背部的肌肉。"很好,"他说,"肌肉不怎么僵硬。你可以穿衣服了。以后要继续坚持锻炼。病人如果知道配合,我们做药师的就省心多了。"

"我也不想再过从前那种日子,天天心惊胆战的,就怕疼痛越来越严重。"

他又用那种锐利的眼神盯着我:"你的心情是不是仍然不太好?我从你脸上看得出来。"

"我原本就是个忧郁的人,盖伊。这种性情已经深深扎根在我身体里了。"我看着墙上的图纸,"世上的每一样东西都是由这四种元素混合而成的,而我体内的土元素太多了,这种不平衡是根深蒂固的。"

他低下黑色的脑袋。"这世上的一切事物都会发生变化。"

我摇了摇头。"对于政局的激荡、法令的变换,我已经越来越没有兴趣了,虽然它们曾经是我生活的中心。自打从斯卡恩西回来,我就变成现在这样了。"

"那段日子很可怕。你难道不怀念从前那种接近权力中心的生活吗?"他犹犹豫豫地问我,"你难道不怀念追随在克伦威尔大人身边的时光吗?"

我再次摇头。"不,我只希望有朝一日可以回到乡下,安安静静地过日子。至于去哪里,我还没想好,也许是去我爸爸的农场附近吧。说不定到那个时候,我会重拾画笔,画自己喜欢的画。"

"可我怀疑这样的生活根本不适合你,我的朋友。如果没有千奇百怪的案件供你开动脑筋,解决问题,你不会觉得无聊吗?"

"若是换作过去,我也许不会有这样的想法。可是如今的伦敦……"我无奈摇头,"狂热分子和诡诈小人一年比一年多,这两种人还有不少做了我的同行。"

他点了点头。"是啊,宗教问题变得越来越极端了。我从不跟其他人提起我的过去,这一点儿你应该理解吧。俗话说做人不能锋芒太露;要想平平安安,就要学会平凡和低调。"

"现在我已经没有应付这些人和事的耐心了。有时候我会想,坚持对耶稣基督的信仰才是最重要的,其他的一切都只是徒费唇舌。"

他的唇边浮起一丝揶揄的笑意:"你从前可不会这么说。"

"的确不会。可是到了今天,就连这一点我也没法确定了,我常常在想,对耶稣的信仰真的那么重要吗?我还能相信什么?我只能相信人类是一种堕落的生物。"我惨笑了几声,从衣袋里抽出那张皱巴巴的小报放到桌上。"看看这个,这姑娘的伯父是我的一个老顾客。他希望我帮帮她。这个星期六她就要接受审判了。我今天之所以提早来这儿就是因为这件事,我和他约好了九点钟在纽盖特监狱附近碰面。"我把昨天和约瑟夫见面的事原原本本地告诉了他。严格来讲这么做不合规矩,不过我知道盖伊不会说出去。

听我说完后,他抚摸下巴,若有所思。随后他问道:"她连一句话也不肯说?"

"是连一个字也不肯说。她在得知自己可能要受重石压迫处罚后吓得连话也不会说了,你一定是这么想的吧?可事实并不是这样。我觉得她的神智一定有问题。"我严肃地看着他。"她伯父开始担心她被魔鬼附体了。"

他偏了偏脑袋。"人们一看到谁举止怪异,就说他被魔鬼附体了。有时候我会想,那个蒙我主耶稣护佑,赶走附体污鬼的人会不会只是个可怜的疯汉。"

我瞟了他一眼:"《圣经》上说得清清楚楚,他的确是被附体了。"

盖伊苦笑着说:"现在我们必须相信《圣经》里所说的一切,也只能相信。当然了,《圣经》得是科弗代尔的译本。"说完这话,他又变得思虑重重,开始在铺子里来回踱步,长袍下摆扫过地板上新鲜的灯芯草。

"你不能认定她疯了,"他开口道,"现在下这个结论为时尚早。一个人沉默的原因有很多，比如说有些事情她羞于说出来，或者不敢说。还有一个可能，就是她想保护别人。"

"也有可能是因为她对自己的处境已经完全不在乎了。"

"对。这种状态很可怕，近乎于自杀。"

"不管她的理由是什么，如果我想救她一命，就必须劝服她开口说出实情。被活活压死未免太惨了。"我站起身来，"哎，盖伊，你说我干吗让自己卷入这种事？大多数律师不会接触刑事案件，因为这类案件的被告人是没有辩护权的。我曾经给一两个面临审判的罪犯提过建议，但我并不喜欢这种工作。而且我非常讨厌巡回法庭周围的死人味儿，我知道过不了几天，一辆辆囚车就要驶往泰伯恩刑场了。"

"但是不管你看还是不看，囚车都会去泰伯恩刑场。倘若你可以让其中一辆囚车变空……"

我露出一丝苦笑："你还是坚持着做修士时的信仰，时刻不忘通过行善来拯救别人。"

"我们所有人不是都应该相信仁爱的公正和伟大吗？"

"是啊，如果我们有精力这样做的话。"我站了起来，"好啦，我该去纽盖特赴约了。"

"我有一种药水，"他赶紧说，"喝了可以减少胃里的黑胆汁，振奋精神。"

我抬手拒绝了他："不用了盖伊，多谢你的好意，但只要头脑还没迟钝，我还是想顺其自然，不去刻意吃药。"

"你说不用就不用吧。"他伸出一只手，"我会为你祈祷的。"

"在你那个大大的西班牙式旧十字架下头？你还是把它挂在你的卧室里吗？"

"这是我家人留给我的东西。"

"你得小心巡官。虽然如今朝廷开始抓捕新教徒了，但并不表示天主教徒的处境就会好转。"

"管辖这一带的巡官现在成了我的朋友。上个月他喝了一点儿从背水人那儿买来的水,一个小时后跌跌撞撞地冲进我的铺子里,捂着肚子直喊疼。"

"他到底喝了什么水?没煮沸的吗?生水里充满了足以致死的毒素,这是谁都知道的事啊。"

"他当时太渴了,你也知道这天气有多热。他中毒很深——我喂了他一勺芥末,让他吐了一通。"

我一想到吞下整整一勺芥末的滋味儿,不禁抖了抖。"我原先还以为加了盐的啤酒是最好的催吐剂。"

"芥末更好,一吃下去就能起效。没过多久他就痊愈了,现在天天迈着大步在这一带巡逻,到处跟人说我医术如神。"他的神色严肃起来,"幸好这些天外敌入侵的传言渐渐消停了。最近我走在街上,被人追着辱骂的次数越来越多,现在只要看到附近有一群学徒聚在一起,我就穿过大街避开他们。"

"我很抱歉。这世道越来越艰难了。"

"如今城中流言四起,都说国王对他的新婚妻子很不满意,"他说,"克里维斯的安妮只怕要被国王甩掉了,如果国王和她离了婚,克伦威尔的好日子也不会长久了。"

"谣言和恐慌总是持续不断的,不是吗?"我伸手拍了拍他的肩膀,"不要丧失勇气。下星期来我家吃饭吧。"

"我会去的。"他把我引到门口。我回过头对他说:"别忘了为我祈祷。"

"我不会忘。"

我解开"大法官法庭"的马缰,翻上马背,朝巷口走去。经过"老驳船"的时候,我抬头看了看先前出现人影的窗户。百叶窗仍然关着。然而

第二章

当我出了小巷,拐进巴克勒斯伯里街时,那种被人注视的感觉又回来了。我猛地转过头去。街上的人越来越多,但我还是一眼看见了一个男人,他穿着诱红色①背心,抱着胳膊倚靠在一堵墙边,直勾勾地看着我。他年约二十八九,五官轮廓分明,样貌虽然俊美,却稍嫌冷峻,棕色的头发乱蓬蓬的,整个人肩宽腰细,体格像战士般挺拔强健。就在我们目光交会的一刹那,他那张阔嘴微微上弯,牵扯出一丝玩世不恭的微笑,然后他迈着轻快的脚步朝驳船街走去,消失在人群里。

---

① 诱红色(lusty-gallant)一词起源于一种在都铎王朝时期非常流行的舞蹈。到了16世纪中期,这一名词开始用来描述一种浅暗红色,近似于珊瑚红。

第三章

在前往纽盖特监狱的路上,我一直心神不宁地回想着这个奇怪的青年。他会不会和温特沃斯的案子有关联?昨天下午我在林肯律师学院提到了这件案子,消息一定已经传开了,要知道律师们可是传播流言蜚语的高手,连沼泽门一带的洗衣妇们也要甘拜下风。如果他和温特沃斯案无关,那他会不会是朝廷的探子,奉命来调查我和黑皮肤前修士私下里干了些什么?可是我最近并没有涉足政治。

兴许是察觉到了我的焦虑,"大法官法庭"开始惊惶不安地扭动身子,连声嘶叫。但它也很有可能是被那些令人作呕的气味给熏着了——我们正经过肉市,一小股污秽的血水混合着各种不知名的液体从布拉德街流过来,缓缓渗进阴沟里。这里一向臭气熏天,不论伦敦市政府采取了多少办法来管理屠夫,在这种炎热的天气里,市场的气味仍然让人无法忍受。我留意到一些穿着体面的路人都用一束盛开的鲜花挡住脸,心中不由得暗暗盘算,要是天气再这么热下去,我也该去买一束花了。

我穿过纽盖特市场。市场边伫立着雄伟的方济会教堂,其上镶嵌的彩色玻璃窗后,堆放着国王从法国运来的战利品。天空虽然烈日高悬,市场里却没有阳光。市场外耸起一堵城墙,那就是伦敦墙了,墙内是纽盖特监狱,那些高低错落的塔楼遥遥可见。这座伦敦最主要的监狱古老而气派,然而其中发生的痛苦与不幸远比伦敦城里的任何一处地方更多。许多住在里面的人一旦离开就再也不会回来了,他们的目的地只有一个,那就是刑场。

我走进了"长柄扫帚"酒馆。这家酒馆二十四小时营业,许多去探监

第三章

的人都会进来喝上一杯，生意非常红火。约瑟夫坐在一张桌子边，眺望着酒馆灰扑扑的后院，手边放着一束鲜花。他点的是一杯淡啤酒，这酒只能解渴，不能醉人。这时一个衣冠楚楚的年轻人弯下腰，带着殷勤的笑容对他说：

"走吧，兄弟，一场牌局肯定能让你高兴起来。我和几个朋友约好了在附近的一家酒馆碰面，他们都是非常有趣的人。"这人当然是个骗子，这种人在伦敦城为数不少，他们天天混迹于大街小巷，寻找那些衣着土气、看上去像是头一次进城的乡下人，伺机骗走他们的钱。

约瑟夫一脸的不知所措。我赶紧上前解围。"恕我们不能奉陪了！"我厉声说着，坐到约瑟夫旁边的一把椅子上，"这位先生和我有事情要谈。我是他的律师。"

年轻人朝约瑟夫扬了扬眉毛。"那你的财产一定保不住了，先生，"他说，"打官司得花一大笔钱。"走过我身边时，他靠了过来，在我耳边轻声说："你这个驼背吸血鬼。"

约瑟夫没有听见。"我刚才又去了监狱。"他说话时愁眉不展，"我对监狱长说我要带一个律师来。他又要了我六便士，这才放我进去。更过分的是，他手上也有那份下流的小报。他对我说，他已经让市民们进去看伊丽莎白了，每人每次一便士。那些人通过探视孔大喊大叫，肆意辱骂她。他说这话时哈哈大笑。这太残忍了……他有什么权力允许他们这么做？"

"只要有利可图，监狱里的大官小吏什么事都做得出来。他对你说这个话，就是希望你拿钱贿赂他，好让你侄女不受这种骚扰。"

他伸手抓着头发。"她在监狱里吃的饭、喝的水，所有的一切都得靠我花钱去买。先生，我实在拿不出钱贿赂他。"他无奈地摇着头，"那些监狱长和看守一定是这世上最邪恶的人。"

"唉。邪恶倒也未见得，只是在捞钱方面太精明了。"我严肃地看着他，"约瑟夫，我昨天下午去了林肯律师学院。我打听到星期六到巡回法庭主持审判的法官是佛比泽尔。这不是个好消息。他是个虔诚的基督教徒,而且为官清廉……"

"这怎么会不是好消息呢,你既然说他是个虔诚的基督教徒……"

我摇了摇头。"而且为官清廉,但他是个铁石心肠的人。"

"连一个吓得魂不附体的年轻孤女也不肯同情?"

"是对任何生命都不肯同情。我从前负责的好几起民事案件都是他审理的。"我探过身子,"约瑟夫,我们一定要让伊丽莎白开口说话,否则她这次必死无疑。"

他死死咬住嘴唇。心中烦恼时,他常常会做这个动作。"昨天我给她送食物去的时候,她只是躺在地上,呆呆地盯着那些东西,连头也没点一下,更别提说句感谢的话了。我想她一定好几天没吃什么东西了。我买了一束花给她,可都不知道她会不会看一眼。"

"别多想了,我们一起进去吧,我看看能不能帮上什么忙。"

他感激地点头。我俩起身的时候,我忽然想起一件事来:"顺便问一句,埃德温爵士知道你请我做律师的事吗?"

约瑟夫摇摇头。"自从我当着他的面说伊丽莎白可能是被冤枉的,他就立马把我赶出了他家。现在我们已经整整一星期没说过话了。"他的脸上闪过一丝怒意,"在他看来,如果我不想让伊丽莎白死,就是要跟他还有他家里人作对。"

我沉吟了一会儿。"话虽如此,但他还是有可能听到风声。"

"你想这个干什么呢,先生?"

"噢,没什么。你不用担心。"

走进监狱时,约瑟夫似乎整个人都萎顿了。我们走过一条通道,两旁的囚犯从栅栏里伸出瘦骨嶙峋的手,求我们这两个过路人看在上帝的分上

第三章

发发慈悲。这些囚犯因为身无分文,整天食不果腹,甚至根本吃不到东西,听说有些竟被活活饿死。一只肮脏的手拼命挥舞着,我拿出一枚便士放到这只手中,走到一扇结实的木门前,把门敲得山响。门上的一扇小窗开了,有个人板着脸朝外张望,他戴着一顶油迹斑斑的帽子,眼珠一直在我的黑色律师袍上打转。

"我是伊丽莎白·温特沃斯的律师,"我说,"这是她的叔叔。他刚才已经付过探监费了。"小窗砰的一声关上了,木门随即打开。监狱长站在门口,身穿一件脏兮兮的罩衫,腰间别着一根粗重的棍子,我们进门的时候,他好奇地看了我几眼。虽然天气很热,这座有着厚重石墙的监狱却格外阴冷,潮湿的寒气似乎从每一块石头里散发出来。监狱长大喊一声:"威廉姆斯!"一个身穿皮背心的胖看守出现了,手里拿着一大串叮当作响的钥匙。

"这位就是那个杀死小孩儿的女犯人的律师。"监狱长满怀恶意地朝我笑了笑,"您看过那张小报了吗?"

我回了他三个字:"看过了。"

他摇了摇头。"她还是不肯说话,看来重石压迫处罚是免不了了。你知道吗,律师,行这种刑有个老规矩:犯人要被剥光衣服,戴上锁链躺在地上,再由行刑人往他身上压石板。如果受刑的是女人,一对漂亮的奶子就会光溜溜地露在外头让人看,哈哈。不过可惜呀,过不了多久就会被压扁喽。"

约瑟夫的脸痛苦地皱成一团。

我冷冷地说:"据我所知,根本没有这种规矩。"

监狱长往地上啐了一口痰。"我的监狱里就有,谁管那些酸文假醋的人说什么。"他朝胖看守点了下头,"把他们带到女地牢去。"

我们被引进一条宽阔的走廊,走廊两侧是一扇扇木门,不时可见巡逻的守卫。透过门上装了铁条的小窗,可以看到牢房里铺着几张稻草垫子,几个人或坐或卧,两条腿无一例外地被嵌在墙上的长锁链拴住。一股浓烈的尿臊气直冲我的鼻端。胖看守摇摇晃晃地走在前头,手里的钥匙当啷作响。打开一扇厚重的门后,他领着我们走下一段台阶。越往下走越昏暗,走到尽头时,眼前赫然又是一道门。胖看守把门上的一块活动木板拉到一边,露出一个小洞,他朝里看了一会儿,这才转过身来。

"昨天下午我带几个人来这里看她的时候,她就像现在这样躺着。他们隔着门骂她是女巫,是孩子杀手,可是无论他们骂什么,她只是躲在角落里,像块石头一样既不动弹也不吭声。"他说着摇了摇头。

"我们可不可以进去?"

他耸了耸肩,打开了门。就在我们穿门而过的一瞬间,他嘭的一声把门关上,钥匙在锁孔里转了几下,发出刺耳的吱嘎声。

地牢是这座监狱里最幽深、最黑暗的地方,分男牢和女牢。女地牢是一间小小的四方形房间,里头有一扇开在天花板附近的小窗户,上面装着铁条,几缕天光从缝隙间漏进来。透过窗户,仅能看到来往行人的鞋子和裙摆。这里和监狱其他部分一样阴冷,就连熏人的尿尿味儿也带着潮气。地上铺满了肮脏的稻草,上面缠结着各种污物。一个胖胖的老太婆蜷在房间一角熟睡,身上那件瓦德麦尔呢做的裙子已经脏得看不出颜色了。我环顾四周,除了这个老太婆之外,房间里似乎没有别人,那个小姑娘去哪儿了?过了一会儿,我才看到最远的角落里有一堆稻草,下面隐约有个人形。原来她用稻草把全身盖住,只露出一张沾满污垢的脸,那头乱草似的头发乌黑卷曲,和约瑟夫的头发很像,一双大大的眼睛也是和他一样的深绿色。现在这双眼睛正盯着我们,眼神一片茫然。乍见这诡异的景象,我心中一惊,一阵战栗传遍了全身。

约瑟夫向她走去。"莉齐,"他心疼地责备她,"你干吗把稻草堆在身上?这多脏啊。你是不是觉得冷?"

女孩儿没有答话。她的目光是呆滞的,虽然朝向我们,但又好像什么

第三章

都没有看见。我留意到那张脏兮兮的脸其实很漂亮，颧骨高高的，五官精致秀丽。稻草下隐隐露出一只肮脏的手，约瑟夫伸手想要去握，她的眼神还是那样茫然，甚至连眼珠也没有转一转，可就在约瑟夫快要握住那只手的时候，她猛地把手移开了。我走上前去，直接站在她面前，约瑟夫把那束鲜花放到她身边。

"莉齐，我给你带来一束花。"他说。她瞥了鲜花一眼，又去看约瑟夫，让我吃惊的是，她的双眼中竟然充满了愤怒。我看到她身旁的稻草上摆着一盘面包和鳕鱼干，还有一壶啤酒，这些一定是约瑟夫带来的食物。面包和鳕鱼干一点儿没动，肥胖的蟑螂在鳕鱼干上爬来爬去。伊丽莎白又别开目光。

"伊丽莎白……"她伯父的声音开始发抖，"这是夏雷克先生。他是个律师，有全伦敦最聪明的头脑。他可以帮你，但前提是你必须和他说话。"

我弯腰蹲下，这样一来，既可以平视她的脸，也不用坐到叫人恶心的稻草上去。"温特沃斯小姐，"我柔声说，"你能听到我说话吗？你为什么不肯开口？你是在保守什么秘密吧……是你自己的，还是别人的？"我住口不说了。她直视着我的眼睛，眼中没有半点儿波动。牢房里一片寂静，上方街道的脚步声传了下来，踢踢踏踏地响。我突然怒气上涌。

"如果法官问你服不服罪的时候你不回答，会有什么样的后果，你知道吗？"我厉声说，"那些人会用大石头来压你，压到你开口为止！星期六负责审判你的法官是个冷酷无情的家伙，他肯定会判你受重石压迫处罚的。有没有人告诉过你这种刑罚意味着什么？"她依然没有回答。我狠下心肠说："意味着你要受好几天的折磨才会死去。"

这番话说出来，她的眼里终于有了生气。她看了我一眼，只有一眼，但我还是从这双眼睛里看到无尽的痛苦和悲哀，让我禁不住想要发抖。

"如果你开口说话，也许我可以救你。无论那天在井边发生了什么事，事情都有挽回的可能。"我顿了顿，又问："到底发生了什么事，伊丽莎白？我是你的律师，我不会把你说的话告诉其他人。如果你想单独和我说话，我们可以请你伯父走开。"

"没问题，"约瑟夫赶紧同意，"如果你要我离开，我马上就走。"

可她还是一言不发，一只手开始抓扯稻草。

"噢，莉齐！"约瑟夫大喊起来，"你应该像一年前一样读书弹琴，而不是躺在这个可怕的地方！"他捏紧拳头伸到嘴边，牙齿狠狠啃咬着指关节。我换了个姿势，直视着女孩儿的眼睛。我心中一动，忽然想到了什么。

"伊丽莎白，我知道有人到这儿来看你，还辱骂了你。可你虽然藏起了身体，却把脸露了出来。噢，我知道那些稻草又脏又臭，可是只要你愿意，还是能用它遮住脑袋的，如果把脑袋也遮住，那些人就看不见你了，而且看守总不可能放他们进里面来吧。可你偏偏不这么做，好像很希望他们看见你似的。"

她的身体颤抖了一下。我起初以为她撑不住了，可她却死死地咬着牙，我看得出她下颌的肌肉绷得紧紧的。我沉默了一会儿，吃力地站起身来，就在这时候，牢房另一侧的稻草堆开始窸窣作响。我转头一看，那个老太婆正用手肘撑地，慢慢爬起来。她严肃地摇了摇头。

"这位先生，她是不会开口的，"她用嘶哑的声音说，"我在这里呆了三天了，从没听她说过一句话。"

我问她："你是因为什么进来的？"

"有人控告我和我儿子偷了匹马。我们这个星期六也要受审。"她叹了口气，伸出舌头舔舔干裂的嘴唇，"先生，你有什么喝的没有？哪怕是最清淡的啤酒也行。"

"没有，真是不好意思。"

她朝伊丽莎白看了一眼。"大家都说她身体里有个魔鬼，是魔鬼不让她吃东西。"她苦笑了几声，"可不管有没有魔鬼，对剑子手来说都一样。"

第三章

我转头对约瑟夫说:"我觉得继续留在这里也没什么用了。我们还是走吧。"

我们一前一后,轻手轻脚地走到门边,我抬手敲了敲门。门立刻开了:胖看守刚才一定在外面偷听。我回过头看了一眼,伊丽莎白还是静静地躺在那里,一动也不动。

"那个老太婆说得没错,"胖看守边锁门边说,"她身体里有个魔鬼。"

"那你下次带人来看她的时候可要小心一点儿。"我高声说,"说不定她会变成一只乌鸦,扑过来啄他们的脸。"我带着约瑟夫离开了。一分钟后,我们又回到了外面的世界,强烈的阳光刺得我俩睁不开眼。我们再一次走进那家酒馆,我把一杯啤酒放到他面前。

我问:"她进去以后,你来看过她多少次?"

"今天是第四次。每次她都呆呆地坐在地上,就像一座石像。"

"唉,我说不动她,拿她一点儿办法也没有。说真的,我还从来没遇到过这种情况。"

他说:"你已经尽力了,先生。"我听得出他话音里的失望。

我用手指轻叩桌面。"就算她被认定有罪,事情也不见得没有一点儿转圜的余地。我们可以想方设法让陪审团相信她是个疯子,又或者说她怀孕了,依照规矩,在孩子出生之前,她是不会被吊死的。这样一来,我们就能争取到更多的时间。"

"争取时间干什么呢,先生?"

"干什么?当然是展开调查,找出真相了。"

他急切地靠过来,差点儿碰翻了酒杯。"这么说你觉得她是无辜的?"

我坦然地看了他一眼:"你也一样啊。说句实在话,她对你的态度很无情,难为你还肯相信她。"

"我相信她是因为我了解她。还有一个原因,就是当我去监狱里看她的时候,我……"他一时说不出话来。

"你觉得她不像个犯了重罪的人,倒像是被别人给害了?"

"没错。"他急忙说,"没错。你这话太准确了。你也有这个感觉?"

"对,我有。"我沉着地看着他,"可是你和我的感觉并不能作为证据,约瑟夫。而且我们有可能是错的。一个律师办案时不应该过于依赖直觉,他需要以客观公正的态度去推理论证,这是我的经验之谈。"

"那先生,现在我们应该怎么做呢?"

"从今天到星期六这段时间里,你必须每天去看她。我并不妄想她会被你说服,可是你这么做起码能让她知道她没有被人忘记,虽说她对我们不理不睬,但我觉得这一点非常重要。如果她说了什么,又或者是态度有所改变,你就立刻通知我,我会再到监狱去一趟。"

"我一定照你的吩咐去做,先生。"他说。

"如果她还是不说话,星期六我会亲自到法庭去一趟。虽然不知道佛比泽尔会不会听我的话,但我一定会努力让法庭相信她精神失常……"

"上帝知道,这一定就是事实。她没理由这么对待我,除非……"他迟疑了一会儿,终于鼓足勇气说:"除非那个老太太说得对。"

"约瑟夫,现在想这些事没有意义。我会尽力辩说她精神出了问题,请陪审团宽恕她。这种事是有先例的,我可以肯定,不过佛比泽尔不一定肯遵循这些先例。我再说一次,如果成功了,我们就能争取到时间。"我严肃地看着他,"但我觉得情势并不乐观。约瑟夫,你一定要做好最坏的打算。"

"不,先生,"他说,"有你为我们奔走出力,相信事情会成功的。"

"要做好最坏的打算。"我重复了一次。盖伊说做善事多么多么好,其实是站着说话不腰疼。反正法庭定案日那天要去面对佛比泽尔法官的人不是他。

第四章

我离开纽盖特监狱,骑马赶到林肯律师学院。这个机构也位于大法官法庭街,和我家离得很近。

当年爱德华三世下了一道命令,强行规定所有律师不得在伦敦城内从业,迫使我们搬到了伦敦墙外。不过这道命令也给我们带来了一样天大的好处:因为林肯律师学院所在的地方算是半个乡村,所以那片区域有许多宽阔的果园,不远处还有林肯律师学院广场。

学院的大门开在一座方形门楼上,我穿过门楼,把"大法官法庭"拴到马厩里,穿过院子朝我的办公室走去。耀眼的阳光洒在红砖楼上,微风徐徐吹来,让人深觉惬意。这里离伦敦墙已经很遥远了,伦敦城里的臭气是飘不过来的。

学院大院里,出庭律师们一个个行色匆匆,下星期就是夏季开庭期了,律师们必须安排好手头的案件。在一片黑衣黑帽中,间或也能看到几个绅士打扮的年轻人,上穿颜色鲜艳的背心,下穿夸张的科多佩斯,走路时昂首阔步,十分神气。他们都是富家子弟,学习伦敦人的举止、建立人脉是他们到这里来工作的唯一目的。一对富家子从我身旁走过,看样子一定是刚猎了野兔回来,两只猎犬在两人脚边蹦来跳去,眼睛直盯着它们的主人用木棍穿起扛在肩上的兔子,鲜血正从木棍上滴落而下。

富家子走远之后,我看到斯蒂芬·布里克纳普高高瘦瘦的身影自林肯律师学院大礼堂慢悠悠地冒出来,他那张尖嘴猴腮的脸上挂着惯有的亲切微笑,过不了几天,我们就要在王座法庭展开舌战。他在我面前停住了脚步,欠身鞠了一躬。出于礼节要求,出庭律师们一向表现得彬彬有礼,两个人即使在法庭上争得面红耳赤,见面时也不会失去风度,但是布里克纳普的礼貌总是有种说不出的嘲讽意味。我老觉得他好像在说:哈哈,就算你知道我是个大流氓又怎么样,还不是要对我和颜悦色。

"夏雷克律师!"他热情地招呼我,"今天又是这么炎热。要是再这么热下去,只怕连水井都要干了。"

换作平时,我只会敷衍他几句,然后继续走我的路,但是这一次我突然心中一动,想到可以趁机向他打听一件事。"再这么下去一定会的,"我说,"今年春天干燥得很。"

我不同以往的礼貌让布里克纳普有些意外,一丝笑容浮上了他的脸。看到别人的笑容原本是件让人愉快的事,但是走近一看,你会发现他的笑不怀好意——无论你花费多少力气去凝视那双淡蓝色的眼睛,它们绝不会正视你一眼。几缕卷曲的金发从他的帽底漏出来,看上去又粗又硬。

"哎,我们的案子下星期就开庭了,"他说,"六月一号。"

"是啊,时间过得真快。你向法庭递交上诉状是三月份的事,如今转眼就到六月了。布里克纳普律师,直到现在我仍然很吃惊,没想到你居然把案子提交到了王座法庭。"

"王座法庭十分尊重物权法主张的权利。到时候我会以欧克汉姆多明我会修道院院长的案例来说服法官和陪审团。"

我轻笑一声。"我明白了,你一直在翻查《不法妨害排除令状》。可你说的案子和眼下这个案子根本不是一回事,何况还是两百年前的老黄历。"

他也冲我笑了笑,眼珠滴溜溜地打转。"两个案子还是有关系的。当时那个院长辩护说,某些妨害行为——比如他的排水沟挖得不好,并不在市议会的管辖范围之内。"

"那是因为他的修道院直接受国王庇护,但是圣迈克尔修道院如今在你名下,你的修道院惹出了麻烦,你作为屋主难道不该负责吗?但愿你手上能有更权威的证据。"

第四章

他没有吭声,只是弯下腰去检视长袍的袖口。"好了,布里克纳普律师。"我低声说,"事情到时候自然会见分晓。既然碰上了,我想问问你另外一件事,这个星期六是法庭定案日,到时候你会不会到场?"我知道布里克纳普有一项臭名昭著的副业:组织一些人到主教法庭做证明被告无罪的证人。他经常在老贝利审判大厅附近出没,物色需要找这类证人的顾客。听到我这么说,他奇怪地扫了我一眼。

"也许会去。"

"我相信那天的法官会是佛比泽尔。他审理案件的速度有多快?"

布里克纳普耸了耸肩。"他是那种能快就不会慢的人。你也知道王座法庭的法官们是什么脾气:那些人总觉得让他们审理普通的盗窃案、凶杀案是大材小用。"

"佛比泽尔精通法律,只是行事未免太刚硬了。我很想知道他对被告人的宽容度到底有多大。"

布里克纳普一下子来了兴趣,眼睛里泛着好奇的光,总算真真正正和我对视了一会儿。"啊,我听说你接下了那个沃尔布鲁克女杀人犯的案子。我先前还说不相信,你又不缺钱用,怎么可能去蹚这种浑水。"

"是女嫌疑犯。"我断然纠正他,"她这个星期六就要到佛比泽尔面前受审了。"

"你从他那里是讨不到便宜的。"布里克纳普说得眉飞色舞,"他是个虔诚的基督徒,对犯罪分子一向深恶痛绝,巴不得尽快让他们受到应有的惩罚。他不会同情那个姑娘。对他来说,犯人只有两条路可走,要么拿出无罪的证据来,要么就去死。"他眯起眼睛,我猜想他正在盘算如何从这件事情中得到好处。看来想争得佛比泽尔的宽恕是不太可能了,或许我根本不该问他。

"我也是这么想,不过还是谢谢你。"说完这话,我又极力用轻快的口气说:"上午好,再见了!"

"星期六那天我一定去捧你的场,老兄!"他朝我的背影喊,"你想打赢官司得要点儿运气,我祝你好运!"

我在林肯律师学院的办公室是一套位于一楼的小房间,由我和我的朋友戈弗雷·威尔怀特共用。直到走进房间,我的心情还是没有好转。在外间办公室里,我的书记员约翰·斯凯利正在看他刚刚写好的产权转让书,那张瘦削的脸上愁容满布。他是个身材瘦小的青年,棕色的头发一绺绺垂下来,就像长长的老鼠尾巴。虽然还不到二十岁,可他已经结了婚,还有了一个孩子,去年冬天我之所以雇佣他,一来是因为缺个人手,二来是可怜他家境贫寒。他以前是圣保罗大教堂学校的学生,能说一口流利的拉丁语,可他这人真是朽木不可雕也,就像我跟盖伊说的那样,叫他抄东西总是抄不好,还常常丢三落四。他抬起头,怯怯地看着我。

"先生,我刚刚写完贝克曼先生的产权转让书。"他小声嗫嚅着,"真对不起,我没有按时写好。"

我从他手里接过转让书。"这份转让书两天前就该写好了。有没有我的信?""有,都放在你的办公桌上,先生。"

"行,我知道了。"

我走进自己的办公室。小小的房间昏暗闷热,一束阳光从朝向庭院的小窗户投进来,无数尘埃在阳光里飞舞。我脱下长袍,摘下帽子,坐到办公桌前,用匕首逐一破开信件上的封蜡。读第一封信时我吃了一惊,失望地发现自己又失去了一单生意。我原本受人所托,负责购买一座位于盐码头的仓库,如今这位雇主却写给我一封简短的信,说卖家又改变主意不想卖了,因此他不再需要我帮忙。我把信仔仔细细地看了一遍。这宗买卖有些古怪:我的雇主是一个来自圣殿区的法律代理人,想以他本人的名义买下这座仓库,这意味着真正的买主不希望自己的名字泄露出去。这种雇主

第四章

突然无缘无故撤销合作的事，已经是两个月来的第三次了。

我微微皱眉，把信放到一边，开始去看那份财产转让书。语句不太流畅，字迹很难看，纸页底部还有一块污迹。斯凯利真的认为这种东西可以交差？他必须重写一遍，虽然耽误了时间我得赔钱，但是有什么办法呢。我把转让书放到一边，翻开我的摘录簿，多少年来，我一直坚持把讨论时的心得和阅读时看到的重要信息记录在这本册子里。我着意去看刑法方面的旧笔记，不过这类笔记非常少，我根本找不到和重石压迫处罚有关的资料。

有人在门上敲了一下，戈弗雷随后走了进来。他和我年纪相仿。二十年前，我们都是不谙世事的学生，对宗教改革抱有极大的热情，如今时移世易，我已经不再是当初那个热血沸腾的青年了，而他一直坚持着狂热的信念，相信只要和罗马教廷决裂，一个全新的基督教共和国就能在英格兰诞生。我看到他那张面形瘦长、五官俊秀的脸上布满愁云。

他问："你有没有听到传言？"

"什么传言？"

"昨天晚上，国王乘船沿泰晤士河而下，到了孀居的诺福克公爵夫人家，凯瑟琳·霍华德陪着他坐在华盖下面，两人共进了晚餐。国王当时坐的还是皇家驳船，为的就是把他的去向昭告天下。现在这件事已经传遍城里的大街小巷。他故意让人看见……这预示着英国和克里维斯的联姻就要完蛋了。如果霍华德家的女孩儿成了王后，恐怕罗马教廷即将重回英国。"

我摇了摇头。"但是五朔节那天宫里举行竞技比赛的时候，安妮王后还坐在他身边。我们不能只因为国王多看了霍华德家的小姨子两眼，就说他要抛弃王后。哎，这才不过八年，他已经有过四个妻子了，应该不会有娶第五个的心思吧。"

"真的不会？想想诺福克公爵要是坐上了克伦威尔大人的位子，英国会变成什么样子。"

"克伦威尔已经够残忍了。"

"他只是在该残忍的时候才残忍。如果公爵将来上了位,一定会比他更狠。"他重重地坐到我对面的椅子上。

"我知道,"我小声说,"枢密院成员一个个凶名在外,都是狠角色。"

"听说律师学院的头头们邀请他这个星期天到这儿来吃午饭,到底是不是真的?"

"是真的。"我苦笑了一下,"我从来没有见过他,这次应该可以见到他本人了。不过我并不十分期待。好了戈弗雷,哪怕尊贵如国王,也不可能让时间倒流。我们已经读上了英文版《圣经》,而且克伦威尔刚刚封了伯爵。"

他摇了摇头。"我总觉得有大事要发生。"

"过去这十年里,哪一年没有大事?发生了才好呢,如果伦敦人有了新的话题,也许就不会再关注伊丽莎白·温特沃斯了。"我把昨天接下案子的事原原本本地告诉了他,"我已经去纽盖特监狱看过她了,看样子她是一句话也不肯说。"

他惋惜地摇着头:"马修,那她一定会受重石压迫处罚。"

"听着,戈弗雷,我必须找到一个先例,证明嫌疑人如果是因为精神失常才不说话,就可以免受这种刑罚。"

他用蓝灰色的大眼睛凝视着我,眼神纯净得出奇,让人很难相信这双眼睛属于一个律师:"她疯了?"

"有这个可能。某一年的法律年鉴上有个例子,我可以肯定。"我说完看了看他,戈弗雷这人记忆力非凡,大大小小的案件他都有印象。

"没错,"他说,"我想你是对的。"

"我打算去图书馆查一查。"

"法庭定案日是在……这个星期六?你没多少时间了。我去帮帮

第四章

你吧。"

"多谢你了。"我感激地笑了笑。戈弗雷就是这样一个热心人,常常把自己的烦心事丢到一边,反而跑来帮我的忙。我知道他的担忧并非平白无故;听说一些追随罗伯特·巴恩斯的福音派①信徒最近被关进了伦敦塔,罪名是布道时带有过于浓厚的路德教气息。

我和他一起走进图书馆翻看堆积如山的案例法,两小时过去了,我们总算找到了两三个有可能派上用场的案例。

我长吁了一口气:"过一会儿我就叫斯凯利来抄。"

他笑了起来。"我帮了你这么大的忙,你总该请我吃顿午饭吧。"

"我非常乐意。"

我们走出了图书馆。这会儿已经是下午,图书馆外烈日炎炎。我叹了口气,刚才在阔大的图书馆里,置身于浩如烟海的法律书籍中,我感到短暂的心安,因为我相信只要有理有据,法律自会放人一条生路;可是在炽烈的阳光中,我又想起布里克纳普的话来。先例并非免死金牌,法官完全可以无视它。

"振作点儿,我的朋友。"戈弗雷鼓励我,"如果她是无辜的,上帝一定不会眼睁睁看着她受罪。"

"你错了戈弗雷,如今受苦的往往是无辜者,流氓无赖反而财运亨通,这是我们都知道的事。听说那个守财奴布里克纳普家的金库里有整整一千枚金安杰尔。走吧,我饿了。"

在我们穿过庭院前往餐厅的途中,我看到附近一排办公室前面停着一顶华美的轿子,轿帘以锦缎制成,四个轿夫穿着绸布商人同业公会的制服。两名侍女手拿花束立在一旁,为了表示恭敬,和她们的主人——一位

---

① 福音派并非一个宗派,为当时的宗教改教者表明反对罗马天主教立场的称呼。在十六世纪,马丁·路德的跟随者则自称为福音派。

身穿蓝色天鹅绒高领长裙的高个女人保持着一定的距离。这位女士正和高级律师加布里埃尔·马奇阿蒙特站在一起交谈。马奇阿蒙特高大臃肿的身体套在一件上等的丝绸长袍里,帽子上插着一根天鹅羽毛。我记得布里克纳普从前是受他庇护的,后来布里克纳普无休无止的欺骗实在让他厌烦,两人就此分道扬镳。马奇阿蒙特很看重自己的声誉,一心希望给别人留下忠厚可靠的印象。

我细细打量着那名衣着华贵的女人,她胸前坠着一个镶珠嵌宝的小香盒,由一根挂在颈间的金链系着。在我打量她的同时,她也回过头来,正好与我四目相对。她向马奇阿蒙特低声说了几句话,他随即抬起手臂,示意我停下来。他让女子挽着自己的手臂,带她穿过庭院,朝我们走来。两个侍女跟在后面,裙摆扫过石板,窸窣作响。

凭心而论,马奇阿蒙特的这位女伴称得上引人注目,她大约三十多岁,看人时的眼神直接坦荡,毫不遮遮掩掩。她用一顶法国式圆形头巾拢住头发,那头发是耀眼的金色,像黄金,又像丝绸;几缕碎发从头巾里滑了出来,在微风中轻轻飘动。我看到那头巾上缀满了珍珠。

"夏雷克先生!"马奇阿蒙特声如洪钟,红润的脸庞上现出一丝笑意,"欧娜·布莱恩斯腾夫人,请容许我把这位先生介绍给你。他是马修·夏雷克律师,既是我的同行,也是我的好朋友。"

她伸出一只手。我轻轻握住这白皙修长的手指,深深鞠了一躬:"很高兴认识你,夫人。"

"先生有要事要办吧,请原谅我打扰了你。"她说。她的声线是清晰的女低音,微微有些沙哑,听起来有种贵族范儿。每当她笑起来的时候,两片丰满的红唇向上一弯,脸颊上就显出两个酒窝,让她一瞬间甜美如少女。

"千万别这么说,夫人。"我正想引见戈弗雷,不料她自顾自地说了下去,完全忽视了他的存在。"我刚才正和马奇阿蒙特先生说话呢。上次我

第四章

们一起吃饭的时候，埃塞克斯伯爵还说到了你，我凭着他的描述，一眼就认出你来了。他对你可是赞不绝口，夸你是伦敦最出色的律师之一。"

埃塞克斯伯爵。克伦威尔。我还以为他已经把我给忘了，我心里也一直这样盼着。凭着他的描述，什么描述？他一定告诉了她，马修·夏雷克是个驼背吧。

我小心翼翼地说："这真是我的荣幸。"

"是啊，伯爵对你的喜爱溢于言表。"马奇阿蒙特说。他的语调很轻快，一双微微鼓出的棕色眼睛却朝我射出一道厉光。我突然想起他是个尽人皆知的反改革者，那他干吗和克伦威尔吃饭，他们吃饭时能聊些什么？

"我一直在访求见识不凡的才俊，请他们到我的餐桌上切磋切磋。"欧娜夫人继续说道，"克伦威尔大人向我推荐了你。"

我抬手让道："夫人您太过奖了。我只不过是个小律师，平时找些零碎生意糊口罢了。"

她又笑了，扬起一只手。"不，先生，我听说你的本事可不止于此。你是老资格的律师了，以后说不定能当上高级律师。以后再开宴会时，我一定派人邀请先生。你就住在大法官法庭街上，离这里不太远，我没说错吧。"

"夫人您真是消息灵通。"

她朗声大笑。"消息灵通称不上，我以后尽量做到吧。我一个寡妇成天无所事事，幸好还有新鲜事和新朋友解我的寂寞。"她环顾着四方形的庭院，兴致盎然地打量着院中的景色，"住在这个地方，远离城里的臭气，感觉一定棒极了。"

"我听说夏雷克律师有栋漂亮的房子。"马奇阿蒙特的声音里带着一丝恼意，凸起的深棕色眼睛亮得像两团棕色的火焰。他哈哈一笑，露出一口白牙。"这一定是托了新土地法的福，是吧，夏雷克律师？"

"我相信那房子是夏雷克先生凭本事挣来的。"欧娜夫人说，"不过我得失陪了，我要赶到同业公会大厦赴约。"她转身离开，没走几步又扬手说道："夏雷克先生，我很快就会给你送消息来。"

马奇阿蒙特朝我和戈弗雷鞠了一躬，又牵着欧娜夫人回到她的轿子前，颇费了一番周章，终于把夫人扶进了轿子里。轿夫抬起轿子，马奇阿蒙特也朝他的办公室走去，仪态威严庄重，像是一条满帆的船。我们目送着轿子摇摇晃晃地向大门而去，两个侍女规规矩矩地跟在后头。

"原谅我吧，戈弗雷。"我心有歉意，"我本来想引见你的，可她不给我机会。这个女人未免有点儿无礼。"

"我并不希望你把我引见给她，"他正色道，"你可知道她是谁？"

我摇了摇头。我对伦敦的社交圈不感兴趣。

"她是哈考特·布莱恩斯腾爵士的遗孀。哈考特在三年前去世，生前是伦敦最大的布商。"说完他又不以为然地补充了一句："他的年纪比她大得多。他的葬礼上有六十四个穷人列队行走，每个人代表一岁，所以他应该活了六十四岁。"

"是吗，他们的年纪怎么会相差那么大？"

"她本姓沃恩，娘家是贵族，可惜家道中落。她嫁给布莱恩斯腾就是因为他有钱。他去世之后，她自立门户，成了伦敦财力最雄厚的女老板，试图重振她娘家的声威。这个家族是在兰开斯特家族和约克家族的内战中没落的。"

"是一个古老的世家吧？"

"没错。她喜欢邀请改革者和天主徒到她家赴宴，安排针锋相对的两类人在餐桌上唇枪舌剑，你来我往，好从中取乐。"他一脸认真地看着我，"就在不久之前，她还把加德纳主教和雷德利主教请到她家，就圣餐变体论①争辩了一场。还从来没有人像她一样，把宗教真理当作儿戏。"他的声

---

① 一种认为圣餐面包与葡萄酒实则已为耶稣血肉的观点。

第四章

音突然冷硬起来。"我们不仅不能把它们当作儿戏,还要用一颗虔诚的心去摸索沉思,因为这些真理决定了我们不灭的灵魂将何去何从。"他着意补充了一句:"你从前不是亲口说过吗?"

"是,我是说过。"我叹了口气。这几年来,我的宗教热情一年少似一年,让我这位朋友很是担忧。"这么说她和两派都有交情?"

"她可以把克伦威尔和诺福克公爵同时请到她的餐桌上,但并不忠于任何一方。马修,不要去。"

我犹豫了。欧娜夫人无疑是个精明强干、老于世故的女人,这种独特的气场拨动了我心底深处那根沉寂已久的心弦。然而事实如果真像戈弗雷形容的那样,我岂不是要被人当成一个小丑来取乐?这未免太过分了。何况克伦威尔是欧娜夫人的座上宾,如果赴了约,就很有可能碰见他。虽然他不见得会像从前一样对我疾言厉色,我也不想再看见他。我回答说:"我会好好考虑。"

戈弗雷朝马奇阿蒙特的办公室看了一眼。"我敢打赌,那位好律师为了有个像她一样拿得出手的家世,煞费苦心。我听说他一直在纠缠纹章院①的人,求他们给他个贵族头衔,虽然他爸爸只是个鱼贩子。"

我哈哈一笑。"是啊,他很爱和达官贵人、名门子弟打交道。"这场偶遇让我暂时忘却了工作的烦恼,可就在我们走进餐厅的时候,那些烦恼又回来了。在餐厅巨大的拱顶下,布里克纳普独自坐在一张长桌的尽头。他一边拿勺子把食物送进嘴里,一边读着一本厚厚的个案记录簿。一个星期之后,我们就要在威斯敏斯特大厅交锋了,到时候他一定会引用欧克汉姆多明我会修道院院长的案例来对付我。

---

① 代国王授与纹章、颁赠封号给贵族的部门。

第五章

老贝利法庭是栋低矮狭小的房子，依伦敦墙外侧而建，与墙内的纽盖特监狱两两相对。和威斯敏斯特大厅民事法庭守卫森严的景象相比，这里简直不像个法庭，虽然这里的法官们审理的不是钱财纠纷，而是致人伤残和死亡的凶案。星期六这天早上，我预先到达了这儿。老贝利法庭通常是不在星期六开庭的，只是下星期就到夏季开庭期了，到时候法官们一定会忙得不可开交，因此朝廷决定提前进行伦敦巡回审判，预先解决刑事案件。我把那叠抄有先例的文件捏在手里走进审判室，朝法官席鞠了一躬。

佛比泽尔法官正在他的座位上翻看文件，一大群老百姓环绕在法官席周围。巡回审判对城里的老百姓来说是项盛事，何况温特沃斯案又激起了人们极大的兴趣。在一片灰暗平凡的衣着中，佛比泽尔那件猩红色的长袍格外亮眼，像是在这片暗色上割出的一道鲜红的口子。我举目寻找约瑟夫的身影，发现他坐在一条长椅的尽头，被人群挤得贴在了窗户上，紧咬的嘴唇将他内心的焦虑不安泄露无疑。看到我来了，他举起手向我打招呼，我朝他笑了笑，试图表现得自信一点儿，虽然我心里并没底气。从星期二开始，他每天都去看望伊丽莎白，可她还是一言不发。昨天晚上我见了他一面，告诉他我会努力向法官辩说她精神失常，现在我们也只剩下这条路可走了。

我远远地看到一个和约瑟夫长得极像的男人，他一定就是约瑟夫的弟弟埃德温。他身披一件用料名贵、裁剪合体的绿色长袍，长袍以毛皮镶边；那张酷似约瑟夫的脸上眉头紧皱，满布忧色。他发现我在看他，狠狠瞪了我一眼，伸手拢紧那身长袍。看来他已经知道我的身份了。

第五章

接下来的事出乎我的意料：在埃德温·温特沃斯的前排，赫然坐着在盖伊店铺附近盯视我的那个年轻人。他今天穿了一件很正式的深绿色背心。旁观席和审判区之间有一道栏杆，他用手肘搭着栏杆，把下巴搁在手肘上，一副旁若无人的粗鲁样。我在看他，他也在看我，那张轮廓分明的脸上，一双大大的黑眼睛透着十足的兴趣。我皱了皱眉头，他微微一笑，换了个更舒服的姿势。看样子我没猜错，这个流氓是埃德温派来监视我的，目的是阻止我援救伊丽莎白。可惜啊，这种手段是不会奏效的。我套上法衣，朝律师席走去。因为今天审的是刑事案件，律师席空无一人，坐到律师席上的时候，我留意到布里克纳普站在门口。他正和一个人谈着什么，对方一身牧师打扮，应该是主教手下的忏悔牧师。

即使到了现在，滥用神职人员特权的现象仍然大量存在。一个人如果被判有罪，只要他声称自己是神职人员，就有权被移交至主教处接受惩罚。怎样判断一个人是否有资格享受特权呢？很简单，只要他能大声读出《诗篇》第五十一篇的开头部分，证明自己有文化就行。利用这种手段，许多非神职人员也可以逃过死刑。虽然亨利国王曾经对这种特权的运用加以限制，但这个规则依然存在。通过考验的人会被送进邦纳主教的监狱，直到主教判定他们已经悔悟。判定的过程是这样的：由十二个拥有良好声誉的人出面证明罪犯的悔悟是出自真心。布里克纳普就常做这种证人，只要有钱可收，他乐意去为任何人作证。他这项副业在林肯律师学院尽人皆知，只不过因为没有律师愿意告发自己的同行，才让他逍遥至今。

我落座之后，佛比泽尔一直盯着我瞧。想要猜出他的心情是不可能的，他这人虽然暴躁易怒，但只要上了法庭，那张瘦削的脸庞就永远挂着冰冷厌恶的表情，那是一种对人类罪孽发自内心的憎恨和鄙夷。他灰白的长须经过精心的修剪，墨色的眼瞳冷冷地凝视着我。一个出庭律师出现在刑事审判现场，往往意味着他会使出刁钻的手段来阻止定罪——佛比泽尔现在一定恨透我了。

他开口问道:"你想干什么?"

我朝他鞠了一躬。"法官大人,我是以温特沃斯小姐代表的身份到这儿来的。"

"是吗?那我们走着瞧吧。"说完他又低下头看起文件。

场内突然一阵骚动,引得人人都转过头去,原来是陪审团到了,十二个脑满肠肥的伦敦商人在卫兵的护送下进入了陪审席。通往牢房的门被打开,一名法警将十二个衣衫褴褛的犯人押上了法庭。按照法庭的规矩,首先审理的都是性质恶劣的罪案,比如杀人、抢劫和偷盗价值一先令以上的财物;如无意外,犯下这些罪的人会被判处死刑。犯人朝被告席走去,足踝上的脚镣让他们的脚步变得很迟缓,每走一步,连接镣铐的锁链就发出清脆的当啷声。一股浓烈的臭气从犯人们身上散发出来,所经之处,众人纷纷掩鼻,一些旁观者甚至拿出鲜花挡住脸,可是坐在法官席上的佛比泽尔仍然无动于衷,好像这股臭气完全没有对他造成困扰。我在队伍的最末处看到了伊丽莎白,她和那个被控偷马的胖女人走在一起。胖女人紧紧握住一个年轻男人的手,这男人蓬头垢面,浑身发抖,一副快要哭出来的样子,一定是她的儿子。我先前只见过伊丽莎白的脸,此刻再见时,发现她身段苗条,体态婀娜。她身上是一条灰色的家居裙,在纽盖特监狱里连穿一个星期后,已经变得又脏又皱。我本想看看她的眼睛,可她一直低着脑袋。旁观者们开始窃窃私语,我留意到那个长相轮廓分明的年轻人饶有兴趣地打量着她。

犯人们拖着脚镣进入了被告席。大多数人愁眉苦脸,惊恐万分,那个年轻的偷马贼抖得像一片风中的树叶。佛比泽尔冷冷地看了他一眼。书记员站起身,挨个询问犯人们服不服罪。每个人都回答:"不服。"最后轮到伊丽莎白了。

"伊丽莎白·温特沃斯,"书记员严肃地问道,"你被控于今年五月十六日,以残忍的手段杀害了拉尔夫·温特沃斯。你是服罪,还是不服罪?"

第五章

我察觉到法庭的气氛一下子紧张起来。然而我没有起身,我必须耐心等待,看她会不会抓住这最后的讲话机会。我用恳求的眼神看着她。她低着头,蓬乱的长发垂落下来,遮住了脸。佛比泽尔把身体探过桌子。

"小姐,书记员在问你服不服罪,"他的语气冰冷无波,"你最好回答。"

她抬起头看着他,眼神和那天在牢房看我时一样:空洞,茫然,仿佛眼前根本没有他这个人。佛比泽尔微微涨红了脸。

"小姐,你被控对上帝和人类犯下了难以想象的恶劣罪行。你到底接不接受陪审团的审判?"

她静静地站在原地,连动也不动一下。

"那好吧,审完其他人后我再问你。"他又眯起眼睛看了她一会儿,对书记员说:"开始审第一个案子。"

我深吸了一口气。书记员开始读第一份起诉状了,伊丽莎白还是一动不动地站着。在接下来的两小时里,她一直保持着这种姿势,只是偶尔挪动一下,把身体重心从左脚换到右脚,或是从右脚换到左脚。

我已经好几年没参加过刑事审判了,虽然对这种场面并不陌生,但今天再看时,还是被近乎于草率的诉讼进度给惊住了。每读完一份起诉状,证人就会被带上庭来,发誓绝不说谎。在法官准允之后,被告人可以质问原告,或者请上自己的证人。案子审着审着,原告和被告常常互相谩骂起来,这时佛比泽尔就会大喝一声,让众人不要吵嚷。控告胖女人母子偷马的是一个矮矮胖胖的旅店老板,胖女人一再坚持自己从未去过那个旅店,可是旅店老板有两个证人;她的儿子一句话则也说不出,只知哭泣发抖。审讯结束后,陪审团被送了出去,他们会呆在陪审团议事室里,既没有肉吃也没有酒喝,直到做出判决为止。整个过程不会持续太长。犯人们在被告席上焦急地等待着,两只脚不住地动来动去,脚镣叮当作响,旁观席中响起嗡嗡的议论声。

所有人都在这个又闷又热的房间里关了一上午，犯人身上的臭气和众人的体味混合在一起，闻着直叫人恶心。一道阳光透过窗户落到我的背上，我觉得自己开始出汗了。我暗暗骂了一句；一个汗流浃背的律师一向不讨法官们的喜欢。我环顾四周，约瑟夫坐在窗边，双手捧头，而他弟弟两眼半睁，不住打量着被告席上安静如石像的伊丽莎白，嘴唇抿得紧紧的。那个监视过我的家伙抱着胳膊靠着椅背，一副无精打采的样子。

陪审团回来了。书记员把一捆写着判决结果的纸卷递给佛比泽尔。法庭里的空气仿佛一下子凝固了，犯人们死死盯住那些纸卷，纸卷上的内容决定着他们的命运；就连伊丽莎白也抬头扫了一眼。

偷马的案子出结果了，五名陪审团成员判定那对姓普伦的母子无罪，另外七人则判定他们有罪。当书记员读出判决的时候，老女人情绪激动，高声祈求法官发发慈悲饶恕她的儿子，毕竟他才十九岁。

"普伦太太……"佛比泽尔红润的下唇被灰白的胡须围绕着，我分明看到那片嘴唇微微撇了一下，他表示轻蔑时常常会做这个动作，"你们一起偷了马，偷盗罪名成立，我想过不了多久，套马索就要套上你们的脖子了。"旁观席上有几个人哈哈大笑起来，佛比泽尔狠狠瞪了他们一眼，他见不得法庭上有人举止轻浮，哪怕事情是他自己开玩笑惹出来的。老女人抓住她儿子的胳膊，小伙子又开始嘤嘤哭泣。

审判结束后，法警替那些被判无罪的人除下脚镣，他们重获自由，飞快地跑掉了。

剩下的死刑犯被押回纽盖特监狱，叮叮当当的脚镣声渐渐远去，最终完全消失。现在被告席上只剩下伊丽莎白一个人。

"好啦，温特沃斯小姐，"佛比泽尔厉声说，"你现在决定开口了吗？"

伊丽莎白没有回答。众人开始窃窃私语，佛比泽尔用刀子似的目光扫视了审判室一遍，室内又变得鸦雀无声。我站起身来，可他挥手要我坐下。

第五章

"等一等，律师。小姐，现在我再问你一次。服罪还是不服罪，回答这个问题不需要多少力气吧。"她仍然呆呆地站着。佛比泽尔抿了抿嘴唇。"那好吧，像你这种情况，法律规定得很清楚。你将受重石压迫处罚，行刑人会把巨石压在你身上，直到你开口求饶；如果你一直不开口，那就只能被活活压死。"

我又站起来："法官大人……"

他转过头冷冷地看着我。"夏雷克律师，这里是刑事审判现场，法庭有权不听取律师的话。难道你的法律知识这么贫乏？"旁观席上有人吃吃偷笑，这些人都希望伊丽莎白死掉。

我深吸了一口气。"法官大人，我要说的话并不涉及凶杀案本身。我只是希望你在做出判决的时候考虑一下她的具体情况。我相信她之所以没有回答你的提问，是因为她精神失常，疯疯癫癫。因此她不应该受重石压迫处罚。我请求你派人诊断一下……"

"法官可以考虑被告人的精神状况，"佛比泽尔出乎意料地没有反驳我，"只要她好好回答服不服罪。"我瞥了伊丽莎白一眼。她现在正盯着我，可惜眼神依旧呆滞麻木。

"大人，"我语意坚决，"我要引用1505年王座法庭审理的阿农案，这件案子的被告人阿农拒绝回答法官的提问，法官认为他可能存在精神问题，指定由陪审团检查他的精神状况。"我拿出一份手抄文件。"我还要引用……"

佛比泽尔摇了摇头。"我知道那件案子。我还知道一个反例，是王座法庭1498年审理的白德罗案，那件案子的法官说只有陪审团才有权决定要不要考虑被告人的精神问题。如果她不肯说话，也就等于拒绝接受陪审团的审判，那陪审团自然无法做这个决定。"

"但是法官大人，我希望你参考这些案件做出折中的决定，而且我认为你必须考虑到我的当事人是个女性，以及她尚未成年……"

佛比泽尔又撇了撇嘴，湿润的唇瓣朝下方灰白的胡须一弯。"照你这么说，我要立马选出一个陪审团来确定她真的疯了，然后你就能为你的当事人争取到更多的时间。不，夏雷克律师，不。"

"法官大人，如果我的当事人死于重石压迫，这件案子的真相将永远不为人知。而且据我所知，定罪的证据都是间接证据，为了公平起见，有必要展开更加全面的调查。"

"你说的话涉及案件本身，先生。我不会允许……"

"她可能已经怀孕了，"我极力抓住最后一线希望，"因为她不肯说话，所以我们无法确定。我们应该再等等看。如果现在就让她受刑，也许会杀死一个没出世的孩子！"

旁观席上的议论声更大了。伊丽莎白的表情变了，她用一种极度愤怒的眼神瞪着我。

"你真的怀孕了吗，女士？"佛比泽尔问。她慢慢地摇了摇头，把头垂了下去，长发再一次挡住她的面孔。

"看来你能听懂英语。"佛比泽尔对她说。他又把脸转向我："夏雷克律师，你为了拖延时间，真是什么借口都不放过。我绝不会允许这种事发生。"他耸起肩膀，再次对伊丽莎白说："小姐，你也许还没有成年，但已经到了做错事需要承担法律责任的年纪。你一定知道在上帝面前什么该做，什么不该做，但你却被控犯下了如此可怕的罪行，还拒绝接受陪审团的审判。我判决你接受重石压迫处罚，今天下午重物就会压在你的身上。"

我再一次跳了起来："法官大人……"

"够了，先生，给我闭嘴！"佛比泽尔大声咆哮，一拳砸在桌子上。他朝法警挥了挥手："把她带下去！把犯轻罪的被告人带上来。"法警走进被告席押走伊丽莎白时，她仍然低垂着头，我看不清她脸上的表情。"听说重石压迫比绞刑死得慢呢。"我听到一个女人对另一个女人说。"那是她活该。"门在伊丽莎白身后关上了。

第五章

我垂头丧气地坐在律师席上。旁观的人开始起身离座，说话声渐渐响了起来，彼此的衣料摩擦着，发出沙沙声。许多人是专程来这里看伊丽莎白的，他们对偷盗的财物低于一先令的小贼没有兴趣，毕竟小偷小摸够不上死罪，其惩罚只不过是割掉耳朵，或者被烧红的烙铁烙个印。只有布里克纳普还鬼鬼祟祟地站在门口，兴奋地朝里张望，因为那些犯罪较轻的人可以宣称自己有神职人员的特权。埃德温·温特沃斯和其他人一起离开了，我只瞥到他那件绿色长袍的后背。约瑟夫孤零零地留在长椅上，一脸悲伤地看着他弟弟的背影。那个长相轮廓分明的年轻人已经走了，也许是和埃德温爵士一起走的。我起身朝约瑟夫走去。

我对他说："我很抱歉。"

他一把抓住我的手。"先生，陪我走一趟吧，我们现在马上赶到纽盖特监狱去。等她看到压她的石板和要垫在她背后的石头，心里一害怕也许就会说话了。那样一来她就有救了，是不是？"

"是，她只要开口求饶，就会被带回法庭接受审判。但她是不会这么做的，约瑟夫。"

"好歹试一试吧，先生，求你了……我们最后努力一次。请你陪我走一趟。"我闭上了眼睛，再睁开时，我回答说："那好吧。"

走到前厅时，约瑟夫突然倒抽一口气，两手捂住肚子。"哎呀，我肚子疼。"他呻吟着说，"我得赶紧去方便一下。这里有厕所吗？"

"绕到后面就能找到。我在这里等你，要快一点儿，那些人会直接把她带去受刑。"

他挤进朝大门口走去的人群，慌慌张张地往后面去了。人很快就走光了，前厅只剩下我一个人，便找了条长凳坐下。接着我听到审判室里传来一阵啪嗒啪嗒的脚步声，有人正向这里跑来。门一下子开了，佛比泽尔那个矮矮胖胖的书记员朝我跑过来，一张脸涨得通红，长袍正随着他的动作飘飞。"夏雷克律师，"他喘着粗气说，"谢天谢地。我还以为你已经走了。"

"找我有什么事吗?"

他向我递出一份文件。"佛比泽尔法官重新考虑过了,先生。他让我把这个交给你。"

"这是什么?"

"他重新考虑了这个案子,决定再给你两周时间,劝温特沃斯小姐接受陪审团的审判。"

我盯着他的脸,心中迷惑不解。重新考虑?若是别人我可能会信,但佛比泽尔根本不像会做这种事的人。在我的注视下,书记员的目光游移不定,显得很不安。"我已经把这份文件抄了一遍,叫人送到纽盖特监狱去了。"他把文件塞到我手中,飞快地闪进了审判室。

我看着手里的文件。这是一份简短的指令状,下方有佛比泽尔的签名,张牙舞爪,字如其人。指令状要求把伊丽莎白·温特沃斯扣留在纽盖特监狱的地牢,直到六月十日为止。在这十二天里,她可以重新考虑是否接受陪审团的审判。我环顾着空荡荡的前厅,百思不得其解。这究竟是怎么一回事?任何一个法官都不会轻易做出这种决定,何况是佛比泽尔。

有人碰了碰我的胳膊。我抬头一看,发现那个轮廓分明的年轻人站在我身边。我皱了皱眉头,他的右嘴角向上一勾,又露出那种玩世不恭的笑容,一口牙整整齐齐,颜色雪白。

"夏雷克先生,"他说,"我想你应该接到那份指令状了。"他的声音和他的长相一样凌厉,带着浓重的伦敦平民味儿。

"你这话是什么意思?你到底是谁?"

他微微欠身。"先生,在下杰克·巴拉克,很乐意为你效劳。是我劝服佛比泽尔法官下了这个命令。你刚才没看见我躲到了法官席背后吗?"

"没有。但是……你为什么这么做?"

他突然不笑了,那种冷峻的神情又回到了脸上。"我为克伦威尔大人

第五章

效命。我以大人的名义劝说法官多给你一点儿时间。那个顽固的老东西起初并不情愿，可他哪有本事拒绝我主人的吩咐，这点你应该知道。"

"克伦威尔？他为什么要插手这件事？"

"他想见见你，先生。他就在附近的罗尔斯宫。他要我把你带到那里去。"

我感到一阵恐惧，一颗心怦怦直跳。"为什么？他想干什么？我已经三年没有见过他了。"

"他要派你去做一件事，先生。"巴拉克扬起眉毛，一双棕色大眼无礼地直视着我，"让那个女孩儿多活两星期就是你的报酬，我们已经预付过了。"

第六章

巴拉克和我一前一后朝马厩走去,他的步履轻快得很,我差点儿追不上。我的心仍然跳得很厉害,一下一下,像在撞击我的肋骨。脸部的皮肤有种紧绷感,如果现在让我笑一笑,我一定笑不出来。我知道克伦威尔这个人平素不喜欢欺凌法官,他一向乐于遵纪守法,今天这番举动实在反常。而且用巴拉克这种小混混一样的人去对付法官,未免太不可思议了。不过话说回来,虽然克伦威尔如今贵为首席大臣,但身为帕特尼一家酒馆掌柜的儿子,他很喜欢提拔出身低微的人,只要他们的头脑够聪明,心肠够狠。可他究竟想让我替他做什么?他的上一次任务让我陷入一个充斥着凶杀和暴力的地狱,每每回想起来,我还禁不住浑身发抖。

巴拉克的坐骑是一匹漂亮的黑色母马,皮毛油光水滑。我还没给"大法官法庭"上好马鞍,他已经纵马小跑出去,停在马厩门口不耐烦地回望我。"好了没有?"他问,"大人希望今天上午就见到你。"

我爬上马鞍,坐在"大法官法庭"的背上长吁了一口气。做这些动作的时候,我趁机打量着他。他俊美的容貌和强壮的体格我先前已经注意到了,这一次再看时,我发现他腰间挂着一柄长剑和一把匕首,那剑看起来沉甸甸的。他这人虽然举止粗鲁,两眼却十分有神,一张阔嘴出人意料的性感,嘴角微微上弯,好像时时刻刻都在嘲笑着谁。

这时我看到约瑟夫穿过院子朝我们跑过来,忙说:"等一等。"只见他一手抓着他那顶帽子,圆胖的脸上满是喜色。刚才他从厕所回来之后,我告诉他佛比泽尔改变了主意;我当然没告诉他真正的原因,只说我也不知道其中的缘故。"先生,你的辩才实在太惊人了。"他一个劲地夸赞我,

第六章

"连法官大人都被你说动了。"约瑟夫的心思一向单纯,根本没想到其中另有关窍。他一手抚着"大法官法庭"的肋部,仰起头笑盈盈地看着我。

"约瑟夫,我要和这位绅士走一趟,"我说,"另外有一件要紧的案子需要我马上赶去处理。"

"你又要去替那些遭遇不幸的人伸冤了吧?不过你是不是很快就会回来?"

我瞥了巴拉克一眼,他微微点了下头。

"这件事很快就能办完,到时候我会联络你。听着,现在我们终于有时间调查拉尔夫的死因了,我想让你替我做一件事,只是不知道你办不办得到。这件事有些困难……"

"你尽管吩咐吧,先生,我什么都可以做。"

"我希望你去找你弟弟埃德温,问他愿不愿意在他家见我一面。你就说我怀疑伊丽莎白并没有杀死拉尔夫,想听听他的看法。"

一片阴云飘上他的脸。我温言相告:"约瑟夫,我必须见见埃德温一家,再看看房子和花园。这件事非常重要。"

他咬紧嘴唇,慢慢地点了点头。"我会尽力而为。"

我拍了拍他的手臂:"你是个好人。我现在必须走了。"

我和巴拉克策马走上大街,突听约瑟夫在我身后大喊:"我要告诉伊丽莎白!我要告诉她,多亏了你,她才逃过了重石压迫处罚!"巴拉克朝我扬了扬眉毛,脸上显出讥讽之色。

❖

我们沿着老贝利街向前走。罗尔斯宫离这里不远,实际上就在林肯律师学院的正对面。罗尔斯宫是一片规模庞大的建筑群,曾经是犹太改宗所的所在地——犹太人若想改信基督教,就要在改宗所接受指令。自从几百年前犹太人被全数驱逐出英国,罗尔斯宫就成了大法官法庭的办公地点,不过偶尔也会有一两个外国犹太人，不知用什么方法来到了英国，希望改宗基督教，教会依然会安排他们住进罗尔斯宫。管理大法官法庭的六书记员办公室也设在那里。罗尔斯宫管理人兼任改宗所管理人，两个职务一直没有分开。

我对巴拉克说："我还以为克伦威尔大人已经放弃罗尔斯宫管理人这个职务了。"

"他在罗尔斯宫保留了一个办公室。不想被人打扰的时候，他会去那里办公。"

"你能不能告诉我大人到底要我做什么事？"

他摇了摇头。"等见到了我的主人，他自然会亲口告诉你。"

我们爬上路德门山街。天气和昨天一样燠热，来来往往的马车扬起路面的灰尘，为了挡灰，带自家的瓜果蔬菜进城里贩卖的女人们都用布遮着脸。路德门山街地势较高，走在街上，可以看到城中的红瓦屋顶层层叠叠，远处宽阔的泰晤士河泛起波光。潮水正在消退，河岸的淤泥显露出来，上面满是北岸居民每天倒在河里的垃圾，远看黄黄绿绿，像是一块巨大的污迹。听说最近入夜之后，常有人看见一团团鬼火在那些垃圾上飞舞，人们惶惶不安，不知这究竟是什么预兆。

我又想从他嘴里套出点儿口风。"这件事一定很要紧吧。佛比泽尔可不是那么容易受人威胁的人。"

"干法律的人哪个不是贪生怕死，真到了性命攸关的时候，他也知道保命要紧。"巴拉克的话音里有种掩不住的轻蔑。

"我真是被弄糊涂了。"我停顿了一下，接着问，"我是不是惹上麻烦了？"

他转过头来。"不，只要你照吩咐去做，就什么麻烦也不会有。我已经说过了，我主人要你替他办一件事。赶紧走吧，时候已经不早了。"

我们走进了舰队街。白衣修士修道院正在拆毁过程中，一片烟尘将这

第六章

座庞大的修道院整个笼罩起来。门房被脚手架覆盖着,一群人忙着用凿子凿下外墙的装饰物。一个工匠拦在我们面前,举起沾满灰尘的手。

"先生们,请你们把马停下来!"他大声喊道。

巴拉克皱起眉头:"我们正要去为克伦威尔大人办事,赶紧滚开!"

那人把手放在脏兮兮的工作服上擦了擦。"对不起,先生。我只是想提醒你们,工人们就要炸毁礼拜堂了,那响动可能会惊了你们的马……"

"看!"巴拉克突然打断了他的话。只见墙内红光一闪,巨大的爆炸声随之而来,比天上的惊雷还要响。伴随着人们的欢呼声,巨石纷纷落下,升腾的尘土像灰云一样朝我们涌来。巴拉克的马不愧是纯正的英国种,在这样的状况下也没有惊慌,只是嘶叫了几声,脑袋歪向一边,"大法官法庭"却发出一声尖叫,前蹄离地立了起来,差点儿把我摔下去。巴拉克伸手替我拽住了缰绳。

"把蹄子放下来,伙计,放下来。"他的话音里有种不容置疑的坚定,"大法官法庭"立刻安静下来,前蹄又落了地。它全身剧烈地打着战,我也抖得厉害。

巴拉克问:"你没事吧?"

"没事,"我倒吸了一口气,"没事。谢谢你。"

他狠狠骂了一句:"这该死的灰。"带着浓浓火药味的灰尘在我们周围飞旋,不消片刻,我的长袍和巴拉克的背心都沾满了灰。他说:"走吧,我们赶快离开这里。"

"先生们,真是对不起!"工匠在我们身后不安地喊道。

"你当然对不起我们了!该死的混球!"巴拉克转过头大骂他。

我们拐进了大法官法庭街,一路上热浪袭人,马儿们还没有从刚才的惊吓中恢复过来,又被热得无精打采,成群的苍蝇在周围飞来飞去,搅得它们不能安生。我早已汗如雨下,巴拉克却是神清气爽,好像一点儿也不热。其实我并不愿意领他的情,但刚才要不是他手快,我可能会栽下马跌个半死，他的确帮了我一个大忙。

我朝林肯律师学院的门房看了一会儿，天知道我此刻多想走进这熟悉的大门，可在前面领路的巴拉克却走进了正对面的罗尔斯宫。在这片庞大的建筑群中央，伫立着一座宏伟坚固的教堂。一名卫兵手执长矛站在教堂门外，身上的制服黄蓝相间，正是克伦威尔手下卫兵所穿的款式。巴拉克对他点点头，卫兵鞠了一躬，朝一个马童打了下响指，马童立刻上前牵走了我们的马。

巴拉克一把推开沉重的大门，我们一起走了进去。屋里到处是用红丝带扎起来的羊皮卷，它们紧挨着墙壁，成堆地摆放在长凳上，纸上所绘的《圣经》场景已经褪色了。不时可见一两个穿黑袍的书记员在纸堆里挑挑拣拣，寻找合适的案例。更多的书记员排着队等在六书记员办公室门外，向法庭申请令状或者询问开庭日期。

这个办公室我一次也没来过，因为我接下的官司通常不在大法官法庭开庭，就算有我也不会亲自来，只会派书记员来处理冗长得出了名的文书工作。我凝视着不计其数的羊皮纸卷，巴拉克也顺着我的目光看去。

"古代犹太人的灵魂要是晚上出来读这些书，那可有罪受了。"他语带讥诮，"走吧，我们从这儿进去。"他带头走向一个小礼拜堂，小礼拜堂的门紧闭着，门外还站了一个衣着鲜亮的卫兵。我心中暗想，如今的克伦威尔难道已经到了五步一哨，十步一岗的地步？巴拉克在门上轻轻敲了一下，推开门走了进去。紧跟在他身后的我深吸了一口气，一颗心怦怦直跳，就快从胸口蹦出来了。

小礼拜堂的四壁刷过白石灰，盖住了壁画，因为托马斯·克伦威尔对涉嫌偶像崇拜的装饰深恶痛绝。这屋子已经被改造成一间大办公室，靠墙摆着几个大书柜，一张华丽的大书桌前面放了几把椅子，屋里有一扇开得很高的窗户，光线透过彩色的玻璃洒在大书桌上，在一片昏暗中亮得格外突兀。书桌后面没有人，；克伦威尔不在那里。角落里有张小一点儿的书

第六章

桌,后面坐着一个身穿黑袍的矮小人影,细看竟是我的老熟人埃德温·格雷,克伦威尔的秘书。他已经追随了克伦威尔十五年,打从克伦威尔为沃尔西效力起,就跟在他身边鞍前马后。格雷起身朝我们鞠了一躬。他一头银发稀稀拉拉,红润的圆脸上写满了焦虑。

他和我握了下手。他的手指头黑黑的,经年的墨迹渗入皮肤,早已经洗不掉了。他朝巴拉克点了点头,我捕捉到他眼中的一丝嫌恶。

"夏雷克先生。你过得如何啊,先生?我们好久没见面了。"

"我过得挺好的,格雷先生。你呢?"

"现在是非常时期,能过成这样我已经心满意足了。伯爵有件事不得不去处理,他过不了多久就会回来。"

我状似随意地探问道:"他怎么样?"

格雷犹豫了一下。"等会儿你就知道了。"门突然开了,他猛地转过头去,托马斯·克伦威尔迈着大步走了进来。我从前的上司似乎不太高兴,两道浓眉拧成一团,可是在看到我之后,他立刻转忧为喜,笑容满面。我深深地鞠了一躬。

"马修,马修!"克伦威尔连声呼唤我的名字,样子兴奋极了。他用力握了握我的手,绕到大书桌后面坐下。我细细打量着他。他的穿戴还是一如既往的素净,外罩黑袍,内穿深蓝色背心,只是背心上多了一枚国王钦赐的嘉德勋章。看着他的脸,我不由得吃了一惊,和三年前相比,他的容貌变了很多:头发白了一大半,粗犷的五官似乎因为紧张和焦虑而绷得紧紧的。

"啊,马修,"他说,"你过得怎么样?在律师这一行干得还不错吧?"

我想到那几件明明已经到手却又无故失去的案子,一时不知道该如何作答。"还不错,多谢你的关心,大人。"

"你的长袍上沾了什么东西?杰克,你的背心上也有。"

"大人,是灰尘。"巴拉克回答,"我们路过白衣修士修道院的时候,正好碰上工人们炸毁礼拜堂,那灰尘铺天盖地,差点儿没把我们埋在里头。"

克伦威尔哈哈大笑,眼神锐利地看了巴拉克一眼:"事情办妥了吗?"

"办妥了,大人。佛比泽尔还算知趣。"

"我就知道他不敢多事。"克伦威尔又转头对我说:"马修,我之前听说你介入了温特沃斯案,一下子来了兴趣,很想知道这究竟是怎么一回事。我当时就想,我们毕竟是老朋友了,看在过去的交情上,难道就不能互相帮帮忙吗?"他说完又笑了起来。他的话让我心中忐忑:他是怎么知道的?不过他耳目众多,林肯律师学院里一定有他的眼线。

我小心翼翼地说:"大人,小的不胜感激。"

他冷冷一笑。"你很少对一件事这么执着,马修。那个女孩儿的性命对你来说很重要?"

"对,很重要。"听了他的问话,我才意识到过去这几天里,除了伊丽莎白的案子,我竟然很少去想别的事。自从看到她脸色苍白地躺在纽盖特监狱肮脏的稻草堆上,那么无助,那么可怜的样子,我就下定决心要为她做点儿什么。如果克伦威尔想用她的命来胁迫我,那他选对了。

"大人,我相信她是无辜的。"

他挥了挥戴着戒指的手,直截了当地说:"我并不关心这个。"他一脸严肃地盯视着我,我再一次感觉到从那双黑眼睛里传达出来的压迫感。"马修,我需要你的帮助。这件事很重要,而且极为机密。我能保证让那个女孩儿活过十二天,前提是你答应帮我的忙。在这十二天里,你务必要替我办好这件事。两星期不到——我们只有这点儿时间了。"他突然点了下头,吩咐说:"坐下。"

我依言而行。退到一旁的巴拉克斜靠在墙上,两手插在大得有些夸张的金色科多佩斯里。我扫了克伦威尔的办公桌一眼,只见满桌文件中间有一个小小的银画框,其中嵌有一幅女人的半身像。画虽然小,人物却细腻传神。克伦威尔顺着我的目光朝桌上看去，旋即皱皱眉头，把画框扣了过去。他朝巴拉克点点头。

"杰克是我的心腹。知道这件事的人只有八个，他是其中之一，除他之外，知情人有我、格雷和国王陛下。"听到"国王陛下"这四个字，我倏地睁大了眼睛。我刚进教堂就摘下了帽子，如今这顶帽子被我抓在手里，无意识地拧来绞去。

"另外五个知情人中有你的一个老熟人。"克伦威尔又笑了，那笑容冷冷的，没有多少温度。"放心吧，这一次我不会让你去做违背良心的事……你不用把你的帽子揉成一团破布。"他仰靠在椅背上摇了摇头，态度颇为宽容。"斯卡恩西那件事我对你不够有耐心，马修。我以为是你的动作太慢了。谁都没想到事情原来这么复杂。当年刚认识你的时候我就开始欣赏你了，你灵活的头脑和抽丝剥茧找出真相的能力的确非同一般。那时候我们还都是血气方刚的年轻人，对改革充满了热忱。你还记得吗？"他默默地坐了一会儿。他很少有这样消沉的时候，今天是怎么了？难道国王厌恶克里维斯的安妮，从而迁怒于他的传言是真的？

我大着胆子问道："大人，我能问问那个老熟人是谁吗？"

他点了点头。"你还记不记得迈克尔·格里斯特伍德？"

林肯律师学院是个小圈子，里面的人我大都认识。"格里斯特伍德，是不是曾经在斯蒂芬·布里克纳普手下做辩护律师的那个人？"

"正是他。"

我眼前浮现出一个风风火火的矮个子男人，一双眼睛明亮极了。格里斯特伍德过去和布里克纳普十分要好，或许是近墨者黑的缘故，他和布里克纳普一个德行，时刻不忘寻找新的生财之道。不过他不像布里克纳普那么工于心计，翻脸无情，那些发财计划一个也没有成功过。我记得他曾经接过一个财产纠纷案，案情十分复杂，以他的三脚猫功夫根本无法解决。束手无策的他只好找我帮忙，事后他对我感激涕零，请我到餐厅大吃了一顿。在饭桌上他一个人滔滔不绝,不断吹嘘他那些蠢得要命的发财计划,还说为了报答我,打算带我一起干,听得我是哭笑不得。

"他为了某件事和布里克纳普闹翻了,"我说,"早就离开了林肯律师学院。听说他去了土地没收法院工作,不知是不是真的?"

克伦威尔点了点头。"他的确去了土地没收法院,帮着理查德·里奇处理修道院解散事宜。"他十指相触,搭成尖塔的形状,两眼直直地盯着我。

"就在去年,位于史密斯菲尔德的圣巴塞洛缪修道院向国王投了降。修道院里的财物按理都要上交给国王,法院派了格里斯特伍德去监督财物的清理和接收工作。"

我点了点头。这座设有医院的修道院规模不小。我记得院长富勒曾和克伦威尔及里奇私下勾结,修道院解散后,二人投桃报李,把修道院的大部分土地赐给了院长。修道士的守贫誓言到头来不过是一句空话。不过听闻富勒最近染上了痨病,命不久矣,众人都说这是上帝对他关闭这座修道院兼医院的惩罚。还有人说是里奇给他下了慢性毒药。里奇之前搬进了富勒的宅子,把偌大一座华屋据为己有,难怪会惹此非议。

"格里斯特伍德带了几个土地没收法院的人和他一起去,"克伦威尔继续说,"干些清点家具、把金属餐盘送到铸造厂熔化之类的工作。他还把修道院的图书管理员叫到跟前,告诉他哪些书有保留的价值。土地没收法院的人行事一向彻底,有些隐蔽之处连修士们自己都未必想得起来,可他们绝不会放过。"

"这我知道。"

"后来他们下到了教堂的地下室,在一个蛛网密布的角落里,找到了一件东西。"他探过身子,一双黑眼睛射出犀利的光,仿佛要透过我的眼睛看到我的内心深处,"这件东西已经失传了几百年,对于炼金术师来说,它只是一个传奇,一个口耳相传的神话。"

第六章

我惊讶地看着他。这件事完全出乎我的意料。他干笑了两声。"听起来很像天方夜谭，是不是？告诉我，马修，你有没有听说过希腊火？"

"我不能确定。"我皱起眉头，"这名字有些耳熟。"

"就在几个星期之前，我还对它一无所知。希腊火是一种液态燃烧剂，八百年前，拜占庭帝国用它在海战中对付异教徒。只要把这种燃烧的液体喷射到敌船上，火势就会飞快地蔓延，而且无法扑灭，不消片刻整艘敌船就化为灰烬了。这种液体甚至能在水上燃烧。希腊火的配方是拜占庭帝国的机密，只能由一个皇帝传给下一个皇帝，到最后失传了。几百年来，炼金术师们一直希望复原希腊火，但总是不得其门而入。格雷，拿过来。"他打了个响指，格雷应声而起，把一张羊皮纸递到他手上。"马修，小心点儿拿，"克伦威尔小声说，"这东西很旧了。"

我从他手里接过羊皮纸。羊皮纸的边缘已经磨损，上半截不知被谁给撕掉了。纸上写着几段希腊文，文字上方有一幅精美的插图，这画没有用透视技法，和过去经书上的插图差不多。画面中有一片水域，两艘式样古老的桨船隔水相对，其中一艘船上有一根金色的管子，赤红的火舌从管子里喷出来，朝另一艘船卷去。

"这画看着像是修士画的。"我说。

他点了点头。"你说得没错。"说完他陷入了沉思。我扫了巴拉克一眼，此刻他满面肃然，惯有的嘲讽神色消失得无影无踪。格雷站在我身旁看着羊皮纸，两手交握在一起。

克伦威尔又开口了，声音轻得只有我们三个人能听见。"去年秋天的某一天，格里斯特伍德正在圣巴塞洛缪修道院里忙活，这时土地没收法院的一个办事员把他叫到了教堂的地下室。在一堆陈年的破烂东西中，他们找到了一个大桶，打开之后，发现里面装满了一种黏稠的黑色液体，据格里斯特伍德说，那液体散发出一股怪味儿，像极了茅厕的臭气。迈克尔·克里斯特伍德从没见过这种东西，十分好奇。桶上镶着一块名牌，上面刻了一个名字：艾伦·圣约翰。除此之外，还有一段拉丁文：*Lupus est homo homini.*"

"人对人是狼。"

"英文多么简单明了，那些修士偏不肯用。话说看到名牌上的名字后，格里斯特伍德想到让图书管理员去图书馆查找这个名字的信息。他们在一份目录上查到了这个名字，又在名字的指引下找到了一个旧箱子，箱子里装的就是与希腊火有关的手稿。箱子是一个叫圣约翰的上尉存放的，一百年前，他死在了圣巴塞洛缪医院。他生前是个雇佣兵，土耳其人攻陷君士坦丁堡时，他就在那里。他留下了一本回忆录。"克伦威尔扬起眉毛，"他在回忆录中说，一个拜占庭图书管理员和他一起逃到了船上，还交给他一个大桶，声称桶里装着世间最后一点儿希腊火。随着大桶一起给他的还有制造希腊火的配方。那个图书管理员在清理皇帝的图书馆时发现了这个配方，决意把它交给圣约翰，如此一来配方就能为基督徒所用，而非落入野蛮的土耳其人手中。你有没有留意到纸页被撕坏了？"

"留意到了。"

"这幅图的上面原本有希腊文写成的配方，结果被格里斯特伍德给撕掉了，一起撕掉的还有制造希腊火喷射器的方法。照规矩他应该把配方交给我——它从前是修道院的财产，如今属于国王——可他没有。"克伦威尔皱起眉头，宽阔有力的下巴绷得紧紧的。屋里出现了短暂的沉默，我这才发觉自己不知不觉间又在拧手里的帽子。就在我意识到这一点时，克伦威尔又开始往下说了，声音和刚才一样低沉。

"迈克尔·格里斯特伍德有个名叫塞缪尔的哥哥。他是个炼金术师，在炼金术界，人人都叫他瑟普特斯·格里斯特伍德。"

"瑟普特斯，"我将这名字重新念了一遍，"拉丁文的意思是隐藏。"

"这名字是想说只有炼金术师才能发现隐藏的知识。这类人大多喜欢给自己取个花哨的拉丁文名字，他也不例外。话说瑟普特斯知道了这件事

第六章

后,意识到这个配方有可能价值连城。"

我艰难地咽了口唾沫。难怪克伦威尔如此焦急,这次的事件可真不简单。

"也不知是不是真的,"我说,"说不定是瑟普特斯弄出了一个假配方,再让他弟弟撒谎骗你。"

"噢,是真的。"他说,"我亲眼见识过它的威力。"

我突然有种想要画十字的冲动,可新教徒是不允许画十字的,我只好生生忍住了。

"迈克尔·格里斯特伍德到了今年三月才来找我,看来他们两兄弟一定花了不少时间来完善配方。他当然没有直接找到我,以他的身份是不可能这样做的,只能依靠中间人。有人把这张羊皮纸和从一座女修道院搜来的几份文件交给了我。羊皮纸到我手里的时候,写着配方的上半部分已经不见了。格里斯特伍德兄弟还给我捎来一封信,说他们已经造出了希腊火,如果我不相信,他们可以当着我的面示范一下。我若是想要希腊火的配方,他们可以给我,条件是得到一张研制希腊火的执照。只要执照到手,他们就能拥有希腊火的独家制造权。"

我看着羊皮纸:"可这配方并不属于他。正如你所说,修道院的财产如今都归国王所有。"

他点了点头。"不错。我大可以把这两兄弟抓进伦敦塔,逼他们把配方说出来。这是我听完口信的第一反应。可我后来又想,要是他们在落网前逃跑了呢?要是他们把配方卖给法国人或者西班牙人呢?他们非常狡猾,谁能保证这些事不会发生?我决定先和他们周旋,看看他们到底要干什么;一旦确认配方真的存在,我就答应给他们执照,再趁其不备以偷窃的罪名把他们抓进伦敦塔。"他抿了抿薄薄的嘴唇,"谁知这回我想错了。"他看了看仍然守在我身边的格雷。"坐下吧,书记员先生,"他朝格雷打了个响指,"你老是站在这里,倒叫我心慌。羊皮纸让马修拿着就好。"

格雷鞠了一躬，回到自己那张办公桌后头，面无表情地坐下。他一定早已习惯了做克伦威尔的出气筒。我看到巴拉克的目光一直停留在克伦威尔身上，眼中流露出一种关切之情，是近乎于儿子对父亲的那种关切。克伦威尔仰靠在椅背上。

"马修，作为第一个和罗马教廷决裂的国家，英国成了全欧洲的公敌。教皇希望法国人和西班牙人联手推翻我们。这两国已经中断了和我们的贸易，法国虽然没有对我们宣战，但时常在英吉利海峡和我们发生冲突，这几年虽然从修道院得到了不少财富，但是形势所逼，我们不得不把半数的财富都拿去御敌。你要是知道这笔钱有多少，一定会大吃一惊。我们沿着海岸建了许多新堡垒，加上造船、造枪、造炮……"

"大人，这些我都知道。大家都害怕遭到外国入侵。"

"至少那些忠于改革的人会怕。我们上次见面之后，你没有变成天主教徒吧，马修？"他死死盯着我，眼中射出冷厉的光。

我死命捏住帽子："没有，大人。"

他徐徐点头。"我知道你没有，其他人也是这么告诉我的。你虽然对我们的事业失去了热情，但并没有转变成我的敌人，这一点比好多人要强。言归正传，在目前的形势下，你应该明白，对英国来说，拥有一种可以让我们的舰队所向无敌的新武器有多重要。"

"我明白，可是……"我欲言又止。

"但说无妨。"

"大人，人到了绝望的时候，往往什么希望都想抓住，有时候无异于饮鸩止渴。几百年来，炼金术师们一直许诺说要创造奇迹，可真正实现的却是少之又少。"

他点头赞许道："很好，马修，你看问题总是能一针见血。但你不要忘了，我是亲眼见过的。我在这里接见了格里斯特伍德兄弟，告诉他们我打算选一个清晨，在德特福德的一处废码头边停泊一艘旧帆船，如果他们

第六章

可以当着我的面用希腊火摧毁它,我会考虑他们的要求。这件事由杰克全权安排,这个月初的一天早上,只有他、我,还有格里斯特伍德兄弟到了现场。他们真做到了。"他展开双臂,摇了摇头。我看得出来,那天早上的情景仍然让他惊讶不已。

"他们带来了一件用生铁做成的器械,样子奇奇怪怪,有一根可以在枢轴上转动的管子。等器械的水泵一开动……一股燃烧的液体就从管子里直喷到小船上,没过多久就把船烧了个精光。看到这一幕,我惊得差点儿掉进水里。这不是类似于火药的爆炸,而是……"他说着又摇了下头,"而是一种无法扑灭的火焰,蔓延速度之快,火势之猛,是我生平仅见,就像巨龙呼气时喷出的烈焰一样。他们没有说咒语,马修,这件事和魔法没有一点儿关系。这件事绝对不是骗局,他们真的造出了新武器。啊,不对,是复原了一种古老的武器。一星期之后我又去看了一次,他们同样没失手,于是我向国王禀报了此事。"

我瞥了格雷一眼,他一脸严肃地朝我点了下头。克伦威尔深吸了一口气。

"陛下比我想象的还要兴奋。你应该去看看他的眼睛有多亮。他已经很久没有拍过我的肩膀了,可他那天居然又做了这个亲密的动作。他要求在他面前演练一次。德特福德有艘正等着拆解的老战舰'神恩号',我准备把这艘船作为靶子,六月十日,也就是十二天后,在德特福德进行演练。六月十日应该就是伊丽莎白的宽限期到期的日子吧。"

"我被弄得措手不及,"他继续说道,"没想到陛下这么快就接受了这件事。我没时间和格里斯特伍德兄弟周旋下去了。在陛下看到演练之前,我一定要把配方和他们研制的希腊火弄到手。我想让你把东西从他们手里弄过来。"

我的呼吸顿时粗重起来。"小人明白。"

"马修,我只不过是想让你去做个说客。迈克尔·格里斯特伍德和你有些交情，对你一向敬重。你大可提醒他配方在法律上属于国王所有，而且国王本人已经涉入此事。我想你一定有办法取得他的信任，让他把配方交给你。我希望你在六月十日演练开始之前把事情办妥。杰克有笔价值一百英镑的金安杰尔，只要迈克尔交出配方，这笔钱就是他的赏金。如果他不肯交，你就告诉他，若他再不识抬举，我会请他尝尝伦敦塔肢刑架的滋味。"

我抬头看着他。想到自己正在卷入一件和国王有关的麻烦事，顿时头大如斗，但是克伦威尔手里攥着伊丽莎白的性命。我深吸了一口气。

"迈克尔·格里斯特伍德住在哪里？"

"他和他太太，还有他哥哥瑟普特斯一起住在灰狼街上一栋古老的大屋里，你知道灰狼街吧，就在王后港，属于小万圣堂教区。瑟普特斯平时就在那儿炼金。我想让你今天就去一趟，杰克会陪你一起。"

"大人，希望去过这一趟之后，我就能从这件事中抽身。我这几年过惯了平静日子，只求这样的生活可以一直持续下去。"

我原本以为克伦威尔会责骂我的软弱，可他只是冷笑了一下。"对，马修，去过这一趟之后，你也许就能过回平静的生活。"他目不转睛地看着我，"我可不会把这个任务轻易委派给谁，你应该感到荣幸才对。"

"多谢大人厚爱。"

他站了起来。"那赶紧走吧，骑马到王后港去。如果格里斯特伍德兄弟不在那里，就去找，直到找到为止。杰克，你要尽量在天黑之前赶回这里来。"

"遵命，大人。"

我起身鞠了一躬。巴拉克走过去拉开了门。在跟随他出去之前，我转头看向我从前的主人。

"大人，不知我能否问你一个问题，你为什么要选择让我来做这件事？"通过眼角的余光，我看到格雷朝我微微摇了下头。

克伦威尔点了点头。"因为格里斯特伍德兄弟知道你是个诚实可靠的人,一定会信任你的。当然我也有自己的私心——我知道很少有人能管得住自己的欲望,不在这件事上为自己捞点儿好处,但你却是其中之一。你这人太诚实了。"

我小声说:"多谢大人夸奖。"

他面色一凛。"你太在乎那个姓温特沃斯的小丫头了,马修,所以你最终不敢违抗我。"

第七章

  我和巴拉克一前一后来到屋外,他像命令小孩子一样要我等在原处,径自牵马去了。我站在改宗所的台阶上,眺望着大法官法庭街。这是克伦威尔第二次以一种漫不经心的态度把我拖入危机四伏的境地,但我却无计可施。若是换作从前,我也许有胆量拒绝他,可如今我不得不顾及伊丽莎白。巴拉克骑着他的黑色母马回来了,手里还牵着"大法官法庭"。我爬上马背,和巴拉克一起朝大门行去。他的神情阴郁而严肃。巴拉克,巴拉克,这是哪国哪地的姓氏?我敢肯定绝不是英国姓,虽然他看上去是个地地道道的英国人。

  一支长长的队伍刚好从门前经过,我们只好停下马来。这支队伍是由一群学徒组成的,他们胸前佩有伦敦皮革同业公会红蓝相间的徽章,肩上挎着大弓,有的人还拿着长长的火绳枪。国家最近面临着被异国入侵的危险,所有年轻人必须承担强制性的兵役,我想这也许就是他们一个个神情不悦的原因。一行人从我们跟前走过,往霍尔本校场而去。

  我们策马赶往山下的城区。"巴拉克,照克伦威尔伯爵刚才所说,格里斯特伍德兄弟演示希腊火的时候你也在场喽?"我说话时刻意采用了一种傲慢的语气,我已经下定决心,无论如何也不能在气势上被这个粗鲁的年轻小伙压倒。

  "你小声点儿。"他皱着眉头瞪了我一眼,"我们不希望希腊火这三个字传扬出去。对,我当时在场。情况的确如伯爵所说。如果不是亲眼所见,我是绝对不会相信的。"

  "许多炫目的把戏都是用火药做出来的。我记得去年的市长就职游行

第七章

上有条能喷出火球的龙,那火球还会爆炸……"

"如果一样把戏真和火药有关,你觉得我会蠢到看不出来吗?在德特福德发生的事非比寻常,绝对和火药没有关系。我敢肯定那是一件前所未见的奇物,至少对英国人来说是如此。"不知不觉间我们已经来到路德门下,人群进进出出,好不热闹。他转过身去,纵马在人群中挤出一条路来。

穿过泰晤士街时,刚好到了吃午饭的时间,街上人流熙攘,我们只好放慢赶路的速度。现在正是一天中最热的时候,"大法官法庭"汗如雨下,焦躁不安。阳光射在我的脸颊上,刺得皮肤如火烧一般,一股灰尘飘进嘴里,呛得我剧烈咳嗽起来。

"就快到了,"巴拉克说,"我们马上就下到河边去。"

我突然想到了一件事,忍不住开口问道:"我一直觉得奇怪,为什么迈克尔·格里斯特伍德不通过理查德·里奇爵士去和克伦威尔大人联系呢,他可是土地没收法院的首席法官。"

"他不信任里奇。人人都知道里奇是什么货色。如果迈克尔找上他,他一定会扣下配方,自己去做这笔交易,说不定还会把迈克尔给踢出去,连口汤也不分给他。"

我了然地点点头。作为律师和行政官员,里奇爵士的确很有几分本事,但此人心肠之狠,脸皮之厚,在英格兰也是无人能出其右。

我们进入迷宫般的狭窄街巷,沿这些街巷一路前行,可以到达泰晤士河。我看了看不远处的河面,河水是死气沉沉的棕色,小小的渡船和扬着白帆的货船往来穿梭,总算给河面带来了几丝生气。从河上吹来的微风带着股臭味儿,潮水还没有上涨,遍布垃圾的烂泥浆好像快要被烈日给蒸熟了。

灰狼街窄窄长长,街道两旁坐落着老旧的民房、破破烂烂的廉价店铺和出租屋。有些房屋的规模比其他的要大一些,其中一栋的外墙上绘有一幅色彩鲜艳的图画，画面中央是一枚"贤人之卵"，传说把普通金属放进这种密闭蒸馏器里可以得到黄金。亚当和夏娃一左一右站在两旁，守护着这炼金术师的标志。这屋子看上去急需一番修缮，墙面灰泥剥落，屋檐上的瓦稀稀拉拉，没有瓦片覆盖的地方只剩一个洞。和许多建在泰晤士河泥浆上的房子一样，它明显地朝着一边倾斜。

大门敞开着，令我吃惊的是，一个穿女仆裙的女子正抓着门框站在门口，她抓得极其用力，仿佛在害怕自己一旦松手，就会瘫倒在地。

"那个女人在干什么？"巴拉克也很惊诧，"难道是大下午喝醉了酒不成？"

"事情只怕不那么简单。"一阵恐惧突然袭上我的心头，果然不出我所料，那女子一看到我们，立刻尖声喊道。

"求你们帮帮忙！看在耶稣的分上，帮帮我！杀人啦！"

巴拉克翻身下马，飞快地朝她跑去。我迅速把两匹马拴上一根柱子，也跑了过去。巴拉克一把将女子搂进怀里，她一脸惊恐地看着他，呜呜大哭起来。

"现在没事了，姑娘，"他说话的口吻温柔得出奇，"到底出什么事了，你为什么吓成这样？"

她深吸了几口气，努力让自己平静下来。她非常年轻，脸颊红润饱满，看样子是个乡下丫头。

"我家主人，"她一时语无伦次，"噢，上帝啊，主人……"

我留意到木头门框被某种利器砍得稀巴烂。至于那扇门，更是被砸得向里凹了进去，摇摇晃晃地挂在合页上。小姑娘身后是一条长长的走廊，里面光线幽暗，隐约看到墙上悬着一张挂毯，在褪了色的织物上，东方的三位国王正向睡在马槽里的婴儿耶稣献上礼物。这时我发现了一点异状，赶紧抓了抓巴拉克的胳膊——凌乱的脚印布满木地板，呈现凶戾不祥的暗红色。

第七章

我低呼一声:"这里发生了什么事?"

巴拉克轻轻摇了摇小姑娘。"我们是来这里帮忙的。你不要怕,尽管把发生的事情告诉我们。你叫什么名字?"

闯进这里的人也许还没有离开。我下意识地握住腰间的匕首。

"先生,我叫苏珊,是这里的女仆。"小姑娘战战兢兢地说,"我先前跟着我家太太到齐普塞街买东西,我们……我们回来之后,发现门成了这个样子。我家主人和他哥哥在二楼……"她咽了口唾沫,看向走廊深处。"噢,上帝啊,先生……"

"你家太太在哪儿?"

"在厨房里。"她深吸了一口气,她的气息明显在发抖,"当她看见他们之后,整个人就像木头一样僵住了,一动也不能动。我扶她到厨房坐下,说我会出去找人来,可一走到门口就觉得头晕目眩,一步也走不动了。"她紧抓着巴拉克不放。

"苏珊,你是个勇敢的姑娘。"他柔声说,"你现在可不可以带我们去见你家太太?"

小姑娘慢慢挪进了大门。看到屋里的血脚印,她浑身战栗,显然是害怕到了极点。踌躇半晌,她艰难地咽了口唾沫,死死抓住巴拉克的手,带我们走下长廊。

"看脚印的样子,来的应该是两个人,"我说,"一个身材高大,另一个则要矮小一些。"

"我想我们这回遇上麻烦了。"巴拉克小声说。

我们跟随苏珊进入一间宽敞的厨房,透过窗户,能看到一个铺着石板的院子。厨房里十分肮脏,火炉上黑乎乎一层油垢,刷过石灰的天花板上星星点点全是老鼠屎的痕迹。这贫寒的景象让我震惊,原来迈克尔的那些计划并没有给他带来多少经济利益。一个女人坐在一张大桌子旁边,桌子残破不堪,一看就知道已经用了不少年头。女人身材瘦小,面容比我想象的要苍老,她身穿一条寒酸的裙子,外套一件白围裙,几缕灰白的发丝从她的白头巾里滑落。她直挺挺地坐着,两手抓着桌沿,脑袋不自觉地微微抖动。

我小声叹道:"她已经被吓得魂不附体了,可怜的人哪。"

小姑娘朝她画了个十字,犹犹豫豫地喊了一声:"太太,有两个人来了!他们是来帮我们的。"

女人猛地抽搐了一下,死死盯住我们,眼睛里有种失去理智的癫狂。我抬起一只手,做了个安抚的手势:"你就是格里斯特伍德夫人?"

"你们是谁?"她问道。我从她脸上看到了警惕和敌意。

"我们来这儿是想找你丈夫和他哥哥谈点儿事。苏珊说你们回家之后发现有人破门而入……"

"他们在楼上,"格里斯特伍德夫人小声说,"在楼上。"她将两只瘦骨嶙峋的手死死交握在一起,十指关节尽皆发白。

我深吸了一口气。"我们可以去看看吗?"

她闭上了眼睛。"可以,只要你们受得了那幅情景。"

"苏珊,你留在这里照顾你家太太。巴拉克?"

他点了点头。如果他心里的震惊和恐惧不比我少,那他无疑掩饰得很好。我们转身向厨房门走去,苏珊坐到格里斯特伍德夫人身边,犹豫再三,终于握住她的手。

经过挂毯的时候,我抬头瞟了一眼,从样式来看,这件东西应该有些年头了。我们爬上通往二楼的狭窄木楼梯。刚才在屋子外面的时候,我就看出这屋子有些倾斜,如今走在楼梯上,我注意到这种倾斜表现得格外明显,一些梯级弯曲变形,一道大裂口从上至下贯通整个墙面。这里的血脚印比门口更多,那血还是湿漉漉的,闪着微光,一定是在不久之前才流出主人的身体。

上完楼梯就来到一条走廊,走廊两侧有几扇门,大都关得严严实实,

第七章

只有正对着我们的一扇敞开着。这扇门也和大门一样,只剩一处合页与门框相连,门锁被砸得变了形。我深吸了一口气,抬脚走了进去。

这间屋子光线充足,因为横贯了整栋房屋,因而显得十分轩阔,空气里有种古怪的硫黄味儿。我抬头一看,粗大的屋梁上写着一段拉丁文。我小声读道:"*Aureo hamo piscari.*"啊,用金钩钓鱼。

可惜再也不会有人在这里钓鱼了。一个身穿炼金术师长袍的男人摊开手脚仰躺在一张翻倒的椅子上,长袍沾满血污,周围玻璃管玻璃瓶碎了一地。他的脸被砸得稀烂,五官已经无法辨认,只见一团红红白白的血肉。在这团血肉上,一只完好的蓝色眼球死死地瞪着我。我胃里一阵翻江倒海,连忙转过身去,打量房间的其他部分。

整个炼金室凌乱不堪,到处是翻倒的凳子和碎玻璃。在一个大壁炉旁边躺着一个大木箱的残骸。木箱现在已经和一堆碎木头没什么两样,箍箱子的铁条被直接砍断。如今所有的线索都表明凶器是一把斧头,我不知道这个挥斧头的人是谁,但他一定有着非比寻常的力气。

迈克尔·格里斯特伍德仰躺在木箱旁,一张从墙上掉落的星象图半掩着他的身体,殷红的血已将这图纸浸透了。他的头几乎和脖子完全分离,只剩一点儿皮肉相连;被割断的动脉喷出鲜血,溅在地板和墙壁上。天哪,我不想再看下去了。

巴拉克问:"他就是那个律师?"

"对。"迈克尔的眼睛睁得大大的,嘴也大张着,维持着死前最后一刻的表情。他当时一定在惊恐地尖叫。

"啊哈,看来他再也用不上克伦威尔大人的那袋金币了。"巴拉克说。我皱起眉头,他耸了耸肩,一副无所谓的样子:"嘻,他再也用不上了,不是吗?别看了,我们回楼下去吧。"

我转头看了那两具被活活宰杀的尸体最后一眼,跟着他下楼回到厨房。苏珊的情绪似乎稍微有了好转,此刻正把一锅水端到一个脏兮兮的火炉上烧煮。格里斯特伍德夫人仍然呆坐在桌子旁边，两手交握在一起。

巴拉克问："苏珊，还有其他人住在这里吗？"

"没有，先生。"

"有谁可以随意出入这栋房子，和你坐在一起？"我问格里斯特伍德夫人，"比如说亲戚之类的？"她脸上重又浮现出那种敏锐的戒惧之色，但是一闪即逝，然后她回答说："没有。"

"对了，"巴拉克突然插嘴说，"我要去见伯爵。这里的事情该如何处置，还得伯爵说了算。"

"我们应该去找巡官……"

"去他妈的巡官。我现在就去见伯爵。"他指了指屋里的两个女人，"你和她们呆在一起，确保她们不离开这里。"

苏珊焦急地抬起头："您是说克伦威尔大人吗，先生？可是先生……我们什么也没做！"因为太过害怕，她的声音猛地拔高，近乎于尖叫。

"别担心，苏珊，"我温言抚慰她，"我们必须把这件事告知伯爵。他……"说到这里我犹豫了，不知该不该说出实情。

格里斯特伍德夫人开口了，她的声音冰冷而生硬。"苏珊，我丈夫和瑟普特斯在为他工作。这件事我很清楚，我早就说过他们太傻了，克伦威尔是个危险人物。可是迈克尔从不肯听我一句劝。"她那双凝视着我们的淡蓝色眼睛突然盈满怒气，"现在看看他和瑟普特斯的下场吧。那两个傻瓜。"

"我的天哪，你这个女人！"巴拉克忍不住大喊起来，"你丈夫现在被人杀了，浑身是血躺在楼上，你这会儿非得这么说他吗？"我诧异地看着他，转念一想便明白了，原来他刚才只是虚张声势，其实内心和我一样，都被楼上的惨景给吓住了。格里斯特伍德夫人只是苦笑了一下，把头别了过去。

"你留在这里，"巴拉克又对我说，"我很快就回来。"他转身离开了

第七章

厨房。苏珊看了我一眼,眼中充满了恐惧。格里斯特伍德夫人不再说话了,她又回到先前那种麻木呆滞的状态。

"没事儿的,苏珊。"我努力牵扯嘴角,想对这个小姑娘笑一笑,"你不会有任何麻烦。待会儿也许会有人问你几个问题,仅此而已。"她看上去仍然很害怕:对大多数人来说,克伦威尔的名字拥有无比的威慑力。我咬紧牙关。上帝啊,我怎么会和这种事扯上关系?这也罢了,巴拉克算什么东西,他凭什么命令我?

我走到窗前眺望庭院,惊讶地发现石板和高墙上都有污黑的痕迹。我问苏珊:"这里是不是失过火?"

"先生,这里没失过火,只是瑟普特斯先生有时候会在院子里做实验。那里不时传出砰砰声和嘶嘶声,听着怪吓人的。"她说着画了个十字,"真是谢天谢地,他从没让我看过。"

格里斯特伍德夫人又开口了:"没错,他和我丈夫在院子里干蠢事的时候,我们是不允许进厨房的。"

我又仔细看了看那些灼痕:"他们常常到院子里去吗?"

"只是最近常去,先生。"苏珊说。她转头看向她的女主人:"太太,我准备去熬点儿汤药,喝了压惊。先生,你要不要喝一点儿?我这儿有金盏花……"

"不用了,谢谢你。"

接下来我们谁也没有再说话。在一片静默中,我的头脑运转如飞。对了,配方也许仍然留在那间炼金室里,说不定一起留下的还有一点儿希腊火的样本。趁房间还没有遭到进一步的翻动,我正好可以进去搜查一番。一想到要回到那个地方,我不禁有些胆怯,但我明白现在不是退缩的时候。我命令两个女人呆在厨房里,重新爬上了那道楼梯。

我在炼金室门口站了一会儿,强逼着自己再一次将目光投向那两具死状可怖的尸体。可怜的迈克尔今年好像是三十五岁,我记得他比我年轻。

午后的阳光斜射进房间，照亮了他那张没有生气的脸。我回忆起林肯律师学院餐厅里的那顿午饭，他那副喜欢寻根究根、打听小道消息的模样让我联想到某种可爱的啮齿动物。我别过头去，不忍再看他惊怖的表情。

这两兄弟是被乱斧砍死的，这种杀人手法粗野得可怕。凶徒似乎是破门而入，挥着一把斧头，像杀鸡宰羊般宰杀了两兄弟，说不定他们一直在监视这栋房子，等家里的女人一走就动了手。听到前门被人破开的时候，迈克尔和瑟普特斯作何反应？是不是把自己锁在炼金室里，徒劳地想要逃过一劫？

我留意到迈克尔在衬衫外套着一件剪裁粗陋的罩衫。也许他死前正在给他哥哥打下手。可他们到底在干什么？我环顾四周。我从没到过炼金术师的炼金室——我对这种人一向敬而远之，因为他们是众所周知的大骗子；但我看过几幅炼金室的图画，眼前这个房间和那些图画相比，好像少了点儿什么。房间里的一堵墙有些特别，几个木架子挨在一起，靠墙摆放着。我皱起眉头朝那堵墙走去，碎玻璃在脚下嘎吱作响。其中一个架子上放满了书，其他架子却是空荡荡的，上面积着一层灰，没有灰的地方呈规则的圆形。照这样看来，架子上先前放的是瓶子罐子之类的东西。难怪我觉得不对劲，画上的炼金室里通常都摆满了装着液体和粉末的瓶瓶罐罐，而这里却一个都没有。除了这些，画上应该还有许多长凳，上面搁些奇形怪状的曲颈瓶，听说是做蒸馏用的。房间里满地的碎玻璃应该就是曲颈瓶的残骸了。我喃喃自语道："他们拿走了他的药水。"

我从架子上抽出一本名叫《秘义集成摘要》的书，迅速浏览了一遍。书中有一段话被做了标记："蒸馏是加热液体、提炼出固体的过程。加热可以消耗多余的物质，保留最根本的物质。"我摇着头放下书本，又去看那个被砍成碎片的木箱。我注意到壁炉和后面的墙壁上也有和院子里一样的灼烧痕迹。

箱子里的东西散落在地板上——全都是信件和文件，有一两样还带着

第七章

鲜红的血指印。看来这些东西已经被凶手翻过了。我在一堆纸卷中找到一份订于三年前的房契,原来这栋房子是瑟普特斯和迈克尔在三年前买下的。我还找到一份十年前的婚约,婚约上的新郎是迈克尔·格里斯特伍德,新娘是简·斯托里。在婚约的下方,简的父亲承诺死后将所有财产留给女婿继承,噢,这老丈人真是大方得不可思议。

地板上的另外一件东西引起了我的注意。我弯下腰捡起一枚金安杰尔,这枚金币是从旁边一个皮袋子里掉出来的,我打开袋子数了数,足足还有二十枚。凶手不仅没有拿走两兄弟的钱,还像扔垃圾一样把钱袋扔在地板上,看来他们的目的并不是劫财。我把金币塞进口袋里,慢慢站起身来。空气中有股异味儿,仔细一闻,还带着一丝淡淡的腥甜,这是血气混合着肉体腐败的味道。气味越来越浓,渐渐压住了硫黄味儿。我在房间里慢慢踱步,忽听脚下传来"嘎吱"一声,低头一看,原来我把一架精致的天平给踩坏了。这架天平是炼金术师专用的,应该属于瑟普特斯所有,不过他今后再也用不上了。我朝那两具血肉模糊的尸身看了一眼,匆匆离开了房间。

❋

简·格里斯特伍德仍然一动不动地坐在桌旁,保持着我离开时的姿势。坐在她身边的苏珊正端着一个木头杯子,小口喝着什么。我一走进厨房,她立刻警觉地抬起头来。我掏出金币放在格里斯特伍德夫人面前。她抬头看着我。

"这是什么?"

"我在楼上找到的,就在你丈夫那个木箱子的残骸里头。那里有一整袋金安杰尔,一起的还有房契和其他文件。这些东西该由你好好保管。"

她点了点头。"房契从前就放在那个箱子里头。我想这栋房子现在是我的了。这么个破到极点的地方,我从来就不想要。"

"没错,房子会归你所有,除非迈克尔有儿子。"

"他没有儿子。"她的话音突然带上一丝苦涩,良久,她抬头看我:"这么说你懂法律。你很清楚遗产继承的规矩。"

"夫人,我是个律师。"我开始像反感巴拉克的粗鲁一样反感她的冷漠,因为心下气恼,说话的口气也不自觉地严厉起来。"你可以上楼去拿那些金币和文件。要不了多久,就会有人来搜查这栋房子。"

她凝视了我一会儿。"我才不上楼去。"她小声嘀咕着。我看到她的眼睛猛地睁大,音量瞬间拔高,近乎尖叫:"别逼我上去,求你行行好,别让我再看见他们!"她开始哭泣,与其说是哭,倒不如说是绝望的号叫,如同一只落入陷阱的野兽。小姑娘又握住她的手。

"我替你拿。"我暗暗后悔自己先前说话太重了,连忙自告奋勇,希望可以将功折罪。我回到楼上,把文件和钱袋收在一起。午后炎热异常,尸体腐败的气息越来越浓。起身的一瞬间,我脚下一滑,差点儿摔倒在地。我生怕自己踩到的是血,低头一看,原来并不是。不是血又是什么?我四下查看,在壁炉边发现了一样东西。那是一小摊黏稠的透明液体,看样子是从翻倒在地板上的一个小玻璃瓶里流出来的。我弯腰用指尖沾了一点儿,两根手指合在一起捻了捻,感觉滑溜溜的。我又把手指凑近鼻端嗅了嗅,这东西没什么味道,就像水一样。我扶正小瓶子,发现瓶塞就落在旁边,想来是在混乱中从瓶口松脱的,我捡起来塞回了瓶口。玻璃瓶上没有标签,我无从知晓这种黏稠清透的液体到底是什么。几番犹豫之后,我试着用舌尖轻轻一舔,这一舔可了不得,舌尖瞬间如针刺一般,我猛地缩回舌头,一种浓烈的苦味儿立时在口中弥散开来,呛得我咳个不停,简直要背过气去。

屋外传来一阵脚步声,我轻轻抚摸着痛得火烧火燎的嘴,三步并作两步奔到窗前。来的果然是巴拉克,他身后跟着几个穿克伦威尔卫兵制服的人,个个手执长剑。还没等我下楼,他们已经进入屋子往厨房去了,皮靴

第七章

踏得地板咚咚作响。我冲到楼下,听见苏珊"啊"地惊叫了一声。几个大男人一拥而入,格里斯特伍德夫人皱起眉头瞪视着他们。巴拉克看到了我拿在手中的一小堆纸卷,厉声问道:"这些是什么?"

"是这家人的私人信件和文件,还有几枚金币。这些东西原先都放在楼上的箱子里。我打算把它们交给格里斯特伍德夫人。"

"拿给我看看。"

他一把将纸卷抓了过去,我有些嫌恶地皱起眉头。哼哼,原来这小混混还会认字呢。他将信件和文件粗粗看了一遍,又打开钱袋,检查起里头的东西。所有东西都查完后,他才算心满意足,把钱袋和纸卷放到格里斯特伍德夫人面前,后者将东西统统抓了过去。巴拉克转头看着我。

"你在楼上找到配方了吗?"

"我没看见。如果它原先就装在箱子里的话,一定早被凶手给拿走了。"

他又转过头询问简·格里斯特伍德:"你知不知道你丈夫和他哥哥有一份文件,一个他们生前正在研制的配方?"

她摇了摇头,神色极其疲惫。"不知道。他们从不告诉我他们在干什么。他们只是说他们在为克伦威尔大人办事。至于办什么事,我不想知道,也就没有去问。"

"这几位先生要把你家从上到下彻底搜查一遍,"他说,"那份文件很重要,我们一定要找到。从今天开始,他们中的两个人会和你们一起留在这里。"

她眯起眼睛:"这么说我们成囚犯喽?"

"夫人,他们留在这儿是为了保护你们。凶手也许还会对你们不利。"

她解下头巾,用手指捋了捋灰白的长发,冷冷地瞧了巴拉克一眼。"那我家的前门怎么办?现在谁都可以进来。"

"我会派人修好。"他对其中一名卫兵,一个样貌冷峻的小伙子说,

"史密斯,你去看看那扇门。"

"遵命,巴拉克大人。"

他又把注意力转回我身上:"克伦威尔大人希望你立刻去见他。他已经回斯特普尼的公馆去了。"

我一时犹豫不决。巴拉克上前几步。"这是命令,"他低声说,"我已经向主人禀告了这里发生的事,他现在正是怒火中烧呢。"

第八章

离开那栋弥漫着死气的寂静房屋,再次穿行于伦敦城区,我竟有种恍如隔世的奇怪感觉,身畔熙熙攘攘的人流,仿佛和我来自不同的世界。从这儿到公馆还有好长一段路,因为克伦威尔的豪宅离伦敦墙很远。我们一路上马不停蹄,直到一支队伍经过,迫得我们勒住了马。为首的牧师一身白袍,身后跟着一个穿粗布衣服的男人,男人脸上沾满尘垢,手里捧着一把柴火,一群教徒尾随在后。这幅情景实在是再明白不过了:这个衣着粗陋的男人一定有某种宗教改革思想,而这种思想被认定为是异端邪说,现在他愿意改邪归正,脸上的尘垢和手里的柴火都在提醒着他,如果以后故态复萌,等待他的将是火刑。男人一直在流泪——或许他是迫于压力才改变信仰的——可是一旦重犯,他就要受烈火焚身之苦,到时候他流的可就不是泪,而是血了。

我瞥了巴拉克一眼,只见他一脸嫌恶地看着眼前的场景。我不禁对他的宗教信仰有些好奇。话说他赶路的速度简直称得上是奇迹,居然能在那么短的时间内找到克伦威尔,又带着几个人回到王后港。更让人想不通的是,虽然我已经筋疲力尽,可他仍然没有半点儿倦意。队伍慢吞吞地走了过去,我们催动胯下的马,继续前行。幸好现在是下午,建筑物的影子变得很长,遮盖住了大半的街道,尽管说不上阴凉,但至少让人免去了烈日炙烤之苦。

就快走到主教门时,巴拉克问我:"你口袋里装着什么东西?"

我把手伸进长袍一探,这才明白过来:原来我无意中把瑟普特斯的书装进了自己的衣袋。

"是一本关于炼金术的书。"我目不转睛地看着他,"你干吗这么看我。你难道以为配方原本就在我给格里斯特伍德夫人的那堆文件里,而我偷偷把它藏起来了?"

他耸了耸肩。"如今是非常时期,我不能轻易相信任何人,哪怕你为伯爵效力。何况,"说出"何况"这两个字时,他咧嘴一笑,模样十分傲慢,"你是个律师,谁都知道要小心律师这种人。如果不这么做,就会犯下 crassa neglegentia①,大家都这么说。"

"哼哼,犯下重大过失。看不出你还会说拉丁语?"

"啊,没错。我会拉丁语,也认识不少搞法律的人。许多律师是伟大的改革者,是不是?"

我不知他这么说有何意图,只得小心翼翼地回答:"是。"

"那你不觉得滑稽吗?现在装神弄鬼的修道士被赶走了,又轮到这些所谓的改革者穿着黑袍四处晃悠,互相称兄道弟,还想不择手段盘剥老百姓的钱,你说可笑不可笑?"

"从古到今,针对律师的玩笑就没断过。"我冷冷地说,"我们已经开始厌烦了。"

"其实你们还不如修道士呢,修道士的三大誓约,你们顶多只能攀得上'服从',更不用说'守贫'和'守贞'了。"巴拉克又面露讥笑。他骑着母马在人群中飞快地迂回穿梭,我只得夹紧可怜的"大法官法庭"的肚子,驱使它尽全力跟上。穿过主教门没多久,克伦威尔那座三层豪宅的烟囱就映入了我的眼帘。

我上一次来这儿还是在三年前,我记得当时正值严冬,公馆的侧门外守着一群穷苦的乞丐。在这个炎热的下午,又有一群人等在那里。他们衣衫褴褛,没有穿鞋,显然是伦敦城里的流浪汉。一些人撑着捡来的木棍权

---

① 拉丁语,意为重大过失。

第八章

作拐杖，另一些人脸上坑坑洼洼，瘢痕累累，都是生疮害病后留下的印记。伦敦的无业贫民如今是越来越多，已经到了失控的地步；随着大批修道院的解散，成千上万的仆役生计无着，加上依附修道院存在的医院也在同一时间关闭，导致病人们流落街头，怨声载道。从前教会尚能以慈善的名义发放些赈济，如今连这点儿赈济也没有了。关于开设慈善学校和慈善医院的讨论一直没有停止过，但直到今天仍然是纸上谈兵，没有一件落到实处。与此同时，克伦威尔却发扬了富人们乐善好施的传统，此举无疑加强了他在伦敦的威信。

我们从这些乞丐身边经过，进了公馆大门。走到前门，一个仆人立刻迎了上来。他让我们在走廊里稍等一会儿，没过多久，克伦威尔的管家约翰·布莱兹曼就出现了。

"夏雷克大人，"他热情地招呼我，"欢迎欢迎。真是好久不见了。做律师很忙吧？"

"的确忙得很。"

巴拉克解下长剑摘下帽子，把两样东西递给一个男仆，朝我俩走了过来。

我提醒管家说："布莱兹曼，大人正等着我们呢。"他朝我笑了笑，把我和巴拉克引进屋子。片刻之后，我们就来到了克伦威尔的书房门外。布莱兹曼轻轻敲了下门，只听里面的人喊："进来！"口气严厉极了。

首席大臣的书房和我记忆中的一模一样，房间里塞满了桌子，报告和议案草稿将桌面盖得严严实实，阳光透过窗户照进房间，却不能为此地带来一丝一毫的暖意。克伦威尔就坐在书桌后面。和今天早上相比，此刻的他可以说是判若两人。他坐在椅子上，佝着背，垂着头，像是被什么给打垮了。我们进房间之后，他抬起头看了我们一眼，凶狠的目光吓得我打了个寒战。

他一开口就单刀直入："你们发现格里斯特伍德兄弟被人杀了，是不是?"他的声音冷冷的,却又像根被绷紧的弦。

我深吸了一口气。"是,大人。杀人手法非常残忍。"

"我已经派人去搜寻配方了,"巴拉克说,"如果有必要,他们会把那地方翻个底朝天。"

"那两个女人呢?"

"我让她们留在那里。她们都被吓得手足无措。我向她们问过话,不过她们什么也不知道。我已经吩咐卫兵去盘问住在附近的人,看看有没有人亲眼目睹凶案经过,不过住在灰狼街的人看样子都是各人自扫门前雪,恐怕问不出什么。"

"到底是谁背叛了我?是他们中的哪一个?"克伦威尔低声自问,仿佛完全沉浸在自己的世界里。过了半晌,他抬头直视着我。"马修,你看过凶案现场,有什么想法没有?"

"我认为凶手有两个人。他们用斧头劈开门闯了进去,几斧头砍死了正在炼金室里忙活的两兄弟,然后找到放在里面的箱子,把它砍成碎片。箱子里有一袋金币,可他们弃之不顾,连碰也没碰一下。"我迟疑了一会儿,又说:"我猜配方就在那里面,而凶手很清楚这一点。"

克伦威尔的脸浮起一层灰败之色。他咬紧薄薄的嘴唇。

巴拉克插嘴道:"这事儿你也不能肯定。"

"我当然不能肯定!"我脑中热血上涌,语气一下子冲了起来。话一出口,立时又有些后悔,忙用和缓的语气说:"但我仔细看过,房间的其他部分并没有被人翻动的痕迹。架子上的书没被拿下来过,那里可是藏文件的好地方,试想凶手如果没有明确的目标,怎么可能不搜?还有,我猜搁在架子上的一些瓶子也被人拿走了。我认为杀死这两个可怜人的凶手很清楚他们要寻找什么东西。"

"这么说与实验有关的线索全都没有留下。"克伦威尔说道。

"大人,这只是我的猜测。"我忧心忡忡地看着他,生怕他会大发雷

第八章

霆，可他只是若有所思地点了点头。

"杰克，你看看，"他突然朝我点了下头，"这才是善于观察的人，你得好好向人家学学。"他再一次将阴冷的目光投在我身上。"马修，你一定要帮我解决这件事。"

"可是大人……"

"我不能把这件事告诉别人，"他突然激动异常，"我没有这个胆量。如果这件事被国王知道……"他叹了一口气，那气息分明在颤抖。这是我第一次看见他害怕，原来托马斯·克伦威尔也会害怕。

"你一定要解决这件事。"他又重复了一遍，"如果需要什么权利和资源，尽管开口。"

我站在精美的地毯上，一颗心怦怦直跳。三年前他派我去调查一件杀人案，让我遭遇了一连串超乎想象的惊怖，直到现在还心有余悸。别再有第二次了，我心下暗想。别再有第二次了。

他似乎看出了我的想法，眼中闪过一丝怒气。"上帝呀，你这个家伙！"他厉声喝道。"亏我还替你救了那个女孩儿的命，虽然只是暂时的，但是只要你肯帮我，我一定会救人救到底；如果有需要，让佛比泽尔再改一次主意也不是难事。现在情势危急，你曾经坚信并为之奋斗的一切，还有我自己的性命，都押在这件事上。"伊丽莎白的影像在我眼前一闪而过，我仿佛又看到她躺在牢房里，眼神空洞而迷茫的样子。我知道只要克伦威尔一声令下，我也会被投进监狱，因为我知道得太多了。

我低声说："大人，我会帮你。"

他凝视我良久，朝巴克拉做了个手势。"杰克，去把《圣经》拿过来。马修，在告诉你更多事情之前，我必须让你发誓，发誓一定会保守这个秘密。"

巴拉克把一本装帧华丽的《大圣经》放到我面前，在克伦威尔的推动下，这本书已经进入了每一座教堂，安放在诵经台上。扉页是崭新的，上面的图画色彩鲜艳之极：亨利国王坐在宝座上，两手各拿一本《大圣经》，一本递给立于左侧的克伦威尔，另一本则递给立于右侧的大主教托马斯·克兰麦，而他们又会将这神圣的经典传递给人民。我咽了口唾沫，伸手抚上书本。

克伦威尔说："我立誓保守希腊火的秘密，绝不外泄。"我将这句话重复了一遍，脚下似有千钧重，仿佛被戴上了一副镣铐，每说一个字，镣铐的钥匙就转动一下，等到最后一个字说完，钥匙也被彻底拔下，唉，我的命运又和他连接在一起了。

"你要尽你所能帮助我。"

"我一定竭尽所能。"

克伦威尔满意地点点头，可他仍然佝偻着背趴在桌上，像是一头走投无路的困兽。他拿起一件东西，翻过来放在宽大的手掌上——原来是罗尔斯宫办公桌上的那幅小像。

"马修，改革大业遭到了动摇。"他低声说道，"情势比传闻中的还要糟糕。国王开始害怕了，加上诺福克和加德纳主教天天在他耳边进谗，他心里的担忧和恐惧与日俱增。他害怕平民大众阅读《圣经》，担心他们有一天会像再洗礼派教徒在闵斯特所做的那样发起暴乱，推翻社会秩序。极端的改革者恐怕会被活活烧死——你知道罗伯特·巴恩斯被捕的事吧？"

"我听说了。"我深吸了一口气。我不想听到这些。

"国王去年颁布的《六条法案》有和罗马教廷握手言和的意向，现在他还萌生了禁止下层阶级读《圣经》的想法。而且他一直担心着外国入侵。"

"我们的国防……"

"如果法国和西班牙联手发起猛攻，我们根本抵挡不住。幸好弗朗西斯国王和查尔斯皇帝起了争执，危机暂时解除了，但事情很有可能起变化。"他拿起小像放在《圣经》上，"马修，过去这几年你还画画吗？"

第八章

我一脸迷惑地看着他,不知道他为什么突然转变了话题。"有段日子没画了,大人。"

"你来品评一下这幅画像吧。"

我拿过小像细细端详。画中的女人很年轻,样貌颇为秀丽,只是神情有些木然。画面十分清晰,你甚至可以想象自己正在透过一扇窗户遥望着她。她戴着精美的头巾,身着高腰裙,头巾和衣领上都镶有珠宝,看模样是个贵妇人。

"这张像画得很美,"我说,"极有可能是出自荷尔拜因的手笔。"

"的确是荷尔拜因所作。画中人是克里维斯的公主安妮,我们如今的王后。自从国王把这张小像摔到我脸上之后,我就一直留着它。"他说着摇了摇头,"安妮是德国公爵之女,我当初一心以为国王若是娶了她,既能巩固国防,也可以坚定我们的改革信仰,是一举数得的好事。"他"哈"地苦笑了一声,"简王后薨逝之后,我花了整整两年的时间去为国王寻觅一位外国公主。这并不容易。在做丈夫方面,他可以说是声名狼藉。"

一声轻微的咳嗽打断了他的话。巴拉克一脸担忧地看着他的主人。

"杰克是在提醒我扯得太远了。但你已经发过誓要守口如瓶了,不是吗,马修?"他一字一句说得极为用力,一双棕色眼睛与我四目相对,冷厉的光仿佛要刺进我心里。

"是,大人。"我感觉额头上有汗水沁出。

"最后克里维斯公爵同意嫁出他女儿中的一位。国王原本希望在定下婚事之前见见安妮公主,可德国人却认为这是一种公然的侮辱,所以我选了个折中之策,派荷尔拜因先生去克里维斯为她画了幅画像。毕竟他画技高超,不管画人画物都十分真实,不是吗?"

"他的画技在欧洲算得上首屈一指。"我迟疑片刻,又说:"可是……"

"可是什么是真实,你是想问这个吧,马修?每个人看事物的角度都是不同的,粗粗一瞥,绝不可能呈现出事物的全貌。我吩咐荷尔拜因画出她最美的一面，而他做到了。如今看来，这又是一个错误。你明白我的意思吗？"

我思索了一会儿。"这画画的是正面……"

"这就对了。如果不看她的侧面，你压根儿不会知道她的鼻子有多长。而且从画像上也闻不出她浓重的体味，看不出她不说英语。"他的肩膀无力地耷拉下去。

"她今年一月在罗切斯特登岸，国王说一见到她就心生厌恶。如今诺福克公爵把他的侄女推荐给了国王，教她如何讨他欢心。凯瑟琳·霍华德生得娇媚可人，年纪还不到十七，国王的魂已经被她给勾去了。他对她垂涎三尺，就像一条老狗垂涎一大块鲜肉一样，而且还为此责怪我办事不力，把他和克里维斯的母马拴在了一起。一旦他娶了诺福克的侄女，霍华德家族一定会置我于死地，到时候英格兰又会重回罗马教廷的统治之下。"

我慢慢说道："那么过去十年所发生的一切，所有的痛苦和死亡，都会变得毫无意义。"

"事情只会比毫无意义更加糟糕，那些人会大肆捕杀改革者，当年审讯托马斯·摩尔的手段与之一比，只怕也是小巫见大巫。"他握紧拳头，起身走到窗边，眺望着花园里的草坪，"我用尽了一切办法去诋毁他们，寻找天主教徒谋反的证据。我逮捕了里尔勋爵和桑普森主教。主教如今在伦敦塔里，我已经让他尝了尝肢刑架的滋味。但我什么也没找到……什么也没找到。"他转过身面向我。"接着我就把希腊火的事禀告了国王。国王迫不及待地想要亲眼看一看，他对武器和战船的热爱胜过一切。他希望英格兰海军能称霸海上，把法国人从南部海岸赶走。现在他又成了我的朋友。"他再一次攥起拳头，"如果配方果真落入身份不明的人手里，恐怕会被外国势力花大价钱买去。我已经着手在各国使馆里额外安插间谍，同时派人监视各个港口。马修，在演练开始之前，我必须让配方完好无损地回到我手里。今天是五月二十九日，只剩下十二天了。"

第八章

听完这席话,我竟对眼前这个曾经叱咤风云的人产生了一种异样的感情,他如今的处境让我有些难过。我被自己的想法惊住了,只能暗暗告诫自己,陷入绝境的野兽才是最危险的。

他把小像塞进长袍口袋里,重新坐了回去。"迈克尔·格里斯特伍德生前联系到我,通过了三个中间人。希腊火的事情,除了你,我,杰克,国王和死了的格里斯特伍德兄弟之外,就只有他们知道。其中两个人是林肯律师学院的律师,我想你也认识,一个叫斯蒂芬·布里克纳普……"

"布里克纳普怎么会牵扯进来!亲爱的上帝呀,他这人两面三刀,最不值得信任,而且格里斯特伍德曾经和他翻过脸。"

"这事我听说过。他们后来一定握手言和,重归于好了。"

"我最近接了一个案子,被告就是布里克纳普。"

克伦威尔点点头。"你有赢的把握吗?"

"只要法庭审判公正,我一定能赢。"

他哼了一声。"你去找他谈谈,看他有没有把事情告诉其他人。我曾经让格里斯特伍德代我传过命令,要他管好自己的嘴,不过我猜他没听我的话。"

"布里克纳普这人十分惜命,不过也很贪财。"

"赶紧去查。"他顿了顿,又说,"格里斯特伍德把希腊火的事告诉了布里克纳普之后,布里克纳普就开始寻思谁会有接近我的本事。想来想去,他找到了加布里埃尔·马奇阿蒙特。"

"马奇阿蒙特?我知道他们两个过去合作过,但是布里克纳普心机太重,马奇阿蒙特后来就不怎么和他亲近了。"

"马奇阿蒙特和天主教徒走得挺近,这让我很不安。你也去问问他吧,威胁也好,奉承也好,拿金银财宝笼络也好,这些我统统不管,只要能从他嘴里套出有用的话就行。"

"大人,我会尽力一试。那第三个人……"

"马奇阿蒙特把事情透露给了我们共同的熟人——布莱恩斯腾夫人。"

我惊得睁大了眼睛:"几天前我才见过她一面,她还邀请我去她家吃饭。"

"没错,上周和她一起用餐的时候,我提到了你的名字,当时我正盘算着重新起用你,让你替我从格里斯特伍德手里把配方拿过来。这样正好,你一定要去,趁机也问问她的话。"

我思索了一会儿。"大人,我会照你的吩咐去做。但如果要从根本上解决这个问题……"

"那要怎样?"

"关于希腊火的事,我必须知道更多。从发现它开始,到您安排演练为止,其间发生的所有事情,请您务必详细地告诉我。"

"你要是想知道,我会让你如愿的。不过你要记得,时间紧迫。巴拉克会把演练那天的情形一五一十地告诉你,还可以带你到德特福德的演练现场看一看。"

"我想找圣巴塞洛缪修道院的图书管理员谈一谈。如果时间允许,我还想去发现希腊火的地下室看看。"

他冷冷一笑。"到现在你还是不相信希腊火真正存在,是不是?你总有一天会信的。至于伯纳德·凯奇恩,从前的伯纳德修士兼图书管理员,自从欧娜夫人把事情告诉我之后,我一直在寻找他的下落,目的当然是想确保他不把事情说出去。可他就像半数的前僧侣一样消失得无影无踪。"

"或许我可以试着找土地没收法院的人帮帮忙,不管他人去哪儿了,总会去取养老金吧。"

克伦威尔点了点头。"那地方归理查德·里奇管。但你记得不要说出实情,只说和一件案子有关就行了。"他目光灼灼地看着我,"我不希望这件事传入里奇耳中,一丁点儿也不行。我一手将他提拔进国会,对他有知遇之恩,可他很清楚有人正在密谋推翻我,将来为了自保,指不定会倒戈

第八章

相向。如果他跑到国王那里,把我丢失希腊火的事说出去……"他扬起眉毛,一脸忧色。

"我会再找格里斯特伍德夫人谈一次,"我说,"我总觉得她隐瞒了什么。"

"好,很好。"

"我还有最后一个请求,我想让一个学识渊博的人做我的顾问。他是个药剂师。"

他皱起眉头:"该不会是那个从斯卡恩西来的黑皮肤修士吧。"

"就是他,他这个人很有学问。我只会向他请教一些问题,比如说炼金术。如无必要,我也不希望他过多地涉入此事。"

"既然这样就随你的意思吧,但你可千万不能把希腊火的事告诉他。传说三百年前,希腊火重现人间,但是拉特兰会议禁止了这件武器的使用。长老们认为它太危险了。一个前僧侣要是能遵守拉特兰会议的决定,那自然是好事,但如果他不遵守呢?他也许会动起歪心思,把希腊火交给法国或者西班牙,毕竟他的教友们仍然在这两个国家活得逍遥自在。"

"他就算知道了也不会这么做。但我并不希望把他置于危险之中。"

克伦威尔突然笑了:"马修,我看得出这件事激起了你的兴趣。"

"我一定会全力以赴。"

他点了点头。"要是有什么需要就来找我。不过一定要抓紧时间,赶快行动。杰克会帮助你的,我打算安排他和你一起工作。"

我心里很不乐意。我看了看站在一旁的巴拉克,见他脸上又浮起那种惯有的讥笑。糟了,看来我把心里的不痛快全都摆到脸上了。

我婉言推拒道:"我这几年独来独往惯了。"

"这件事不是你一个人能解决的。杰克今后会和你住在一起。我知道他这人有些粗鲁,不过你会慢慢习惯的。"

我已经知道了巴拉克不信任我。或许克伦威尔也不信任我,又或者并

095

不完全信任我,所以才叫巴拉克来监视我吧。

我犹豫了一会儿,试探着说:"大人,我必须分出点儿时间去查温特沃斯小姐的案子。"

他耸了耸肩。"那你就去吧。杰克也会帮着你一起查,但是一定要以这件事为先。"他用冷厉的棕眼睛凝视着我。"你们要是失败了,那么和我有关的一切,无论是人也好,事也好,都会岌岌可危,包括你们的性命。"

他摇响一个小铃,格雷应声从内室走了出来。他看上去忧心忡忡。

"我已经把事情告诉格雷了。记得每天向我报告工作进展。有了什么新发现,或者需要什么,都可以通过格雷向我转达。千万不要通过其他人。"

我连连点头。

"如今我谁也不能相信!"他开始咆哮,"别说那些由我提拔进议会的人,就连我的手下我也不敢信,谁知道他们有没有被诺福克收买来监视我!但是格雷不一样,从我还是个无名小卒开始,他就一直追随在我身边,你说是不是,格雷?"

"是,大人。"他犹豫了一会儿,问道:"巴拉克先生也要参与这件事吗?"

"没错。"

格雷噘起了嘴。克伦威尔看了他一眼:"凡事都需要刚柔并济,软硬兼施。说到来软的,马修一向很擅长。"

"那个……呃……说到这一点,也许没人比得上夏雷克先生。"

"而如果要来硬的,就得杰克出面了,你说是不是?"

我扫了巴拉克一眼。他正在目不转睛地端详他主人的脸。我再一次捕捉到他眼中的忧色,原来他在深深地为克伦威尔担心。或许也是为他自己的命运吧。

第九章

离开书房之后,巴拉克说要去拿些东西,径直离开了。我走出屋子,牵着"大法官法庭"来到前院。只听不远处传来嗡嗡人声,有人大声喊道:"大家不要挤!"原来前面正在发放赈济。

我脑中一片混乱。克伦威尔要垮台了?改革要破灭了?我回想起戈弗雷几天前的绝望,还有流布在街头里巷的传言:国王想休掉王后。虽然我的改革热情早已消退,可是一想到天主教徒将要重新掌权,还是感到一阵恐惧。如果那一天真的到来,杀戮固然难免,只怕整个英国又要重归蒙昧了。

我心烦意乱地在院子里来回踱步。如今我算是和巴拉克那个痞子拴在一起了。克伦威尔干的这叫什么事?我越想越烦,忍不住大声骂了一句:"他妈的统统都该死!"

"哎哟喂,你在那儿骂什么呢?"我转过身去,只见巴拉克正笑吟吟地望着我。我顿时觉得有些难为情,脸一下子红透了。

"别太担心,"他说,"我有时候也会觉得心烦。不过我是个暴脾气,有什么说什么。倒是大人常说你性情忧郁,什么事都闷在心里。"

我含混敷衍道:"我常常这样。"我留意到巴拉克把一个大皮袋子扛在肩上。他朝皮袋子歪了下头。"都是从圣巴塞洛缪修道院搬来的文件,还有我主人收集的一些和希腊火有关的资料。"

他牵过黑色母马,我们又骑上马离开了公馆。"我的肚子都快饿扁了,"他主动和我搭讪,"你的管家有没有备上一桌好菜?"

我不想和他多说:"只是些家常菜而已。"

"你是不是马上要去见那个女孩儿的伯父?"

"我一回家就送消息给他。"

"要不是大人出手相救,她就要受重石压迫处罚了,"他说,"这种刑罚龌龊得要命。"

"还剩下十二天。既要处理伊丽莎白的案子,又要解决大人的事,我们的时间真的不多了。"

"整件事迷雾重重。"巴拉克摇了摇头,"你说得对,我们是该再去问问格里斯特伍德大娘。"

"大娘?人家可是连孩子都没生过。"

"是吗?那也不奇怪。换了是我也对她提不起兴趣。这女人就像只又老又丑的白鼬。"

我冷冷说道:"虽然不知道你为什么这么讨厌她,但我要预先提醒你一句,你不能仅仅因为讨厌就对她心存偏见,甚至怀疑她。"巴拉克哼了一声。我转身看着他:"你的主人好像很不希望理查德·里奇爵士涉入此事。"

"要是让他知道希腊火的事,还知道这件宝贝丢了,他迟早会借此来对付我主人。里奇是我主人一手提拔起来的,但就像主人说的那样,他这个人为了自己的利益,可以出卖任何人。你也知道他的名声。"

"说得没错。当年审讯托马斯·摩尔的时候他就做了伪证,他本人也是靠这件事起家的。许多人都说是你的主人指使了他。"

巴拉克耸了耸肩。我们朝伊利教堂方向走去,谁也没有再说话。走着走着,巴拉克突然让他的马凑近了我的马。"别朝四周看,"他小声说,"有人在跟踪我们。"

我惊讶地看着他:"你能肯定?"

"我肯定。刚才我飞快地回过头看了两三次,每次都看到同一个人跟在后头,样子鬼鬼祟祟的。来,我们拐进圣安德鲁教堂去。"

第九章

他率先穿过大门，绕到高耸的围墙后头，敏捷地跳下马背。我也慢吞吞地下了马。"快点儿。"他一边不耐烦地催促着，一边把母马牵到围墙后面藏好。我也牵着"大法官法庭"躲到了墙后，巴拉克半倚在墙上，警惕地窥望着门口。

"看，"他压低声音说，"他朝这边来了。哎，别把你的脑袋伸出去。"

行人在大门口来来往往，偶尔还过去几辆马车，但是骑马的人只有一个。那是个男人，骑着一匹白色小马驹，年纪和巴拉克差不多，身材高瘦，浓密的棕发乱蓬蓬的。他苍白的面孔颇为文雅，只是布满麻点，看上去像极了陈干酪，那是天花留下的瘢痕。我们看着他勒住马缰，手搭凉棚朝霍尔本栅栏方向眺望。巴拉克把我拉了回来。"他不知道我们去哪儿了，恐怕还要四处张望一会儿。他的脸怎么那么白呀，就像刚从地底下挖出来似的。"他就这样粗鲁地抓着我，惹得我皱起眉头，但他只是朝我笑了笑，看他那兴高采烈的样子，一定是在为骗过了那个脸色苍白的男人而高兴。

"走吧，我们牵着马从教堂后门出去，走鞋子街回家。"他说着牵起母马的缰绳。我跟在他身后穿过教堂墓地。

"那个人是谁？"走到教堂另一侧时，我忍不住开口问他，因为他走得太快了，我在后面跟得气喘吁吁。

"不知道。从我们离开大人的公馆开始，他应该就跟在后头了。有胆量在那里布下眼线的人没有几个。"他灵活地翻上马背，相形之下，我上马的动作要慢得多；骑着马来来去去了一整天，我的背现在疼得要命。巴拉克好奇地看着我。

"你没事吧？"

"没事。"我没好气地回了一句，稳稳地坐上马背。

他耸了耸肩。"我只是问问罢了，要是你一个人上不去，我可以帮你一把。你虽然是个驼背，但是对我来说无所谓，我不是个迷信的人。"他骑着马走进鞋子街，胡乱吹起了口哨，我看着他的背影，一时目瞪口呆。

在去往大法官法庭街的途中，他一直喋喋不休，傲慢无礼的口吻让我恨得发疯。可是转念一想，我还是应该趁机多探探这个小混混的底细。于是我主动说："这个星期我被人监视了两次，一次是刚才那个人，一次是你。"

"对，"巴拉克得意扬扬地说，"大人让我去看看你接手的是件什么案子，判断你有没有胆量接下这个任务。我对他说，你的表情看上去很坚定。"

"是吗？你已经为伯爵工作很久了？"

"噢，是啊。我爸爸来自帕特尼，就是克伦威尔大人的爸爸开酒馆的那个地方。他去世之后，有人要我去为大人办事。我当时已经在伦敦闯荡了一段日子，结识了不少三教九流的人……"他扬起眉毛，又露出那种玩世不恭的笑容，"正因为这样，大人觉得我是个人才。"

"你爸爸是做什么的？"

"他是个掏粪工，专门给人掏粪坑。这个老混蛋真是笨，有一天掏粪坑的时候居然掉下去淹死了。"他说得轻描淡写，但我仍然捕捉到了他脸上一闪而逝的阴霾。

"我很抱歉。"

"我现在一个家人也没有了，"巴拉克欢声说，"一个人无牵无挂。你呢？"

"我爸爸还活着。他在中部的利奇菲尔德经营一个农场。"说到这里，我心中一痛。他的年纪越来越大了，可是这一年来，我竟然没有回去看望过他。

"啊，原来你是农民的儿子？你是在哪儿念的书？利奇菲尔德有学校吗？"

"当然有。我念的是利奇菲尔德大教堂学校。"

"我也念过书，"巴拉克说，"懂一点儿拉丁文。"

第九章

"噢?"

"我在圣保罗学校念过书,因为成绩不错,还得过奖学金。不过自从我爸爸死后,我就没钱交学费了,只能离开学校去谋生。"他的脸上又闪过一丝阴影,是因为悲伤,还是因为愤怒?他拍了拍搭在马鞍上的皮袋子。"主人让我带给你的这些文件都是用拉丁文写的,我能读懂,不过只能读个大概。"

说着说着已到了我家门口。一进大门,巴拉克就开始打量我的房子,我看得出一扇扇镶着玻璃的直棂窗和高高的烟囱给了他极大的震撼。他转头看着我,又扬了下眉毛:"这房子不错。"

"我们现在到家了,"我说,"我当然不能直说我们的关系,一定要编个好理由。我有个提议,我们可以对我的仆人说,你是我一个客户的代理人,是来帮我处理案子的。"

他点了点头。"这理由不错。你有几个仆人?"

"两个,一个是我的管家琼·沃德,还有一个小男孩儿。"我目不转睛地看着他,"你也该注意一下对我的称呼。既然我是律师,你是代理人,你就该称我一声'先生',至少要叫'夏雷克先生'才算符合礼貌。要是成天'你你你'的,让别人听见,不知道我到底是你的哥哥还是你的狗呢。这样可不行。"

"你说得对。"他咧嘴大笑,一点儿也不觉得难为情,"先生,需要我扶你下来吗?"

"我自己能行。"

就在我们下马的当口,小男孩儿西蒙从房子背后绕了过来。他一脸羡慕地看着巴拉克的马。

"她叫苏姬,"巴拉克对他说,"替我好好照顾她,到时候我会送件礼物给你。"他狡黠地眨了眨眼睛。"她偶尔喜欢吃点儿胡萝卜。"

"是,先生。"西蒙鞠了一躬,牵着两匹马走了。巴拉克目送他离开。

"他难道不该穿双鞋？现在天气这么干燥，地上的沟沟壑壑和尖石子会割伤他的脚。"

"他一向不喜欢穿鞋。琼和我已经试过了。"

巴拉克点点头："对，一开始穿上鞋子的确不舒服。鞋底会摩擦脚上的茧子。"

琼出现在屋门口。她看了巴拉克一眼，眼中透着惊讶。"下午好，先生。我可以问问法庭做出了什么样的判决吗？"

"法庭同意给伊丽莎白十二天的宽限期，"我说，"琼，这位是杰克先生。他会在这里小住几天，代他的委托人出面帮着我处理一件新案子。你能不能为他整理一个房间？"

"好的，先生。"

巴拉克鞠了一躬，朝她笑了笑，他从前的笑容里总是有种玩世不恭的味道，这次却笑得格外殷勤，但是一样很动人。"夏雷克先生从来没有告诉过我，他的管家原来是位这么迷人的女士。"

琼圆鼓鼓的脸颊一下子红了，手忙脚乱地把几缕灰白的头发塞回头巾里："噢，先生，您太过奖了……"

我瞅着这一男一女的矫情样，心里很有些纳闷：琼一向沉稳理智，怎么会被几句奉承话弄得晕头转向？但她领着巴拉克进屋的时候，脸仍然红着。看来长得俊俏是有好处的，只要长着一张好脸蛋，哪怕你是个没有教养的粗汉，在女人眼里也有无穷的魅力。她带着他上了二楼，我听见她说："先生，这个房间已经有一阵子没人住了，不过挺干净的。"

我走进客厅。客厅的墙上有一幅挂毯，内容是约瑟夫和他兄弟们的故事。窗户早被琼打开了，炎热的风吹了进来，挂毯在风中微微抖动。地板上新铺了一张用灯芯草编成的席子，琼在上头撒了赶跳蚤用的苦艾，弄得满屋子都是浓重的苦艾味儿。

我忽然想起得给约瑟夫写封信，安排他和我见上一面。我爬上二楼，

第九章

朝书房走去。经过巴拉克的房间时,我听见琼在里头叽叽咕咕地说个不停,一会儿是这个被子多么好,一会儿是那个褥子多舒服,活像只老母鸡。我记得那个房间曾经属于我从前的助手马可。久远的回忆一下子涌上心头,世事无常,人事易变,命运永远是一个谜。我摇了摇头,想要驱散这种困惑。

❖

琼早早地做好了晚饭。今天是吃鱼日①,晚饭的主菜是鲑鱼,甜点是一大碗草莓。今年春天天气很好,草莓成熟得早。巴拉克也上了餐桌,当着他的面,我特意做起了饭前祷告,虽然我一个人吃饭时已经不再做了。"感谢上帝赐给我们食物。阿门。"巴拉克闭上眼睛垂下头,待我一说完"阿门",他立刻把头抬了起来。他兴致勃勃地切好面前的鱼,就势用切鱼的刀子把鱼肉送进嘴里,那模样真是粗里粗气。我心里有些好奇,他的宗教信仰是什么呢?如果他有的话。

他打断了我的思绪:"呆会儿我就把文件和书交给你,耶稣啊,那些东西读起来真奇怪。"

我点了点头。"我也该好好想想调查要如何进行。"现在时机到了,我务必要树立起在这件事情上的权威。"让我把事情梳理一下。涉入此事的第一个人是圣巴塞洛缪修道院的修道士,那个图书管理员。"我扳着手指头挨个数过去,"接着格里斯特伍德兄弟找到布里克纳普,布里克纳普又找到马奇阿蒙特。马奇阿蒙特将此事告诉了欧娜夫人,欧娜夫人最终告知了克伦威尔。其中布里克纳普、马奇阿蒙特和欧娜夫人的嫌疑最大,图书管理员可以暂时排除在外。"

"这话怎么说?"

---

① 按照基督教旧俗,每周星期五为吃鱼日,此处疑为作者笔误。

"因为有人雇佣了两个凶残的恶徒去杀死了格里斯特伍德兄弟。我不相信欧娜夫人和两个衣冠楚楚的律师做得出手拿斧头闯入民宅的事,你相信吗?可是他们三个中的任何一个都雇得起杀手,而且这笔钱一定数额不菲,一个被遣散的修士是绝对承受不起的。但我还是想和他谈谈,毕竟他亲眼目睹了那件东西被发现的全过程。明天我会去林肯律师学院见见布里克纳普和马奇阿蒙特。"说到这儿我又补充了一句:"明天学院餐厅里有一场午宴,宴会的主角是诺福克公爵。"

他嫌恶地皱起眉头:"那个混蛋。他对我主人可是恨之入骨。"

"这我知道。我们可以利用明天早上的时间到烧船的码头看看,如果时间允许,我还想和约瑟夫见一面。我们也可以去土地没收法院走一趟,他们这段日子忙得昏天黑地,连星期天也不关门。看来我明天去不成教堂了,你呢?"

"我所在的齐普塞教区人满为患,牧师哪会知道谁去谁没去。"

行动计划就这么轻轻松松地拟出来了,我心情大好,想到巴拉克平日里的笑容总是带着股讥刺的味道,我一时起了捉弄的心思,有样学样地朝他一笑。"这么说你觉得没必要在上帝面前谦卑地承认自己有罪,祈求上帝原谅你?"

他扬了扬眉毛。"我在为国王的代理主教效力,而国王是上帝在人间的全权代表。效忠国王就等同于侍奉上帝,既然如此,我干吗还要去教堂装模作样?"

"你真相信国王是上帝在人间的代表?"

他又露出招牌式的讥笑:"你相信多少,我就相信多少。"

我拿了几颗草莓,把装草莓的碗递给他。他毫不客气地往自己盘里扒拉了一半,浇上浓浓的奶油。我接着说:"最后还剩下欧娜夫人。"

他点了点头。"她通常在星期二举行宴会。要是你星期一早上没收到请帖,我会请大人提醒提醒她。"

第九章

我直视着他:"你这是打算动用一切手段来帮我喽?"

"没错。"

"那你这样算是什么?我的助手?"

"是助你一臂之力,"他迅速答道,"这是大人的吩咐。我很清楚自己该干什么。别把格雷那个讨人厌的老混蛋当一回事,他一向不喜欢我大大咧咧的样子,可他算什么东西。他自以为知道我主人不少事,有些事甚至比我主人还要清楚,哼,未免太把自己当个人物了。那个老家伙成天哼哼唧唧,自命不凡,我才瞧不上他。"

他把话头扯到了格雷身上,把他狠狠地贬了一通,但我怎么会容他轻易岔开话题?"咱们头一次见面的时候,你是在监视我吧。"

他没有直接回答我:"如果你想问我对温特沃斯案的看法,我只能告诉你这件案子不是表面看上去这么简单。当那个女孩儿站在法庭上的时候,你知道她让我想起了谁吗?被烧死的约翰·兰伯特。你还记不记得他?"

我怎么会不记得呢。兰伯特是第一个遭到国王厌弃的新教传教士。十八个月前,在教会领袖国王陛下的见证下,身着白袍的法官和审判官将他判为异端,罪名是否认圣餐变体论。这是改革过程中的头一次重大挫折。"他死得很惨。"我目不转睛地盯视着他。

"你当时在场?"

"没有。我见不得这种场面。"

"我主人希望他手下的人都去,目的当然是向国王表忠心。"

"这我知道。他当年也让我去过安妮·波琳的行刑现场。"我闭上眼睛,极力不去回想那血腥的一幕。

"他是被慢慢烧死的,火一点点灼干了他流出来的血。"

我看到巴拉克脸上露出一丝嫌恶的表情,一颗心忽然一松,看来他并不是凶狠残酷的人。火刑是一种极为残忍的死法,在这局势混乱、人人互相攻讦的年月里，这种刑罚几乎成了每个人的噩梦。我打了个寒战，抬手摸了下额头。手下的皮肤烫得灼人，我觉得自己有点儿中暑了。

巴拉克双肘支在桌上。"兰伯特当时低着头走向刑场，不管围观的人怎么叫骂，愣是连吭也没吭一声。今天一看到那个女孩儿，我就想起了他的样子。不过他后来还是发出了尖叫。"

"你的意思是说伊丽莎白看上去像个殉道者？"

巴拉克点了点头。"对，殉道者。这个词用得太妙了。"

"可她到底是为了什么才这样牺牲自己？"

他耸了耸肩。"谁知道呢？不过你有一点想得对，去找温特沃斯一家人谈谈是很有必要的。我敢保证答案就在那里。"

我以前从来没把伊丽莎白和殉道者联系起来过，如今细细一想，竟然真是这么一回事。我不清楚除了协助我之外，巴拉克还有何种目的，但我至少可以确定一点，那就是他绝不是个傻瓜。"我已经让西蒙给约瑟夫送信去了，让他明天中午十二点到这里来一趟。"我说完站起身来，"我们还是先去废码头看看吧，明天最好早点儿出门。那地方到底在哪儿？"

"在泰晤士河下游，过了德特福德才能到。"

"眼下我得看看你带来的资料。你可以拿给我吗？"

"可以。"他跟着我站起来，点头答允，"没想到你这么快就上手了，把一切都计划得妥妥当当。看来我主人说得没错，你是那种一旦开始就绝不轻言放弃的人。"

❖

太阳渐渐西坠，我抱着巴拉克的皮袋子走进了花园。这两年花园几乎成了我的第二个办公室，闲暇无事时，我也常常到这儿来坐一坐，闻闻花香，听听鸟语。花园的设计很简洁：几条小径从花圃中穿过，把花圃分割成几个小方块。小径上搭着花架，上面爬满了玫瑰，给小径洒下片片阴

第九章

凉。我并不喜欢那些设计精巧繁复的花园,平日的工作已经够繁杂了,我希望自己的花园是个宁静闲适的地方。我曾经对改革也抱有同样的期望,期望它能让这个世界变成平和的乐土,但是不知从什么时候起,我慢慢放弃了这种期望。最近我很爱到花园小坐,不时想象着将来离开伦敦之后,就能长长久久地过上这种平静的生活了,可是现在看来,这种生活似乎还很遥远。终于可以一个人待会儿了,我心中涌起单纯的快意,选了一张长椅坐下,打开皮袋子。

我取出皮袋子里的文件,读了整整两个小时。太阳快要落山了,西蒙在屋子里点燃了蜡烛,飞蛾不知从哪个角落里钻了出来,朝烛火飞扑过去。我最初翻看的是迈克尔·格里斯特伍德从修道院带出来的文件,其中有四五份带插图的手稿,应该是修道院从前的僧侣写的。这些手稿详细生动地描述了希腊火的使用过程,有时候僧侣们会称它为"飞火",有时则是"恶魔之泪""龙口烈焰""黑色火焰"。最后一个称呼让我有些纳闷:火焰怎么可能是黑色的?我眼前浮现出一幅古怪的画面:黑色的火焰从黑色的煤块上腾起。这真是太荒唐了。

我还在这堆资料里找到了一张写满希腊文的纸页,看样子是从拜占庭皇帝阿厉克塞一世——一位生活在四百年前的帝国统治者的传记上扯下来的。纸上写着:"每艘拜占庭战船的船头都固定着一根黄铜管,铜管末端造成狮头形状,镀以黄金,样貌狰狞。狮口大张着,士兵们可以使用一种灵活的器械,让火焰从狮口里喷射出来。从未见过这种武器的比萨人被熊熊烈火吓呆了,立时兵败如山倒。这种火焰通常是向上喷射的,但也可以根据操纵者的意志,向下或者向左右两侧喷射。"

我放下纸页。这种器械去哪儿了?难道也被带离了灰狼街?如果它是用金属做成的,想必非常沉重,莫非那两个杀手带了一辆马车到那里去?我拿起另一份文件,上面记载了一支规模庞大的阿拉伯舰队于公元678年侵犯君士坦丁堡,被"飞火"全部歼灭的往事,根据文件描述,当时火势极旺,大火甚至在海面上燃烧。我凝视着不远处的草坪。火焰向下喷射或许还可以做到,但是在水上燃烧,这有可能吗?我承认自己在炼金术方面是个外行,但是这件事明显超乎常理,要我如何去相信?

我将目光转向另一份文件,在巴拉克带来的所有文件中,只有这一份是以英文写就,字体歪歪扭扭,不甚雅观。

我叫艾伦·圣约翰,是拜占庭皇帝君士坦丁十一世,帕里奥洛格斯的雇佣兵,于1454年3月11日在位于史密斯菲尔德的圣巴塞洛缪修道院写下这份遗嘱。

1454年?我记得这正是君士坦丁堡被土耳其人攻陷的第二年。

我知道自己时日无多了,当了一辈子的雇佣兵,造下不少罪孽,临死之前,我诚心忏悔自己的罪过。君士坦丁堡陷落之后,身负重伤的我逃回了英国,因为伤口再次感染,我只好住进圣巴塞洛缪修道院,这几个月里,修士们不仅为我治病,还好言安慰我,他们的关怀是上帝之爱的明证。出于感激和信任,我把文件留给了他们,这些文件记录着拜占庭人的古老秘密:希腊火。拜占庭人对希腊火的配方极端保密,只能由上一任皇帝传授给下一任皇帝,到后来竟然失传了。随着文件一起留下的还有我从东方带回的最后一桶浓缩的希腊火。这些东西的发现过程十分偶然:君士坦丁堡的一名图书管理员眼看土耳其人就要攻入都城,为免图书遭到土耳其人的糟蹋,到图书馆抢救图书,不料在搬运清理的过程中找到了文件和希腊火。在乘坐威尼斯人派来的船舰逃离君士坦丁堡之前,他将文件和桶交给我保管。我对希腊文和拉丁文一窍不通,原本打算向英国的炼金术师们请教请教,可是还没来得及问,沉重的伤势就让我成了一个废人。希望上帝原谅我:我曾经想过用这几样东西换取好处,但事到如今,金钱对我

第九章

来说已经没有意义了。修士们说这是天意,因为这个秘密太过可怖,也许会给不幸的人类带来无尽的毁灭和杀戮。原来希腊火有这样大的威力,难怪修士们把其中的主要成分称为"黑色火焰"。我把所有东西都交给了他们,让他们随意处置,因为他们的仁慈近乎于上帝。

我放下遗嘱。如果遗嘱是真的,圣巴塞洛缪的修士们一定是意识到手里的东西蕴藏着极大的破坏力,所以偷偷把它们藏了起来;他们哪里能预料到九十年后,亨利国王和克伦威尔会派人闯进修道院,让它们重见天日呢?我坐在长椅上,脑海中浮现出君士坦丁堡陷落的景象:士兵、官员和平民纷纷逃离这座即将毁灭的城市,奔向码头,登上驶往威尼斯的船,不远处炮声隆隆,兵临城下的土耳其人在疯狂地嘶吼。这是时代的巨大悲剧,也是欧洲的巨大悲剧。

我再次拿起遗嘱,仔细地嗅了嗅。纸页散发着一种淡淡的麝香味儿,闻起来很舒服。我又嗅了嗅其余的文件,上面也萦绕着同样的气味。我皱起眉头:这气味和修道院常焚的乳香没有半点儿相似之处,一个修道院地下室是绝不可能有这种气味的。这气味我从前并没有闻过,一时也想不出什么头绪。我把遗嘱重新放在膝头,不料一只飞蛾突然撞上我的脸,吓了我一大跳。我眺望着林肯律师学院广场的树林,太阳已经落到了树梢,远方的牛群发出"哞哞"的叫声。片刻之后,我收回目光,开始检视皮袋里的书籍。

这些讲述希腊火故事的书籍大部分是用拉丁文和希腊文写的。书里的内容千奇百怪,我起先读到一个雅典传说,说世上有一种带有魔法的衣服,这种衣服一旦破损,就会自动化为灰烬;后来又读到普林尼[①]的作品段落,段落描述了幼发拉底河边的神奇水池,池中的淤泥可以燃烧。写书

---

① 古罗马作家,著有《博物志》。

的人显然只是在复述故事,希腊火究竟是怎么制作的,我想他们并不清楚。这些书里也夹杂着几本炼金术著作,写作者用哲学家的口吻探讨着问题,一会儿是赫尔墨斯·特利斯墨吉斯忒斯①的格言,一会儿是将金属、星辰和生物互相类比,让人不知所云。从瑟普特斯的炼金室里带走的那本书已经够让人费解了,没想到这几本也不遑多让。

在将所有东西都翻看一遍之后,我把注意力投向了克伦威尔在办公室里给我看过的旧羊皮纸,纸上画着一艘正在喷射希腊火的战船,羊皮纸的上半部分被撕掉了。我用手指摩挲着被撕裂的边缘。就是这一举动,让迈克尔·格里斯特伍德付出了生命的代价。

我高声叹道:"要是修士们当年把所有东西都毁得一干二净就好了。"

一阵脚步声传入我耳中,我抬头一看,原来巴拉克正朝这边走来。他看了看园中的花圃。

"这地方可真香啊。"他说着朝围绕在我身旁的文件点点头,"你理出什么头绪来了吗?"

"还没有。这堆东西内容五花八门,但似乎没有一条线索能清清楚楚地告诉我希腊火究竟是什么。至于这几本炼金术书,内容太深奥了,简直就像天书一样。"

巴拉克被我逗乐了。"我有一次试着读一本法律书籍,最后的感觉和你差不多。"

"盖伊说不定能看懂。"

"你是说你那个黑皮肤老修士朋友?在我的住处附近,他可是个众所周知的人物。老天爷作证,他长得挺奇怪的。"

"他是个学识渊博的人。"

---

① 希腊和埃及神祇,被称为巫术和炼金术之神,他同时也是赫尔墨斯教徒信奉的主神。

第九章

"是啊,'老驳船'附近的人也这么说。"

"你住在'老驳船'吗?"我突然想起那扇关闭的百叶窗。

"没错,那地方虽然不如这里豪华,但有一个优点:它坐落在伦敦市中心。我因为工作的关系常常要跑遍全城,住在那儿很方便。"他坐到我身边,狠狠瞪了我一眼,"你要记住,尽量不要把事情透露给那个黑皮肤修士。"

"我会告诉他我是为了一个客户才去看这些炼金术书的,然后请他讲解一下书里的内容。我保证他不会刨根问底,干我们这行必须为客户保守秘密,这一点他很清楚。"

"那个黑皮肤药剂师自称叫盖伊·莫尔顿,"巴拉克若有所思,"我敢说这绝不是他的本名。"

"的确不是,他的本名是穆罕默德·艾拉克巴,格拉纳达陷落之后,他的父母皈依了基督教。说到名字,你的名字也不常见哪。巴拉克,听着很像巴鲁克啊,如今改革者们很喜欢给自己的孩子取这种《旧约》里的名字,可你都这么大了,不可能是因为这个原因吧。"

他哈哈一笑,伸直两条长腿。"你平时除了做律师,还兼职做学者吧?我祖上是犹太人,后来皈依了基督教。这是很久远的事了,发生在他们被全数赶出英国之前。每次去犹太改宗所见主人时,我总会情不自禁地想起这件事。说不定巴拉克这个姓氏就是从巴鲁克变化而来的。我父亲留给我一个蛮有意思的小金筒,据他说就是从那时候传下来的。除了这件东西,他什么也没留给我,真是个老穷光蛋。"那种阴郁的表情又在他脸上一闪而过。他耸了耸肩。"你还从这些旧文件里看出什么没有?"

"没有。我只看出配方和那桶希腊火多半是被修士们故意藏起来的,原因是担心希腊火会造成巨大的破坏。"我说完看着他,"他们的担心是对的,这种武器的破坏力相当可怕。"

他也回看着我:"只要它能让英国免受侵略,付出任何代价都是值得的。"

我没有直接回答他的话:"把那天的演练情形一五一十地告诉我吧。"

"我会告诉你的,但得等明天到了码头才行。我来是想告诉你我要出去一趟。我得回'老驳船'取几件衣服。之后我打算去城里的酒馆打听一下,看看我的熟人里有谁认得那个满脸麻子的男人。我还要去见一个姑娘,所以会晚点儿回来。能不能给我一把钥匙?"

我不以为然地看着他:"让琼把她的那把给你吧。我们明天必须早点儿出发,你可别耽搁了。"

他闻言笑了笑:"别担心,我是绝不会偷懒的。"

"但愿你不会。"

"那姑娘也不会。"他朝我暧昧地眨了下眼睛,转身走掉了。

第十章

这一晚我无法入睡,一来是因为天气炎热,二来是因为各种纷乱的画面在我的脑海中不断闪现:地牢里的伊丽莎白、面色憔悴、神情焦虑的克伦威尔,还有那两具死状可怖的尸体。夜深时分,我听到巴拉克走进屋子,轻手轻脚地爬上楼梯,回到他的房间。我爬起来跪坐在床上,四周一片黑暗,黏腻湿热的空气让人很烦躁。我开始祈祷,祈祷上帝让我安眠,祈祷明日的勘察能有所收获。这段日子以来,我祈祷的次数越来越少,我常常觉得我的祷告没能传达到上帝耳中,而是像一股轻烟一样,消散在我脑中,可是这次似乎不太一样,我一躺回床上就进入了梦乡。第二天一早,我被一缕晨光惊醒了,温热的微风从敞开的窗户吹进来,楼下传来琼叫我下去吃早饭的呼唤声。

餐桌边的巴拉克穿戴整齐,精神焕发,一副迫不及待想要出发的模样,完全看不出昨夜在外面胡混到很晚。他告诉我他找不到那个跟踪者的线索,不过已经托朋友们去打听了。吃完早饭,我们直接赶到泰晤士河边的圣殿阶梯去搭船。现在还不到七点,我很少在星期天的这个钟点出门,看到各处冷冷清清的样子,很有种异样的感觉。河上同样静悄悄的,阶梯下无所事事的船夫们看到我们来了,都忙着上前招揽生意。我们选定了一个船夫。现在正值落潮,必须走过一块搁在淤泥上的窄木板才能上船,厚厚的淤泥上垃圾遍布,一头腐烂发胀的死驴散发出让人作呕的气味,我把头偏到一边,强忍着恶心朝小船走去。谢天谢地,总算上船了。船夫摇动木桨,船载着我们驶向河中央。

船夫问:"两位愿不愿意冒点儿风险穿过伦敦桥?如果愿意的话,需要再付半格罗特①。"他年纪轻轻，一张脸却横七竖八布满斗殴留下的旧伤疤，看上去十分丑陋；泰晤士河上的船夫们都是些好勇斗狠的家伙。我犹豫不决，巴拉克却点了点头。"穿吧，现在水位在最低点，桥墩附近的水流应该不急。"

满载着房屋的大桥渐渐逼近，我紧张地抓住船舷，可预想中的惊险并没有发生，船夫熟练地驾着小船，不费吹灰之力就从桥下穿了过去。我们的船像一片树叶一样漂向下游，才驶过停靠大型海船的比林斯门，巍峨的伦敦塔又出现在眼前。经过德特福德的新海军码头时，我好奇地凝视着国王庞大的战舰"玛丽玫瑰号"，尽管船身亟待维修，高出周围房屋一大截的桅杆和索具仍然气势惊人，像是一座高耸的尖塔。

过了德特福德，河面一下子变得宽阔起来，两岸的河堤离我们越来越远，岸上了无人烟。水边的沼泽地芦苇丛生，我们偶尔会经过一两处码头，船坞如今集中在上游，这些码头大都被废弃了。

"就是那里。"俯在船舷上的巴拉克终于出声指引。我看到前面不远处有几根木墩，木墩上搭了几块烂木板，整个码头看上去摇摇欲坠。码头后面是一块杂草丛生的泥地，周围长满茂密的芦苇丛，看得出这块地是有人刻意清理出来的。泥地正后方有一座用木头搭起来的大仓库，外表同样破败不堪。

我觉得有些惊讶："想不到这里这么小。"

"这地方是我主人亲自选的，他觉得这里早就荒废了，平时不会有人来。"

船夫将小船划向码头，抓住固定在码头末端的梯子。巴拉克敏捷地爬了上去。我小心翼翼地跟在后头。

"一个小时以后来这儿接我们。"巴拉克一边吩咐船夫，一边递给他船

---

① 一种意大利银币，个头很大。

第十章

费。船夫点了下头,划船离开了,留了我俩在这个荒凉的地方。我环顾四周,四下里寂静无声,附近的芦苇在微风中发出沙沙轻响,苇丛深处有色彩斑斓的蝴蝶飞舞。

"我先去检查一下那座仓库,"巴拉克说,"说不定会有流浪汉在里头安家。"

仓库的墙板早已弯翘变形,布满裂缝,就在他透过裂缝朝里张望的当口,一根铁质系船柱吸引了我的注意力。系船柱上有个铁环,有一样东西正吊在上面摇晃。我定睛一看,原来是一根由好几股细绳扭成的粗麻绳,这种绳子应该是用来系船的,如今船不见了踪影,只留这绳子孤零零地悬在码头末端。我伸手拉起绳子。绳子只有两英尺长,尾端被烧得焦黑。这一定是被火烧断的。

巴拉克回到我身边。"里面什么也没有。"他说完递给我一个皮革做的酒瓶,"要不要来一口?"

"多谢。"我拔下瓶塞,喝了口淡啤酒。巴拉克朝我仍然拿在手里的绳子点了点头。"我曾经在那里系过一艘船,现在只剩下这点儿绳子了。"

我低声说:"告诉我到底是怎么一回事。"

他把我引进仓库投下的一片阴影里。他凝视着河水出了一会儿神,又喝了口啤酒,开始慢慢讲述他的故事。他讲得比我想象的要流利,言语中不见了平日的自以为是,取而代之的是极度的不可置信。

"话说今年三月的时候,主人让我以我个人的名义买艘旧帆船,把船带来这里。我成功办妥了此事,那船挺大的,大概有三十英尺长。我划着船顺流而下,把船停在这里。"

"我曾经乘坐帆船从苏塞克斯郡到过伦敦。"

"那你应该知道那种船的样子。是一种又长又重的货船。我买的船大而坚固,有帆有桨,报废前是艘运煤船,沿着海岸线从纽卡斯尔运煤到伦敦。船的名字叫'伯恩冒险号'。"他摇了摇头,"它注定会经历一次

115

冒险。"

"我刚才说过,我主人之所以选择这个地方,是因为这里已经被废弃了。就在那个月,他要我在某天早上天刚破晓的时候赶到这里等他,通常在那个时候,河上是不会有船往来的。他告诉我我也许会看到不可思议的景象。但他马上又说,'不过你更有可能看不到。'

"总而言之,那天天没亮我就骑着马往这儿赶,四周一片漆黑,沿着小路在沼泽地里穿来穿去,真他妈不容易。那艘船还在我先前停泊的位置,因为它太旧了,根本不值得偷。太阳升起来了,这里还是冷得要命,我拴好苏姬,在泥地上来回走动,不停地跺脚取暖。晨光唤醒了河畔的水鸟,它们发出奇怪的声响,好几次惊得我跳起来。

"后来我听到了杂乱的马蹄声,其中还夹杂着一种咯吱咯吱的声响,透过芦苇丛,我看到我主人骑着马朝这边过来了。看到他出现在荒郊野外,那感觉奇怪极了。他脸色阴沉,一直睁大眼睛,瞪视着跟在他身边的两个男人。他们也骑着马,其中一匹马拉着一辆小车,车上不知道放着什么东西,用一堆麻布口袋盖着,看上去很沉。

"这一行人终于来了码头,从马上爬了下来。这一次我第一次清清楚楚地看到格里斯特伍德兄弟的模样。我当时以为他们是穷光蛋,哎,愿上帝让他们安息。"

我点了点头。"迈克尔是个蹩脚的法律顾问。法律顾问级别不高,只能处理一些小案子,给出庭律师们打下手。"

"是,这我知道。"巴拉克突然加重了语气,我不由得看了他一眼,"他们两兄弟长得矮小清瘦,一直用一种忧惧的眼神看着我主人。我看得出来,我主人认为眼下这一切有损他的尊严;想来那两兄弟如果不能让他满意,他一定会给他们苦头吃。他们中的一个戴着一顶无边帽子,身穿长长的炼金术师长袍,一副标准的炼金术师打扮,不过长袍上沾了不少泥点,想必是穿过沼泽地的时候溅上的。我主人披着一件普普通通的黑斗篷,他单独出门时一向这么穿。他向格里斯特伍德兄弟介绍了我,他们摘下帽子,争着向我问好,仿佛我是个伯爵。"他哈哈一笑。"我还从没见过这么猥琐的家伙。"

"主人命令我把马拴到仓库旁边的柱子上,我的苏姬就拴在那儿。等我回去的时候,格里斯特伍德兄弟正忙着把小车上的东西搬下来。那堆东西奇奇怪怪的:有一根细长的铜管,一个金属做的大手泵,就和一些水渠里的手泵差不多。这时伯爵走了过来,压低声音说,'杰克,和我一起去检查一下那艘船,我想确定上面没有骗人的把戏。'我大着胆子问他到底是怎么一回事,他没有立刻回答我,而是怀疑地看了看正在合力卸下一个铁制贮水罐的两兄弟。顺便说一句,他们当时汗流浃背,不住抱怨贮水罐里的东西太沉了。伯爵看了半晌才对我说,瑟普特斯是个炼金术师,之前对他夸下海口,保证能用那件器械向我们展示一个伟大的奇迹。他说完扬了扬眉毛,抬脚朝帆船走去。

"我扶他上了船,他从头到尾把船仔细检查了一遍。我们甚至下到船舱在里头走了一圈,还被扬起的煤灰呛到了。他想看看船上有没有被人动过手脚的痕迹,但是我们没有发现一丁点儿异常之处,它只是一艘被我从船舶商人那儿便宜买来的破旧空船。

"等我们离开船舱回到甲板上,两兄弟已经把他们的器械安放在码头上了。贮水罐一头连着手泵,另一头连着铜管。我闻到贮水罐里飘出一股味道。这味道我之前从没闻过,浓烈刺鼻,感觉能从鼻孔直钻进脑子里去。"

"多跟我说说那件器械的样子吧。"

"那根铜管大约有十二英尺长,是中空的,就跟炮管差不多。铜管一端连着一根引线,那引线挺长的,上面还抹着蜡。铜管另一头连着贮水罐,我先前已经说过了。"

"那个贮水罐有多大?足够装满满一大桶液体吧?"

他皱起眉头："是挺大的。不过我可不知道贮水罐装满了没有。"

"装没装满并不重要。我很抱歉，你继续往下说。"

"我和主人一起回到岸上，看到他们已经把贮水罐抬到一个铁制三脚架上去了。让我惊讶的是，他们正在手忙脚乱地摩擦打火石，想要点燃贮水罐下面的一堆木柴。

"迈克尔·格里斯特伍德突然兴奋地大喊起来。'点燃了！'他叫嚷着，'点燃了！赶快走开，阁下，离铜管远一点儿！'我主人对这个亲昵的称呼十分反感，但还是依言走到了两兄弟后头。我跟着他走了过去，一心想知道接下来会发生什么。"

说到这里，巴拉克停顿了片刻。他眺望着宽阔的河面，潮水又开始上涨了，水流变得湍急，形成一个个飞快转动的漩涡。

"之后的一切迅雷不及掩耳。迈克尔从火堆里拣出一根树枝点燃了引线，然后飞快跑回来，和瑟普特斯一起上下摇动手泵。我看到铜管前段颤动了一下，接着喷出一大片黄色火焰，火焰长达十几英尺，发出隆隆巨响从半空飞过，拦腰击中了那艘船。火焰在空中旋转蹿动，就像活了似的。"

"和从龙嘴里喷出的火焰一样。"

他打了个寒战。"没错。木头很快烧着了，火焰紧紧地附在上头，像猛兽吞吃死尸一样吞噬着船身。有几团火焰落到了水面上，我以上帝的名义发誓，我看到河水也开始燃烧。我真真切切地看到了，看到一片火焰在河面跳跃。在那一瞬间我害怕极了，唯恐整条河都会燃烧起来，火焰顺着河水一直蔓延到伦敦去。

"接下来两兄弟把铜管向右偏斜了几分，开始摇动手泵，铜管里又喷出一股长长的火焰，击中了船尾。那火焰亮得让人无法直视，跳动的样子简直像个活物。此刻帆船正熊熊燃烧，热浪灼人，我虽然站在二十英尺开外，也能感觉到热气扑面。火势越来越大，没过多久，可怜的旧船从头到尾都被火焰包围，简直成了一条火船。受惊的鸟群拍着翅膀从沼泽地腾空

第十章

而起,争相飞散。耶稣啊,我吓得魂不附体,虽说我平时并不虔诚,但在那种情形下谁还管得了这么多?我从圣母玛利亚念起,向所有圣人祈祷了一遍,如果主人允许我用念珠,我一定把念珠死死攥在手里,直到把珠子捏碎为止。

"我们凝视着那艘船,船身已经完全变成了一大团火焰,滚滚黑烟飘向上空。我看了我主人一眼。他并没表现出一丝一毫的害怕,只是抱着胳膊观看着,眼中闪动着兴奋的光芒。

"然后我听到了尖叫声。我想这声音多半已经持续一会儿了,只是我刚才没有注意到。声音是那几匹马发出来的,它们看到那些跳跃的巨大火团,也被吓坏了。我赶紧跑向它们,眼看着它们又蹬又踢,发了疯似的想逃离束缚它们的柱子。我费了不少劲,终于在它们真正伤害到自己之前让它们安静了下来。我这人对付马儿很有一套,而且谢天谢地,火焰这时候差不多熄灭了,船烧剩的部分开始慢慢下沉。等我返回码头,船已经完全消失,就连系船的绳子也被烧掉了,你刚才不也看到了吗。我主人正在和格里斯特伍德兄弟说话,他们的衣服被汗水浸透了,紧紧地贴在身上,模样很狼狈,但我看得出他俩在沾沾自喜。他们开始拆卸那件器械,把东西放回车上。"他大笑一声,摇了摇头,"感谢耶稣基督,船已经沉了,水上的火焰也熄灭了,河面又恢复了平静,平静得仿佛什么也没发生过,除了一艘三十吨重的帆船转眼间被大火烧成了灰烬。"巴拉克深吸了一口气,扬了扬眉毛。"我的故事讲完了,这些都是我亲眼所见。等格里斯特伍德兄弟走远之后,主人告诉我我刚才看到的东西叫作'希腊火',又说了迈克尔·格里斯特伍德是如何在圣巴塞洛缪修道院找到配方的,最后要我发誓保密。"

我点了点头。我走到码头尽头,巴拉克也跟了过来。我俯视着波浪起伏的水面。

"第二次演练你在场吗?"

"不在。主人派我去找条更大的船,我买下一条旧海船,同样把它运到了这里,不过那次他是一个人来的。他告诉我第二艘船和上一艘船一样,被烧得干干净净。"他低头看着河水,"它们的残骸都在这水底下。"

我点了点头,大脑运转如飞。"这么说来,要发射希腊火,非得要那件器械不可。那东西是谁为他们造的,他们又把它放在哪里?"

巴拉克疑惑地看着我:"你相信我所说的都是真话?"

"我相信你看到了非同寻常的一幕。"

河中央的一艘商船闯进了我们的视线,这艘巨大的帆船一定是从世界某个遥远的角落归航的。微风吹上展开的船帆,城垛状的船头高高耸起,傲然破开水浪。甲板上的海员一看到我们,立刻兴奋地朝我们喊叫挥手,也许在过去漫长的几个月里,他们还是头一次见到英国人。帆船从我们面前经过,朝伦敦方向驶去,这时我眼前突然浮现出可怖的幻象:这艘船从头到尾整个燃烧起来,船员们惊恐尖叫,还没来得及逃生就被烈焰吞噬。

"你知道吗,很多人都说世界末日就快来了。"我低声说道,"世界即将毁灭,耶稣基督会重临人间,对世人进行最后的审判。"

巴拉克问:"你相信吗?"

"到目前为止还不信。"我说。我看到另一艘船朝我们划了过来,两艘船交错而过,相形之下,这艘船渺小得像个玩具。"我们的船夫来了,我们得马上赶回伦敦,寻找那个图书管理员。"

※

我们让船夫把我们送到了威斯敏斯特宫,因为土地没收法院就设在威斯敏斯特大厅的一个房间里。我们好容易爬上了威斯敏斯特阶梯,到了新宫院实在走不动了,只好停下来歇口气。太阳已经升得很高了,今天又是炎热的一天。喷泉的水位很低,底部的水泵露出了一半;我不禁想起在废码头上听到的东西:手泵、虹吸管和贮水罐。

第十章

"原来这里就是律师们展开辩论的地方。"巴拉克一边说着,一边饶有兴致地打量大厅高高的北墙。墙上镶了一扇巨大的彩色玻璃窗。

"对,世俗法庭就设在这里。你从没来过这儿吗?"

"我可是遵纪守法的良民,怎么会来这种地方。"

他跟着我踏上通往北门的台阶。守卫看到我身穿律师长袍,点了点头,爽快地把我们放了进去。每到冬天,这座用石头筑成的巨屋内部就会冷得像冰窟一样,除了身穿皮裘的法官,人人都冻得瑟瑟发抖。今天虽然天气炎热,屋子里还是凉飕飕的。大厅的天花板雕刻着美丽的花纹,高高的窗户边装饰着古代君主的雕像,引得巴拉克不住地抬头仰望。他调皮地吹了下口哨,清脆的声音在空阔的大厅里回响。

"这里和老贝利法庭大不一样啊。"

"是啊。"我看向大厅深处,几排空荡荡的货品柜台后面就是法院的办公区域了,王座法庭、民事法庭和大法官法庭都设在这里,彼此间以低矮的木隔断分开,这会儿各个法庭的长凳上和桌子边都空无一人。明天就是夏季开庭期的第一天,到时候这里的每一寸地方都会人满为患。我想起下星期还得来这里和布里克纳普辩论一番,我虽然觉得很有把握,但总得找时间准备准备。我的视线越过法庭区域,落在远处角落里的一扇门上,门后传出喁喁人声。"走吧。"我带着巴拉克朝土地没收法院走去。

所有法院中,唯有土地没收法院拥有在星期天开门办事的特权,不过这毫不奇怪——成百上千座修道院建筑的出售工作都得由这个法院负责,所有前僧侣的养老金也得由它来发放,整个英国能找出比这儿更繁忙的地方吗?门后是一个大房间,左右两侧各摆着一排柜台,书记员们就坐在那后面,回答着来访者的询问。一群衣着朴素、神色焦虑的女人正聚在一个柜台前面和一个书记员争论些什么,看他的表情,显然是被这群女人弄得烦透了。

"朝廷曾经答应把十字架给我们院长,"其中一个女人可怜巴巴地说,

"还说她可以把十字架珍藏起来,先生,我们已经不再是修女,只想留下它做个纪念。"

书记员不耐烦地指了指一份文件:"投降契约并没有提到这件事。话说回来,你们到底要它来干什么?如今世道变了,你们这些前修女如果还聚在一起搞天主教仪式,可是犯法的。"

我带着巴拉克从几个衣冠楚楚的男人身边走过,这些人正围着一张平面图细看,图中是一座式样很常见的修道院教堂,四周回廊环绕。只听其中一个人说:"要是把这些建筑推倒,这地方就值不了一千镑了。"

我们来到一个标有"养老金"字样的柜台前。柜台后面没有人。我抓起柜台上的一个小铃摇了摇,一名上了年纪的书记员从一扇门里走了出来,一脸被人打扰的不高兴。我告诉他我们想查查一个前修士的住址。他一开始说他很忙,要我们等会儿再来,巴拉克见状,伸手从上衣掏出一枚印章来,啪的一声拍在桌上。印章上刻着克伦威尔的纹章。书记员一见印章,立刻变得殷勤起来。

"卑职一定会竭尽所能,为伯爵效劳……"

"我要找一个叫伯纳德·凯奇恩的人,"我说,"从前是位于史密斯菲尔德的圣巴塞洛缪修道院的图书管理员。"

书记员满脸堆笑,"噢,好的,圣巴塞洛缪修道院……这个简单。他的养老金由我们负责发放。"他拉开一个抽屉,从里面捧出一本又大又厚的账册,开始埋头查找。没过多久,他用一根沾满墨迹的手指戳着一个条目说:

"先生们,找到了。伯纳德·凯奇恩,一年的养老金数额是六英镑零两马克。这上面还说他现在是圣安德鲁教堂的歌祷堂牧师,两位知道圣安德鲁教堂吧,就在沼泽门一带。哎哟哟,这事真让人说不出口,朝廷居然允许歌祷堂继续开放,让那些牧师天天用拉丁文给死人念祷辞。依我看该把歌祷堂也一并关掉。"他冲我们谄媚一笑。我们是克伦威尔的手下,他

第十章

自然希望我们认同他。不过我并没称他的意,只是哼了一声,把正对着他的账册转到我这边,亲自查看起来。

我边看边说:"巴拉克,待会儿我回大法官法庭街去的时候,你可以去找找伯纳德,告诉他……"

书记员身后的门突然开了,我立刻住了口。出乎我意料的是,出来的竟然是斯蒂芬·布里克纳普,那张瘦削的脸上眉头紧锁。"书记员先生,我们的工作还没有完成。理查德·里奇爵士下令……"这时他看到了我,也闭口不说了。他一脸惊讶,眼睛在我脸上停留了好几秒。

"夏雷克律师……"

"布里克纳普,我还不知道你对土地没收法院的养老金有兴趣。"

他微微一笑:"平时我的确没兴趣。我来这儿是因为……因为我在沼泽门的那所房子,那地方从前不是小修道院吗?一个老头常年寄住在里头,他从前给修道院捐过钱,有长期居住的权利。我现在很想知道我应不应该对他负责。这个法律问题挺有趣的,你觉得呢?"

"是挺有趣。"我把头转向书记员,"我们要办的都办完了。律师,我先告辞了,我们后天还会再见面的。"我说着朝布里克纳普欠了欠身。书记员拉开抽屉将账册放了回去,把布里克纳普引进他的房间。门在他们身后关上了。

我皱起眉头:"照理说只有大型修道院才有接收寄住者的资格,小修道院是没有的。他到底来这儿干什么?"

"他刚才提到了里奇。"

"没错。"我犹豫再三,问道,"克伦威尔能不能把那个书记员找去问一问?"

"这么做不容易,一旦伯爵有所动作,理查德·里奇必然会听到风声。"巴拉克伸手抓了抓浓密的棕发,"我以前好像在什么地方见过那个尖嘴猴腮的老混蛋。"

"布里克纳普？你在哪儿见过他？"

"我得好好想想。这是很久以前的事了，但我真的见过他，我敢发誓。"

"我们得走了，"我说，"约瑟夫会在我家等着我。"

我早就安排西蒙把"大法官法庭"和苏姬牵到威斯敏斯特宫外头，好让我们骑马从威斯敏斯特宫赶回大法官法庭街。我们走出大门，果然在东墙的一处扶壁旁边看到了他，他正坐在"大法官法庭"的阔背上，摇晃着一双穿了新鞋的脚丫。我们骑上马出发了，让他自己走回家去。

经过查林十字街时，我留意到一名衣着华贵的女人，她骑在一匹漂亮的阉马上，为了遮挡阳光，脸上还戴着面罩。三个护卫骑马环绕在她身侧，两个侍女手捧花束跟在后头，她们看上去热坏了。女人的马正好停下来撒尿，整个队伍也就自然而然地停了下来。我们从旁经过时，她突然转头凝视着我。她所戴的头巾镶珠嵌宝，华丽非常，面罩由头巾箍住，说是面罩，其实也不过是块条纹布，上面开了两个洞，正好露出眼睛。被这样一双眼睛盯住的感觉很古怪，我表面上不动声色，心里却有种没来由的恐慌感。这时女人掀起了面罩，朝我粲然一笑，噢，原来是欧娜夫人。天这么热，戴着面罩一定很闷，而且女人还得穿紧身衣，想必也不舒服，但我看她神清气爽，好像一点儿也不热。她朝我挥了挥手。

"夏雷克先生！我们又见面了。"

我勒住了马缰。"欧娜夫人。今天又是个大热天。"

"谁说不是呢？"她动情地回应我，"见到你真是太高兴了。不知道你下星期二能否光临寒舍，和我一起吃顿晚饭？"

我立刻顺水推舟："我乐意之至。"

我突然想起巴拉克还在我身边，我侧头一看，发现他垂下眼帘，一副恭恭敬敬的仆人模样。

"我家住蓝狮街玻璃屋，你去那儿一问就知道了。请五点钟到。只是个小宴会,不会进行到很晚。到时候还会来几个有趣的朋友。"

"我非常期待。"

"对了,我听说你在为埃德温·温特沃斯的侄女打官司。"

我苦笑了一下。"看样子全伦敦的人都知道了,夫人。"

"我在布商公会举办的酒宴上见过他。他这人是个赚钱好手,可惜并不像他自认为的那么聪明。"

"是吗?"

她哈哈大笑。"噢,先生,一听到这句话,你又变回那张严肃的律师面孔了。我的话似乎激起了你的兴趣。"

"我这也是不得已,夫人,那个姑娘的性命如今就握在我的手上。"

"真是责任重大啊,"她俏皮地做了个鬼脸,"好了,我得走了,我要去看望我亡夫的亲戚。"

她拉下面罩,一行人匆匆离开了。我们也开始打马赶路,巴拉克叹了一句:"真是个漂亮娘们。"

"她是位很有风韵的女士。"

"照我看这种女人太强势了。我喜欢安分的女人。有钱的寡妇通常很傲慢。"

"听口气你认识不少有钱寡妇?"

"现在还没有,说不定以后会呢。"

我哈哈大笑起来:"巴拉克,她和你不是一路人。"

"你不也一样嘛。"

"就算不是一路人,我也不会随口诽谤她,这太无礼了。"

"像她那种女人,是永远不会穷困潦倒的。"

"盛极必衰,再显赫的世家大族也不能永享荣华。"

"这又怪谁?"他厉声反问道,"他们在约克家族和兰开斯特家族的内战中互相厮杀,直到彼此精疲力竭,到了灭族的边缘才罢休。依我说,在伯爵这种改革者的领导下，我们的生活反而变好了。"

"克伦威尔也一样看重他的伯爵爵位，巴拉克。拥有自己的纹章是所有人的梦想。马奇阿蒙特千方百计想让纹章院相信他出身高贵，都成了整个林肯律师学院的笑柄了。"说到这里，我突然产生了一个念头，"我之前一直想不通马奇阿蒙特为什么要和欧娜夫人攀交情，难道他是想和一个贵族出身的人结婚……"想到这里，我的心突然一痛。

"他看上她了？"巴拉克说，"这可真有意思。"他不屑地摇了摇头。"这种上等人之间追名逐利的把戏，我看了真是觉得好笑。"

"把拥有受人尊崇的社会地位和更好的生活作为人生目标也没什么不对，当上等人总好过当下等人。"

"我也是个有家世的人。"他说完哈哈大笑，笑声里充满着自嘲的意味。

"啊，没错，你爸爸留给你一个小金筒。"

"是啊，不过我从没宣扬过自己的血统。大家都说犹太人一贯会压榨盘剥，是收集黄金的能手，而且还杀小孩子。好了，"他突然止住话头，"我得去找那个名叫凯奇恩的家伙了。"

"如果你找到了他，记得让他明天来见我。在圣巴塞洛缪修道院。"

巴拉克在马鞍上转过身来："在圣巴塞洛缪修道院？可那里现在是理查德·里奇的住所，我主人不想让他知道这件事。而且你朋友布里克纳普提到了他的名字，我总觉得有些蹊跷。"

"巴拉克，我必须到发现那件东西的地方看一看。"

他扬了扬眉毛："那好吧，但我们一定得小心。"

"上帝啊，你觉得我还不知道要小心吗？"

我们在大法官法庭街的街口分道扬镳。我独自骑马朝大街深处走去，走着走着，心里突然一阵紧张，我想起昨天被人跟踪的情形，王后港旧宅里的两具尸首又在我眼前晃来晃去。我一路提心吊胆，到家门口才松了口气。这时我看到约瑟夫从大街另一头走了过来。他塌着肩膀,神色黯然,一副心事重重的样子,可是一看到我,他立刻绽开笑容,挥着手向我打招呼。我心中一暖:自从审判结束以来,我还是头一次感受到这样的亲切友善。

第十一章

我在约瑟夫跟前勒住了马，他满头是汗，样子疲惫极了。西蒙还没回来，我只好让约瑟夫先进屋去，自己亲自去马棚拴马。从马棚返回门厅之后，我迫不及待地摘下帽子，脱掉长袍。屋里比屋外凉快多了，我在门厅站了一会儿，风吹在满是汗水的脸上，感觉凉丝丝的。过了半晌，我走进客厅，约瑟夫正坐在我的扶手椅上，一见我来了，立刻跳起来，一脸的局促不安。我摆了摆手。

"别这么拘束，约瑟夫，今天真是热得要命。"我坐到他对面的硬木椅子上。他此刻虽然疲惫，眼中却闪动着兴奋的光芒，我知道这样的眼神意味着什么：他心中一定燃起了新的希望。

"先生，"他说，"我成功了。我弟弟同意见你。"

"太好了。"我拿起琼放在桌上的罐子，为他倒了杯啤酒，又为自己倒了一杯，"你是怎么做到的？"

"说来也不容易。我去了他家，因为不想当着仆人的面吵吵闹闹，他们只好放我进去了。我告诉埃德温你对伊丽莎白犯罪的事存有疑虑，希望找全家人谈一谈，谈过之后再决定要不要继续为她辩护。埃德温起初充满敌意，一直怪我插手这件事。唉，我这人一向不擅长撒谎，我担心再这样下去，连我自己都不知道自己在做什么了。"

我微微一笑："约瑟夫，你这人太诚实了，不适合做这样的事。"

"我实在不喜欢做这些。可是为了莉齐……不管怎么说，我妈妈劝服了埃德温。这真是出乎我的意料，因为她虽然是莉齐的亲奶奶，但全家人里就数她对她最差。不过我妈妈也没为自己孙女说什么好话，她对埃德温

第十一章

说,要是他们能让你相信伊丽莎白就是杀死拉尔夫的凶手,你就会还他们一个清静了。先生,他们预定明天早上十点和我们见面,到时候他们会在家里等着。"

"好极了。干得不错,约瑟夫。"

"我恐怕还做错了一件事,我让他们相信你怀疑莉齐已经不是处女了。"他抬头看着我,目光中满是哀求,"我是为了救她才撒谎的,这不算违反基督教教义,是不是?"

"你也是逼不得已,这世界常常不容许我们太过纯洁。"

他悲伤地摇了摇头:"上帝让我们陷入了进退两难的境地。"

我看了看挂在壁炉架上的钟。就快来不及了,我得抓紧时间。"真对不起,约瑟夫,我又得失陪了。我现在要去林肯律师学院赴约。明天十点钟以前,我们在沃尔布鲁克街碰头。"

"先生,我一定准时到。你真是个热心人,忙成这样还肯抽出时间来帮我。"

"你吃过饭没有?没吃就留在这里,我让管家给你端点儿吃的。"

"谢谢你,先生。"

我飞快地鞠了一躬,转身离开了客厅。我吩咐琼拿点儿吃食给他送去,然后又匆匆套上了我的长袍。这衣服前一天才洗过,可是才一上午功夫就沾上了城里的臭气。我想赶在午宴开始前找机会和马奇阿蒙特跟布里克纳普两个人说说话。我快步走到街上,边走边想:可怜的老实人约瑟夫,他要是知道克伦威尔让我卷进了一场噩梦般的纷乱迷局中,会吓得赶紧逃走吧。不,他不会逃,眼下他把营救伊丽莎白的所有希望都放在我身上,他会毫不动摇,就像一块经历无数风雨也岿然不动的磐石那样执着坚定。

我回想着巴拉克在码头上对我说的那番话。我这人天性谨慎,对人对事一向持怀疑态度,要我凭巴拉克三言两语就对希腊火一事深信不疑,是绝对不可能的。至于格里斯特伍德兄弟里的大哥"瑟普特斯",这种生活在底层的小人物会是正儿八经的炼金术师吗?是骗子的可能性更大吧。不过我看得出来,巴拉克在描述他看到的情景时并没有说谎。何况他和克伦威尔都是老江湖了,很难轻易被人蒙骗。这个世界每一天都在发生各种各样的稀奇事,有的让人惊愕,有的让人害怕,还有许多预言家说世界末日快要来临了。但我还是不能完全相信巴拉克所说的一切——那听上去太像天方夜谭了。

可这件事如果是真的呢?拜占庭帝国或许成功地保住了希腊火的秘密,直到配方失传,可是如今的欧洲间谍遍布,宗教纷争不断,英国是不可能长久守住这个秘密的。配方迟早会被偷走,之后会发生什么?英国海军被大火烧得全军覆没,海上再也没有一艘船?我摇了摇头,想要摆脱这些乱七八糟的念头。走在这条熟悉得不能再熟悉的街道上,脑子里却想着这种事,我今天怎么这么反常?

我对自己说,不能再想这些事了,必须集中精力对付眼前的难题。自从昨天被人跟踪之后,我就多留了个心眼,时刻注意着周围的动静。我四下里飞快地扫视了一遍,街上只有几个穿黑袍的律师,并没有形迹可疑的人。一个熟人朝我挥手,我也挥手还礼。在林肯律师学院门口,我转头深深地看了对面的犹太改宗所一眼,这才进了大门,岗亭里的卫兵朝我鞠了一躬,算是例行公事。

我先回了自己的办公室一趟,因为我得给戈弗雷留张便条。我原以为办公室里不会有人,谁知一进屋子,就看到斯凯利趴在桌上,正拿羽毛笔抄着什么东西,鼻尖都快碰到纸了。听到响动,他抬起头看着我。

"约翰,星期天还在这里忙什么呢?别把头垂这么低,体液会冲到你脑子里去的。"

"先生,我花了很长时间才重新写好贝克曼先生的产权转让书,没有按期把事情办好,真是对不起。我今天是来誊写仲裁协议书的,就是盐商

第十一章

公会的那一份。"

"不错不错,看不出你还挺勤快的。"我虽然常怨他笨手笨脚,此刻见他这么卖力,不禁有些感动。我伸头去看他抄写的东西,一看竟怔住了:他没有调好墨汁,满篇字迹浅淡不清。"这份协议书不能用。"

他抬起头一脸畏惧地看着我,连眼圈都红了:"先生,出什么问题?"

"墨色太淡了!"他可怜巴巴的眼神弄得我气不打一处来,"难道你自己看不出来吗?这么淡的字迹要不了一年就会褪色。法律文件不能这么写,墨色一定得又浓又黑。"

"先生,我很抱歉。"

一听这话,我的火气更大了:"必须给我重写一次。斯凯利,你又在浪费我上好的公文纸了。浪费的钱我会从你的薪水里扣。"他立时变得愁眉苦脸,我皱了皱眉头,又说:"好了,现在马上重写。"

戈弗雷办公室的门开了。"出什么事了?我好像听到有人在大喊大叫。"

"只怕连天国里的天使都会被约翰·斯凯利气得大喊大叫。我没想到你在这里,戈弗雷。你不去大礼堂和诺福克一起吃午饭了?"

他哼了一声。"我是真不想去,但是左思右想,觉得还是该去看看那个操蛋的天主教徒长什么样子。"

"既然碰上了,你能不能帮我一个忙?到我的办公室去,我和你好好说说。"

"没问题。"

我和戈弗雷一前一后朝办公室走去,等他进了屋子,我立刻关上门请他坐下。"戈弗雷,我有个新案子要处理。事情比较急,必须和温特沃斯的案子一起办,接下来两个星期我得把大部分时间都花在这两件事上头。你能帮我处理一下其他工作吗?我肯定不会让你白干,酬劳咱们一起分。"

"我很乐意。布里克纳普和市议会的纠纷案也要我替你去办?"

"不,这个我还是自己去吧。不过其他事情都要拜托你了。"

他细细打量着我:"马修,你看上去很烦恼。"

"我也不喜欢发脾气。可是新案子已经够我忙的了,现在斯凯利又来添乱……"

"这案子很有趣?"

"我不能告诉你。现在……"我举起桌上的一摞文件,"我来跟你说说我手里有哪些工作。"我花了半小时把事情仔细交代了一遍,这才松了一口气。如无意外,除去下星期和布里克纳普的辩论,我可以整整两星期不去法庭。

办完了正事,我感激地说:"我又欠了你一份人情。你朋友罗特伯·巴恩斯怎么样了?"

他重重地叹了口气。"还被关在伦敦塔里。"

"别太担心,巴恩斯是克兰麦大主教的朋友,大主教一定会保护他。"

"但愿如此。"听了这话,他眼睛一亮,"如今桑普森主教身在伦敦塔,下星期大主教将代替他在圣保罗大教堂的十字架布道台布道。"他握紧了拳头,这个动作提醒了我:他这个人虽然态度温和,宗教主张却十分激进。"有了上帝的帮助,我们总有一天会战胜顽固的天主教徒。"

"听着,戈弗雷,我会尽量抽时间到这里来,要是没来,一切就请你多多照应。替我留心斯凯利,监督他完成工作,我不求他把文书写得多么完美,至少得能见人吧。我现在还要去见一个人,午宴的时候咱们再见面吧。谢谢你,我的朋友。"我又走出办公室,穿过院子,朝马奇阿蒙特的办公室走去。不远处就是大礼堂,仆人们在附近往来穿梭,为午宴做准备。四大律师学院①明里暗里一直在争夺国王近臣的支持,在这样的背景

---

① 四大律师学院中的格雷律师学院成立于1569年,此处疑为作者笔误。

第十一章

下，诺福克的到来无疑有着十分微妙的意义，虽然他的政治立场和林肯律师学院的许多成员并不合拍。

我敲了下门，走进了马奇阿蒙特的办公室外间。刚一进门，就看到成排的书架，书籍和文件在架上摆放得整整齐齐。今天虽然是星期天，一个书记员仍然趴在文件堆里抄抄写写，看样子忙得很。听到响动，他抬起头来，用问询的目光看着我。

"请问高级律师在吗?"

"先生，他现在很忙。他手里有个大案子，明天就要在民事法庭开庭了。"

"告诉他夏雷克律师受克伦威尔大人之托，想见他一面。"

一听到克伦威尔的名号，他倏地睁大了眼睛，快步走进一扇门。没过多久他又回来了，鞠着躬请我进去。

和许多律师一样，加布里埃尔·马奇阿蒙特工作起居都在林肯律师学院。他这间接待室的豪华程度着实让我大开眼界，墙上贴满了花花绿绿的壁纸，一看就知道是价格不菲的上等货。马奇阿蒙特坐在一把华丽得可以和主教座位相媲美的高背椅上，面前的宽木桌上放满了文件。一件昂贵的长袍包裹着他肥硕的身体，一根豆绿色的腰带束在腰上，长袍是黄色的，正合他暴躁的脾性①；稀薄的红发经过了精心梳理。附近的一张垫子上放有一件镶了毛边的长袍和一块白色的高级律师头巾，这块头巾象征着他的地位：除了法官，高级律师已经是一个律师职业生涯的顶峰。他手边有个银酒杯，里面斟满了酒。

马奇阿蒙特在法律界摸爬滚打多年，总算成了个人物，对这辛苦得来

---

① 按照四体液学说，黄胆汁占多数的人脾气暴躁。

的地位,他一向十分看重。自从三年前迈入了"白帽阶层"①,他就开始过贵族式的生活,模仿贵族们的举止,三年来乐此不疲,变本加厉,直至成为整个学院的笑柄。听说他一心想爬得更高,当上法官。学院里流传着不少风言风语,说他是靠巴结朝廷里的反改革派才得以平步青云的,可我知道他是个有真才实学的人,其能力不可低估。

他起身相迎,满脸堆笑地欠了欠身。我留意到他黑色的眼睛透着机敏和警惕。

他故作客气地笑着问我:"夏雷克律师,你是为了参加我的午宴,和公爵一起进餐才来这儿的吗?"虽然他直白地称这次午宴为"我的午宴",但我并没有意识到他是这场午宴的安排者。他这人一向喜欢往自己脸上贴金,因此我本能地认为他所谓的"我的午宴"只是在吹牛罢了。

"你说午宴吗?我可以顺道去看看。"

"最近生意好吗?"

"挺好的,多谢你的关心,高级律师。"

"要不要喝点儿酒?"

"谢谢了,不过我上午一向不喝酒。"

他又坐回椅子上。"我听说你坚持要给那个姓温特沃斯的姑娘提供法律援助。这单生意不好做,我猜你应该赚不到多少律师费吧。"

我勉强扯出一点儿笑容。"你猜得没错,酬金的确不多。我们说正事吧,我今天其实是为了另一宗凶杀案来见你的。迈克尔·格里斯特伍德和他哥被残忍杀害了。"

我仔细留意着他的反应,可他只是难过地点了点头说:"是,我知道。这件事太可怕了。"

---

① 高级律师身着鲜艳的僧侣式长袍,头系白巾,拥有丰厚收入和崇高声望,被称为"白帽阶层"。

第十一章

"先生，你是怎么知道的？"我厉声质问道，"凶案发生以后，克伦威尔大人立刻下令封锁了消息，事情应该不会泄露才对。"

他展开双臂。"迈克尔的遗孀昨天来找过我。她说你告诉她房子归她所有，因为我认识她丈夫，所以她想请我帮忙把房子转移到她名下。"说到这里，他眯起眼睛，"希腊火的配方是不是丢了？"

我怔住了。这句话仿佛在闷热的空气中停留了一会儿。"没错，高级律师。这就是克伦威尔大人希望快速机密地把凶案调查清楚的原因。那个女人的动作未免也太快了。"我想了想，又追问道："她为什么不去找布里克纳普？他和她丈夫的关系不是更近吗？"

"因为她没有钱。如果她不付钱，布里克纳普一定会毫不犹豫地把她赶走。不过她知道我有时候会做点儿善事。"他露出一丝得意的笑容，"这种房地产方面的小业务我早就不亲自做了，但我知道有个初级律师可以帮她的忙。"

据我所知，马奇阿蒙特平常的确会做些善事，他这么做的目的，或许是想让自己的行为更加符合天主教的教义，从而获得上帝的肯定。如果一切恢复旧观，烦琐的仪式、语调夸张的拉丁语统统在教堂复活，他一定会很高兴吧。

"关于这件事，半点儿也不能让那个律师知道。"我郑重地嘱咐他，"克伦威尔大人不希望事情泄露出去。"

我专横的态度让他有点儿生气。"这个不用你提醒我。我没和格里斯特伍德夫人说起希腊火。当然了，她也没对我说什么，只说她丈夫连同他哥哥一起被人杀了。如今这年头，死两个人也不算稀奇。"他略微停顿了一下，问我："我不会被抓去审讯吧？"

"这要看克伦威尔大人的意思。大人对我下了命令，要我找所有知道希腊火内情的人谈话，我了解到你曾经参与过这件事，你是如何参与的，又知道些什么，请你务必全都告诉我。"

135

马奇阿蒙特坐在他华丽的椅子上,双手交握在一起。他的手阔大有力,却又非常柔软,肤色和他的面孔一样白皙。右手中指上套着个黄金指环,一颗硕大的绿宝石在指环中央闪闪发光。他虽然极力表现出精明谨慎、思虑周全的样子,我却敏锐地觉察出他在害怕。格里斯特伍德夫人的消息无疑给他带来了极大的冲击——从知道这个消息开始,他一定就在担心克伦威尔会找他问话,也很清楚如果他的回答不能让这位狠辣的权臣满意,自己就会被投进伦敦塔。别看他在我面前装腔作势,一颗心早就不知道乱成什么样了。

"我和迈克尔·格里斯特伍德并不是很熟,"他说,"几年前他接近过我,想做我手下的初级律师。他曾经和布里克纳普律师共事,但是后来闹翻了。"

"这我听说过。他们到底是为什么闹翻的?你知道吗?"

他扬了扬眉毛:"迈克尔对欺诈手段非常不屑,可他发现布里克纳普在日常工作中几乎无人不骗,让他难以忍受。我告诉他那倒不如跟着我干,我是绝不会用不正当手段的。"

我点了点头,承认他说得没有错。

"我分了几单小业务给他,可是坦白说他做得并不好,所以我就没再给他业务了。后来听说他去了土地没收法院,我一点儿也不意外,毕竟在那里讨饭吃比在律师学院容易多了。"他最后朗声说道:"希望上帝保佑他的灵魂。"

我接着说:"阿门。"

马奇阿蒙特叹了口气。"然后今年三月末的一天,布里克纳普律师来我的办公室求见我。他把迈克尔在圣巴塞洛缪修道院的发现告诉了我,希望我将迈克尔引荐给克伦威尔大人。"他两手一摊,"我以为这是骗人的把戏,还笑话了布里克纳普一番,可是在他把文件带给我过目之后,我觉得这件事不像是骗局。如果帮他一把……"他犹豫片刻,接着说:"帮他一

第十一章

把,对我来说也没什么坏处。"

"对,文件现在在我手里。"我皱了皱眉,"你说三月份。但是迈克尔·格里斯特伍德去年秋天就发现了那些文件,中间这六个月里到底发生了什么?"

"我当时也觉得疑惑。迈克尔说他和他哥哥花了整整一个冬天,按照旧图纸造好了一台用来发射希腊火的器械,还做了不少实验,想制造更多的希腊火。"

我想起了格里斯特伍德家院子里的灼痕。"他们成功了没有?"

他耸了耸肩。"他们说成功了。"

"所以,你就帮助迈克尔·格里斯特伍德去见克伦威尔大人。格里斯特伍德有没有付钱给你?"

他傲慢地看了我一眼。"我不需要他们的钱。我之所以帮他们把文件交给伯爵,是因为这是正确恰当的做法。当然了,单凭我自己是不可能接近首席大臣的。"他极为谦逊地摆了摆手。"我和伯爵圈子里的人不太熟。好在我认识欧娜夫人,她是个好女人,有着英国女性小心谨慎的美德,又是伯爵的熟人。真是个好女人。"他面带笑意把夸赞她的话重复了一遍,"所以我请她把文件带给了伯爵。"

我心中暗想,什么正确恰当,其实还不是想为自己的前途捞点儿筹码。"你为什么不直接把配方交给她呢?"

"不是我不想给,是实在办不到。那两兄弟早把配方从羊皮纸上扯下来了,除了他们之外,我想没人看见过配方长什么样子。迈克尔只把他们撕下配方的事告诉了我,却没说把配方藏在了哪里。他们想用它来换钱。迈克尔毫不掩饰这个目的。"

"可是作为修道院的财产,那些文件应该属于国王所有。格里斯特伍德应该把文件交给土地没收法院的首席法官理查德·里奇爵士,再由他转交给克伦威尔大人。"

马奇阿蒙特无奈地摊开双手。"这个道理我当然知道,可我能怎么办呢,夏雷克律师?我又不能逼着格里斯特伍德把配方给我。不过我提醒过他应该把配方直接交给有关当局。"他扬起下巴看着我,一副瞧不起我的模样。

"所以你就把文件交给了欧娜夫人,还让她给伯爵带去了消息。"

"没错。伯爵通过她回给我一封信,让我转交给格里斯特伍德。从那之后我又帮着传递过两三封信。信自然都是密封好的,所以我并不清楚上面写了些什么。"他说着又摊开手掌,"恐怕我知道的就这么多了,律师先生。我只不过是个传递消息的人,根本不知道希腊火是什么东西,我连它是不是真的存在都不知道。"

"那好吧。高级律师,我必须再提醒你一次,千万不要对任何人提起这件事。"

他满口应承:"这是当然。我愿意随时为克伦威尔大人的调查出力。"

"如果有身份可疑的人接近你,或者你想起什么有用的线索,请立刻告诉我。"

"一定一定。顺便说一句,下星期二我们应该又能见面了,欧娜夫人邀请我去参加宴会,她也邀请你了吧。"

"没错。"

"她是位出众的贵夫人。"他又赞了一句,忽然目光灼灼地看着我:"你会不会趁这个机会去问她的话?"

"到时候再说吧。如果有需要,我或许还会再来找你谈话。"我站起身来,"我就不耽误你办公了。我很期待星期二的到来。"

他点了点头,靠在椅背上咧嘴一笑,露出一口白牙:"照这么看,希腊火是真的喽?"

"这个问题恐怕我回答不了。"

他歪了下头,看向我的目光变得锐利起来。"你如今又在为克伦威尔

第十一章

大人办事了,"他低声说,"你也知道,很多人认为凭你的能力和资历,升任高级律师是理所当然的事;你应该在高等民事法庭慷慨陈词,而不是在佛比泽尔这种废物面前浪费口水。可是你偏偏错过了好几次升职机会,有人说这是因为你失去了那些关键人物的欢心。"

我耸了耸肩。"嘴长在别人身上,他们说什么我可管不着。"

他又笑了。"很多人都说克伦威尔也许很快就要下台了——如果国王抛弃安妮王后的话。"他说完摇了摇头,神情颇为难过。

"我再说一次,别人说什么我管不着。"

我知道马奇阿蒙特是在试探我,现在关于克伦威尔即将失势的流言不少,许多人因此而动摇,萌生了投靠宗教保守派的想法,他现在蓄意试探,无非是想看看我是否也是其中之一。我什么也没说,只是把两手交握在胸前。

马奇阿蒙特微微噘了噘嘴。"那好吧,我就不留你了。"他起身鞠了一躬。

想到他刚才极力为自己开脱的样子,我暗暗发笑。可是看着他的眼睛,我又重新感觉到他心里的恐惧。

第十二章

我走到院子里，正赶上身穿黑袍的律师们从四面八方涌向大礼堂。我在他们中间看到了布里克纳普，他像往常一样孤零零地走着，因为他这人没几个朋友——不过他好像从来不在乎。现在找他谈话已经来不及了，我决定等午宴结束后再说。我也加入了人群，走着走着，忽然发现戈弗雷就在我前面不远处，赶紧伸手拍了拍他的肩膀。

林肯律师学院大礼堂今天气派极了。拱形的托臂梁屋顶下银烛高烧，映照着四壁色彩浓丽的挂毯，深色的橡木地板光可鉴人。大厅北端摆放着贵宾席，桌子呈长条形，正中特意为公爵设了一把华丽得像宝座一样的椅子。其他长条桌与贵宾席垂直，桌面全都摆放着学院最上等的银器。人们纷纷寻找着各自的座位，一群学生是这场午宴中最微末的角色。这些年轻人都是因为良好的家庭背景被选入学院里来的，一个个内穿花哨的紧身上衣，外套黑色短袍。他们自觉地坐到了离贵宾席最远的座位上。用白色头巾把头发、耳朵、下颌包得严严实实，热得汗流浃背的高级律师们选了离贵宾席最近的座位。主管委员和出庭律师坐在中间。

我和戈弗雷都是学院的主管委员，有资格占据紧挨着高级律师的座位。出乎我意料的是，对这次宴会表现得极为不屑的戈弗雷竟然在人群中挤出一条路，尽力去抢占靠近公爵座位的位置。我坐到了他身边。坐在我另一侧的是个上了年纪的主管委员，名叫福克斯。据他自己说，理查德三世还在位时，他已经是林肯律师学院的学生了，这座大礼堂是他亲眼看着修建起来的，这话不知是真是假，但他总也说不厌。我们落座之后，我看到布里克纳普和一个主管委员为了争一个差不多在我正对面的座位吵了起

第十二章

来。布里克纳普已经在律师界混迹了十五年，可是因为名声太坏，一直连个主管委员也没能选上。他执意要争抢那个座位，一步也不肯退让，也许是觉得这种争吵有失身份，主管委员最终把座位让给了他。布里克纳普笑得一脸满足，心安理得地坐了上去。

一个仆人用棒子敲了敲地面，所有人都应声站起来，迎接鱼贯入场的学院官员。官员中有个穿上议院议员制服的男人，宽大的衣领上镶着黑色毛皮，猩红的服色在一群黑袍中显得格外亮眼。他就是托马斯·霍华德，第三代诺福克公爵。我惊讶地发现他竟然这么矮小，而且老态毕露，一张长脸上布满深深的皱纹，虽然有镶珠嵌宝的大帽子遮掩，稀疏花白的头发还是无所遁形。他的外表毫不起眼，如果穿着普普通通的衣服，没人会看他第二眼。十几个身穿红金相间的霍华德家制服的卫兵四下散开，靠墙而立。

学院的官员们点头哈腰，请公爵上座。我在入座贵宾席的人中看到了马奇阿蒙特。他不是官员，照理说没有这个资格，看来他刚才并没说大话，在这场午宴的组织上他的确出了大力。他骄傲地坐在贵宾席上，朝着众人微笑。我不禁心生疑惑，他和诺福克公爵，这个克伦威尔和宗教改革的头号敌人，到底有何关系？出于好奇，我仔细地端详着公爵沟壑纵横的脸：鼻梁高挺，薄薄的嘴唇严肃地紧抿着，其严厉冷峻不逊于我所见过的任何一个人；一双小黑眼睛不住审视着人群，眼神里充满了算计。他突然朝我这边看过来，正对上我的目光，我赶紧低下头去。

第一道菜端上来了，热气腾腾的蔬菜被雕成星星和月牙的形状，淋上糖和醋，再配上冻肉。按照惯例，午宴的排场一向比不上晚宴，但今天的菜肴绝对是经过精心准备的。我心里暗暗赞叹，转头去看戈弗雷。

我小声说："这菜还算上得了台面。"

"那个家伙哪里配吃这样的菜。"戈弗雷死死盯着公爵，平日里温和亲切的神情被一种恨意所取代。

"别让他看到你在用仇恨的眼神看他。"我低声告诫道,可他只是耸了耸肩,目光半点儿也没移开。公爵正在和学院的财务主管,高级律师卡夫利交谈。

我听到公爵用低沉的嗓音对卡夫利发话:"我们不可能抵挡法国人和西班牙人的联手进攻。"

卡夫利满脸堆笑:"论起带兵打仗的经验,有几个人能比得上您哪,阁下。记得您当年用兵如神,在弗洛登为我们痛击了苏格兰人。"

"你过奖啦,我哪有什么带兵打仗的经验,不过用兵之道,以计为首,一味蛮干是不行的。三年前北方叛乱的时候,我根本没有足够的兵力去镇压,所以陛下和我用甜言蜜语哄他们自行解散了军队。后来我们狠狠地收拾了那群不知死活的东西。"他说这话时,脸上浮现出冷酷的笑意。

马奇阿蒙特凑了过去:"用这种手段只怕对付不了法国人和西班牙人。"

"我斗胆说一句,马奇阿蒙特的话有道理。"卡夫利犹犹豫豫地应和道。

"正因为对付不了,所以我们需要和平。和一群整天吵吵闹闹的德国人结成半吊子联盟根本不顶用。"

老律师福克斯靠向我。"我看到公爵大人在和财务主管说话,"他说,"你知道吗,托马斯·摩尔曾经拒绝担任财务主管,还为这个被罚了一英镑。啊,后来他拒绝承认安妮·波琳为王后的时候,国王让他付出了更高昂的代价。"

我没有接他的话,只是说:"卡夫利律师看上去有点儿心神不宁啊。"我这么说是为了转移福克斯的注意力,免得他又滔滔不绝地讲起托马斯·摩尔在林肯律师学院的陈年旧事。

"卡夫利是个改革派,而公爵就喜欢找新教徒的茬。"福克斯这个循规蹈矩的传统主义者幸灾乐祸地说。公爵此刻正朝着财务主管冷笑。我听见

第十二章

他大声说:"如今不只是学徒,就连没什么见识的小女子也异想天开,以为他们不仅能读《圣经》,还能领会上帝的话呢。"他说完哈哈大笑。

"这是经过朝廷允许的,阁下。"卡夫利的回答苍白无力。

"这种情形持续不了多久了。国王已经打算限定读《圣经》的人群,今后这个权力只有一家之主才有。依我看这还不够——我只会让牧师读。我是绝不会读的,也永远不想读。"

前半部分长桌离贵宾席较近,公爵说话,桌边的人是能听见的。他这番话一出口,人们纷纷侧目,一些人表示赞同,另一些人的脸色则不太好看。他用那双锐利明亮的眼睛扫视着在座众人,笑容带着嘲讽之意。

出人意料的事情发生了:戈弗雷腾地站了起来,动作快得让我来不及阻止。所有人的目光都转移到他身上,他深吸了一口气,面对公爵高声说道:"人人都有权利读到上帝的话语。它能给我们带来世间最甜美的光辉,也就是真理之光。"

他的话音在大厅里回荡。在座的人都睁大了眼睛。诺福克公爵俯身向前,用一只戴满戒指的手撑住下巴凝视着戈弗雷,唇边带着冷笑。我拽住他的衣袖,试图拉他坐下,却被他甩开了。

他继续说道:"《圣经》让我们远离谬误,获得真理,到达耶稣基督的面前。"几个学生开始鼓掌,学院的官员们朝他们投去愤怒的目光,吓得他们立刻安静下来。戈弗雷脸颊绯红,仿佛突然意识到自己闯下了大祸,可他并没有就此打住。"我将来就算因为信仰被杀了,也一定会从坟墓里复活,回到人间宣扬真理。"谢天谢地,说完这番话,他终于坐了下来。

公爵站了起来。"不,先生,你不会复活。"他不紧不慢地说,"你不仅不会复活,还会和其他信奉路德教的异端一起在地狱里哀号。先生,你最好小心一点儿,你这条舌头说不定会害你提前丢掉脑袋,落到地狱里去。"他坐回座位上,靠向马奇阿蒙特,后者正狠狠盯着戈弗雷,一副恨不得杀了他的模样。他向马奇阿蒙特耳语起来。

"耶稣啊,你这个家伙到底在想些什么?"我责问戈弗雷,"你会受惩罚的!"

他看着我,素来温和的脸上显出一种坚毅的表情。"我不在乎。"这几个字几乎是从他嘴里啐出来的,"耶稣基督是我的救世主,我蒙受神恩,绝不容许任何人轻视他的话语。"他的眼中跳动着怒火,这种怒火源于他心中的真理受到了挑衅。我别开了目光。当情绪被信仰挑动起来的时候,戈弗雷常常会性情大变,变得狂热而危险。

※

午宴终于结束了。等到公爵带着一干随从走出大厅,嗡嗡的谈话声立刻爆发出来。戈弗雷气定神闲地坐在原地,仿佛无数目光的焦点是我而不是他。出庭律师们大都是传统主义者,如今像得到大赦般纷纷起座离场。一脸忧虑的老福克斯离开了座位,我也跟着他站了起来。戈弗雷看了我一眼,那眼神仿佛是在怪我。

"你就不能多留一会儿?"他问,"还是你希望从今以后再也不和我扯上关系?"

"上帝啊,戈弗雷!"我实在忍不住了,"我有一箩筐事情要做。这世界上除了你还有其他人好吗!我必须在布里克纳普消失前找到他。"事实上布里克纳普已经朝着大门方向去了,我匆匆追上,将刚刚跨入四方形院子的他一把抓住。院子里洒满了阳光,他眨巴着眼睛,困惑地看着我。

我开门见山地说:"布里克纳普律师,我想和你谈一谈。"

他笑了起来:"是关于下星期的案子?顺便说一句,你朋友刚才在宴会上闹得太出格了,他会受罚的……"

"我找你不是为了案子,布里克纳普。克伦威尔大人交给我一项任务,内容是调查昨天迈克尔·格里斯特伍德被杀一事。"

他顿时睁大了眼睛,张大了嘴。如果他是在假装对这件事一无所知的

第十二章

话,我必须承认他演技一流。我从不轻易相信我的同行,他们装起样来,比演神秘剧的演员还要厉害。

"我们还是到你的办公室去谈吧。"

或许是因为太过受惊,布里克纳普一言不发,只是点了点头,带头穿过门房大院。我跟着他来到一座建在角落里的小楼前,爬上一道嘎吱作响的狭窄楼梯,进入他位于二楼的办公室。办公室的陈设极为寒素,我环顾四周,只看见一张简陋的书桌和两张破破烂烂的长条桌上乱七八糟地堆放着许多文件。这里最像样的家具是一个立在房间一角的大柜子,以厚实的木板和铁条箍成,外观非常结实,柜门上挂着一把锁。学院里一直有个传言,说布里克纳普把挣来的金币都放进了这个柜子里,几乎每一个夜晚他都是在数钱中度过的。不过他很少真的花钱,裁缝和酒馆老板们长年累月地到法庭控告他赊账不还,这都是尽人皆知的事。

布里克纳普朝柜子看了一眼,在这一瞬间,他似乎不那么紧张了。别的律师要是整天被同行评头论足,说他贪财吝啬,只怕会羞得抬不起头,可布里克纳普好像完全不在乎。把柜子放在办公室里是很妥当的,因为他就住在隔壁的房间里,而且学院里既有守卫又有巡夜人,是伦敦城里顶顶安全的地方。可我又立刻想起了瑟普特斯炼金室里的那个柜子,那也是用铁条箍成的,却被凶手砍得四分五裂。

布里克纳普摘下帽子,抓了抓又粗又硬的金发:"夏雷克律师,请坐。"

"谢谢。"我坐到他的书桌边,匆匆扫了下桌上的文件。出乎我意料的是,我看到其中一份文件上有汉萨同盟①的徽章,另一份文件上则写着法文。

我忍不住问:"你和法国商人有来往?"

---

① 德意志北部沿海城市为保护其贸易利益而结成的商业同盟。

"他们给的报酬很高。法国人这几天和海关起了龃龉。"

"这不奇怪,他们不是正在威胁要对我们开战吗?"

"仗是打不起来的。国王很清楚开战的后果,公爵在午宴上不是也说过了吗。"他很快转移了话题,"以上帝的名义,你说迈克尔·格里斯特伍德死了,这到底是怎么回事?"

"昨天中午他被发现死在自己家里。他哥哥也被杀了。那张配方不见了。你知道我在说什么吧。"

"我可怜的朋友。这个消息太吓人了。"他一双眼睛四下里乱瞟,唯独不直视我的眼睛。

我问:"除了马奇阿蒙特高级律师,你有没有把配方的事告诉其他人?"

他极为肯定地摇了摇头。"没有,先生,绝对没有。迈克尔把他在圣巴塞洛缪修道院发现的文件带给我的时候,我就告诉他应该把这些东西交给克伦威尔大人。"

"是交给大人换钱吧,虽然文件照理是属于国王的。这是你的主意,还是他的主意?"

他犹豫再三,终于直视着我说:"是他的主意。但我承认我没有为这个和他争执,夏雷克。这是天赐良机,只有傻子才会白白放过。我建议他去找马奇阿蒙特。"

"这个建议恐怕是收费的吧?"

"这是当然。"他举起一只手,"但是……但是克伦威尔大人接受了他的要求,而且我也没收多少钱,我不过是个小小的中间人……"

"布里克纳普,你真是个厚颜无耻之徒。"我又看向那两份文件,"如果大人没接受,或者不肯满足你们在金钱上的要求,你说不定会把文件交给法国人。为了不让这个秘密落到大人手里,他们也许愿意开出更高的价码。"

第十二章

他一下子跳了起来,激动地嚷道:"上帝啊,这可是叛国通敌的大罪!你觉得我会冒着在泰伯恩刑场被活生生开膛破肚的风险干这种事?你一定要相信我。"

我什么也没说。他重新坐下,紧张地干笑了两声。"而且我觉得整件事情挺荒谬的。我把迈克尔带到马奇阿蒙特那里之后,他付了一笔钱给我,从此以后,我再也没有听说过关于这件事的消息,要不是你今天找到我,我还不知道事情变成了这样。"他伸出一根手指指向我,"别把我扯到这件事里去,夏雷克。我可以对天发誓,我绝对没有参与其中!"

"迈克尔第一次把文件带给你是在什么时候?"

"今年三月。"

"在发现文件之后,他等了足足六个月才行动?"

"他说他和他那个炼金术师哥哥按照配方做了很多次实验,制出了更多希腊火,还造了一台可以把希腊火投射到船上的器械。我不懂这些,也就没有细问。"

这番话和马奇阿蒙特的说法很相似。"啊,没错,"我说,"一台器械。是他们自己造的吗?"

布里克纳普耸了耸肩:"这我不清楚。迈克尔只说造了器械,也没说是谁造的。我不是跟你说过了吗,我什么都不知道。"

"他们完全没说把器械或者配方放在什么地方?"

"没有。我连他们带来的文件都没细看。迈克尔倒是给我看过,可是半数的文件都是用希腊文写的,我勉强读了一下,觉得根本是在胡说八道。你知道吗,一些上了年纪的修士很喜欢恶作剧,常常靠伪造文件来打发时间。"

"你就是这么看那批文件的?你觉得它们是有人为了恶作剧而伪造的?"

"我不知道。自从把迈克尔介绍给马奇阿蒙特之后我就撒手不管了。

摆脱了一个大麻烦,我高兴还来不及呢。"

"又继续去当证明被告无罪的证人了,嗯?"

"是继续工作。"

"行,"我站了起来,"今天就谈到这里吧。你千万不能把迈克尔被杀的事和我们今天的谈话泄露出去,否则你就等着克伦威尔大人来审问你吧。"

"我从来没想过要告诉别人,我可一点儿也不想蹚这趟浑水。"

"恐怕你已经蹚了。"我勉强挤出一点儿笑容。"下星期二案子就在威斯敏斯特大厅开庭了,到时候我们再见面吧。对了,"我假装随口问道,"那个寄住者的事你解决了吗?"

"噢,解决了。"

"这事儿挺奇怪的,据我所知,小修道院是不接收寄住者的。"

"我买下的这一座接收。"他说着瞪了我一眼,"要是你不相信我,可以去问理查德·里奇爵士。"

"啊,对了,你在土地没收法院提到过他的名号。我还不知道你有他这个靠山呢。"

"他不是我的靠山,"他流利地回答,"我只是知道那个书记员要和理查德·里奇爵士开一个会,所以想催他快一点儿。"

我笑了笑,跟他告了辞。我敢肯定小修道院不接收寄住者,至于布里克纳普买下的那一座接不接收,我会去核查。我皱起眉头。我问起寄住者时,布里克纳普回答的那些话听着很像在撒谎。他本来表现得非常害怕,可是在提到理查德·里奇时,好像一下子有了底气似的。一种强烈的不安开始在我心中蔓延。

第十三章

我沿着大法官法庭街朝家走去,觉得疲倦极了。巴拉克这会儿多半已经回家了。其实我挺享受这段没有他陪伴在侧的时光。我现在什么也不愿意想,什么也不愿意做,只希望能好好地休息一下,但我昨天说过要再去找格里斯特伍德夫人谈一谈,要见她就得穿过伦敦城,这意味着我又要马不停蹄地开始一段漫长的行程。但是我们只剩下十一天了。十一天,十一天,十一天……这声音不停地在我耳边回响,似乎和我的脚步声十分合拍。

巴拉克果然已经回家了,此刻正坐在花园里,两只脚搁在一把笼罩在花荫里的长椅上,身边放着一壶啤酒。我说:"看来琼把你照顾得很好嘛。"

"简直就像王子一样。"

我也坐了下来,给自己倒了一大杯啤酒。我看到他的脸颊很光滑,一定是抽空去了趟理发店。我突然想起自己脸上的黑胡楂还没来得及刮,这次的宴会这么重要,去之前应该修一修的。如果我先前是为了其他小事去找马奇阿蒙特,他准会数落我不修边幅。

巴拉克问:"你在那两个律师嘴里问出点儿什么没有?"

"他们都说自己只是中间人。你呢?你找到那个图书管理员了吗?"

"找到了。"午后的阳光仍然很刺眼,巴拉克眯起了眼睛,"那家伙挺有趣的。我是在他供职的那座教堂里找到他的,他当时正在小礼拜堂里做弥撒。"他冷冷一笑。"一听到我是为了希腊火的事来找他,他吓坏了,像只兔子一样瑟瑟发抖,不过他答应明天早上八点钟在圣巴塞洛缪修道院的门房外面和我们碰头。我跟他说他要是不配合，伯爵就会把他抓到监狱里去。"

我摘下帽子朝脸上扇风："我想我们最好到灰狼街去一趟。"

巴拉克哈哈大笑。"你看上去很热。"

"我当然热了。我在外面辛苦奔走的时候，你却坐在我的椅子上享受。"我疲惫地站起来，"我们现在就出发。"

我们来到马厩里。经过昨天超负荷的长途跋涉，"大法官法庭"疲惫不堪，再一次被牵到阳光下时，颇有些不情不愿。它已经老了，是时候考虑让它退休了。上马时我差点儿被自己的长袍绊住，原本为了增添底气，镇住格里斯特伍德夫人，我特意没脱长袍，但是大热天穿这样的衣服出门不得不说是一种负担。

赶路的时候，我把要对格里斯特伍德夫人说的话梳理了一遍。我必须弄清楚她到底知不知道希腊火发射器械的事。我敢肯定，她昨天向我们隐瞒了什么。

巴拉克打断了我的思绪："你们律师的行业机密是什么？"

"你这话是什么意思？"我察觉到他话里的嘲弄意味，不耐烦地反问。

"每一行都有自己的秘密，只有它们各自的学徒才能学到这些诀窍。譬如木匠知道怎样制作一张不会垮掉的桌子，占星家知道怎样占卜一个人的命运，但是律师知道什么呢？在我看来，他们只知道怎么搬弄唇舌才能多弄到一便士。"他朝我粗鲁地笑了笑。

"既然你觉得做律师很容易，那你大可去解答一下律师学院里那些学生们的问题，我看要不了多久你就会闭嘴了。英格兰法律已经发展了好几代，成了一个包含许多细则的完整体系，有了这样的体系，人们无论有什么争议，都可以用规范有序的方式解决。"

"依我看倒不如说是用花言巧语来颠倒黑白，混淆视听。我主人就说

第十三章

过产权法是混账法律。"他用锐利的目光瞟了我一眼,仿佛想看看我会不会反驳克伦威尔。

"这么说你和律师打过交道喽,巴拉克?"我问。他重新平视着前方:"啊,没错,我爸爸去世以后,我妈妈改嫁给一个律师。那个人能说会道,是个很出色的诡辩家。可他和格里斯特伍德老兄一样,根本不是个合格的律师。很多官司他并不知道如何解决,只会把人哄弄得晕头转向,骗人家的钱。"

我哼了一声。"法律从业者的素质一向良莠不齐,但是律师学院已经在着手对不合格的律师进行管制了。你也不能一竿子打翻一船人,我们中的很多人都是高尚正直的,一心为人们争取权益。"我也知道自己这番话没什么说服力,可是当我看到巴拉克的冷笑时,我仍然被激怒了。

我们来到齐普塞街街口,一群羊正被人赶着朝肉铺街走去,我们没法通过,只好停了下来。背水人拿着水桶,在大水渠旁边排成了一条长龙。我看到渠口只淌出一股细流。

我不禁叹道:"伦敦北区的泉水要是再这么干下去,市民的日子就没法过了。"

"是啊,"巴拉克出声赞同,"以前快入夏的时候,我们都会在'老驳船'里放几桶水以防房子起火。但是今年水不够。"

我环顾着周围的房屋。尽管按照规定,为了防止火灾,伦敦的房屋要用石头来建造,可是很多房屋还是用木头建的。冬天的伦敦城是个潮湿的地方,有时候一所破房子里弥漫的潮湿发霉的味道会熏得人想吐;但夏天是个危险的季节,居民们整日提心吊胆,生怕听到有谁大喊"起火了!"这种喊声给人们带来的恐惧感,几乎不亚于夏天的另一种灾难——瘟疫。

一声尖叫引得我猛地转过头去。发出尖叫的是个要饭的小女孩儿,看样子不超过十岁,穿得破破烂烂,不知为什么被人丢出了面包店。人们纷纷停下脚步,只见她爬起来,举起小拳头把面包店的门砸得咚咚响。

"你们带走了我的小弟弟！你们把他做成了馅饼！"路人们被这话逗得哈哈大笑。小姑娘靠着门慢慢滑倒，最后蜷在门边放声大哭。有人在她脚边放下一便士，匆匆走了。

我问："上帝啊，她到底出什么事了？"

巴拉克做了个鬼脸。"她脑子不正常。她以前常常带着她的小弟弟在沃尔布鲁克和批发市场一带乞讨。也许是哪家修道院开设的济贫院关了门，被人赶出来了。她弟弟几星期前失踪了，现在她动不动就跑到别人那里尖叫，说他们杀了他。那个面包店老板已经不是她控诉的第一个店主了，她现在几乎成了大家的笑柄。"他皱起眉头，"可怜的小东西。"

我听得连连摇头："这几年乞丐是一年多过一年。"

"要是我们不小心点儿，以后说不定就轮到我们了。"他说完催促道："走吧，苏姬。"

我看着那个小姑娘，她仍然靠着门缩成一团，用两条细得像棍子一样的手臂环住自己单薄的身体。

巴拉克问："你不走吗？"

我跟着他穿过星期五街，然后拐进灰狼街。尽管烈日高照，这条小街仍然阴森森的，两排楼房把街道夹在中间，挡住了绝大部分阳光。许多房屋倾斜得很厉害，仿佛随时都会倒塌。我们来到格里斯特伍德的宅子前面，墙上的炼金术师标志仍和上次一样鲜艳，标志下面的大门已经被人用钉子钉上厚木板，草草修好了。我们下了马，巴拉克上前敲门。我抬手掸落积在长袍上的一层灰土。

巴拉克一边敲门，一边骂骂咧咧："让我们看看那个满脸皱纹的老娘们这回有什么话说。"

"看在耶稣的分上，你就少说两句吧，她昨天才死了丈夫。"

"她才不在乎这个呢。她现在一心想的是把这座房子的房契转到她名下。"

第十三章

门被克伦威尔的一个手下打开了。他朝我们鞠了一躬,口里说道:"日安,巴拉克先生。"

"日安,史密斯。没出什么事吧?"

"没有,先生。我们已经把尸体运走了。"

我很想知道他们把尸体运到了哪里。难道伯爵有地方存放不能被其他人知道的尸体?

小女佣苏珊出现在门口,她看上去比昨天镇定多了。"你好啊,苏珊。"巴拉克说。他朝小姑娘眨了眨眼,让她羞得满面绯红。"你家女主人怎么样了?"

"好多了,先生。"

"我们想再和她谈谈。"我说。

她行了个屈膝礼,把我们引进屋里。我摸了摸挂在走廊里的挂毯。挂毯很厚重,散发着灰尘的气息。我好奇地问:"这东西是你家主人从哪里得来的?织得非常精美,而且很有些年头了。"

苏珊嫌恶地瞪了它一眼:"先生,这东西是从圣海伦女修道院院长的家里搜出来的。土地没收法院的人不想要它——它已经褪色了,真是难看得要命,也值不了几个钱。而且风一吹就开始晃荡,常常把人吓得跳起来。"

苏珊把我们带进一间会客室,透过会客室的窗户,可以从另一个角度看到那个墙壁焦黑的奇怪院子。苏珊出去请女主人了,我开始打量这个房间:房间很大,屋梁用的是上好的橡木,但是家具很寒酸,碗橱里只陈列着几件做工粗劣的银餐具。想来为了买下这套房子,格里斯特伍德兄弟已经倾尽所有了。不对,只怕倾尽所有也买不下,迈克尔只是土地没收法院的一个小书记员,挣不了几个钱;而一个炼金术师的收入,我猜是很不稳定的。

格里斯特伍德夫人走了进来。她还是穿着昨天那条廉价的裙子,因为太过紧张，脸部的表情很僵硬。她朝我们敷衍地行了个屈膝礼。"

我柔声说："夫人，恐怕我还有些问题要问你。我听说你已经去找过高级律师马奇阿蒙特了。"

她狠狠地瞪了我一眼。"我现在不得不为自己的将来做打算。除了马奇阿蒙特，我没有找过别人。我只是告诉他迈克尔死了。"说到这里，她苦涩地补充道："他的确死了。"

"那好吧，但眼下你尽量不要把这里发生的事告诉别人。"

她叹了口气："好吧。"

"关于昨天的事，我还有一些问题要问。请坐。"

她不情不愿地坐到一把椅子上。我问："昨天你和苏珊出门去买东西的时候，你丈夫和你大伯哥表现正常吗？"

她看着我，神色怵怵。"很正常。我们是在市场开市前走的，中午才回来。迈克尔昨天没去土地没收法院上班——他上楼帮他哥哥做实验去了，他哥哥经常做一些散发恶心气味的实验。回来的时候我们看到前门被人破开了，还有那些……那些血脚印。苏珊一开始不敢进来，我硬把她拉了进来。"她犹豫了一会儿，又说："不知道为什么，我当时清清楚楚地知道这里面已经没有一个活人了。"她紧绷的面容微微有些松动。"我们一到楼上就发现了他们。"

我点了点头。"苏珊是你唯一的仆人吗？"

"我们只雇得起她一个人，虽然她有些呆呆笨笨的。"

"附近的邻居就没有看到什么，或者听到什么吗？"

"住在隔壁的太太对你们的人说她听到砰的一声巨响，然后是咔嚓咔嚓的声音，但是他哥哥做实验的时候经常弄出这种响动，根本不稀奇。"

"我想再去楼上的炼金室看一看。你能和我一起去吗，承不承受得住？"我回想起昨天提出要她上楼时她那副恐惧得不能自已的模样，但此刻她只是耸了耸肩，让人丝毫看不出她内心的情绪。

第十三章

"你想去就去吧。他们已经被人移走了。你看过之后,我可不可以把房间打扫干净?我如果要养活自己,就得把房子租出去。"

"行。"

她带着我们走上扭曲变形的楼梯,嘴里还在不住地抱怨,一会儿说她必须得出租房子,一会儿说她现在没有了生活来源,日子如何难过。跟在她背后的巴拉克无声地张合着嘴巴,模仿她说话。我瞪了他一眼。

走完最后一级楼梯,她突然变得安静了。炼金室的门仍然歪歪斜斜地吊在合页上,我看了看排列在走廊两侧的其他几扇门。"这些房间都是干什么用的?"我问。

"一间是我们夫妻俩的卧室,一间是我大伯哥的卧室,第三间被塞缪尔用来放他那些破东烂西。"

"塞缪尔?"

她苦笑了一下。"就是瑟普特斯。他真正的名字是塞缪尔,这是他的教名。"仿佛是为了故意嘲弄他,她又重复了一遍:"就是瑟普特斯。"

她指了指炼金室的门,我走到门口,一把将门推开。在推门之前,我还幻想着能在这个房间里找到发射希腊火的器械,但事实是里头没有任何器械,只有满地的破椅子、破瓶子、碎裂的细颈瓶。一处角落里放了一个装满醋的玻璃瓶,里头泡着一只大癞蛤蟆,圆睁的眼睛死死瞪着我。巴拉克站在我背后朝里张望。一只弯月形的大角静静地躺在一块布上,我捡起来细看,发现大角的表面有被刮过的痕迹。

"这是个什么玩意儿?"

格里斯特伍德夫人哼了一声。"是独角兽的角,反正塞缪尔是这么说的。他经常拿它在人前卖弄,还刮下一些粉末混在他炼的药水里头。如果不租几间屋子出去,只怕我以后就要用它来煮汤喝了。"

我掩上房门,环顾着走廊和楼梯间。地板光秃秃的,角落里的灯芯草早就干掉了,墙壁上有条大裂缝。格里斯特伍德夫人追随着我的视线。

"没错,这座房子正在垮塌。这一整条街都建在泰晤士河的泥沼上,现在天热,河水差不多干涸了,房子整天嘎吱作响,常常吓得我跳起来。说不准哪一天这房子就会砸到我脑袋上,然后一了百了了。"

巴拉克扬起眉毛,抬头凝视着天花板。我咳嗽了一声:"我们进炼金室去看看吧?"

尸体已经被移走了,但满地的血迹还在,淡淡的血腥气混合着臭鸡蛋一样的硫黄味儿。格里斯特伍德夫人凝视着溅在墙上的血污,脸色煞白。

她说:"我想坐下来。"

我感到有些内疚,觉得不该把她带到这里来。我从一地狼藉中扶起一把椅子,搀她坐下。过了一会儿,她脸庞恢复了血色,看着那个被砍碎的箱子说:"那个箱子是迈克尔和塞缪尔去年秋天买的,还把它抬上楼放在这里。他们从来不肯让我知道里面放了什么。"

我朝空荡荡的架子点头示意:"你知道那上面原先放着什么吗?"

"塞缪尔的粉末和化学品。有硫黄,石灰,天知道还有什么。我不得不忍受那些东西散发出来的臭气,塞缪尔还经常弄出乒乒乓乓的响动。"她朝壁炉点了下头,"他每回在那里加热药水我都提心吊胆的,老怕他把房子炸到和教堂一样高的半空去。凶手不只杀了人,还把塞缪尔的瓶子拿走了,至于是为了什么,只有天晓得。塞缪尔自称在这里捣鼓出不少伟大的发明,就是这些发明要了他的命。"她语意倦怠。"而且还赔上了迈克尔。"说到这里,她的声音突然一紧。她咽了口唾沫,脸庞重又变得严肃。我细细打量着她,看得出她正在极力克制某种强烈的感情。那是什么样的感情?悲伤,愤怒,还是恐惧?

"你能看出这里还有什么东西被带走了吗?"

"好像没有了。我从前很少到这里来帮忙,不太清楚这里的摆设。"

"你不太喜欢你那位大伯哥的职业?"

"迈克尔和我原本自食其力,日子过得好好的,直到有一天塞缪尔那

第十三章

间旧炼金室的租约到期了,他建议我们合伙凑钱买栋大房子。塞缪尔以前给火药制造商提炼过石灰,生意挺不错,但他不满意现状,想干点儿大事,结果失败了。他这人眼高手低,炼金术师都是这个德行。"她叹了口气,"几年前他从一本旧书里找出个配方,自以为发现了让锡镴变得更坚硬的方法,可最后一直没有成功,还被制锡同业公会告到法院。迈克尔一向没什么主见,容易被别人牵着鼻子走,而且他坚信他哥哥总有一天会带着他发大财。这几个星期迈克尔和塞缪尔好像很忙,一天里有半天呆在这里。他们对我说他们发现了一个惊人的秘密。"她再次把目光投向满是血污的地板。"人往往欲壑难填。"

"他们有没有说起过希腊火这个词?"我凝视着她的脸。她犹豫了一会儿,没有立刻回答。

"他们没对我说过。我已经告诉过你了,我对他们在楼上的勾当不感兴趣。"她在椅子上不安地挪了挪身子。

"你昨天提到他们有时候会在院子里做实验。他们做实验的时候有没有用过一种器械,由贮水罐和很多金属管拼在一起,个头很大?你看见过类似的东西没有?"

"没有,先生。我没注意到。他们带到院子里去的都是些细颈瓶,里头装的不是液体就是粉末。伯爵的手下把我家翻了个底朝天,不会就是想找你说的这件东西吧?我先前还以为他们想找的是文件。"

"不,他们是想找文件。"我温和地回答。我留意到当我提起那件器械的时候,她警惕地眯起了眼睛。"但同时也在找一件金属器械。你确定对这件东西一无所知?"

"一无所知,先生,我可以发誓。"真的一无所知?我敢说她一定在撒谎。我点了点头,踱到壁炉前。那个塞着瓶塞的玻璃瓶还在我昨天放的位置,可让我惊讶的是那摊黏稠的液体好像已经蒸发了,脏兮兮的地板上什么痕迹也没留下。我伸出手摸了摸,地板非常干燥。我犹豫了一会儿,拾起小玻璃瓶，里面的液体没有漏光，还剩下半瓶。

"夫人，你知不知道这种液体是什么？"

"不，我不知道。"她的声音猛地拔高了，"希腊火，配方，书，我统统不知道！上帝啊，我也不想知道！"说到最后一句话时，尖厉的声音变成了喊叫，她抬手捂住脸。我拿出手帕，把小玻璃瓶仔仔细细地包好，这时我突然有些害怕：万一瓶子里装的就是希腊火呢？它遇到火焰会不会爆炸？我强压下心里的恐惧，把瓶子放进衣袋里。

格里斯特伍德夫人用手擦了擦脸，坐在椅子上看着地板发呆。当她再次开口时，失态的喊叫变成了冷静的低语："如果你想查出是谁让凶手来这儿杀我丈夫，你应该去问她。"

"她是谁？"

"和他相好的婊子。"巴拉克和我惊讶地对视了一眼，只听她自顾自地说了下去，声音像一股冰冷的细流。"三月的时候，那个开酿酒厂的女人对我说她在萨瑟克看到了迈克尔，还看到他进了一家妓院。她还说很乐意把这件事告诉我。"她看着我，眼中充满痛苦，"我立刻质问他，他竟然承认了。他说他以后不会再去了，但我不相信他。有段日子他常喝得醉醺醺的回来，浑身都是酒味儿，一双眼睛瞪得老大，我从他的眼神看得出来，他一定是和那个婊子颠鸾倒凤到心满意足才回的家。"

巴拉克闻言放声大笑，格里斯特伍德夫人愤怒极了："给我闭嘴！你这个混蛋，你这是在笑话一个女人的耻辱！"

我赶紧对他说："你出去吧。"我起初以为他会和我争辩，可他只是耸了耸肩，转身走了。格里斯特伍德夫人抬头看着我，眼中露出凶光。"迈克尔迷上了那个不要脸的妓女。我气得快死，朝他大喊大叫，可他还是要去找她。"她死死地咬住嘴唇，"他从前一向对我言听计从，我一直阻止他去参与那些疯狂危险的计划，可塞缪尔一来，他就变了。塞缪尔和那个婊子横在我们中间，让我永远失去了他。"她转头去看喷溅在墙上的可怖血

第十三章

污,又回头凝视我,眼中凶光更盛。"我曾经问过他,除了情欲,除了那个婊子,他是不是什么都不在乎,他说那个婊子对他很好,能和她说上几句知心话。听明白了吧先生,你想知道什么就去问她好了。她叫芭思希芭·格林,在岸底街的主教帽子妓院。"

"我知道了。"

"萨瑟克是伦敦城的法外之地,所以那群奸夫淫妇在那里为所欲为,干尽了丑事。要是在河这边,她的脸蛋早被烙上烙印了,还会由我亲自动手。"

虽然她言语恶毒,我还是为她感到难过,这位简·格里斯特伍德夫人现在孤零零一个人,除了一栋破落的大屋之外一无所有。我很想知道她对她的丈夫抱有什么样的感情。不过我可以确定一点,那就是她表达出来的情绪远不止羞耻痛苦这么简单。她一定会用尽手段,不让那个妓女好过。

我看着她的眼睛,心里有一个声音在告诉我,她仍然有所隐瞒。等见过那个芭思希芭·格林我会再来找她。

"谢谢你,格里斯特伍德夫人。"我说着朝她鞠了一躬。

"你没什么要问的了吧?"她看上去如释重负。

"暂时没有了。"

"你去问她,"她激动地重复着,"去问她。"

下楼的时候,我听到楼梯间传出人声,一个男人低声说了句什么,接着一个女人突然咯咯娇笑。我厉声喊道:"巴拉克!"他从楼梯底下钻了出来,拿着个橘子啃得正欢。"这是苏珊给我的,"他边说边把吃了一半的橘子塞进科多佩斯里,"刚从船上运下来的,新鲜着呢。"

"我们该走了。"我生硬地说出几个字,率先走了出去。乍一离开昏暗的内室,午后炽烈的阳光扑面而来,让人一时无法适应,我不停眨动着眼睛。

解马的时候，巴拉克问我："那个喜欢摆臭脸的夫人说了些什么？"

"没有你在那儿招惹她，她说得多了。她告诉我迈克尔生前常去见一个妓女。她叫芭思希芭·格林，在萨瑟克的主教帽子妓院。"

"我知道主教帽子妓院。那是家下等妓院。一个土地没收法院的职员居然去那种地方，我还以为他找得起更高级的呢。"说话间我们骑上了马背。我把帽子调整了一下，尽量不让太阳晒到脖子。

"我刚才向苏珊打听了这家人的情况。"我们策马上路时，巴拉克说，"她说格里斯特伍德夫人想要当家做主，而她丈夫和大伯哥很少关心家务事。他们两个整天混在一起，想着发横财。"

"她知不知道迈克尔在萨瑟克有个妍头的事？"

"知道。她说这件事让太太很痛苦。不过这也是意料中的事，谁受得了那个老娘们。"

"她已经失去了丈夫，除了一栋快要垮掉的房子，在这个世界上已经一无所有了。"

巴拉克哼了一声。"她出嫁的时候都快三十岁了，格里斯特伍德娶她不就是为了她的钱吗？听说她娘家出过丑事，不过苏珊也不清楚到底是什么事。"

我扭头看着他："你为什么这么讨厌她？"

他哈哈大笑，那音调和简·格里斯特伍德的话音一样苦涩。"你如果一定要知道，那我就告诉你吧，她让我想起了我妈妈。我们刚来这儿不久，她就和你说起房子以后归谁的事了，那时候她丈夫还浑身是血躺在楼上呢。我妈妈就和她差不多，我爸爸死了还不到一个月，她就改嫁给了我们的房客。从那以后我就搬出来了。"

"一个穷寡妇不得不为自己的将来打算。"

"她们很擅长给自己找借口。"他让他的马跑到前面，和我隔开一点儿

第十三章

距离，对话就这样结束了，我们陷入了沉默。汗水在我脸上蜿蜒，直淌到眼睛里，我只好抬着手不停地擦拭。我很少像现在这样横穿伦敦城，一时间很难适应。街道上的垃圾被热气一烘，恶臭彻底散发出来，熏得人想吐。我汗出如浆，捂在衬衣下的腋窝早就湿了，湿答答的裤子贴在马鞍上，像是生根了一样。这段行程对"大法官法庭"来说也是个考验：它发现自己很难和巴拉克的母马齐头并进。我暗下决心，以后若是还要出门，我一定走水路。当然对巴拉克和他的马来说，赶这趟路只是小意思——这一人一马各比我和"大法官法庭"年轻十岁。

❋

回到大法官法庭街时，太阳已经西斜了。我让琼去厨房给我们端点儿食物来。一进客厅，我一屁股坐到扶手椅上，感觉如释重负；巴拉克把几个垫子堆在地板上，四仰八叉地往上一躺。

"哎，我们现在进行到哪一步了？"他问，"今天就快结束了，我们只剩下十天。"

"到目前为止，我们得到的线索多过答案。不过这也在我的意料之中，这件事非常复杂，调查刚开始的时候难免会这样。我们必须去见见那个妓女，而且我觉得格里斯特伍德夫人仍然隐瞒了什么。你的手下史密斯会一直和她呆在一起吗？"

"没错，除非有了其他指示。"他又掏出那个橘子，吸得咂咂有声，"我早就告诉过你了，她是个恶毒的老娘们。"

"她隐瞒的事情可能和那台器械有关。我觉得格里斯特伍德兄弟应该没把它放在家里。"

"那放在哪儿？"

"我也不知道。会不会是某个仓库？也不对啊，他们留下的那堆文件里并没有存货单。"

"你全都看过了?"

"是的。"

我从衣袋里拿出小玻璃瓶,小心翼翼地递给巴拉克。"我昨天上楼看尸体的时候,在地板上发现了一摊这样的液体。看上去几乎是透明的,闻着也没味道,但是尝起来可不得了,那感觉就像舌头被骡子猛踢了一脚。"

他拔出瓶塞,仔细嗅了嗅里头的液体,然后往指尖上倒了一丁点儿。他用舌头轻轻一舔,五官立刻皱成一团,就和我先前一样。"耶稣啊,你是对的!"他高声嚷道,"不过这不是希腊火。我告诉过你,那东西臭极了。"

我拿回瓶子重新塞好,轻轻摇了摇,看着透明的液体在瓶中晃荡。"我想把这个拿给盖伊看一看。"

"只要你说话小心点儿就行。"

"上帝啊,这我很清楚,你还要说我说多少遍才肯罢休?"

"我要和你一起去。"

"随你的便。"

"你到底从那两个律师嘴里问出了什么?"

"马奇阿蒙特和布里克纳普都坚持说自己只是中间人。我不太相信布里克纳普的话。他和理查德·里奇有说不清道不明的牵扯,不过我不知道这和希腊火有没有关系。对了,他还在做外国商人的生意,据他自己说他正在充当他们的法律代表,替他们和海关交涉。我在他的办公桌上看到了相关文件。克伦威尔大人是有门路查到商业记录的,可不可以请他手下的人核查一下?我实在没时间自己去。"

巴拉克点了点头。"你放心,我会请示伯爵。我一直在努力回想从前到底在哪里见过布里克纳普那个混蛋的脸,不过还没想起来。很久以前我见过他,我敢肯定。"

有人在门上敲了一下,接着琼走了进来,手上端着个托盘。她一见我

第十三章

们的衣服上沾了许多灰,立刻叽叽咕咕地开始念叨,我听得头痛,赶紧打发她去楼上替我们取两件干净衣服。我弯下腰倒了杯啤酒,这时后背突然一阵抽痛,我不禁皱起眉头。

"先生,你不该把自己累成这样。"琼关切地说。

"我没事,只要休息休息就好了。"

等她走了以后,我和巴拉克举起酒杯,痛痛快快地喝了好几口。"诺福克公爵昨天趾高气扬,"我说,"在席上对改革者冷嘲热讽。我的一个朋友忍不住顶撞了他,现在恐怕会有麻烦。"

"我还以为律师们都是改革者呢。"

"不全是。而且他们中的绝大多数和伦敦其他人一样,都是见风使舵的货色,一旦克伦威尔倒台,他们又会变回天主教徒。这些人的动机很明显,一来是担心被清算,二来是希望借着机会往上爬。"

"我们没多少时间了。"巴拉克说,"你确定我们明天有必要和那个图书管理员一起去圣巴塞洛缪修道院?你想和他谈谈,这我同意,但你大可到他那个小教堂见他。"

"不。我必须去看看最初发现希腊火的地方,回溯整个事件的源头。明天我们先去圣巴塞洛缪修道院一趟,接着去见盖伊,然后到萨瑟克的那家妓院找那个姑娘,看她能不能说出什么有用的东西。我还得去沃尔布鲁克和温特沃斯一家人谈一谈。"我说完叹了口气。

他摇了摇头:"还有十天。"

"巴拉克,"我说,"我或许是个抑郁质的人,但你不同,你身上有着多血质的所有特征。你是那种一旦有了目标就全力以赴的人,常常会用力过猛。"

"我们必须给这件事画上句号。而且你别忘了我们昨天是怎么被人跟踪的。"他阴沉地补充了一句,"或许杀了格里斯特伍德兄弟的人也想害我们。"

"你说的这些我也很清楚。"我站了起来,"现在我要接着去看那些旧文件。"

我抛下他上了二楼,回到我自己的卧室,回想起上午孤身一人赶往林肯律师学院时的那种恐惧感,仍心有余悸。我不得不承认外出时让巴拉克陪在身边,被街道上的人流包围,我会觉得更加安全。但愿是我杞人忧天,但愿我并没有陷入险境。

第十四章

  一觉醒来天已经亮了，今天是五月三十一号，天气比平时更热。我们又像昨天一样早早地骑着马出发了，去圣巴塞洛缪修道院得往北走，所以我们乘不了船。太阳还没有升起来，地平线的薄云被霞光映照成粉红色。巴拉克昨天晚上又出去了，我睡着后他才回来。吃早饭时他耷拉着脸，样子阴沉沉的，或许是昨晚喝多了酒有些头痛，又或许是哪个女孩子没买他的账，伤害了他的虚荣心。我把几本炼金术书装进破破烂烂的旧皮背包里，这个背包还是我当年初来伦敦时我父亲给我的。我想把这些书拿给盖伊瞧瞧。

  这座城市结束了礼拜日的休眠，渐渐复活了。店主们开始为新的一周做准备，开窗户，理货架，弄得满街都是咔嗒咔嗒的声响，窝在店门口的乞丐们也被他们骂骂咧咧地赶走。这些无家可归的人跌跌撞撞地走到街上，因为成天被毒辣的太阳烤着，一个个面部红肿，皮肤皲裂。其中一个衣衫褴褛的小女孩儿差点儿撞上"大法官法庭"。

  我大喊一声："你小心点儿！"

  "小心你自己吧，死驼背！"她扬着肮脏的脸，愤怒地瞪视着我，我认出她就是那个在面包店门口引起骚动的女孩儿。她拖着一条腿，一瘸一拐地走了。我看着她的背影，叹息道："真是可怜，很多人说乞丐是不劳而获的寄生虫，我真想知道说这话的人如何看待这样的流浪者？"

  "是啊。"巴拉克附和了我一句，停顿了一下又说："你昨天晚上又从那堆旧文件里找出点儿什么新线索没有？"

"一些手稿里有很多关于波希战争①的记载。交战双方运用了不少阴谋诡计,有一次亚历山大大帝为了欺骗敌军,让对方以为他有许多士兵,命人在一群羊的尾巴上绑上火炬。波斯人在夜里眺望他的营帐,以为他有千军万马,其实根本没那么多。"

巴拉克哼了一声。"听上去不像打仗,倒像在开舞会——那些羊一定四处乱蹿吧。不过话说回来,这和我们的事有什么关系?"

"这个故事一直留在我脑海里挥之不去。我还看过罗马人在巴比伦尼亚征战时用过某种液体,也是个参考。相信我,我留意这些故事是有原因的。林肯律师学院有一些关于罗马战争的书籍,我会试着去找一找。"

"只要别花太多时间就行。"

"你给克伦威尔大人写信报告布里克纳普和海关的事了吗?"

"写了。昨天晚上我还出去溜达了一圈,想看看能不能打听到那个跟踪我们的人是什么来头,可惜一无所获。"

"上次之后就没看到他出现了,说不定他已经放弃了。"

"也许吧,但我还是得保持警惕。"

我们经过一条小巷,巷子里躺着条死狗,身体腐烂发胀,臭气熏天。我真不明白人们为什么要涌向伦敦城,像耗子一样窝在城市的角落里,为生存苦苦挣扎,直至最后流落街头,四处乞讨?也许是抵挡不住金钱的诱惑吧,每个人心里都揣着梦想,希望有朝一日能扬眉吐气,飞黄腾达。

好几条街道从四面八方汇入史密斯菲尔德空阔的露天市场,圣墓街是其中的一条。穿过圣墓街就到了史密斯菲尔德,清晨的市场异常安静,因为今天不是赶集的日子,所以看不到牲畜贩子们赶着几百头牛来这儿贩卖的景象。市场一侧就是圣巴塞洛缪医院,空荡荡的建筑无声地伫立在高墙里,大门口站了一个土地没收法院的守卫。自从修道院一年前关了门,病

---

① 古代波斯帝国为了扩张版图而入侵希腊的战争,战争以希腊获胜而告终。

第十四章

人们都离开医院自生自灭去了；关于让富人们捐献善款开设一座新医院的讨论一直没有停止过，可到现在也没有下文。

修道院坐落在医院的右上方，正好与医院呈垂直状。高大的建筑耸立于市场一侧，虽然有一部分已经被拆除了，仍旧气势不凡。门房外头也站着一个守卫。我看到工人们搬出一个个大箱子，靠墙摞起来，一群穿蓝色长袍的学徒在周围闹哄哄地跑来跑去。

"到处都看不到凯奇恩，"巴拉克说，"我们得去问问守卫。"

我们骑马穿过露天市场，地面野草丛生，一条条小径自草丛中穿过。有一大片土地寸草不生，棕色的泥土混合着黑色的煤渣裸露在天光下——那里是烧死异教徒的场所。我记得克伦威尔曾经对我说过想用天主教圣像作柴火烧死一个天主教徒，两年前他真的这么做了：福雷斯特神父受火刑的时候，行刑用的柴堆里就有一尊木头圣像。为了让神父死得不那么容易，行刑人用锁链把他吊起来悬在火上，在成千上万的围观者面前受尽痛苦。福雷斯特是因为否认国王的权威超过教会而获罪的，按照法律他应该以叛国罪被砍头，而不是被烧死，不过克伦威尔有无视这些细节的资本。福雷斯特受刑时我没在场，可就在我将目光从那块泥地上移开的一刹那，惨烈的行刑场面不由自主地浮现在我眼前：原本鲜活的皮肤被火焰灼得焦枯，皮肤下的鲜血滴进火焰里，发出嘶嘶的声音。修道院的门房就在眼前了，我摇了摇头，努力摆脱掉这些幻影，一手勒住马缰，让"大法官法庭"停下来，翻身下马。

我看到尸盒里装满骨头，颜色已经转为深褐，应该很有些年头了。学徒们翻弄着这些骨头，把缠在骨头上的裹尸布抽出来扔到路面上。裹尸布大都已经朽烂，只剩些破布片。他们又把头骨拉出来，仔细地刮走附在一些头骨上的青苔。身材庞大的看门人站在一旁，冷漠地注视着这一切。我们把马拴到一根柱子上。巴拉克径直走向看门人，朝学徒们扬了扬下巴："上帝啊，他们到底在搞什么鬼？"

"刮掉骨头上的穴藓。理查德爵士正在清理修士墓地，尸骨统统要挖走。"大个子耸了耸肩，"那些药剂师说死人头骨上的苔藓对肝脏有好处，都派他们的学徒到这儿来刮。"他伸手在衣袋里掏了一阵，拿出一个新月形的小金饰。"墓地里有些奇奇怪怪的陪葬品——这东西的主人肯定参加过十字军东征。"他故作神秘地眨了眨眼睛，"这是我允许那些小伙子刮苔藓得到的一点儿红利。"

"我们来这儿有事，"我说，"我们是来见凯奇恩先生的。"

巴拉克接着说："是克伦威尔大人派我们来的。"

看门人点了点头。"你们要找的人已经到这儿了，我放他进了教堂。"他站在近处打量着我们，眼中透着机警和好奇。

我和巴拉克走向大门口。守卫犹豫了一会儿，退到一边让我们走了进去。

门房另一侧的景象就这样猝不及防地映入了我的眼帘，惊得我目瞪口呆：大教堂的中殿已经被拆除，只留下一大堆碎砖烂瓦，一根根粗大的木柱从瓦砾堆里直伸出来。教堂北端仍然矗立着，工人们在旁边竖起一堵高大的木板墙，把它拦了起来。周围大部分的回廊也被拆掉了，礼拜堂屋顶上的铅被剥了个精光。隔着断壁残垣，我可以看到一栋豪华的大屋，那里从前是修道院院长的住所，现在已经被理查德·里奇买下了。后花园里牵了几根晾衣绳，洗好的衣服和床单在风中飘动，三个小女孩儿在其间奔跑嬉戏，在一片荒凉的废墟中，这样的景象显得突兀而古怪。我从前也见过被拆毁的修道院，这年头谁没见过呢？可眼前这片废墟的规模着实让我震惊。诡异的寂静笼罩着废墟，处处弥漫着不祥之气。

巴拉克突然放声大笑，抬手抓了抓脑袋："拆得不剩多少了，是不是？"

我问："工人们在哪儿？"

"只要是土地没收法院的活儿，他们就会晚点儿开工。他们知道土地

第十四章

没收法院财大气粗,都想多干几天多拿工钱。"

巴拉克小心地穿过瓦砾堆,朝开在木板墙上的一道门走去,我紧紧地跟在他后头。我一向对那些外观宏伟、装饰华丽的教堂深恶痛绝,花费大量的人力物力,也许就是为了那区区十几个修士的享受,说起来真是叫人不齿。如果建教堂是为了给医院服务,那人力物力的浪费就更不堪了。可当我跟随巴拉克穿过那道门后,眼前的景象让我深深折服了,我不得不承认这座残存的建筑内部的确富丽堂皇。三面墙壁足足高一百五十英尺,涂成鲜艳的绿色和赭石色。一排装饰性拱门贯穿整个墙面,拱门上头有一排彩绘玻璃窗。南侧有木板墙遮挡,室内光线昏暗,但仍可以看到原先摆放圣人塑像的神龛一个个空空如也,小礼拜堂里的雕像也被搬空了。然而教堂一角还留存着一座墓龛,拱顶直伸到天花板附近。墓龛前点着一支蜡烛。这里曾经被成千上万支蜡烛照亮,如今幽暗的内室里只剩这一点烛光。一个人影立在墓龛前,头低垂着。我们朝他走去,双脚踏在铺着瓷砖的地板上,发出啪嗒啪嗒的响声。我闻到空气中有种淡淡的气味,这是乳香的味道,已经在这里缭绕了几个世纪。

那人在我们走近的一瞬间转过身来。他是一个高高瘦瘦的男人,年约五十开外,身穿白色的牧师法袍,一头灰白的乱发下是一张神情焦虑的长脸,看向我们的目光里饱含着警惕和畏惧。他后退几步靠上墙壁,仿佛希望能和被阴影笼罩的墙壁融为一体。

我试着喊了一声:"凯奇恩先生?"

"我是。你是夏雷克先生吧?"他的声音出乎意料的亢奋。他紧张地瞟了巴拉克一眼,这勾起了我的好奇心,难道巴拉克昨天对他很粗暴,把他吓坏了?

"先生,我很抱歉,我不该点这支蜡烛。"他慌忙解释,"我……我是一时糊涂,先生,我只是看到第一代院长的墓,一下子没忍住。"他飞快地俯身向前掐灭了烛火,滚烫的蜡灼痛了他的手指,他把手向后一缩。

"没关系。"我说。我扫了墓龛一眼,在昏暗的光线中,一尊雕像躺在墓龛里,那是一个雕刻得栩栩如生的修道士,身穿多米尼加派黑色修士服,双臂交叠,形成祈祷的姿势。

凯奇恩喃喃地说:"他是华西亚院长,这座修道院的创立者。"

"我知道了。好啦,不要把蜡烛的事放在心上。我想到去年格里斯特伍德先生发现某样东西的地方去看看。"

"好的,先生。"他咽了口唾沫,看上去仍然很害怕,"格里斯特伍德先生叮嘱过我,让我不要把我们发现东西的事说出去,否则我就是死路一条。我没有说出去,我可以发誓。先生,他对我说的话是真的吗?他真的被人杀了?"

"是真的,修士。"

"我不是修士。"凯奇恩小声反驳我,"我已经不再是修士了。没有人是。"

"这是当然。真是不好意思,我一时说溜了嘴。"我环顾教堂,"他们会不会把剩余的这点儿建筑拆了?"

"不会。"他的神情总算愉快了一点儿,"本地人一致要求把这里留下来作他们自己的教堂。他们很喜欢这里。理查德爵士同意了。"

里奇居然同意了?我略一思索,立刻明白了其中的关窍:对里奇来说,等这里从前的院长一死,这些人的支持就能派上用场了。我又朝四周张望了一下。"我想知道整件事情的来龙去脉,你就从去年秋天土地没收法院的人在教堂地下室发现某样东西说起吧。"

凯奇恩点了点头。"好的。话说院长投降以后,土地没收法院的人就到这儿来清点东西。有一天我正在图书馆里,格里斯特伍德先生突然进来了,他说他们在地下室里发现了奇怪的东西,问我能不能找到相关的记录。"

"那个地下室被用作储藏室?"

第十四章

"是的,先生。那地方很大,里头的东西好多已经放了上百年了。虽然在这里当了二十年的图书管理员,但是除了几根旧木料,我根本不清楚地下室里到底有什么。我可以发誓,先生。"

"我相信你。继续往下说,凯奇恩先生。"

"我就问格里斯特伍德先生能不能带我去看看他们发现的东西。先生把我带到了教堂里。教堂那时候还很完整,中殿没有被拆掉。"他看向那堵木板墙,眼神哀伤。

"那个地下室在教堂的什么地方?"

"在那边那堵墙边上。"

我朝他笑了笑,试图让他安下心来。"走,我想去看看。把你的蜡烛重新点燃吧。"

凯奇恩紧张得两手哆嗦,好容易点燃了蜡烛,这才带着我们走向一扇铁皮门。他的步伐缓慢而稳重,这应该是他多年来养成的习惯:当他还是个年轻修士的时候,也许就学会这样走路了。他伸手推门的时候,门发出刺耳的咯吱声,声音在巨大洞穴般的教堂里不断回响。

他带着我们走下一段石头台阶,来到一间地下室里。地下室呈长方形,由东至西横贯了整座教堂。这地方黑极了,弥漫着一股潮气。凯奇恩举着蜡烛走在最前头,烛光照亮了零散的木柴和一尊尊被损坏的雕像。随着烛光的移动,四条椅腿出现在视线中,接着是座板,椅背——原来这是一把巨大的院长圣座,装饰精美,可惜被虫蛀得千疮百孔。这时一张脸突然从黑暗中浮现出来,骇得我差点儿惊叫出声。我向后跳了一步,撞上了巴拉克。咦,不对,那不是一张活人的脸。我又细看了两眼,终于认出那只是一尊断了胳膊的圣母玛利亚雕像,不禁羞红了脸。巴拉克嘻嘻一笑,我看到两排白牙在黑暗中闪了闪。

凯奇恩在一堵墙前停住了。"先生,他们当时就把我带到了这里。墙边摆着个桶,一个笨重的旧木桶。"

"有多大？"

"你看看灰尘上的痕迹就知道了。"

他放低了蜡烛，我看到积满灰尘的地板上有个清晰的大圆圈。照这个圆圈来看，那个木桶的大小和酒桶差不多，已经够大了，不过还没到离谱的地步。我点了点头，重新直起身体。凯奇恩把蜡烛举到靠近胸口的位置，烛光自下而上映照着他的脸，使这张布满皱纹的沧桑面庞有种不真实感。

我问："你们打开那个桶没有？"

"打开了。一个土地没收法院的人等在这里，手里拿了个凿子，我来之前他已经用凿子把桶盖撬开了。看到我们过来，他一脸如释重负的表情。格里斯特伍德先生说，'图书管理员修士，你过来朝里看看'——我那时还是修士——'然后告诉我你认不认得里头的东西。不过我得提醒你一句，这东西很臭'。格里斯特伍德先生说完哈哈大笑，但我注意到另一个土地没收法院的人在为我移开桶盖之前，先在胸口画了个十字。"

我问："桶里装着什么？"

"黑色。"他这样答道，"里面什么也没有，只有一片黑色，比地下室的黑暗更深更浓，还有一股可怕的气味，我之前从来没闻到过类似的味道，非常刺鼻，又带着一种古怪的甜味儿，就像某种已经死掉的东西正在慢慢腐烂。我的喉咙像是被这气味给哽住了似的，不停地咳嗽。"

"这种气味和我闻到的一样。"巴拉克说，"伙计，你描述得太形象了。"

凯奇恩咽了口唾沫。"当时我手里不是拿着蜡烛吗，我就把蜡烛举到了木桶上面。天哪，那片黑色居然可以反光。这太奇怪了，我吃了一惊，差点儿把蜡烛丢进桶里。"

巴拉克哈哈一笑："上帝啊，幸亏你没有。"

"我看出那片黑色是一种液体。我伸出手指蘸了一下。"说到这里，凯

第十四章

奇恩打了个寒战,"摸上去浓稠黏腻,挺吓人的。我对他们说我也不知道那是什么。他们指了指镶在桶上的名牌,上面刻着圣约翰的名字。我说图书馆里也许有关于这个桶的记录。实话告诉你吧先生,我当时一心只想离开。"他胆怯地环顾着四周。

"我能理解,"我说,"这么说桶里的液体黑乎乎的。这就能解释古人为什么把希腊火称作'黑色火焰'了。

"黑得就像地狱深处一样。格里斯特伍德先生同意让我去图书馆找记录,他命令他的手下把桶重新封好,和我一起回到了图书馆。"

"我们也到那儿走一趟。"我说,"走吧,我看得出你很想离开这里。"

我们沿原路返回了教堂,接着来到阳光下。凯奇恩站在木板墙前凝视着瓦砾堆,眼角有泪光闪烁。过去僧侣或者修士一进入修道院,就意味着他不再拥有独立的法律人格,对尘世来说他已经死去了。但前阵子国会通过了一项法案,要恢复他们的法律地位,使他们重获世俗的法律人格,林肯律师学院里的人常常笑话他们是被克伦威尔"起死回生"了,可是等待着他们的会是什么样的生活?"走吧,凯奇恩先生,"我柔声说,"我们到图书馆去。"

等他带着我们穿过了没有屋顶的礼拜堂,我猛然意识到一件要命的事:我们非得从花园经过不可。孩子们还在园中玩耍,一个正在收衣服的女佣向我们投来好奇的目光。

俗话说怕什么来什么,路才走到一半,大屋的门突然开了,一个身穿上等丝绸衬衣的小个子男人走了出来。我不禁倒吸了一口凉气,因为我立刻认出他就是理查德·里奇。在林肯律师学院举办的一次活动中,有人曾把我引见给他。"该死的!"巴拉克小声咒骂了一句,朝走过来的里奇深深鞠了一躬。我和凯奇恩也弯下了腰,这位前修士害怕极了,两眼睁得大大的。

里奇在我们跟前停了下来。他长得非常英俊,鼻子和下颌尖尖的,显得很秀气，却也给人一种刻薄的感觉。他用一双灰眼睛审视着我们，锐利的眼神像要穿透皮肉，直看到我们心里去。

"夏雷克律师。"他的语气透着惊讶和好奇。

"先生，您还记得我？"

"我绝不会忘记一个驼背。"他揶揄的笑容让我想起他冷酷无情的名声，听说他调查异端的时候常常亲自给犯人动肢刑。让我吃惊的是，园中那三个小女孩儿竟然张开双臂向他跑了过来，奶声奶气地欢叫着："爸爸，爸爸！"

"好了好了，姑娘们，爸爸现在很忙。玛丽，带她们进屋去。"

女仆赶过来招呼几个孩子。里奇站在原地，目送她们跟着女仆离开。"她们是我的宝贝。"他宠溺地说，"我太太常常数落我对她们不够严厉。话说回来，你们三个在我的花园里干什么？啊，你是前修士伯纳德，我没认错吧？比起多米尼加派的黑袍，白色更适合你。"

"先生，我，先生……"可怜的凯奇恩紧张得连舌头都打结了。

我连忙开口解围，为了不让理查德起疑，我尽量让自己的语调听起来和他的一样轻快自然。"凯奇恩先生正要带我们去图书馆参观参观。这是克伦威尔大人特意恩准的，他说我可以去看一看。"

里奇偏了下头。"可那里面一本书也不剩了，修士。我那些土地没收法院的手下已经把书统统烧掉了。"他朝可怜的凯奇恩露出讥刺的笑容。

"我是想看看建筑设计，大人，"我说，"我正在考虑建一座图书馆。"

他咯咯笑起来。"那你最好去还有屋顶的图书馆看一看。上帝啊，建图书馆，看来你在林肯律师学院一定捞了不少钱。又或许克伦威尔大人给了你不少好处？他很宠信你，是吗？"说到这里，他眯起眼睛，"好吧，既然伯爵说你可以去图书馆看看，我也不会拦着你。不过你得小心在房梁上筑巢的乌鸦，它们随时会在你头上拉屎。除了鸟粪，还要小心那些可恶的天主教徒，你说是吧，修士？"他又朝凯奇恩笑了笑，后者低垂着头，连

第十四章

大气都不敢出。里奇笑够了,又抿紧嘴唇,把目光转向我。

"这一次就算了,但如果下次还想穿过我的花园,一定要预先征得我的同意,夏雷克。"他没有再说什么,丢下我们跟着他的孩子进屋去了。凯奇恩如蒙大赦,转身带着我们快步走向开在围墙上的一道门。

"我就知道不该来这儿,"巴拉克说,"我主人说过绝不能让里奇听到一点儿风声。"

"我们什么也没告诉他。"我没好气地说。

"可是他已经起疑了。不要东张西望,那个混蛋说不定正站在窗口监视我们。"

凯奇恩带我们穿门而过,来到一块被践踏得满目疮痍的草坪上,草坪三面都被没有屋顶的房子包围了。他指了指其中一座房子:"那就是图书馆,在医务室旁边。"

我们跟随他走进了图书馆,虽然没了屋顶,但仍然可以看出这曾经是一座巨大宏伟的建筑。空荡荡的书架靠墙排列,每一架都有两层楼那么高,地上散落着破书柜和被撕烂的书稿。此情此景带给我的悲伤更胜于那座教堂。我抬头一看,铅板已经被剥光了,光秃秃的房梁像骨骼一样横在上方,给地面投下一道道阴影。一群乌鸦被脚步声惊起,在我们头上嘎嘎乱飞,盘旋了几圈又落回房梁上。透过一扇没有玻璃的窗户,我可以看到外面的草坪和远处的房屋。草坪中央的喷泉已经干了。凯奇恩环顾四周,表情痛苦极了。

"我们接着往下说吧,"我轻声开口,"你和格里斯特伍德先生来这儿之后,找到了什么?"

"他希望我找找那个大兵圣约翰的相关资料。在圣巴塞洛缪医院去世的人如果留下遗书文件什么的,我们都会归档。圣约翰名下有一些文件,格里斯特伍德先生统统拿走了。第二天他又回来了,在这里查找有关拜占庭和希腊火的文献,足足忙了一个下午。"

"你怎么知道他在查什么？"

"他找过我帮忙，先生。最后他带走了一些文件和书籍。这些东西他一直没有还，过了没多久所有书架都被清空，文献全被烧掉了。"他摇了摇头，"有些书精美极了，先生。"

"好啦，烧都烧了，惋惜也没有用了。"

上方突然传来鼓翅的声音，乌鸦又飞起来了。它们不停地盘旋，叫得人心烦意乱。巴拉克小声嘀咕："奇怪，它们怎么这个样子？"

"你说你帮格里斯特伍德先生去找文件。你看了那些文件没有？"

"没有，先生。我什么都不想知道。"他严肃地看着我，脸上满是汗水。这里热得像火炉一样，阳光直射着我们。"先生，我不是胆大妄为的人。我什么也不求，只求能回到教堂去，安安静静地做我的祷告。"

"我明白。你知道那个木桶的去向吗？"

"格里斯特伍德先生把它搬到马车上运走了。我不知道运到哪里去了，也没有问。"凯奇恩深吸了一口气，抬手扯开法袍的衣领，"请恕我失礼，先生，这里实在太热了……"他说着向旁边迈了一步，我听到某个地方传来喀喇一声轻响。

凯奇恩的动作救了我一命。响声过后，他突然尖叫一声，身体猛地向前扑倒。我惊恐地发现他的前臂上插着一支弩箭，鲜血喷涌而出，在白色法袍上蜿蜒。他跌跌撞撞地靠到墙上，一脸惊骇地看着自己的手臂。

巴拉克拔出佩剑，飞快地奔到窗前。那个从克伦威尔家尾随我们到圣安德鲁教堂的麻脸男人就站在外面，一双灼灼有光的蓝眼睛死死盯住巴拉克，右手熟练地往弓上搭了一支新箭。巴拉克正要去追，那人却停住动作，啪地把弓箭扔在地上，穿过草坪逃走了。巴拉克不顾窗框上残留的破玻璃，纵身跳了出去，但是那人已经跑到了修道院的围墙边，正在往上爬。巴拉克冲过去抓住他垂下来的那只脚，可惜已经来不及了，袭击者消失在了围墙另一头。巴拉克也爬上墙去，两肘撑在墙上俯视墙外的街道。

第十四章

过了一会儿,他慢慢爬回来,捡起丢在墙根下的佩剑,走回窗前,翻进来,黑着一张脸,怒气冲天。

我弯下腰去安慰凯奇恩。他瘫倒在地,一手抓着手臂哀哀抽泣,鲜血从指缝间涌出来。"我真希望自己从没看见过那些文件,"他呻吟着说,"我什么都不知道,先生,什么都不知道。我发誓。"

巴拉克跪下来,拉起凯奇恩捂住伤口的手,动作出乎意料的轻柔。"别怕,伙计,让我看看。"他仔细看了看伤口,"没什么大碍,箭头已经从另一边穿出来了,找个外科医生把箭拔出来就行。来,把你的胳膊抬起来。"痛得浑身发颤的凯奇恩照做了。巴拉克从衣袋里掏出一条手帕折成止血带,把伤口包扎起来。

"走吧,朋友,街对面有个外科医生,常常给牲畜贩子们治病。我带你去找他。把你的胳膊一直抬着。"他把抖个不停的凯奇恩拉了起来。

"谁要杀我?"可怜的牧师尖声问,"先生,我什么都不知道,什么都不知道。"

"我想这支箭的目标是我。"我缓缓说道,"如果你刚才不挪那一步,中箭的人就是我了。"

巴拉克神情严肃,平日的玩世不恭全然不见踪影:"是,你说得对。真是见了鬼了,他怎么知道我们在这里?"

"也许我们走出家门的时候就被他盯上了。"

"有个人能告诉我们。"他咬牙切齿地说,"我先带凯奇恩去看医生,然后找人问几句话。那个麻脸不会再回来了,但是为防万一,你最好不要站在窗户边上。我很快就回来。"

我受此惊吓,脑中一片空白,只能顺从地点点头。我无力地靠在墙上,由着巴拉克把呻吟不止的凯奇恩扶了出去。一颗心怦怦直跳,仿佛要从喉咙口蹿出来,全身不住地冒冷汗。我突然觉得这个地方死一般的沉寂,里奇的房子离这儿太远了,他不可能听到什么声音。我不自觉地呻吟了一声：克伦威尔又一次把我推入了险境，让我随时会有性命之虞。我看了看巴拉克丢在地上的那张弓，短短的弓身呈圆润的弧形，有着致人死命的威力。头顶突然传来卡啦一声轻响，吓得我跳了起来，还好这声音只是乌鸦归巢弄出的响动。

几分钟后我听到了人声，是巴拉克和另一个人的。声音越来越近，没过多久，就见那个大个子看门人被推进门来，嘴里还在不住地大声抗议。身材同样高大的巴拉克在背后牢牢钳住他的腰，他一松手，失去平衡的看门人转了一圈，重重地摔倒在一地狼藉中。

"你没权力这么对我！"看门人愤然大叫，"等土地没收法院的人听到动静……"

"去他妈的土地没收法院！"巴拉克高声咆哮。他揪住看门人脏兮兮的长袍，把他拖了起来。他已经把佩剑插回了剑鞘，这会儿又从腰间抽出一把式样狰狞的匕首，抵在看门人软塌塌的喉咙上。"听好了，混蛋。我是为埃塞克斯伯爵效命的，我喜欢用什么手段就用什么手段，谁也管不着。比如在你的喉管上划一刀，明白了吗？"看门人大口大口地喘着气，双眼圆睁。巴拉克把他的头扳向我这边，让他面对着我。"看到那边那个人没有？他是克伦威尔大人的律师，我的主人。我刚才带出去的那个牧师被箭射伤了，但凶徒原本是想射死我主人。唯一有能力放他进来的人就是你，你这个婊子养的肥猪，还不快老实交代！"

"我没有，"他含混不清地辩驳着，"有其他的路进来……"巴拉克把手探向他下身，狠狠捏了捏他的睾丸，疼得他杀猪般号叫起来。

"我说，"他拼命大喊，"我什么都说！"

"那还不快说！"

看门人喘着气说："先生，你们来了没多久，另一个人也来找我。那家伙的样子很奇怪，看着像个书记员，脸上有麻子。他举着一枚金安杰尔，问我你们来这儿干什么。我……我告诉他你们来这儿见一个人。他说只要我把他也放进去，就把钱给我。那可是一枚金安杰尔，先生，我是个穷苦人。"

"拿给我看看。"

看门人伸手在腰带里摸了一阵，掏出一枚硕大的金币。巴拉克一把抓过来："这个我要了，正好给我们的朋友付医药费。再说说那个人，他有带什么东西吗？比如说一张弓？"

"我没看见什么弓！"看门人狂呼道，"他背着个大背包，我不知道里头装着什么！"

巴拉克从他身边走开几步。"滚吧，你这个胆大包天的家伙。赶紧给我滚！记住了，今天发生的事一个字也不能说出去。你要是敢胡言乱语，克伦威尔大人一定不会放过你。"

看门人一脸谄媚。"我绝不会违抗克拉姆①，先生，我是指伯爵……"

"滚出去！混蛋！"巴拉克一把抓住他，把他拽得转了个圈，又一脚将他踢出了门口。巴拉克转身看着我，呼吸粗重。

"我很抱歉，居然让那个麻脸接近了你，"他说，"都怪我掉以轻心。"

"人总有松懈的时候，你也不可能时时刻刻保持警惕。"

"他刚才一定混在那堆工人和学徒里。耶稣啊，他还真有两下子。你没事吧？"

我深吸了一口气，掸了掸长袍上的灰尘。"没事。"

"我必须向伯爵报告这件事。马上。他现在在白厅宫。你和我一起去。"

我摇了摇头。"巴拉克，我不能去。我说好了要和约瑟夫见面，决不能失约，我仍然对伊丽莎白负有责任。等处理完约瑟夫的事，我还想去见见盖伊。"

---

① 应为克伦威尔的昵称。

"那好吧。四个钟头以后我会在药剂师的铺子外头等你,我们一起去萨瑟克。我刚才进来的时候教堂的时钟是九点——我们下午一点见。"

"那好吧。"

他一脸犹疑地看着我:"你确定你一个人没问题?"

"上帝啊,"我一下子火气上头,声音不自觉地高起来,"如果我们时时刻刻都要呆在一起,想破案就得花上双倍的时间。"话一出口,我也意识到自己有些失态,于是放缓语气说:"走吧,我们可以一起骑马离开,到齐普塞街再分手。"

他一脸忧色。格里斯特伍德兄弟已经死了,现在又有人想杀我,如果我不幸丧命,就会成为此事的第三名受害者。要是克伦威尔知道我今天死里逃生,不知会作何反应?

第十五章

我们一路上沉默无言,等巴拉克再次开口的时候,我们已经走到爱德门了。"我就知道我们不该去圣巴塞洛缪修道院,"他气呼呼地说,"除了让那个可怜的混蛋被射了一箭和引起了里奇的警觉,我们得到了什么?"

"起码我们证实了希腊火的发现过程和格里斯特伍德兄弟说的一样。而且那桶——某种东西——还有那个配方都是真实存在的。"

他挖苦道:"这么说你现在相信一切都是真的了。好吧,我们总算取得了一点儿进展。"

我说:"当年我学习法律的时候,我的一位老师说有一个问题适用于每一个案件。这个问题是,哪种细节与案件最有关联?"

"那答案是什么呢?"

"所有细节都有关联。一个人在着手调查前必须知道所有事实,也就是整件事的来龙去脉。其实我已了解不少了,昨天我去了德特福德,今天又去了圣巴塞洛缪,刚才差点儿把命丢在那里。我还掌握了一些线索,准备和盖伊一起筛选一下。"

巴拉克耸了耸肩,显然还是觉得这次圣巴塞洛缪之行是白冒了一次险。就在我们继续赶路的时候,我突然想起一件非常重要的事:所有知道希腊火的人也许都有危险。马奇阿蒙特,布里克纳普和欧娜夫人,他们每一个都有可能成为凶杀的目标。

"我必须把我们撞见里奇的事告诉伯爵,"巴拉克说,"他一定会很不高兴。"

"这我知道。"我咬紧嘴唇,"我担心的是我们的三个嫌疑人都和这个国家最有权势,也最危险的人有关联。马奇阿蒙特是和诺福克,布里克纳普当然是和里奇了,至于欧娜夫人,她好像和每个人都有交情。"我皱起眉头。"里奇和布里克纳普之间到底有什么联系?我敢肯定布里克纳普在撒谎。"

巴拉克哼了一声。"这得靠你自己去查。"说话间就到了齐普塞街口。"接下来我不能陪你了,"他说,"下午一点我去老摩尔人的店铺找你。"

他朝南边去了,我一个人进了齐普塞街。我走在两排热闹的货摊中间,时刻注意着周围的动静。我安慰自己说没有人敢在大庭广众之下袭击我——那样他将难以脱身,逃不了几步就会被人给抓住。接着我看到了三三两两走在人群里的巡官,手里还拿着警棍,一颗悬着的心终于放了下来。我拐进沃尔布鲁克大街,这里矗立着许多富商的豪宅,一座座富丽堂皇,气势不凡。我沿着大街走了一小段路,就看到约瑟夫在路边来回踱步。我翻身下马,和他握了握手。他看上去紧张疲惫。

"我今天一早又去看伊丽莎白了。"他摇了摇头。"她还是一句话也不肯说,只是躺在那里,整个人比上次看到更苍白消瘦了。"说完他细细打量着我,"夏雷克先生,你看起来不太对劲。"

"我接手的新案子有些棘手。"我深吸了一口气,"我们现在就去见你的家人?"

他咬紧牙关。"先生,我做好准备了。"

我心中暗想,那我也要做好准备。我牵起"大法官法庭"的缰绳,跟着他来到一座气势恢宏的崭新大宅前。他敲了敲大门,来应门的是一个三十多岁的男人,高个子黑头发,身上的白衬衣质地上等,夹克也是新的。他扬了扬眉毛。"是你!埃德温爵士说过你会来。"

他粗鲁的态度让约瑟夫羞红了脸。"尼德勒,他在家吗?"

"在。"

打从第一眼看到这个管家开始,我就不喜欢他。这人长长的黑头发下

第十五章

面生着一张阔脸,脸上带着点儿狡猾的神气,壮硕的身材有发福的倾向。一个傲慢无礼的仆人——我暗暗做出了评价,决定不和这种小人一般见识。我问:"能让人把我的马牵到马厩里去吗?"

管家叫来一个男仆牵走了马,带我们穿过一条宽阔的走廊,又爬上一道装饰华美的楼梯,楼梯扶栏上雕刻着栩栩如生的纹章兽。我们跟着他走进一间会客室,里面陈设豪华,墙上悬着昂贵的挂毯。透过窗户,我可以看到一座花园,城里人家就算有花园,面积通常也很小,这个花园算是相当大了。几条搭着花棚的小路穿过花圃,伸向一大片草地,近来干旱少雨,草地边缘已经发黄了。一棵橡树底下有一条长椅,附近有一口水井,圆圆的井台由砖砌成。我看到井口已经被封住了。

四个人坐在几把软垫椅上,一水儿的黑色丧服。这让我有点儿吃惊,因为距离拉尔夫去世已经差不多两星期了,很少有人服这么久的丧。埃德温·温特沃斯爵士是其中唯一的男人,他的脸红润圆胖,很像约瑟夫,这一点我前天在法庭上就看出来了,但此刻站在近处一瞧,我才发现他和约瑟夫不仅长相相似,就连一些细微的小动作也很像。他一只手不自觉地摸弄衣摆,两眼凝视着我,眼中跳动着怒火。

他的两个女儿坐在一起,她们和约瑟夫描述的一样漂亮,身穿黑色长裙,金发披散在肩头,肌肤是奶白色的,淡蓝色的大眼睛美得惊人。她们之前在做刺绣,但我一进房间,她们就把针线活放到了椅垫上,朝我露出一丝端庄的笑意,然后垂下头安安静静地坐着,一副娴静知礼的模样。但我看得出她们有点儿紧张,两手放在膝头,一动也不动。

至于房间里的第三个女人,不用想我也知道是谁。约瑟夫的母亲直挺挺地坐在椅子上,满头银发拢在一顶黑帽子下头,爬满青筋的枯瘦手掌交叠在一起,按住一根拐杖。她形容清瘦,苍白的皮肤布满褶子,带着天花留下的瘢痕,包裹在皮肤下的头骨轮廓清晰可见。她闭着眼睛,松弛的眼睑耷拉下来盖住了眼珠,约瑟夫说过她已经瞎了。这个又老又瞎的老太婆按理说只剩下被人同情的份儿,可是不知道为什么,我总觉得她有种不怒自威的气势,俨然是温特沃斯家的当家人。

她把头转向我,突起的下巴朝我这边一伸,头一个开了腔:"那位律师和约瑟夫一起来了?"她口齿清晰,讲话带一点儿乡下口音,嘴唇张合间露出几颗珍珠般的白牙,我知道那一定是假牙。我不自觉地打了个寒战,用木头板子镶上死人牙齿固定在嘴里是一种疯狂的行为,我一向非常讨厌。"是的,妈妈。"埃德温一边答话,一边嫌恶地看了我一眼。

她嘴角一弯,露出笑容来。"原来真理的追求者已经到了。过来,律师先生,我想知道你长什么样子。"她举起一只戴着戒指的手,我这才明白她是想摸我的脸,瞎子们有时候会这么干,但对象通常是地位比自己低的人。我不情不愿地走了过去,因为提出这个放肆要求的人曾经只是一个农民的妻子,但我还是弯下了腰。她的双手轻轻拂过我的头,表情出乎意料的温柔。我感觉到房间里所有人的目光都落在我身上。

"一张骄傲的脸,"她说,"棱角分明,表情忧郁。"她又轻轻摸上我的双肩。"啊,你背着一包书,穿着宽大的律师袍。"她顿了顿,接着说:"听说你是个驼背。"

我深吸了一口气,弄不清她到底是有意羞辱我,还是因为年纪大了,所以倚老卖老口无遮拦。

我回答:"没错,夫人。"

她笑了,两排木头牙龈在我眼前一闪。"啊哈,不用难过,起码你有一张与众不同的面孔。你是不是新教徒?我听说你和埃塞克斯伯爵本人有交情,希望上帝保佑他不被他那些敌人打垮。"

"我年轻的时候就认识他了。"

"埃德温不容许这个家里有天主教徒。他甚至把宗教书籍给女孩儿们看,鼓励她们读《圣经》。这种想法在我看来有点儿超前。"她朝她儿子挥了挥手,"埃德温,回答他的问题,"她直率地说。"把一切都告诉他。姑

第十五章

娘们,你们也一样。"

"萨宾和艾维斯已经被问得够多了,妈妈,你确定她们这次还要回答?"埃德温的话音里带着恳求。

"我确定。姑娘们也要回答。"埃德温爵士的两个女儿用一模一样的蓝色大眼看着她们的祖母,她们显然也像她们的父亲一样,丝毫不敢违抗这位老太太的权威。

"我们必须结束这一切,"她继续说,"夏雷克先生,也许你想象得到拉尔夫被伊丽莎白杀死这件事给我们这个小家庭带来了多大的痛苦。三个星期前我们还非常幸福,对未来有着许多美好的期待。看看我们现在的样子。而且约瑟夫也掺和进来,千方百计想为伊丽莎白脱罪,让事情变得更糟了。你应该能明白我们现在对他的感情。过了今天,我们不会再让他进这个门。"她说话的口气沉稳平静,一点儿没把头转向她的大儿子。约瑟夫垂着头,就像个做错事被妈妈责骂的淘气小孩儿。他平日一定很畏惧这个凶恶的老太婆,他得鼓起多大的勇气才敢去忤逆她呀。

"不知我想得对不对,"埃德温用跟他哥哥非常相似的低沉嗓音问,"只要你认为伊丽莎白有罪,就不会继续为她辩护了,是不是?这是你的职业原则吧?"

"不完全是,先生。"我答道,"不过一旦知道她确实有罪,我一定会马上停止为她辩护。"我停顿了一下,又问:"你想不想听听我对这件事情的看法?"

"你说吧。"

我把我所知道的情况照顺序说了一遍:两个女孩儿听到尖叫声,从窗口望出去,然后冲进花园,接着尼德勒赶过来,在井底找到了拉尔夫的尸体。我心里有些不安,这件恐怖的往事对两个小姑娘来说只怕是不堪回首,可眼下她们不得不再听一次。她们又低下了头,面无表情。

"但是你看,"我做出了结论,"没有人亲眼看到伊丽莎白把男孩儿推进井里。我觉得他有可能是自己失足滑下去的。"

"如果拉尔夫是自己滑下去的,那她自己为什么不这么说?"老太婆尖声叫道。埃德温突然站了起来,恶狠狠地说:"因为她知道纸是包不住火的,只要我们继续查问下去,她的所作所为迟早会败露。拉尔夫一定是她杀的!你没让她在你家里住九个月,先生!你没看到她有多邪恶!"他妈妈探过身子,伸出一只手放在他的手臂上,他坐了回去,愤怒地呼出一口气。

"怎么个邪恶法,你能不能多说一些?"我问,"我现在掌握的情况都是约瑟夫告诉我的。"

埃德温狠狠瞪了他哥哥一眼。"她粗鲁无礼,一向不听大人的话,还有暴力倾向。对,先生,暴力,虽然她只不过是个小女孩儿。"

"她从小就是这样?"

"以前我不确定,但从我哥哥下葬之后,她来我家的第一天就是这样了。当时考虑到她已经一无所有,我们决定不跟她计较。我打算替我哥哥抚养她,但凡我孩子有的,我一定也会让她得到。我不是个穷苦人,虽然刚来伦敦那会儿,我的财富并不比约瑟夫多。"虽然他现在悲伤愤怒,但说起这些话时,他还是会时不时得意扬扬地挺起胸膛。"我吩咐女儿们要好好对待她,教她鲁特琴和维金纳琴,到亲戚朋友家玩儿的时候也带上她,结果却是好心没好报。萨宾,告诉他。"

年长的姑娘抬起头,一双洋娃娃般的蓝眼睛注视着我。"先生,她对我们很凶,"她细声细气地说,"她说她不想浪费时间把乐器摆弄得叮当响,她有更重要的事情要做。"

"我们曾经自告奋勇带她去拜访我们的朋友,"艾维斯接口道,"去参加宴会,结识年轻绅士,可是过一两次后她说她不想再去了,还说我们的朋友都是矫揉造作的傻瓜。"

萨宾认真地说:"先生,我们真的试过。"

第十五章

"姑娘们,我知道你们试过,"她们的祖母说,"你们已经尽力了。"

我想起约瑟夫和我说过伊丽莎白喜欢读书,还说过她很热爱农场的生活。她无疑是个有着独立精神的女孩儿,和她的两个堂妹截然不同。我猜这两个姑娘和其他富家千金一样,乐于把自己的生活局限在一些女性化的爱好上,人生的唯一目标就是嫁一个好男人。但是没有共同的兴趣爱好就会导致凶杀吗?不太可能。

"过了一阵子她几乎不和我们说话了。"艾维斯难过地补充道。

她姐姐点了点头。"没错,她整天呆在自己房里不出来。"

"她有自己的房间?"这一点倒是出乎我的意料。大多数人家只有一间专门给未婚姑娘睡的房间,没出嫁的女孩儿们都睡在一起。

"这栋房子很大,"埃德温傲慢地说,"我有能力给我所有的家人提供单独的房间。而且伊丽莎白情况特殊,单独住一间房是再好不过了。"

"她从没和我们一起睡过,"萨宾说,"不知道为什么,情况很快就变得更糟了,如果我们两姐妹中有人去问她愿不愿意和我们一起做什么事情,她就朝我们大吼大叫,要我们走开。"她涨红了脸。"随着时间一天天过去,她开始用脏话骂我们。"

"她真是一点儿礼貌也不顾,"埃德温说,"几乎不像个女孩子。"

老太婆身体前倾,再次成为整个房间的焦点。"她好像越来越讨厌我们。吃饭的时候,从她嘴里根本蹦不出一句有礼貌的话。到最后她常常会说要把饭带回自己房里吃,我们只好由她去;只要她出现在餐桌上,我们就别想好好吃一顿饭。夏雷克先生,一个人如果瞎了眼睛,对周围的气氛反而会更加敏感,我能感觉到伊丽莎白周身的气场带着对我们毫无理由的憎恨,变得越来越黑暗。和罪恶一样黑暗。"

"她打过我一次,"萨宾说,"那是在花园里。自从天气开始变暖,她就常常一个人坐在花园里的那张长椅上。有一天她正坐在那里读她的一本书,我走过去问她想不想到城外采鲜花,谁知她二话不说,抄起书就砸我的脑袋,边砸边用恶毒的话骂我,我吓得转身就朝屋里跑。"

"这是我亲眼看到的,"埃德温说,"我当时在书房里做事,正好从窗口看到伊丽莎白在追打我可怜的女儿。我气坏了,命令伊丽莎白立刻回自己房里呆着,不到第二天不许出来。我早该想到她接下来会做什么。我真恨我自己。"他突然抬手捂住脸,声音一下子变得嘶哑破碎。"我的拉尔夫,我的儿子!我看到他躺在那里,完全没有了气息,还散发着腐臭味……"他哀哀啜泣,听了让人心酸。

姑娘们又垂下了头,而老太婆咬紧了牙关。"夏雷克先生,看看你惹得我们多么痛苦害怕。"她把头转向埃德温,"好了,我的儿子,坚强一点儿。告诉他伊丽莎白是如何对待拉尔夫的。"

商人用一方手帕擦净了脸上的泪痕。他瞪了也快哭出来的约瑟夫一眼,然后看着我。"我起初以为比起我的女儿,她可能更喜欢拉尔夫。他也是个我行我素的人,哎,一个可爱的小淘气。他为家里来了个新面孔而高兴,努力想和她做朋友。一开始他们似乎相处得很好,她和他结伴到乡下散过几回步,还一起下西洋棋。可后来她也和他翻脸了。她来这儿一个月后的一天晚上,我记得当时还没到吃晚饭的时间,我们一家人都在这里,拉尔夫要她和自己玩一局西洋棋。她同意了,不过态度很阴沉。他是个很聪明的孩子,很快就赢了。他探过身子拿走了她的白嘴鸦,还说,'你瞧,我把它拿走了,这只白嘴鸦再也不能啄我士兵的眼睛了。'没想到伊丽莎白愤怒地大叫了一声,把棋盘扔到半空,棋子四下里乱飞,其中一颗还重重砸到了拉尔夫的头。她做完这些就跑回自己房里去了,留下拉尔夫在客厅里哭。"

老妇人说:"当时场面很可怕。"

"从那以后我们就叫拉尔夫离她远一点儿。"埃德温继续说,"但是我儿子喜欢去花园玩耍,他还是个孩子,有什么理由不喜欢去呢?而她常常坐在那里。"

第十五章

"其他人也许会说伊丽莎白疯了,"老太婆说,"只要她不开口,没人能确定她的作案动机。不过依我看她这么做纯粹是因为邪恶的嫉妒,嫉妒两个堂妹比她有涵养,会交际,嫉妒我们这个家庭比她家富有。"她把脸转向我。"我能感觉到和听到这一切,我知道她毫无理由的憎恨和暴力在慢慢滋长,因为埃德温天天到城里工作,姑娘们也常常出门走亲访友,只有我从早到晚呆在家里。"她叹了口气。"好了,夏雷克先生,我们把所有情况都告诉你了。难道你现在还不相信是伊丽莎白把拉尔夫推下井的?"

我没有正面回答她:"事发当天你在这儿吗,夫人?"

"我在我自己房里。是尼德勒冲上楼告诉我发生了什么事。我命令他下了井,他把拉尔夫带了上来,我感觉到那可怜的小脸已经没有了生气。"她挥动着一只瘦骨嶙峋的手,仿佛重新触摸到了那张失去生命的脸。她冷厉的面容在这一瞬间变得柔和了。

我转头问两个姑娘:"你们同意你们爸爸和奶奶刚才所说的话吗?"

"同意,先生。"艾维斯说。

"上帝啊,我多希望这一切不是真的。"萨宾接口说。她抬起一只手捂住眼睛。"奶奶,"她温顺地说,"我看不大清楚了。我非得用颠茄不可吗?"

"孩子,颠茄是个好东西。用了颠茄能放大你的瞳孔,让你看起来更漂亮。不过你下次可以少用一点儿。"

我惊愕地看着这个老太婆,心里充满了厌恶。我的确听说过有人用颠茄来化妆,但还是第一次亲眼看见。她们疯了吗,这东西可是有毒的呀!

我思索了一会儿,站起来说:"我想在离开之前看看伊丽莎白的房间,也许还有花园,不知道可不可以?只要几分钟就好。"

"你要求得太多了……"埃德温想要拒绝,可是再一次被他母亲打断了。

"让尼德勒带他去。也把约瑟夫带去,看过之后他们两个就可以走了。"

"妈妈……"约瑟夫腾地站起来,朝老太婆走了一步。她紧紧抓住了拐杖,在那一瞬间我还以为她会打他,可她最终没有动手,只是猛地别开了头。约瑟夫退了回去,表情十分激动。埃德温恨恨地瞪了他一眼,摇响了一个铃铛。管家立刻出现了,我想他刚才多半就站在门口听我们说话,要不怎么来得这么快?他朝他的主人深深鞠了一躬。

"尼德勒,"埃德温阴郁地说,"夏雷克先生想到伊丽莎白的房间和花园看看。带他们过去,看完就请他们离开。"

"是,埃德温爵士。"尼德勒的样子十分谄媚,"厨子说他今晚想用黑唱鸫做菜,不知合不合您的口味。"

老太婆厉声说:"这回盐不要放得太多了!"

"知道了,夫人。"

埃德温和他母亲一动不动地坐在椅子上,丝毫没有起身告别的意思,姑娘们低着头,不过我看到萨宾刚才偷偷扫了尼德勒一眼,双颊绯红。奇怪,她怎么可能喜欢上这种粗人?年轻姑娘的心思真是让人无法理解。

管家带我们走出会客室,啪的一声带上了门。我巴不得早点儿离开这个房间,现在总算舒了一口气。约瑟夫脸色苍白。尼德勒看着我们,一脸似信非信的表情。

"你们要去那个杀人犯的房间,是不是?"

"是被告人的房间,"我冷冷地回答,"伙计,小心你的措辞。"尼德勒耸了耸肩,带我们爬上距离会客室较远的一段楼梯。他打开一扇门,我们走了进去。

不论伊丽莎白在这栋房子里遭遇了什么样的事,眼前这个房间都称得上精致舒适,无可挑剔。房里摆着一张铺有羽毛褥子的四柱床,一座镶有玻璃镜子的梳妆台,还有好几个衣柜。地板上铺设着灯芯草席,温暖的空气中充盈着灯芯草的甜香。梳妆台上方的搁板上放着一排书,我读着书脊

第十五章

上的标题，心里暗暗惊讶：有廷代尔①的《一个基督徒的服从》，科弗代尔②的《新约圣经》，一些祷告类书籍，比如托马斯·埃利奥特的《蓬勃之城》，还有维吉尔③和卢坎④的拉丁文诗集——简直是一个包藏古今的小型图书馆。

我问约瑟夫："伊丽莎白是个很虔诚的教徒吗？"

"她和温特沃斯家所有人一样，是个虔诚的新教徒。她喜欢读书。"

我抽出《新约圣经》细细翻看。看得出这本书一定经常被人翻动。我转头问尼德勒："伊丽莎白是不是经常说起宗教？"

他耸了耸肩。"也许她反省了自己对待家人的态度，意识到自己有罪，所以请求上帝帮助她。"

"是吗？她好像并没有接受帮助吧。"

"以后的日子还长，说不定她将来会改呢。"约瑟夫小声说。

"伊丽莎白有女仆吗？就是服侍她梳洗穿衣的女人？"

尼德勒扬起眉毛："没有，先生。她说仆人们嘲笑她。"

"他们真的嘲笑她了？"

"也许吧——她行事那么古怪。"

"'灰熊'上哪儿去了？"约瑟夫突然问。他指着角落里的一个篮子，篮子里铺满了稻草。"'灰熊'是伊丽莎白的老猫，"他解释道，"是她从皮特家里带来的。"

"它逃走了，"尼德勒说，"猫来到陌生的地方常常会这样。"

约瑟夫伤感地点了点头。"她非常喜欢它。"我心中暗想，这么说她连这点儿小小的温暖都失去了。我打开一个衣柜，叠得整整齐齐的衣裙放了

---

① 英国宗教改革家，《圣经》译者。
② 文艺复兴时期欧洲翻译家。
③ 古罗马诗人。
④ 古罗马诗人。

满满一柜子。我向尼德勒示意我看够了,由他带领着离开了房间。温暖的灯芯草香萦绕在我鼻端,和纽盖特监狱地牢里的熏天恶臭一比,这香气就像来自天堂。

尼德勒带我们下了楼,穿过一扇侧门来到花园里。沐浴在阳光中的花园宁静安详,昆虫在花丛中懒懒地吟唱。他领着我们走过草坪,近来干旱少雨,脚下的草又干又硬。他指了指不远处的一口井,又指了指被一棵大橡树的浓荫所笼罩的长椅。"当时我听到两位小姐的尖叫声冲了出来,看到她坐在那里。萨宾小姐和艾维斯小姐站在井边,双手不安地绞在一起。'拉尔夫不见了,'萨宾小姐朝我尖叫,'伊丽莎白把他推到井里去了。'"

"伊丽莎白什么也没说吗?"

"她只是垂着头坐在那里,脸上表情阴沉。"

我朝那口井走去。约瑟夫犹犹豫豫,不敢跟过来。井口盖着一个圆木板,两端各有一个铁环,一把大锁挂在上面,扣住嵌在砖砌井台上的另一对铁环,以牢牢固定住圆木板。

"这木板看着像新做的。"

"没错,先生。主人上星期让人把井口盖上了。可惜迟了一点儿,早就该这么做了。"

"我想看看井里的情况。你有开锁的钥匙吗?"

他坦然地直视着我:"埃德温爵士下令把它们扔了,先生。不会有人再用这口井了。井水几年前被污染了,根本不能喝。今年春天很少下雨,我爬下去的时候,井里已经没有水了。"

我弯下腰。木板和井台之间并非严丝合缝,尚且留有一英寸左右的缝隙。我凑近去,深深嗅了嗅从中飘散出来的气味。这是一种肉体腐败的味道。我想起约瑟夫曾经形容过拉尔夫尸身的气味——就像肉市里放了整整一星期的牛头。我抬头看向他,他已经坐到长椅上,凝视着我们刚才离开的那个房间的窗口。家人对他的态度一定让他非常难过。我把头转向尼德

第十五章

勒，他一直站在旁边，面无表情。

"井里飘出一股很浓的臭气。"

"我刚才告诉过你，井水被污染了。"

"你当时下井的时候，井里气味如何？"

"难闻极了。"他耸了耸肩，"但当时哪顾得上臭不臭，一心只想着拉尔夫少爷的安危，我一边往下爬，一边希望绳梯不要突然断掉。不知道你看完了没有，我要去监督厨子准备午饭了。"

我目不转睛地看了他一会儿，微微一笑："对，谢谢你，该看的我都看过了。"

他眯起眼睛。"你有话想让我转告主人没有？或许你现在不想为那个女孩儿辩护了？"

"尼德勒，如果有话对他说，我会自己联系他。好了，约瑟夫，我们该走了。"

他疲惫地站起来，跟着我回到走廊。尼德勒打开前门，我们走出了大宅。尼德勒说他会叫人把我的马牵过来，话音刚落就啪的一声关上了门。就在我们站在台阶上等候的当口，约瑟夫直视着我，开口问道：

"你现在是否像我妈妈说的那样，相信伊丽莎白有罪？"

"不，约瑟夫，我反而越发觉得她是无辜的。"我皱起眉头，"这房子有些不对劲。"

"我妈妈是个不平凡的女人，比大多数男人还要强悍。她年轻的时候很漂亮，不过现在说这话你可能不会相信了。她一向最喜欢埃德温，觉得我没出息，一辈子甘心做个农民。"

我碰了碰他的手臂："我觉得你非常勇敢，为了救伊丽莎白，不惜和全家人反目。"

"这对我来说很难。"

"我明白。告诉我，伊丽莎白小时候有过精神不正常的表现吗？"

"完全没有,先生。她来这儿之前一直非常快乐。"

"她似乎只在某个家庭成员接近她的时候才表现出敌意,这是个很有意思的现象。除此之外她只希望一个人呆着。"我犹豫了一会儿,接着说:"约瑟夫,我觉得井下有东西。"

"什么?你这话是什么意思?"

"我也不确定。但我记得你提到过拉尔夫尸体的气味。我刚才闻到类似的气味从井下飘出来。你可能会以为这是井底污水的臭气,但是尼德勒说过他下井的时候井底完全没有水。"我迟疑再三,咬牙说道:"我觉得井下有别的东西。某种死掉的东西。"

他一下子睁大了眼睛:"啊?会是什么东西?"

"我不知道,约瑟夫。我不知道。我得好好想想。"我伸手拍了拍他的手臂。

"啊,亲爱的上帝啊,我们到底遭遇了什么?"

我看了看远处的教堂时钟,指针已经过了十二点。我又碰碰他的手臂说:"恐怕我又得离开你了,我的朋友,我还有一个不能错过的约会。我会想想下一步该怎么做。我可不可以到你住的旅馆找你?"

"可以,我会一直住在那里,直到这件事得到解决。"他坚定地说。

"你的农场怎么样了?"

"我已经和邻居商量好了,请他帮我照看一阵子。今年雨下得少,庄稼长势不好,但我留在埃塞克斯也不能让老天爷下雨呀,你说是不是?"

男仆牵着"大法官法庭"从房子一侧绕了过来。我给了他一法新小费,他好奇地打量着我们,一副爱打听闲事的模样。我整了整背上的背包。

"我会联系你的,约瑟夫,很快。"

约瑟夫和我握了下手。我目送他沿着沃尔布鲁克街慢慢离去,他高大健硕的身影里似乎蕴藏着一种不屈不挠的奇特力量。啊哈,我也一定不会

第十五章

轻易放弃。盖伊的店铺离这儿不远,我爬上"大法官法庭"的背,准备朝那里赶去。上马的一瞬间,我突然看到来来往往的人群中有一个高挑苍白的身影,一颗心顿时剧烈地跳动起来。事实证明我是虚惊一场,那人只是个老头,他走进了一家商店。我微微颤抖着,调转马头向南而去。

第十六章

我到达盖伊店铺的时候，店门外并不见巴拉克的马。难道他现在仍然在克伦威尔那边？我一边思忖，一边把"大法官法庭"拴到栏杆上，然后走进屋去。

盖伊正坐在桌边用研钵磨草药，听到脚步声惊讶地抬起头。"嘀，马修。没想到今天能见到你。"

"盖伊，我想向你打听点儿事。顺便问一下，有个人和我约好了在这里碰头，是个年轻小伙子，棕色头发，笑容很傲慢。我想你应该没见过他吧？"

他摇了摇头。"我没见过这个人。今天早上我一直忙着准备草药。你是为温特沃斯案来找我的吗？事情进展如何？"

"法官做了延期行刑的判决。实际上我就是从这家人家里赶过来的，但我想问你的事情和这个案子无关。真是对不起，说好了要请你去我家吃饭的，却一直没有兑现，但我不是故意的，实在是被另一件事缠得脱不开身；现在我既要忙这件事，又要顾着温特沃斯的案子，都快喘不过气来了。"

"没关系。"他露出微笑，但我知道他的内心有多孤独，知道他是多么希望到我家做客。因为黝黑的肤色，他几乎从来没有收到过这样的邀请。我把背包从背后放下来，这时一种针刺般的疼痛突然不期而至，我微微抽搐了一下。

他问："你有没有坚持锻炼？"

"这几天没有。我刚才不是说过吗，我现在忙得晕头转向，哪里顾得

第十六章

上锻炼。"

"马修,你好像非常紧张,就像一根绷紧了的弓弦。"

我坐下来,抬手擦去额头上的汗水:"你不用惊讶,我紧张是正常的,今天一早有人想要杀我。"

"什么?"

"我将来会把事情原原本本地告诉你。现在我什么也不能对你说,只能告诉你一件事:克伦威尔大人暂时救下了伊丽莎白·温特沃斯,两个星期之内她不会遭受刑罚,不过在这段时间里我必须为他做一件事。这次的任务和修道院无关,但是又有人被杀了,还有阴谋……"我突然住了口,望向窗外,"那个年轻人巴拉克来了,我看到他在外面拴马。他是克伦威尔派来协助我的。"

盖伊严肃地看着我:"这么说你是为了克伦威尔来找我帮忙的?"

"是的,我想请你帮忙抓捕一个残忍的凶手。那些人不许我多说——甚至连克伦威尔的名字我原本都不该提。这个任务非常危险。"我叹了口气,"如果你过不去心里这道坎,不愿意帮我,我是不会逼你的。"

门开了,巴拉克走了进来。他不安地打量着靠墙排列的瓶瓶罐罐,又去看盖伊黝黑的脸庞和他身上的药剂师长袍。盖伊鞠了一躬。

"巴拉克先生,祝你一切安好。"他一向口齿不清,说"安"字时老是发错音。在巴拉克看来,盖伊一定是个来自异国他乡的怪人吧。

"谢谢你,药剂师先生。"巴拉克继续环顾四周。我猜他以前从来没进过药剂师的店铺,他看起来健壮得像头牛,多半没生过什么病。

"你要不要喝点儿啤酒?"盖伊问他。

"那就麻烦你了,"巴拉尔回答,"天气太热了。"

盖伊出门买酒去了,巴拉克走到我身边说:"伯爵非常担忧。他已经安排凯奇恩住到了一个安全的地方,直到这件事结束为止。"

"感谢上帝,这真是太好了。"

"他说你的动作太慢了。听说你明天才去见欧娜夫人,他很着急。离演练的日子只有十天了,而且国王亲口对他说,对这次演练十分期待。"

"到时候他或许该找一个奇迹创造者。"

盖伊很快回来了,手里还端着两杯淡啤酒,巴拉克立刻从我身边走开去。我口渴极了,接过酒杯一饮而尽。盖伊站在桌子一头,细细打量了巴拉克一会儿。眼见巴拉克被他锐利的目光看得局促不安,我心里暗觉爽快。

"好了,我们说正事吧,"盖伊轻声说,"你们俩想让我帮什么忙?"

"我们得和炼金术师打交道,"我说,"我对这一行一无所知,希望你给点儿建议。"我打开背包,把炼金术书放到桌上,又小心翼翼地从衣袋里拿出玻璃瓶递给盖伊。"你知道这种奇怪的液体是什么吗?"

他小心地拔出瓶塞,往指尖倒了一丁点儿,轻轻一嗅。"小心这东西燃起来。"我见他弯下腰用舌头去舔,连忙提醒他。

让我惊讶的是他居然哈哈大笑起来。"不要担心,"他说,"这东西一点儿也不神秘。这是酒精,不过这瓶酒精和一般酒精不同,它的浓度相当高。"

"酒精?"这个答案太出人意料了,我惊愕之余又觉得好笑,"这就是那种从发酵的酒里提炼出来,可以治疗眼痛和忧郁症的新物质?"

"没错。我觉得这东西的价值被高估了,它除了能让人醉醺醺的,好像也没什么特别的功效。"他搓了搓沾着液体的指尖,"听说一小杯酒精就能弄瞎一匹马。你从哪儿得到的?"

我说:"在一间——一间被废弃的炼金室的地板上。"他目光灼灼地看着我。

"别管我们在哪里得到的,药剂师。"巴拉克插话道,"你确定这是酒精?"

盖伊深深地看了他一眼,我生怕他会下逐客令,可他却笑眯眯地转头

第十六章

对我说:"我相信是这样。不过这瓶酒精很黏稠,味道也很强烈,说明浓度极高。我想我甚至可以把它的来源告诉你们。但现在当务之急是证实我的判断。我会证明给你们看。巴拉克先生,要不了多久你就能看到奇观了。请稍等一会儿。"

他小心地放下玻璃瓶,转身离开了房间。"听我说,巴拉克,"我说,"盖伊是我的朋友,你和他说话要客气一点儿。他可不会像守门人一样任你欺负,你这么说只会激怒他。"

"我不相信他,我没法相信一个长得这么奇怪的人。"

"我觉得信任是互相的。"

盖伊拿着一支蜡烛和一个小釉盘回来了。他关上百叶窗,小心翼翼地往釉盘里倒了一点儿液体,接着将蜡烛凑过去。

我倒吸了一口凉气,巴拉克也向后退了几步,就在烛焰接触到液体的刹那,一股蓝色火焰蓦地腾起,约莫有二英寸高。

巴拉克失声惊叫:"你会把这个铺子烧掉的!"谁知盖伊只是哈哈大笑。

"这种火焰太微弱了,根本点不燃任何东西,而且要不了多久就会熄灭。"他说得没错,在我们的注视下,火焰很快矮了下去,几乎和腾起时一样迅速,颜色也由蓝转黄,没过多久就熄灭了。盖伊朝我们微笑:"你们都看到了。酒精的特点之一就是燃烧时火焰呈蓝色。我敢肯定这种酒精的浓度非常高。"

"你说你可能知道它的来源。"巴拉克说,口气比先前恭敬多了。

"我的确知道。我们药剂师有个习惯,就是时刻留意英国海船从各个奇异的地方带回来的新草药和新调和物,这些新鲜东西是药剂师大厦里长盛不衰的话题。几个月前我们听说一艘到波罗的海做生意的商船从那片冰天雪地的大陆运回一批东西,刚在比林斯门卸了货。那是一种透明的液体,船员们都说当地人拿它当酒喝。这里的人信了他们的话,试着像喝啤酒一样大口喝那种东西,结果恶心反胃得很。听起来不是和你们带来的这种液体很像吗?"

"那批东西到哪儿去了?"

"这我就不清楚了。我的一两个同行出于好奇到比林斯门打听过,却被告知东西已经卖掉了。你们要是想查到更多线索,就到水手们常去的酒馆打听打听吧。"

我若有所思地点了点头。一种浓稠黏腻的液体,燃烧的方式非常奇特——从这几点来看和希腊火十分相似,但是其他方面又全然不像。照凯奇恩的说法,修道院里的液体是黑色的,散发着一股强烈的气味,而我们刚才看到的火焰根本不可能点燃一艘船。但这种物质会不会是配方的一部分,会不会在添加了其他东西之后改变特性?

"盖伊,你对炼金术了解多少?"我问。我从背包里拿出炼金术书放在桌上。"这些书的内容太深奥了,还有好多术语,我连一个字都难看懂。"

他随手挑出一本,匆匆翻阅起来。"炼金术是自己搞坏了自己的名声。这一行本身也许没大家想的那么糟。炼金术师们一向喜欢故弄玄虚,在书里写满只有他们才能看懂的内容。"他哈哈一笑,"有些古书我想现在已经没人能看懂了。"

"这样反而勾起了人们的好奇心,以为书里一定有亟待解开的大秘密。"

盖伊点了点头。"不过这也没什么,一些医师不也有秘不传人的古老医术和独门药方吗?律师在这一点上和他们差不多,你们有时候在法庭上也会用普通人听不懂的古法语说辩护词。"

巴拉克狂笑起来:"没错,他干那事儿可比你强。"

盖伊扬手示意他噤声。"然而炼金术是自然科学的一部分,是一门研究我们周围世界的学问。上帝在这个世界上留下了许多记号和线索,通过努力我们也许可以了解万事万物的真谛,譬如怎样治愈疾病,怎样让庄稼

第十六章

长得更好……"

我犹豫了一会儿，接口问道："还有怎样让铅变成黄金？怎样让水燃烧？"

"也许吧。从这一点来说，炼金术的任务和占星术还有医学一样，都是为了读懂这些线索。"

"就像炼金术师认为犀牛角可以壮阳，因为它的外表很像阳具。可是盖伊，这类事情好多都是骗人的。"

"是，你说得没错。炼金术师们把这类学问吹嘘得很神奇，很机密，其实常常是在哄人，目的只是不想让外人窥见他们这一行的真相。"

"这么说你觉得炼金术不可信？"

"话也不能说得太绝了。我承认这一行里有很多骗子，这些人大言不惭地宣称自己找到了哲人之石，可以将普通金属变成黄金。但做这一行的并非个个都是骗子，其中总有一两个人通过仔细观察，努力钻研物质的构成和变化方式，取得了真正的成就。譬如土、空气、火、水这四种物质是如何相互作用，形成我们所知的万事万物的；又如怎样通过加热，让一种东西变成另一种东西——举个例子吧，酒经过加热能变成酒精。

"世上的一切都来自于四种元素：土、空气、火和水。任何新出现的物质，比如你们带来的酒精，都可以分解成这些基本元素，然后重新组合。"

说到这里，他微微一笑。"其实世界上并不存在真正的新物质。至少不存在新元素。但是一个好的炼金术师可以——我打个比方，可以通过仔细观察发现怎样将矿石在熔炉里熔化，从而炼出更好的铁，他们如今在威尔德干的不就是这个事儿吗？"

"或者怎样使锡镴变得更坚硬。"我想起格里斯特伍德夫人说过瑟普特斯曾经为这个做了好多次失败的实验，忍不住接了口。

"说得对。这类活动就是一个去粗取精的过程。"他又笑了，"我觉得那些思想家的想法很对，上帝希望我们依靠慢慢观察与切实探索来解开这个世界的秘密，而不是靠几本古书上的神秘公式。虽然他们提出的一些观点确实很奇怪，比如那个波兰人①说地球是绕着太阳转的。"

"没错。"一个名词触动了我的回忆，"你刚才说到熔炉，这倒提醒了我，金属不都要在熔炉里锻造吗？炼金术师一定常常和铸造工一起工作，因为他们有熔炉。"

"这是当然。"盖伊表示赞同，"我提炼草药的时候可以直接在铺子里生一炉火，但要熔炼矿石和金属就非得用熔炉不可了。"他皱起眉头。"马修，我们谈论的内容未免太奇怪了吧。这和你们的……"他扫了巴拉克一眼，"和你们的任务有关联吗？"

"我不确定。"我皱起眉头，陷入了沉思，"如果要造一个带水泵和管子的大型金属贮水罐，铸造工也是必不可少的吧？"

"是啊，炼金术师们经常请罗斯柏瑞的铸造工帮忙。当然了，如果他们要做的事非常机密，这个铸造工就必须是他们信任的人。"

我兴奋地说："盖伊，你还记不记得我上周遇到的那个年轻铸造工？他会不会知道谁有可能和炼金术师一起工作？或者知道谁在修水管，修水泵，修阀门？"

他沉吟片刻，回答："也许吧。干这类工作的应该是特定的一批人。但是马修，如果这件事有危险，我是不会把他卷进来的。"

巴拉克说："这件事自然会在克伦威尔大人的掌控之中。"

盖伊把脸转向他，镇定自若地说："是啊，他可以掌握他想掌握的任何事。"巴拉克狠狠地瞪了他一眼："对，我的西班牙朋友，他可以。"

"上帝啊，巴拉克，你给我闭嘴！"我愤怒地喝止他，"我明白了，盖伊。我可以去查城市档案，看看政府雇了谁修造城里的水管，应该很容易

---

① 指哥白尼。

第十六章

就能查到。"

盖伊点了点头。"这样更好。"他又转头去看巴拉克,"顺便说一句,先生,我不是西班牙人。我来自格拉纳达,那里五十年前被西班牙占领了。我父母是被斐迪南和伊莎贝拉逐出西班牙的穆斯林。和他们一起被驱逐的还有犹太人——你的姓氏是犹太姓氏,我没想错吧。"

巴拉克涨红了脸:"我是英国人,药剂师。"

"你现在是英国人了吗?"他扬了扬眉毛,"哈,你说是就是吧。马修,谢谢你的理解。希望你查案的时候平安无事。"他和我握了下手,一脸戏谑地看着我。"你的眼睛很亮,马修,你现在浑身是劲,迫不及待要去查探真相了。对了,我可不可以把这些书留下来?我想我应该有兴趣看一看。"

"那你就留下吧。"

"要是你还想和我谈什么,可以随时来这儿找我。"他冷冷地看了巴拉克一眼,"只要政府允许外国人留下,我就不会离开。"

❖

一走出店门,我终于忍不住朝巴拉克发了火。"干得好,"我讥刺他说,"你的态度对这次问话真是太有帮助了。"

他耸了耸肩。"傲慢的老摩尔人。上帝啊,他长得太难看了。"

"难道你就好看了?"我厉声说,"亏你常说别人是混蛋,我看你才是混蛋。"

巴拉克只是咧着嘴笑。

"我看就是因为你胡说八道,盖伊才不肯帮我们去找那个铸造工。这下你自己去同业公会查所有受雇修水管的铸造工的详细资料吧。我要去一趟灰狼街,再向格里斯特伍德夫人问几个问题。如果迈克尔和瑟普特斯去找过铸造工,她一定知道。"

"我们下一步不是该去萨瑟克找那个妓女吗？"

"一个半小时以后我会在斯蒂尔亚德商站的台阶上等你。谁知道呢，我说不定还有时间到小摊上买个馅饼。"下午的小街热气灼人，我擦了擦额头上的汗水。巴拉克还在犹豫，他是不是不服气，是不是想要和我争辩？那真是求之不得，我现在一肚子火气正没地方发呢。但他只是展颜一笑，翻身骑上他的黑色母马，小跑着离开了。

在穿过狭街窄巷前往王后港的路上，我的火气渐渐平息了。盛怒过后，恐惧重新爬上心头，我又开始像只惊弓之鸟般左右张望，注意着阴影里的动静。街道空荡荡的，能进屋的人都进屋纳凉去了，我感觉到脸颊被太阳晒得火辣辣的疼，只好把帽子往下拉了拉。突然一只耗子从一户人家门口蹿出来，沿着墙根飞快地跑远了，吓了我一大跳。

格里斯特伍德家的宅子一点儿没变，墙上的裂口和破烂的大门还是老样子。我抬手在门上敲了几下，隔着门板，可以听到咚咚声在屋里回荡。开门的是简·格里斯特伍德本人。她的打扮和上次一样，头上仍然缠着那条白头巾，一身灰不拉几的裙子也没更换，而且和上次相比，她好像变邋遢了：我注意到裙子上沾着食物残渣。她疲惫地凝视着我。

"你又来了？"

"是的，夫人。我可以进去吗？"

她耸了耸肩，打开门。"苏珊那个蠢丫头走了。"她说。

"守卫在哪儿？"

"在厨房里头边喝酒边放屁。"她领着我经过那张古老的挂毯，进入了会客室，然后站在一旁等我开口。

我问："我上次离开之后，这里发生什么事没有？"

"有，我做了一件事。我去见了马奇阿蒙特手下的律师。"她苦笑一

第十六章

声,"我现在管不了那么多了。我必须把这里的房间租出去——让付得起钱的房客住进这个阴暗发霉的洞穴里来。你知道的,他拿走了我的钱。"

"'他'是谁?"

"迈克尔啊。我们结婚的时候他在我爸爸那里得到了一大笔嫁妆,我爸爸为了早点儿将我脱手,情愿出这笔钱。嫁妆现在一分不剩,迈克尔只给我留下这栋房子。他一辈子没出息没本事,连几件像样的家具都不能从修道院搬回来,只拿回挂在墙上的那个丑东西。"她将死去的丈夫埋怨了一通,直率地问我:"你见过那个妓女了吗?"

"还没有。但我有话要问你,夫人。我相信瑟普特斯在最近的实验中曾经找过一个铸造工帮忙。"

她脸上浮现出恐惧的神情,我知道自己击中了要害。她的声音猛地拔高:"我早就告诉过你,除了担心他烧掉这栋房子,我对他在外面干的疯事没有兴趣!你为什么要问我这些问题?我只是个无依无靠的穷寡妇!"

"因为你隐瞒了一些事,夫人,"我说,"我必须知道你到底隐瞒了什么。"

但她已经不再听我说话了。她目不转睛地凝视着后院,双眼圆睁,喃喃道:"他又来了。"

我立刻转过头去。围墙上的一道门大敞着,一个男人站在门口。转头的一瞬间,我生怕会看到那个麻脸男人,但仔细一看并不是他,而是一个矮矮胖胖的黑发青年。一见我们在看他,他转过身匆匆逃走了。我朝那道门走去,走了几步又停住了。就算让我追上了他又能怎样?他可以轻而易举地制服我。我扭头回视格里斯特伍德夫人,她已经坐到桌子旁边哭了起来,单薄的身体边哭边抖。我默默地等在一边,直到她恢复平静。

我厉声问:"你认识那个男人吗,夫人?"

她抬起哀怨的面孔仰视着我:"不!不认识!你为什么非要把我和这些乱七八糟的事情扯上关系?昨天我看到他在监视这栋房子。他在那儿站了整整一下午,就为了一直朝这里张望,差点儿没把我的魂给吓掉。他是杀害迈克尔的凶手之一,是不是?"

"我不知道,夫人。不过你应该把这件事告诉你的守卫。"

"这是我的报应,"她喃喃有声,"是上帝在惩罚我的罪孽。"

我急忙追问:"什么罪孽?"

她深吸了一口气,痛苦地直视着我:"夏雷克先生,我年轻的时候是个相貌平平的女孩儿。虽然相貌平平,我的内心却充满了可耻的欲望,十五岁那年,我和一个学徒好上了。"

我一时目瞪口呆,完全忽略了她这番话有多么粗俗露骨。

"我生了一个孩子。"

"啊!"

"我不得不把他送走,此后的每一个星期天我都会到教堂去,当着其他信众的面努力苦修,忏悔我的罪过,坦承我是个多么不检点的女人。在对待肉欲的罪恶上,过去的宗教并不比新教宽容。"

"我很抱歉。"

"到了三十岁我才找到愿意娶我的人。更准确地说是我爸爸找到的。我爸爸是个高级木匠,当初有人欠了他一笔钱,他为了讨钱和人打官司,请迈克尔做了法律顾问。迈克尔在外面欠过几笔账,有一次还因为他那些疯狂的赚钱计划惹上了麻烦,要不是靠着我的嫁妆,他早被那些债主关起来了。"她叹了口气,"但是上帝永远不会忘记一个人的罪孽,是不是?他一直在惩罚,惩罚。"她那双因为常年劳作而变得粗糙的手攥成了拳头。

"请把铸造工的事告诉我。"我说。

她又静静地坐了几秒钟,拳头一直没有松开。当她再次开口时,话音既紧张又坚定,好像下定了某种决心。

"我儿子被送到圣海伦修道院的修女那里。修女们不让我靠近他,但我买通了一个洗衣妇,请她随时把我儿子的消息告诉我。他十四岁那年,

第十六章

修女们把他送出了修道院,给一个铸造工当学徒。

"等到戴维慢慢长成,不再受修女的管束,我就和他相认了。从那以后我每个星期都去看他。"她笑了,那是一种得意的微笑。

"之后瑟普特斯就和你一起买下了这栋房子,并且寻觅一个铸造工帮他的忙?"

她猛地睁大了眼睛:"你怎么知道?"

"我猜的。"

"我之前之所以没有告诉你,是因为我不希望戴维卷入这件可怕的事情中。"

"夫人,要是让其他人知道你儿子和这件事有关联,他可能会有危险。而且他做的事情如果坦坦荡荡,又有什么好怕的呢?"

她略略起身:"危险?戴维有危险?"

我点了点头。"但是如果你告诉我他的下落,克伦威尔大人一定会派人保护他,就像保护你一样。"

惊惶的母亲立刻投降了:"他名叫戴维·哈珀。哈珀是我的娘家姓氏。和瑟普特斯工作的人不是他,他只是给另一个人打下手。那人叫彼得·莱顿,也是罗斯柏瑞的铸造工,和瑟普特斯一起工作的人是他。"

"莱顿先生是不是在从事维修水管的工作?"

她目光锐利地看着我:"你是怎么知道的?"

"也是猜的。"

她站了起来。"我现在就去找戴维,提醒他要小心。在他见你之前,我必须好好为他安排一下——铸造工们的关系很亲密,要想他见你这件事不被其他人知道,我得费点儿心思。"

"那好吧,但我一定要见到他,还有那个莱顿。"

"我能不能捎信给你?"

我点了下头,把我的地址给了她。

"先生，你会帮助我们吧?"她用颤抖的声音问我，此刻她俨然是一个焦虑的母亲，平日的严肃冷淡完全消失了。

"我会竭尽所能，我向你保证。我会去见见你的守卫，嘱咐他时刻保持警惕。如果你要去罗斯柏瑞，记得带上他。一定要锁好所有的门。"我想起早上的那一箭，又说："把窗户也关上。"

"可是天这么热……"

"关上更安全。"先前是那个麻脸，现在又是那个年轻人。我想起案发那天的两行血脚印。两行血脚印意味着作案的人至少有两个，难道就是他们?

第十七章

我一路提心吊胆，走到河边的台阶上才松了一口气。此刻正值满潮，河水暂时淹没了腥臭的淤泥，凉风从河面吹来，使人精神一振。四下里并不见巴拉克的影子，我索性把"大法官法庭"留在了马棚里，站在台阶上眺望对岸高大的仓房。那些仓房属于汉萨同盟所有，布里克纳普就为这个联盟服务过。这些德国商人曾经控制着波罗的海的贸易，但如今的英国商业冒险家越来越不把这种古老的特权放在眼里，譬如盖伊提到的那艘商船，不就从那片遥远的冰冷海域带回了一种奇怪的饮料吗？布里克纳普很有可能通过和商人们的联系知道了这种波罗的海液体的存在，说不定格里斯特伍德兄弟手里那瓶就是靠他拿到的。

我把背包搭到肩上。河上热闹极了，不少人搭船前往上下游或横渡至对岸的萨瑟克，还有一些有钱人雇来小船于河面泛舟，享受徐徐清风。到处可见色彩鲜艳的船帆穿梭来往，我看着这些船心中暗想：欧娜夫人和她的侍女会不会在其中一艘上？

突然有人拍了下我的肩膀，我回头一看，是巴拉克。

"你在同业公会查到有用的资料没有？"我心里还在恼恨他对盖伊无礼，说出话来也就不太客气。

"查到了，我拿到一份名单，上面罗列着所有维修水管的铸造工的名字。"

他看上去一脸惭色，我微感诧异，难道他终于认识到自己粗鲁的待人方式在这种调查中行不通了？

"我也在格里斯特伍德夫人那里得到想要的消息了。"我把她说的话一五一十地告诉了他。他听完把名单递了过来,我点点头,接过一看,头一个名字就是彼得·莱顿。

"太好了,这份名单很有用。看来格里斯特伍德夫人提供的线索是正确的。"

"我还回了一趟'老驳船',"巴拉克说,"我之前吩咐过信使,消息既可以送到你家,也可以送到'老驳船'去,果然有人往那里送了一封信,是克伦威尔大人的秘书写的。信上说布里克纳普确实为汉萨同盟和几个法国商人做过事,不过只是替他们准备申报进口货物的常规材料,呈给海关罢了。"

"我真想知道那些人给了他多少好处。"

"和法国人有联系是非常危险的。"他一脸严肃地看着我,"说不定哪一天,法国炮船就会沿着泰晤士河长驱直入。"

"希望这一天永远不要来。"

"对了,我想起从前在哪里见过布里克纳普了。"

我饶有兴趣地看着他:"在哪里?"

"你记不记得我曾经告诉过你,我妈妈在我爸爸死后改嫁给一个律师?他是布里克纳普的熟人,那家伙常叫他去做证明被告无罪的证人。我想起布里克纳普有一天来到我家,要他假装认识一个犯了罪的混账,那个混账在巡回法庭上宣称自己是神职人员,已经被关押到主教的府邸中了。"

"你记得清清楚楚吗?"我急忙问,"清楚到可以在法庭上发誓吗?"

"当然了,我突然间什么都想起来了。"

"你那时候有多大?"

"大概十岁吧。"

我摸了摸下巴:"才十岁?那法庭可能不会接受你的证言。你跟你妈妈和继父还有联系吗?"

"没有。"巴拉克涨红了脸,倔强地抿紧嘴唇,"我已经好几年没见过他们了。"他那张阔嘴的嘴角常常上翘,时刻准备着露出讥笑,此刻却往下撇,显得忧伤落寞。

"虽然如此,你提供的消息还是很有价值的,至少让我们抓住了布里克纳普那个混蛋的痛脚。干得好。"我故意用雇主表扬雇员的话表扬了他,想看看他对此作何反应,可他只是点了点头。我决定再赌一把。"你知道我之前去了温特沃斯家吧?"

"知道。"

"你擅不擅长开锁?"

他疑惑地扬起眉毛:"马马虎虎吧。"

"我就知道你可能会开。"我把探访埃德温家的经过告诉了他。当我说到井里冒出臭气时,他吹起了口哨。

"我有个打算:天黑以后,我们偷偷溜进花园把木板上的锁撬开,然后你爬到井下看看。我们需要带上一架绳梯。"

他听完哈哈大笑。"上帝啊,你不觉得你的要求太夸张了吗?"

"比起伯爵对我的要求,这根本不算什么。怎么,你不愿意?巴拉克,我们当初可是说好的,我替伯爵查案,作为交换,你也要协助我查温特沃斯案,难道你现在不想认账?"

"我答应你就是了,谁叫我欠你人情呢。我猜因为我,你朋友可能生了你的气。"听完最后一句话,我终于意识到他是在道歉。也许对这个别扭的人来说,他只愿意也只能做到这一步。

这时一艘有篷的渡船停靠在码头边,一对穿戴体面的佛兰德商人从船上走了下来。巴拉克和我急忙登船,一等我们落座,船夫立刻开了船。在平静的褐色水面上漂行是一种享受,我看到姿态优雅的天鹅在河岸边游弋,周围的船中不时传出朗朗笑声,海鸥在空中发出清脆的鸣叫。

巴拉克突然问:"布里克纳普和市议会那件案子明天开庭,是不是?"

"你用不着提醒我。我还没准备呢,今晚非熬通宵不可了。不过这又是一个盘问他的好机会。"

"那些高级律师，比如马奇阿蒙特，他们的头衔意味着什么？"

"只有高级律师才可以在高等民事法庭做辩护人。高级律师为数不多，由国王和各位法官任命，而法官本人也一向是从高级律师中任命的。"

"你也曾经是高级律师的人选吧？"

我耸了耸肩。"这些事哪里会拿到台前来说，都是私下里悄悄决定的。"

不远处突然响起刺耳的喇叭声，吓得我差点儿跳起来。河中央的船纷纷划向两边，迅速让出一条道来，一艘巨大的驳船出现了，船上悬着纱帐，涂成金色的船身耀眼夺目。一群身穿国王仆从服色的桨手配合着有节奏的鼓点声，以手中船桨飞快地划破水面。随着皇家驳船驶过，我们乘坐的小船开始剧烈摇晃，我们和其他船中的乘客一样摘下帽子，恭敬地低下头。为了不让太阳晒到国王，驳船的纱帐已被全数放下。陪伴在国王身边的是谁？是克伦威尔，还是凯瑟琳·霍华德？驳船向上游的白厅宫驶去。

船夫开了口："听说安妮王后要是被休了，宗教方面会有更多变化。"

我含糊地回答："也许吧。"

"咱们小老百姓真是很难跟上潮流。"他说完又低头划桨。

❖

渡船到达了萨瑟克，我们在圣玛丽·奥弗里台阶下了船。巴拉克朝上方的码头走去，我紧紧跟在后头。

我们沿着湿滑的台阶往上爬，温彻斯特宫渐渐进入了视线。趁着停下来歇口气的空当，我细细打量着这座外表森严的诺曼底建筑，那扇巨大的玫瑰花窗上的玻璃在午后阳光中闪闪发亮。温彻斯特主教拥有大半个萨瑟克的房产，包括那些妓院；这座宫殿是他在伦敦的宅邸，据说今年春天国王带着凯瑟琳·霍华德到那里吃了好几次饭。不知那几堵高墙之内酝酿出

第十七章

多少针对克伦威尔的阴谋?

巴拉克顺着高耸的围墙根朝东面密集的破屋烂宇走去。我紧跟着他。

"你来萨瑟克玩儿过没有?"他问我。

"没有。"其实我来过萨瑟克许多次,但都是在去萨里的时候顺路经过而已,而且我一向走大路,从来没敢到有妓女和罪犯出没的小街陋巷去探险。巴拉克踏着大步自信地往前走,听到我说"没有",他回过头来露出一丝讥笑,那模样分明在说"我就知道你没有"。

"你以前去过妓院吗?"

"去过,"我直截了当地回答,"不过那家妓院比这里的妓院高级一些。"

"啊,是不是那种有花园,凉亭和很多隐蔽角落的妓院?"

"我那时候还是个学生,那家妓院已经是我所知的最好的妓院了。"

他一脸严肃地看着我:"温特斯特的母鸡们要是认出你是个官爷,立刻会变得羞羞怯怯,畏畏缩缩。如果在进入妓院之前就让她们瞧出我们不是去寻欢作乐的,她们会沿着小巷逃得无影无踪,速度快到你不敢相信。你现在必须听我指挥。"

"那好吧。"

"把你身上的长袍脱下来——这件衣服会把她们吓跑。我们要假装是嫖客,听明白了吗?我是你的仆人,带你过河来找点儿乐子。到时候老鸨会请我们和妓女们喝一杯,要是她拿东西给你吃,一定要接受,别管得花多少钱。如果嫖资很便宜,这就是妓院牟利的一种手法。这里的妓院都是这样。"

我脱下长袍塞进背包里。这下可真是一身轻松了。

"等会儿一进去我会指明要芭思希芭·格林,说有人向我们推荐过她,然后你就把她带到一个没人的地方去问话。但我不能和里面的妓女太过亲热,这一带的妓院盛行法国花柳病。"

"你怎么知道她在那家妓院?"

"我向街上的小孩儿们打听过了,以前我给过他们一些钱,让他们替我监视一栋房子。"他露出微笑,压低了声音,"一个保守派成员时常出入这里的一家娈童院,要知道他还是个颇有声望的神职人员呢。这条消息对我主人很有用。"

我听得直摇头。"还有什么事是你主人不会做的?"

"大概没有多少吧。小孩儿们知道芭思希芭的工作时间——她今天下午会在那里。"

我们走进一片街区,周围全是低矮的木造房屋,没有铺砖石的土路上遍布垃圾,气味难闻得要命,不时可见猪和瘦得皮包骨头的狗在垃圾堆里觅食。萨瑟克开了不少制革厂,散发出来的臭气在燠热的空气里蒸腾,让人反胃。根据萨瑟克地区的规定,所有妓院的外墙都刷成了白色,在一片灰乎乎的破屋中显得格外醒目。每家妓院门外都有一块招牌,上面画了些极具暗示性的图案:有的是赤身裸体的亚当夏娃,有的是一张床,有的是一件睡衣。我们在一栋破破烂烂的房子前面停住了脚步,房子外墙的白石灰已经剥落了,门外的招牌上是一顶画得非常粗糙的主教帽子。虽然天气炎热,百叶窗却没有一扇开着。我听到屋内传出女人的浪笑。巴拉克伸腿踢走了一群正在门外刨土觅食的母鸡,重重敲了几下门,态度自然极了。

开门的是个中年女人。她身材矮胖,卷曲的红发围绕着一张难看的四方脸。她白皙的脸颊上有一个黑色的字母"W",一定是在伦敦做妓女的时候被人烙上的。她狐疑地打量着我们。

"日安,女士。"巴拉克微微一笑,"我带我主人从城里来这儿玩玩儿,他一向偏爱安静的地方。"

她把我从头到脚打量了一番,这才点点头:"进来吧。"

我们跟着她走进一间光线昏暗的屋子,里头比街上还要热,空气十分浑浊,虽然角落里燃着廉价熏香,还是无法掩盖四处弥漫的浓重体臭和劣

第十七章

质油脂蜡烛的气味。冒着黑烟的蜡烛照亮了一张桌子,两个中年男人坐在桌旁,看样子像是开店的生意人。一个身形肥胖,脸上笑嘻嘻的,另一个身材消瘦,神情局促。桌上放了个苹果派,两个男人面前还摆着好几盘吃食。两人身边各坐着一个妓女,胖男人身边的女人丰满秀丽,媚态横生;瘦男人身边的则是个十六岁上下的少女,表情有些紧张。两个女人都解开了紧身胸衣,露出高耸的胸脯。照理说这幅情景应该十分情色,但这几个男女看上去却让人觉得很不协调。

胖女人指了指不远处的一个食柜,我朝那儿一看,只见一个身材细瘦的男孩儿站在一罐啤酒旁边,身上的夹克油腻腻的。女人问:"先生,你要不要和我们一起吃?"

"好,谢谢你。"

她朝男孩儿点了下头,后者立刻倒了两杯啤酒送到桌上。丰满的妓女靠在胖男人身上,在他耳边低声说了几句话,胖男人呵呵笑起来,笑声有点儿嘶哑。

"每杯要半格罗特,先生。"胖女人说。我掏出钱递给了她。她举起钱币凑到眼前,眯起眼睛看了好一会儿,这才放心地把钱丢进腰间的钱袋里,朝我们咧嘴一笑,那张四方脸上顿时裂开一道红红的口子,露出一嘴烂牙来。

"两位千万不要拘束。我会叫几个姑娘来陪你们,让你们享受一顿'美味'的午餐。"

"给我主人叫一个姑娘就行了,"巴拉克说,"他这人很害羞,想找个待人温柔的姑娘。我们听说这里有个姑娘,好像叫什么希芭,也可能叫芭思希芭。"

她立刻眯起眼睛:"谁告诉你们这里有这个人?"

我回答:"在同业公会认识的一个朋友。"

"干哪一行的?"

"我想不起来了,我们是在一次宴会上偶然碰到的。"我勉强挤出一丝微笑,"只因为我说自己喜欢温柔的姑娘,他就向我推荐了芭思希芭,说她温柔可人。如果姑娘温柔,钱方面我自然不会吝啬。"

"我去找找。"她走进一扇门里,很快不见了踪影。

"我身边这个已经够丰满够漂亮了,"胖男人色眯眯地说,"你说是不是啊,玛丽?"那个叫玛丽的妓女朝我眨了眨眼睛,咯咯娇笑起来,抬起手臂搂住了男人的脖子,一对布满青色血管的大奶子不停颤动。

这时胖女人在屋里的某个地方大喊:"丹尼尔,你过来!"男孩儿噔噔噔跑出了房间。我听到两人压低嗓门窃窃私语了几句,没过多久,胖女人回来了。她重新挂起谄媚的笑容。

"先生,芭思希芭在她房里等你。你可以把这杯啤酒一起带过去。"

"谢谢你,我不打算带。"我腾地站起来,竭力表现出急不可耐的样子。胖男人吃吃怪笑:"你是不想把时间浪费在喝酒上,是吧?"

胖女人带着我走进一条黑乎乎的走廊,走廊两侧有许多扇关得严严实实的门,她的脚重重踏在凹凸不平的地板上,发出啪嗒啪嗒的声响。在这个阴暗陌生的地方,只有我和这个女人——不好!我突然意识到自己又落了单,不由得害怕起来。这时一扇门开了,我吃了一惊,壮着胆子朝门里看去,只是一个面容憔悴的妓女。她飞快地朝门外张望了一下,啪地关上了门。胖女人抬手在另一扇门上敲了几下。"这就是芭思希芭的房间。"她说着又露出那种让人倒胃口的笑容,推开门把我让了进去。她在门外替我关上了门,但我并没有听见离开的脚步声,看来她打算站在门外偷听。

这个房间又小又寒酸,一个廉价衣箱和一张极大的旧轮床是房间里仅有的家具。百叶窗半开着,但房间里还是有股汗臭味儿。一个姑娘躺在床上。自从知道了迈克尔对她格外痴迷,又亲眼见到格里斯特伍德夫人谈及她时那副歇斯底里的样子,我满以为芭思希芭是个美人,可眼前的她虽然年轻,却长得粗眉大眼,肤色黝黑,精神萎靡不振。我觉得她的容貌有点

第十七章

儿眼熟，却想不起来到底像谁。她完全没有梳妆打扮，穿了条脏兮兮的旧裙子，脸上也没涂脂抹粉，黑色的头发乱蓬蓬地散落在枕头上。枕头是白色的，也许因为很久没洗，已经有些发灰了。她脸上生得最美的就是眼睛，看上去大而有神，眼珠是褐色。这双眼睛此刻正凝望着我，但我从中看出的不是欢迎，而是畏惧。她左边颧骨上有一大块瘀痕，还有一道正在愈合的伤口。

"你好，芭思希芭。"我低声说，"我听说你是个温柔的姑娘。"

"你是听谁说的，先生？"她说话支支吾吾，声音充满了恐惧。

"我是听在同业公会认识的一个人说的。"

"来找我的客人大都是粗人，只有一个是像你一样有身份的人，"她说，"而且他已经死了。"我惊讶地发现她的眼角渗出了泪水，看来迈克尔·格里斯特伍德对她的痴迷并非一厢情愿。她继续一脸畏惧地看着我。这里的人怎么会这么快就察觉出我不是普通嫖客？我细细端详这张惊恐的脸，过了一会儿，我把背包放到床沿上，小心翼翼地坐到床尾。

我低声安抚她："我并不想伤害你，我可以发誓。我来这儿是想就格里斯特伍德被杀一事问你几个问题。我是个律师。"

她急忙说："我一点儿也不知道他是怎么死的。"

"我不认为是你做的。我只是想知道他生前和你说过什么。他有没有提到过他的工作？"

我看到她飞快地朝房门扫了一眼，于是压低声音说："你会得到报酬。放心，我会注意的。"我停顿了一下，接着说："你们彼此都很在意对方吧？"

"是的。"她脸上浮现出横下心来豁出一切的决然，"我们两个人都需要体贴和关怀，也把体贴和关怀给了对方。内勒夫人不希望我和客人走得太近，但这的的确确发生了。"

"你们是怎么认识的？"事情的进展快得出乎我的意料，我不禁暗自窃喜。

"有一天他和土地没收法院的几个书记员一起来到这里。他们起初在泰晤士河南岸的酒馆喝酒，最后在这里过了夜。迈克尔让我很开心，我被他逗得哈哈大笑，没过多久他又一个人来了。他和他太太在一起时过得很憋屈。他说她从来不会笑。"

"我已经见过她了。她的确不是一个快乐的人。"

"但他从来没在我面前提到过他的工作。"她又朝房门看去，脸上的瘀伤呈现出青紫色。是谁把她打成这样的？会不会是那个胖女人？

我柔声问："难道他从来没有说起过他有什么文件，又或者他正在跟他哥哥一起做什么事情？"

"我什么都不知道，"她声音发颤，"我对其他人也是这么说的……"

我警觉地问："什么其他人？"

芭思希芭指了指她的面颊。"就是那些把我打成这样的人。"

门外响起沉重的脚步声。我听到有人和胖女人低声说了几句话，接着脚步声远去几步，"砰"的一声，门被人踢开了。两个人走进房间，其中一个顶上无毛，长得五大三粗，手持一根木棍；另一个年纪很轻，身材矮胖，五官和芭思希芭十分相像，不是她哥哥还会是谁？我一眼认出了他，他就是出现在格里斯特伍德家院子里的那个人！他手握一把长长的匕首直指我的咽喉，我大惊之下，从床尾一跃而起。光头男干脆利落地关上了门，用壮硕的身躯将门顶住，在门关上的一瞬间，我瞥见了胖女人忧虑的脸。

"他没有伤到你吧，希芭？"男人向芭思希芭发问，双眼却始终没从我脸上移开。

"你终于来了，乔治，我很怕那个男孩儿不能及时找到你。"

"他伤到你了？"

"没有。我一直在和他说话拖延时间。他又是来问迈克尔的。"

第十七章

"内勒夫人真他妈该死,什么阿猫阿狗都放进来。"他把脸转向我,"朋友,我们这次逮到你了。你打了一个手无寸铁的女人,难道还想轻轻松松地离开这儿?"

我举起双手。"这是个误会,我发誓。今天之前我从没见过这位姑娘。"

"你是没见过,但你的麻脸同伙上星期来这儿见了她,还把她打成这样。要不是另一个姑娘跑来找我,她就没命了。"他看向他的妹妹,双手捏成了拳头,"那个麻脸家伙是不是在别的房间里?或者是他的大块头同伙,鼻子上长着粉瘤的那个?"

"内勒夫人说跟着这个人来的是另一个人。她在外头缠住了他。"

我问:"一个麻脸男人?是不是个子很高,脸色很苍白?他来问迈克尔·格里斯特伍德的事?"

"没错,他就是你的同伙。"

我很想高声呼唤巴拉克,但是芭思希芭的哥哥如今显出一副要和我拼命的架势,如果我贸然呼救,他很可能会一刀划破我的喉咙。我强迫自己冷静下来。"请听我说。那个人同样在跟踪我——他昨天还试图杀死我。我并不打算伤害芭思希芭,我只是想问问她格里斯特伍德先生的事……"

"那个麻脸问了我同样的问题,"芭思希芭说,"关于迈克尔的文件,还有跟他哥哥在做什么。他也说他是个律师。"

年轻人的眼中闪过一丝怒意。"我还从来没听说过驼背也能当律师。"他走近几步,把匕首横在我的脖子上,"如果你是个律师,那你一定有个雇主。那人是谁?"

我回答:"是克伦威尔大人。我助手带着他的印章。"

芭思希芭的哥哥和门口的大个子交换了一个眼神。"噢,乔治,"芭思希芭呻吟了一声,"我们都干了些什么?"

她哥哥抓住我一条手臂用力一拉,将我狠狠地掼在远处的墙壁上,刀尖直接抵住我的咽喉。"为什么？上帝啊，克伦威尔是怎么和这件事扯上关系的？"

"乔治！"芭思希芭大喊一声，惊惶地绞动着双手，"我们得把一切都告诉他们，我们必须求得他们的宽恕……"

乔治愤怒地看向她。"宽恕？克伦威尔？不，我们要杀了这个驼背和他的同伙，把他们的尸体抛进泰晤士河，这样一来谁也不会知道他们来过这里……"

"啊！"门外的胖女人发出一声惊叫，紧接着一声巨响，有什么东西重重砸上了地面。门被人猛地撞开，手拿棍棒的大个子被撞得摇晃几步，最后摔倒在床上。芭思希芭失声尖叫起来。巴拉克冲进屋，已拔出佩剑，乔治·格林闻声回头，被他一剑砍中拿匕首那只手臂，痛呼出声，匕首当啷落地。

巴拉克问："你没事吧？"我喘着气说："没事……"

"刚才这两个家伙在走廊里说话，虽然说得很小声，但还是被我听到了。"他转身面向乔治，后者正紧紧掐着自己的手臂，鲜血从指缝间不断涌出来。"朋友，你死不了的，只是条口子罢了。其实我完全可以砍下你的胳膊，但我没有。作为回报你应该说点儿什么……"

"小心！"我朝巴拉克大吼。那个大个子正跳下床扬起木棍，准备击打巴拉克的头。我纵身扑向他，成功地让他失去了平衡。他跟跄着撞上墙壁。巴拉克转头来看，就在这一瞬间，乔治拽住他吓得惊慌失措的妹妹的手，推开百叶窗跳了出去，芭思希芭尖叫一声，一起消失在窗外。大个子稳住身形，把木棍朝地下一扔，趁房门大敞逃走了。

巴拉克冲向窗口。"你留在这儿！"他丢下这句话，跳出窗户追赶芭思希芭和她哥哥去了，这对兄妹的身影刚刚消失在一个转角处。我坐到床上，努力让自己镇定下来。过了一会儿，我渐渐觉出不对劲，这栋房子现在连一丝声息也没有了，难道所有人都跑掉了？我从沾满油渍的床上站起身，俯身捡起乔治的匕首，慢慢走回餐厅。两个妓女和她们的恩客都不见了。胖女人独自坐在餐桌边，双手抱头。我仔细一看，不禁吓了一跳：她的红头发竟然掉了下来，静静地躺在几个翻倒的啤酒杯中间，原来是一顶假发。她原本的头发是灰色的，生得稀稀拉拉。

我问："你还好吧，女士？"

她仰头看着我，表情极度绝望："我的妓院是不是就要完蛋了？"

我坐了下来。"这倒未必。我想知道芭思希芭和迈克尔·格里斯特伍德之间发生了什么，还有她到底是怎么被人打伤的。我们来这里问她名字的时候你一脸担忧，想来就是因为有人打了她吧？"

她点了点头，有些害怕地看着我，小声说："我听见你提到了克伦威尔大人的名字。"

"对。我现在为他效力。但是你放心，只要萨瑟克的妓院老板们不和他作对，他是不会和这里过不去的。"

她摇了摇头。"妓女们不该和嫖客有瓜葛。如果一个妓女长得不漂亮，或者年龄渐渐大了，有时候就会发生这种事。芭思希芭就是这样，她已经过了二十五岁了。她们很容易陷入幻想，以为自己遇到了真爱。我并不是对迈克尔·格里斯特伍德有什么意见，他虽然是个律师，却是一个很好相处的人，和他在一起很有意思。我还记得他来这里的几个下午，我们所有人围桌而坐，嘻嘻哈哈的情景。可是当他和芭思希芭独处一室的时候，他就开始流泪叹气，哀叹自己时运不济。"她的嘴唇因为痛苦而扭曲，"他要是和我易地而处，尝尝被人在脸上烙记号的滋味，就会明白自己是身在福中不知福了。"她指了指自己的面颊。在幽暗的光线中，那个黑色的"W"清晰可见，行刑人通常会往烙得血肉模糊的伤口里掺灰，以确保烙印永不褪色。

"所以你劝阻了芭思希芭。"

"因为我看出她陷得太深了。这种事一向不会有好结果。"她用一双冷厉的蓝眼睛注视着我,"我知道格里斯特伍德告诉了芭思希芭一些事,让她非常担心。他遇上了麻烦。"

"你知不知道是什么麻烦?"

"不知道,芭思希芭一向守口如瓶。后来迈克尔突然不来了。芭思希芭起初以为他厌烦她了。她到河对岸的王后港去打听,结果哭着回来,边哭边说他死了。我劝她离开这里,回老家赫特福德去。可她不想离开她哥哥。他在泰晤士河做船夫。"

"他们两兄妹感情很好吗?"

"好得不得了。没过多久有两个人来了这里,他们可不像你这么狡猾,直接拿着明晃晃的剑就闯进来了,把姑娘们全都赶了出去,指名要见芭思希芭。"

"他们中的一个个头很高,脸上有麻子。"

"没错。一张脸就像屠夫的砧板一样坑坑洼洼。和他一起来的是个长得很难看的流氓。"

"你知道是谁派他们来的吗?"

"不知道。"她说着画了个十字,"也许是魔鬼吧,两个人都是凶神恶煞,好像要杀人似的。姑娘们都被吓跑了。我派手下的男孩儿去找乔治,就和今天一样。乔治带了一群同伴赶过来,他们到这儿的时候芭思希芭已经被带到自己房里去了,那个麻脸正在打她。但是船夫们人多势众,他们眼看打不过,就逃走了。"

"他们从芭思希芭嘴里问出什么消息没有?"

她耸了耸肩。"我不知道。出了这件事之后,我命令她离开这里。如果有人在这儿打人的事传出去,这家妓院就完了。一些姑娘已经走了。但是芭思希芭今天早上去而复返,求我再收留她。"她又耸了耸肩,"我手底下正缺姑娘,所以就让她留下了。我真是愚蠢透顶。"

门忽然开了,巴拉克气喘吁吁地走了进来。"他们逃走了,不知道躲

第十七章

到哪个耗子洞里去了。"他瞪着内勒夫人,"这个老妖婆跟你说什么了?"

"我们出去说吧。"我站起来掏出钱包,把一枚价值半安杰尔的金币放到桌上,"如果芭思希芭回来了,或者你找到她躲在哪里,希望你告诉我一声,我会再给你两枚这样的金币。我不会伤害她,这一点请你记住。"

见钱眼开的老鸨把金币抓在手里。"克伦威尔大人不会来找我的麻烦吧?"

"如果你照我说的做就不会。我住在大法官法庭街,你可以到那里找我。"

她把金币放进口袋,爽快地点头答应道:"我一定照做。"

巴拉克和我离开了妓院,快步走回河畔台阶处,四下寂静无声,但我们还是不敢放松警惕。泰晤士河上依旧船来船往,河边没有等客的空船。巴拉克在最高的一级台阶上坐了下来,我也跟着坐下,顺手放下背包,好放松放松疼痛的肩膀。我把胖女人的话告诉了他,末了又道:"对了,谢谢你刚才救了我。"

巴拉克苦笑了一下。"我也谢谢你救了我。要是那一棍子真敲到我头上,准得把我的脑浆敲出来。那口井怎么办?你打算今晚去那儿看看吗?"

"不,我必须到林肯律师学院去一趟,为明天的案子做点儿准备。我还想去找一些关于希腊火的书。"

他眺望着泰晤士河。太阳渐渐西沉,在水面洒下一层金光。"明天是六月一号,我们还剩下九天。"他嘴角上弯,露出一丝揶揄的笑意,"你是需要我的,不是吗?"

我重重地叹了口气,迎上他的目光:"是。"

巴拉克哈哈大笑。

"你今晚可以为我做一件事,"我说,"到沃尔布鲁克一带的酒馆打听打听,看看有没有人知道温特沃斯家的事,任何传言都不要放过。你愿意去做吗?"

"没问题。我对晚上去酒馆喝酒这种事从来不拒绝。我还可以去水手们常去的酒馆走走,打听一下那种波罗的海饮料的事。"

我望着不远处的温彻斯特宫。穿制服的仆人在宫门前往来穿梭,忙着铺展一卷极其宽大的红地毯。"加德纳主教好像要接待客人。看,有艘船来了,我们走吧。"

第十八章

巴拉克和我回到大法官法庭街，早早吃过了晚饭。这一整天可说是险状迭出，我们俩累得谁也不想说话，但是餐桌上的气氛却和以往不一样了。平日里我们谁也瞧不上谁，如今共经患难，竟生出了几分情谊。巴拉克吃完了饭又匆匆赶回城里，到各个酒馆里打听消息去了。伦敦城里的酒馆不计其数，和教堂一样多，我猜他早就在其中布下了眼线，为克伦威尔搜罗情报。这份工作或许很危险，我这样想着。巴拉克今晚怕是有得忙了，我也不能闲着，得到林肯律师学院的图书馆去准备明天上庭要用的资料，外加找几本书。我不情不愿地站起来，再次披上我的黑色长袍。

太阳快要落山了，橘红色的夕晖洒满大地，夏季炎热的白天结束后，常常会有这样的景象。我一边朝大街走去，一边手搭凉棚四处张望，查看是否有可疑的陌生人。街上空荡荡的，我快步走向律师学院，在平安穿过大门的一刹那，心中如释重负。

我看到院子里停了一辆长条形马车，表面漆成蓝色，马儿们正安安静静吃着马粮袋的饲料，马车夫坐在车辕上打着盹。看来这个访客很有身份——我心里暗暗希望来的别又是诺福克。

柔和的烛光从许多扇窗户里透出来，开庭期又到了，律师们如今会工作到很晚。满地的鹅卵石散发出一股热烘烘的尘土味儿，闻着很不舒服，夕阳在门房大院的砖墙上洒下一层温暖的红光。一群嘻嘻哈哈的学生从我身边经过，准备到城里寻欢作乐，他们都是精力充沛的时髦青年，身上穿着色彩鲜艳的开衩背心。

我正要朝自己的办公室走去，蓦地看见大礼堂外的一条长椅上坐着两个人，我一眼认出这两个人是马奇阿蒙特和欧娜夫人，不由得吃了一惊。只见马奇阿蒙特半靠在欧娜夫人身上，压着嗓子急促地说着什么。我看不到欧娜夫人的脸，但从她的举止看得出来，她现在非常紧张。我闪身躲进一根柱子后面的阴影里，看那两人到底在干什么。过了一会儿，马奇阿蒙特站起身来，朝欧娜夫人鞠了一躬，快步离开了，神情冷若寒霜。我犹豫片刻，从柱子后面走了出来，来到欧娜夫人面前，摘下帽子，深深鞠了一躬。她今天穿一件丝绸礼服，有着宽大的泡泡袖，上半身绣着精致的花朵。我突然想起自己已经好久没去找理发师刮胡子了，一脸汗津津的胡楂，恐怕不太雅观。但是转念一想，说不定她会以为我是在故意蓄胡须，赶时髦呢。

"夫人，您又光临林肯律师学院了。"

她仰头看着我，抬手拂开一缕从式样时尚的法国头巾里漏出来的金发。"是啊。我又来找热心的马奇阿蒙特高级律师咨询一件事。"她微微一笑，"陪我坐一会儿吧。你明天会去我家赴宴吗？"

我坐到马奇阿蒙特刚才坐过的地方，嗅到一丝若有似无的香气，是她佩带的异国香料的气味。"我非常期待，欧娜夫人。"

她环顾着庭院。"这是一个宁静的地方，"她说，"我爷爷曾经在这里学习过，啊，这是七十年前的事了。他是哈塔姆的沃恩勋爵，最后在博斯沃思战死了。"这时又有一对学生穿过院子，不知因为什么好笑的事情，两人突然哈哈大笑起来。欧娜夫人也笑了。"我猜当年的他就和这些年轻人一样，为了经营好自己的产业来这儿学习法律知识，但是相较之下，他也许对伦敦的灯红酒绿，纸醉金迷更感兴趣。"

我微笑着说："哪怕如今的世界乾坤颠倒，有些事情是永远不会改变的。"

"不，它们改变了，"她突然加重了语气，"现在的学生徒有高贵的出身，却没有了高贵的精神；他们也会去找乐子，可是玩够了以后就会安定

第十八章

下来,一门心思追名逐利去了,现在的人只想着捞钱。"她皱起眉头,嘴角现出两个酒窝,显得有点儿悲伤。"有些人平日里道貌岸然,其实也不过是伪君子。"

"这真是令人伤感。"我意识到她可能是在说马奇阿蒙特。她不知道我看到了他们在一起的情景。回想起刚才的偷窥,我觉得有点儿内疚。

"是啊,真令人伤感。"她又笑了,"但我觉得你不是一个财迷心窍的人。我看得出来,你心里对这种事并不热衷。"

我哈哈大笑。"也许吧。欧娜夫人,你是个很有见地的人。"

"你过奖了,有时该有见地的时候我偏偏没有。"她沉默了一会儿。"我听说昨天你的一个朋友对诺福克公爵说了一些不好听的话。他如果不是非常勇敢,就一定是个蠢才。"

"这件事你是从哪里得知的?"

她笑了笑:"我自有打听消息的渠道。"渠道?这渠道就是马奇阿蒙特吧。她这个人好像挺喜欢故弄玄虚。

"也许勇敢和愚蠢兼而有之吧。"

她咯咯娇笑。"一个人可以既勇敢又愚蠢?"

"我觉得可以。戈弗雷是个立场坚定的新教徒。"

"那你呢?如果你是克伦威尔大人的人,那就一定是个改革派。"

我凝视着逐渐变暗的庭院。"我年轻的时候对伊拉斯谟的学说十分痴迷。伊拉斯谟不是勾勒过一个和平安定的基督教共和国的图景吗,人们互敬互爱,旧教会滥用神权的日子一去不复返——我当初对此深信不疑。"

"我从前也很崇拜伊拉斯谟,"她说,"可事情的发展并不像他期望的那样,不是吗?马丁·路德开始使用暴力攻击教会,导致德国陷入混乱。"

我点了点头。"伊拉斯谟从来没有评论过马丁·路德,既不支持他,也不批判他。这一点我始终想不通。"

"我想这是因为发生的一切让他太过震惊了吧,可怜的伊拉斯谟。"她凄然一笑，"他不是老爱引用《约翰福音》第六章的话吗？'叫人活着的乃是灵，肉体是无益的。'但是人类一向被内心的激情所统治，绝不放过任何可以推翻权威的机会。所以那些自认为凭着几句冠冕堂皇的大道理就可以改造人类的人总是失望。"

我肃然答道："你的想法未免太灰暗了。"

她转头看着我。"真对不起，我今天晚上心情不好。你一定要原谅我。你是来这里工作的吧，我透过窗户，看到好多人在点着蜡烛伏案工作。我让你分心了。"

"这样的分心我是求之不得的。"听了这句恭维话，她低下头羞涩一笑。我犹豫了一会儿，下定决心继续说："欧娜夫人，我有件事必须问问你……"

她扬手示意我不用再说了。"我知道你想问什么，我已恭候多时了。但是请你今晚不要问，我现在很累，心情很不好，只想快点儿回家。"她严肃地看着我，"我听说迈克尔·格里斯特伍德死了。还有他哥哥。是加布里埃尔告诉我的，他说你会来找我。"

"他们两兄弟都被杀了。"

她又扬起手来："我知道。但我今晚不想提这件事。"

"停在大门旁边的那辆马车是你的吗？"

"是。"她神情肃然，"明天，夏雷克先生，我们明天再谈。我向你保证。"

照理来说我应该逼她妥协，但我只是站起来鞠了一躬，她也站起身来，袅袅婷婷地走向大门，宽大的裙摆拂过地上的鹅卵石。我转身朝办公室走去，看到戈弗雷的窗户里透出橘色的亮光。

我的朋友正坐在他的办公桌前，皱着眉头替我处理文件。飞蛾围着桌上的蜡烛不停飞舞，就算烧焦了翅膀也在所不惜——这些可怜的小东西一向如此。戈弗雷的金发被他捋得直竖起来，鼻梁上那副小圆眼镜让他看上

第十八章

去像个老成的学者。

我笑了:"戈弗雷,你为了处理我的事忙到现在?"

"是啊,不过我心甘情愿。我巴不得干点儿事情分散一下注意力。"他叹了口气,"我今天得到消息,我必须到财务主管本人那里去解释我的行为。我想一大笔罚款是免不了了。"他苦笑了一下。"这么一来,你给我的额外工作可是帮了我一个大忙。不过我真心希望斯凯利可以把文件整理得妥妥当当。可怜的人啊,他很努力,可是不知道为什么,他总是连一件事都做不好。"

我严肃地对他说:"公然和诺福克公爵作对是很危险的。"

他摇了摇头,镜片在烛光中闪了闪。"我没和他作对。我只是在为上帝的话语辩护。这难道也有罪?"

"这要取决于你是怎么辩护的。有些人就是因为辩护的方法错了,落得被活活烧死的下场。"

他一脸决然地说:"如果半小时的痛苦就能换来上帝永恒的祝福,有什么不值得的?"

"说得轻巧。"

他叹了口气,肩膀塌了下去。"我知道。昨天又有一个信奉新教的牧师被逮捕了。我也不知道自己能不能忍受烈火焚身的痛苦。约翰·兰伯特被火烧死的时候我也在场,你还记得吗?"

"记得。"我想起巴拉克提到过兰伯特临死前的表现,说他像个殉道者。

"我亲自去了刑场见证他的勇气。他表现得非常勇敢。然而那场面太可怕了。"

"火刑一向很可怕。"

"我记得当时起了一阵风,把让人毛骨悚然的油腻烟尘吹向围观人群。兰伯特那个时候已经死了。然而有人活该被烧死,"他突然咬牙切齿地说,

"我也去看过弗里亚尔·福雷斯特的火刑,亲眼看着那个天主教叛徒被烧死。"他握紧拳头。"血从他的身体里不停地流出来,直到他的灵魂坠入地狱。有时候残酷的刑罚是很有必要的。天主教徒们绝不会得胜。"他的脸上又浮现出那种极其狂热的表情,我不禁打了个寒战:一个人怎么能在短短一瞬间就从文质彬彬变得凶戾冷酷?

"我得走了,戈弗雷,"我低声说,"布里克纳普和市议会的纠纷案明天开庭,我必须好好准备。"我看着他神色冷峻的脸。"如果罚款很重,让你经济上出现困难,你尽管来找我。"

他的脸色缓和下来。"谢谢你,马修。"他摇头叹道,"解散修道院得来的财富竟然养肥了像布里克纳普那样的小人,想想真让人灰心。这些财富本应该用来建立医院和真正的基督教学校,造福国民。"

"对,这些钱应该用之于民。"我嘴上这样说,心里却回想起欧娜夫人刚才说过的话:现在的人只想着捞钱。

━━━✦━━━

我复习了一遍相关案例记录,又起草了明天的辩护词,两个小时就这么过去了。我把文件塞进背包,将背包往肩上一甩,径直朝图书馆走去。迈克尔·格里斯特伍德在圣巴塞洛缪修道院找到的资料中有一本书,里面提到罗马人曾经使用过一种类似于希腊火的物质,比拜占庭人使用希腊火要早几百年,我准备顺着这条线索往下查。但罗马人使用的这种物质到底是什么,它为什么最终没有发展成为像希腊火那样遇水不灭,威力无比的武器?考虑到罗马军队在研制武器方面非常高效,这一点显得有些不可思议。

大部分窗户变得黑洞洞的,但是图书馆的窗户里仍然透出一片黄光。我走了进去。在一片昏暗中,巨大的书架山一般向我夹逼过来。屋里唯一的光线来自图书管理员的桌子,罗利先生正在一小圈蜡烛的环绕下伏案工

第十八章

作。罗利是个学识渊博的老头,生平最大的爱好就是读法律书籍,对布莱克顿[1]的著作尤其痴迷。他一生从没和法庭打过交道,却对判例法了如指掌,就连自视甚高的高级法官们也经常偷偷地向他请教。他见我来了,立刻起身鞠了一躬。

"罗利,我可不可以拿支蜡烛?我要找几本书。"

他笑得很热情:"要我帮你找吗?我猜你是想找物权法吧,夏雷克先生?"

"我今晚不找这个,谢谢你的好意。"我从蜡烛架上取下一支蜡烛,用罗利桌上的蜡烛给点燃了,拿在手上朝一排书架走去——我知道那上面摆放着与罗马历史和法律有关的书籍。我早就将那堆文件中提到的书目列成了清单,其中包括李维、普鲁塔克、鲁库勒斯[2]等伟大历史学家的著作。

但我要找的书全都不见了。架子上几乎只剩一半的书,一些本该有书的地方空空如也,就像一排牙缺了好几颗。我不禁皱起眉头:难道迈克尔·格里斯特伍德先我一步来过这里?可是这里的书很少外借,即使要借,也只借给有资历的出庭律师,格里斯特伍德不过是个小小的法律顾问,根本没有借书的资格;罗利的桌子摆得恰到好处,只要他坐在桌前,图书馆里的所有动静都逃不过他的眼睛,如果有人要带走六七本书,他不可能看不见。想到这里,我又折了回去。他抬起头朝我微笑,笑容带着询问的意味。

"罗利,我要找的书都被人拿走了。这张单子上的每一本书。"我把清单递给他,"你居然借出了这么多书,可真是件稀奇事。你能不能告诉我借书的人是谁?"

他接过书单,边看边皱眉头。"这些书没借出去,先生。你确定不是

---

[1] 13世纪英国著名法学家。
[2] 鲁库勒斯为古罗马将军,并非历史学家。

被放错地方了?"他仰头看着我,笑得有些勉强,我一眼就看出这老家伙在说谎。

"架子上的书缺了好几处。借出去的书你肯定列了单子,能不能拿给我看看?"

他被我严厉的语气震慑,不安地舔了舔嘴唇。"先生,我找找看。"他拿起一张纸装模作样地看了一下,接着深吸了一口气,重新抬起头。

"没有,先生。这些书没被人拿走。一定是被来看书的人放错地方了。我明天好好找一找。"

我心中生起一阵悲凉,没想到连他也对我撒谎。不过看得出他十分害怕。

"罗利先生,这件事可不是闹着玩儿的。这些书很有价值,我现在急着要看。我必须把这件事告知图书馆管理人。"

"如果非告诉他不可,那你就去吧,先生。"他紧张地咽了口唾沫。

我一字一顿地说:"我要见管理人希思先生。"可是这句话好像并不奏效。我不知道罗利在害怕谁,但有一点我能肯定,那就是他对这个人的惧意超过了对管理人的。他只是重复说:"那你就去吧。"

我扭头就走。出了图书馆的大门,我捏紧拳头,恨恨地骂出声来。每次找到新线索的时候,总有人比我抢先一步,真是见了鬼了。但我起码知道了一件事:这些书里一定记载着希腊火的传说。所幸伦敦的图书馆不止这一家,我可以去同业公会图书馆找找看。

朝大门走去的时候,我察觉到天气起了变化,空气黏腻滞涩,好像紧紧贴着皮肤。走出大门的时候,看门人朝我打着招呼:"晚安!"拐进大法官法庭街的一刹那,我眼角的余光瞟到门房边有什么东西动了动。我飞快地转过身,看到门房边立着个身材魁梧的人影,从一扇窗户里透出的烛光恰好照到他的脸上,使我看清了他的长相:他年纪很轻,一张圆脸表情阴沉,鼻子上长着粉瘤。我下意识地把手伸向腰间的匕首。这人眼看我要动

第十八章

刀子,立刻转身跑掉了,我听见脚步声沿着大街越跑越远,最后完全消失。

我慢慢退回门房的拱门下,大口大口地喘着粗气。乔治·格林曾经提到过一个鼻子上长着粉瘤的男人,莫非就是他?我环顾四周,想看看那个麻脸男人是不是也在这里。对面犹太改宗所的高墙在黑夜中如同小山一样,墙根的阴影里不知藏着什么东西。我眯起眼睛朝那边看了好一会儿,却没看到一个人影。那个身材魁梧的男人肯定是悄悄尾随我来到学院的,等我出了大门,他就会找机会向我下手。天气虽热,我却不由自主地打了个寒战。

我又等了一会儿,这才沿着黑暗的长街小心翼翼地向家里走去,一路上竖起耳朵,留意着周围的风吹草动。好容易走到家门口,我终于舒了一口长气。还没高兴多久,我突然醒悟过来,暗骂自己太过愚蠢:刚才已经差点儿着了别人的道,怎么还敢一个人走夜路?

第十九章

清早一起床,我就看到一堆乌云笼罩在城市上空。沉闷的空气从敞开的窗户涌进卧室。今天是六月一号,再过九天就是国王观看希腊火演练的日子,伊丽莎白也要回到老贝利法院去了。

吃早餐的时候,我把书籍失踪的事和一个男人躲在林肯律师学院门房阴影里的事情统统告诉了巴拉克。听完我的话,他也讲述了昨夜混迹酒馆的发现。他打听到比林斯门一家临河的酒馆在售卖那种奇怪的波罗的海饮料,酒馆的名字叫"蓝野猪"。他也到沃尔布鲁克一带的酒馆转悠了一下,不过酒客里好像并没有温特沃斯家的仆人,这群人是出了名的有自制力,对宗教信条恪守得非常严格。

"我倒是在酒馆里碰上了另一个人,他的主人就住在温特沃斯家隔壁。可他只说温特沃斯一家人一向不和其他人来往。他在我耳朵边唠叨了整整一个小时,说的都是他那条老狗是怎么走丢的。"

"你昨天晚上可真忙啊。"虽然昨天晚上肯定喝了不少啤酒,但巴拉克现在神采奕奕,丝毫看不出宿醉的疲态。

"我也向人打听了麻脸和那个脸上有粉瘤的家伙,可惜一无所获。他们肯定不是本地人。我本来还在怀疑他们是不是已经放弃了,但是从你的话来看似乎并没有。"

这时琼走进餐厅,送来一封信。我破开信上的蜡封。

"是格里斯特伍德太太写来的。她想约我们十二点在罗斯柏瑞见面。如果庭审按时结束,我们可以去罗斯柏瑞赴约。"

"我先陪你去威斯敏斯特宫好了,你觉得怎么样?"巴拉克自告奋勇地

第十九章

说,他今天上午没什么正事可干。

"谢谢你。有你陪着,我觉得更安全。你有式样庄重的黑色衣服吗?"

"当然有了,只要有需要,我随时可以把自己收拾得体体面面的。比如今天晚上欧娜夫人的宴会。"他朝我眨眨眼睛,"我敢说你一直盼着这个宴会。"

我哼了一声。我没有跟巴拉克提起在林肯律师学院遇到欧娜夫人的事;要是提了,他一定会怪我没有当场向她问个明白。我在心里对自己说:他是对的。

我们匆匆赶往圣殿阶梯,准备去那里搭船,途中我注意到人们都会时不时仰头看看阴沉的天空。闷热的空气中弥漫着腐臭味儿,我早就汗流浃背了。要是运气好的话,很快就会有一场雷雨。虽然时间还早,舰队街两边已经聚集了一小群人。我正在猜想这些人聚在这里等什么,就听到铁质车轮轧在鹅卵石上的吱呀声和一声大喊"勇敢些,兄弟们!"原来今天是绞刑日。一辆由四匹马拉的大型囚车从我面前经过,一队身穿红白相间的伦敦戍卫队制服的卫兵走在旁边。这辆囚车的目的地是泰伯恩刑场,之所以穿过舰队街,是因为这样可以让更多的人看到,正好借此警告民众犯了罪会招来什么样的下场。

我们停下脚步让囚车先过。车里有十几个犯人,每一个都被反剪双手,往脖子上套了绳索。看到这一幕,我不禁想起伊丽莎白来,她也许终究难逃一死,下星期的绞刑日一到,她说不定也会坐上这种囚车,到泰伯恩引颈受戮。泰伯恩刑场上的众多巨大绞刑架将是这些犯人最后的旅程,囚车会停在那里,等候行刑人把犯人脖子上绳索的一端固定在绞刑架钩子上,之后囚车尾部会放下来,只要四匹马拉着囚车往前一跑,车上的犯人就会被凌空吊起,除非亲朋好友们拉着他们的脚踝往下拽,让他们的脖子生生折断,否则这些人只能慢慢窒息而死。想到这残忍可怖的景象,我不禁打了个寒战。

在这段通向死亡的路上，大部分犯人都低着头，但却有一两个人面带微笑，朝围观人群点头致意，这种强装出来的喜色反倒叫人毛骨悚然。我看到那个被判偷马的老太婆和她儿子也在其中——年轻人呆呆地凝视着前方，面部不停地抽搐，他妈妈无力地倚着他，头发花白的脑袋靠在他胸口。囚车吱呀吱呀地驶过去了。

"我们还是继续赶路吧。"巴拉克努力在人群中挤出一条路。"我一向看不得这种情景，"他低声说，"我从前在泰伯恩刑场拉过一个老朋友的腿，直到他停止了挣扎。"他极其认真地看了我一眼。"你打算什么时候让我下那口井？"

"我原本打算今晚动手，可是欧娜夫人的宴会不能不去。明晚吧，就这么说定了，雷打不动，风雨无阻。"

我们搭上一艘小船往下游驶去，一路上我思绪翻腾，内疚不已。多耽搁一天，伊丽莎白就要在地牢里多受一天罪，约瑟夫就要在极度焦虑中多受一天煎熬。巍峨的威斯敏斯特大厅逐渐出现在我的视野中，我摇了摇头，极力把思绪转回到布里克纳普的案子上。我心中暗想，一时专一事，要是一心二用，我一定会发疯。巴拉克好奇地看着我，我这才意识到自己竟然在无意之间把心里话大声说了出来。

※

时值夏季开庭期，威斯敏斯特宫大院人山人海。我们挤过人群进了大厅，只见巨大的拱顶下人满为患，律师、书记员、书商和游人混杂在一起，把古老的石板地踩得咚咚响。一群人正围在王座法庭的隔板外面看热闹，我只好伸长脖子朝里张望。一排出庭律师正站在木头搭成的律师席边等候，席后面摆了张大桌子，法庭官员们坐在桌边，面前堆着小山似的文件。

法官席上方悬着织有皇家徽章的挂毯，法官正坐在他那把高脚椅上聆

第十九章

听一个出庭律师的辩词,表情颇不耐烦。一看清法官的脸,我的心顿时凉了半截,原来今天的法官是赫斯洛普。他这个人生性疏懒,而且据我所知,他也买下了大量的修道院资产,和布里克纳普是一路人,在这件案子上,他怎么可能不偏帮同类呢?我捏紧拳头,暗恨自己出师不利,在博弈开始前抽到了一张烂牌。不过好在昨晚的辛苦没有白费,只要其他方面不出岔子,我相信我的论述一定能让所有人信服。

冷不防耳边有人唤了我一声:"夏雷克先生。"我吓了一跳,猛地转过头,看到市议会的一个法律代表维尔韦站在我身边。他和我是同龄人,为人老成持重,很有学者风度,是个坚定的改革者。我赶紧鞠了一躬。他显然是被派来观看庭审的。对市议会来说,这个案子的胜负非常重要。

"前几件案子赫斯洛普还断得挺公平的,"他说,"很快就轮到我们了,夏雷克先生。布里克纳普在那边。"他朝某个地方扬了扬下巴,我顺着他的目光望去,看见我的对手正和其他律师们站在一起,他斜靠在原告席的栏杆上,穿一身黑袍,显得人模狗样。

我勉强挤出一丝笑容,把背后的背包拿了下来。"我准备好了。巴拉克,你在这里等我。"

巴拉克凝视着维尔韦,笑吟吟地说:"祝你们今天大获全胜。"

我穿过隔板,朝法官席鞠了一躬,走到被告席找了个位置坐下。布里克纳普朝我看了过来,我微微欠身,算是打招呼。过了几分钟,上一个案子完结了,原被告一前一后从我面前经过,一方喜笑颜开,另一方脸色阴沉。一个庭警喊道:"伦敦市议会代表和布里克纳普上庭。"

我一开口就直入主题,把引起双方纠纷的情况简述了一遍:因粪坑粗制滥造导致污物漏进隔壁公寓使住户们苦不堪言,随后指出这一问题源自于布里克纳普对原建筑的拙劣改建。最后我总结道:"把古老的修道院改造成环境如此恶劣,且存在安全隐患的居住区的行为,不仅损害了大众的福祉,也违反了城市管理条例。"

赫斯洛普靠着椅背，舒舒服服地坐在高脚椅上，听完我的话，不耐烦地瞪了我一眼："这里不是大法官法庭，律师，你说话最好不要绕弯子。直说吧，这件事触犯了哪条法律？"

我看到布里克纳普得意扬扬地点了下头，但他高兴得太早了，我这次可是有备而来。"法官大人，我刚才只是在介绍案件的基本情况。我手上有六七个案例，足以证明市议会有权管理存在侵害他人权益问题的修道院产业。"我把案例抄本呈给了赫斯洛普，开始逐一概述这些案例的内容。我边说边留意赫斯洛普的反应，发现他的表情渐渐呆滞起来，好像根本没听我在说什么，一颗心顿时往下一沉。当一个法官显露出这种表情时，通常意味着他已经做出了决定。可是我仍然没有放弃。我说完之后，赫斯洛普嗯了一声，朝我的对手点点头。

"布里克纳普律师，你有什么要说的？"

他应声鞠了一躬，不慌不忙地站了起来。他刚刚刮过脸，瘦削的面孔上带着自信的笑容，单看他的外表，谁会相信他是个心术不正的小人？他朝赫斯洛普点头微笑，那模样仿佛在说：我是个正直可靠的人，一定会把这件事的真相一五一十地告诉你。

他开口说："法官大人，我们生活的这座城市如今正发生着巨大的变化。众多修道院的倒闭给市场带来了大量的地产资源，而且租金很便宜，我们这些有心干一番事业的人自然要抓住机会进行投资，为社会创造效益。否则越来越多的修道院地产会白白荒废掉，成为流浪汉出没的地方。"

赫斯洛普连连点头："没错，如果任其发展，总有一天会成为伦敦的一大问题。"

"我找到一个案例，相信可以给您一个满意的答案。"布里克纳普把一份文件呈给赫斯洛普，"法官大人，这是欧克汉姆多明我会修道院院长的案例。有人以不法妨害为理由对院长提起诉讼，因为这座修道院由国王直接管辖，所以案件被提交到王座法庭审理。如今英国所有的修道院都归国

第十九章

王管辖,因此我认为这种涉及管理权的问题必须交给国王裁定。"

赫斯洛普慢吞吞地读着文件,边读边点头。我看着前来旁听的人群,不经意间扫到一个站在原告席附近的男人。他衣饰华贵,两个保镖一左一右护卫着他。其余的人都和他隔开几步,似乎很怕离他太近。我一下子愣住了:这个人竟然是理查德·里奇。披一袭镶毛长袍的他目不转睛地凝视着我,一双灰色的眼睛放出慑人的寒光,仿佛结了冰的海面。

赫斯洛普抬起头:"对,布里克纳普律师,我赞成你的意见。我认为这个案例是相当有力的依据,这件案子完全可以照此解决。"

我腾地站起来:"法官大人,请容我申辩几句。我提供给您的案例数量更多,而且时间更近……"

赫斯洛普摇了摇头:"我作为法官,有权判定哪个案例最能体现判例法的精髓。这个案子关系到王室的权力,只有布里克纳普律师提供的案例可以直接解决……"

"可是法官大人,布里克纳普律师本身就是这家修道院的买主,他照理应该避嫌……"

"律师,我今天还有很多案子要审。我判决原告胜诉,诉讼费用由被告承担。"

我眼看回天无力,只好退出了法庭,布里克纳普也笑容满面地退了出来。我朝里奇刚才站的地方看了一眼,发现他已经不在了。其实在威斯敏斯特大厅看到他并不稀奇,他的办公地点就在附近,可他刚才为什么用那种眼神盯着我?我朝站在法庭外的维尔韦和巴拉克走去。我已经当着巴拉克的面输掉了两场官司,既救不了伊丽莎白,也没能赢过布里克纳普,想到这里,我不禁羞红了脸。为了掩饰心中的尴尬,我向他抱怨说:"你每次来看我打官司我都会输,一定是你给我带来了霉运。"

维尔韦气愤不已:"判决结果太荒谬了,分明是视法律为儿戏。"

"是啊,的确很荒谬。先生,我斗胆提出一个建议,你们务必向大法官法庭提起上诉,虽然诉讼费不是一笔小数目,但这钱值得花。否则先例一开,伦敦所有购买了修道院地产的人就不会把城市规章放在眼里了……"

巴拉克忽然用手肘撞了我一下,我赶紧住了口。布里克纳普就站在我身边。我皱起眉头:律师行中有个规矩,同行和委托人谈话的时候,其他人是不能靠近去听的,否则就是失礼。但此时的布里克纳普现在显然顾不了那么多了,他也和我一样眉头紧锁,完全没有了先前的泰然自若。

"夏雷克律师,你想向大法官法庭提起上诉?"他问,"但你只会再输一次。何苦让市议会白花那么多钱……"

"我正在进行私人谈话,布里克纳普,不过你说得没错,我的确提出了这个建议。刚才的判决明显偏向你,大法官法庭一定会推翻这个结果。"

他哈哈大笑,表示根本不相信我的话:"等大法官法庭接受了你的上诉再说吧。你知不知道这段时间有多少案子等着大法官法庭审理?"

"无论要等多久,我们一定会耐心地等下去。"我坦然地注视着他,而他仍然像从前一样不敢正视我的眼睛,"律师,我们借一步说话。"我带着他走到远离人群的地方,俯身在他耳边说:"你使了什么手段让赫斯洛普偏袒你?你送了点儿黄金给他吧?"

他气势汹汹地说:"这种指控是无中生有……"

"布里克纳普,你的一举一动都逃不过我的眼睛,你以为我不知道你把钱花到哪儿去了?不过没有关系,我们将在大法官法庭展开一场公平的竞争。别以为我忘掉了其他的事。我已经把你和法国商人的关系调查得一清二楚。他们很有可能出高价买下配方。"

他一听这话,猛地睁大了眼睛:"我不会……"

"我希望不会,这是为了你好。一旦你参与了任何叛国阴谋,布里克纳普,你会发现自己是在引火自焚。"

他第一次显露出畏惧之色。"我发誓我没有。我已经把我知道的情况

第十九章

全都告诉你了。"

"是吗?最好是这样。"我退后几步,和他隔开一段距离。他掸了掸衣服,逐渐平复了情绪,而后恶狠狠地瞪了我一眼。

"我要拿回我预付的诉讼费,律师。"他说话时声音出现了瞬间的颤抖,"我会把费用清单送给市议会……"

"行啊,你做就是了。"我转身背向他,重新走回巴拉克和一脸不自在的维尔韦身边。布里克纳普悄悄溜走了。

"他打算向我们索要诉讼费,"我勉强挤出笑脸,"维尔韦先生,我会把建议书呈交给市议会。对于这个结果,我再次向你致歉。我怀疑法官被布里克纳普买通了。"

"关于这一点我并不意外,"维尔韦回答,"我很了解布里克纳普的为人。你可不可以尽快把你的建议写给我们?判决结果很可能造成非常恶劣的影响,会给市议会带来困扰。"

"没问题。"

维尔韦鞠了一躬,消失在人群中。"你对布里克纳普说了什么?"巴拉克好奇地问,"我刚才还以为你要揍他一顿呢。"

"我警告他不要得意忘形,我一直注意着他的一举一动。我还告诉他我调查了他和法国商人的关系。"

"我敢肯定布里克纳普就是那个来找过我——我继父的混蛋。"说出"继父"这两个字时,他的话音里透着强烈的憎恨。

我咬了咬嘴唇。"你觉得你可以找到更多证据,证明他长期有组织地安排人给被告做假证吗?找到一个可以提供证据的成年人,有了证据,我们就捏住了他的把柄……"

我的话还没说完就被打断了。周围的人群一阵骚动,我转过头,看到里奇迈着大步朝我走了过来,他虽然脸上带笑,那双牢牢盯着我的眼睛却透出寒意,这就是他刚才在法庭上看我的那种眼神。

"夏雷克律师,我们又见面了,还有你这位头发乱糟糟的助手。"他朝巴拉克微微一笑,"先生,来法庭之前,你应该花点儿心思梳梳你的头发。"

巴拉克大胆地回视着他。

里奇笑了笑,转头对我说:"夏雷克律师,你这个助手太没礼貌了。你得好好教教他规矩。对了,也许你自己也该学点儿。"

里奇的目光让我分外紧张,但我仍然坚持着自己的立场。"真对不起,理查德爵士,我不明白你这话是什么意思。"

"我是说你超越了自己的本分,去插手一些你不该插手的事情。帮乡下的农民解决土地纠纷才是你该干的事。"

"我不该插手的事是哪些事,理查德爵士?"

"你自己心知肚明,"他说,"不要在我面前装无辜。收敛一点儿,否则有你的苦头吃。"他抛下这句话,转身走了。我和巴拉克站在原地,谁也没有说话。

巴拉克率先打破了沉默。"他知道了,"他的声音低沉而紧张,"他知道希腊火的事了。"

"什么?他怎么可能知道?"

"我也想不明白,但他的的确确知道了。除了这个,他还会指什么事?从去年秋天到今年三月,谁也不知道这中间的六个月里格里斯特伍德兄弟到底干了什么,你说他们会不会去找过里奇?"

我皱起眉头:"可是——如果他威胁我,就等于在威胁克伦威尔。"

"也许他并不知道伯爵参与了这件事。"

我看着里奇的背影,开始仔细推敲:"布里克纳普刚溜走,一转眼里奇就出现了。而且他那天在土地没收法院做的事情也有里奇的份儿。"

"说不定里奇就是他的靠山。"巴拉克紧咬嘴唇,"这件事一定要让伯爵知道。"

第十九章

  我勉强点了点头。"天哪，里奇竟然也掺和进来了。"正好某个人无意间撞了我一下，我心里猛地蹿起一股无名火，气呼呼地大嚷起来："走，我们离开这里！现在该去罗斯柏瑞了。"

第二十章

泰晤士河上又热闹起来,大大小小的船只挤满了河面,我们只好坐在台阶上等船。巴拉克斜靠着矮护墙。

"你真的认为布里克纳普贿赂了法官?"他问。

"即使这是事实,我也不会觉得奇怪。赫斯洛普可不是什么正人君子。"

"如果案子上诉到大法官法庭,你有把握赢吗?"

"不管有没有把握我们都得这么做。我相信大法官法庭的人不至于是非不分。但是天知道什么时候才轮到我们。布里克纳普有句话说的没错,他们太拖沓了——知不知道我为什么给我的马取'大法官法庭'这个名字?因为它们都慢吞吞的。"我一脸严肃地看着巴拉克,"赶紧去找一个在布里克纳普的安排下做过假证的人。我们可以给他一笔奖金,如果克伦威尔同意的话,还可以让他免于被起诉。我们得灭掉布里克纳普的威风,如果他真的找到了里奇做后台,这么做就是必需的。"

"好,我一定照办。"他转头面向我,"但我不会去找我继父,虽然我知道他和我妈妈住在哪里。就算是为了伯爵也不行。"

"是吗?我还以为你为了克伦威尔什么事都肯干呢。"

他的眼中闪动着愤恨的光芒。"我爱我爸爸,哪怕他身上有股屎臭味儿。可恨我妈妈已经把他抛在脑后了。我出生以后他就当了掏粪工,要不是他起早贪黑挣钱养家,我可能早就饿死了,根本没命站在这里。我十二岁那年,他因为意外去世了。"- 他的话勾起了我的兴趣,我点了点头,示意他继续往下说。尽管认识这么多天了,我这个难相处的同伴还是头一次

244

第二十章

向我表露他内心的想法。

"那个喜欢招摇撞骗的律师在我家做了好几年房客,他名叫肯尼。我家有三间房,他住最好的一间,我们一家人住剩下两间。他能说会道,我妈妈被他给迷住了,何况他……"说到这里,巴拉克几乎到了咬牙切齿的地步,"何况他是个律师,社会地位比我们高一点儿。我爸爸才死了一个星期,我妈妈就和他结了婚:那个穷了一辈子的老笨蛋就连到了地下也不得安生。你知不知道她当时对我说了什么?和你走出灰狼街那座房子时说的话一模一样。'一个穷寡妇不得不为自己的将来打算'。"

"我想她也是迫于无奈。"

"在那之后,我有一阵子变得非常狂躁。"他突然放声大笑,笑完接着说:"就算到了现在,有时候我依然会觉得自己有点儿癫狂。我从家里跑出来,学也不上了,虽然我念书念得很好。我和街头混混搅在了一起。你知道的,一个穷孩子必须自己照顾自己。"他凝望着缓缓流动的河水。"我跟着那些人胡混了一段时间,结果有一天偷火腿的时候被人抓住了。我进了监狱,面临着绞死的下场,那条火腿很大,价值超过了一先令。所幸监狱长是帕特尼人,而且认识我爸爸,他通过我的姓氏认出了我。为了救我一命,他拜托了同样来自帕特尼的克伦威尔大人,求他出手相助。就这样我逃过一死。离开监狱之后,克伦威尔大人召见了我,收我做了他的手下,起初只是让我跑跑腿,后来又把其他任务交给我去做。"巴拉克转头看着我,"我的一切都是大人给的,包括我这条命。"

"我明白。"

他站起身来,深吸了一口气。"我继父和布里克纳普经常在伦敦塔旁边的一家酒馆碰面。我想那里多半就是布里克纳普和他那帮专门替人做假证的臭流氓聚会的地方。我打算到那里走一趟,看看能不能找到一两个证人。"

我看着他:"难怪你对律师的印象不好。"

"你比大多数律师厚道多了。"他嘟囔道。

"你离家出走以后就再也没见过你妈妈和继父?"

"我在城里碰见过他们一两次,但是每次我都避开了。他们唯一关心的事就是我死了没有。至于我过得好还是不好,对他们来说根本就无所谓。"

我们乘船到达了三吊车阶梯,登岸向北,朝罗斯柏瑞走去。一路上巴拉克步履轻快,我必须用尽全力才能赶上他。走到杂货商大楼时,我们看到两名穿着上等背心的年轻绅士在嘲笑一个坐在大楼门口的乞丐,那乞丐毫不掩饰地展露出脸上红肿流脓的伤口,想博取大众的同情讨得一点钱。

"走吧,伙计,你该去当兵!"其中一个人说,"朝廷正在号召大家拿起武器,去抗击教皇和国王的敌人,每个人都应该响应。"他从皮质剑鞘里拔出长剑挥舞起来。那乞丐看样子连站起来都有困难,更别说拿起武器了,此刻被吓得魂不附体,手脚并用拼命往后爬,嘴里发出嘶哑的啊啊声,原来竟是个哑巴。

"他不会说标准的英语,"另一个家伙说,"说不定是个外国人。"

巴拉克走上前去,一手按住腰间的长剑,直视着那个舞剑的年轻"勇士"。"离他远点儿!"他呵斥道,"你要是不服气,过来和我比画比画怎么样?"

那家伙眯起眼睛,可还是乖乖地把剑插回剑鞘,转身离开了。巴拉克从衣袋里掏出一枚硬币放在乞丐面前,头也不回地对我说:"我们走。"

我由衷称赞说:"你可真勇敢。"话音刚落,我突然想起装希腊火的木桶上有一段格言。*Lupus est homo homini*:人对人是狼。

巴拉克哼了一声。"那两个混蛋只敢欺负没有还手之力的人。"他朝地下吐了口唾沫,"什么狗屁绅士。"

第二十章

说着说着就到了罗斯柏瑞街。宏伟的圣玛格丽特教堂伫立在我们面前，教堂旁边的狭窄小路不约而同地伸向一片布满低矮建筑物的街区，金属撞击的叮当声遥遥可闻。这种声音长年累月无休无止，所以除了铸造工之外，没人肯住在罗斯柏瑞。

"格里斯特伍德夫人要我们到她儿子的铸造坊见她，"我说，"我们从这儿往前走，到老马街去。"

我们拐进一个夹在两座二层小楼之间的狭窄路口。煤渣、木炭渣和街上的灰尘混合在一起，空气里弥漫着一股浓烈的热铁味儿。这里几乎每家每户都开着铸造坊，大门无一例外地敞开着，从大门望进去，可以看到有人在里面干活儿。铁铲用力刮着石板地，发出刺耳的嘎嘎声，煤被一铲铲送进熔炉，熔炉里的红光强烈刺眼，显然火势正旺。

我最终停在了一座小房子前面。大门关得严严实实，巴拉克抬手在门上敲了两下。门开了，一个身材精瘦修长的年轻人出现在门口，一脸狐疑地看着我们。他穿着一条厚重的围裙，围裙下头的旧罩衫上布满被火星燎出来的小洞。那清瘦的脸庞、刻薄的眉眼，和格里斯特伍德夫人就像一个模子刻出来的。

我问："请问你是哈珀先生吗？"

"我是。"

"我是夏雷克律师。"

"请进，"年轻的铸造工用不太友好的语气说，"我妈妈在里面。"

我跟着他走进他那间小小的工坊。房间正中是一座没有生火的熔炉，边上放了一堆木炭。门口层层叠叠摞着好些瓶瓶罐罐。房间一角有张小板凳，格里斯特伍德夫人就坐在板凳上。见我来了，她并没有起身行礼，只是微微点了点头。

"律师先生，你来啦，"她说，"他就是我儿子。"

哈珀朝巴拉克点点头："这个人是谁？"

"我的助手。"

他向我发出警告:"我们铸造工是很团结的。我只要喊一声,罗斯柏瑞一半的人就会赶过来。"

"我们不想伤害你——我只是想问你一件事。你妈妈没告诉你我们来这儿是为了打听迈克尔和瑟普特斯的实验是怎么一回事吗?"

"她说了。"他坐到他母亲身边,抬头看着我,"迈克尔和瑟普特斯当时找到我,说他们想造一样东西,那东西非常奇怪,得把水泵和贮水罐拼凑起来。以我的能力是做不出来的,但我帮另一个铸造工铸了很多零件,他的资历比我老,一直做着维修城市水管的工作。"

"彼得·莱顿。"

"对。我帮莱顿先生用铁铸了一些管子和一个贮水罐。"他警惕地看着我,"我妈妈说知道这件事的人可能会有危险。"

"也许会有。如果你真的遇上了危险,我们可以帮你的忙。"说到这里,我故意停顿了一下,"那预备装进贮水罐里的液体呢?你见过吗?"

哈珀摇了摇头。"迈克尔说这是个秘密,我最好不要知道。他们在莱顿先生的院子里做了几次实验。他们向他租下了整个院子,而且做实验的时候不许他靠近。那个院子的墙非常高,莱顿先生常常把他修水管用的铅管堆放在那里。"

我对哈珀和迈克尔之间的关系产生了好奇,哈珀既然是格里斯特伍德夫人的私生子,那么迈克尔也算他的继父,这对"父子"相处得怎么样?但依我看迈克尔找上他并不是出于亲情,而是因为正好需要一个铸造工来帮忙。

我问:"那件器械长什么样子?"

他耸了耸肩。"很复杂。一个完全不漏水的大贮水罐,一头连着个水泵,另一头连着根管子。我们花了好几个星期才把它造出来,谁知道后来莱顿先生说我必须重做一次——那根管子太宽了。"

第二十章

"格里斯特伍德兄弟第一次雇佣你是在什么时候?"

"去年十一月。直到今年一月那件器械才算完工。"

今年一月?他们三月才找到克伦威尔,中间隔了整整两个月。"你确定?"

"确定。"

"那件器械放在哪里呢?在莱顿先生的院子里吗?"

"我觉得是。他们给了莱顿先生一大笔钱租下了那个院子。"

格里斯特伍德夫人苦笑起来:"莱顿先生有拿到钱吗?"

"拿到了,妈妈,真的。他坚决要求预先支付,否则就不租给他们。"

她皱起眉头:"这就怪了。迈克尔是从哪儿弄到这笔钱的?他和瑟普特斯都是穷光蛋。"

我说出了自己的想法:"说不定是其他人付的。"

"他们只能让别人付,他们自己根本就付不起,"格里斯特伍德夫人痛苦地回答,"我和迈克尔结婚十年了,这十年来,他时不时弄出些疯狂的计划,我为了给他收拾烂摊子疲于奔命,有时候甚至穷得连面包都吃不起。现在他死了,这一切终于结束了,可恨他居然连累了戴维。"她用温柔的目光注视着她的儿子,脸庞变得柔和起来。

"我能确保你们母子二人的安全,"我说,"不过我想和莱顿先生谈一谈。"我看着戴维·哈珀。"你有没有告诉他我会来?"

"没有,先生。我和我妈妈觉得最好不要声张。"

"他这会儿在不在他的铸造坊里?"

"应该在,他最近接到了维修舰队街水管的活计。他上星期五还说要把一些零件包给我做呢。他说这话的时候可得意了。"

"你能不能带我们去找他?"

格里斯特伍德夫人急忙问:"是不是只要找到了他,你们以后就不再来找我们了?"

"夫人，你如果想要尽快脱身，就得好好配合我们。"

她朝她儿子点了点头。他站起身来，带着我们走出屋子。格里斯特伍德夫人也匆匆起身，小跑着跟在他后面。

我们沿着小路朝罗斯柏瑞深处走去。透过敞开的门，可以看到铸造工们在熔炉边辛勤劳作。他们一个个打着赤膊，上身湿淋淋的，像是刚从水里捞出来一样。我们看着他们，他们也好奇地打量着我们。在一条弯弯曲曲的小路尽头，哈珀停在了一栋房子前面。房子坐落于小路拐角处，比罗斯柏瑞大部分房屋要大一些，紧挨着一座工坊。工坊旁边是一堵高高的围墙，墙上开了道门，应该是院子的入口。

巴拉克小声对我说："这里到处都是铸造坊，就算有奇怪的声音和起火的迹象，也不会引起其他人的注意。"

"没错。选这个地方做实验真是再聪明不过了。"

哈珀敲了敲屋门。屋门紧闭着，工坊的窗户也一样。他又上前推了推工坊的门和院子大门，可是也都锁着。

"莱顿先生！"他放声大喊，"莱顿先生，我是戴维！"喊了几声，始终无人回应。他转过头来，带着歉意对我们说："很多铸造工上了年纪之后耳朵会越来越聋。不过真奇怪，他的熔炉怎么没有生火呢？"

我突然有种不祥的预感："你最后一次见到他是什么时候？"

"上星期五，先生，他那天告诉我他接了新活计。"

巴拉克看了看门锁："我可以把锁撬开。"

"不用撬锁，"哈珀说，"我知道谁有钥匙。我们这里的人都会在邻居那儿放一把钥匙，以防自家起了火没人救。你们在这里等着。"他沿着我们刚才来的小路折了回去。"砰砰砰""叮叮叮"，清脆的打铁声从四面八方传来，在我们耳中不断回荡。格里斯特伍德夫人开始不安地绞动双手。

没过多久，哈珀又回来了，手里拿着一把大钥匙。他上前开了院门，我们鱼贯走入院子里。迈克尔和瑟普特斯的确选了个好地方：这里三面都

第二十章

是高墙,第四面则是工坊的后墙,墙上没有窗户。院子里有一大堆管子和阀门,显然都是莱顿修水管用的零件。我的目光很快被遍布墙面的焦黑痕迹吸引了,这些痕迹和我在格里斯特伍德家院子里看到的痕迹十分相像,只不过这个院子要大得多。

格里斯特伍德夫人母子俩局促不安地站在门口。我朝戴维·哈珀笑了笑,想让他放松下来——他看上去太紧张了,仿佛随时可能拔腿跑掉。

"哈珀先生,"我说,"跟我说说,你觉得这个院子有什么不寻常的地方?"

他环顾四周:"也没什么不寻常,只是挺干净的,好像新近打扫过。"

我点了点头。"我也是这么想。这里太干净了。"

巴拉克不解地问:"铸造工的院子脏乱一点儿也很正常,干吗打扫得这么干净?"

"自然是为了销毁所有的证据。"我俯身凑向他,低声说,"我觉得有人搬走了器械,把希腊火的线索全部抹去了。"

"会不会是莱顿干的?"

"有这个可能。走,我想我们该到房子里看看。"

我带头出了院子。我们又敲了敲屋子的大门,可屋里还是没有一点儿声息。我抬手擦去额头上的汗水,这里到处是铸造坊,温度比其他地方高得多,好像连空气都黏糊糊的。周围丁零当啷的声音还在继续。

"我们可以穿过工坊进到屋里去,"哈珀说,"工坊里有扇门直通到屋子,可以用同一把钥匙打开。"他犹豫了一下,打开了工坊大门,走进里面喊:"莱顿先生?"巴拉克跟着他走了进去。

"我留在外面,"格里斯特伍德夫人紧张地说,"戴维,你小心点儿。"

我紧随巴拉克走进工坊里。戴维打开了百叶窗,屋里一下子明亮起来,我看到里头乱糟糟的,地上的管子和阀门比院子里还多,此外还有一些坛坛罐罐和一座空炉子。哈珀从炉子里拣出一块煤。"这煤是冷的。"

251

他说。

那扇通往屋子的门就开在一面墙上。哈珀犹豫了半响，终于下定决心，把钥匙插进锁眼里一扭。门开了，一个黑黢黢的房间出现在我们眼前。我嗅到一丝淡淡的，但却非常熟悉的气味，连忙抓住巴拉克的手臂说："先等一等。"

哈珀走进房间里，打开了百叶窗。等他回过身看清房里的景象时，惊骇地张大了嘴巴。这个房间原来是一间会客室，陈设出乎意料的华美，此刻却是一片狼藉，餐具柜侧翻在地，银餐盘四处散落。

戴维·哈珀吓得面无人色。他呆呆地站在原地，一手捂着嘴巴。我小声说："他也遇害了，那些人带走了器械，然后要了他的命。"

巴拉克问："那尸体在哪儿？"

"也许就在这栋屋子里的某个地方。我闻到了血腥味儿。"我命令哈珀呆在原地，和巴拉克一起朝屋子深处走去。会客室尽头有一道狭窄的楼梯，巴拉克拔出长剑，和我一前一后爬了上去。房子的其余部分安然无恙，被破坏的只有会客室。我们返回原处，发现戴维·哈珀已经出去了，透过窗户，我看到他和他母亲站在一起，一脸害怕地看着这栋屋子。一个男人背着一摞平底锅经过，疑惑地看了他们一眼。

"他们把尸体带走了，"我说，"和那件器械一起。看来他们不想让人知道罗斯柏瑞发生了凶杀案。"我双膝跪下，仔细查看着地板。"看，这部分地板被清洗过，连一点儿灰尘都没有。"这时我注意到两只苍蝇在翻倒的餐具柜周围嗡嗡打转，深吸了一口气说："来，巴拉克，帮我把这个搬开。"

餐具柜慢慢抬起，我心里充满了恐惧：下面会有什么，难道是尸体？等柜子完全立起来，下面没有尸体，只有一摊干涸的血迹。巴拉克吹起了口哨。

"所有的门都锁得好好的，那些人哪儿来的钥匙？"

第二十章

"也许是从莱顿的尸体上搜出来的。"我朝大门看了一眼,"他们并没有破门而入。我猜他们应该先敲了门,等莱顿开门后,他们就把他推进屋子,跟进去杀了他。说不定也是用斧头劈死的。"

"这太冒险了。要是他大声喊叫,引来左邻右舍怎么办?哈珀说得没错,铸造工非常团结。"

"也许莱顿认识他们。"我咬了咬嘴唇,"或者认识他们中的一个,而这个人可能就是暗中和我们作对的人。"

"我们应该问问邻居。"

"问是可以问,但是我敢打赌他们是趁着夜深人静,四下无人的时候来的。走吧,我们在这儿也干不了什么了。"

我们回到街上,跟哈珀还有格里斯特伍德夫人会合。我看着这对站在一起的母子,暗暗惊叹他们是如此相像,就连焦虑的神情都如出一辙。

"出什么事了,先生?"哈珀问,"莱顿先生是不是……"

"他没在屋里。但是从屋里的痕迹来看,有人在里面打斗过……"

格里斯特伍德夫人低低呻吟了一声。

"我有点儿担心你和你儿子的安全,夫人,"我说,"那个守卫是不是还在你家?"

"在,是他把我送到这里来的,然后我让他回去了。"

我转头对哈珀说:"我觉得你妈妈眼下应该和你呆在一起。我会努力给你们找个更安全的住处。"

老女人向我投来惊骇的目光:"他们到底做什么了?看在耶稣的分上,迈克尔和瑟普特斯在这里干了什么?"

"火中取栗,与虎谋皮。"

她摇了摇头,再次直视着我,嘴唇抿得紧紧的,原本柔软的唇瓣看上去异常坚硬。她粗鲁地问道:"那个妓女,你去见她了吗?"

"我去找过她,可她逃跑了。"我把头转向哈珀,"一个人有没有可能在不引起注意的情况下运走那件器械?比如用马车?"

他点点头。"罗斯柏瑞到处是铸造坊,所以随时有马车进进出出,把货物运到顾客和店铺那儿去。生意好的时候,就连晚上也是车来车往。"

我点了点头。"你可不可以去附近打听打听?就说莱顿失踪了。你愿意去吗?"

他顺从地点点头,伸手搂住他的母亲。"先生,我们真的遇上危险了吗?"

"我想你妈妈可能不太安全。有谁知道她在这里?"

"除了我和灰狼街的那个看守之外没人知道。"

"千万别告诉其他人。你识字吗?"

"识字。"

我在一张纸片上草草写下了我的地址。"如果你打听到什么消息,或者需要任何东西,可以直接来找我。"

他接过纸片,点了点头。他母亲紧紧抓着他的手臂。看到他们彼此相依,我感到十分高兴:现在除了对方,他们再也没有别的亲人了。

※

尽管精疲力竭,路过一家理发店的时候,我还是强打精神进去修了脸,谁让我晚上还要参加宴会呢?巴拉克在店里等着我,然后我们一起搭船回到圣殿阶梯,步行回家。巴拉克要我赶紧换衣服,但我坚持要先休息一会儿。我打了一个小时的盹,醒来后还是觉得疲乏。天色阴沉沉的,空气依然那么滞闷,天知道我多么希望下一场雷雨!我翻身坐起来,觉得后背有些僵硬,好久没做盖伊的背部锻炼了,这会儿就来做一做吧。我弯下腰,努力想碰到自己的脚趾头,谁知差得还远的时候,突然有人在门上敲了一下,我还没来得及开口,巴拉克就走了进来。他看到我的姿势,惊讶地睁大了眼睛。

第二十章

他说:"你这祈祷方式可真够奇怪的。"

"我没有祈祷。我只是想做做运动,缓解一下背部的疼痛。话说你每次进房间都这么横冲直撞?你难道不晓得要先经过别人的同意?"

"对不起。"巴拉克喜笑颜开地坐到我床上,"我是来告诉你我要出去。我的一个老线人说他知道那两个跟踪我们的家伙的消息,就是那个麻脸和他的大块头同伙。我现在要去见他,之后再去见伯爵。"说到"伯爵"两个字,他的表情变得严肃起来。"我要把里奇的事告诉他。他可能会让你去见他。"

我深吸了一口气。"那好吧。你知道我待会儿要去哪里。记得问问他可不可以为格里斯特伍德夫人母子找个安全的住处。"

巴拉克点了点头,接着看了我一眼,眼神透出警告。"时间都过去好几天了,我们不但没为伯爵查到什么有用的消息,反而向他求这求那,未免太不应该了。"

"我知道,但我们正在尽力去查啊。"

"我不能陪你了,你得一个人骑马到欧娜夫人家去。"

"天还很亮呢。"

"见过伯爵之后,我想去找找布里克纳普和我继父碰面的那个酒馆。你参加宴会的时候我恐怕抽不开身。"

"我知道了。"

"你确定今天晚上不想去探探那口井?在宴会结束之后?"

我摇了摇头。"那时候我应该很累了,必须好好睡一觉。巴拉克,我得调节好自己的身体和生活,"我越说越有气,语气也急躁起来,"我比你年长十多岁呢。对了,你到底多大?"

"八月就满二十八了。你听我说,有件事我始终想不明白。我可以理解那个幕后黑手为什么要派人杀死藏起配方的格里斯特伍德兄弟,也许他是想夺走配方,然后等风声过去之后把配方卖到国外,但他为什么要杀铸造工莱顿？为什么要杀所有和这件事有关联的人？"

"他们杀死莱顿，也许只是为了搬走那件器械。你我都知道这群人视人命如草芥。"

"而且他们一心想要杀了你。他们好像不希望你插手这件事。"

我皱起眉头："他们想要杀我，难道不是因为害怕我查出在背后操纵这群恶棍的人是谁吗？或者是因为怕我发现希腊火的隐情？莫非这就是那些书失踪的原因？"

巴拉克睁大了眼睛："你不会到了现在仍然认为希腊火是个骗局吧？在你亲眼见到、亲耳听到这么多事情之后？"

"我总觉得有什么地方不太对劲。我必须去同业公会走一趟，找到那几本书的复本。"

"我真搞不懂你想从一堆旧书里找到什么。"他叹了口气，"眼下有四个嫌疑犯。布里克纳普、里奇，马奇阿蒙特，还有欧娜夫人。你今天晚上一定要审问她，可不许临阵反悔。"

我高声说："我当然会问她。"

巴拉克露出他那足以气死人的讥笑："你迷上她了，虽然经过了那么多事，你的精力还是很充沛嘛。"

"你说话怎么这么粗俗。何况你从前不是说过吗，她和我不是一路人，我哪敢高攀她呢。"记得他来我家的第一个晚上，曾经向我提到过要去看一个女孩儿，但是除了这个，我完全不知道他有多少女人，那些女人又是什么身份，什么模样。我想他应该有很多女人吧，虽然他怕法国天花怕成那样。

他四仰八叉地躺到我的床上。

"布里克纳普和里奇，"他又开始念叨，"马奇阿蒙特和欧娜夫人。他们中的一个或几个很可能就是杀人凶手。有名望有地位的人其实也不过如此，我从来不觉得他们有什么了不起。"

第二十章

我耸了耸肩。"一个人想要建功立业,天下扬名,在我看来是有志气有追求的表现。但是理想往往会化为泡影,就像伊拉斯谟希望建立一个基督教共和国一样。眼下时局动荡,现在雄心勃勃,谁知道将来是什么结果?"

"有些东西是亘古不变的,"他说完笑了起来,"我说过要给你看一样东西,你还记得吗?"

"什么东西?"

巴拉克翻身坐起,解开了衬衣的纽扣。他颈间挂着一根链子,链子末端坠有一个黄金物件,在他宽阔的胸膛上闪闪发光。这东西不是十字架,看着更像个小圆筒。他把链子取下来递给了我。"你看看吧。"

我仔细检视着圆筒。圆筒表面曾经刻有花纹,但是随着时间的流逝,几乎快要被磨平了。"这是我爸爸家族代代相传的东西,"他说,"应该和犹太教有点儿关系。我爸爸叫它'圣卷'。"他耸了耸肩。"我喜欢随身带着它,说不定它能给我带来好运。"

"工艺挺精湛的。看着很有些年头了。"

"犹太人两百多年前就被赶出英国了,不是吗?他们中的某个人一定在改宗时把它保留了下来,传给了后代。这是一件纪念物,提醒我们不要忘记过去。"

我把它翻过来。这东西非常小,里面是空心的,外壁有一道裂缝。

"我爸爸说我的先人们曾经把一卷微型羊皮纸塞在里面,然后把它放在门边。"

我把它递还给巴拉克:"真是一件与众不同的小玩意。"

巴拉克把它重新挂回脖子上,扣好衬衣下了床。他语调轻快地说:"我得走了。"

"我也该收拾收拾自己了。祝你好运,希望伯爵不会对你发火。"

门在他身后关上了,我走到窗边,俯视着枯黄的花园。天空黑云密布，现在虽然还是下午，但天色已然昏暗得近乎黄昏。我敞开衣橱，开始寻找我最好的衣服。隆隆的雷声从泰晤士河上空的某个地方远远传了过来。

第二十一章

欧娜夫人的大宅坐落于主教门的蓝狮街。这是一座带庭院的四层老建筑，正对着大街。看得出大宅最近被翻修过，外观富丽堂皇，十分气派。我现在总算明白这座宅子为什么被人称作"玻璃屋"了：临街的墙面镶有一整排崭新的玻璃窗，窗格是美丽的菱形，一些位于窗户正中的玻璃上还绘有沃恩家族的纹章。我饶有兴致地打量着这奇异的图腾：一只凶猛的狮子左掌执利剑，右掌执盾牌，象征着这个古老世家的武德。这座大宅极尽奢华，但不知道为什么，我总觉得其中掺杂着一丝女性的阴柔，或许这宅子是欧娜夫人在丈夫死后才翻修的。

大门洞开，身穿制服的仆人们恭恭敬敬地立于两旁。我一向不习惯出席这种高级场合，虽然已经披枷戴锁般穿上了最好的行头，可还是担心自己表现得像个不懂世故的乡巴佬。我特意把丝绸衬衣的绉领往外拉了拉，高出紧身背心的衣领，好露出绉领上精致的绣花。

我是骑着"大法官法庭"来赴宴的。这匹老马看样子已经从最近的长途跋涉中恢复过来了，撒着欢儿一路小跑。才到门口，一个小男仆就上前牵住马缰，待我翻身下了马，另一个仆人又过来朝我鞠躬，引着我走进大门。他带我穿过一间装饰华丽的门厅，来到一座阔大的内院中。内院四周的房间都是一水儿的巨型玻璃窗，墙壁上也篆刻着沃恩家族的纹章，此外还有许多奇形异状的纹章兽。内院中央有一座喷泉，泉水不多不少，清洌怡人，发出悦耳的叮咚声。视线正对面就是占满二楼的巨大宴会厅，透过敞开的窗户，可以看到星星点点的烛光闪烁摇曳，在往来穿梭的宾客和仆役身上投下不断变幻的阴影，杯盘刀叉的碰撞声此起彼伏，好似一首动听的乐曲。我脑中电光石火般闪过一个念头：如果欧娜夫人真的参与了希腊火事件，那她一定不是为了钱。

我在管家的带引下爬上一段宽阔的楼梯，进入一个房间里，只见一张长桌上放着一盆盆热水和一堆毛巾。我看出那些盆子都是黄金做的。

"先生，您要不要洗下手？"

"多谢你。"

有三个人已经站在这里洗手了。第一个人是名小伙子，穿在最外头的丝绸背心上绣有布商同业公会的徽章。第二个人年纪稍长，穿白色牧师袍。第三个人此刻正抬头看着我，一张阔脸上笑容可掬，不是加布里埃尔·马奇阿蒙特又是谁？"啊，夏雷克，"他朗声说，"但愿你喜欢吃甜食。欧娜夫人的宴会餐点会加不少糖。"这态度亲昵得让人全身发麻，看来他已经下定决心收敛脾气，在今天晚上做个和蔼可亲的绅士了。

"不能太甜了，否则我的牙受不了。"

"你和我一样，牙齿一颗也没掉嘛。"马奇阿蒙特说着摇了摇头，"我真受不了有些女人故意染黑牙齿，好让人以为她们从早到晚只吃砂糖，这算什么鬼时尚！"

"我非常赞同。黑牙齿一点儿也不漂亮。"

"我还听她们说只要能得到人们更多的尊敬，就算牙疼也值得。"他哈哈大笑，"但是欧娜夫人的那帮女伴，那些真正有身家的贵妇，对这种时尚可是嗤之以鼻的。"他一边说话，一边擦干双手，将那个俗气的翡翠戒指重新套回手指上，再拍拍自己圆鼓鼓的肚子。"走，我们到宴会厅去。"他从一堆餐巾里抽出一条搭到肩上，我也学着他的样子拿了根餐巾搭上肩膀，一起走出房间往宴会厅赶去。

长条形宴会厅的天花板是古老的托臂屋梁式。四壁悬挂着色彩鲜丽的地毯，一幅幅一件件，展现的都是十字军东征的故事。在其中一幅上，罗马教皇正为即将出征的军队送上祝福，他头上那顶三重冕编织得精细至

第二十一章

极,栩栩如生。天色已经暗了下来,插在银烛台上的一根根巨型牛油蜡烛令满室充斥着温暖的黄光。

宴会厅中最显眼的就是那张巨大的餐桌。烛光在真金白银的餐具上跃动,仆役们来去匆匆,把一碟碟菜品和一杯杯饮料放上靠墙的宽大自助餐台。按照传统,我带来了自己的餐刀,这刀是我父亲给我的,用料是白银,和这些华贵的金杯银盏一比,显得很寒酸。

一个高约一英寸,外观精致华丽到极点的盐碟被放置在桌首,盐碟对面摆了一把高脚椅,坐板上铺着厚厚的椅垫,这意味着除了某个人之外,所有宾客都要坐在盐碟的下方。这个地位最高的贵宾会是谁呢?我思来想去,觉得这个人说不定是克伦威尔。

马奇阿蒙特面带微笑,不时向周围的熟人点头致意。有十几名宾客正站在一起聊天,大部分是上了年纪的男士,剩下的几位看样子是他们的夫人。这些女宾的脸颊上全都抹了厚厚的铅粉,其上呈现出醉酒般的酡红。这群人里最引人注目的莫过于伦敦市长霍利埃斯,他穿着那身红色官袍,贵气逼人。其他人大都是穿布商同业公会的制服,此外还有两名神职人员。尽管窗户大开,宴会厅内还是闷热难当,人人汗流浃背。女宾们都穿着用鲸骨裙撑撑起来的宽大长裙,此刻更是难受得很。

一个男孩儿独自站在角落里,表情有些紧张。他一头黑色长发,脸庞清瘦苍白,可惜长满了这个年纪的男孩儿常有的青春痘,否则说不定是个俊俏的小伙子。马奇阿蒙特低声说:"他叫亨利·沃恩,是欧娜夫人的侄子。将来沃恩家族的贵族头衔和领地都由他继承,不过这个家族家道中落,也没剩下多少地了。她把他从林肯郡接了出来,四处活动,想让他进宫当差。"

"他看上去很不自在。"

"是啊,他是个没见过什么世面的毛孩子;国王喜欢的是能说能笑、开朗大方的人,他很难入得了国王的眼。"他停顿了一下,再次开口的时候,语调突然变得伤感起来:"我多希望自己能有一个继承人啊。"我惊讶地看着他。他露出悲凉的笑容。"我太太五年前因为难产去世了。如果她没有难产,我们会有一个男孩儿。我太太生产之前,我开始向纹章院请愿,要求授予我的家族一枚纹章。我那时坚信我太太和我会有一个继承人。"

"对你太太的过世,我深表遗憾。"我从来没想过有一天会看到这样的马奇阿蒙特,他也有普通人的感情,也会为了亲人的逝去而悲伤。

他朝我手上那枚骷髅头形的纪念戒指点点头:"你也失去了一个你不想失去的人。"

"是啊。她死于瘟疫,那年我三十四岁。"话一出口,我突然觉得自己像在说谎,不仅仅因为凯特在去世之前告诉我她要嫁给别人了,还因为这两年来我想起她的次数越来越少。我心中一阵烦躁,觉得自己不该再戴着这枚戒指。

"我们先前讨论过的那件不愉快的事情,不知道你解决了没有?"马奇阿蒙特的眼神锋利如刀,刚才的伤感消失得无影无踪。

"我已经取得了一些进展。不过调查过程中出了一件怪事。"我把图书馆里的书不翼而飞的事告诉了他。

"你应该把这件事告诉管理人。"

"我会的。"

"没有了那些书,你的调查会——啊——会受到阻碍吗?"

"阻碍说不上,只是会耽搁一阵儿。我还有其他渠道。"我仔细观察着他的表情,但他只是一本正经地点了点头。这时一个仆人举起号角,吹出一串长音,所有人立刻安静下来,注视着欧娜夫人走进宴会厅。她一身鲜绿色天鹅绒长裙,被鲸骨裙撑撑起的宽大裙摆高高鼓起,法式头巾上缀着一串串珍珠。看到她没擦铅粉,我心里很高兴,她丽质天成,涂脂抹粉根本是多此一举。虽然她今天如此动人,但是所有人的目光并没投在她身

第二十一章

上,走在她身后的男人反而成了全场注目的焦点——尽管天气很热,这人却披一件猩红色镶毛长袍,颈间挂着一根粗大的金链。我的心猛地往下一沉——又是诺福克公爵!我和其他人一起弯下腰,他则一步步走到桌首,昂首挺胸,傲慢地扫视着所有人。我心里暗暗叫苦,生怕他还记得上个星期天坐在戈弗雷身边的人是我。引起这个克伦威尔最大敌人的注意是我最不希望发生的事。

欧娜夫人面露微笑,拍了拍手:"女士们先生们,请入座。"出乎我意料的是,我竟然被安排坐在靠近桌首的地方,我旁边是一个身材圆胖的中年女人,头戴过时的盒式头巾,身穿剪裁得规规矩矩的裙子,一枚大得出奇的红宝石胸针在她胸前闪闪发光。马奇阿蒙特坐在她的另一边,紧挨着公爵。欧娜夫人把那个神情紧张的男孩儿引到诺福克旁边的空位上,诺福克公爵凝视着他,眼里透着疑问。

欧娜夫人说:"大人,请容我向您介绍我堂哥的儿子亨利·沃恩。我从前跟您提过他会从老家来伦敦。"

公爵拍了拍他的肩膀,态度突然变得亲切起来。"小伙子,欢迎来到伦敦,"他用粗砺的声音说,"看到贵族们把他们的后辈送进宫廷里来,我心里真是高兴,他们都是天之骄子,理应得到崇高的地位。你爷爷曾经和我爸爸一起在博斯沃思作战,这件往事你知不知道?"

男孩儿看上去更紧张了:"知道,大人。"

公爵把他从头到脚打量了一遍:"上帝啊,你这孩子长得跟瘦猴似的,我们必须让你强壮起来。"

"谢谢您,大人。"

欧娜夫人把霍利埃斯市长引到亨利·沃恩身边坐下,接着自己坐到几乎正对我的座位上。男孩儿的目光一直追随着她,眼中流露出焦虑。

欧娜夫人对宾客们说:"我们大家先干一杯,吃第一道甜点。"她拍了拍手,几个像木桩子一样静静候在一旁的仆人立刻行动起来,不消片刻,一个个做工精巧，雕有彩色纹样的威尼斯玻璃杯就呈送到宾客们面前，杯中盛满了葡萄酒。我举起面前的酒杯，正在翻来覆去细细欣赏，号角声又响了，一个巨大的浅底盘被端上来，盘中盛着甜蛋羹，羹中卧有一只白糖做的天鹅。宾客们纷纷鼓起掌来，公爵哈哈大笑。"欧娜夫人，泰晤士河中所有的天鹅都属于国王！你带走这一只的时候有没有得到国王的同意？"众人都附和着笑起来，伸手用餐刀切割这美得像艺术品一样的甜点。欧娜夫人端坐在桌前，双眼却留意着宴会厅中的所有动静。我不禁暗暗佩服她做东道主的手腕，同时也有点儿发愁：不知什么时候才有机会找她问话？

"请问你是律师吗，和马奇阿蒙特高级律师一样？"坐在我旁边的女人问。

"我是。鄙人马修·夏雷克，很愿意为你效劳。"

她一本正经地回答："我是米尔菲恩太太。我丈夫今年当上了布商同业公会的财务主管。"

"我和同业公会有业务往来，可惜到目前为止还无缘一睹迈克尔爵士的风采。"

"听公会里的人说，你现在在忙其他事情。"她用一双小眼睛盯着我，神情十分严肃，那眼珠是淡蓝色的，被她脸上的浓妆一衬，显得格外夺目。"你竟然不顾天理，去帮那个姓温特沃斯的姑娘。"

"没错，我正在为她辩护。"

她继续凝视着我。"埃德温爵士被他儿子的遭遇生生击垮了。法庭居然推迟了对他那个恶毒侄女的判决，让他相当气愤。"说完她又忙不迭地补充道："我们夫妻俩和他很熟。"仿佛想证明自己对这件事有着最权威的发言权。

"她有辩护的权利。"我留意到公爵正转头和马奇阿蒙特认真地交谈着，把亨利·沃恩晾在一边。小男孩儿看着坐在下首的达官贵妇们，显得不知所措。

第二十一章

"她应该被吊死才对!"米尔菲恩太太丝毫不肯放过我,"公平正义被这样践踏,难怪伦敦现在到处都是粗鲁的无主乞丐!"她略微停顿了一下,又说:"埃德温非常溺爱那个男孩儿。"

"我知道对埃德温爵士和他女儿来说,拉尔夫的死是一个巨大的打击。"我说话轻言细语,希望这个女人能就此打住,难不成她想念叨一晚上?

"他的两个女儿都是好姑娘,但她们不可能代替儿子。他把所有的期望都倾注在了那个男孩儿身上。"

"可他教女儿读《圣经》,不是吗?"我发现要让她住口实在太难了,倒不如好好利用这次机会:这个顽固的女人和埃德温一家很熟,或许会透露出有价值的信息。

米尔菲恩太太耸了耸肩。"埃德温的想法很超前。我倒觉得没必要教女孩子读《圣经》——她们的丈夫是不会有兴趣和她们交流思想的,你说是不是?"

"有些丈夫也许会有兴趣。"

她扬起眉毛。"我就从来没学过写字,我很乐意把读读写写的事情交给我丈夫去做。萨宾和艾维斯都是有教养的闺秀,肯定更愿意像我一样。苦命的拉尔夫是个淘气的孩子,可男孩子淘气一点儿也不稀奇。"

我问:"他真的很淘气?"

"听说他妈妈就是因为他才早早过世的。"她警惕地看了我一眼,突然意识到自己说得太多了,"就算他淘气,那个凶残的杀人犯也是不可原谅的。"

"是,你说得有理。那个凶手不可原谅。"我正想说我相信真正的凶手仍然逍遥法外,可米尔菲恩夫人却以为我最终同意了她的看法,满意地点了点头,把目光转向欧娜夫人。

"我们这位东道主是个有学问的女人,"她的口吻很是不屑,"她如今是个寡妇,要是愿意的话,可以不依靠男人独立生活。但我可不希望将来像她一样。"

我听到诺福克在跟马奇阿蒙特说话,他嗓门很大,说的话一字不漏地传进我耳朵里。"除非她同意,否则我绝不提携那个男孩儿。"我低下头,努力想听清马奇阿蒙特的回答,可他说话的声音很轻。"真该死,"我又听见诺福克咬牙切齿地说,"她总有一天会照我的意思去做。"

这次我总算听清马奇阿蒙特的话了:"恐怕她不会。""他妈的,一个女人也敢藐视我?你去告诉她,除非得到我想要的,否则我绝不会帮那个小孩儿。她这是在薄冰上跳舞!"我看见他举起杯子喝了一大口,两眼直勾勾地盯着欧娜夫人。他现在面红耳赤的模样让我想起一个传言——据说他经常喝醉酒,酒后就性情大变,多么残忍野蛮的事都干得出来。

欧娜夫人微微偏头,对上了他的目光。他面露笑容,举起酒杯。她也举起酒杯,脸上浮现出一丝在我看来紧张不安的笑意。这时一个仆人走到她身边耳语几句,她点了点头,如释重负般站起来。"女士们先生们,"她朗声说,"你们中的很多人一定听说过一种产自新大陆的黄色水果,这种水果上个月一运到伦敦就引发了全城关注。"她话音刚落,一些男人就发出了暧昧的哄笑。"我今天特意准备了一些,放在杏仁糖上送给大家品尝。女士们先生们,新大陆最甘甜的水果就要登场了!"

她说完坐了下来,仆人们端出六七个银盘放在桌上,这下哄笑声更响了,还有人鼓起掌来。只见盘中铺着一层杏仁糖,糖上摆了一种奇怪的水果,颜色淡黄,看着像一弯新月。我总算明白那些人为什么笑得这么暧昧了,这水果无论大小还是形状,都像极了勃起的阴茎。

"原来大家是在笑这个,"米尔菲恩太太说,"这些人可真讨厌。"她咯咯娇笑,做出不知世事的少女情态,贵妇人们听黄色笑话时常玩儿这一套。

我拿起一个怪果子,试着咬了一口。吃着很硬,还有点儿苦。我抬头四望,看到大家都剥掉果皮,露出里面浅黄色的果肉。我也有样学样。果

第二十一章

肉是粉状的,没什么味道。

"这种水果叫什么名字?"我问米尔菲恩夫人,她也拿起一个正要剥。

"据我所知没有名字。"她说。她看着下首嘻嘻哈哈的宾客,一脸纵容地摇了摇头。"这群讨厌鬼。"

我忽然听到欧娜夫人在唤我的名字,转过头一看,发现她笑吟吟地看着我:"市长说你在为市议会打一个棘手的官司,那些被解散的修道院也牵涉在内。"

"是啊,欧娜夫人。我们不幸输掉了第一回合,但第二回合一定能扳回局面。市议会是否有权管理这类建筑物,关系到全体市民的福祉,所以打赢这个官司意义重大。"

霍利埃斯市长严肃地点了点头。"先生,我期盼着你的胜利。平民百姓根本不理解为什么要对清洁卫生加强管理,实际上污物会带来瘟疫,如果不强行清理掉,很可能引发灾难。而且现在有太多房屋被改造成廉价公寓租给穷人了。"说起这个话题,他顿时来了兴致,一下子滔滔不绝起来,"你们有没有听说木工大厦旁边的一栋房子上个月突然垮塌的事?一共砸死了十四个房客和四个路人……"

桌首传来一声大喊:"让它们统统垮掉好了!"这话语惊四座,所有人的目光都落到诺福克公爵身上。他浑然不觉,嘴里兀自含糊不清地嘀嘀咕咕,看得出的确喝醉了。刚才和马奇阿蒙特的一番谈话好像让他的心情极为恶劣。"房子垮得越多越好,把住在伦敦这个大粪坑里的臭虫们统统砸死!说不定有些人就会怕了,乖乖滚回老家去种地!在我们父亲那个年代,他们不都在老老实实种地吗?"

偌大的宴会厅顿时鸦雀无声,和林肯律师学院宴会上的那一幕何其相似。亨利·沃恩一脸惊惶,好像巴不得爬到桌子底下去。

"好啦好啦,很多房子是该修修了,这一点我们大家都认同。"欧娜夫人说。她说话时故作轻快,但我听得出她很紧张。"加德纳主教上星期布道的时候,不是说过所有人一定要安守本分,各司其职,以维护国家稳定吗?"加德纳主教是保守派领袖,说话一向中庸,她一边引用这些不痛不痒的场面话,一边环顾满桌宾客,希望有人能帮着岔开话题。她好像不希望今晚有人在宴会上起争执。

我挺身而出,接口道:"那我们一定要这么做,欧娜夫人。"她朝我感激一笑,我继续说:"我们必须团结一致,为了人民的幸福努力奋进。"

公爵哼了一声。"什么努力奋进,只是空口白牙、纸上谈兵罢了。我记得你,律师,上星期那个混账跟我大谈路德教心得的时候,你就坐在他身边,我看你们是一伙的吧。"他的目光冷酷森然,我被这样的目光死死盯住,不禁有些胆怯。

"律师,你也是路德教徒吗?"

所有人的目光都转向了我。现在该怎么回答?如果回答"是",保不准会被人扣上异端的帽子,性命难保。我一时间嗓子发干,恐惧得说不出话来。我看到一个贵妇人伸手擦了擦脸,脸颊上的胭脂跟着花了。屋外又传来隆隆的雷声,这次好像更近了。

"不是,大人,"我说,"我只是伊拉斯谟的追随者。"

"哈,那个荷兰同性恋。我听说他年轻的时候迷恋过另一个修士,你知道那个人叫什么吗,嗯?"他环视满座宾客,咧开嘴笑了,"罗杰——鲁斯。罗杰——鲁斯,啊?"他觉得断开"罗杰鲁斯"这个名字是件十分有趣的事,蓦地狂笑起来,一桌的男男女女也跟着他笑。我一屁股坐回椅子上,一颗心怦怦直跳,幸好公爵已经抛下我,转头跟年轻的亨利·沃恩说起他当兵时的故事。

欧娜夫人拍了拍手:"来点儿音乐。"两个弹鲁特琴的乐师走进了宴会厅,一起出现的还有一个衣饰俗艳的年轻男人,在琴声伴奏下,他开始唱起流行歌曲,歌声不高不低,既能让人听见,也不会打扰宾客们交谈。我朝下首看去,聊天的人已经没几个了,就算聊,也是断断续续,无精打采。

第二十一章

在炎热、美酒和甜食的三重作用下,大部分宾客都是汗流浃背,神色倦怠。仆人们又端上几道甜点,其中一道是用杏仁糖做成的"玻璃屋"模型,上面点缀着草莓,但是宾客们一点儿没动这精致的小屋,只吃了草莓。

年轻男人用颤音悲凄地唱道:"啊,温柔的罗宾。"宾客们不约而同地放下刀叉,停止了交谈,静静地聆听。在座诸人的心头似乎都涌上了一种淡淡的愁绪,这歌声正好呼应着他们的心情。只有诺福克没有听,他偏着头,又和马奇阿蒙特嘀嘀咕咕起来。欧娜夫人对上了我的目光,探过身子向我道谢。

"刚才多谢你帮我解围,没想到让你难堪了,我真是过意不去。"

"别人早就警告过我了,说你的餐桌谈话是唇枪舌剑,互不相让。"我也俯身凑近她,"欧娜夫人,我必须和你谈谈——"她神情一变,满脸戒备。"我们到院子里去说,"她压低声音道,"等宴会结束之后。"

屋外忽然响起一声炸雷,所有人都惊得跳了起来。一股凉风吹进了宴会厅,屋内的气氛顿时一松,大家开始低声议论,有人说:"终于下雨了?"

听到这句话的欧娜夫人好像得到了什么暗示,如蒙大赦般站了起来:"虽然现在还早,但是马上就要下雨了,各位不如赶在下雨之前早些回家吧。"

宾客们纷纷起身,被汗水浸透的长袍和裙子早就贴在了椅子上,随着众人起身的动作沙沙作响。公爵也颤巍巍地站起来,众人纷纷向他鞠躬。他向宴会的东道主胡乱欠了欠身,三摇两晃地走了出去。

宾客们都走到欧娜夫人面前告别,我拖拖拉拉地走在最后。我看到马奇阿蒙特弯腰凑近她,热切地说了几句话。和在林肯律师学院那次一样,他好像对她的回答并不满意,微微皱起眉头,转身就走。经过我身边的时候,他停了下来,扬起眉毛。

"夏雷克，你最好小心一点儿，"他说，"我本来想牵线搭桥，让你跟公爵交个朋友，可你好像把他给得罪了。如果将来时局变动，你就知道得罪他的后果了。"他朝我冷冷地点了下头，走出了宴会厅。

得罪他的后果？不用等到将来，我现在就能想到：一旦诺福克成功排挤掉克伦威尔，除了天主教徒之外，所有人都不会有好下场。而我要是没能找到希腊火，国王就会雷霆大怒。一想到这两件事之间的关联，我不禁暗暗心惊。这个幕后黑手的目的难道是铲除克伦威尔，重振天主教声威？又或者只是为了利益？

我慢吞吞地走下楼梯，站在庭院的出口边。又一声响雷传过来，听着比上次还要近。响声震天，好像连夜晚的空气也在颤抖。没有人从这道门出去，我猜他们是直接到马厩去了。不知道诺福克想从欧娜夫人那儿获得什么，以至于迫切到如此地步？我看马奇阿蒙特一定知道。

忽然有人轻轻碰了我一下。我吓得跳了起来，转头一看，原来欧娜夫人不知什么时候来到了我身边。也许是刚刚参加完晚宴的缘故，她那张丰润的长方脸蛋红扑扑的。

"真是不好意思，夏雷克先生，我吓到你了。"

我鞠了一躬。"完全没有，欧娜夫人。"

她深深地叹了口气。"刚才那场面太可怕了。我从没见过公爵发这么大的脾气，让你受委屈了，我心里真是过意不去。"她说着摇了摇头，"都是我的错。"

"都是你的错？这话从何说起？"

"我应该让仆人们多留点儿心，别让他喝多了。"她说。她深吸了一口气，直视着我的眼睛。"好了，你不是有话想问我吗？"说到这里，她又低声补充了一句："马奇阿蒙特高级律师已经把格里斯特伍德兄弟的遭遇告诉我了。"

"高级律师是你的朋友？"

第二十一章

"对,是我的朋友,"她回答得非常干脆,"恐怕我没什么有价值的消息可以告诉你。我和马奇阿蒙特一样,只是个传递消息的人而已。我替他拿了个包裹给克伦威尔大人,外加一封信,我猜信的内容应该会引起大人很大的兴趣。马奇阿蒙特是某天来我家参加宴会之后把东西交给我的,当时也是在这个院子里,情境就和现在差不多。"她苦笑了一下。"我就干了这一件事;后来的消息都是通过林肯律师学院传递的,和我没关系。我从来没见过格里斯特伍德兄弟俩。"

她这番话说得太熟练了,听起来反而不自然。此刻我和她靠得很近,可以嗅到她身上散发出来的麝香味儿。我的心突然一震:这香气和希腊火文件上残留的香气竟是一样的。

我问:"你知不知道那个包裹里装着什么?"

"装着一些文件,和希腊火的古老秘密有关。是马奇阿蒙特高级律师告诉我的。我想他本来不该说的,这么做也许是为了让我明白事情的重要性吧。"她哈哈一笑,笑声有点儿紧张。

"那些文件在你手上保留了多长时间?"

"几天。"

"你看过没有?"

她一下子愣住了,随即深吸了一口气,胸脯高高地耸起。

我柔声说:"我知道你看过。"我不想听到她对我撒谎。

她惊愕地看了我一眼:"你怎么知道?"

"因为你身上诱人的香气沾染到了那些文件上。这条线索很不起眼——我起初根本不知道它有什么意义,直到刚才才弄明白。"

她咬紧嘴唇。"夏雷克先生,女人都是好奇的动物,恐怕我的好奇心尤其强烈。是,我看了那些文件。我后来把包裹打开了。"

"你看懂了吗?"

"除了炼金术书,其余的我都看懂了。看完之后,我真希望能把它们藏起来,不让别人知道。"她又抬起头正视着我,"我知道我不该看。可我跟你说过了,我这个人就像一只猫一样好奇。"她摇了摇头。"但我也知道,有些为祸人间的东西最好不要流传出去。"

"这么说你是唯一一个打开包裹的人喽。除非马奇阿蒙特也做过。"

"加布里埃尔是个小心谨慎的人,应该不会这么做。"

可他知道包裹里的东西和希腊火有关。他有没有告诉诺福克?诺福克是不是在威逼欧娜夫人向他吐露更多的情况?一想到诺福克有可能牵涉其中,我不禁心头一紧。难道这就是他记得我的原因?

我问她:"你觉得那些文件是不是真的记载着希腊火的秘密?"

她犹豫了一会儿,直视着我说:"我觉得应该是吧。那个老兵的遗书交代得非常清楚。而且那些文件很旧了,不像是伪造的。"

"其中一份被撕坏了。"

"我看到了。不是我撕的。"她慌忙否认,我第一次在她眼里看到了恐惧。

"我知道不是你。被撕掉的部分是希腊火的配方,被格里斯特伍德兄弟藏起来了。"

河上突然闪过一道电光。天空又响起一声惊雷,把我俩吓了一跳。欧娜夫人担忧地抿着嘴,一脸认真地看着我:"夏雷克先生,你是不是非得把我看过文件的事告诉克伦威尔大人不可?"她说完咽了口唾沫。

"我必须这么做,欧娜夫人。我很抱歉。"

她又咽了口唾沫。"你能不能请求他对我宽大处理?"

"如果你真的没把这件事说出去,伯爵自然不会害你。"

"我没有,我可以发誓。"

"那我会告诉他你爽快地承认自己看了文件。"话虽这么说,可要是我没告诉她我认出了她的气味儿,她会承认吗?恐怕不会。

她如释重负般叹了口气。"请你转告伯爵,我对我的行为感到抱歉。

第二十一章

我承认我一直担心我偷看过文件的事会被查出来。"

"马奇阿蒙特告诉你格里斯特伍德兄弟死了的时候,你一定很害怕吧。"

"是啊,听说他们被杀,我惊呆了。"她突然激动地说,"我真是太蠢了。"

"好啦,"我说,"愚蠢是可以被原谅的。"我暗自希望克伦威尔能同意这一点。

她好奇地看着我:"你这项任务非常血腥,先生。这件事关系到人命,还是两条人命。"

"说出来你可能不相信,我的专长是物权法。"

"那个老泼妇米尔菲恩太太有没有向你透露什么有关温特沃斯家的有用信息?我看到你在和她说话。"

果然什么事都瞒不过她的眼睛。"没透露多少。要查清楚这件事,还是要靠伊丽莎白开口。而且这几天我的心思没放在温特沃斯案上。"

"你很关心她。"她很快恢复了先前的沉着自若,语调又轻快起来。

"她是我的当事人。"

她点了点头,从窗户透出的烛光照亮了她头上的珍珠,一颗颗圆润的珠子宝光流转,熠熠生辉。"你给人一种太过温和的感觉,让人无法相信你可以处理好杀人害命的事。"她脸上浮现出温柔的笑意。

"我上星期不是告诉过你吗,我只是个以接零活糊口的小律师。"

她笑着摇了摇头。"不,你绝不是平庸之辈。我第一次看到你的时候就这么想了。"她低下头,接着说,"我觉得你整个人散发着哀愁的气息。"

我惊讶地看着她。泪水就这么毫无预兆地从我的眼角涌了出来,我赶紧眨了眨眼睛。

她摇了摇头。"请你原谅我。我说得太多了。如果我是个普通女人,别人一定会说我是个怪丫头。"

"可你的的确确与众不同，欧娜夫人。"

她凝望着庭院。一道闪电划过，四下顿时亮如白昼，紧接着又是一阵轰隆隆的雷声。借着电光，我看清了她脸上的哀戚之色。"我仍然思念着我的丈夫，虽然他已经去世三年了。人人都说我是为了他的钱才嫁给他，其实不是，我是真心实意地爱着他。我们两个人就像朋友一样。"

"那你们的婚姻说得上是幸福美满了。"

她低下头笑了笑。"可他最终让我成为寡妇，只把我们相依相伴的美好记忆留给了我。幸好我现在衣食无忧，不用为了生活去依靠男人，夏雷克先生，对于这一点我相当感恩。"

"夫人，我能肯定你配得上这些财富和荣耀。"

"不是所有男人都像你这么想。"她走开几步，站到喷泉边，在幽暗中面对着我。

我大着胆子试探道："马奇阿蒙特高级律师很欣赏你。"

"是啊，他很欣赏我。"她微微一笑。"我出身沃恩家族，这你是知道的。我做姑娘的时候，整天学习仪态举止，缝纫刺绣，家里人不让我读太多书，只求能培养良好的谈吐就足够了。贵族女子的教育相当无趣。虽然大多数女孩儿会表现得很开心，很幸福，但我常常烦闷得想要大声尖叫。"她说着说着又笑了，"好啦，现在你一定觉得我很粗野吧。我总爱打听别人的事情，虽然明知道不应该，但总是管不住自己。"

"我完全不这么认为。恰恰相反，我很同意你的看法。"我的脑海里浮现出那两个温特沃斯小姐矜持拘谨的模样，"我也觉得传统的名门淑女很无趣。"话一出口我就后悔了，什么名门淑女很无趣，听着活像在调戏她。我承认我觉得欧娜夫人很迷人，但我并不希望她知道我的心思。她毕竟还是嫌疑人。

"欧娜夫人，"我说，"我调查此案是奉了克伦威尔大人之命。如果——如果有人逼你吐露那些文件的信息，他一定会保你万全的。"

第二十一章

她坦然地注视着我:"有传言说他很快就会自身难保,不再有能力保护任何人了——如果他无法解决国王的婚姻问题的话。"

"那些都是谣言。他现在能够给予的保护是真实无疑的。"

我看到她犹豫了一下,然后笑了起来,不过笑容很有些不自然。"谢谢你的关心,不过我不需要保护。"她转身走了几步,回过头来看着我,笑容又变得温暖亲切。"夏雷克先生,你为什么不结婚?是因为讨厌那些普通女人吗?"

"或许是吧。不过——不过我本身并不是一个有魅力的男人。"

"在俗人看来也许是这样,但有些女人更看重智慧和灵性。这就是我试着把出色的朋友们请到餐桌上各抒己见的原因。"她目不转睛地看着我,眼神十分热切。

"可是如果混合得不恰当,是会发生爆炸的。"我不动声色地开起了玩笑,希望就此敷衍过去。

"这就是我试图把观念不同的人凑在一起所付出的代价。我只是希望他们能通过理性地讨论美食来化解彼此间的分歧。"

我扬了扬眉毛:"你安排这种讨论也许是为了看好戏吧?"

她哈哈大笑,竖起一根手指。"被你看穿了。但是场面通常是不会失控的,公爵清醒的时候是个很不错的伙伴。"

"你希望你侄子恢复你娘家旧日的荣光,在国王身边谋得一席之地?"我心中暗想,诺福克是不会白白帮你的。但他希望她拿什么来交换呢,莫非是希腊火的信息?难道这就是他起初对那个男孩儿十分热情,之后又冷落他的原因?

她低下了头。"我是希望我的家族重振声威。但亨利或许不是复兴祖业的材料,无论是头脑还是体魄,他都不是最出色的。我恐怕是看不到他陪在国王身边的情景了。"

"听说国王有时候言谈举止比诺福克公爵还要粗鲁。"

欧娜夫人扬起眉毛。"你说话要小心一点儿。"她飞快地环顾着四周，"不过你说得没有错。不知道你有没有听说过这样一件事：公爵的妻子有一次向公爵抱怨，怪他不该在她面前夸耀情妇，没想到公爵竟然恼羞成怒，命令几个仆人坐到她身上，直到她不再发出声音为止。据说他们一直把她压在地上，最后她的鼻孔里都流出血来了。"她厌恶地撇了撇嘴。

"这事我听过。我有个搭档出身非常低微，但他的言谈举止竟然和公爵有很多相似之处。"

她放声大笑。"这么说你是夹在最高贵和最低微之间的人喽？有句话怎么说来着，哈哈，夹坐在两个男人之间的女人？"

"哪里哪里，我只是个可怜的绅士罢了。"

我们俩同时大笑起来。这时头顶正上方忽然响起震耳欲聋的雷声，笑声顿时被淹没了。倾盆大雨哗哗落下，瞬间将我们淋得透湿。欧娜夫人抬头仰望着天空。

"啊，上帝呀，终于下雨了！"

我不停地眨动眼睛，想要挤出落到眼睛里的雨水。在连续多日的酷热之后，这冰凉的水滴简直让人惊叹。我大口大口地喘着气，心里觉得十分轻松。

"我得进去了，"欧娜夫人说。"但我们一定要找机会再聊聊，夏雷克先生。虽然关于希腊火的事我已经没什么可告诉你的了，但我们一定要再见面。"说完这几句话，她走到我面前，蜻蜓点水般亲了亲我的面颊，虽然冰冷的雨水顺着面颊不停地往下淌，我却真真切切地感觉到了一点温热。还没等我反应过来，她已经头也不回地跑进通往楼梯的那扇门，把门关上了。雨点不断地砸在我身上，我站在原地，用手捂着面颊，不敢相信刚才那一吻是真的。

第二十二章

我骑马离开了"玻璃屋"。一路上大雨滂沱，雨点垂直砸落，一落到我的帽子上就溅开来，好像无数小石子四散纷飞。但是暴雨很快就停了，这时我已经到了齐普塞街，听见最后的雷声隐隐传来，声势已然大不如前。阴沟已经变成小河，漂满了街上的垃圾，原本尘土飞扬的街道在短短半小时内变成了烂泥路。夏日漫长的白天结束了，最后一抹天光也已暗淡下去。身后忽然传来"铛"的一声巨响，吓了我一跳，原来是圣玛格丽特教堂的宵禁钟声。路德门很快就会关闭，要是晚了想过去还得求守门人放行。"大法官法庭"埋着头慢慢往前走。"加油，老马，我们很快就到家了。"我拍了拍它白色的侧腹，它发出一阵轻微的咕噜声。

先前和欧娜夫人的一番谈话在我脑海中不停旋转，就像一只在罐子里窜动的小老鼠。虽然只是一个单纯的吻，但是对一个上流社会的女人来说，这个行为已经相当大胆了。可是这一吻发生在我逼她承认了看过文件之后，也正是在这之后，她的语气才变得亲昵起来。我伤心地摇了摇头。我早就被她吸引住了，今晚过后只怕会陷得更深，但我知道自己一定要小心，现在不是谈情说爱的时候，我不能把心思放在一个女人身上。明天就是六月二号了，还剩下八天。

路德门附近闹哄哄的，许多人举着火炬，在一座古老的门楼一侧跑来跑去。债务人监狱就设在那座门楼里，看这样的阵仗，莫非有人越狱了？我一边暗自猜想，一边朝门楼走去，走近之后，才看清门楼的外墙搭着脚手架，一小部分墙面垮塌了。一名巡官站在街心，手持灯笼，仔细检视着地上的一堆石砖，看门人和几个从旁经过的人好奇地看着他。我见状勒住马缰,在他面前停了下来。

我好奇地问:"请问这里发生了什么事?"

他闻声抬起头,见我是个绅士,连忙摘下帽子。"先生,有一处墙体垮塌了。因为年深日久,砂浆都碎了,工人们今天把碎砂浆挖出来,没想到接着下了一场暴雨,墙体经水一泡,有一处塌陷了。幸好这墙有十英尺厚,要不然那些犯人还不像耗子一样爬出来呀。"他眯起眼睛看着我,"先生,我多嘴问一句,你认不认识古代文字?我没别的意思,只是这些砖上刻着些东西,看着像异教符号。"他的话音里带着一丝恐惧。

"我认识拉丁语和希腊文。"我说着下了马,薄拖鞋踩在湿漉漉的鹅卵石上嘎吱作响。地上散落着十几块古老的石砖。巡官把灯笼凑近其中一块砖的内侧,借着火光,可以看到砖上刻着一些符号,由弯曲的线条和半圆形构成,非常怪异。

巡官问我:"先生,你觉得这是什么?"

有人说:"这是德鲁伊教盛行时期的文字,是异教徒的咒语。我们应该把这些砖统统毁掉。"

我伸出一根手指,沿着其中一个符号的线条游走。"我知道这是什么了。这是希伯来语。将近三百年前犹太人被赶出了英国,犹太教会堂自然就荒废了,这块砖一定是某座犹太教会堂的旧砖,后来被人拿来修了房子——这想必是很久以前的事了,这座门楼的历史可以追溯到诺曼底时代。"

巡官抬手在胸前画了个十字。"犹太人?是害死耶稣基督的人?"他忧虑地看着砖上的文字,"依我看我们还是把这些砖毁掉好了。"

我急忙出言阻止:"不要毁掉。一些喜欢研究古物的人说不定会对这些旧砖感兴趣。你应该把发现旧砖的事上报给高级市政官——这件事理应让市议会知道。伦敦最近正好兴起一股研究希伯来语的热潮,这些砖兴许还能派上用场。"

第二十二章

巡官半信半疑。

我继续说:"你要是照我的话去做,可能还会得到奖赏。"

一听到"奖赏"二字,他的眼睛顿时亮了:"我一定照做,先生。谢谢你。"

我看了这些古文字最后一眼,转身朝"大法官法庭"走回去,鞋子踩在泥浆上,感觉脚底又黏又滑。守门人已经把城门打开了,我策马穿过城门,踏上了舰队桥。听着桥下激荡的水声,我不由得联想到生活在这座城市中的一代代人,他们一生忙忙碌碌,营营役役,到头来,一些人得以留名后世,子孙绵延,另一些人则永远湮灭在岁月的尘埃中,被人遗忘。

我回到家中,发现巴拉克还没回来,琼已经上床休息了。我只好把年幼的西蒙叫起来替我牵马去马厩,看着这孩子睡眼惺忪,跌跌撞撞地走进夜色里,我隐隐有些内疚。我拿上一支蜡烛和一杯啤酒,上楼进了卧房。房间窗户敞开着,窗外的夜空清朗无云,漫天星斗清晰可见。雨才没停多久,热气又聚拢了。屋里进了雨水,地板湿漉漉的,靠窗的地方有一张小桌,我竖放在上面的《圣经》也被雨淋湿了。我擦拭着书上的雨水,忽然想到上一次翻开它已经是很多天以前的事了。当年把《圣经》翻译成英文的想法得到朝廷批准的时候,我整个人欢欣雀跃,喜不自胜,不想才过了十年,心境已然大不相同。我叹了口气,把心思转到从法庭带回来的布里克纳普案卷宗上。我之前跟维尔韦提起,希望市议会向大法官法庭上诉,现在我必须尽快写好建议书。

夜半时分,我听到巴拉克回来了。我走进他的房间,看到他身穿衬衣,正把脱下来的背心挂到窗户外面晾干。

"看样子你遇上暴雨了?"

"是啊，我今天晚上忙得要命，走完一处立马又到下一处，下暴雨的时候我正朝那个假证人聚会的酒馆赶呢，结果被淋成了落汤鸡。"他看了我一眼，神情颇为严肃，"我见过伯爵了。他不太高兴。他想要的是进展，而不是一个又一个难民。"

我坐到他床上。"你有没有告诉他我们天天在伦敦城里来回不停地穿梭？"

"他明天必须去汉普顿宫朝见国王，但是他想在后天见见我们，他已经发话了，说希望到时候我们能取得进展。"

"他生气了吗？"

巴拉克摇摇头。"没有，只是非常焦虑。一听我说里奇可能涉入了此事，他显得有些担忧。我找格雷谈了谈，虽然他还是一如既往地对我摆脸色，但终于肯说句人话了，他说伯爵整天坐卧不安。"这是我第二次看到玩世不恭的巴拉克流露出内心的恐惧，他在为他主人的命运担心——当然也为了他自己，一旦克伦威尔倒台，他的下场不言而喻。他问："宴会上发生什么事了？"

"诺福克也去赴宴了，他的心情好像很不好，后来还喝醉了。"我把宴会上发生的事一五一十地告诉了他，说到最后，因为他担忧的表情实在让我不忍隐瞒，我脑子一热，连欧娜夫人亲我的事也说了出来。无论好歹，巴拉克和我现在同在一条船上，说就说吧！我说出这件事后，满以为他会嘲笑我，没想到他只是蹙着眉头，若有所思。

"你觉得她对你亲热是因为你发现她看了那些文件？"

"也许吧。还不止这些。"我又把我在席上偷听到的谈话告诉了他，"诺福克想从欧娜夫人那儿得到什么，至于到底是什么，马奇阿蒙特一定知道。"

"他妈的！诺福克可能也知道希腊火的事了。里奇知道了还有得救，被他知道可就真的坏了。不行，我一定要把这件事告诉克伦威尔大人。你

第二十二章

觉得诺福克想从她那里得到的是那批文件的内容？"

"有这个可能。其实文件里面没多少有价值的信息，可他并不知道。但他如果对她加以逼迫，她为什么不告诉我呢？"我严肃地看着他，"我有种感觉，她可能认定了克伦威尔很快就不能再为自己的朋友提供保护了。"

巴拉克耸了耸肩："这是谣言。"

"我打算明天再去见见她。我会把文件一起带去，就说我想和她一起看，以此为借口接近她，然后再找机会逼她吐露更多的事。"

巴拉克冷笑了一下，摇了摇头。"怎么个逼法？跟她说如果她不坦白，就以她身上的香味为证据，把她抓起来？"

"没错。我闻出她身上的气味和那些文件上的气味一样。"

巴拉克伸手抓着头发："说不定他们是一伙儿的。布里克纳普、欧娜夫人、马奇阿蒙特、里奇，还有诺福克。他们在一起策划一个大阴谋。"

"不，这说不通。杀死格里斯特伍德兄弟和莱顿的人——我觉得他也凶多吉少——掌握了希腊火的所有情况。他们不仅拿到了配方，还想让知情的人统统闭嘴。如果诺福克真的像我想的那样试图撬开欧娜夫人的嘴，那就意味着他不知道希腊火的信息，至少现在还不知道。"

"伯爵应该一开始就把布里克纳普、马奇阿蒙特和这个贵夫人关进伦敦塔，让他们尝尝肢刑架的厉害。"

把欧娜夫人关进伦敦塔？不，这可不行。我正在胡思乱想，巴拉克看着我不耐烦地说："要想解决这件事，就不能有妇人之仁。"

"你好好想想，如果这些人被关进伦敦塔，只怕要不了多久，希腊火现世和再次遗失的事就会被监狱里的看守和行刑人传出去。"

巴拉克哼了一声。"克伦威尔大人就是顾忌到这一点才没有动手。可他要是倒了台，进伦敦塔的人就不止三个了，一定是成千上万。一旦教皇回归，说不定你和我也要跟他们一起进去。"他耸了耸肩，"不过还好，我在其他方面取得了进展。我查出那个麻脸的身份了。"

我霍地站了起来："他是谁？"

"他叫伯纳德·托奇。他的老家在德特福德，一开始是个见习修士。"

"见习修士？"

"是啊，所以他可以假冒有教养的人。但他之后因为某种原因被剥夺了圣职，当不成修士了。他那会儿还年轻，又加入了军队和土耳其人作战，在战场上初次尝到了杀人的滋味。另一个人，就是那个大块头，名叫赖特。他是托奇的老伙伴。他们合伙干过各种各样的腌臢事，不过从来没被抓过。托奇几年前得了严重的天花，脸上留下了不少麻点。虽然侥幸痊愈，可他还是死性不改。"

"那些腌臢事都是为谁做的？"

"谁给钱他们就为谁做。其中富商占大多数，这些人想向仇人算旧账，又不想脏了自己的手，就出钱找他们解决。久走夜路必撞鬼，他后来惹上了麻烦，几年前离开伦敦，到乡下某个地方躲了起来。可他现在又回来了。虽然他好像极力躲避着从前的朋友，但还是被人看到了。我已经托人去找他了。"

"希望他不要先一步找到我们。"

"我已经找到那些假证人常去的那家酒馆了。"

"你昨天可真忙啊。"

"是啊。我已经跟酒馆的掌柜说了，我愿意出大价钱买布里克纳普的消息，他自然会替我打听。我还去了水手们常去的一家酒馆，出钱打听那批波罗的海饮料的事。酒馆的掌柜记得有个人曾经想把那种饮料卖给他，那人名叫米勒。他现在出海到纽卡斯尔运煤炭去了，不过后天应该会回来。到时候你跟我去酒馆走一趟吧，掌柜可以介绍我们认识。"

"太好了。如果我们可以循着这条线索一直查到格里斯特伍德家……你干得很好，辛苦了。"

他的神情又变得异常严肃："我们还有更多的事情要做，很多很多。"

第二十二章

我点了点头。"我在宴会上和一个布商的太太坐在一起,她说出了一件关于拉尔夫·温特沃斯的怪事。据她说拉尔夫的妈妈是被他害得早死的。她这话是什么意思?"

"她只说了这些?"

"是啊,后来她就闭口不谈了。"

楼下突然传来"咚"的一声,我俩双双惊跳起来,三更半夜,谁会来敲我家的门?巴拉克拿起长剑,和我一起奔下楼梯。被敲门声惊醒的琼已经来到了门口,脸上带着一种惊异的表情。我挥手示意她往后退,开口问:"是谁?"

一个稚嫩的童音回答:"我是来给夏雷克先生送信的,写信的人说事情紧急,要我快点儿送到。"

我打开了门。一个小孩子站在门口,手里拿着一封信。我给了他一便士,把信接了过来。

巴拉克问:"是格雷写来的吗?"

我看了看信封的抬头。"不是。是约瑟夫写来的。"我破开蜡封,展开信纸。信的内容很简洁,只说要我明天一早先到纽盖特见他一面,那里发生了一件可怕的事。

第二十三章

第二天一早我们又出发了。没下雨之前,我们都盼着下场雨让天气凉快下来,事实证明这根本是痴心妄想,今天比往常还热,天空中连一丝云彩也没有。地上的积水已经干了,昨天被暴雨冲进阴沟里的一堆堆垃圾散发出阵阵恶臭。

我原本以为巴拉克会为了我今天早上的计划和我争执一番。我打算先去纽盖特见约瑟夫,接着到同业公会大厦,把建议提起上诉的书函交给市议会;等了结了这件事,我还想顺便去同业公会图书馆找找林肯律师学院图书馆那些书的复本。总而言之,我会把几个小时的时间花在和希腊火一案无关的事情上。然而巴拉克并没有提出异议,只是说他会再去那两家酒馆走一走,看看有没有假证人或者托奇的新消息。让我意想不到的是,他竟然主动提出要和我一起到纽盖特监狱探望伊丽莎白。我向他做出了保证,说我下午一定会再去找欧娜夫人问话。

我们骑马赶到纽盖特监狱,把马留在了旁边的酒馆里。我没有理会从栅栏里伸出来的手,径直走到木门前,砰砰敲了几下。

监狱长把门打开了,一见是我,立刻抱怨起来:"律师你又来啦,你的当事人给我们惹了好大的麻烦。"

"约瑟夫·温特沃斯来了吗?他要我来这里见他。"

"来了。"他嘴上虽然这样说,身子却堵在门口,不让我们进去,"他还欠我六便士没给呢。"

"他为什么欠你钱?"

"那个女巫昨天发了狂,为了让她安静下来,我们剃光了她的头发。

第二十三章

她当时大声地尖叫嘶吼,在地牢里乱跑乱滚。我们只好把她锁了起来,我还把一个理发师叫到这里来给她剃了头,让她疯狂的脑子冷静冷静。对付疯子就该这样做,你说是不是?"

我一言不发地递给他六便士。他点了点头,让到一边,放我们进了光线暗淡的走廊。现在纽盖特监狱厚厚的石墙已经抵挡不住炎热了,热气渗进来,走廊里热烘烘的,空气中充满恶臭。某些地方有水滴下来,幽暗中只听得"滴答滴答"的声音。巴拉克嫌恶地皱起鼻子。"这地方臭得跟撒旦的茅厕一样。"他一边小声嘀咕,一边跟着我朝坐在一条长椅上的约瑟夫走去。约瑟夫神情憔悴,整个人好像完全垮了,就连看到我时也没显得特别高兴。

"发生什么事了?"我问,"监狱长说伊丽莎白发了疯。"

"先生,谢谢你特地赶过来。我实在不知道该怎么办了。打从审判过后,她还是老样子,一句话也不肯说。直到昨天早上,那个偷马的老太婆被人带走了。"他掏出伊丽莎白送给他的手帕,擦了擦额头上的汗水,"据监狱里的人说那个老太婆一被带出去,莉齐就开始发疯了。她又吼又叫,还拼命往墙上撞,天知道这是为了什么,那个老太太对她又不好。先生,她那个样子不控制住是不行的,所以那些人用铁链把她锁了起来。"他抬头看着我,眼中满是痛苦。"他们还把她的头发给剃光了,她那头黑色卷发以前那么漂亮,现在一根不剩了,他们居然还想让我付剪头发的钱。我不愿意——我可没叫他们干这种残忍的事情。"

我坐到他身边。"约瑟夫,你必须照他们说的付钱。如果你不肯付,他们只会变本加厉地虐待她。"他低下头,不情不愿地点了点。我猜他应该也明白这个道理,只是一时咽不下这口气,才和狱卒们为了钱的问题争吵,只有这样,他才能保留一点儿尊严。

"她现在怎么样了?"

"又安静了。但她身上有不少伤,有些是剃头刀割的,有些是她自己碰伤的……"

"我们去看看吧。"

约瑟夫看着巴拉克,眼中透出疑惑。"这是我的同事。"我赶紧向他解释,随即想起上次审判结束之后,他曾经看到我和他一起骑马离开。"审判的时候他也来了,你还记得吗?"

他耸了耸肩。"不记得了。只要他是来帮我的就行。"

"那我们走吧。"我语气振奋,内心却十分沉重,"一起去看看她。"距离上次来这里探望伊丽莎白不过几天时间,可我总觉得已经过了很久很久。

那个胖看守又出现了,领着我们经过一间间牢房,里面的情景我上次已经看过了,犯人都被锁链拴着,半死不活地躺在地上。下到地牢之后,胖看守开口说:"她今天早上很安静,但昨天可疯了。理发师来的时候,她就像个魔鬼一样拼命挣扎——幸好他没把她的脑袋给切开。我们只好把她死死抓住,这才让他剃了头。"

他打开牢门,我们鱼贯走入。地牢的臭气比先前更浓了,让人闻着想吐。看到伊丽莎白之后,我惊讶地张大了嘴,因为眼前的她几乎没有人样了:她蜷缩着身子躺在稻草堆上,脸上布满一道道血口子和青紫的伤痕,头发被剃得一根不剩,白白圆圆的头颅和那张沾满污渍、血迹斑斑的脸形成了强烈的对比。我向她走了过去。

"伊丽莎白,"我平静地呼唤着她,"你怎么了?"我看到她的嘴破了,狱卒昨天制服她的时候一定打了她。她也用一双水光盈盈的深绿色眼睛凝视着我。这双眼睛里今天多了些活气,愤怒的活气。她的目光在我脸上停留了片刻,又飘向巴拉克。

"这是巴拉克先生,我的同事。"我说,"他们有没有伤害你?"我伸出一只手,她猛地向后一缩。只听当啷一声,我这才看到她被长长的铁链拴在墙上,手腕和脚踝上都有沉重的镣铐。

第二十三章

我问:"狱卒带走那个老太太的时候你是不是受了刺激?你是不是觉得很气愤?"

她没有回答,只是继续用那种凶狠的眼神死死盯着我。巴拉克在我身边跪了下来,小声对我说:"我能不能问她几句话?"

我疑惑地看着他,可是转念一想,他能做出什么伤害她的事情?于是点了点头。

他跪到她面前。"小姐,我不知道你为什么伤心难过。"他的语气非常温柔,"但是如果你不开口,永远也不会有人知道你的委屈。你会死去,然后人们就会忘记你。他们只会把这件事当成一个难解的谜,很快抛在脑后,再也想不起来。"

她静静地看了他很久。巴拉克点了点头。"这就是那个老太太被带走时你伤心愤怒的原因吧?你觉得有朝一日你也会步她的后尘,有冤无处诉,就这样被人剥夺了生命?"伊丽莎白的一条手臂动了动,巴拉克往后跳了几步,唯恐她会打他,可她只是伸手在稻草堆里掏掏摸摸,不知在找什么。等她终于抽出手,她拿了一片木炭。她艰难地俯身向前,刨开脚边的稻草,清出一小块地方。我往前走了一步,想过去帮帮她,可是巴拉克抬手示意我不要去。稻草刨净之后,下面的石板地露了出来,伊丽莎白拂开一块干硬的粪便,开始写字。我们静静地看着她用木炭画出几个字母。牢房里光线昏暗,我不得不倾身向前,眯起眼睛辨认字迹。她写的是一句拉丁文:*damnata iam luce ferox.*

约瑟夫问:"她写的是什么呀?"

巴拉克说:"*damnata* 的意思是被诅咒的,被谴责的。"

我向他们解释道:"这句话来自于卢坎的诗歌。她房里有他的诗集。诗句讲的是几个罗马武士知道自己就要战败了,他们宁可自杀也不愿面对早已注定的失败。"

伊丽莎白靠墙坐着。写这几个字好像耗费了她很多精力,可她的眼睛仍然在我们三个人之间逡巡。

约瑟夫问:"这句话是什么意思?"

"我觉得她是想说她宁可被石头压死,也不愿意去经受一场注定会输的审判,被人侮辱。"

巴拉克点了点头。"原来你是因为这样才不肯说话。可是姑娘,你实在太傻了。你坚持不开口,只会白白丢掉说出真相的机会,如果你说了,指不定可以脱罪。"

"所以你要回答法官的话,伊丽莎白,"我轻言慢语地劝说道,"你要告诉法官你没有罪。"

"我知道你没有罪。"约瑟夫说。他绞扭着双手。"莉齐,你就告诉我们到底发生了什么吧,别再用这种自暴自弃的态度来折磨我们了,这很残忍!"约瑟夫终于爆发了,这是他头一次失去对她的耐心。可我不能怪他。伊丽莎白还是不发一语,只是低头看着自己写的字,轻轻摇了摇头。

我思索了一会儿,弯腰凑近她,膝盖处隐隐有些疼痛,我不禁皱起眉头。"伊丽莎白,我到你叔叔家去过了。我和你叔叔,你奶奶,你两个堂妹和家里的管家都谈了话。"我留心观察着她的表情,想看看我提到这些名字的时候她的表情会不会改变,可她好像完全没有反应,只是恨恨地盯着我。"他们都说你一定有罪。"她的嘴角浮现出苦笑,这一笑牵动了唇上的伤口,鲜血顿时渗了出来。一见她的样子,我又凑近了一些,用只有她才能听到的声音说:"我相信花园里那口井,就是拉尔夫掉进去的那口井底下有东西,而他们每一个人都在极力掩藏这件事。"

她猛地向后一缩,眼中充满了恐惧。

我柔声说:"我打算调查一下。而且我听说拉尔夫让他妈妈非常烦恼。我会找出真相的,伊丽莎白。"

这番话一出,她居然破天荒开口了,因为长时间没有说话,她的声音非常嘶哑。"你下到井里也没有用的,你看见的东西反而会摧毁你对耶稣

第二十三章

基督的信仰。"她刚说到这儿,一阵咳嗽紧随而来,咳到后来她连腰都直不起来了,显得十分痛苦。约瑟赶紧端了一杯啤酒凑到她嘴边。她抓住杯子大喝了几口,朝前探着身子,把头埋进膝盖里。

"莉齐!"约瑟夫的声音在发抖,"你到底想说什么?告诉我们,求求你了!"但她始终不肯抬头。

我站了起来。"我想她不会再说什么了。我们走吧,让她一个人安静一会儿。"我环顾着牢房。远处墙边的稻草堆凹下去一块,形状圆圆的,那是老太婆躺过的地方。

"如果她继续呆在这个不见天日的鬼地方,一定会生病。"巴拉克叹息道,"她长期遭受这样的对待,精神失常也是难免的。"

"莉齐,求你多跟我们说几句话吧!"约瑟夫再也克制不住自己的情绪,失声大喊,"你很残忍,很残忍!你不配做基督教徒!"

巴拉克恼怒地看了他一眼,我把手搭在他颤抖的肩膀上说:"走吧,约瑟夫,我们走吧。"我敲敲牢门,看守应声开了门,领着我们离开了地牢,返回正门。这次重新回到阳光下时,我心中如释重负的感觉比上次还要强烈。

约瑟夫仍然很激动:"我们不能就这么走了,她现在已经开始说话了!我们只剩下八天时间了,夏雷克先生!"

我举起双手。"约瑟夫,我有个计划。我现在不能告诉你这是个什么样的计划,但是请你相信我,我也希望尽快找到解开这个谜题的钥匙。"

他大喊起来:"钥匙就在她手上,先生,就在莉齐手上!"

"她是不会给我们的。正因为这样,所以我不得不通过其他渠道去查!"

他摇了摇头:"其他渠道。你说话太专业了,我听不太懂。噢,上帝呀,你在地牢里对她说了什么?"

我不想告诉他。埃德温毕竟是他的亲弟弟,我打算偷偷潜入埃德温家花园的事还是别让他知道的好。我努力让自己的声音听起来平静沉稳:"约瑟夫,请你多给我一点儿时间,明天我自然会给你一个交代。相信我。要是你再去探望伊丽莎白,看在耶稣的分上,请你不要骂她。骂是解决不了问题的,只会让事情变得更糟。"

巴拉克也帮腔说:"他说得有理,我想你应该明白。"

约瑟夫看看我,又看看他。"除了照你的话去做,我没有其他选择,不是吗?不过我快要被逼疯了,先生,我要疯了。"

我们走向寄放马匹的小酒馆。道路十分狭窄,三个人无法并排前行,约瑟夫走在我和巴拉克后面,和我们隔着一小段距离,肩膀耷拉着,看着有些消沉。

我叹了口气:"他快要支持不住了,我也一样。"

巴拉克扬起眉毛。"你就别在这儿装殉道者了。他们伯侄俩已经够倒霉了。"

我好奇地看着他:"刚才在地牢的时候,你好像很了解她的想法。她是听了你的话才写下那句话的。"

他耸了耸肩。"我曾经和她有过同样的想法。当年从家里跑出来之后,我觉得全世界的人都在和我作对。直到被抓进了监狱,又被克伦威尔大人搭救,这种想法才渐渐淡了。"

"可是照目前来看,她家里人从前对她挺好的。"

他摇了摇头。"如果不是遭遇了什么恶劣的事情,她不会被逼到这个地步。这件事一定超乎常理,所以这个姑娘觉得即使她说了出来,也绝不会有人相信。"说到这里,他压低了声音,"今天晚上我们去探探那口井吧。"

第二十四章

我和约瑟夫道了别，向他保证明天会给他带去新消息。我沿齐普塞街往同业公会大厦方向赶去，一路上心神不宁，先前的疑问在我脑海中挥之不去：那口井下到底有什么？几个小男孩儿在街心的水坑里嬉戏，我不得不牵动马缰，小心翼翼地避开他们。他们光着脚踩在烂泥里，一个个欢天喜地，虽然水坑已经越变越小，但他们的玩兴丝毫没受影响。我想到太阳的火焰会让水变成蒸汽，水蒸气又会随着热空气离开泥土向上升腾，土、空气、火和水，这四种元素以千千万万种组合方式，创造出这个世界的万事万物。可是这四种元素经过什么样的组合才创造出了希腊火？

到达同业公会大厦后，我把"大法官法庭"留在了马厩里，前去寻找维尔韦。维尔韦的办公室周围花木丛生，室内十分阴凉。我进去的时候，看到他正在慢条斯理地研究一份合同，心中不由得又是羡慕又是嫉妒，不知我什么时候才能像他一样安闲自在。他热情地欢迎了我，我把昨天晚上写的建议书交给他，他仔细读着，不时点点头，然后抬头看着我："你觉得案子上诉到大法官法庭后有赢的希望？"

"我觉得有，不过假如现在上诉的话，可能要等一年才能开庭。"

他意味深长地凝视着我："我们去罗尔斯宫缴纳上诉费的时候可以额外多给一点儿。"

"那案子说不定可以快点儿开庭。对了，我打算今天上午去布里克纳普买下的那座修道院看看。大法官法庭的法官一定会询问不法妨害的所有情况。"

"好，太好了。市议会现在把打赢这场官司看得高于一切。一些设在老旧修道院建筑里的公寓状况之差,可以说令人震惊。房子大都是用廉价木料搭成的,卫生条件很糟糕,而且因为干燥得一点就着,火灾风险也很高。"他凝望着窗外碧蓝如洗的天空,"要是真起了火灾,人们很可能没法从水管取到足够的水灭火,到时候市议会一定会被千夫所指。我们一直在维修水管,努力阻止渗漏,可是有些水管实在太长了,从水源地到城区,差不多要绵延几英里。"

"我知道有个人在帮你们修水管,他叫莱顿。"

"是有这么个人。我正打算去找他呢,按照合同,他应该给我们的承包商提供一些新管子,但他直到现在也没有出现。你认识他吗?"

"不认识,只是听人说过。据说他的手艺很不错。"

维尔韦笑了。"是啊,他很擅长这类工作,伦敦没几个铸造工能比得上他。这家伙的手艺确实很好。"

这家伙也许已经死了,但我不可能告诉他。我转变了话题。"我待会儿想到你们的图书馆看一看,不知道行不行?我想找一两本书,如果图书馆里有的话,我可以借走吗?"

他哈哈大笑:"连林肯律师学院都没有的东西,我们怎么可能会有?"

"我要找的不是法律书籍,是一些关于罗马历史的书。比如李维,普鲁塔克和普林尼的作品。"

"原来如此。那我给图书管理员写张便条好了。我听说你朋友戈弗雷·威尔怀特和诺福克公爵起了冲突。"

维尔韦是改革者的事尽人皆知,所以我说话也没有顾忌:"戈弗雷在这件事情上不够谨慎。"

"你说得对,现在时局又变得危险了。"虽然办公室里只有我们两个人,他还是压低了声音,"朝廷预备在下周末用火刑处死两个再洗礼派教徒,行刑地点定在史密斯菲尔德,除非他们悔过,否则是必死无疑。市议会也被要求帮忙安排,确保城里所有的学徒都到场。"

第二十四章

"这我没听说。"

他哀伤地摇了摇头。"我不敢想象未来会是什么样子。先不说这个了，我把便条写给你。"

其实这段时间我一直有点儿担心，生怕同业公会图书馆里的这几本书也会不知去向，还好这种情况并没有发生，它们都好好地摆在书架上。我急切地把书抓在了手里。图书管理员是个很古板的人，坚信书籍应该规规矩矩地摆在书架上，不许人去翻去读，不过有维尔韦的便条相助，他不得不对我"格外开恩"。我把书放进背包的时候，他目不转睛地看着我，眼神充满了敌意。走下同业公会大厦的台阶时我有点儿开心，觉得自己终于做成了一件事，这几天来我还是头一次有这样的感觉。我只顾着高兴，差点儿和迎面走来的埃德温·温特沃斯撞了个对面。

我们上一次见面不过是几天之前的事，但就在这短短几天里，伊丽莎白的这个叔叔好像一下子老了十岁，脸上布满皱纹，表情分外沉痛。他仍然穿着黑衣服。他的大女儿萨宾走在他身边，管家尼德勒跟在后面，腋下夹着几大本账册。

埃德温一看到我，顿时停住了脚步，整个人好像被雷击中一样，愣在当场。我伸手碰了碰帽子算是打招呼，正要从他身边走过去，可他却往旁边跨了一步，挡在了我面前。尼德勒把账册交给萨宾，站到主人旁边充作护卫。

"你来这里干什么？"埃德温涨红了脸，声音愤怒得发抖，"来向这里的人打听我的家事吗？"

"不是，"我温声说，"我来这儿是为了和市议会的人商量一件案子。"

"噢，对了，你们律师的手一向很长，什么事情都想插手分好处，我说得对不对？你这个驼背混账，约瑟夫到底给了你多少钱，让你这么尽心尽力地保着那个杀人犯的命？"

"关于费用的问题我们还没有谈过。"我没有理会他对我的侮辱，说话依旧好声好气。接着我又说:"我相信你的侄女是无辜的。埃德温爵士,难道你从来没想过假如她是无辜的,你就会害死一个无辜的人,同时让罪犯逍遥法外吗?"

尼德勒阴阳怪气地说:"你的意思是说你比验尸官还厉害,比验尸官知道得更多?"

比起埃德温的侮辱,此人傲慢无礼的态度反而让我更加愤怒。我问埃德温:"先生,莫非你有让家里的管家替你说话的习惯?"

"戴维说的是实话。他和我都很清楚你会尽力把事情拖延下去,直到收到报酬为止。"

"你到底知不知道重石压迫处罚意味着什么?"我厉声质问他。几个参议员正走上台阶,听到我提高了嗓门,都朝这边看了过来,但我没有在意。"意味着在沉重的石头下连躺几天,没有东西吃,没有水喝,连呼吸都困难,活着唯一的目的就是等死,等着自己的后背被石头活活压断!"

萨宾惊呼了一声。埃德温转头看了她一眼,又把目光转回我身上。"你怎么敢在我可怜的女儿面前说这种事!"他大声咆哮,"她一直在为失去了弟弟而痛苦,而我在为失去了儿子而痛苦!你这个穿着黑袍,惹人讨厌的驼背律师!你一定没有孩子,所以才会这么铁石心肠!"

他脸孔扭曲,嘴角挂着口水。上下台阶的人都停下来看热闹,听到他激动地骂我驼背,骂我没孩子,有人乐得哈哈大笑。为了不把事情闹大,让伊丽莎白的名字成为众人谈论的话题,我从埃德温身边走了过去。尼德勒也往旁边迈了一步,堵住了我的去路,但在我凶狠的瞪视下,他最终让开了。我在无数道灼人的目光中走下台阶,朝马厩走去。

来到拴"大法官法庭"的隔间后,我发现自己在发抖。我摸了摸它的头,它也蹭了蹭我的手,希望我给它喂点儿吃的。埃德温的愤怒让我深感不安,他对伊丽莎白的仇恨似乎快要失控了。但他毕竟失去了唯一的儿子,而且他说得没错——我没有孩子,因而无法想象他失去孩子的感受。

第二十四章

我把装着书的背包搭在肩上,坐上了"大法官法庭"的背,纵马走出去。埃德温一行人已经不见了。

我骑着马朝伦敦墙的方向赶去,曾经的圣迈克尔方济会修道院就坐落于此。修道院位于一条小街上,街上的房子大都很破旧,间或也夹杂着一两栋漂亮房子。小街空荡荡的,既安静又阴凉,我沿街走了一半,就到了圣迈克尔修道院门口。这所修道院很小,内设的教堂还没一个教区教堂大。教堂阔大的门敞开着,我翻身下了马,在好奇心的驱使下朝里张望。

看到里面的景象,我惊讶得眨了眨眼睛。教堂的中殿两侧被高高的木头隔板给围住了,那些隔板看起来又轻又薄,很不结实。隔板第一层的位置开着一排小门,第二层的位置也开着一排,门口有摇摇晃晃的楼梯通往地下。我数了数,如果一扇门算一个房间,不大的中殿里竟然容纳了十几间房。中殿中央被改造出一条狭窄的通道,古老的石板地蒙了一层灰。通道黑乎乎的,因为隔板把侧面的窗户统统挡住了,靠近天花板的彩色玻璃窗成了唯一的光线来源。

教堂大门边有一个年代久远的洗礼盆,上面嵌着几个铁环。从周围地上的几堆粪便来看,这里是拴马的地方。我把"大法官法庭"的缰绳系在其中一个铁环上,沿着中间的通道往里走。原来布里克纳普把修道院改建成了这副模样,整座公寓摇摇欲坠,仿佛下一刻就会散架。

二层的某扇门突然开了。我匆匆朝门里看了一眼,内部的陈设非常简陋,那扇彩色玻璃窗直接成了公寓的一面墙,从窗户投进来的光线洒在粗劣的家具上,照得家具五彩斑斓。一个形容枯瘦的老太太走出房门,站在楼梯最上层,楼梯被她这么一压,微微晃动了几下。她看着我的黑色长袍,目光中饱含敌意。

她用北方口音厉声问:"律师,是不是房东叫你来的?"

我摘下帽子。"不是,夫人,我是代表市议会到这儿来的。我想来看看粪坑的情况,有人抱怨这个粪坑影响了他们的生活。"

老太太把双臂环抱在胸前:"说起那个粪坑,实在是有些丢人。这里住了三十个人,合用那个粪坑,修道院附近的外人有时也过来用。粪坑的臭气简直可以熏晕一头牛。我也觉得很对不起住在教堂隔壁的人,但我们能怎么办?我们总得有个方便的地方啊。"

"夫人,没有人责怪你。对于这件事给你带来的困扰,我很抱歉。我和市议会都希望这个粪坑可以得到合理的改造,可惜你们的房东一直反对。"

她狠狠地吐了口唾沫。"那个贪得无厌的布里克纳普。"她朝她的住所点了点头,"我们要求他把那些大窗户的窗框给取走,用木板挡起来,否则就不给他房租。窗户透进来的阳光快把我们这些租户给晒死了,这些天主教物件儿真是讨厌!"

她倚靠在栏杆上,继续向我诉苦:"我和我儿子,还有儿媳孙子一起住,一家五口挤在这间破屋子里,房租却贵得吓人,一个星期一先令!上星期有间公寓的地板塌了一半,住在里面的人差点儿就没命了。"

我说:"你们这儿的环境的确太差了。"这是我的真心话。我很想知道他们一家人为什么会落到这个地步,难道他们和北方千千万万的家庭一样被圈地养羊的人强占了土地,所以被迫到伦敦来讨生活?

她问我:"你是个律师,有件事你应该懂吧。要是我们不付房租,他有没有权力把我们赶出去?"

"他有这个权力,不过我猜你们如果坚持不给,布里克纳普最后会妥协的。"我冷笑了一下,"他这个人爱钱如命,到手的钱是不会放过的。"从职业道德来讲,我不该这么说另一个律师,但布里克纳普这小人是个例外。老太太点了点头。

我问:"请问要怎么到粪坑那儿去?"

她指了指通道深处。"圣坛旁边有一扇小门,粪坑就在回廊上。不过你一定要捏住鼻子。"她停顿了一下,接着说:"先生,请你尽量帮帮我

第二十四章

们。这地方哪像人住的,简直就是地狱!"

"我会尽我所能的。"我向她鞠了一躬,朝她指引的那扇门走去,门合页已经坏了,整扇门歪歪斜斜地挂在门框上。我觉得很对不起那个老太太,这个案子还没提交到大法官法庭,就算法庭受理了,距离开庭也是遥遥无期,我在短时间内根本无法可施。但如果维尔韦肯向六书记员办公室行点儿贿,事情说不定会有转机。

曾经的修道院后庭同样经过了改造,有屋顶的回廊也被木板给隔断了——以两根相邻的廊柱为界,木板左右一围,就成了一间小得可怜的公寓。隔板一副摇摇欲坠的模样,窗户上挂着权充窗帘的破布,住这些小屋的人都是穷人中最穷的。庭院里铺设着四四方方的白色石板,多少年来,不知有多少修士曾经在上面行走。一道阳光被石板折射过来,照得我一时睁不开眼睛。

最小的一间屋子敞着门,一股恶臭飘了出来。我捏住鼻子朝里面一看,地上挖了个洞,四角垫着几块砖,砖上搁了块中间开洞的厚木板。这是一种可以坐着方便的粪坑,深度照理应该有二十英尺,这样苍蝇就不能从里面飞出来了,可是看这黑压压一群苍蝇围着木板嗡嗡打转的样子,我猜这粪坑的深度不会超过十英尺。我走进小屋,捏住鼻子朝黑黢黢臭烘烘的粪坑深处看去,原来粪坑四壁没有装木板,更别说用石头箍起来了:难怪会渗漏。对了,巴拉克不是说过他爸爸就是掉进一个粪坑里淹死的吗,想要这里,我不禁打了个寒战。

走出小屋后我终于松了一口气。不过我现在还走不了,我得到隔壁市议会所有的那栋房子看一看,然后再回大法官法庭街。火球般的太阳就要升上中天了,沉重的背包压得我有点儿难受,我停下脚步,用袖管擦了擦额头上的汗水,这才稍稍舒服了一些。

接着我看到了他俩:两人一左一右站在那扇通往教堂的小门边,几乎一动不动,以至于我没能立刻注意到他们。左边那个高高瘦瘦,一张苍白的脸上坑坑洼洼全是麻点,仿佛被魔鬼用利爪狠狠地挠过,右边那个身材魁梧健壮,眯着一双绿豆小眼死死盯着我,一只蒲扇般的大手里提着一把砍斧,斧柄被削去一截,使得这把斧头成了一件可怕的武器。这两人赫然就是托奇和他的同伙赖特。我咽了口唾沫,感觉到两条腿开始微微打战。那扇小门是离开后庭的唯一出口,除此之外别无他路。我把四周的一排排木门挨着扫视了一遍,可是门都关着,住在里面的人肯定要么出去做工了,要么上街讨饭去了。我悄悄把手伸向腰间的匕首。

　　托奇笑了笑,嘴咧得老大,露出一排整齐雪白的牙齿。他扬起自己的匕首说:"你一定没看见我们跟在你后头吧,是不是?"他得意扬扬地问我,声音非常尖厉,带点儿乡下的粗喉音,"巴拉克先生一旦不在你身边,你就变得粗心大意。"他朝粪坑点点头。"想不想到那下头去玩玩?除非清理粪坑,否则这里的人是不会发现你的,这个粪坑已经很臭了,谁还会注意尸臭味儿?"他朝赖特咧嘴一笑。大块头微微点了下头,目光仍然没从我脸上移开。他的眼神非常专注,眼珠一转也不转,像是一只正在追踪猎物的狗。托奇的眼睛则像猫一样灼灼发亮,眼中流露出强烈的凶狠嗜杀之意。他嘴角上弯,笑得十分开心。

　　我缓缓开口,努力使自己的声音听起来沉着镇定:"无论雇佣你们的人是谁,如果你们今天胆敢伤害我,我保证克伦威尔大人来日一定会双倍奉还给你们的雇主。"

　　托奇放声大笑,朝地上吐了口唾沫。"这句话该由我们对那个酒馆掌柜的儿子说才对。"

　　我问:"雇佣你们的人是谁?布里克纳普?马奇阿蒙特?里奇?诺福克?还是欧娜·布莱恩斯腾夫人?"我凝视着他们的脸,想看出一点儿表情波动的痕迹,可他们两个显然是职业杀手,在这方面训练有素,完全看不出破绽。托奇展开双臂,一步步向我走来,大块头则绕到我的另一边,举起了斧头。托奇试图把我推向他的同伙,好让他一斧头砍死我,我现在

第二十四章

就像一头待宰的羔羊！"救命啊！"我高声喊叫，可就算这些小木屋里有人，他们也不会冒着生命危险出来救我。所有的窗帘一动不动，没有人掀起帘子朝外面瞧上一眼。我的心在胸腔里怦怦狂跳，尽管天气很热，我却浑身发冷，吓到不能动弹。看来我这次真的完了。我心中绝望到了极点，本想就此放弃，电光石火间，瑟普特斯·格里斯特伍德那张被砍得稀巴烂的脸浮现在眼前，就在这一刻，我下定了决心：与其束手就擒被人砍死，索性放手一搏。

两人的目光齐刷刷地落在我拿匕首的手臂上。我故意放低肩膀，这样一来背包带子就顺着另一条手臂滑了下来，我猛地抓住带子，用尽全身力气把背包朝赖特挥去。装满书籍的沉重背包砸在他的脑袋上，他啊地惨叫一声，跌跌撞撞地后退了几步。

我趁机朝小门跑去，谢天谢地这门是坏的，否则很可能被他们两个来一招瓮中捉鳖。我听到托奇追到了身后，心里暗叫不好，他一定会拿刀子来捅我的后背。我抓住门板用力一拽，将它与合页脱离开来，转身把门板推向托奇；他结结实实地撞上去，立刻发出一声惨叫，脚步踉跄。趁他还没追上来，我飞也似的跑进了中殿，那个老太太仍然站在她家门口的楼梯上，和隔壁小屋门口的一个年轻女人聊天。看到我沿着通道往外冲，她们惊讶得张大了嘴。我从她们身边跑过，这才回头看了一眼。托奇站在门口，鼻孔淌血，让我吃惊的是，他居然在笑。

"你居然敢跑，那我们就让你尝尝活着下粪坑的滋味，伙计。"他说完让到一边，赖特冲进通道，高高地举起斧头，直接朝我追了过来。

这时一大摊液体从天而降，将他淋了个透湿，他猛地停下来，发出一声号叫，紧接着又是一个陶罐砸上了他的肩膀。我抬头一看，原来那个老太太把一个装得满满的夜壶扔向了他，她的邻居从屋里跑了出来，手上也拿着一个。她学着老太太的样子，把手里的夜壶扔向大块头。这回夜壶撞到了他的前额，他又叫了一声，丢下手中的斧头，摇摇晃晃地扑到了墙上。

　　老太太大叫一声："快跑！"托奇眼中凶光大盛，沿着通道追了过来。我飞快地朝大门跑去，解开了"大法官法庭"的缰绳。只有骑马逃离我才有机会活命，要是徒步奔跑，不等跑出这条街就会被他们追上。我手忙脚乱地爬上马鞍，抓住缰绳，可我觉得有人在往下拖拽着，马头被拉得歪向一边。我低下一看，顿时全身冰凉，竟是托奇！他抬头凝视着我，面带凶残的笑意，手中的匕首经阳光一照，反射出道道寒光。我刚才上马的时候把匕首藏回袖管里了，见此情景，忙又火急火燎地摸索起来，可是已经太迟了。托奇举起匕首，直刺我的下腹。

　　在这生死关头，"大法官法庭"救了我一命。就在托奇刺来的一刹那，它前蹄离地而起，发出惊恐的嘶叫，两条前腿随即往前蹬出。托奇向后一跃。我看到他的匕首上沾着鲜血，心头大骇，一边低头朝自己的腰部扫了一眼，一边紧紧抓住"大法官法庭"滑溜溜的脖子，免得被它摔下来。我的腰并没有受伤，匕首上的血原来是"大法官法庭"的，它的胸部一侧被捅出一道很深的伤口，殷红鲜血汩汩流出。托奇避开"大法官法庭"的一踢，扑上来又要刺我，却被"大法官法庭"尖声嘶叫着闪身避开了，我一时没坐稳，差点儿掉下来。托奇停止了攻击，飞快地扫视着四周，沿街的百叶窗接连被人打开，街口一家旅馆店门大敞，门口围了一群人。我赶紧一拽缰绳，"大法官法庭"跌跌撞撞地朝他们跑去，鲜血滴落在街面上。我扭头看了一眼，赖特来到了托奇身边，但我们之间已然隔着半条街的距离。阳光照得赖特的斧头闪闪发亮。

　　一个人大喊："喂，发生什么事了？""巡官，巡官快来呀！"旅馆里的人一拥而出，高声呼叫。沿街的屋门纷纷打开，人们探头探脑地朝外张望，表情既害怕又好奇。托奇看了看他们，狠狠瞪了我一眼，转身沿着街道逃走了，赖特也跟着他跑了。旅馆里的人朝从头到脚抖个不停的"大法官法庭"围了过来。

第二十四章

店主走到我跟前问:"这位律师,你没事吧?"

"我没事。谢谢你,我没事。"

"上帝啊,到底出什么事了?你的马受伤了。"

"我必须把它带回家去。"但这时候"大法官法庭"突然浑身战栗,前腿跪倒在地。我几乎还没来得及跳下马背,它就侧卧躺倒了。我看到血仍然止不住地从它的伤口里流出来,把灰扑扑的鹅卵石都染红了,我心里十分难过,要不是有它相救,此刻躺在地上奄奄一息的就是我。我看着它的眼睛,这双眼睛此刻已经完全呆滞了。我的老马死了。

第二十五章

几个小时过去了，热气开始慢慢消退，我坐在我的小花园里，藏身于花架的阴凉中。我对街上的人说我刚才被抢劫了，大家一听顿时议论纷纷，都说圣迈克尔修道院里不知住着什么人。店主坚持要叫一辆车把"大法官法庭"送走，免得它继续堵着狭窄的街道，我只好照着他的意思给了车钱。车来了，我心头突然生出一股可笑的冲动：我想让车夫把"大法官法庭"的尸体运回我家去。可运回家之后我又怎么安置它呢？街上的群众合力把它抬上车，准备运往肉铺街，我再也不忍看下去，悄悄离开了小街，到河边搭了一条船。眼泪就要夺眶而出，我极力忍住了。眼下是不能走欧娜夫人家了，我这会儿灰头土脸，不适合出现在"玻璃屋"，而且我现在走起路来双腿打战，无法远行。

我闭上眼睛，眼前来来去去，都是"大法官法庭"的双眼突然静止不动的那一刻。它是因为受到惊吓和失血过多而死的，我真恨自己这段时间对它不够好，让它在大热天驮着我穿过伦敦城，奔波劳苦到极点，而这可怜的老马却一直安静温顺地陪在我身边。当我把"大法官法庭"死去的消息告诉小西蒙的时候，他难过得直掉眼泪。我终于意识到这个男孩儿有多么爱它，虽然他平时好像更喜欢巴拉克的母马，但内心深处却对老马怀有真切深厚的感情。

我回想起我买下"大法官法庭"的那一天。当时我才十八岁，来伦敦的时间还不长，它是我为自己买下的第一匹马。我还记得当初从马厩里牵出它时心里感觉多么骄傲，它那时也很年轻呢，浑身雪白，马蹄宽阔，十分漂亮精神，打从一开始就非常温顺。我曾经下定决心让它退休，也许再

第二十五章

过一两年,他就能在我花园背后的大果园里悠闲地吃草散步,可它再也等不到那一天了。眼泪又从我的眼角渗了出来,我伸手擦去了。

有人在我身边咳嗽一声,我转头一看,巴拉克正站在我身边,看上去灰头土脸,汗流浃背。

"出什么事了?那个小男孩儿跟我说你的马死了。"

我把遇袭的事告诉了巴拉克。他皱起眉头坐到我身边。"妈的,没想到今天出了这种事,伯爵听到又要担心了。他们怎么知道你要到那里去?"他想了想,"那里是布里克纳普的产业,他多半脱不了干系。"

我摇了摇头。"布里克纳普不知道我今天要去。我觉得没有人通风报信,是我又被托奇跟踪了。我走在路上的时候应该四处看一看的,都怪我粗心。我还——还在同业公会大厦碰到了埃德温·温特沃斯。"我想了想,又说:"麻脸和大块头已经知道你是谁了。他们知道你在找他们。"

"看来消息已经传开了。"他无奈地摇了摇头,"欧娜夫人有没有交代什么?"

"我没去见她。我全身又是灰又是血,而且抖得厉害。"

"我们只剩下八天时间了。"他看着我的脸,"你哭过啊?"

"'大法官法庭'的死让我有点儿难过。"我为了掩饰心里的尴尬,口气硬邦邦的。

"上帝啊,它只不过是匹马。我在外面奔波的时候你却坐在这里乘凉,这事儿你可不能赖。我已经找到一个在布里克纳普手下做假证的人了,这家伙说起来可真是混账,居然敢为连名字都没听说过的人作证,证明对方品格高尚,我呸。"

我腾地坐直了身子:"他在哪儿?"

巴拉克把头朝屋子的方向一歪:"我把他带回来了。他一边在齐普塞街摆个小摊卖衣服,一边替布里克纳普做事。我让他呆在厨房里。你要不要和他谈一谈?"

我跟着巴拉克走向厨房,一路上努力想让自己振作起来。一个中年男人坐在餐桌边,他形貌富态,仪表堂堂,难怪布里克纳普会挑他做证人。他见我们进来了,起身行了个毕恭毕敬的鞠躬礼。"夏雷克先生,很高兴见到你。小人名叫亚当·莱曼。"

我坐到他对面,巴拉克则站在我背后看着他:"你好,莱曼先生,我听说我的律师同行斯蒂芬·布里克纳普雇佣你去做证明被告无罪的证人。是不是有这么一回事?"

莱曼点了点头。"我是帮了他。"

"帮了他?我知道你是怎么帮他的——为一些因为宣称自己是神职人员而被关进主教监狱的犯人作证,证明他们品性纯良。我说得对不对?"

他犹豫了。我注意到他的眼睛水汪汪的,鼻子上的血管呈深红色,有静脉曲张现象。这人肯定是个酒鬼,可能因为小摊经营不善赚不到钱,所以需要赚点儿外快去买烈酒。

"布里克纳普先生给了我一笔定金,"他小心翼翼地说,"虽然那些绅士我不全认识,但我觉得为他们作证是一件很高尚的事,是遵照耶稣基督的意愿行善积德。先生,你不知道主教监狱的环境有多么……"

我打断了他的胡言乱语:"你假装认识你连听都没听说过的人,为了钱信口雌黄,妨碍司法公正,这一点我们都很清楚,你不用解释。先不说这个了,喝杯酒吧。"我朝巴拉克点点头,他立刻会意,从冷餐柜里拿出一壶酒。莱曼咳嗽了一声,慢慢坐回椅子上。

"先生,布里克纳普还没给我报酬。我已经跟他说清楚了,如果他再不把钱给我,我就不帮他做事了。我从没见过像他这么小气的人,就连抓到只跳蚤也要剥皮刮油。只要能找到借口赖账,他是死活也不会给钱的。"他理直气壮地点了点头,"这下好了,这个混蛋终于要倒霉了。我已经对你的手下说过我会帮你指证他,我说话算话。谢谢你。"他从巴拉克手上接过杯子,咕噜咕噜地喝了几口。"大热天喝这个真是太爽了。"说完这句

第二十五章

话,他警觉地看着我,"如果我帮了你,我的过错是不是可以既往不咎?"

比起伪君子,我更喜欢快人快语的真小人。我点了点头。"如果你肯向林肯律师学院纪律部门提供一份口供,我可以答应你的要求。不过写完口供之后,我希望你能跟我去找布里克纳普,当面告诉他你可以对他造成什么样的打击。你愿意这么做吗?"

他犹豫了一下。"你肯出多少钱?"

"口供值一英镑,见完布里克纳普之后我再给你一英镑。"

"那我很乐意为你效劳,先生。"他好奇地看着我,"你本人是不是对他心怀不满?"

巴拉克出声呵斥他:"你管好你自己的事就行了。"

我起身招呼道:"那就走吧,莱曼先生,到我的书房去写口供。"

我跟这个流氓耗了一个小时。他在口供上歪歪扭扭地写上了"亚当·莱曼"几个字。我预付给他五先令,把他打发走了。我用砂纸轻轻摩擦艳红的签名,好让它快点儿干,巴拉克见状大笑起来。

"原来口供是这样写的,我还是第一次见。你收服他的手段还真是简单明了,直击要害。"

"这是一门艺术,你还有得学呢。我有些饿了,我去让琼早点儿准备晚饭。"

"吃完晚饭以后——我们去不去那口井?"巴拉克看着我说,"今天不去,以后可能就没机会去了。"

说句心里话,在解决完莱曼的事之后,上午死里逃生的恐惧感又再次袭上心头,想到要摸黑前往埃德温的宅子探险,我一百个不情愿。但这件事已经是箭在弦上,不得不发。

"对,去看看那口井。我们得先等到天黑。"我扫了我的背包一眼,我回家前特意返回圣迈克尔修道院把它重新捡了起来,现在正挂在房间一角。"我要抓紧时间看看这些书。"

我匆匆吃完晚饭，回到了书房，一头扎进书堆。不知不觉间，夏天的太阳渐渐落到了地平线下，月亮升起来了，浓重的黑暗笼罩了大地，只是气温仍然很高。我点起蜡烛，借着烛光读书。阅读像从前一样平复了我的心灵，带着我远离了烦扰和苦闷。我读到罗马人曾经做过实验研制火焰武器，但最后好像不了了之了。书里不止一次地提到了美狄亚的名字，这个名字的主人是古希腊的一个女巫，她送给情敌一件嫁衣，情敌穿上后嫁衣就自动燃烧起来，把人烧成了灰烬。在暴君尼禄统治罗马时期，给角斗场中的奴隶穿上"美狄亚的嫁衣"是一项风靡一时的娱乐活动，普鲁塔克和鲁库勒斯都在其著作中有所提及。但是衣服是如何自燃的，罗马人又为何没把这"恶魔之火"应用在军事上？

我继续往下读，发现书里有好几处提到一种叫作"石油"的神秘物质，这种物质是在罗马帝国的东部边境美索不达米亚被发现的。普林尼说它咕噜咕噜地从地下涌出地表，遇火即燃，即使流进河里火焰也不会熄灭。这么说上帝在美索不达米亚的土地中种下了一样东西，就像他在其他地方种下黄金和铁一样。我知道炼金术师们可以通过研究土质情况提炼出某种特定的物质，比如铁或者煤，但他们从未提炼出传说中可以将贱金属转变成黄金的"哲人之石"，虽然他们常常装神弄鬼，哄骗一些可怜的傻瓜相信他们做到了。

我放下书本，揉了揉眼睛。我觉得自己必须去见见盖伊。不过巴拉克不希望我告诉盖伊更多的事情，我去盖伊那儿的时候最好别带上他。我对炼金术师们的那一套——例如某种物质可以通过什么途径转化成另一种物质之类的事一窍不通，然而我的直觉告诉我这些书里一定有线索，否则林肯律师学院图书馆里的那些书怎么会被偷走？偷书的人是谁？又是谁让那个老图书管理员怕成那样？我叹了口气。我每向前迈进一步，就会惹出更

第二十五章

多的疑团,事情非但没变得明朗,反而更加复杂了。

敲门声突然响了起来,我正想得出神,这突如其来的声音让我心头一惊。我打开门,只见巴拉克站在门口,穿着黑色的背心,黑色的长筒袜,看他的眼神就知道他现在很兴奋,只不过在极力忍耐着。他问:"你准备好了吗?是时候去埃德温家了。"

※

我们走出家门,去圣殿阶梯搭船。巴拉克背了个沉甸甸的包,据他说里头装着撬井盖锁的工具、蜡烛和下井用的绳梯。我明明是个律师,此刻却趁着夜色出门去做违法的勾当,这种感觉相当奇怪,要是有巡官要求查看背包里的东西,我们俩可就麻烦大了。但是巴拉克完全没有担忧害怕的样子,一路上只要碰到巡夜人,他就极其自然地朝人家点头微笑,好像他是要到酒馆里喝酒,而不是去翻别人家的围墙。

我们穿过圣殿律师学院[1],学院里静谧无声,一片黑暗,只是偶尔有一扇窗户透出一点儿闪烁的烛光。夜色中的圣殿教堂就像一只蹲伏的巨兽,这座教堂是为纪念十字军圣殿骑士而修建的。

"这里供奉着圣殿骑士,对不对?"巴拉克说,"那时候基督的力量保佑着东征的十字军,军队还能打胜仗,哪像现在,被土耳其异教徒打得屁滚尿流。"

"基督教国家当年很团结。"

"如果我们得到希腊火,说不定基督教国家又会团结在一起。他们会臣服于我们英国,受我们英国的领导。亨利国王的海军将把法国和西班牙的海军烧得全军覆没,我们可以穿过大西洋把西班牙的殖民地据为己有。"

我冷冷地看了他一眼:"不要得意过了头。"他说到火烧两国海军时手

---

[1] 伦敦四大律师学院包括内殿律师学院和中殿律师学院,这两所学院位于圣殿教堂,各占半壁空间。这里统称圣殿律师学院。

舞足蹈,唾沫翻飞的样子让我反感。难道他没看过史密斯菲尔德的火刑场面?没看过火焰是如何活活烧死一个人的?"我觉得这一天还是永远不要来的好。"

他低下了头,没有回答。路边的花圃里开满了玫瑰,一些鹅卵石围着花圃,把花圃和路面分隔开来。过了一会儿,他弯腰捡起几块鹅卵石放进口袋里。

"你捡石头干什么?"

他没有直接回答我,只是含糊其词地说:"这些石头可能会派上用场。"

泰晤士河出现在我们的视野里,宽阔的河面在月色中泛着银光,船上的灯火星星点点地倒映在水上。"我们今天运气不错,"我说,"阶梯边停着一艘船。"

※

月光下的泰晤士河十分宁静,只有几艘搭载官员的船在城区和威斯敏斯特宫之间来来往往。我坐在船上眺望着萨瑟克河岸上微弱的灯光,又想起了"大法官法庭"。动物是没有灵魂的,它已经消失得无影无踪,化作虚无。但这总好过堕入地狱,那里是大多数人死后无法抗拒的归宿,我知道我有一天或许也会去。回想遇袭的时候,头脑因为遇到危险而变得格外灵敏,但我所思所想的只是求生,完全没想过祈祷,或者若是不幸被杀了,我的灵魂会去哪里。这是不是一种罪恶?我摇了摇头,虽然精疲力竭,但我必须保持敏锐和清醒。

小船慢慢朝岸边驶去,水越来越浅,船底最后碰上了松软的泥土,停靠在道尔门台阶边。巴拉克跨上岸,伸手把我也拉上去,我们打起精神,朝沃尔布鲁克进发。

第二十五章

到达埃德温家的时候,整座房子的灯光已经全部熄灭了,一楼的窗户关得严严实实,不过为了透气,上层的窗户都开着。我尾随巴拉克拐进并穿过了巴奇路,又沿着一条小巷往前走,小巷一侧是一堵墙,整条巷子弥漫着一股尿骚气。

"这堵墙的另一侧有个果园,"巴拉克小声说,"果园后面就是温特沃斯家的花园,我先前已经打探清楚了。"他在一扇开在墙上的木门前停了下来,这扇门很简陋,看着不太结实。他向后退了几步,冲上去拿肩膀一撞。喀喇一声,门被撞开了。他一闪身进了门,我也跟了进去,发现里面是一座欧楂果园。现在不是这种奇怪水果成熟的季节,树上开满了没有香气的白色花朵,这种花会一直留在树上,在果实完全成熟之前慢慢腐烂。在如水的月色中,花朵显得格外洁净,仿佛在发光。这时茂密的草丛中忽然出现了一双白影,我吃了一惊,定睛一看,才看清是两头猪在拱土寻食。它们也受了惊吓,哼哼唧唧地跑进树林里。我回头看看木门,门上本来有个从里拴上的门闩,刚才被巴拉克用力一撞,已经从门上掉下来了。

我说:"你把人家的门给弄坏了。"

"嘘!"他愤怒地制止我,"难不成你想让过路人听见?"他小心翼翼地关上了门,指了指不远处十英尺高的围墙,压低声音说:"我看你应该更喜欢从那儿爬过去。我们走吧。"

我跟着他穿过果园,谁知不小心踩上了鸡窝,一群母鸡咯咯叫着四散而逃,又把我吓了一跳。巴拉克径直朝远处的围墙走去,这堵墙要矮一些,高约七英尺。他打着手势示意我站在他身边。他的神情十分机警,对于深更半夜偷偷溜进别人家里这种事,他似乎觉得非常有趣。

"墙外就是花园。如果我帮你上去,你自己下得去吗?"

我抬头看了看高高的墙,心里有些没底:"我想应该可以。"

"那就好。那赶快翻吧。"他蹲下身子,伸出两只手,示意我踩上去。我踩在他手上,双手扶着墙头,他托着我一只脚,稳稳地把我往上抬。我紧紧攀住墙头,没过多久,整个身子就趴了上去,居高临下地俯视着埃德温的花园。这一番折腾下来,我已经是汗流浃背。我眨眨眼睛,挤走流进眼睛里的汗水,四下扫视了一遍。隔着草坪、花圃和花棚,我可以看到宅子后面和前面一样黑灯瞎火,所有窗户都关着。圆形的井台离我只有十五英尺。

巴拉克在下面小声问:"里面没什么动静吧?"

"好像没有。所有的灯都熄灭了。"

"有没有狗?"

"我没看见。"我先前没有想到这一层,经巴拉克一问,我倒想起来了,像这样的富家大宅,夜里很可能有狗看守门户。

"下去之前先丢几颗鹅卵石。给你。"我感觉手心被塞进几颗小石头。他捡石头原来是为了这个。我在墙头坐直了身子,往花园里丢了一颗。石头撞上井盖又迅速弹开,发出"咚"的一声,如果附近有狗,一定会汪汪叫着跑过来,可是花园里依然静悄悄的。我小声说:"没有狗。"

"那你下去吧,我马上跟过来。"

我把剩余的石头塞回衣袋里,深吸了一口气,纵身跳上了草坪,落地的时候脊柱被震了一下,隐隐作痛。我靠着墙壁,心里明白我这下是被困在这里了。如果发生了什么事,我能自己爬回去吗?我很怀疑这一点。只听一阵窸窸窣窣的抓爬声,巴拉克落在了我身边。他举目四望,警惕得像只猫。

"你在旁边替我把风,"他用极轻的声音说,"我去把井盖撬开。"他大步跑过草地,转眼就到了井边。他把背包丢到地上,伴随着微弱的叮当声,从包里抓出两件工具。我走进大橡树的阴影中,坐在树下的长椅上,凝视着依然黑漆漆的宅子,努力让自己咚咚直跳的心平静下来。巴拉克用

第二十五章

一根金属棍插进锁眼里左右捣弄，那金属棍细细长长，小巧得就像珠宝匠的工具，他好像知道井盖打开之后要面对什么似的，开锁的时候微微皱着眉头。看他娴熟的手法，这些年为克伦威尔办事的时候也不知开了多少锁。锁开了。他把锁取下来扔到地上，又去开另一把。我又朝寂静无声的宅子看了一眼，那个老太太现在一定睡熟了，两个小姑娘、埃德温和管家尼德勒不知在做什么样的梦。那天这座花园里到底发生了什么事？萨宾和艾维斯说当她们听到拉尔夫的尖叫跑出来的时候，看到伊丽莎白坐在这条长椅上。而伊丽莎白说假如我下到井里，我看见的东西将会动摇我的信仰。想到这里，我不禁打了个寒战。

另一把锁也开了，巴拉克哼了一声，扬手示意我过去。"我推井盖的时候你得帮我一把。这东西太重了。"

"没问题。"我爽快地答应了他，但是抓住木头井盖的时候，我蓦然想起上次闻到的恶臭，顿时又异常的不情愿，可既然已经走到了这一步，哪能半途而废？我强压着心中别扭，和他合力推开了井盖。我们把井盖斜靠在井台上，朝井中看去。借着月光，能看到井壁最上层的几排砖，以下的部分淹没在黑暗之中。我觉得一股阴气从井底涌了上来，鼻中又闻到了那种腐臭气。

我身边的巴拉克小声说："果然有股臭味儿。"

"味道好像没上次那么强烈了。"

他弯下腰，把一颗鹅卵石扔到井里，我等着听石子落入水中或是撞上石头的声音，谁知等了好一会儿，竟然完全没有声息。巴拉克看着我。"好像落在什么柔软的东西上了。"他深吸了一口气，"我真想知道这井到底有多深。算了，只求这梯子足够长。"他从背包里拉出绳梯，麻利地固定在伸出井壁的一根铁棍上，这根铁棍以前一定是挂水桶用的。他放下绳梯，将其完全展开，伸进黑暗中。他深吸了一口气，挺起胸膛严肃地凝视着我。我知道他是担心下到井里后不知会发生什么样的事情，有点儿怯阵。

"要是有人来了,你就喊我一声。我可不想被人来个瓮中捉鳖。"

"我会的。"

"我带了蜡烛和火绒箱,到了井底可以照明,"他说,"祝我好运吧。"

他抬手松开了衬衫的一粒扣子,把手伸进去摸了摸他的犹太小金筒,然后翻过井沿,用脚探探第一段蹬子的位置,开始往下降。他的头顶很快就消失在黑暗中,给我一种十分怪异的错觉,觉得这口井把他吞了下去。

我弯下腰朝井里张望,稍稍提高了声音问:"你还好吗?"

他的声音从下面传了上来,在井中不断回荡:"还好。就是臭味儿越来越浓了。"

我又朝宅子看了一眼。整栋宅子仍然寂静无声。

"我到井底了。"巴拉克的声音听起来有种不真实感,就像在一个空旷的山洞里说话。我猜这口井一定很深,估计有三十英尺。"我踩到软软的东西!"他喊道,"是布。还有别的东西,感觉像皮毛。喔唷,我居然忘了点蜡烛。"我听到一丝微弱的擦刮声,地下深处的黑暗中突然出现了一点小小的火花,火花一闪即灭,接着第二点火花又出现了。只听巴拉克在下面嚷嚷:"这狗屁蜡烛居然点不着!等等,这是——啊,见了鬼了!"我万万没想到他会突然惊叫,吓得往后退了几步,叫声在井中旋复回荡,飘出井口,在静夜中听起来格外骇人。就在同一时刻,宅子二楼的一扇窗户里突然亮起一点火光。

我抓住井沿,把半个身子探了进去,全然顾不得臭不臭了。巴拉克的蜡烛又熄灭了。我朝井下大喊:"宅子里有亮光!快上来,赶快!"

他闻言立刻往上爬,黑暗中顿时响起一阵急促的窸窣声。

我又回头看了看宅子。亮光已经转移到隔壁的窗户了,有人正拿着蜡烛往前走。他们是看到我们或者听到我们的声音了,还是对我们的到来毫无所觉,只是碰巧起夜而已?绳梯前端剧烈地颤抖着,巴拉克快要爬上来

第二十五章

了。我把手伸进井口的黑暗中:"抓住我的手!"

我的手被另一只手紧紧捉住。我往上拉着巴拉克,可能是因为用力过猛,后背突然一阵抽痛。他手脚并用爬了出来,那样子就像有恶魔在后面追赶他,然后站在我身边大口大口地喘着气,两眼望向花园尽头的大宅。他眼睛瞪得老大,身上散发出一股肉类腐烂的味道。闪烁不定的烛光还停留在那扇窗户前,不再往前移动了。是有人站在窗前向外张望吗?虽然我们离宅子很远,部分身体又藏在树影里,可是月光太明亮了。

"来,过这边来!"巴拉克压低声音急迫地说。他抓住了井盖。"他们可能还没有看见我们。要是有人出来就糟了,我们得赶快离开这里!"

我们把井盖推回原处,巴拉克匆匆抓起刚才扔在草地上的锁,重新扣回井盖上锁好。他的动作又快又稳,一看就知道是个老手。片刻之间一切又恢复了原状。

我小声说:"光灭了!"

"好了,我快弄完了。"他喀喇一声锁上了第二把锁,起身要走。就在这时,我听到一扇门吱呀开了,一个声音大喊着:"喂!是谁在那里!"我认出这是尼德勒的声音。

巴拉克转身朝围墙跑去,我紧跟在后头。等我跑到墙下时,他已经弯下腰,两只手摊开做马镫状。我回头瞄了一眼,隔着草坪和花圃很难辨认出什么东西,只能隐约看到一扇门敞开着,里头好像有几个黑影在闪动。我还没反应过来,就听到了狗的狂吠声。

我嘶声说:"狗追来了!"

"看在耶稣的分上,赶快爬上去!"

我抓住墙头,踩到巴拉克的手上,由他把我往上托。翻墙的时候我差点儿失去了平衡,但最终还是成功地跨坐在了墙头上。我惊恐地回过头,看到两条黑色大狗穿过花圃朝这边蹿了过来,连叫也没叫一声,直接冲向了巴拉克。这种沉默比狂吠更加可怕,暗藏着誓要置他于死地的决心。

"你快上来!"

他扣住墙头,单脚蹬住砖墙,开始往上爬。狗就要扑到他了。我听到有脚步声跟在两条狗后面,尼德勒也追来了。巴拉克突然大叫一声。其中一条体形庞大的杂种狗抓住他的一只脚不放,发出恶狠狠的号叫声。另一条狗跳起来扑向我。我大惊之下,差点儿翻下墙头,还好最后稳住了。幸亏这墙太高,这畜生还没够着我就落了下去。它还不死心,前爪撑着墙面直立起来,仰头朝我狂吠。

"帮我一把,看在基督的分上!"巴拉克咬着牙说。起初我脑中一片空白,全然不知道该怎么做,之后才想起我衣袋里有鹅卵石。我掏出最大的一颗,对准他脚边恶狗扔过去,砸中了它的眼睛。

它惨叫一声,吓得跳了起来,一时松开了爪子。虽然只有一瞬间,但已足够让巴拉克抽身了。我俩手忙脚乱地翻过墙去,半跌半爬,摔进了果园茂盛的草丛里,就在这时,尼德勒的声音又在墙的另一边响了起来:"你们是谁?给我站住!"

我们以为管家会翻过墙头来追,连忙跌跌撞撞地跑进树影里。可他一直没有过来,只听得两条狗在墙内狂叫不止。他显然不敢独自翻墙追赶我们。我听到有人在草坪那边说话,听着像埃德温。巴拉克抓住我的胳膊,带着我穿过果园,他现在跑起来一瘸一拐,可速度仍然非常快。我们又从那扇破门穿回街上,拐回巴奇路,下到道尔门。直到这时他才停下了脚步,靠在一堵墙边,抬起脚仔细查看。

我心里十分担忧,急忙问:"你受伤了吗?"

"只是被抓破了皮。谢天谢地我穿了是木套鞋①,你看。"他让我看了看木头鞋底上深深的狗牙印,接着目光灼灼地看着我:"那个管家会不会认出你?"

---

① 在中世纪,人们为隔绝泥泞、脏污等,通常会穿在鞋子外的一种套鞋。

第二十五章

"隔得那么远,他应该认不出来。"

"幸好他胆小怕事不敢来追我们,否则你可有得解释了。"

我紧张地环顾着空无一人的街道:"埃德温一定会把巡官叫来。"

"我知道了,再过一分钟咱们就走。"

"你——你刚才为什么在井里大喊大叫?"我问,"你看见什么了?"

他听了这话,神情立刻变得十分惊惧:"我也不确定。井底有些衣服、布料和毛皮。我好像还——我觉得我在那里看到了眼睛。"

"眼睛?"

他咽了口唾沫。"在烛光中闪闪发亮,但我能肯定绝不是活物的眼睛。"

"那是谁的眼睛?看在上帝分上,是谁的?"

"你问我,我去问谁?我只知道那些眼睛小小的。至少有两双。我当时吓了一大跳。"

"这么说井下有尸体?还不止一具?"

"上帝啊,我才看了一眼你就叫我出去了,我能看清楚嘛!"巴拉克边说边摇头,"我真的不知道。不过井底有骨头,踩上去嘎吱作响,而且都是小骨头,这一点我可以确定。"他又把手伸进衬衣,摸了摸他的小金筒,这才站直了身子。

"我们赶紧离开这里吧。"他说完就往河边去了,虽然休息了一阵子,但他走起路来依然是一瘸一拐。

第二十六章

这天晚上我因为精疲力竭睡得很沉。醒来时头闷闷的,疲惫感并没有消除,之后我才想起下午有一件非做不可的事——去见克伦威尔。今天是六月三号,再过一个星期就是演练的日子。兴许是昨天晚上拉巴拉克出井时用力过猛了,我的背疼得很厉害。我躺在床上,一时间思绪翻涌:时间紧迫,险状迭出,我到底还能坚持多久、应付多久呢?

我按照盖伊教的法子开始锻炼,但一举一动都特别小心,唯恐动作做得太大,不仅对后背没有好处,倒起了反效果。一套动作做完后,我走出房间来到花园里,阳光已颇为炽烈,花圃里的花被晒得蔫答答的。我想起了约瑟夫的农场,想起他的庄稼在田地里半死不活的情景。可惜今天早上我不能给他带去新消息了,我们还不知道那口井下到底有什么。巴拉克已经摩拳擦掌,提出再找机会去一探究竟,不过今晚不行,温特沃斯家的人今晚一定会加强防备。不知他们会如何猜测我们夜闯花园的目的?巴拉克临走前将井盖恢复了原状,没有留下任何痕迹,他们很可能认为我们是一对胆大包天的窃贼。我匆匆给约瑟夫写了一张便条,告诉他再过一两天我会去找他,请他不要失去对我的信心。

我下楼时巴拉克已经在吃早饭了,琼站在一边侍候,不住地向我们投来担忧的目光。我过去几天的焦虑和紧张没有逃过她的眼睛。我告诉她"大法官法庭"死于中暑,不过我怀疑她并不相信我的话。

巴拉克在她离开之后问我:"我们现在该怎么做?"

"我打算先去欧娜夫人家一趟,再问问她。如果我去得早,相信她应该在家里。"

第二十六章

一提起欧娜夫人,他像往常一样兴高采烈:"有句话怎么说来着?一艘船在去迎接一位时髦的女士之前要先装配船帆。你为了去见她,特意换上了崭新的背心和长袍,我一眼就看出来啦!"

"毕竟是要去见有身份的夫人,还是打扮一下的好。"

他深吸一口气,做了个鬼脸:"我们得一起去见见伯爵。他希望我们到白厅宫去。但愿你能从欧娜夫人那里找到新线索。要我和你一起去吗?"

"不用了。我想你还是去找内勒夫人好了,看看有没有芭思希芭姑娘的消息。我会在十二点钟回到这里和你碰头。我会让西蒙去找莱曼,叫他下午两点到这里来。之后我们可以去林肯律师学院找布里克纳普对质。"

其实我打算在见过欧娜夫人后去找盖伊,告诉他更多有关希腊火的事,但我并不想让巴拉克知道。有件事我一直想不明白:既然罗马人知道希腊火,或者一种和希腊火十分相似的物质的存在,那为什么不把它发展成威力巨大的武器呢?我隐约觉得这就是问题的关键。

我看到巴拉克瞥了我一眼,眼神锋利得像刀子一样,不由得暗暗心惊:难不成他已经从我的举动中看出不对劲了?这可不好说,要知道他是个相当敏锐的人。而且他是克伦威尔的手下,他的忠心是对克伦威尔的,而不是对我。

"我们把去那家酒馆的事安排在今晚吧,"我说,"就是有人想卖那种波罗的海饮料的那一家。"

"那好吧。我觉得去见见那个老太婆内勒也不是什么坏事,至少可以提醒她我们没把她给忘了。与其呆在这里无所事事,老记挂着见了伯爵如何交代,倒不如出去走走。可是你确定你一个人去不会出事吗?"

"你不用担心。我会走人多的大路,而且会时时刻刻提防着。"

突然响起的敲门声打断了我们的谈话。琼站在门外,脸上有种惊讶的神气:"先生,外面来了一个信使,自称是克伦威尔大人办公室派来的。他给您送来了一匹新马。"

巴拉克起身点着头说:"我昨天下午给格雷送去了消息,说你的马被杀了,让他送一匹新的来。你现在这么忙,哪里有空亲自去市场买。"

"喔。"

"你需要一匹马,我们不能去哪儿都走水路。我让他送一匹年轻点儿的马,这样才不会被苏姬给落下。"

"喔。"我又说了一声。我突然间怒不可遏,难道巴拉克觉得"大法官法庭"的空缺是随便送一匹马来就能弥补的?虽然从现实角度来说他的做法并没有错。我走出屋子,西蒙手里牵着两匹马,巴拉克那匹皮毛油光水滑的母马身边是一匹高大雄健的棕色阉马。我拍了拍阉马的背,它好像非常温和,然而看到它站在曾经属于"大法官法庭"的位置上,我总觉得对不起我的老朋友。

我问西蒙:"它叫什么名字?"

"它叫'起源',先生。可它是一匹阉马,是不可能生出小马驹来的,对不对?"西蒙羞涩地笑着,为自己的聪明扬扬得意。

我低头看了看他脚上的套鞋:"你现在习惯穿鞋了吗?"

"相当习惯,谢谢你,先生。我适应了一段时间,已经毫不费力就能穿了。"

"这就对了,你付出的努力是值得的。"我递给他两封信,"请把这封信送到温特沃斯先生下榻的旅馆,把另一封送到齐普塞街,交给摆货摊的莱曼先生。"

我使尽浑身解数,终于爬上了马鞍。巴拉克已经驭马走向门口了,脸上仍然是一副苦苦思索的表情。我朝他挥了下手,骑马作别。

走哪条路去欧娜夫人家呢?我思量再三,最终决定走一条人少一些的路线,先穿过史密斯菲尔德,再通过跛子门进城,这样一来"起源"就有时间适应我这个主人了。我骑着马不疾不徐地往前赶,两眼始终注意着周围的动静。我随身带着与希腊火有关的文件,它们就装在我昨天用来打赖

第二十六章

特的背包里，随着马的动作一下一下撞着我的腰。一想到他雪亮的斧头，我又打了个寒战。

我把思绪转回温特沃斯一家人上。我的天哪，这个家庭到底发生了什么？那口井底好像有尸体，而且还不止一具，但是我看不出这家人中的任何一个有参与谋杀的可能。温特沃斯老太太虽然严厉无情，但她一心扑在家人身上，何况她是个瞎子，瞎子怎么能去杀人？两个小姑娘的生活圈子只限于自己的家庭，人生唯一的目标就是嫁个好丈夫，对于家庭之外的世界，对于嫁人之外的事，她们知之甚少。就算情窦初开的萨宾真的对管家产生了爱意，那也不是什么稀奇事。她们都是养尊处优、循规蹈矩的千金小姐，每天只是绣绣花，弹弹琴，像牧场里的奶牛一样对自己的命运心满意足。

我转念一想，那埃德温呢？我见到他的时候，他已经因为悲伤和愤怒变得有点儿歇斯底里了，所以我很难推测出他在正常状态下是什么样子。从打听到的情况来看，他似乎是个非常典型的富商，把提高自己和家族的名望看得比什么都重要。管家尼德勒是个势利小人，但他主要的兴趣好像是怎么讨好温特沃斯一家。说真的，他们家族的每个人看起来都很正常，只有两个人我认为行为反常，一个是我坚信清白无辜的伊丽莎白，一个就是拉尔夫本人。

我和"起源"到达了史密斯菲尔德。我环顾着开阔的露天市场，圣巴塞洛缪修道院和医院仍然空荡荡的，门口站着守卫。我看到一群身穿伦敦戍卫队制服的人在市场边走来走去，一些人忙着安放一排排临时座位，其他人拿着锤子敲敲打打，把几根连着锁链的螺栓固定到一根长长的木头柱子上。我想起维尔韦曾经对我说起过朝廷下星期准备再施行一场火刑，处死两个反对婴儿受洗、主张一切财货属于公有的再洗礼派教徒，不由得胆战心惊，暗暗祈祷他们早点儿忏悔，免遭这样的惨祸。我调转马头朝修道院方向走去，穿过朗街就离跛子门不远了。

走近修道院的时候，我看到一小队身穿红金相间的霍华德家制服的卫兵牵着各自的马，安安静静立于在大门边。接着我看到了诺福克公爵本人，他站在门口，猩红色长袍与灰暗的石头形成了鲜明的反差，仿佛一道刺眼的伤口。他正在和一个站在门里的人说话，此人双臂环抱，好像在告诉别人自己是这个地方的主人。等我看清他的脸时，不禁大吃一惊：他竟然是理查德·里奇。

他们已经看见我了，四道目光直直朝我射了过来。公爵抬起手臂招呼道："喂，律师先生！到这边来！"

真是见了鬼了，他到底想干什么？虽然万分不情愿，我还是调转"起源"的头朝那队人走去，心里暗暗祈祷"起源"继续温顺下去，千万别出岔子让我出丑。我留意到门口的守门人是个新面孔，不禁有些纳闷，不知道上次被巴拉克踢出图书馆的那个胖家伙出什么事了。就在我勒住马缰的一瞬间，里奇看了我一眼，眼神既冷酷又愤怒，可是诺福克这次却像转了性子一样，神情格外和蔼可亲。我猜我骑着马朝这边赶的时候，里奇正要把诺福克迎进修道院，从里奇的表现来看，我感觉这两人好像很不乐意被人看到他们在一起。朝廷最近局势微妙，只要两个官员被人看到在白厅之外的地方谈话，就会被人说成是在私下密谋，何况在这里会面的两个人实在太不寻常了：一个是克伦威尔的党羽，一个却是他最大的对头。我翻身下马，向他们鞠躬致意。

"夏雷克先生。"诺福克那张布满皱纹的脸绽开淡淡的笑容，"里奇爵士，这位是我前天晚上在欧娜夫人的宴会上遇到的一个律师，头脑很灵光。我想他应该不是你们法院的人吧。"

"的确不是，他是林肯律师学院的人，我说得对吗，夏雷克律师？不过他有时候会做出一些让人意想不到的行为——几天前我发现他在我的花园里晃荡。你这回又来干什么，不会是想来偷我洗好的衣服吧？"

这玩笑一点儿也不好笑。我干笑了两声说："我要去主教门，只是顺

第二十六章

道经过而已。我买了一匹新马,城里的人太多了,我怕它受惊,所以选了僻静一点儿的路。"

诺福克对里奇说:"夏雷克先生的一位同僚前几天在林肯律师学院对我无礼之极,竟然在大庭广众之下跟我大谈新教。"他说话时一直看着我,两眼闪着寒光。"不过你告诉我你不是路德教徒,我没说错吧?"

"大人,我谨守着国王陛下制定的规矩。"

诺福克哼了一声。他转头看着"起源",以内行人的眼光将马儿从头到脚打量了一番。"这匹马看起来很普通。但你也不可能骑着匹神骏到城里去。"他瞟了我的后背一眼,满怀恶意地补充道:"而且我猜要是骑着马长途跋涉的话,你恐怕吃不消。"他张开双臂。"上帝啊,理查德,国会休会的时候是我最开心的时候,这样我就能回乡下过田园生活了。对了,我听说你以前是个街头小混混,是不是真的?"

"大人,我是正儿八经的伦敦绅士。"里奇一板一眼地说。他把头转向我。"公爵来这儿是想和我讨论几片修道院土地的产权转换问题。"其实对于这次会面,他完全没有必要告诉我什么,但他却给了我一个冠冕堂皇的解释,以免我散布谣言,说他们在密谋造反。他说的可能是真话:谁都知道诺福克虽然在宗教上非常保守,但占起修道院的财产来可是毫不客气的。

"对,"诺福克说,"而且这座修道院虽然名义上是富勒的,但实际上你已经把它转移到你的名下了,是吧里奇?"他哈哈大笑。"谁不知道你里奇已经把圣巴塞洛缪修道院周围的房子分赏给你的下属了,现在修道院也是你的了,我看你干脆把这个地方的名字改一改,改成史密斯菲尔德土地没收法院办公室得了。可怜的富勒还没死呢。其实是你下毒把他害成这样的,是不是啊,里奇?"

里奇淡淡一笑。"富勒院长得的是痨病,大人。"

我猜公爵是在故意嘲讽里奇,目的是进一步向我证明他们不是朋友。

一个仆人突然出现在门口,手里提着一个沉甸甸的麻袋,里奇偏过头和他小声嘀咕了一会儿,接着猛地拔高声音说:"把它们放到我的书房去,我过一会儿再来检查。"

仆人走回修道院里去了,诺福克好奇地看着那个麻袋:"袋子里装着什么东西?"

"我们正在挖修道士的墓地,好建个花园。这座修道院好像有个古老的习俗,人死了之后,他的私人财产也要跟着他下葬。我们挖出了一些有趣的东西。"

我不禁想起在这儿见凯奇恩那天,小学徒们刮死人头骨的情景。看门人私藏起来的那个新月形小金饰在我眼前晃来晃去。

"应该很贵重吧?"

"有些是挺贵重的。剩下的虽然不值钱,但是研究古物的人应该会有兴趣。有旧戒指、预防瘟疫的护身符,有个医师的陪葬品居然是干草药。我对这类东西很感兴趣,大人。我的心思一向不在获取钱财上。"他最后这句话说得很重,让我听出了一点儿弦外之音:里奇这个人虽然冷酷无情,残忍暴虐,但他并不想背上贪赃枉法的名声。

"这个习俗真是奇怪。"

"是啊。我也不知道这个怪习俗是从何而起的。可是每一个葬在这里的人,不论是修道士还是医院的病人,都有几件私人物品陪葬,我相信这些物品是最能体现他们生活特点的东西。这里的墓过两天就能挖完,然后我们会接着挖医院的墓地。我想在那儿建几栋房子。"

我猛地吸了一口气:那个老兵圣约翰的陪葬品会是什么?有人竭尽全力想要掩藏希腊火的所有痕迹,但如果有什么东西仍然留在圣巴塞洛缪修道院里,埋藏在地下呢?

我出了一会儿神,突然注意到里奇正在看我。"夏雷克,有什么东西激起了你的兴趣吗?"

第二十六章

"大人,我对文物也很有兴趣。我前两天在路德门发现了一些古砖,来自一座古代的犹太教会堂。"

"我们还是赶紧进去说正事吧,阁下,"诺福克粗暴地打断了我们的谈话,"一直站在太阳地里实在太热了。"

"好吧,大人。早安,夏雷克律师。"他朝我眯起灰色的眼睛,"闲事不要管得太宽了,这句话你要牢牢记住,免得引火烧身。"说完这句话,他和诺福克双双转过身进了大门。我在公爵卫兵好奇的注视下跨上马背,调转马头离开了。我发现自己汗流浃背,不仅仅是被热的,也是被吓的。诺福克和里奇到底要在一起谈什么?是商议如何买卖修道院的财产,还是密谋对付克伦威尔?抑或是谈论希腊火?里奇在警告我时提到了火,听着像是在暗指希腊火。但事实真是如此吗?

我一路提心吊胆,直到拐进朗街才松了一口气。我骑着马朝欧娜夫人家赶,心里却一直记挂着那些被挖开的坟墓。

第二十七章

在清晨的热气中,整座玻璃屋静谧无声。一个身穿沃恩家制服的仆人为我开了门。我对他说我有要紧事求见欧娜夫人,他让我进了屋,请我在门厅稍等片刻。门厅外面就是内院,透过门厅的窗户,我发现为了隔绝热气,宴会厅的窗户纷纷紧闭。许多窗格上都有沃恩家族的纹章,有一处纹章下还有一句家训,我身体前倾仔细一瞧:*Esse quam videri*。**求真务实**。我想对于这个没落的家族来说,求真务实就是要成为真正有权势的贵族世家,在朝廷中拥有举足轻重的地位吧,就像如今的霍华德家族和曾经的沃恩家族那样——不知道欧娜夫人为了实现这个目标,将会付出什么样的代价?再过几个小时我就要见到克伦威尔了,我必须查出这件事的真相。

先前的仆人又出现了,说欧娜夫人要见我。他带着我爬上二楼,来到一间会客室。这里与玻璃屋的其他房间一样装饰得富丽堂皇,墙上挂有精美的挂毯,地板上铺满了绣花大垫子。一面墙壁上挂着一幅肖像画,画中人是一位身穿布商公会制服的老人。尽管姿态庄重,他那张生着白色短须的面孔依然非常和善。

欧娜夫人坐在一把带垫子的扶手椅上,穿一条淡蓝色长裙,长裙的领口是方形剪裁,头巾也是四四方方,身边头一次没有仆从环绕。她正在读一本书,我看清她读的是廷代尔的《一个基督徒的服从》:安妮·波琳曾经利用这本书来劝服国王担任教会最高领袖。

见我来了,欧娜夫人起身相迎:"啊,夏雷克先生。我相信你肯定会对廷代尔先生的书感兴趣。"

我深深鞠了一躬。"夫人,你说得不错。当年他被视为异端,人人喊

第二十七章

打的时候,我就对他的书很有兴趣了。"

她的语气虽然很亲切,眉头却微微蹙着,就连微笑时也没有舒展开。我怀疑她是在为前天晚上那个出人意料的吻而尴尬,担心我会提起这件事。不错,我毕竟是个驼背,当我突然意识到这一点时,心里不禁有些失落。

我问:"你对廷代尔先生做何评价?"

她耸了耸肩。"他是个成功的学者。他翻译的《圣经》有一定的影响力。不知道你读没读过他和托马斯·摩尔的交流辩论?两个伟大的作家居然放下身段,用粗俗的谩骂来反驳对方的宗教观。"她说着摇了摇头。

"没错。如果廷代尔没有逃往国外,摩尔一定会活活烧死他。"

"可他最终被德国人烧死了。而且廷代尔如果有这个能力的话,同样会把摩尔给烧死。我有时候真想知道上帝是如何看待他们两个人的——如果上帝会思考的话。"她的声音突然倦怠起来,夹杂着一丝微薄的怒意,把书本放到桌上,"可上帝肯定会看着我们所有人,是不是?"

她的声音虽然又低又轻,但我却听出了其中包藏的讥讽之意,我开始怀疑她是个异端,而且还是异端中最危险的那一种,好多人连提都不敢提起——这些异端分子怀疑上帝是不存在的。如今宗教冲突十分激烈,许多人因此萌生了这样的想法;我自己也想过一两次,每当脑子里生出这个念头,整个人就有一种悬浮在黑暗深渊上的错觉。

"你坐下好不好?"欧娜夫人边说边指了指地板上的几个垫子。我正觉得疲累,她这句话无异于一场及时雨,我赶紧不客气地坐到了垫子上。她又问:"要不要喝点儿酒?"

"谢谢你,不用了,现在喝酒还太早。"

她注视着我打开背包。"哎呀,"她柔声说,"你今天给我带来了什么?"

我犹豫了一下,还是说出了口:"是关于希腊火的资料,夫人。我知道除了你之外，没有人看过这些资料。上面有些东西我看不明白，如果你能说说你的看法，那我求之不得——"

她的眼中闪过一丝怒意，但是语气仍然很平和："原来你是想知道我到底看了多少，又看懂了多少。我前天已经告诉过你了，我看到的东西足以让我后悔，后悔自己为什么不控制住好奇心，之后我就再也没有欲望看下去了。"

"也足以让你觉得希腊火可能真的存在？"

"准确地说是让我害怕这样的东西真的存在，一想到它可能造成的灾难，我就胆战心惊。夏雷克先生，我没什么要补充的了。我说的都是真话。"

我仔细端详着她的脸。两天前她试图迷住我，好让我相信她的话，今天她的态度却很不友善，我一问话她就生气了，难道是因为她的的确确已把所知的一切都告诉我了吗？

"欧娜夫人，"我斟酌着言辞，唯恐又激怒她，"我今天下午必须向克伦威尔大人做一个汇报。但我在调查询问方面的进展不尽如人意，是那个帮格里斯特伍德兄弟造发射器械的铸造工也失踪了，依我看凶多吉少。我的生命也受到了威胁，有人三番四次想要置我于死地。"

她深吸了一口气。"这么说所有与这件事有关的人都有危险？"

"不是所有人，是那些帮助格里斯特伍德兄弟制造希腊火的人。"

"我会有危险吗？"她虽然竭力保持着镇定，但眼中还是流露出怯意。

"我想没有，只要你真的没把看过这些资料的事告诉除我以外的人，没人会来害你。"

"我没告诉别人。"她深吸了一口气，"那么伯爵呢？如果你把我看过资料的事告诉了他，他说不定会用比你粗暴得多的手段对我进行逼供。"

"这就是我今天早上来找你的原因之一，只要你能让我对伯爵有一个完整的交代，他自然不会再来逼迫你。欧娜夫人，某天晚上你坐在林肯律

第二十七章

师协会的长椅上时碰见了我,你还记得吗?其实我看到你先前在和马奇阿蒙特高级律师说话。你们俩好像在谈论一件非常严肃的事。"

她愤怒地质问道:"这么说你在监视我?"

"我是在无意中碰到你们的,不过你说得也没错,我当时的确停了下来,躲在柱子后面听你们说话。不过我什么也没听见,只看到了你们的脸。你们两个人的表情非常焦虑。前天晚上宴会结束之后,我看到你们又说了几句话,表现和前一次差不多。而且高级律师也和你一样保管过这些资料。"

我在说这番话之前已经准备好挨她的骂了,没想到她只是叹了口气,低下了头,抬起一只手掩住面孔。"耶稣啊,"她低声说,"我那愚蠢的好奇心到底把我害到了什么地步啊?"

"只要你把一切都告诉我,"我说,"我会尽我所能在伯爵面前为你开脱。"

她抬起头看着我,凄然一笑。"是,我相信你,虽然伯爵命令你像个猎人一样跟着我,但我相信你会这么做。我从你的脸上看得出来。你不喜欢这份工作,是不是?"

"我喜不喜欢并不重要,欧娜夫人,重要的是你必须把和高级律师的谈话内容告诉我。"

她起身走到餐台边,餐台上的一个黄金杯格外灿烂夺目。"这个金杯是加布里埃尔·马奇阿蒙特送给我的礼物。他是布商公会的法律顾问,这你应该知道;他过去一直为我丈夫做顾问,现在他去世了,加布里埃尔就做了我的顾问,很多必须处理的法律问题我都要问问他的意见。"她又深深吸了一口气,"有件事我得告诉你,他向我献过殷勤。"

"啊。"我觉得脸颊有点儿发烫。

"他不止一次地示意我他想接替我丈夫的位置。"

"我明白。他爱上你了。"

她突然发出一声讥讽的大笑,让我吃了一惊。"爱我?夏雷克先生,相信你一定听过加布里埃尔千方百计想说服纹章院赐给他一枚纹章的事吧,虽然他爸爸只不过是个鱼贩子。他既拿不出证据证明自己出身高贵,也没本事请国王出面干涉,所有的努力最后统统失败了,但他一心希望他的儿子有朝一日能堂堂正正地说自己出身贵胄。他渴望得到贵族地位,就像猪渴望吃到松露一样,所以他现在想用另一种方法来得到它——这个方法就是娶一个出身名门的女人。"

"我明白了。"

她又窘又气,一张脸也和我一样涨得通红。我突然觉得对不起她。

"可是说句实在话,夏雷克先生,有些人是不适合爬到高位的,马奇阿蒙特就是其中之一。"她的声音开始颤抖,"别看他表面光鲜,骨子里却是个心比天高的市井之徒。我已经拒绝过他几次了,可他是不会放弃的。哎,他满肚子都是心眼,一计不成,一定会再生一计。"她低下了头,过了一会儿,又抬头看着我,双眼发亮。"不过我从来没有跟他说起我看过那些资料。我不会那么笨。而他也从没和我提起资料的事。"她脸上的肌肉开始颤抖,她转头看着窗户,目光越过内院投向对面的宴会厅。我半站起来,想了想又坐了回去。我觉得羞愧极了,深恨自己为什么要这样羞辱她,但我必须再问她一个问题,在这件事上我别无选择。

"我在宴会上无意中听到了另外一件事,欧娜夫人。我听到诺福克公爵小声对马奇阿蒙特说他想让你做一件事,可是你不肯。"

她没有回头:"诺福克公爵觊觎我家的土地,夏雷克先生。他想做这个国家最大的地主,我娘家虽然败落了,不过还有一些祖传的土地,公爵希望我们拿一部分给他,作为他提携我侄儿的报酬。但我劝亨利的爸爸不要昏了头,不管他许下什么样的承诺,祖传的地产是一分一毫都不能给出去的。亨利不是块担得起复兴重任的材料。"

我凝视着她挺得直直的后背:"我不是有意要逼着你揭这些疮疤,真

第二十七章

对不起。"

她终于回头了，我看她在笑，心里的负罪感总算减轻了一点儿。她笑的时候嘴角边会显出漂亮的酒窝，因为年纪大了，酒窝变深变长，让她的面容显得有点儿沧桑，然而却有种说不出的魅力。

"我相信你不是有意的。夏雷克先生，你把你的工作做得很好。要是换了别人来做，恐怕会大喊大叫，威逼恐吓，不过那样一来，也许我反而不会像对你一样坦诚相告。"她思索了一会儿，走到小桌边，拿起一本《圣经》。"这个你拿着。"

我满怀疑惑地站了起来，接过沉甸甸的书本。她把左手放在《圣经》上，修长的手指紧贴着皮制封面，直视着我的脸。我俩现在隔得很近，我可以清楚地看到她上唇边颜色浅淡的绒毛，阳光照在上面的时候，绒毛闪现出一点金光。

"我向万能的上帝发誓，"她说，"除了你之外，我没有和任何人谈论过希腊火相关资料的内容。"

"公爵没对你提过这种要求吗？"她平静地注视着我的眼睛。"我发誓他没有。"她深深吸了口气，"你会不会告诉伯爵我出于自愿发了这个誓？"

我说："我会。"

"我知道你必须把所有的事统统告诉他，但我求你不要——不要把我和加布里埃尔以及公爵的纠葛传扬出去。"

"我不会说出去，夫人。我知道在世人心目中律师都喜欢传播流言，但我向你保证，我只会把这些事说给伯爵一个人听。"

她笑了，笑容沧桑而温暖。"那我们可不可以做回朋友呢？"

"我求之不得，夫人。"

"那就好。你进来的时候，我刚好心情不太好。"她朝餐台上的黄金杯点了点头，"加布里埃尔派人送来了这个，一起送来的还有一张请柬，邀请我明天去看逗熊。他组织了一群人去看，我虽然不想去，但又不得不去。"她停顿了一下,接着说:"不知你愿不愿意陪我走一趟?他说我带谁去都可以。"

我垂下了头。"你真的希望我去吗?在我百般盘问过你之后?"

"当然是真的。你这么问,是不是想证实一下我并没有讨厌你?"她的表情又带上些许挑逗的意味。

"我很乐意陪伴你,欧娜夫人。"

"太好了。那我们明天中午在三吊车阶梯——"

门突然开了,欧娜夫人立刻停住了话头。走进来的是她年轻的侄儿,脸色因愤怒涨得通红。他穿得十分考究,一看就是出门做客的打扮:身穿一件紫色开衩背心,头上是一顶宽檐帽,帽子上还插着一根孔雀毛。他摘下帽子,信手扔到了储藏柜上。

"欧娜姑姑,"他任性地抱怨着,"请你以后不要再让我去见那些人了。"这时他看到了坐在垫子上的我,赶紧住了口。"真对不起,先生,我不是有意要打搅你们。"我不好意思大大咧咧地坐着,就站了起来。

欧娜夫人挽住了他的胳膊:"夏雷克先生是来拜访我的,他过一会儿就走。你过来吧,自己调整一下情绪。我给你倒点儿酒喝。"

男孩儿一屁股坐在我对面的一个垫子上,欧娜夫人动身去给他拿酒。她打手势示意我也坐下,向我解释说:"亨利今天一早去拜访了霍利埃斯市长一家。我原想着让他去见见他家的孩子对他会有帮助。"她把一个斟满了酒的高脚玻璃杯递给他,坐回自己的椅子上,朝他露出鼓励的微笑。"亨利,到底发生什么事了?"

"他家那些孩子简直就是没有教养的恶棍!"男孩儿喝了一大口酒,"我对天发誓,她们就是这种人。"

"你说市长家的几位小姐?这到底是怎么一回事?"

"我起初很盼望见到那些小姐们,听说她们都是美人。她们一共有三个人。一开始霍利埃斯太太在场,谈话进行得非常愉快——她们问起林肯

第二十七章

郡的生活,还向我请教如何打猎。可是后来霍利埃斯太太被叫出去了,只剩下我和三个女孩儿。然后她们——"

"她们怎么啦,亨利?你快说呀。"

他低头盯着地板,一只手无意识地搓着脸上的青春痘。"霍利埃斯太太走了以后,女孩儿们就变成了残酷无情的小魔女。她们——她们开始嘲笑我——我的青春痘,问我是不是得了天花。其中一个女孩儿说,就算得了梅毒的妓女也不会要我。"他抬起头来,声音颤抖得厉害,"欧娜姑姑,我讨厌待在伦敦。我想回林肯郡去。"他说完又低下了头,油腻的头发垂下来挡住了他的脸。

"亨利,"欧娜夫人的话音里带着一丝不耐烦,"这是常有的事。你一定要坚强……"

"这些事不该发生!"他终于爆发了,"我是沃恩家族的人,我有资格得到尊重。"

我插话说:"被人嘲笑的确让人难以忍受。"

欧娜夫人叹了口气。"亨利,上楼回你自己的房间去吧,我过一会儿会来和你谈一谈。"

男孩儿一言不发地站起来,看也不看我一眼就走出去,砰地一声关上了门。欧娜夫人靠着椅背,笑得十分无奈。

"这下你应该能明白我为什么担心亨利在伦敦出不了头了吧。把他带到这儿来就是一个错误,可他是沃恩家族的继承人,即使没什么希望,我们也必须试一试。"她叹了口气,"可怜的孩子。"

"有些男孩儿在这个年纪是很敏感的,如果有人看不起他,他会觉得受到了天大的侮辱。我像亨利这么大时就是这样。"

"年轻姑娘们有时候可以很残忍。"她露出讥讽的笑容,"我当年就可以。"

"夫人,你说你自己?我不敢相信。"

"你知不知道名门闺秀从小是如何被教导言行举止的？怎么走，怎么坐，甚至什么时候笑，一切的一切都要照着规矩来。"她悲伤地笑了笑，"我真想知道有多少女孩儿在沮丧的时候不敢出声，只能在心里尖叫，就像当年的我一样。又有多少女孩儿表面上美丽纯真，暗地里却生出许多残忍恶毒的念头？"

"只有女人才会理解这样的事。"

"我会把亨利送回老家。我还有一个侄儿，他现在还小，可是说不定几年以后——"

我意识到再聊下去就该误事了，赶紧站了起来。"我恐怕得走了。"其实我舍不得离她而去，我很庆幸我的问话没有破坏这段刚刚开始的友情，但我很想在见克伦威尔之前问问盖伊对我新找到的这几本书的看法。

"也好，我必须去安慰安慰亨利。我送你出去吧。"欧娜夫人带我下了楼。

走到门厅时，我对她说："我来这儿之前完全没想到你有这么多的烦恼，我觉得很难过。"说完这句话，我再一次向她致歉："对不起，我不该逼你把这些糟心事说出来。"

她伸出一只手，轻轻放在我的手臂上。"你是在完成你的职责，即使这个职责让你很不自在。我很欣赏这一点。"她端详着我的脸，"可你看上去很疲惫。你本应该去追求一些更温情、更美好的东西，而不是为了这样的工作疲于奔命，马修，你是在辱没你自己。"

"我别无选择。"

"目前可能是这样。"她拉住我的手，"也许明天就不是了。记住，明天中午在三吊车阶梯见。"

去马厩牵"起源"的时候，我的一颗心热乎乎的，她的关怀让我觉得既温暖又安心。然而我多疑的头脑仍然对她的行为存有一丝疑虑：她这么做会不会只是为了拉拢我，让我在克伦威尔面前替她说话？她虽然手按

第二十七章

《圣经》发了誓，但她可能是个无神论者的阴暗念头又浮现在我的脑海。对这种人来说，手按《圣经》发誓根本没有任何意义。

第二十八章

"玻璃屋"和盖伊的店铺相隔不远,但我到达的时候,看到店铺的百叶窗关得死死的。门上贴着一张便条,大意是说店主有事外出,店铺停业到明天,字迹笔锋尖细,是盖伊亲手写的。我站在门外看着便条,心里充满了挫败感。我突然想起盖伊每隔一个月左右就要到赫特福德郡赶集,好采买草药和其他药品,补充库存。我托一个邻居转告盖伊,让他回来以后速速和我联系,便骑着温顺的马儿回家去了。

✦

我到家的时候,巴拉克已经在家里等着我了,他垂头丧气,情绪非常低落。

我问:"你打听到什么消息没有?"

"我到了主教帽子妓院,提醒那个老妖婆内勒夫人不要忘了之前答应过我们什么。我告诉她如果芭思希芭去而复返,她却不通知我们,就等着被克伦威尔大人好好招呼吧。可她说芭思希芭没有回去过。依我看除了死人,没人知道什么有用的线索了,而死人是不会开口的。我还找到了托奇和赖特落脚的地方,是泰晤士河边的一家廉租公寓,不过他们昨天离开了。"

"大概是因为担心被巡官追缉,所以匆匆搬走了。"

"他们只在那家公寓住了三天。我怀疑他们一直在换地方住,好让我们发现不了他们的踪迹。对了,欧娜夫人对你说了什么?"

"她告诉我马奇阿蒙特在追求她,而她拒绝了他;他们在一起谈话就

第二十八章

是为了这件事。诺福克公爵想从她手里得到一些土地,作为引荐她侄儿进入宫廷的交换。她说她没告诉其他人她看过那些资料。"

"你相信她的话吗?"

"她手按《圣经》发了誓。"我叹了口气,"她邀请我明天和她一起去看逗熊。我觉得我应该去。到时候马奇阿蒙特也会在场,要想核实她这番话的真假,明天是个好机会。"

"看来这条线索中断了。可以光明正大地去见她,你心里一定很高兴吧?"

"我承认我对她有好感,但我绝不会让这种好感影响我的判断。"

"谁知道你心里怎么想。"

我瞥了他一眼。我看得出他是因为害怕去见克伦威尔,只好靠嘲笑我舒缓一下情绪。

"我也发现了别的线索。"我把遇到诺福克和里奇的事说了出来,告诉他那个老兵圣约翰的坟墓中可能埋藏着和希腊火有关的东西。

"这只是你的猜测而已。"他说。

"我知道。可是对于那个老兵来说,还有什么比希腊火更能代表他呢?何况那些修士们又不能未卜先知,怎么会知道有朝一日神圣的修道院土地会被人随随便便地挖开?我想我得再找凯奇恩谈一谈,伯爵一定知道他在哪里。"

"这样也好。不过你千万别在伯爵面前提挖坟的事。"

"这一点我比你清楚。"我站了起来,"好啦,我们该出发啦。我们坐船到白厅宫去。"

"你的新马怎么样?"

"相当温顺,"我说完补充道,"感觉没有个性。"

巴拉克哈哈大笑:"真对不起,早知道这样,我应该问问皇家马厩有没有会说话的马。"

"你每次心情不好的时候都会变成讲话不经过大脑的白痴，"我厉声说，"但我们互相中伤有什么好处呢？而且我太累了，懒得和你斗嘴。走吧。"

我们一路无话。船靠近威斯敏斯特阶梯的时候，我心里越来越紧张。我们下了船，经过威斯敏斯特宫，径直走向离此不远的白厅宫。荷尔拜因门就在眼前了，门上布满了精美的纹章和历代罗马皇帝的陶制小圆像，显得五彩斑斓，巴拉克对我说："也许我们今天早上就该带莱曼去林肯律师学院和布里克纳普对质。"

"去见欧娜夫人一样很重要。"

他目光锐利地盯了我一眼："你是想以揭露布里克纳普的丑事来威胁他，逼他把一切都说出来，是不是？可是律师们不会互相勾结包庇吗？"

"我的确是这么打算的。你问得有道理，律师照理是不应该揭发彼此的。布里克纳普要是被院长叫去痛骂一顿，我在林肯律师学院的名声就也了。但我还是决心这么做。"我坚定地看着他，"顺便问一句，你在写给伯爵的报告里是怎么说我的？你一定说了什么，快讲吧。"

他不安地回答："我不能告诉你。"

"我没有别的意思，只是希望待会儿心里有底。"

"我并没有多说什么，只是报告了我们的行动，"巴拉克就事论事地回答，"如果你一定要知道的话，我只能告诉你我没有说你的坏话。不过你知道了也没有用——他需要的是进展。"

我们走到巨门下，门洞里晒不到太阳，总算让我们享受到片刻的阴凉。白厅宫里正在大兴土木，我看到好几座已经建了一半的网球场和宫室，四外搭着脚手架，尘土飞扬。听说国王想把白厅宫打造成全欧洲最壮丽的宫殿。我们来到新建的私人画廊大楼前，克伦威尔在这里设有办公室。巴拉克和门口的守卫说了句话，带着我走了进去。

一间长方形门厅在我们面前伸展开来，色彩鲜艳的挂毯将门厅装点得

第二十八章

富丽堂皇，透过宽大的窗户可以看到白厅宫庞大的花园。我知道国王常常在这里接待宾客。当我看到由一个持戟武士守护的荷尔拜因的大型壁画《都铎王朝》时，不由得屏住了呼吸。这幅画果然和传说中一样华丽恢宏——国王过世的双亲、欧娜夫人的祖先在博斯沃思对抗过的前代国王亨利七世，和他的王后约克的伊丽莎白一左一右站在一具石棺两侧。他们的下方站着简·西摩，国王虽然有过四个妻子，但愿意铭记的唯有她，不过画中的她并不美丽，容貌出人意料的普通。在她对面，站着双手叉腰的国王，他身着一袭华丽的礼服，礼服两肩极宽，其下的衬衣镶满珠宝，科多佩斯高高凸起。他就这样站在墙壁上，两眼仿佛在直视着我。他的表情带着冷酷的威严，但是威严之中还掺杂着其他东西，是疲惫，还是愤怒？一个念头猛地浮现在我脑海：如果希腊火最终没被找到，那等待着克伦威尔的将是国王的滔天怒火。想到这里，我不禁打了个寒战。

"伯爵正等着我们呢。"巴拉克在我耳边小声催促。

"我知道了，真是不好意思。"

巴拉克带引我穿过一条条空阔的走廊，一副轻车熟路的样子。侍臣和一身黑袍的官员们静静地从我们身边走过，以免惊动可能在此歇宿的国王。我眺望着窗外的大花园，花园中央是一座喷泉，尽管天旱少雨，喷泉的水量仍然非常充沛。巴拉克在一扇门前停下来，门口持戟的卫兵没有为难我们，直接把我们放了进去。门后是一所办公室的外间，无处不在的格雷果然像往常一样坐在一张办公桌后面。他站起来欢迎我们。上一次见面的时候，他文气的圆脸上写满焦虑，这次也一样。

"夏雷克先生，你有没有带来什么新消息？巴拉克送来的信我都看过了。时间不剩多少了——"

巴拉克不客气地说："我们的消息是要说给伯爵听的。"

格雷看了他一会儿，点了点头。"那好吧，巴拉克，不过我要提醒你一句，伯爵的心情很不好。而且他现在正在接待诺福克公爵——公爵已经来了两个小时了。"

"真的吗?"我说,"我早上在史密斯菲尔德见过公爵。他当时和理查德·里奇在一起。"

格雷悲愁地摇了摇头。"伯爵的老朋友们如今全都对他倒戈相向了。这太残忍了。"他一边摇头,一边紧张地盯着那扇通往内室的门,把头凑向我,"不久之前我听到里面传出过咆哮声。"他焦虑地咬住嘴唇,这似曾相识的表情让我瞬间想起了约瑟夫。

巴拉克问:"我们是不是要在这里等着?"

"是,没错。他想见你们。"

那扇门突然开了,格雷马上住了嘴。公爵迈着大步走了出来,随手把门一甩,门砰的一声关上了。我在一旁看傻了眼,难以相信堂堂公爵会做出如此无礼的举动。他转过身面向我们,长脸上挂着豺狼般的笑容。我深深鞠了一躬。

诺福克发出刺耳的大笑。"又是你!怎么着,不给我留下深刻的印象,你誓不罢休是吧!"他极具穿透力的目光中满是恶意,我早上碰见他和里奇在一起时他所表现出来的那种礼貌已经荡然无存。他点了点头。"那天在林肯律师学院和我叫板的异教徒是你的朋友吧。别担心,夏雷克先生,我已经牢牢记住你了。"他又把注意力转向巴拉克,"你也一样,我拥有犹太人姓氏的年轻朋友。你知不知道最近伦敦的一些西班牙商人被人揭穿了犹太人的身份?西班牙大使想把他们抓回西班牙烧死。上帝啊,异教徒真是无处不在。"他转头看着格雷。"你也跑不掉,我已经把你们几个统统记住了。"他以胜利者的姿态朝我们点了下头,然后走了出去,啪的一声关上了办公室的门。

巴拉克气得鼓起腮帮:"我呸。"

格雷咽了口唾沫。"他这是在耀武扬威,看他得意的样子,就像朝政大权已经落到他一个人手里似的。"他盯着那扇紧闭的内门看了一会儿,

第二十八章

这才起身走过去,有些紧张地敲了敲门,推门进到里面。过了没多久他又走了出来:"克伦威尔大人要见你们。"

我们走向那扇门。想到克伦威尔此刻的心情,我心里沉甸甸的。

这间内室大极了,一排排书架和抽屉靠墙摆放着,一张书桌上堆满了乱七八糟的文件,克伦威尔就坐在这张书桌后面。我看到他身侧摆放着一架华丽的地球仪,新大陆锯齿状的海岸线清晰可见,中间的陆地一片空白,那里是怪物游荡的地方。他一动不动地坐着,那张轮廓分明的方脸居然毫无表情,我们鞠躬行礼的时候,他一直凝视着我们,眼神若有所思。

他平静地说:"马修,杰克,你们来了。"

我们恭敬地回应道:"参见大人。"

他今天穿了一件普普通通的棕色长袍,那根象征他官职的金链是他全身上下唯一的亮色。他拉起金链摆弄了一阵,伸手拿过一支羽毛笔,这支笔是用一根漂亮的绿孔雀翎做成的,鲜丽的色彩一圈圈环绕,在孔雀翎中央构成眼睛的形状。他信手玩弄着羽毛笔,看着那只奇异的眼睛,仿佛陷入了沉思。过了好一会儿,他露出一丝悲凉的笑容,朝大门点了点头。

"格雷说公爵在外头耀武扬威了一番。"

我不知道该怎么回答。不过克伦威尔并不希望我回答,他继续用理智而平静的声音说:"他是来要求我把桑普森主教放出伦敦塔的。我也不得不放,因为他根本不承认自己参与了谋反,就连肢刑都不能让他开口认罪。"他又看着羽毛上的眼睛出了一会儿神,然后开始一点点把它撕碎。"那些天主教徒比最狡猾的狐狸还要诡诈,他们把自己的阴谋诡计瞒得滴水不漏,我完全找不到证据说服国王打压诺福克一党。我不相信他们没有私下抱怨过,可我连这点儿把柄也没抓到。"他摇了摇头,用温和的语气说:"杰克告诉我你最近在忙着和布里克纳普打官司。你昨天去他的一处产业查探的时候被人给袭击了。"

"不错,大人。"

他再次开口的时候,虽然语气仍然保持着平静,一双眼睛却充满了怒气。"现在希腊火仍然下落不明,那些小偷们就在你的眼皮底下肆无忌惮地屠杀所有知情人,而你却把时间浪费在这些小事上。你难道不知道只有得到希腊火,我才不会失去国王的宠信?"

我辩解说:"我们已经在格里斯特伍德夫人和她儿子那里查到了线索,还有那个前修士——"

"可他们说的东西根本没什么用!"

巴拉克大着胆子说:"大人,我们一直在努力追查。"

克伦威尔没有理会他。他俯身向前,用残破的羽毛笔指着我说:"离演练的日子只有一个星期了。国王现在坚持要和安妮王后离婚,还要求我一定要想出办法来。等离了婚,他就会迎娶凯瑟琳·霍华德那个小婊子,到时候诺福克绝对会乘势而上,怂恿国王砍下我的脑袋,以惩罚我把他和那个德国丑女拴在一起。现在希腊火是我唯一的砝码——如果能把它献给国王,国王就会留着我继续为他效力,这样一来,我就可以在诺福克把罗马教廷引回英国之前力挽狂澜。"他放下被撕得破破烂烂的羽毛笔,仰靠在椅背上。"也许这样一来,我还可以活命。"说到"活命"这两个字时,他壮硕的身躯好像微微颤抖了一下。"国王是个知恩图报的人,"他说得很轻很轻,仿佛在自言自语,"他一定是。"曾经不可一世的克伦威尔此刻竟然如此凄惶,我猛然意识到他离穷途末路已经不远了,一颗心不禁往下一沉。他眨了眨眼睛,又把目光投向我。

"你准备拿什么向我交差?有什么新消息吗?除了把一群被吓得要死的傻瓜推给我之外,你做出了什么成绩?"

"大人,他们都是有力的人证。"

他直接问我:"你之前不相信希腊火真的存在,是不是?"

我紧张地移动着双脚,一会儿将重心换到左脚,一会儿将重心换到右脚。"关于这件事我需要追根溯源——"

第二十八章

"那你现在相信了吗？"

我犹豫了一下，回答说："相信。"

"那么和这件事有关的人中，你觉得谁有嫌疑？"

"所有人都说自己什么都不知道。我已经仔细盘问过欧娜夫人了。"我把她对我说的话原原本本地复述了一遍。

他哼了一声。"她是个很出众的女人，既漂亮又有风情。"他说话的时候一直直视我的眼睛，锐利的目光仿佛要刺进我心里。巴拉克究竟有没有告诉他我对她有好感？我想起克伦威尔现在是个鳏夫，听说他的独生子格里高利和亨利·沃恩一样，也是个身不由己的可怜人。

"我打算向马奇阿蒙特核实她说的话。"

"我知道他到现在仍然坚称自己什么都不知道。布里克纳普也一样。"

"布里克纳普身上有一些未解的疑团。我已经找到了一个逼他开口的办法，那就是以揭发他的不法勾当来威胁他。我准备下午去见他。"

"揭发他？向林肯律师学院的长官们？"

"对。"

他赞许地点点头："原来你不是随口说说而已。"

"我会质问他和理查德·里奇到底有什么瓜葛。"

一听到里奇的名字，克伦威尔脸色一沉。"不错，巴拉克告诉你我已经把他加进我们的嫌疑人名单了。他和诺福克。"他突然气冲冲地看了那扇紧闭的门一眼。我暗暗问自己，假如他有能力随意摆布诺福克，将会如何对付他？恐怕，恐怕——我打了个寒战，不敢再往下想。

我犹豫再三，终于说："里奇是布里克纳普的靠山，而诺福克多半是马奇阿蒙特的靠山。我今天早上看到他们两个站在圣巴塞洛缪修道院门口，当时就怀疑他们是在一起策划什么阴谋。"

"每个人都在策划阴谋。从前依附过我的人如今全都背叛了我，不只和我反目，甚至还替我的敌人做间谍，他们这么做无非是想未雨绸缪，假如我有朝一日成为众矢之的,他们也好保住自己在朝中的地位。"他又看着我,"如果布里克纳普把希腊火的事告诉过里奇,里奇可能已经说给诺福克知道了。"

"大人,这一切只是猜测,也许事实并非如此。"

他肃然点头:"对,你说得有理。"

"我得知里奇正在命人挖掘圣巴塞洛缪修道院的修士墓地,"我说,"还打算开始挖医院的坟墓。这让我想到那个老兵圣约翰的陪葬品中可能有希腊火。如果挖开他的坟墓看一看,说不定能找到一些。我觉得我有必要找凯奇恩谈一谈。"

他点了点头。"我想这值得一试。只要我手上有希腊火,哪怕没有多少,至少可以告诉国王我们有能力制造更多。放手去做吧,但是千万不要让里奇知道你的意图。我把凯奇恩和格里斯特伍德太太安排在一处隐蔽的地方了,具体地址你去问格雷吧,这件事只有他知道。现在我信得过的人差不多只有他了。你赶紧去见布里克纳普。"说到这里,他的语气突然急切起来,"解决这件事,马修。一定要解决这件事。"

巴拉克说:"大人,我们会的。"

克伦威尔出了一会儿神,开口问我:"你进来的时候有没有看到荷尔拜因的壁画?"

我点了点头。

"我就知道那幅画会吸引你的注意。画得非常逼真,你说是吗?画里的人鲜活得好像马上就可以走到门厅里一样。"他拿起羽毛笔,继续撕扯剩下的毛,"国王高贵威严,两条腿像拉车的马那样粗壮有力。其实你应该看看他现在的样子,他腿上的溃疡非常严重,有时候连路都走不了,只能坐在一辆小车上,让人推着他在宫里转。"

巴拉克急忙说:"大人,小心祸从口出——"

克伦威尔摆了摆手。"我只有说说话心里才会舒服一些,你们就听着

第二十八章

吧。我相信国王不会再有第二个小王子了——他病得这么厉害,我不认为他还有让女人怀孕的能力。我想他在看到克里维斯的安妮时之所以表现得那么震惊,就是因为这个缘故——他意识到面对着这样一个女人,自己是无论如何都提不起兴致的。他希望和漂亮的小凯瑟琳在一起时可以一展雄风,我敢肯定他是这么想的,但是我怀疑他做不到。"他拔掉羽毛笔的最后几根毛,把秃杆子随手一扔。"如果他真的做不到,那么再过一年半载,这件事就会变成凯瑟琳的错,就像现在他认为是安妮王后的错一样,到时候诺福克就会发现自己再一次失宠了……希望我能活着看到这一幕。"

他说起国王时毫无敬意,言语中尽是冷酷的算计,尽管房间里非常温暖,我却觉得脊背生凉。说国王丧失了生育能力可是弥天大罪,形同叛国啊!克伦威尔抬起头来,表情森然。

"我的话让你们觉得很不安,是不是?"他的目光在我和巴拉克脸上游移,"如果你们失败了,七天之后演练不能举行,你们应该知道自己会有什么下场。所以只能成功,不许失败。"他深深叹了口气,"你们出去吧。"

我张开嘴还想说话,可巴拉克碰了碰我的胳膊,飞快地摇了摇头。我们又向他鞠了一躬,转身离开了房间,巴拉克轻轻地关上了门。

格雷焦急地看着我们,迫不及待地问:"大人有什么指示没有?"

"没有。"我停顿了一下,接着说:"他只是答应把凯奇恩先生藏身的地址告诉我。"

"我知道凯奇恩的地址。"他从一个抽屉里拿出一张纸,提笔写下地址,把纸递给我。"他和格里斯特伍德母子做了室友,说起来挺不可思议的。"他一边说话,一边努力挤出一丝笑容。

"谢谢你。"我道完了谢,又轻声说:"保重,格雷先生。"

第二十九章

巴拉克和我坐在"巴巴里的土耳其人"酒馆的一个角落里。我们是为了和那个从波罗的海回来的水手见面才来这儿的,这个被巴拉克定为碰头地点的酒馆阴暗幽深,空气中既弥漫着陈啤酒的味道,也有一股海水的咸味儿,因为这家酒馆正好位于泰晤士河口。透过小小的窗户,我可以看到酒窖码头,周围仓库林立。我猛然想起不久之前无故丢失的那单生意,那个客户托我购买的仓库就位于附近的盐码头。

现在入夜不久,酒馆里还没有几个客人。房间中央悬吊着一根巨大的大腿骨,看上去比普通人的大腿骨大三倍,几根铁链从屋顶椽子上垂下来,把骨头固定在半空。巴拉克一到这里就忙着拿啤酒去了,留下我站在骨头前面,细看着固定在上面的铭牌:这是远古时代一个巨人的腿骨,1518年发掘于泰晤士河的淤泥中。1518年正是我来到伦敦的那一年。我轻轻摸了下这根骨头,吊在铁链上的骨头被我一碰,立刻微微晃荡起来。骨头摸起来很凉,就像一块石头。我有些怀疑它究竟是不是来自于一个身材极其高大的人类,不过人类的身体的确有可能长成让人烦恼的怪样子,我想到我自己的驼背,又想到国王患病的腿,或许就是那条腿引发了他一系列的婚姻问题……突然有人碰了碰我的胳膊,惊得我一弹,仿佛被人窥破了心中危险的念头。转头一看,站在身边的人是巴拉克,他示意我坐到那个光线昏暗的角落里去。

◆

话说今天上午我和巴拉克都没取得什么进展,下午到了白厅宫又被克

第二十九章

伦威尔再三催促,心情更加沮丧了。我们搭船返回了圣殿阶梯,又步行回到了大法官法庭街。

莱曼已经在我家等着了,我看他面红耳赤,显然喝了不少酒。我们带着他朝林肯律师学院赶,走到大门口,他紧张地打量着宏伟的建筑和来来往往的黑袍律师们,一副畏畏缩缩的样子。不过也许是快要到手的赏钱给了这位红脸摊贩一点儿勇气,他最终还是跟着我们到了布里克纳普的办公室。

我们爬上狭窄的楼梯,来到布里克纳普办公室外面,却发现大门紧闭,门把上挂了一把大锁。我们赶紧找在楼下办公的律师打听,他只说布里克纳普今天一早就出去了,他平时不喜欢和布里克纳普打交道,也就没问他干什么去。

我们灰心丧气地走向我自己的办公室。进屋的时候,戈弗雷正在外间和斯凯利一起检查文件。他抬起头看到我、巴拉克和跟在后头的莱曼,露出十分惊讶的表情。我让他们两个留在外间,和戈弗雷走进他的房间。

"你的工作没什么问题,"他对我说,"不过我得告诉你,你又有一单生意黄掉了。就是给冷港那栋房子办理产权转让的生意。"

"上帝啊,这是还嫌我不够烦吗!"我伸手抓了抓头发,"我以前很少遇上这种事,可最近这种事已经接二连三发生好几次了。"

戈弗雷严肃地看着我:"马修,我觉得你应该好好查一查。照这样的情形看,多半是有人在暗地里整治你。"

"你说得对,但我现在没时间去查。在下个星期四之前我根本腾不出手。"

"下星期四一过你就有空了?"

我苦笑了一下。"啊,是的。无论如何我都会有空了。"我注意到戈弗雷神色倦怠,心里觉得有点儿过意不去,"这几天为了我的事,你忙坏了吧?"

"你说到哪里去了,不过我今天早上听到一个消息,我会被罚款十英镑,作为我冒犯公爵的惩罚。"

"罚得好重啊。我为你难过,戈弗雷。"

他一脸认真地看着我:"看样子我必须接受你之前的提议来交这笔钱了。不过你帮我的事一旦泄露出去,一定会被我连累的。"

我抬手示意他不要再说了。"这会儿担心这个做什么。我们是好朋友,我怎么能不帮你。"

他靠过来抓住我的手:"谢谢你。"

"你要是需要什么就跟我说。"

他的表情轻松多了。"我必须算一算我自己能拿出多少钱。"接着他虔诚地说:"其实在我看来,这笔钱是为上帝而花的,我觉得很值得。"

"你说得对。"

"温特沃斯案进展如何?"

"进展很慢。所有的事情都进展得很慢。听着,戈弗雷,我必须和布里克纳普谈一谈,可他出去了。你能帮我留意着他吗,只要他一回来,你就告诉他我急着找他谈话?跟他说我找他还是为了上次谈的那件事,我希望他马上联系我。"

"行,没问题。"他看我的目光中透着好奇,"你找他是不是为了手上的另一件事?"

"是。"

他朝门的方向点了下头。"你找了两个怪里怪气的搭档。"

"是啊,我得出去和他们会合了。该死的布里克纳普,我看他八成又去城里经营他那个见不得人的交易了。我刚才请他楼下的邻居给他捎个口信,可人家连这点小事都不肯帮忙,可见这个坏家伙的名声有多臭。"

"他这人爱财如命,简直是金钱的奴隶。"

"不止是他,半数的伦敦人也一样。"

第二十九章

我回到外间。莱曼坐在窗前,百无聊赖地看着律师们走来走去。巴拉克站在斯凯利的办公桌边,饶有兴趣地听他解释如何抄写文件。

"走吧,先生们,"我说,"布里克纳普一回来,戈弗雷会通知我们的。"

"我该回去守我的货摊了。"莱曼说。我没有阻止他离开,因为我不可能把他整天留在身边,而且齐普塞街离这里很近,我可以随时派西蒙去叫他。我和巴拉克慢慢走回我家。

"你简直把可怜的斯凯利当成牛马使唤,"巴拉克说,"他告诉我他从早上七点起就一直在那儿抄写东西。"

"大多数人一个小时就能抄完的东西,他通常要花两个小时。"我厉声说,"你根本不知道当雇主是个什么滋味。其实我很不容易。"

"斯凯利的日子难道就过得容易了吗?"

我没有答话。

"有件事我一直想不通,"他说,"如果一个人偷了一袋苹果,而这袋苹果的价值超过一先令,这个人就会被绞死在泰伯恩刑场。"

"这是国法。"

"然而有很多人欠债不还,是不是?照你所说,那个混蛋布里克纳普就是其中一个。你的书记员斯凯利正在抄写一份关于债务纠纷的诉状,诉状上说那个债务人'用诡诈的手段欺骗了债权人'。"

"这是诉状的标准用语。"

"可就算债务人被证实犯了罪,的的确确用卑鄙的手段骗了别人的钱,法庭也只会强迫他把钱退回去,除此之外就不会把他怎么样了,是不是?"

我哈哈大笑。"我的上帝呀,巴拉克,原来你是在为这个烦恼?"

"思考可以让我不那么烦恼。"

"二者的区别就在于债务纠纷是债务人和债权人对一项合同产生了争议,而一个小偷是拿走了不属于他的东西。而且在民事法庭上你不需要提

347

供什么强有力的证据向法官证明一个罪犯必须被绞死,因为民事法庭是不判死刑的。"

巴拉克面带嘲讽地摇了摇头。"那天在老贝利法庭,我们都看到了刑事审判是怎么一回事。我想惩罚力度不同的原因并不是你刚才说的那些,而是小偷多半是穷人,订合同的人多半是有钱人吧。"

"一个穷人也有可能像有钱人一样订合同,或是像有钱人一样被骗。"

"那如果一个穷人被一个有钱人给骗了,他能怎么办呢?穷人是没钱打官司的。"

"他可以去贫民请愿所求助,"我说,"我承认穷人在法律上处于弱势地位,但法律仍然可以带来公正。这就是法律的目的。"

巴拉克瞟了我一眼:"你要是真的相信法律可以带来公正,那我只能说你比我想象中还要天真。不过这也难怪,你毕竟是个有资格向漂亮贵妇行脱帽礼的有钱人,自然会从有钱人的角度来看问题。"

我叹了口气。为什么我们每次进行这种谈话,到最后都会争执起来?不知不觉间我们已经走到了我家花园门口,我自顾自地穿门而入,没有再说话。回到屋里之后,我发现客厅桌子上摆了一封约瑟夫写来的信,他在信上怪我没给他送去新消息。他还提醒我一个星期之后伊丽莎白就要重新面对佛比泽尔了,仿佛他要是不这么说,我就会忘掉似的。我气冲冲地把信揉成一团。我很想问问巴拉克认为明天晚上再去探井是否安全,可是转念一想,还是晚点儿问的好,这家伙正在闹性子,这会儿去问不是自讨没趣吗?哼,真是个喜怒无常的人。

我吩咐琼早点儿给我们准备晚饭。之后我又出了门,沿着大街走回林肯律师学院,这个钟点所有的公务机构早已经关门了,可布里克纳普办公室的门仍然上着锁。我只好回到家里,告诉巴拉克我们可以骑马到水手常去的那家酒馆看一看,布里克纳普到现在还没有回来,继续等下去也没有意义。

第二十九章

被我触碰的大骨头还在幽暗的光线中晃来晃去,骨头和铁链相摩擦,发出不祥的嘎吱声。一个男人独自坐在一张桌子旁边,一双醉眼眨也不眨地盯着来回晃荡的骨头,也不知道为什么看得这么入神。巴拉克把两大杯啤酒放在我面前。

"老板说米勒先生和他的朋友不到八点是不会来的。"他喝了一大口啤酒,把手伸到袖子上抹了抹,出人意料地问:"我今天下午表现得有点儿蛮不讲理,是不是?"

"你说得对极了。"

他摇了摇头。"我当时想到伯爵,心情很不好。"他说话时刻意压低了声音,"上帝啊,我还从来没见过他陷入这样的险境。他说国王的那些话我们连一个字都不能泄露出去。说他不会再有孩子了——耶稣啊。"说到这里,他紧张地环顾着四周,不过附近并没有人。

"看在上帝的分上,他为什么要对我们说这些?"

"为了恐吓我们。他说大逆不道的话时我们也在场,万一将来出了什么事,你觉得我们脱得了干系吗?"

我摇了摇头,心中有些伤感。"我还记得十年前第一次见到伯爵时他是什么样子。那个时候他只是沃尔西的秘书,但你可以感觉到他的精神气。那种自信,那种果断,那种坚韧,绝不是一个平常人能有的。可他今天好像——非常绝望。"

"我想他是真的绝望了。"

我俯身凑近他,把声音压低成耳语:"但是克伦威尔不能倒。国王半数的大臣都跟他是同一阵营,而伦敦是改革者的城市——"

他伤感地摇了摇头。"伦敦人就像种子一样善变。我从出生那天起就一直生活在这里,这一点我再清楚不过了。如果国王被霍华德家族蒙蔽,转而厌弃伯爵,那伯爵一定会落到孤立无援、众叛亲离的地步。说实在的,谁敢和国王作对呢?"他鼓起腮帮,又开始摇头,"你之前有没有听到诺福克说我的姓氏是犹太姓氏?他一定掌握了伯爵手下人的名单。"他干笑了几声。"说不定他会把我关进犹太改宗所去改宗。我知道那些被揭破身份的西班牙犹太人就被关在那里。"

"可是你的家族几百年前已经改宗了。你现在和我一样,是英格兰教会的一员。"

他面带一丝讥笑:"记得我小的时候,每到复活节,牧师布道时总要说犹太人是如何把我主耶稣钉死在十字架上的,他们是多么多么的邪恶。有一次我放了个响屁,我已经极力在忍耐了,可还是没忍住,牧师抬起头看着我,所有的男孩儿都在嗤嗤偷笑。回家之后,我妈妈把我狠狠打了一顿。她不喜欢我爸爸说他祖上是犹太人。"每次一提起母亲,他的话音里总是有种恨意。"我想再喝一杯。"

我劝他说:"那些水手不知道什么时候才来,我们可能还要等一阵子。我们应该保持清醒,不能喝醉了。"

"我再喝几杯也不会醉。我现在就是想喝。上帝呀,我待会儿该去看看我那个小情人,可是我不想去。我今晚没心情和女人周旋。"

"你要是不去,她会以为你厌倦她了。"我说。我觉得巴拉克也许是个风流浪荡子,这样的人要征服女人的心是一件非常容易的事,所以他只会把感情当作游戏,在追逐与被追逐中虚度年华,永远不会和任何人天长地久下去。谁让他是个天性好动,喜欢四处游荡的人呢,这种人的心是无法安定的。

他耸了耸肩。"也许我的确厌倦她了。"他转换了话题,"你明天又要去见你的朋友欧娜夫人了。"

"是啊。我们要一起去看逗熊。"

"我已经很久没看过这种游戏了。我上次去看斗牛的时候,一头大公

第二十九章

牛把一只狗抛到了斗牛场的上空，高得连大街上的人都能看到。那只狗落地之后摔成了一摊烂泥。"

我犹豫了很久，终于开了口："我一直在想我们明天晚上能不能再去探探埃德温家的那口井。"

他点了点头，看着那根还在微微晃荡的大骨头说："没问题。我的上帝啊，上一回可把我吓坏了。我发誓那些眼睛在闪闪发光地瞪着我。"他起身走向取啤酒的窗口。我看着他的背影，皱起眉头。巴拉克在井下看到的"眼睛"会不会是珠宝？宝石在烛火照耀下也会闪光。可我怕事情不会这么简单。

酒吧门又开了，六七名大汉走进来，每一个都被晒得脸膛黢黑，神色十分疲惫，个个手上、工作服上都沾有黑色的煤灰。我心中暗想，莫非这就是米勒和他的朋友？老板朝他们打个手势，巴拉克立刻迎了上去。大汉们在窗口前把他团团围住，巴拉克的嘴动个不停，不知在说些什么，我看到每个大汉脸上都有狐疑之色。我还没决定该不该过去，就见大汉们纷纷点头，看来这场谈话已经有了圆满的结果。巴拉克走回我这边，又往桌上放了两杯酒。

"那些人是哈尔·米勒和他的同伴。他们在午餐时间到的伦敦，一整个下午都在卸煤，你从他们的样子就能看出来。他们一开始并不想和我说话。"

"他们的脸色起初很难看。"

"没错，不过我承诺会给他们赏钱，为了让他们信服，我还给他们看了伯爵的印章。等他们拿到啤酒，我们就坐过去。"

大汉们端着啤酒，围着屋子中央的一张大桌坐下，六七双眼睛齐刷刷地朝我们看过来。这些目光并不友善——他们好像顾虑重重。奇了怪了，水手不是最喜欢天南海北地胡侃了吗，现在有人肯出钱听他们说稀奇事，他们怎么还会不高兴？我暗暗提高了警惕，跟着巴拉克走向他们那一桌。

351

他向大汉们介绍说我是克伦威尔大人手下的一个职员,然后带我坐了下来。煤灰的味道有点儿刺鼻,我忍不住想打喷嚏。

巴拉克问:"伙计们,你们干活干得很卖力吧?"

"我们干了一整天的活儿,"其中一个人说,"我们船上的煤是要运到国王的面包房去的。"他说话的声调很平,听起来有点儿奇怪,我突然想到运煤船上的很多船员都来自蛮荒的北方各郡,他多半也是那里的人。

我试探道:"天这么热,干活真是辛苦。"

"是啊,而且还挣不了几个钱。"另一个人边说边意有所指地看着巴拉克,巴拉克点点头,伸手拍了拍腰间的钱袋,弄得里面的钱币叮当作响。

我决定直奔主题,于是开口问道:"你们哪一位是哈尔·米勒?"

"我就是哈尔。"说话的是个四十多岁的精壮男人,脑袋光秃秃的,一双大手粗糙多节。他有一张呈红棕色的脸膛,面颊上的煤灰东一道西一道,但一双蓝色的眼睛却非常锐利,此刻这双眼睛正牢牢地盯着我。

"我想和你谈谈几个月前有人从波罗的海沿岸带回来的一种新饮料。我听说你曾经想卖它。"

他问:"就算我想卖,与克伦威尔大人有什么关系呢,他为什么会对这件事感兴趣?"

"大人只是觉得好奇,"我说,"他想知道这种饮料是怎么造出来的。"

"对这件事有兴趣的不止大人一个。而且那个人还威胁了我。"

我急忙问:"那人是谁?"

"他自称托奇,"米勒朝地上吐了口痰,"他虽然满脸麻子,看上去病恹恹的,可干起事来就像野蛮人一样凶狠大胆。"

"不用怕,伯爵可以保护你。"巴拉克说。

我问:"他问了什么,又做了什么?"

"他想从我手里买走饮料。"

"哦,是吗?"

第二十九章

"千真万确。"米勒默默地坐了一会儿,接着向我靠过来,把两条粗壮的手臂搁上桌面。"去年秋天我在商人冒险家公司的一艘船上当水手,跟船去波罗的海。商人冒险家公司正在努力开拓与波罗的海沿岸国家的贸易,打破汉萨同盟的垄断,这你应该知道吧?"我点了点头。他继续说:"同伴们当时都劝我继续在运煤船上做水手,唉,我现在真后悔没听他们的话。我们花了整整三个星期穿过北海,驶入波罗的海,在这期间我们根本不敢在德国人的港口停泊,生怕被汉萨同盟的商人抓起来。我们在船上既吃不饱,又冷得要命,咬着牙驶向在条顿骑士团统治之下的蛮荒之地。上帝呀,那里真是荒凉到了极点,除了从内陆一直生长到海岸边的松林之外,什么也没有。整片海域一到冬天就结冰了——"

我问:"你上岸了吗?"

"上岸了,在一个叫作利巴瓦的地方。当地的波兰人争着和我们做买卖。我们买了满满一船货物,主要是毛皮,另外还有一些连芬切奇船长都没见过的新奇玩意儿,比如一个奇怪的玩具娃娃,你把它打开,会发现里面还有一个娃娃,再打开这个娃娃,里面又有一个。最后就是你想打听的饮料了,那是当地人喝的东西,土名叫沃德基,我们买了一大桶。我们这些船员尝了一点儿,那东西太烈了,喝到嘴里跟火烧一样,每个人只喝了一杯就吐得天昏地暗,狼狈得像条狗。不过剩下的都被芬切奇船长带回来了。"

一桶神秘的液体——那个老兵圣约翰也曾经从君士坦丁堡带回一桶神秘的液体。我开口问道:"这些饮料后来怎么样了?"

"我也不知道。回伦敦后,芬切奇船长就把报酬结给我们了。这次航海花了他不少钱,把皮毛卖了以后根本没多少利润,他也就不打算再去第二次了。所以我又回到了运煤船上。不过分手前他给了我一瓶饮料做纪念,我就把它带到这儿来想卖掉。罗宾,你还记不记得那天晚上发生的事?"

"我哪能这么快就忘了。"酒馆里的一个金发青年接住了话头,"你那天晚上不是来这里和我们大谈波兰人吗,说他们长着长长的胡子,戴着尖尖的帽子,住的地方到处是黑压压的森林,然后你拿出一瓶颜色很浅的液体,给我们挨个传看了一遍,还说是波兰人喝的东西。对了哈尔,我还记得你警告我们说那东西很烈,要我们只喝一小口。"

另一个酒客笑着说:"罗宾,你应该知道喝下去是什么滋味儿吧。"

"当然知道了,"金发青年回答,"我拿起瓶子喝了一大口,我的天哪,我的头感觉马上要爆开了。我一下把那玩意儿吐得满桌子都是。当时是冬天,天黑得很早,所有的桌子上都点了蜡烛。我把液体喷到一根蜡烛上,蜡烛被打翻了,结果——上帝啊——"

"结果什么?"

"整张桌子都着了火。那种液体照理应该把烛火灭掉才对,可是不知道为什么,整张桌子都燃起一种奇怪的蓝色火焰。你可以想象那种情景。人人都跳了起来——酒馆里的人一边尖叫,一边画十字。不过这火燃得快,熄得也快,等火完全熄灭之后,桌上连一点儿痕迹也没留下。当时起火的就是这张桌子。"他把手放在一张桌子上,桌面已经磨损了,不过确实没有一丁点被火烧过的痕迹。

"简直就像巫术一样,"哈尔·米勒说,"这件怪事发生之后,我立刻把那瓶东西扔了。"

我皱起眉头,"你刚才说当时是冬天。"

"对,是一月份。我记得我们当时都不想顶着风雪出海远航。"

"那个叫托奇的人是什么时候来找你的?"

米勒的眼神立刻变得警惕起来:"就是那个月月底,我们从纽卡斯尔回来之后。那时候一种外国饮料可以起火燃烧的事已经传开了。有天晚上他和一个身材高大的男人来到这里。他走进来的样子大摇大摆,仿佛他是这里的老板,而且他也没有东张西望,直接就迈着大步朝我走过来了。他

第二十九章

的大块头同伙手里提着一把斧头,一看到那把斧头,酒馆里的人立刻跑了一半。他说他是奉命来要一点儿那种饮料的,还说他的主人会给我钱。"

"他有没有说他的主人是谁?"

"没有,我们也没问。不过他说他主人会出一大笔钱。我告诉他我把那瓶东西扔到王后港码头了,他一开始不相信,就威胁我,我没有办法,只好把芬切奇船长的住址给了他,他这才走了。我知道我这么做不太厚道,可我当时太害怕了。后来我找到芬切奇的一个仆人,打听他怎么样了,那个仆人说芬切奇已经把那桶酒卖出去了,赚了很多钱。"

"卖给谁了?"

"那个仆人也不知道。我猜就是那个麻脸男人。"

"马奇阿蒙特,布里克纳普,布莱恩斯腾,你有听过这几个名字吗?"我没有加上里奇和诺福克的名字,因为他们两个的大名在伦敦可谓尽人皆知,他不可能没听说过。

"没有,先生,我很抱歉。"

"芬切奇船长住在哪里?"

"在主教门路,不过他最近又出国了。他乘船去了瑞典。他本来让我跟他一起去,但我受够了那些穷山恶水的鬼地方。不到秋天他是不会回来的。"

不管他去了哪里,至少没有成为第四个冤魂。"无论如何我都要谢谢你。"我朝巴拉克点了点头,他解下钱袋,掏出几枚硬币递给米勒。"如果你以后再想到什么,"米勒说,"可以通过这里的老板来找我。"

我带头离开了酒馆,走出一小段路之后,我停住了脚步。酒窖码头的吊车在浩瀚星空的映衬下显出清晰的轮廓,就像一只巨型天鹅的脖子。我凝望着漆黑的河面。

"线索又断了,"巴拉克说,"要是那个混蛋船长没出国就好了。"

我抬起一只手示意他不要抱怨。"巴拉克,你想想日期,"我兴奋地说,"米勒在这家酒馆引起轰动是一月份,那时距离希腊火在圣巴塞洛缪修道院被发现已经过去了三个月,但是两个月之后格里斯特伍德兄弟才找上布里克纳普,开始接近克伦威尔的第一步。你说这几个月里他们在干什么?"

"建造和测试那台发射器械?"

"没错。"

巴拉克一脸兴奋:"而且利用那张配方,尝试造出更多的希腊火?那种波罗的海饮料一定是配方的一部分。"

"还有另外一种可能:他们听说了这种烈性液体的事,让托奇到这里来找一点儿,看看它是不是有用。"

"可他们肯定清楚造希腊火需要哪些材料。他们有配方。"

"你也这么认为,对不对?所以托奇背后的神秘金主一定早就牵涉进这件事当中了。这个人和格里斯特伍德兄弟一起制造希腊火,比这对兄弟接触克伦威尔早几个月。"

"这说不通啊。如果这个人和格里斯特伍德兄弟是一伙的,那托奇为什么要杀了他们?"他迷惑地看着我。

"也许格里斯特伍德兄弟是背着他们最初的资助人去找克伦威尔的,他们想找个更大方的买主。"

"那这个幕后主使大可在他们去找克伦威尔后立刻杀了他们,为什么要等上两个月才动手?而且这个人如果就是布里克纳普、马奇阿蒙特或欧娜夫人中的一个,格里斯特伍德兄弟是绝不可能请他牵线搭桥接近克伦威尔的。"

我扬起眉毛。"巴拉克,我必须和布里克纳普谈一谈。我们得把他牢牢控制住。"

他看了我一眼,眼神颇为严肃:"要是托奇已经找到他了呢?他妈的,他们上次刚好先我们一步找到那个铸造工——要是布里克纳普已经死

第二十九章

了呢?"

"我宁愿往好处想。走吧,我们可以在回家之前到林肯律师学院看看他是死是活。"我回头看了看阴暗的酒馆,这个地方处处透着怪异,只有到了夜晚,伦敦才会显露出它真实而险恶的一面。我想到这里,不觉暗暗心惊。

到达林肯律师学院的时候,戈弗雷已经下班了,我只找到他写的一张便条,说布里克纳普没有回来。我去布里克纳普办公室看了一下,门仍然锁着。第二天一早我又去了一趟,锁也还是老样子。门锁和门房的守卫保护着他那一柜子的黄金,可是他本人却不知所终。时间只剩下六天了。

第三十章

这无疑是个让人沮丧的早晨。在去到林肯律师学院发现布里克纳普仍然踪影全无后,我骑马去了盖伊的店铺,只见那张纸条仍然贴在门上,他显然没有回来。人为什么不能老老实实地呆在一个地方呢?我边想边骑马赶往下一个目的地——克伦威尔安排格里斯特伍德母子和凯奇恩藏身的房子。

这栋房子坐落在泰晤士河边一条破破烂烂的街道上,虽然天气很热,彩漆剥落的门窗却关得死死的。我拴好"起源",上前敲了敲门。开门的是一个身穿棕褐色罩衫的大个子男人。他站在门口,狐疑地看着我。

"你找谁?"

"我叫马修·夏雷克。这里的地址是克伦威尔大人给我的。"

他立刻放松了戒备。"好的,先生,我已经知道了你要来的消息。请进吧。"

"我们的客人还好吧?"

他立刻面露苦相:"那个老修士为人还不算太坏,可那个女人简直是个泼妇,她儿子天天吵着要出去。你知不知道他们还要在这里待多久?"

"应该没几天了。"

屋里的一扇门开了,格里斯特伍德夫人走了出来。她紧张地问:"卡尼,是谁来了?"当看到来人只有我一个之后,她长长地舒了口气:"原来是律师先生。"

"是我。夫人,你近来好吗?"

"好得不得了。"她接着用专横的口吻说,"卡尼,你可以走了。"大

第三十章

个子做个了鬼脸,转身走了。"他这个人很没礼貌,"格里斯特伍德夫人说,"先生,请到客厅里坐。"

她把我领进一个房间,屋里百叶窗扇扇紧闭,蒸腾着一股热气。她儿子坐在一张桌子边,我一进屋,他立刻站了起来:"日安,先生。你是不是来通知我们可以走了?我想回去干活儿——"

"哈珀先生,现在危险恐怕还没有消除。你再等几天吧。"

"戴维,夏雷克先生也是为了我们的安全着想。"格里斯特伍德夫人用责备的口吻对儿子说。惊惧的心情平复之后,她那种一到哪里落脚,就想在那里称王称霸的本性又显露出来了。我不禁哑然失笑。

"不过我也想回我自己家去。"她说,"我们已经商量好了,戴维以后就和我住在一起,他当铸造工赚的钱足够我们两个人过日子了。等市场行情一好转,我们就把那栋房子卖掉,到时候我们就有钱了,你说是不是,戴维?"

"是,妈妈。"他顺从地说。我看着这对母子,心里不由得有点儿感慨,如果迈克尔没有死,如果他拒不接受这个继子,他们要等多久才能光明正大地生活在一起?

"凯奇恩先生在哪里?"我问,"我想见见他。"

格里斯特伍德夫人哼了一声。"你说那个哈巴狗一样的老修士?我想应该在他的房间里。在二楼。"

我朝她鞠了一躬。"那我先上去了。看到你和你儿子平安无事,我非常欣慰。"

"那你去吧。"听了我这句话,她的脸色柔和了几分,"先生,谢谢你。你信守了对我们的承诺。"

我爬上楼梯,不知道为什么,格里斯特伍德夫人出人意料的感谢让我有点儿动容。她没有问起芭思希芭·格林,也许现在除了儿子,她什么也不在意了。我上到二楼,这里只有一扇门,而且关得严严实实。我抬手轻轻敲了几下。门里一开始没有声息,接着凯奇恩的声音犹疑地响了起来:"请进。"

我看出他刚才在祈祷,因为我进去的时候,他正在慢慢站起。透过质地轻薄的白色法衣,我可以看到他的一条手臂上缠着厚厚的绷带。他瘦削的面孔苍白憔悴,隐隐露出痛苦的表情。

一见是我,他急切地招呼道:"夏雷克先生!"

"凯奇恩先生。你的胳膊怎么样了?"

他难过地摇了摇头。"我的手指不像从前那么灵活了。不过至少这条胳膊还能动,已经是不幸中的大幸了。"他坐到床上,叹了口气。

"你在这里还住得习惯吗?"

他皱起眉头:"我不喜欢那个女人。她想在这里当家做主。女人不应该这样。"他毫不掩饰对格里斯特伍德夫人的恶感,也许是因为很多年没和女人打过交道,所以被她给吓坏了吧。他在这个尘世该有多迷茫啊。

"你再忍一忍,要不了多久你就不用和她住在一起了。"我露出鼓励的微笑,"我来是想问你一件事。"

惊惧的表情重新浮现在他脸上:"先生,是关于希腊火的事吗?"

"对。我只问你一个问题。"

他塌下肩膀,重重叹了口气说:"那好吧。"

"圣巴塞洛缪修道院的墓地被人给挖了。"

"我知道。我们见面那天我看到了。这是在亵渎圣地。"

"有人告诉我那座修道院有个旧习俗,葬在那里的人要陪葬一件私人物品,一件与他们生前的生活密切相关的东西。不只是修道士,死在医院的病人也是一样。"

"这话不假。我为死去的教友守过很多次夜。主持葬礼的教友们在把死者放进棺材之前,会往他身上放一件象征他一生经历的东西,动作非常小心,非常虔诚。"说着说着,他的眼角渗出了泪水。

第三十章

"我怀疑那个老兵圣约翰的陪葬品可能是希腊火。"

凯奇恩腾地站了起来,表现出很感兴趣的样子:"这是有可能的!对了,那些修士们又不了解他,如果非要选一件代表他生平的东西,那多半会选希腊火。而且他们哪里知道理查德·里奇会去挖坟。"最后这句话他说得非常痛苦。

我点了点头。"所以我觉得我应该赶在里奇去医院挖坟之前找到他的墓,但愿还来得及。里奇已经下了命令,要手下人把在坟墓里找到的东西统统交给他。"

凯奇恩看着我:"啊,是的。陪葬品中一定有些金子银子之类的值钱东西。"

"是啊。"我看着他的眼睛,"凯奇恩先生,有件事我一直想不通。修士们把那桶希腊火和配方藏了起来,这证明他们知道希腊火的破坏力。"

凯奇恩郑重点头:"对,他们知道,要不然他们怎么会在桶上刻那句格言呢。"

"'Lupus est homo homini',(人对人是狼)。可是如果他们知道,又为什么要留下这种可怕的东西?为什么不毁了它?如果他们毁了它,我们现在就不会遇上这个麻烦了。"

一丝悲凉的笑意在凯奇恩脸上一闪而逝。"先生,教会和朝廷的矛盾并不是从国王迷上那个御用婊子安妮·波琳开始的。两者之间的分歧一直没断过。"

"一点没错。"

"圣约翰在圣巴塞洛缪修道院养病的时候,约克家族和兰开斯特家族正斗得难解难分,那是一段动荡不安的战乱岁月。我猜那些修士们留着希腊火是为了以防万一,如果他们将来受了什么威胁,可以把这件东西作为讨价还价的筹码。先生,现实逼得我们不得不成为政客,修士的命运就是这么无奈。后来都铎家族一统江山,国家重归太平,希腊火也就被遗忘了。也许是被人故意遗忘的。"

"都铎王朝让英国重归太平,"我凄然一笑,"这句话真是讽刺。"

我骑马前去河边会见欧娜夫人,心中倍觉鼓舞:我终于确立了一个有希望取得进展的目标,明天我会再去圣巴塞洛缪修道院一趟。不过总不能就这么大摇大摆地去呀,我得编个理由。我把"起源"留在一家旅馆的马厩里,穿过一条拥挤的街道前往三吊车码头,脑子里翻来覆去地思量着什么理由比较可信。三吊车码头是以码头上巨大的吊车而得名的,这些吊车高出了鳞次栉比的屋顶,在蔚蓝的天幕下非常醒目。白云在天上疾行而过,这些云虽然不能带来雨水,但是只要它们从太阳下方经过,大地就能有片刻的阴凉。前面就是三吊车街的尽头了,马奇阿蒙特一行人就约在那里见面。卖花小贩们在人群中穿梭来去,生意十分红火。为赴这个约会,我脱下黑色长袍,换上了一件平时很少穿的鲜绿色背心和最好的长筒袜。

泰晤士河上挤满了数不清的渡船和游船,一艘艘在河中来来往往,乘客在船篷下吹笛鼓琴,悠扬的乐声在水面上飘荡。这里实在热闹,好像所有的伦敦人都来享受清风吹拂的乐趣了。一大堆人闹哄哄地聚在码头边,看样子是要搭船去看逗熊,其中有群人站在河阶边,我看到欧娜夫人和马奇阿蒙特就在其中。她今天戴着黑色头巾,身上一袭黄裙,裙撑让裙摆鼓鼓蓬起。马奇阿蒙特正在说着什么,她边听边笑,嘴角露出迷人的酒窝。她多么善于根据需要来掩饰内心的情绪啊,我不由得在心里感叹,只要她愿意,她能让任何人相信自己是她最好的朋友。

我认出另外一些客人是上次到欧娜夫人家赴过宴的商人,有两位把太太也带来了。欧娜夫人的两名贴身侍女和一对男仆站在她身边,一起的还有年轻的亨利,他环视着人群,看起来非常紧张。要去逗熊场的人实在太多了,巡官们在不远处维持秩序,留意着扒手。

第三十章

欧娜夫人一看到我,立刻招呼道:"夏雷克先生!快过来!船在这里!"

我快步走上前去,向她和马奇阿蒙特鞠躬致意:"很抱歉让你们久等了。"

"只不过等了几分钟而已。"她的笑容温暖而亲切。马奇阿蒙特微微朝我鞠了一躬,开始殷勤地引导众人走下河阶。"趁还没有退潮,我们赶快走吧。"

码头边泊着一艘有四个桨夫的大篷船,淡蓝色的船帆在风中微微摆动。这群人的情绪非常高昂,一边上船,一边还在兴奋地交谈。"夏雷克,你是不是穿厌了你的长袍?"马奇阿蒙特问刚刚在他对面坐下的我。他今天穿着他那身高级律师长袍,脸上全是汗水。

"不是穿厌了,只是穿着太热,只好脱下来。"

"我还是头一次见你穿得这么鲜亮。"他露出笑容,"看起来很特别。"

我转头对坐在我身边的亨利·沃恩说:"亨利先生,你现在觉得伦敦的生活好过一点儿了吗?"

男孩儿的脸唰地红了。"我在林肯郡生活惯了,很难适应这里的生活。这么多人挤在一起,吵得我头疼。"说到这里,他的脸上突然泛出光彩,"但我不久之前和诺福克公爵一起吃了饭。他的宅子好气派呀。我听说霍华德小姐常到那里去,大家都说她可能很快就要成为王后了。"

我咳嗽一声。"在公共场合最好不要说这样的话。"

马奇阿蒙特哈哈大笑:"得了吧,夏雷克,这本来就是事实。克伦威尔蹦跶不了几天了。"

亨利说:"我听说克伦威尔大人是个出身低贱的大恶棍。"

我警告他说:"我真心劝你说话小心一点儿。"

他似信非信地看了我一眼。欧娜夫人是对的,这个男孩儿的确没有在朝堂上为沃恩家族拼出一席之地的智慧。我朝船头看了一眼,欧娜夫人正坐在那儿眺望河面，神情若有所思。前方的萨瑟克河岸边，圆形的逗熊场慢慢呈现了。我暗暗叹了口气，我不喜欢看那些受到惊吓的大型动物在满场观众的呼声中被撕成碎片的血腥场面。

我觉得有人碰了碰我的胳膊，转头一看，马奇阿蒙特正在朝我打手势，示意我凑近一点儿。我凑过去，他低头附在我耳边，我感觉到他温热的气息扑在我的耳朵上。

"关于那几本失踪的书，你查到什么眉目没有？"他问。

"我一直在调查——"

"我希望你不要再为这些事去打搅欧娜夫人。她是个非常娇贵的女人。她可怜的丈夫去世几年了，我倾向于认为她已经把我当成了可靠的顾问。"

我把身子缩回去，凝视着他的脸。他洋洋自得地点了点头。我想起欧娜夫人跟我说过的话，极力忍住了当面嘲笑他的冲动。我瞟了亨利·沃恩一眼，只见他呆呆地注视着河水，整个人又陷入到那种悲观而苦闷的思绪当中。我把头凑向马奇阿蒙特毛乎乎的大耳朵。

"我一直在注意你的一举一动，高级律师，你放心，是克伦威尔大人准许我这么做的。我知道你和欧娜夫人谈过几次话，至于谈话的内容嘛，既有你自己感兴趣的事，也有诺福克公爵感兴趣的事，我说得对吗？"他猛地把头一偏，吃惊地看着我。

他愤怒地低吼出声："你没有权力——"我冷冷地看了他一眼，弯了弯手指，他张口结舌，不情不愿地低下了头。

"我有权力，高级律师，这一点你也知道。我去找欧娜夫人问话关你什么事？你少在我面前装腔作势，惹得我不痛快。"这番话一说出来，连我自己都不太习惯，我什么时候变得这么粗鲁了？看来我已经在不知不觉中把巴拉克那一套给学会了。

"我和欧娜夫人说的都是私话，"他小声说，"和……和那几本失踪的书没有关系。我可以发誓。"

第三十章

"你只对风花雪月感兴趣,这一点我是相信的。"

他涨红了脸。"求你千万别说这样的话。求你了。这不单是为了我,也是为了她。这——这太丢人了。"他突然服起软来,满脸都是恳求之色。

"你知道怕羞,她也知道,马奇阿蒙特,这些事并不是她告诉我的。不过我向你保证,我既不会把你们的事说出去,也不会把公爵觊觎她娘家土地的事说出去。"

他吃了一惊,眼睛倏地睁大了。"啊,是的,她娘家的土地。这是私事。"他的语速未免太快了一点儿,我正要说话,身子却不由自主地向后仰倒,原来船撞上了河岸的石阶。全船人的身体在船停的一瞬间微微向前一歪,女士们咯咯娇笑,船夫开始扶乘客下船。马奇阿蒙特先我一步爬上台阶,我看着他宽阔的后背,心中有些犯疑:当我提到公爵觊觎欧娜夫人娘家土地的时候,他表现得非常惊讶,难道诺福克真正想从她那里得到的并不是土地?她那天不是把手放在《圣经》上,赌咒发誓说公爵没问过她希腊火的事吗?我回想起她决绝的样子,不禁对她的信仰产生了怀疑。

岸上挤满了去看逗熊的人,大部分是平民。一个穿夹克的男人碰到了欧娜夫人宽大的裙摆,她的一个侍女呀地叫了一声,一个仆人立刻把他推开了。欧娜夫人叹了口气。

"说句心里话,大老远来这儿被人挤来挤去,听人吵吵闹闹,就为看一场逗熊,真不知道值不值得。"我看到她的嘴角沁出一片细密的汗珠。

"一定值得,欧娜夫人,"马奇阿蒙特说,"今天被逗的熊里面有一头来自德国的健壮公熊,名叫马格纳斯。它有六英尺多高,昨天杀了整整五条狗之后,居然活了下来。我押了一先令,赌它也能活过今天,虽然它昨天已经满身是血了。"

欧娜夫人眺望着那座用木头搭成的露天逗熊场,逗熊场的围墙很高,无法看见里面的情形。一大群人在门外等候着,场内已经响起喊叫声和欢呼声:那些瞎了眼的老熊已经进场了,一群恶狗正扑上去撕咬它们。她又叹了口气。

"那头了不起的马格纳斯什么时候上场?"

马奇阿蒙特显然没有听出她话音中的讽刺:"大概不出一个小时就能上场了。"

"那我到时候再来找你好了。我觉得我现在受不了野兽撕咬时发出的叫声,太可怕了。我想和我的侍女沿着河堤散散步,不知你能否原谅我。"

马奇阿蒙特一脸失望:"你要去就去吧,欧娜夫人——"

"我很快就来找你。各位女士们,你们有谁想和我一起去?"她环顾四周。一个商人的太太似乎有这个想法,可在瞟了她丈夫一眼后,她摇了摇头。

我说:"欧娜夫人,我和你一起去。"

她笑了。"那太好了。有你陪着,待会儿的散步一定会很愉快。"

马奇阿蒙特摇了摇头。"夏雷克律师,你确定你不想陪着女士们观看有男子气概的运动?"

"可现在有位女士只想散步,不想看熊和狗打架,你说我该作何选择呢?"

欧娜夫人哈哈大笑。"说得好!莱蒂斯,桃乐茜,我们走。"她转身沿着河畔的小路朝泰晤士河上游走去。我走到她身边。她的两名侍女跟在我们身后几步远的地方,一对佩长剑的仆人紧随其后。

欧娜夫人宽大的裙摆擦着我的腿,我感觉到裙布下藤编的裙撑,这种裙撑可以撑起鲸骨环,不让它塌下来。裙撑下的两条腿是什么样子?我想到这里,不禁脸颊绯红。

逗熊场里又传出一声咆哮,她厌恶地扁了扁嘴。"这的确是一项有男人气概的运动。如果把逗熊的狗替换成人,就更有男人气概了。"她把头转向我,露出一丝坏笑,"如果让加布里埃尔·马奇阿蒙特去,你说他的下场会怎么样?"

第三十章

我哈哈大笑。"肯定不会太好。我也不喜欢看逗熊，这种游戏是把快乐建立在另一种生灵的痛苦之上，我不能认同。"

"啊，我是觉得太吵了，实在受不了。先生，你的口吻听着很像一个极端的改革者，这种人主张禁止一切娱乐。"

"我不是什么极端的改革者，我只是一直这样认为而已。"

我们慢慢地往前走。"它们只不过是愚蠢的畜生。"欧娜夫人叹了口气，"不过你说得对，在这种游戏中是看不到崇高人性的。老实说我很怕自己会晕倒，今天天气这么热，坐在那种到处是人的地方，还闻着血腥味，哎，还是现在这样比较好。看奎尔太太的样子，好像很想和我们一起出来走走，不过她丈夫要是不让她来，她是不敢开口的。"

"你看，做个独立自主的寡妇还是有好处的。"我说。

她开怀大笑，露出洁白的牙齿。"你还记得我们的谈话。没错，的确是这样。你知道吗，我正在扩展我的生意。我在圣保罗大教堂旁边买了一栋房子做工厂，专门缝制丝绸衣服。这多亏加布里埃尔帮忙，他很擅长这种事。"她又笑了，"但我敢说你也一样。"

"看来我该发展一些新客户了，"我难过地说，"老客户们都抛弃了我。"

"他们真愚蠢啊。这是为什么呢？"

"我不知道。"我转换了话题，"你雇佣女工来做缝纫？"

"是啊。丝绸这种料子是很难裁剪的，但现在很多女人都喜欢用丝绸做衣服。我的新工厂里有六个女裁缝，以前都是修女。"

"真的？"

"当然是真的。她们分别来自圣克莱尔女修道院、圣海伦女修道院和克勒肯维尔女修道院。一些修女巴不得离开修道院，我听说其中有一两个到了那种地方——"她回过头，朝萨瑟克的红灯区点了点下巴，"不过我的女工们年纪都比较大了。她们都是可怜人，连上街都不敢。能找到一份缝纫的工作，她们求之不得。"

"离开修道院之后她们一定过得很不容易。"我说。

"那些可怜的老太太喜欢重新在一起工作的感觉。我觉得帮助从前的修士修女们找到让他们觉得安全可靠的落脚处是很重要的。每个人在社会中都该有一席之地。如果这个问题能得到足够的重视，那所有的流浪汉就都不用在街头游荡了。"她摇了摇头，"无家可归是件很麻烦的事情，这个人一定会很没有安全感。"这番话让我有些意外，我一直以为她是个老于世故的女人，原来她在有些方面竟然这么天真，往小了说，她连自己生活的这座城市都未必了解。

我说："如果一个普通人有长处，我也觉得他理当拥有一个出人头地的机会。"

"可是有长处的普通人很少见，马修，很少见。"她突然叫出了我的教名，让我的心不自觉地颤了颤，"我想你是有长处的，不过你不是个普通人。"

"欧娜夫人，你过奖了。"我匆匆鞠了一躬，想借此掩饰内心的慌乱。

"有些人的高贵是与生俱来的，不比出身贵胄的人差。"

我满脸通红，这时一个声音在我耳边说：即使你对她动了情，也千万不能被这种感情冲昏头脑。千万不能。我急忙说："现在朝堂里满是新人。比如克伦威尔，里奇。"我故意说出"里奇"这个名字，想看看她作何反应，可她只是哈哈一笑。

"里奇。一个穿天鹅绒背心的残忍之徒。你知道吗？他太太只不过是个杂货店老板的女儿。"

"可她现在是圣巴塞洛缪修道院的女主人了。"

我们现在已经沿着堤岸走出一段路，到了巴黎花园，沿途房子越来越少，城市景象渐渐变成了乡野风光。欧娜夫人停住脚步，眺望着河对岸雄伟的布里奇韦尔宫。她的侍女和男仆也在同一时刻停了下来，站在离她十

第三十章

步远的后方。一片白云从太阳下面飘过,刺眼的阳光立刻暗淡下来,天好像不那么热了。

她严肃地看着我:"马修,我希望克伦威尔大人不会来找我的麻烦。我现在提心吊胆,整天记挂着这件事。你和他谈过了吗?"

"跟他复述过你的话,他并没有骂你,反而把你夸了一通。"

她看上去如释重负。"是啊,克伦威尔大人、诺福克公爵和所有大臣们都喜欢来我家赴宴。不过这段日子——哎,我知道他们每一方都想知道我是不是向着另外一方。其实——"她哈哈一笑,"我哪一方也不向着。我很清楚公爵要是知道我在帮着克伦威尔大人秘密调查什么事情,一定会不高兴。"她凄然一笑。"你现在知道我的处境有多为难了吧。可是一直以来,我只是希望大家在我的餐桌上和和气气地聊天。"

我苦笑了一下:"如今想要独善其身,不卷入这些是是非非里去,是很不容易的。我常常在想,我要是能早点儿退休,到乡下去就好了。"

"我也想过逃回林肯郡,到我娘家的领地过日子。可我和我侄儿不一样,我热爱伦敦,热爱伦敦的生活。而且我猜这件事要是不了结,伯爵是不会放我走的。"

"没错,我想他的确不会,夫人。"我犹豫了一会儿,接着说:"我刚才在船上和马奇阿蒙特高级律师说了几句话。"

"我看到你们俩的脑袋凑在一起。"她的眼神突然警惕起来,"你是不是在向他核实我对你说的话?"

"是,我不得不这么做。你必须理解我。"

她涨红了脸。"我还以为我们今天可以好好地放松一下,在外面度过愉快的一天呢。"

"好了,欧娜夫人,你不要再揣着明白装糊涂了。"

她咬了咬嘴唇。"我有吗?我遇到了一个趣味相投的同伴,我已经回答了他所有的问题,现在我只不过想和他聊聊天,难道这很奇怪吗?"

我暗暗告诉自己，绝不能被她岔开话题。"当我说到诺福克公爵觊觎你娘家土地的时候，马奇阿蒙特表现得很吃惊。"我沉吟片刻，狠下心说："我觉得他们两个那天在宴会上谈论的不是这件事，他让马奇阿蒙特来逼你，绝不是为了你娘家的地。"

"我是不是注定永无宁日了？"她柔声问。她闭上眼睛，过了一会儿，她睁开眼睛直视着我，目光锐利得像要刺进我心里。"马修，我上次手按《圣经》发誓说诺福克从没问过我关于希腊火的事，说的是真话。他的的确确想要我娘家的地。这是整件事的开始。"

"是哪件事的开始啊？"

"是一件比要地还要复杂的事。我告诉你吧，这是我的家事，和你的事完全无关。和你关心的文件、配方没有一丁点关系。"

"你可以确定？"

"我确定。"她疲惫地叹了口气。"我不想再说下去了，马修。"她抬起一只手，"你要是不相信我，可以去禀告克伦威尔，让他把我抓去拷问。他会得到相同的答案。有些事是我的私事，我不想对别人说。"

"夫人，豪门世族之间的种种恩怨纠葛其实说穿了都是家事，然而就是这些家事导致了兰开斯特家族和约克家族的战争。不过那个年代已经过去了。"

她把脸转向我，神情极度疲惫。"是啊，如今所有的权力都归于都铎王朝。国王现在成了教会领袖，他有权决定他的子民如何礼敬上帝，可他施政靠的不是理智，而是变化无常的激情，你说大家能把他的话当一回事吗？"

她说得很轻，可我还是紧张地回过头，瞟了瞟她的仆从。她悲伤地笑了笑："打从出生开始，我无论走到哪里都有仆人陪着。我知道怎样控制音调能让他们听不见。"

"可是说这种话还是很危险的，欧娜夫人。"

第三十章

"街头巷尾的人都这么说。不过你说得有道理,这段时间我们说话必须小心一点儿。"

我们又默默地走了一小段路。"一个人身边总有仆人围绕并不是件舒服的事情,"她突然说,"我常常希望他们离我远一点儿。记得在我还是个小女孩儿的时候,我妈妈带我上过一次我家大宅的屋顶。她把向四面八方伸展开来,一望无际的田野和森林指给我看。她说,'这些土地都是我们的,欧娜,你能看多远,它们就有多远。其实这算不上什么,从前从林肯郡到诺丁汉之间的乡村都是我们家族的地产。'那是一个多风的春天,她拉着我的手,我们一起站在平坦的铅屋顶上。她的侍女和我的家庭教师也在那里,她们的裙摆在风中飘扬。我突然很想一个人乘着风从那些田野和森林上空飞过,像鸟那样。"她悲伤地摇着头。"可我们注定被束缚在土地上,不是吗?我们不是鸟,我们的肩上扛着责任。我的责任就是我的家族。"

"我很抱歉再一次逼问了你,可是——"

"不要再说了,马修,我累了。"

"也许我们该回逗熊场——"

她摇了摇头。"不,我受不了那里的吵闹。你能再陪我走一段吗,到下一处河阶去?我会派一个仆人回去报信,说我晕倒了。"云飘走了,火球般的太阳重新出现,黄褐色的泰晤士河泛起银色波光,刺得她眯起眼睛。

我们慢慢地走着。我觉得像这样时不时地逼问她,的确有点儿无礼,但我必须这么做。至于我和她的感受,都是无关紧要的。一艘满载着建筑材料的大驳船经过我们,朝白厅宫驶去,在这一瞬间,我仿佛看到这艘船从头到尾燃烧起来,连周围的水面上也遍布火焰。

"你也许觉得一心为家族奉献的我很愚蠢。"她说,我一下子从可怕的幻想中清醒过来。

"你并不愚蠢。如果非要用一个词来形容的话,也许是执着吧。"

"难道贵族拥有大片土地的时代不比现在好吗?现在一切都翻转过来了,新贵们把土地变成了牧场,把农民们赶到大街上流浪,大家都说这是羊吃人。"

"是啊,这种行为害人不浅。可我既没有学识,也没有往上爬的机会,帮不了这些农民。"

她又开始摇头了,可脸上却带着笑。"我知道你认为我在某些方面很天真。"我吃了一惊,耶稣啊,这个女人真是太敏锐了。"但我要斗胆说一句,天真的人是你才对。从全国各地来到伦敦闯荡,最后成功地从一个平民变成新贵的人寥寥无几,剩下的人都在贫民窟里忍饥挨饿。"

"朝廷应该采取措施保障这些人的生活。"

"这种事是不会发生的。国会里的律师和商人们绝不会同意这个措施。我说的难道不对吗?克伦威尔提交到国会的改革措施都被他们压下来了。"

我犹豫了一会儿,最终还是承认了:"你说得对。"

"克伦威尔尚且被这样对待,就算你爬了上去,能改变得了什么呢?"

我摇了摇头。"欧娜夫人,我想你是我这几年遇到的最聪明的女人。"

"你只是不习惯一个女人说出有见识的话罢了。"她朝我笑了笑,"马修,我想我们对社会正义的看法不太一样。不过这样也好,不同的意见是谈话的调味剂。看来除了我之外,你还认识不满足于把目光局限在烹调和女红上的女人,我为你高兴。"

"我认识一个。"说到这里,我抚摸着手上的纪念戒指,"我原本希望和她结婚,可她走了。"

"我为你难过,"她说,"我了解失去挚爱的滋味。你当初是打算结婚的时候把这个戒指送给她吗?"

"凯特当时和别的男人订婚了。"这些年来我很少对其他人说起这些,今天也不知怎么了,她一问起,我竟不由自主地说出了心里话。

"这真是双重的打击。你当时没有迫切地向她求婚?"她又一次表现出

第三十章

她的率直，虽然有点儿无礼，但我并不介意。

"我没有。我怕她不会接受我。"

"因为你的——你的身体状况？"欧娜夫人虽然直爽，此刻也不免吞吞吐吐，绞尽脑汁想找一个不太刺激我的字眼。

"对。"我别过头，眺望着河对岸的景色。

"你真是太傻了，居然担心这个。要是再这么下去，你会错过很多机会。"

"也许吧。"我走到一边，让一对年轻人先过去。他们的宠物狗在他们脚边蹦来跳去。我承认她的话让我觉得很温暖，但我还是告诫自己千万要小心。

"也许你认为世上的女人都想找一个富有的少年郎做丈夫。"她说。

"年轻富有的男人将来多半会有好前程，总比又老又穷的人好得多。"

"可这个男人如果长相粗俗，或者愚昧无知，再年轻富有也没有用。我结婚的时候，我丈夫差不多比我大出二十岁，可我们很幸福。非常幸福。"

"或许我应该摘下这个戒指，"我说，"我承认我现在已经很少想起凯特了。"

"悼念有时候会变成一种束缚。"她直视着我的眼睛，"当初哈考特去世的时候，我就下定决心不让这种情绪束缚住我。他一定不希望我伤心。"

我们已经在不知不觉间走到了船坞阶梯。一艘渡船停在阶梯边等生意，我问："我们要不要从这儿过河？我把我的马留在三吊车码头，我们可以回那里去。"

"那好吧。等一等——我得派保罗回去送个信，要不然加布里埃尔会以为我被打劫了。"她走向站在后面不远处的男仆和侍女，对两个男仆说了几句话。

我一转过头，就看到萨宾·温特沃斯和艾维斯·温特沃斯两姐妹穿着色彩鲜艳的夏裙站在路上,蓝色的瞳孔大得惊人,不用说肯定是滴了颠茄水。她们的祖母站在她们中间,挽着她们两个人的胳膊,仍是一身黑色丧服。两个女孩儿一动不动,默默地看着我。她们充满警惕的沉静让我觉得很不安。

"姑娘们,出什么事啦?"老太婆尖声问。在阳光中,她的脸枯瘦苍白,皮肤像纸一样贴在骨头上,两个眼窝深深地陷下去,看着不像个活人,倒像具骷髅。

萨宾安慰着她:"奶奶,是夏雷克先生。"

我飞快地鞠了个躬。老太婆仍然站在那里,仿佛在闻空气的味道,接着她脸色一沉:"先生,希望你来这儿是想告诉我们你已经把整件事调查清楚了。如你所见,我还在为我的孙子服丧。杀害他的凶手一天得不到公正的审判,我就一天走不出失去孙子的痛苦。"她平静地诉说着,失去焦距的双眼呆望着前方。这时欧娜夫人回到我身边,用询问的目光看着温特沃斯祖孙三人。她的一个男仆小跑着向逗熊场方向去了。

"温特沃斯太太,请恕我现在不能奉陪,"我说,"我身边有位女士。"

"女士?和你这个驼背律师在一起?"

欧娜夫人厉声说:"你这个老太婆,你自己都是个瞎子,凭什么嘲笑别人的残疾!"

温特沃斯太太把头转向发出声音的方向。"我是因为年纪大了才瞎的!"她高声回应道,"你要是上了年纪,身体也会出毛病。这个律师的残疾是与生俱来的,据说这表示他是个本性邪恶的人。"

欧娜夫人恼火极了:"你这个女人竟敢说这种话,我看真应该把你丢到河里去喂鱼。"

老太婆笑了。她出声唤道:"萨宾,我们走。"两个女孩儿牵着她慢慢往前走,但我捕捉到萨宾脸上一闪而逝的笑容。我站在原地目送她们远去,呼吸十分粗重。

欧娜夫人问:"那个老太婆是谁?那张脸简直跟鬼一样。"

第三十章

"她是埃德温·温特沃斯爵士的妈妈。"

"喔。那两个姑娘一定是他女儿。"

"是的。谢谢你替我说话。不过你根本不用这样,说这话的人不止她一个。"

"那是因为他们看出用这种手段可以伤害你。"她看上去真的很生气。她皱起眉头,提起宽大的裙摆,开始走下台阶。

上了船,两名贴身侍女一左一右坐在欧娜夫人身边,表面上低眉垂眼,暗地里好奇地打量着我。她们刚才什么都看到了。我转头避开她们的目光。潮水开始退去,河沿遍布垃圾的泥浆散发出一股难闻的气味。

欧娜夫人对一个伸手戏水的侍女说:"小心,莱蒂斯,那里飘着一坨大便。"侍女尖叫一声,把手抽了出来。欧娜夫人微微摇了摇头,恨她太蠢。这一幕让我心有所动:尽管她口口声声说自己想要摆脱仆人,可是一个人如果从出生开始就过着不管到哪儿都有保镖仆人跟随的生活,一定会觉得自己与众不同,超凡入圣。难怪她会有这么强烈的家族自豪感。

船撞上了三吊车码头的泥浆。欧娜夫人扬起眉毛,露出一丝苦笑。"我们到啦。我想我要乘船到王后港,然后回家去。"她停顿了一下,又说:"记得再来看我,别让我等太久。你如果再去见克伦威尔大人,一定要把大人的话告诉我呀。"

"我会的,欧娜夫人。"她知道我不可能不再追查她和公爵之间的秘密,但她显然已经下定决心不再多说了。我尴尬地站起来,向她行了个鞠躬礼。淤泥上搭着几块木板,我战战兢兢地踏上去,走向台阶。等我抓住台阶的栏杆,定下心来回头一看,船早已划走了。我挤过熙熙攘攘的人群,走向"起源"所在的酒馆。

我觉得自己仿佛在欧娜夫人和克伦威尔之间危险地游走,被他们两个人同时利用。然而温特沃斯太太对我出言不逊时她表现出来的愤慨却不像在作假。如果将来能从这张由半真半假的陈述和不为人知的秘密织成的大网中挣脱出来,我想我既不会再做欧娜夫人的朋友,也不会再为克伦威尔效力。我策马往家中赶去,一路上心乱如麻。

我终于回到了大法官法庭街。进客厅的时候,巴拉克从楼上走了下来。"你回来得真早,"他说,"谢天谢地,我真不知道该怎么留住她了。"

"留住谁?"

他没有回答,转身走进会客厅。我紧跟在他后面,一个女人局促不安地坐在一张硬木椅上,苍白的方脸上有一处醒目的烙印,正是内勒夫人。

"她回来了,"巴拉克说,"芭思希芭·格林。"

我注视着内勒夫人。"昨天晚上她和她哥哥一起回到我那儿,求我让他们躲一躲。两天前他们差点儿被那个麻脸男人给逮住,只好从收留他们的朋友家里逃了出来。我已经把他们留下了,他们现在在萨瑟克。"她目不转睛地看着我,"你曾经答应过我,只要我把消息告诉你,你会再给我两枚价值半安杰尔的金币。"

我说:"我一定会给你。"

她的眼神锋利得像刀子一样:"我已经劝服他们和你谈一谈了。他们听过我的话,终于相信这是保命的唯一办法。不过千万不要在我那儿见面,我不希望你再到我那儿去给我惹出麻烦了,就因为上次的事,好多客人都被吓跑了,我的损失可远远不止两枚金币。"她特意加上最后一句话,意味深长地看了我一眼。

我伸手要拿钱包,但巴拉克按住了我的胳膊。

"先别急着拿钱。那么芭思希芭会在哪里见我们呢?"

她笑了,我上回在妓院里就见识过她的笑容了,真是笑得比哭还难看。"她和她哥哥会在迈克尔·格里斯特伍德位于王后港灰狼街的房子里见你们。他太太已经走了,房子没人住。"

第三十章

"你怎么知道那房子没人住?"

"是芭思希芭告诉我的。乔治·格林前几天偷偷进去过。芭思希芭一直缠着他进屋去看一看,她坚信那里有一样东西,迈克尔就是因为它被杀的。"

"什么东西?"我犹豫了一会儿,又问:"是不是一张纸?"

她耸了耸肩。"我不知道,也没兴趣知道。乔治翻窗进到屋里两次,发现屋子已经没人住了。我觉得他并没找到他想找的东西。"

我转头对巴拉克说:"看来那个看守也不过如此。他还在那里吗?"

"还在。克伦威尔大人希望一直监视着那个地方。出了这样的事,我相信他一定会把那个中看不中用的人给换掉。听着,如果格林兄妹要找的是一张纸,也许意味着迈克尔生前跟芭思希芭提过配方的事。"

"对,有这个可能。"

内勒夫人理了理红色的假发。"他们今天天黑之后会在那里等你们。他们会在房子里监视的,要是看见你们还带了别人去,他们就会逃走。"

巴拉克哼了一声。"这对兄妹真是太没礼貌了。"

内勒夫人耸了耸肩,目光再一次落到我脸上。我把两枚金币递给她。她咬了咬,把金币塞进裙袋里。

"告诉他们我们会去的。"我说。

她点了点头,没有再说什么,矮胖的身子离开椅子,转身就走。她穿过会客室的门走进门厅,又在我的注视下走向大门。她走出大门的时候,在门厅撒新鲜灯芯草的琼鄙夷地看了这个老鸨一眼。

巴拉克笑了:"可怜的琼。她根本弄不明白这些三教九流的人为什么会到你家里来。要是这件事再拖延下去,恐怕你会失去她。"

"我会失去的何止是她,"我尖刻地说,"我们两个都不会有什么好下场。"

377

第三十一章

我和巴拉克坐在一家酒馆里，酒馆坐落于灰狼街街角，几乎正对着格里斯特伍德的房子。这儿脏兮兮的，几个男人坐在破破烂烂的桌子边打牌聊天，一看就是些一文不名的穷光蛋。墙壁上开有一扇小窗，一个邋里邋遢的姑娘从窗里递出用木头杯子盛着的啤酒。坐在我对面的巴拉克透过敞开的门，注视着渐渐暗下来的街道。

我半站起来问："我们这会儿该去了吧？"

"现在太早了。内勒说他们不到天黑是不会去的。耐心点儿，别把他们吓走了。"

我只好坐了回去。虽然疲惫不堪，后背隐隐作痛，但我发现一种全新的兴奋感在刺激着我的神经。芭思希芭那天在妓院里显然没有把她知道的事全都说出来，说不定我们这回可以搞清楚她到底知道多少。我又喝了一口淡得像白水一样的啤酒。对面靠墙的一桌有四个人在玩儿骰子，巴拉克一直盯着他们看。看了一会儿，他探过身子对我说："那些骰子被灌了铅。看到那个穿得土里土气，一脸倒霉相的年轻人没有？他是刚来伦敦的，其他三个人把他哄到这里合伙骗他的钱。"

"伦敦人骗人的手段多得数不清。这根本不值得骄傲。相比起来，乡下人要淳朴多了。"

"真的吗？"他转头看着我，眼中透着强烈的好奇，"我从没去过乡下。我碰到的乡下人好像都傻头傻脑的。"

"我爸爸在利奇菲尔德附近有个农场。乡下人并不愚蠢，也许是因为在某些方面比较单纯，所以看起来有点儿傻。"

第三十一章

"看,他现在不得不把钱包掏出来了,真是个猪脑子。"巴拉克摇了摇头,接着又凑近了一点儿,"你明天会不会再去找马奇阿蒙特?查出欧娜夫人有什么事瞒着你了?"

"对,我会去。我明天头一件事就是到林肯律师学院去一趟。"我不情不愿地把我和马奇阿蒙特在河上交谈,结果发现蛛丝马迹的事告诉了他,我也明白这件事事关欧娜夫人,巴拉克免不了会说我先前被感情蒙蔽了理智。不过眼下他并没有多说,只让我一定要逼马奇阿蒙特把他和欧娜夫人、诺福克公爵之间的事全都说出来。我同意了,一颗心却沉甸甸的。刚才提到马奇阿蒙特的时候,我仍然下意识地把欧娜夫人和他区分开来,我讨厌这样的自己。"也许我明天也能找到布里克纳普的消息。"我特意加上了这一句,因为到现在为止他仍然音讯全无。好在我从三吊车码头往家赶的时候收到了盖伊送来的便条,说他已经回来了,我明天可以去找他。

我看到远处那一桌的年轻人又禁不住劝说,开始玩下一局了。我听出他讲话带有浓重的埃塞克斯口音,应该和约瑟夫是老乡。想到在地牢中一天天衰弱下去的伊丽莎白,想到六神无主的约瑟夫,我觉得应该尽快为他们做点儿什么。我低声说:"我们必须再去探一探那口井。"

"我知道,可那两条狗是个大麻烦。"他皱起眉头,"我得好好想想怎么才能万无一失。"

"真是太感谢你了,巴拉克。"

"听说那两个再洗礼派教徒忏悔了,现在街上到处在传这件事。"

"这下看不成火刑了,大家一定很失望吧?"

"有些人是很失望,不过大多数人是不想看到有人被活活烧死的。"

"我一直怕见这种场面。"我说,"我刚来伦敦的时候还是个学生,那年头支持教会改革是一种时尚。就连托马斯·摩尔也是支持者之一。可是随着违禁的路德教书籍接连出现,摩尔被任命为大法官之后开始坚决地焚烧异教徒。他深信火刑可以清洗罪恶,同时起到杀一儆百的作用。能不能清洗罪恶我不知道,杀一儆百倒是不假,从此伦敦没去看过火刑的人可以说是寥寥无几。也许并不是因为人们喜欢看,而是因为如果不去的话就会被其他人当成异类吧。"

"路德宗兴起之前的事我记不清了,我当时只是个孩子。"巴拉克哈哈一笑,听着有点儿伤感,"我只记得我爸爸身上那股屎味儿,他走到哪里,臭味儿就飘到哪里,逼得我只好逃到阁楼写作业。可怜的老混蛋,没事儿就想摸我的头。"

"是圣保罗学校的家庭作业?"

"是啊。那些老修士们对学生很严格,不过托上帝的福,他们一个个养尊处优,过得很不错。"

"我知道。我也在教会学校念过书。"

他摇了摇头。"两三年前,我看到我从前的一个老师在贫民窟乞讨。他看上去已经半疯了,活了一大把年纪,突然之间被赶出修道院,根本没办法适应。看着真是太惨了。"他一脸疑惑地看着我,"这个世界会变成什么样子,你能告诉我吗?"

"不能。我担心过去十年没完没了的变化根本没有意义,只是白白削弱了很多人的信仰。"我想到了欧娜夫人。

"我向来就没有什么信仰。"

"我曾经有。可现在一天比一天少了。"

"克伦威尔大人有信仰。他很想帮助穷苦人,可他所有的计划——"巴拉克耸了耸宽阔的肩膀,"国王想这样,国会想那样,他夹在中间,那些计划眼看都要泡汤。"

"真奇怪,欧娜夫人今天早上说了类似的话。"我看着他。他再次一改平日的吊儿郎当,神情若有所思,像亨利国王统治下的许多英国人一样,变得迷惑不安。

他朝大门点点头。"我想我们可以走了。"他站起身来,整了整腰间的

第三十一章

剑。我随他走入夜色。

※

宵禁已经开始了，街道寂静无声。空气炎热滞闷，没有一丝风。道路两旁的窗户透出橘黄色的烛光，只有格里斯特伍德家的房子一片漆黑，在月光下显得凶恶不祥。巴拉克示意我在破烂的大门对面停住。"先别进去，让他们看清楚我们是单独来的。"

我抬头看着紧闭的窗户。想到芭思希芭和她哥哥正透过百叶窗的板条缝看着我们，我觉得浑身不自在。

我问："那个看守在哪儿？"

"我不知道。我也想找他问个明白。这小子不晓得干什么去了，让格林兄妹随随便便进到屋里去。真他妈混蛋。"

"你说这件事会不会是陷阱？乔治·格林可能找了一大帮船夫等在里面，给我们来个出其不意，攻其不备。"

"他们这么做有什么好处？芭思希芭和她哥哥已经无处可躲了。他们别无选择，只能把赌注下在我们身上。我们要是可怜他们，他们还能活；要是不可怜他们，他们就得死。"每次遇到危险的时候，他的表情总是这么机警兴奋。"别担心，我们进去吧。"

巴拉克快步穿过街道。他轻轻敲了敲门，门毫无预兆地开了，吓得他往后一跳。我这才注意到门上那把不太结实的新锁被砍坏了。巴拉克吹了声口哨。"那两个混蛋真粗鲁，居然破门而入。看守难道什么也没看见？"

我透过半开的门，看着门后浓重的黑暗，心里十分不安。"内勒夫人明明说乔治·格林是翻窗户进去的。"

"你说得对。"巴拉克说。他咬住嘴唇，一脚把门踢得大开。"你们好。"他压低声音朝屋里喊。屋里没有声息。他稍稍抬高了声音："你们好！"还是没人回应。

"我不喜欢这个地方,"他说,"总觉得有点儿不对劲。"他拔出长剑举起来,小心翼翼地跨过门槛。

我跟着他走进格里斯特伍德家的门厅。这里太黑了,我只能勉强看出前方有两扇紧闭的门和一道楼梯。某个地方传来滴答滴答的声音。巴拉克拿出一个火绒箱,递给我两支蜡烛。

"拿着,我来点火。"他开始卖力打火,我凝视着阴暗的前方。滴水声还在继续。

火绒箱燃起来了,我赶紧把蜡烛凑了过去。暗淡的黄光照亮了门厅,借着闪烁的光晕,我看到歪斜变形的墙壁和楼梯,灰扑扑的旧挂毯和角落里的干灯芯草。巴拉克说:"我们去厨房看看。"他率先推开厨房门,我跟在他后面走了进去。餐桌上到处都是耗子屎。"看那边。"巴拉克小声说。我放低蜡烛,看到积满灰尘的地板上有几双脚印。

"这里至少有三个人,"我小声说,"我早就告诉过你这是陷阱。"我回头看着大门,一把按住腰间的匕首。早知道会遇见这样的事,我还不如像巴拉克一样带把剑来。

"这里!"巴拉克突然大喊一声,语气尖锐急迫。他猛地拉开百叶窗,扫视着凌乱的院子。院门大开,有个黑乎乎的影子靠着门边的墙躺着,周围有一摊暗色的东西。

我说:"那是个人。"

"是那个看守!我们快过去!"

通往院子的门同大门一样被破坏了。一来到屋外,我立刻松了一口气,院门大开着,就算出了什么事,我们还能逃到房子后面的小巷去。我粗略地检查了一下其余的窗户,每一扇百叶窗都是关着的。巴拉克已经举着蜡烛朝倒在门边的人走过去了,我赶紧跟了上去。

我起初希望这个人只是醉酒而眠了,可是走近之后,才发现他头上有一道深深的伤口,透过伤口甚至可以看到白花花的脑髓。巴拉克站起来,

第三十一章

把手伸进衬衣摸了摸小金筒。我认识他这么久了,还是第一次看到他露出害怕的表情。

"你是对的,"他把声音压得很低很低,"这是个陷阱。我们赶紧离开这里。"

接着我们听到了声音。天哪,我希望我这一生再也不要听到这样的声音。声音是从房子里传出来的,起初像是呻吟,后面越来越高,变成尖厉的哭叫,充满了悲伤和痛苦。

我说:"是个女人的声音。"

巴拉克点了点头。他扫视着整个院子:"我们要怎么做?"

其实我很想逃跑,可是一想到屋里有个女人正在遭受莫大的痛苦,我又不忍心离开。"是芭思希芭吗?一定是的。"

巴拉克眯起眼睛,看着二楼的百叶窗。"她有可能是假装被伤害,想引我们进去。"

"这声音听着不像是假的,"我说,"我们必须进去找她。"

他深吸了一口气,再一次举起手中的剑。

我跟着他穿过厨房回到门厅。女人的声音消失了,破败的老房子又恢复了沉寂,除了不知从什么地方传来的缓慢滴答声,再没有任何声响。

我小声说:"刚才的声音是从楼上传出来的。"突然有四只黑乎乎的东西沿着墙根匆匆跑进来,穿过大门不见了。我吓得往后退了几步:"上帝啊,那是什么?"

巴拉克干巴巴地笑了一声。"是耗子。"

"它们为什么要跑?"

这时可怕的呻吟又开始了,尖厉的哭叫最后变成了哽咽。我抬头看着黑漆漆的楼梯:"声音是从瑟普特斯的炼金室传出来的。"

巴拉克咬紧牙关，握紧长剑，开始往楼上爬。我慢慢地跟在后面，他把蜡烛举得高高的，两个人的影子投在墙上，像两头巨大的怪物。

炼金室的门开着。巴拉克把门推得大开，唯恐有人藏在门背后。可是房间里悄无声息，那缓慢的嘀嗒声倒是更响了。他走了进去。我也跟了进去，不料一股恶臭扑面而来，熏得我差点儿呕吐。巴拉克小声说："噢，耶稣啊，噢，我们的救主。"

房间里的一切都是静止的，只有瑟普特斯的大桌子上有动静。年轻的乔治·格林仰躺在桌上。他已经死了，睁得大大的眼睛一动不动，在烛火中闪闪发光。他的喉咙被割开一条大口子，暗红的血液流了满桌，每过一阵，一滴浓稠的血就滴到地板上。一个女人脸朝下趴在他身上断断续续地哭泣，两条手臂环抱住他的身体。这女人不是别人，正是芭思希芭，她的裙子被撕成了一条条破布，浸泡在鲜血之中。

巴拉克第一个反应过来。他收剑入鞘，走向芭思希芭，可怜的女人啊地叫了一声，拼命想往后缩。他俯身看着她的脸。"现在没事了，"他说，"我们不会伤害你。是谁把你们害成这个样子的？"

芭思希芭似乎想说话，我赶紧走到巴拉克身边，接下来的情景吓了我一大跳：她一张嘴，一股血沫就流了出来——看来她也身受重伤。她努力想要说话，但发出来的又是呻吟。我把手放上她的肩，触感黏腻潮湿，我极力克制才不至于发抖。我试图看清她伤在哪里，可是光线太暗了，她又不肯放开她哥哥的尸体。

"没事了，"我低声安慰她，"不要说话。我们会救你。"

她吃力地抬眼看着我，在一张血迹斑斑的脸上，这双浅色的眼睛射出绝望的光芒。"出——"她奋力张着嘴，混着鲜血的唾液顺着下巴往下淌，"出——去——趁你们还出得去——"

巴拉克飞快地转过身看向门口，可那里什么也没有。整栋房子陷入了

第三十一章

彻底的寂静。我们彼此对视,眼中俱是惊疑之色。芭思希芭的声音渐渐低了下去,又变成尖厉的呻吟。接着我们听到吱呀一声,楼下的有扇门被推开了,我敢肯定是会客室的门。一股刺鼻的气味蓦地直冲我鼻端,呛得我咳嗽起来,巴拉克也是一样,他睁大眼睛大叫:"他妈的,不——"

楼下传来一阵响亮的噗噗声。接着只听砰的一声,有人撞开了百叶窗。巴拉克和我冲到窗前,借着月光,我辨认出两个男人正沿着街道逃跑,看身形,应该就是托奇和赖特。托奇突然停住脚步,回头望着我们,我看到他苍白的脸上闪过一丝邪恶的笑容。他伸出一根手指,在喉咙上从左到右比画了一下,转头跟他的同伙跑了。

只听巴拉克说:"噢,耶稣啊!真他妈混蛋!"我转头看着他。他站在门口朝外张望,楼梯被一道跳动的红光照亮了,伴随着噼里啪啦的声响,一股热浪直扑而入。

我冲到门口和他站在一起,眼前的一幕让我简直不敢相信。门厅通往会客室的门大开着,会客室已经起火了,地板和墙壁全都淹没在红色的火焰中,火光比一千支蜡烛的光芒还要亮。火舌此刻已经穿过敞开的门,开始舔舐门厅。门厅墙壁上的旧挂毯迅速着了火,滚滚黑烟在门厅里弥漫,散发出呛人的焦臭味儿。

巴拉克屏着气说:"耶稣啊,是希腊火,他们想用希腊火烧死我们!我们绝不能如他们的愿!"他转头看着芭思希芭。"我们得想办法离开这里。帮我把她拉起来!"

我和他合力把芭思希芭从她哥哥的尸体上拉开。虽然她已经奄奄一息,但还在极力反抗,她用哀恳的眼神看着我,我听到她嘶声拒绝着:"不!"

我柔声说:"你哥哥已经不在了,你就算留在这里他也不能复活。"

巴拉克和我把她拖了起来。就在这一瞬间,我看到她的肚子上有一道狰狞的伤口,鲜血从伤口里涌出来,顺着她的裙子往下流。这个可怜的女人被刺伤了。

"扶着她。"巴拉克说。火势以不可思议的速度蔓延着,门厅的墙壁也燃起来了,火焰几乎烧到了楼梯底部。噼噼啪啪的声音更响了。我不小心呼入一点儿浓烟,差点儿背过气去。巴拉克停顿了一秒钟,解下长剑扔到地上,抓住炼金室的门用力一扯,立刻把门板从唯一相连的合页上扯了下来。

"跟在我后面!快点儿,趁楼梯还没有烧塌!"

"我们不能下去!"我一边吼,一边用力扶住芭思希芭软绵绵的身体,避免她滑下去。她的身子很轻,不然我根本扶不住她。她好像已经昏过去了。

"我们不可能带着她跳窗户,而且下面是鹅卵石地,弄不好会跌断脖子!跟我走吧!"

巴拉克把门板像盾牌一样挡在身前,飞快地走到楼梯口,开始往下冲。一楼的地板和墙壁此时全都着火了,火焰舔舐着楼梯扶手,黑烟不断地往上蹿,看着比之前更浓了。我从前一直害怕的事现在居然落到了我的头上,我会被活活烧死,红色的火焰会烧灼我的皮肤,烧干我的血液,烧化我的眼睛。我突然想起一本报道火刑的小册子,上面有一句话:火焰的亲吻多么明亮,又多么痛苦。我站在原地,整个人呆立在那儿。

巴拉克回过头朝我尖叫:"过来呀,你这个笨蛋!我们没多少时间了!看,大门就在那里!"

他的话惊醒了我。我看到燃烧的门厅尽头有一道半开的门,这道门通往街上,在一片火海中显出黑色的轮廓。我突然有了求生的勇气,扶着芭思希芭冲了下去。我下楼的时候一直数着台阶,一步,两步,三步。我听到外面有人喊:"起火了!亲爱的上帝呀,起火了!"

烟刺痛了我的眼睛,我不得不一直眨眼,拼命想要吸气。空气滚烫灼人,仿佛也和墙壁地板一起着了火。巴拉克和我不住咳嗽着。我担心楼梯

第三十一章

会突然垮掉,把我们全部埋在燃烧的木头里。

我还没回过神来,突然发现自己终于下完了楼梯,红色的火焰包围了我们,只听巴拉克尖声喊道:"快跑!"我已经没有力气也没有勇气再跑了,真想就这么倒下去,这时我的手臂突然被火烫了一下,身上的背心也发出嗞嗞的声音,死亡的恐惧感让我瞬间清醒过来,也不知道从哪里来的力气,我迈开大步往前跑。没过多久我就冲上了大街,灼人的热浪和浓烟全都被抛到了身后不见了。有人迎上前拉住我,我一下跌进了他们怀里;另一些人接过芭思希芭,她毫无知觉地被人带离我身边。我躺倒在街面上,大口大口地喘气,刚才在火海里挣扎的痛苦让我心有余悸,我害怕窒息,害怕吸入的空气灼伤我的喉咙。火越烧越旺,房子里传来噼噼啪啪的声音,周围惊叫四起:"起火了!起火了!"

呼吸终于平复了。我歪歪倒倒地坐起来,在我的面前,格里斯特伍德家的房子彻底燃烧,每扇窗户都冒出呼呼的火焰。房顶也着了火,火势甚至殃及了隔壁的房子。对面酒馆的人和整条街的人都跑了出来,他们一脸惊恐地跑来跑去,呼喊着打水来,拼命想让自家的房子逃过这场突如其来的可怕灾难。我无声叹道:谢天谢地,没有风。我看到巴拉克坐在我旁边又吐又咳,躺在他身旁的芭思希芭安静得像个死人。

巴拉克转头看着我,他满脸灰黑,半边头发被烧没了。

"你没事吧?"他喘着气问。

"我没事。"

一个穿着巡夜人服饰的男人手拿长棍跑向我们,脸上怒气勃然。"你们干了什么,居然把房子烧成这样?"他大声咆哮,"我看你们一定是巫师!"

"火不是我们放的,"巴拉克嘶声说,"拜托你去请个大夫来吧——这里有个女人受伤了。"

巡夜人转眼去看芭思希芭,注意到她满身是血,眼睛一下子睁大了。

Dark Fire

我摇了摇头,真奇怪,四周的喊叫声和跑动声似乎离我非常遥远,听着就像回声。

巡夜人又压低声音问:"你们到底干了什么?"

"是黑色火焰,"我迷迷糊糊地说,"那些耗子知道。"

烈火的噼啪声和喊叫声越来越小,我眼前一黑,彻底失去了知觉。

第三十二章

不知过了多久，我慢慢恢复了意识，那感觉像是从黑暗的湖底慢慢游上来一样。睁开眼睛的一瞬间我吓了一跳，以为自己瞎了。等眼睛适应了黑暗之后，我才意识到现在还是夜晚，而我在一间屋子里，没有点灯。我睡在一张带轮子的矮床上，矮床一侧有扇窗户，室外比屋里稍稍亮一点儿，我只能辨认出一个四方形的窗洞，一股热风吹进来，看来窗户是敞开的。

我怎么会来这里，这里又是什么地方？我完全想不起来了。我试图坐起来再看看周围的情况，可是浑身的骨头像被拆了一样疼，挣扎了好几次也坐不起来，我呻吟一声，认命地躺了回去。后背痛极了，左前臂火辣辣的。我非常口渴，渴得唇干舌焦，想要喝水的欲望快把我逼疯了，我咽了口唾沫，喉咙立刻像针刺一样的疼。

我突然闻到一股气味。是东西烧起来的气味。啊，我什么都想起来了，灰狼街发生的一切浮现在我的脑海。我又想坐起来大喊，谁知用力过猛，差点儿翻下床。我惴惴不安地坐在床上，度过了一生中最漫长的几秒钟。难道大火蔓延到我住的这个地方来了？不对啊，如果火烧到了这里，周围怎么会这么安静？我抬起右臂闻了闻，原来那气味是我的衬衣散发出来的。我重新躺下时已经气喘吁吁，每呼吸一次都觉得痛苦。我必须积蓄体力叫人送水来，也好借机问明白我到底在哪里。我突然想到一种可能：我会不会因为纵火被抓了，这个地方是监狱？如果这儿是监狱，那巴拉克和芭思希芭又在哪里？我回想起这个姑娘趴在她死去的哥哥身上，两个人浑身浴血的情景，这一幕简直就是地狱。我心中一酸，情不自禁地发出一声干涩的呜咽。

窗外响起几声清脆的鸟鸣。另一只鸟也叽叽喳喳地叫了起来。天渐渐亮了，从深蓝色转为灰白。山坡一样的屋顶在晨光中慢慢显现出来，我这才明白自己原来在一栋房子的楼上。太阳出来了，起初只是个暗红色的小球，可是没过多久就变成了光芒刺眼的黄色火球，清晨的雾被阳光一照，立刻消散了。

屋里的光线越来越强，我开始环视四周。屋里没几件陈设，除了我睡的这张床，只有一个柜子和墙上的一个大十字架。耶稣基督挂在十字架上，表情痛苦，两掌被钉子钉穿。我迷惑地看着这个十字架，过了好一会儿才想起来：这是盖伊那个古老的西班牙十字架，原来这里是盖伊的家。

我如释重负般躺回床上。我一定又睡着了，因为当我再次清醒的时候，外头已经日上三竿，房间里热烘烘的。口渴到了无法忍耐的地步，我想叫人，可是只能发出嘶哑的声音，只好侧过身子，忍受着左臂的刺痛，伸手重重地捶了下地板。

幸好这苦没有白受，我听到楼下立刻有了响动，接着是上楼的脚步声。盖伊走了进来，左手拿着一个大肚瓶，右手拿一个杯子。他憔悴的脸上满是忧色，显然昨晚没怎么睡觉。

我嘶声说："水——水。"

他坐到床沿上，抬起我的头，把杯子凑到我嘴边。"不要大口大口地喝，"他说，"我知道你很渴，可是你必须小口喝，否则会生病。"我点了点头，让他把一股细细的水流慢慢倒进我嘴里。水流下去的时候，干渴立刻缓解了，我的喉咙仿佛在唱歌。他就这样在我身边坐了好几分钟，让我慢慢地喝。我终于喝够了，重新躺回床上。

"发生什么事了？"我低声问。

"昨晚一辆马车把不省人事的你送到这里来，一起送来的还有那个叫

第三十二章

巴拉克的男人和一个叫芭思希芭的姑娘。你吸进了浓烟,身体很糟,左臂也被火烧伤了。"他严肃地看着我,"火灾造成了很大的损失,王后港的两条街被烧成了白地。谢天谢地这两条街靠近泰晤士河,人们可以打水灭火。"

"有人受伤吗?"

"我不知道。你朋友巴拉克去找克伦威尔了,他说他必须解决这件事。巴拉克也被烟呛了。我让他不要出去,可他死活不听。"

"芭思希芭,"我说,"那个姑娘怎么样了?"

盖伊脸色一沉。"她被人刺伤了腹部,我无力回天。我给她喂了点儿麻醉药缓解痛苦,她现在已经睡着了,不过死是迟早的事。马修,是谁伤了她?"

"就是点火烧房子,想烧死我和巴拉克的人。起火的房子里有两具尸体,一具是那个姑娘的哥哥,一具是克伦威尔派的看守。"

"亲爱的基督啊。"盖伊画了个十字。

"巴拉克做得对。这件事需要克伦威尔插手平息,否则一定会出大乱子。"我闭上眼睛,"上帝啊,难道斯卡恩西事件又重演了,我又要眼睁睁看着一群无辜的人被生生杀害,含冤离开人世?"

盖伊继续凝视着我,眼神既严厉又疑惑。他以前从来不会这样。

"出什么事了?"我问。

"你睡觉的时候我出去买了点儿必需品,听到了外面的传言。人人都说这场大火起得奇怪,是被一种超自然力量引发的,一定和魔法有关。这火显然不是寻常的火,火势一下子就起来了,一眨眼就把房子的第一层给烧没了。"

"这火的确不寻常,"我说,"起火的时候我就在现场。可是绝对和魔法无关,盖伊,我向你保证。难道你认为我和黑魔法有什么关系?"

"我当然不信,可是——"

"这件事和禁术无关,我可以发誓。事情的真相是一种古老的制火方法重新现世了。我为克伦威尔办的事就和它有关,但我不能把详情告诉你。"

他的眼中仍然充满了疑惑:"我明白了。你朋友不信任我,也许你也一样,如果这件事事关克伦威尔的前途,你们对我抱有敌意也很正常。我只是想不通你为什么不肯告诉我更多。"

"盖伊,我不是不信任你。上帝啊,我一直认为在这个世界上,我能信任的人只剩下你了。"

盖伊转头看着墙上的十字架:"你太抬举我了。你需要相信和追随的只有耶稣基督。"

我悲伤地摇了摇头。"昨天晚上那个可怜的姑娘和她哥哥被人砍杀的时候,耶稣基督在哪里?"

"他在看,看人类利用上帝赐予的自由作恶。你看到十字架上耶稣的表情了吗,他注视着这一切的时候,脸上一定带着这样的悲伤。"他叹了口气,"来,拿着这个瓶子。要一直喝水,但是记住,一定要慢慢喝。"

一个小时以后,巴拉克回来了,盖伊把他带到我的房间,让我们单独在一起。巴拉克两眼赤红,酸痛难当,声音十分沙哑。他的衬衣上沾满烟灰,右半边头发完全被烧焦了,只留下短短的发茬,左边的棕色头发倒是好端端的。这对比实在是太奇怪了,我忍不住扑哧一声笑了出来。他哼了一声。

"我看你才该找个镜子照照,脸黑得跟煤似的。克伦威尔大人可没有笑。他打算向市长和验尸官施压,把事情压下去。住在王后港的人发现了乔治·格林和看守的残尸,烧得只剩几根焦骨头,已经看不出人样了,大家议论纷纷,都说火灾是魔法引起的。两条街都被烧没了,你知道吗?幸

第三十二章

好昨天晚上没有风,否则火势一定会蔓延全城。"

"还有其他人受伤吗?"

"有一些人烧伤了,更多的人是无家可归。格里斯特伍德家的房子完全化为了灰烬。格里斯特伍德太太眼下没家可回了。"

"是啊。可怜的女人。"我停顿了一下,接着说:"这回我亲眼看到啦,引发火灾的是希腊火,是不是?"

"没错,火刚起的时候我就认出那种味道了。那两个杂种一定躲在会客厅里,等着我们踏入楼上的陷阱。等我们上去之后,他们就在墙上涂满希腊火,放一把火,然后翻窗逃走。"他一屁股坐到床上,"耶稣啊,我看到起火的时候真是吓坏了,跟码头的那一幕太像了,整个地方瞬间就被红色的火焰所吞没,黑色浓烟也一模一样。"他皱起眉头。"他们为什么要用这种方式来杀我们?他们完全可以像杀芭思希芭和她哥哥一样搞个突袭,把我们砍死。"

"他们是想让克伦威尔大人知道希腊火在他们手上。"

"炫耀他们不仅可以制造希腊火,还可以随心所欲地使用它?"

"对。他们就希望他这么想。"我再次注视着他,"谢谢你,巴拉克。要是没有你,我根本不可能逃出那栋房子。有一瞬间我甚至害怕得无法动弹。"

"我知道。"他咧嘴一笑,"我当时还想,你要是再不跑,我就把你踢下楼。"

"你是怎么把我和芭思希芭送到这里来的?"

"我抢了一辆送水的马车,把你和她搬了上去,你们当时都昏过去了,天知道我是怎么把你们弄上去的。我不敢留在现场,要是有人来抓我们或是杀我们怎么办?我一开始不知道该去哪里,之后突然想起你的药剂师朋友就住在附近。我驾车往这里赶,只花了几分钟就到了。"

我点了点头。幸亏他机灵,否则我们一定会被抓起来。他自己也很得意,笑得骄傲极了。

"那个女人怎么样了?"

"盖伊说活不成了。你还好吧?"

他摸了摸他的小金筒,突然哆嗦了一下。"我冲过大门的时候被火烧伤了肩膀。"

有人敲了一下门,盖伊走进来,看看我,又看看巴拉克。"那个姑娘醒了,"他轻声说,"她想和你们说话。"他深吸了一口气。"我觉得她的时间可能不多了。"

巴拉克问我:"你起得来吗?"我点了点头,吃力地爬起来,还没动弹几下,就又咳嗽起来,全身散了架似的,每块肌肉都在抗议。

盖伊把我们引进一个小房间,芭思希芭躺在一张床上,双眼紧闭。她的呼吸很微弱,皮肤白得像个死人,脸上的红晕已经完全褪去了。她下腹上绑了绷带,上面斑斑点点的鲜红血迹和她惨白的肤色形成了强烈的对比。我突然觉得头晕目眩。

"我给她吃了缓解疼痛的药,"盖伊说,"她睡得很沉。"他轻轻碰了碰芭思希芭的肩膀,她的眼皮动了动,眼睛慢慢睁开。

"格林小姐,我按照你的要求把他们带来了。"

芭思希芭凝视着我们。她张开嘴说了一句话,可是声音太轻了,我没有听清。我拿过一个小板凳坐在她身边,她吃力地侧过头看着我。

"他们也会杀你。"她小声说。

"对,我知道他们会。"

"我原本打算把一切都告诉你,求得克伦威尔大人的宽恕,可是没想到他们在那里等着可怜的乔治和我……他们扑向我们,拿长剑乱劈乱砍。那个脸上有麻子的男人一剑捅进了我的肚子。"她浑身战栗,"他们把我们留在屋子里等死,说等那个驼背律师一来,就给他安排一个壮观的死法。"说这番话耗去了她大半的力气,她虚弱地躺回床上。

第三十二章

我柔声问:"他们怎么知道你们会去那里?"

"一定是内勒夫人,一定是她告诉他们的。她为了金子,什么都肯干。"

"她会为出卖你们付出代价。"

她突然疼得全身哆嗦,等这一波疼痛过去了,她又侧过身面向我,飞快地说:"我想把迈克尔对我说的事告诉你,说不定能帮助你找到他们。"

我努力挤出一丝笑容:"尽管说吧。你现在已经安全了。"

"遇害的前几个星期,迈克尔一直愁眉苦脸,惊恐不安。他说他被牵扯进一个计划,他和他哥哥原本以为这个计划可以让他们发财。他在家藏了几份和计划有关的文件。他说他担心文件会被抢走。"

"内勒夫人提过你哥哥在迈克尔家找东西。"

"是的。"她说完又发起抖来,"他原想着如果他能找到那些文件,也许克伦威尔大人会帮我们。可是它们现在一定烧成灰烬了。"

"那些文件已经在我手上了,芭思希芭。只有一份不知去向,那是一个配方,迈克尔生前有没有提起过这样东西?"

"没有。他只说他很怕和他们两兄弟合作的人。他担心他和他哥哥会不得好死。他们在合谋扳倒克伦威尔大人。"

"但是——但是我一直以为他在和克伦威尔大人合作。他手上有一样伯爵非常想得到的东西。"

"不,不是这样的,他们的计划是反对伯爵。"

我凝视着她。她说的这些真是太不可思议了。她又开始咳嗽,一小股清水一样的液体顺着她的下巴往下淌。她浑身颤抖,过了好一阵才平复下来,又看着我说:"我们就要有孩子了。迈克尔说过他们两兄弟想逃离这个国家,他要带我一起走,到苏格兰或者法国开始新生活。可是没过多久他就被杀了。那个男人昨天晚上把剑刺进我腹部的时候,杀了我的孩子。"

我伸出手握住她的手掌。她的手又轻又薄,就像鸟儿的脚。"我很

395

抱歉。"

"我们的生命是不是根本不重要?"她痛苦地问,"除了充当这个庞大阴谋的棋子,我们到底算什么?"她绝望地摇着头,再次剧烈地咳嗽起来,咳着咳着,她缓缓闭上了眼睛。盖伊快步上前,轻轻握住她的另一只手。

"芭思希芭,"他低声说,"恐怕你快要死了。我是个正式的牧师。你愿意忏悔你的罪过,接受基督为你的救主吗?"

她没有回答。盖伊把她的手握得更紧了:"芭思希芭,你就要去见上帝了。你愿意接受他吗?"

巴拉克弯下腰,伸出一根手指按住她脖子上的动脉。他低声说:"她死了。"

盖伊在床前跪了下来,开始用拉丁语轻声祈祷。

巴拉克厉声质问他:"人已经死了,你这么做有什么用?"我立刻站起来抓住他的胳膊,把他拖出了房间。等回到我的房间,我一下子扑到床上,再也不想动弹了。

"可怜的妓女,"巴拉克说,"对不起,我并没有不尊敬那个摩尔人的意思。"他伸手抓了抓剩下的头发。"她那番话到底是什么意思,迈克尔参与了一个针对克伦威尔大人的阴谋?"

"我不知道。我们之前一直以为偷走配方的人的目的是为了钱,也许是想把配方卖给外国势力。"

"没错。可你现在开始怀疑配方到底存不存在了。"

"对。我怀疑整件事情是一场针对克伦威尔的骗局,可是策划阴谋的人不知道因为什么原因出现了分歧,开始自相残杀。"

"但我们知道希腊火真的存在。"

我握紧拳头。"可是有几件事仍然说不通。托奇从一开始就参与了进来,寻找波罗的海饮料,过了几个月之后格里斯特伍德兄弟才去找克伦威尔,他们为什么耽搁了这么久?还有——"

第三十二章

盖伊突然拿着一碗水和几块布走了进来，我赶紧住了嘴。我们三个人陷入了尴尬的沉默。过了一会儿，盖伊终于打破了僵局："马修，我必须包扎你的手臂。你伤得不轻，至少需要在这里休息一天才能出去。"

我想起马奇阿蒙特和布里克纳普，下意识地拒绝道："这可不行。"我们已经浪费了半天时间，现在只剩下五天了。"我必须去林肯律师学院一趟。"

他摇了摇头。"你这样会生病的。"

我挣扎着坐了起来："你不是要包扎我的手臂吗？等你包好了我就走。"

"我的肩膀被烧伤了，"巴拉克说，"现在火辣辣地疼。你能不能也帮我看看？"

盖伊点了点头。巴拉克脱下了衬衣，他的躯体年轻精壮，上面布满了陈年的刀疤，看着很有男人气概。他一边肩头血肉模糊，皮都脱掉了，盖伊凑过去检查伤势，注意到了挂在链子上的小金筒。

他问："这是什么？"

"它叫'圣卷'，是一件古老的犹太象征物。你当初说我的姓是犹太姓氏，其实没有说错。"

盖伊点了点头。"这件东西的全名是'门柱圣卷'。犹太人把摩西五经塞在里面，然后把它固定在门上，寓意欢迎到访的客人。我少年时生活在格拉纳达，曾经见过这种东西。"

巴拉克一脸钦佩："这些年我一直想知道它到底是什么。药剂师，你真是个学识渊博的人。哎呀，好痛！"

盖伊把一种气味刺鼻的油涂在伤处，拿布仔细地包扎好，然后以要帮我包扎伤口为理由把他打发出去了。他挽起我的袖子，露出受伤的皮肤，皮肤皱巴巴的，颜色青紫发红。他在伤处涂了一点儿油，我觉得那种针扎般的刺痛立刻缓解了。

"这是什么油？"

"是薰衣草油。这种油具有清凉湿润的特性，可以吸走你伤处的火毒。"

"我记得你给一个被火烧伤的年轻铸造工用过这种油。"我严肃地看着他，"但是有一种火，我想无论用多少薰衣草油都无济于事。盖伊，我想问你几个问题，这些问题关系到引发这一系列死亡和灾难的根源。我之前不是告诉过你吗，这件事涉及炼金术，有些地方我实在弄不明白。如果你愿意听，我可以把一切都说出来。"

"我要是知道了，会不会有危险？"

"你只要守口如瓶，应该不会像我们一样遭遇危险。但你如果不想知道，我绝不会勉强。"

"我想克伦威尔会不高兴。我注意到你等巴拉克出去了才敢说这些话。"

"只要你想听，我愿意冒这个险。"

"那好吧。"

趁着他拿一条布替我包扎手臂的工夫，我把我知道的有关希腊火的事统统告诉了他，从克伦威尔第一次召见我说起，一直说到昨天晚上的大火。他仔细听着我的话，脸色越来越凝重。

他问："你的目标是抓住那些凶手？"

"对。到目前为止他们已经杀了五个人，包括格里斯特伍德兄弟、芭思希芭和她哥哥，还有一个看守。一个名叫莱顿的铸造工可能也遇害了。"

"我记得你曾经向我打听过铸造工的事。"

"没错。我想我们去得太晚了，没能救下他。另外还有三个人因为担心被这群无法无天的恶棍杀害，悄悄躲起来了。我想抓住他们，不让他们继续在伦敦作恶。"

"再帮克伦威尔抢回希腊火配方？"

第三十二章

我犹豫了一会儿,还是承认了:"对。"

"你想过这样一种武器会造成多大的破坏吗?它可以歼灭一整支海军。它还可以用来烧毁一座城市,就像我们昨天晚上看到的那样。"

"我知道,"我低声说,"我这段时间老是不自觉地想起大船着火的景象。可是盖伊,如果得到配方的不是克伦威尔,而是其他人,那么外国势力就有可能用它来对付英国。"

"然后把这个国家带回罗马教廷统治时代?"他扬了扬眉毛,我这才想起他既不是英国人,也不是新教徒。他思索了一会儿。"你想问我什么?"

"如果你觉得不能回答,可以不回答。但我知道有一桶希腊火在圣巴塞洛缪修道院留存了一百多年,和这桶希腊火一起的还有一个配方,格里斯特伍德兄弟去年十月发现了这两样东西,今年三月开始接触克伦威尔,我相信在这期间他们是在制造发射器械——有证据可以证明这一点——同时也在利用配方试着造出更多希腊火。"

"一桶希腊火要不了多久就会用光。"

"完全正确。而且格里斯特伍德兄弟当着克伦威尔的面烧掉了两条船,那桶希腊火可能差不多用光了。那两个杀手昨晚能放那把火,可能意味着这伙人已经造出了更多希腊火。可他们是怎么做到的,盖伊?一个炼金术师是怎么通过一个配方造出这种东西来的?"

"通过找到四种元素的正确混合方法:土、空气、火和水。"

"万事万物都由这四种元素组成。你说得有道理,可是这件事并不容易办到。"

"这是肯定的。我举个例子,利用上帝种在土里的矿石炼铁是很容易的,可是想炼出黄金来就很难,否则我们每个人都能用金盘子吃饭,这种金属也就不值钱了。"

"那么制造希腊火又能有多容易?"

"如果没有配方,这很难说得清楚。"

我站了起来。"你刚才提到了铁和黄金。有些东西是很常见的，要找到并不难，比如说铁，而另一些东西就很罕见，比如说黄金。"

"当然啦，这是显而易见的。"

"我读过东方火焰武器的发展史。我们都知道拜占庭人可以轻松地找到制造可燃液体所需的原料。同样的，罗马人的文献中也提到过类似的物质，可是这种物质并没有发展成武器，我想这也许是因为制造希腊火所需的一种关键成分很难弄到。格里斯特伍德兄弟可能一直在寻找一种可以替代缺失成分的物质，或许他们就是为这个去找在酒馆里烧桌子的波罗的海饮料的。"

他摸了摸下巴："你的意思是说他们用波罗的海饮料造出了希腊火？"

"我不知道。或许是吧。"

"那么据你所说，他们之前一直在和后来杀死他们的凶徒策划一个针对克伦威尔的阴谋？"

"对。我也不知道这是怎么一回事，不过盖伊，我不是跟你说了圣巴塞洛缪修道院的墓地里可能埋有原始的希腊火吗，如果我能找到一点儿——"

他嫌恶地皱着脸："你这是亵渎坟墓——"

"是，是，我承认。可是这件事势在必行。如果我真的找到了，把它带给你，你能不能替我分析分析，比如提炼一下它的基本成分啦，或者诸如此类的事情？"

"我是药剂师，不是炼金术师。"

"可是你懂得的炼金术知识不比大多数炼金术师少。"

他深吸了一口气，环抱双臂问："你想达到什么目的呢，马修？"

"帮我查清楚到底发生了什——"

他厉声打断了我："马修，我看你还是打消掉问我的念头吧！要是我把希腊火的成分分析出来了，那克伦威尔不就知道这个秘密了吗？"他在房间里来回踱步，黝黑的脸上一派凝重，我还从来没见他这么严肃过。他

第三十二章

终于转过身看着我。

"如果你真的找到了那件被诅咒的东西,把它带给我,我会看一看。但看过之后我就会毁掉它。我不会把它的制作方法说给你听,我不会白白便宜克伦威尔。如果我的研究发现可以在不透露制作方法的情况下帮你抓到那些凶手,我会告诉你。我很抱歉,马修,但我只能帮你这么多。"

"那好吧,我接受。"我向他伸出手,他一把握住。他的表情仍然很严肃。"尼撒的圣格里高利曾经说过,所有的科学技术都起源于人类和死亡的对抗,我觉得他说得很有道理。可是这件以杀戮和毁灭为目标的东西却不是这样,它是一个丑恶的怪物。你要是找到配方,应该立刻销毁它,这样人间或许能太平一点儿。"

我叹了口气:"可我必须帮助克伦威尔,也必须帮助我的国家。"

"你觉得克伦威尔和亨利国王会怎么运用希腊火,你有没有想过他们是多么冷酷无情的人?他们只会用它来杀人害人!"他火冒三丈,"马修,这件事比斯卡恩西事件严重得多。克伦威尔之所以再次起用你,并不仅仅是为了让你替他抓到凶手,更是为了让你协助他用残忍冷酷的方式亵渎上帝。"

我咬住嘴唇。

"还有巴拉克,"他继续说,"对于这些事他怎么看?"

"他完全忠于他的主人。"我看着盖伊,"今天这场谈话我绝不会向他透露半句。"我躺回床上,叹了口气。"你狠狠骂我一顿好了,"我轻声说,"我也担心希腊火会引发灾难,可是——没错,我承认我现在热血沸腾,不抓住凶手,找回被偷的配方,我是不会罢休的。我还要救出伊丽莎白·温特沃斯。不惜任何代价。"

"这个代价你可能承受不起。你必须在付出代价前做出决定,马修。因为要你付出代价的人不会是我,不会是克伦威尔,也不会是其他任何人,而是上帝。"

第三十三章

我们回到家已经是上午十点多了。我轻轻地推开大门,想悄悄上楼去,不让琼看到我们这副鬼样子,可是一进屋就看到客厅桌上放着一封信。我走近一看,信封上的字很大,线条圆转秀丽,显然是出自戈弗雷的手笔。我破开蜡封。

"布里克纳普回来了!"我说,"他现在在他的办公室里。谢天谢地,我还担心他已经——"剩下的话我没有说完。

巴拉克说:"那我们赶紧给莱曼送个口信让他过来,我们三个一起到林肯律师学院去。"

他话音刚落,听到声音的琼就从厨房出来了。一看到我们俩的样子,她吃惊地睁大了眼睛。

"先生,发生什么事了?"她的声音微微颤抖,"你昨天一晚上没回来,我担心死了。"

"王后港起了一场大火,"我柔声解释说,"我们也被殃及了,幸好没什么大碍。真对不起,琼,这个星期发生了很多事。"

"先生,你的样子很憔悴。巴拉克先生,你的头发怎么啦?"

"被火烧焦了。我看起来是不是很奇怪?"他朝她露出最迷人的笑容,"我得找人把另一边的头发也给剪了,免得吓坏小孩子。"

"我可以试一试。"

"沃德夫人,你是女人中的佼佼者。"趁着琼取来一把剪刀,把巴拉克引回楼上房间的工夫,我匆匆给莱曼写了张便条,让大眼睛西蒙送去齐普塞街。做完这件事,我也上楼回房了。一进屋,我立刻关上门,疲惫地靠

第三十三章

在门上。盖伊刚才的话重新回荡在耳边,我以前从没想过这项任务的本质是什么,现在倒是明白了。可我太累了,我为自己的命运担忧,更害怕其他和此事有关的人受到牵连,除了揭露这个阴谋,我没有时间,也没有力气想得更远。可是万一我成功了呢?万一希腊火配方落到我手里了呢?到那时我该怎么办?我想起可怜的芭思希芭临死前那番话。一个针对克伦威尔的阴谋。迈克尔和瑟普特斯生前难道就是在策划这个阴谋?我摇了摇头。目前别无选择,只能继续查下去,幸好布里克纳普回他的老巢了,对我而言倒是良机。今天已经是六月五号,只剩下五天了。

到林肯律师学院后,我把巴拉克和莱曼留在我的办公室里,独自穿过庭院走向马奇阿蒙特的办公室。我知道这场谈话一定不会很愉快,但我不得不硬起头皮向他询问欧娜夫人的事。可是我扑了个空,他的书记员说他到赫特福德的巡回法庭参加庭审去了,要到明天才回来。这次的任务还真比斯卡恩西事件棘手许多,三年前在斯卡恩西,至少上至院长下至仆役,没有人敢不买我的账。我告诉书记员明天会再来,便匆匆去找莱曼和巴拉克了。一回办公室,就看到斯凯利趴在桌上尽心尽力地抄写要求大法官法庭重审布里克纳普案的申请书。莱曼今天看起来似乎比上次更有自信了,一见我进来就问布里克纳普在不在他的办公室。

我回答说:"我收到的消息说他在。你先等一等,我向我同事核实一下。"

莱曼笑了,笑容透着复仇的快感。

我敲了敲戈弗雷的门,没等他答应就推门走了进去。他站在窗口眺望着外面的景色,清瘦的脸上有种忧郁的表情。听到我进来,他转过头朝我淡淡一笑。

"马修,你是来找布里克纳普律师的吧?我先前看到他往他的办公室去了。"

"太好了。戈弗雷,你没事吧?"

他抚摸着长袍的边缝。"学院的长官给我写来一封信。诺福克公爵好像觉得对我的处罚太轻了,他想让我在学院大礼堂当众向他道歉。"

我叹了口气。"哎,戈弗雷,你那天那番话的确无礼了一点儿——"

"你知道这根本不重要!"他失声大喊,两眼激动得闪闪放光,"无论我当时怎么说,都会被扭曲成是为我的宗教信仰辩护。"

"戈弗雷,"我沉声说,"看在耶稣分上,你就道歉吧。留得青山在,不怕没柴烧,一旦你拒绝,就会被赶出林肯律师学院,一辈子抬不起头来。"

"也许这是值得的。"他低声说,"我的牺牲会成为推动法律改革的导火索,就像哈尼案一样。"

"可哈尼因为挑衅教会被天主教徒雇佣的暴力分子谋杀了。"

"这种死法是崇高的。"戈弗雷弯起嘴角,露出奇怪的微笑,"难道还有更好的办法吗?"

我不由自主地颤抖起来。他的倔劲又上来了,满脑子都是要当殉道者的奇怪冲动,巴不得靠受苦受难来实现公平正义。我注视着他。他哈哈一笑。

"马修,别这么看我。"

我一时热血上头,想都没想就说:"戈弗雷,我能不能给你打个比方?"

"你说吧。"

"假如上帝赐给你一种不可思议的力量,只要你愿意,可以用雷电把你所有的敌人全部劈死,可以让一整支军队全军覆没;你只需要举起你的手,就能做到这一切。"

他哈哈大笑。"马修,你这个比方太离谱了。自从我主耶稣降临到世

第三十三章

上以来，从来没有出现过这种奇迹。"

"你就假设你被赐予了这种能力吧。"

他虔诚地摇了摇头。"我不配得到这样的能力。"

"但你要假设你得到了，"我坚持说，"你一旦运用了这种能力，就会不可避免地杀死成千上万人，而他们中的很多人都是无辜的，你会用吗？"

"我会。我会凭借这种能力为亨利国王效忠，替他挫败国内外的敌人。《旧约》不是告诉我们，为了上帝的事业，有些人注定要毁灭吗？想想索多玛和蛾摩拉。"

"这两座城市被大火和雷电摧毁了。"我闭上眼睛，过了好一会儿，又睁开眼睛看着他："你是不是无论如何都不会道歉？"

他微微笑着，两眼又泛起虔诚的光芒。"是，马修，我不会道歉。"

※

我们爬上狭窄的楼梯，朝布里克纳普的办公室走去。门上的锁已经没有了。我果断地敲了下门。开门的是布里克纳普本人。因为天热的关系，他脱掉了长袍和背心，只穿着白色的亚麻衬衣，粗硬的黄头发直戳到衣领。这混账一脱掉那身律师服，看着更像个无赖了。

"律师，"我说，"我最近一直在找你。你上哪儿去了？"

他皱起眉头。"忙工作去了。"他惊讶地瞧着巴拉克的光头，"你这是怎么了？"接着他看到了莱曼，眼睛一下子睁圆了。小摊贩朝他露出充满恶意的笑容。

布里克纳普回过神来，立刻想要关门，可巴拉克的动作比他快得多，伸出一只脚把门卡住，接着肩膀也挤了进去。他跌跌撞撞地退了几步，巴拉克龇牙咧嘴地摸着肩膀说："我的妈呀，我忘了我肩上还有伤。"

我们走进屋里。布里克纳普的办公室和上次一样乱糟糟的，角落里的那个柜子非常显眼。通往起居室的门敞开着，布里克纳普站在房间中央，一张脸气得通红。

"你们好大的胆子!"他大声咆哮,"竟敢闯进这里来?"他伸出食指指向莱曼。"夏雷克,你干吗要把这个无赖带来?他一直对我怀恨在心,为了报复我,他什么谎话都说得出——"

巴拉克开口了:"先生,你一定不记得我了,我那时只是个小孩子,不过我继父是你的熟人,曾经在你的安排下到主教法庭给罪犯当证人。他叫爱德华·史蒂文斯。给不认识的人作证人,听着是不是很滑稽?他们常常会突然出现,然后发誓说一个他们可能从来都没有见过的人是至诚君子。"

打从我认识这个律师中的害群之马开始,我就从没见他失态过,可他此刻却一改往日的镇定,握紧拳头,深吸了一口气。"这些全都是谎话!"他突然愤怒地咆哮道,"夏雷克,我不知道你们在耍什么把戏——"

"这不是把戏。"

布里克纳普张开嘴巴,露出长长的黄牙。"你要是想用这种手段来诈我的钱,那你就打错主意了。我会让你身败名裂,做不成律师。"

我轻蔑地说:"我才不稀罕你的钱。"

"布里克纳普先生,你守财奴的本性真是到死也改不了啊,"莱曼幸灾乐祸地说,"除非你从那边那个柜子里取出一枚金币来还清你欠我的钱,否则你这次死定了。"

"莱曼先生已经写下了一份口供。"我说。我从长袍的口袋里拿出抄本交给布里克纳普,他一把抓过去读起来,眉头不断紧皱。可是我看着他的样子,总觉得有什么地方不对劲。他的事业就要毁于一旦了,不是应该惶恐不安才对吗?可他的情绪好像只有愤怒。他放下口供。

他压低声音恶狠狠地说:"你对你的同行律师穷追猛打,为了达到陷害的目的,不惜找一个齐普塞街的摊贩做假口供——这是为什么?你到底想怎么样?"

第三十三章

"你还记不记得克伦威尔大人交给我一个任务？"

"我已经把知道的情况全部告诉你了，我和这件事根本没什么关系！"他愤怒地挥动着双手。如果他是在说谎，我只能说他演技太好了。

"布里克纳普，我想知道你和理查德·里奇爵士之间到底有什么关系。"

"这和你那个该死的任务没有一点儿关系。"他理直气壮地说，"没错，理查德爵士让我替他办一件事，我现在为他工作。我前几天出去就是为了那件事。"他举起一只手。"但你不要问我是什么事，我是不会回答的。上帝呀，我要去见理查德爵士，告诉他你带人找我的麻烦——"

"布里克纳普律师，如果你不回答我的问题，我就去找克伦威尔大人。"

"那就让他自己去问理查德爵士吧。"他冷冷地点了下头，"嘿，你没料到我不吃你这一套，是不是？"他伸手取过长袍。"我要去找爵士了。先生，我看得出你力不从心；你已经惹上了大麻烦，凭你自己是解决不了的。"他当面嘲笑着我。"难道你还没意识到这一点？现在从我的办公室出去！"他一把拉开了门。

巴拉克握紧拳头："克伦威尔大人会让你尝尝肢刑的滋味！你这个卑鄙无耻的瘦猴子。"

布里克纳普哈哈大笑。"我可不这么想，他要是和我主人谈过话，指不定会把你打得屁股开花。赶紧走吧！"他朝门的方向挥了挥手。

照这情形，不走是不成的了。我们一出屋子，门就砰的一声关上了。

三个人站在楼梯平台上。巴拉克迷惑地看了我一眼："我还以为他会很害怕呢。"

"我先前也是这么想。"

莱曼瞟了我一眼，眼中满是惊恐："克伦威尔，理查德·里奇……先生，我不想再干下去了，我要回去守我的货摊。"他说完这句话，转过身匆匆跑下了楼梯，甚至没有向我讨要剩余的酬劳。

巴拉克和我站在原地面面相觑。他丧声歪气地说："哎哟喂，这件事办得可真不错啊。"

"里奇能对克伦威尔说什么话，可以让他反过头来怪我们?"我摇了摇头，"克伦威尔是首席大臣，里奇虽然算个人物，可在他面前什么也不是。"

"还有，关于希腊火他到底知道多少?"巴拉克深吸了一口气，"我必须马上去找伯爵，把这件事告诉他。"他说干就干，抬脚就往楼下跑。

我紧跟着他："你知道克伦威尔今天在哪儿吗?"

"又在白厅宫。我现在立刻骑马赶过去。你看起来好憔悴，赶紧回家休息吧，有什么事等我回去再说，你不要单独行动。"

我怀疑他是有事要和克伦威尔说，但又不想让我听见。可就算是这样，我又能怎么办呢?

第三十四章

巴拉克过了两个多小时才回来。在这两个小时里，我一直在客厅等候着他，两眼眺望着窗外的花园，眼看着午后的影子越变越长。我仍然没有从昨天晚上的恐怖经历中恢复过来，整个人疲乏无力，可尽管累得两眼发酸，我却无论如何都睡不着。凌乱的思绪在脑海中不停地盘旋。布里克纳普那些话到底是什么意思？我应该意识到什么？如果我成功地溜进圣巴塞洛缪修道院，真的发现了希腊火的踪迹，我又该怎么做？和盖伊的谈话一直在我耳边回响，我越是克制，就越是不由自主地深入考虑：如果我真的找到了希腊火，把它交给克伦威尔，也许会给这个世界带来更多的灾难。盖伊说得对，与其留下这个大祸根，倒不如让谁都得不到。但是托奇的主人已经得到它了，可惜我不知道他是谁。

我拖着疲惫的身躯在客厅里走了一阵，终于决定去马厩看看。刚跨出门口，热气就熏得我想打退堂鼓，今天比往常还要热。经过暑气一蒸，我才察觉到自己全身上下没有一处不痛，不止被火烧伤的手臂在痛，就连后背、眼睛和头也痛得让人难以忍受。

巴拉克把苏姬骑走了，但"起源"还安安静静地站在它的隔间里。它一看到我，立刻发出一声亲热的嘶鸣。小西蒙正在马厩里打扫。

我问："'起源'还适应这儿吗？"

"适应得不得了，先生，它是匹好马。不过我还是很想念老'大法官法庭'。"

"我也想它。'起源'似乎是匹很沉着的马。"

"它起初可不是这样，先生。它刚来马厩的时候非常躁动不安，一刻也不肯安静,我还担心它会踢我呢。"

"是吗?"我很诧异,"我骑它的时候它很乖呀。"

"也许它在克伦威尔大人的马厩里受到了很好的训练,先生,我觉得它可能是习惯了那里的大房子,所以刚来时不太适应。"一说到伯爵的名字,西蒙的脸唰地红了。在一个小男孩儿看来,我能和这么了不起的人扯上关系,是一件很神奇的事。

"也许吧。"

"巴拉克先生告诉我他的头发昨天被火烧掉了。"男孩儿好奇地睁大了眼睛,"先生,他是个军人吗?我常常觉得他看起来很像。"

"不是。他和我一样,是个替伯爵打杂的小人物。"

"我的梦想就是有一天能做个军人。"

"是吗,西蒙?"

"等我长大一些,我就天天锻炼身体,为当兵做准备。我要为国王陛下上阵杀敌,打退那些想侵略我们国家的人。"

这个傻小子平时哪里知道这些,我猜多半是听谁读了份官方公告。我凄然一笑,抚摸着"起源"的脖子。"军人是一种血腥的职业。"

"可是先生,一个男子汉必须和天主教徒搏斗。啊,对了,我以后想当陆军或者海军。"

我正要劝他打消这个念头,却被一阵嗒嗒的马蹄声转移了注意力。巴拉克在马厩外面停住了马,他一脸倦色,头上身上落满了灰尘。西蒙跑出去牵住马缰。

"有什么新消息吗?"我问。

"我们进屋去说。"

我跟着他回到客厅。他伸手摩挲着只剩下发茬的头,把头皮搓得皱了起来,接着鼓起腮帮子。"伯爵对我大发雷霆,"他对挨骂一事毫不避讳,"他跟我说他花了半个上午的时间才说动验尸官把在王后港发现尸体的事

第三十四章

压几天。他听说你去找布里克纳普谈话不仅没问出什么，反而激得他去找里奇告状，更是怒不可遏。"

"我哪里知道里奇居然有资本和克伦威尔作对。"

"他当然没有。可是伯爵一想到里奇可能和他作对，就气得要命。他觉得里奇多半在布里克纳普面前夸大了自己的本事，而布里克纳普相信了他。他想弄清楚布里克纳普那番话的含义，已经派人去找里奇了。他说如果里奇知道希腊火的事，无论如何都要让他守口如瓶。这下我看布里克纳普还神气什么。"

我皱起眉头。"听起来不太对劲哪。布里克纳普虽然是个无赖，但在利益攸关的事上他并不傻。他要不是有恃无恐，又怎么肯说出自己在干什么？这件事一定另有隐情。"

"伯爵还说了一件事，他知道你喜欢把所有的事实全都找出来，然后一样样摊在桌面上再下结论。他说现在没时间让你这么做了，你必须删繁就简。"

我苦笑一声。"我们现在对付的是一个聪明程度和我们不相上下的敌人，这件事又这么复杂神秘，他还让我删繁就简？难道他以为我是奇迹创造者？"

"这话你可以去问他。他在白厅宫的办公室里走来走去，就像一只被困在坑里的熊，摆出扑人的架势。他都快成一团乱麻了。他要我们今天就去圣巴塞洛缪修道院。里奇被他找去白厅宫问话了，这正是到那里一探究竟的良机。他希望我们打开圣约翰的棺材。"巴拉克一屁股坐到垫子上，褐色的面膛隐隐透出灰败之气。昨晚的事实在太凶险，他平时虽然健壮得像头牛，撑到现在也快熬不住了。

我问："你的肩膀怎么样了？"

"还是疼。不过比先前好多了。你的胳膊呢？"

"和你一样。但疼得不算厉害，我还受得住。"我陷入了沉思。如果今天非去不可，我希望一个人去，若是那个老兵的棺材里真有希腊火，可以把它带给盖伊。我很了解巴拉克，他如果得到希腊火，一定会直接交给克伦威尔。

"我想我还是一个人去比较好。"我说这话的时候，心脏突然跳得很快，"你从昨晚到现在一直没有好好休息过，还是留在这里吧。"

他惊讶地看着我："你看上去比我还糟。"

"我已经在楼上睡过一觉了，"我撒起谎来，"在你面对大发雷霆的伯爵时。就让我一个人去吧。"

"要是你碰到托奇怎么办？"

"我不会有事的。"

他起初犹豫不决，最后身子一软，瘫在了垫子上。"那好吧。耶稣啊，没想到我会累成这样。伯爵说等这件事一了结，他会好好教训出卖芭思希芭兄妹的内勒夫人。"

"太好了。我会让西蒙给你送点儿啤酒。天黑之前我一定回来。"

"那你去吧。"他哈哈大笑，"我觉得西蒙那个小家伙认定了我是个幸运的军人。他一直问我我在为克伦威尔大人做什么，大人是不是要派我去打仗。"

"这次我们两个人不就是被他派去'打仗'了嘛。以后别再让西蒙缠着你了。"

"这倒不用，我不觉得烦。"他看着我，"祝你好运。"

我走出客厅，站在走廊上。巴拉克的赞成让我松了一口气，但又觉得有些对不起他。我显然已经得到了他的信任，换作一个星期之前，这么重要的任务他多半不肯让我一个人去做。一个声音突然在我耳边响起：欺骗巴拉克就是欺骗克伦威尔。我回过神来，忍不住打了个寒战。

第三十四章

我驱马朝史密斯菲尔德赶去。此时已经是下午三四点,在袭人的热浪下,大街小巷显得静悄悄的。就在我拐进露天广场的时候,一辆马车迎面而来,驾车的是个老头,拿一块破布遮着脸。

我看到马车上载满了黄黑色的骨头,肋骨、形状尖锐的盆骨和臂骨腿骨随随便便地堆在一起,许多头骨用空洞的眼眶瞪着我,咧着嘴,龇着牙,好像在冷笑。朽烂的裹尸布缠绕在骨头上,马车擦身而过的一瞬间,我嗅到了一丝气味,阴冷、潮湿,是坟墓特有的味道。我知道从修道院墓地挖出来的骨头大多会被运到兰贝斯沼泽悄悄扔掉,这些骨头想必是来自圣巴塞洛缪修道院。我暗暗希望自己没有来迟,里奇不是说过吗,他要过几天再动手挖医院的墓地。我双腿一夹马腹,"起源"立刻小跑起来,一阵清风拂上我的脸。我注意到那两个再洗礼派教徒虽然悔罪了,但是行刑的柱子已经竖在了广场上,铁镣铐从柱子上垂下来,提醒着人们这不是一根普通的柱子。

修道院门口站着一个新看守,这个机警的年轻人一开口就盘问我的来意。我心里暗骂他多事,直后悔没把巴拉克手上那个克伦威尔的印章带来,不过我这身律师袍起了作用,再加上一提克伦威尔的名字,最终他放我进去了。我向他问起挖坟的进度。他似乎有点儿诧异,但还是老老实实地说医院墓地刚刚开挖。他叫来另一个看守陪我一起去,这看守是个老头,长着张马脸,走路有点儿跛。

老头带着我穿过迷宫似的建筑群,有些已经被推倒了,另一些则被保留下来,等着改造成住宅。一穿过小英国街就到了圣巴塞洛缪医院背后。站在这里,可以看到远处高耸的伦敦墙。

"坟被挖了不少了吧?"

"他们昨天才开始挖,"老头嘟嘟囔囔地说,"有几百座坟要挖呢。这个活儿太恶心了——谁都知道尸臭味儿可能带来瘟疫。"

"我在来的路上看到一辆满载骨头的马车。"

"工人们根本不尊重死者。这让我想起我在法国打仗的年月,死人到处都是,没法儿得到妥善的安葬。"他说着画了个十字。

我凄然一笑。"我的马童还想当兵呢。"

"这孩子可真傻。"这时我们正好走到一个拐角处,他压低声音说,"一转过去就到了。先生,你看看那些人吧,简直跟土匪一样。"

映入我眼帘的场景像极了一幅描绘末日审判的古老油画。墓地很宽阔,密密麻麻竖满了墓碑,一群人正在里面不停地挖。太阳渐渐落到医院后面去了,给这幅场景洒上刺眼的橘色光晕。挖坟工作进行得井井有条:每当一具棺材被挖出来,两个工人就把它抬到一张搁板桌上,一个穿长袍的土地没收法院官员和一个书记员坐在那里,我看到工人们当着官员和书记员的面打开了棺材,书记员站起来朝里面看了几眼,点了点头。一见他点了头,工人们立刻开始把尸骨移出来,堆到等在旁边的一辆马车上。书记员拿起一件小东西,放到官员面前。

在离我不远的地方,一群工人吃完饭正在休息,他们在玩儿踢足球,而那个被他们踢来踢去的"球"是个骷髅头。一个工人用力一踢,骷髅头咕噜咕噜地滚出老远,撞上一块墓碑,登时成了一堆碎片。工人们哈哈大笑。老头摇了摇头,带我走到那个官员面前,后者冷冷地打量了我几眼。他身材矮胖,噘着嘴,一双小眼睛骨碌碌直转,就算我不清楚他的身份,一看这副样子也知道是土地没收法院的人。

他问:"律师先生,有什么需要我帮忙的吗?"

"先生,我是为克伦威尔大人的事来的。你是不是这里的头儿?"

他迟疑了一会儿,说:"我是。我是土地没收法院的保罗·霍思肯。"

他朝老头点点头。"霍格,这里没你的事了。"

老头一瘸一拐地走了,我突然有种奇怪的感觉,觉得自己孤立无援,

第三十四章

被扔在一群挖坟掘墓的野蛮人当中。我说:"我是林肯律师学院的马修·夏雷克律师。我是来找一座坟的,我有理由相信这座坟里有一样我主人感兴趣的东西。"

霍思肯眯起眼睛。"任何有价值的东西都要留给理查德爵士过目。"

"是,我知道。"我弯下腰浏览着桌上的东西,各式各样的金戒指和徽章、小巧的匕首和精致的银盒子散落在桌上,散发出一股淡淡的尸臭味儿。"这样东西并不值钱,我主人只是恰好对它感兴趣罢了。"

他一脸精明地看着我:"这东西一定很重要,否则伯爵怎么会专门派你来呢。理查德爵士知道吗?"

"不知道。伯爵为了另一件事把他叫去白厅宫,他现在可能已经到了。我不骗你,伯爵只是对古文物有兴趣罢了。"

"我从来没听说过伯爵有这种兴趣。"

"他确实有。我就是个古文物研究者。"我语气非常真诚,在来的路上我就把故事给编好了,"我最近在路德门找到了几块墙砖,上面刻着希伯来文。你知道吗,那些墙砖曾经属于一座古老的犹太教会堂。只要是老物件我都很感兴趣。"

官员哼了一声,仍旧一脸狐疑。

"我们觉得埋在这座坟里的人可能是个外国犹太人,"我继续恳切地说,"陪葬品中可能有犹太艺术品。现在《旧约》流传很广,社会上掀起一股希伯来研究热。"

"你说是伯爵派你来的,你有什么证据吗?"

"如果你要印章或者信,那我没有,我只能说出他的名字。"我凝视着他的眼睛,从容不迫地回答。

他噘起小嘴,起身领我穿过墓地干枯的草坪。我看着林立的墓碑,这些碑都很小,材料是廉价的砂岩,有的碑因为年代久远,字迹已经模糊不清了。

"我想找一块上世纪中叶的墓碑,碑上的名字是圣约翰。"

"一百年前的坟都埋在那边靠墙的地方,我现在还不打算去挖那边的坟。"他不耐烦地说,"这样会打乱我的工作计划。"

"可是伯爵想要里面的陪葬品。"

他一边往前走,一边扫视着墓碑群,突然停下脚步伸手一指:"是这一块吗?"

我弯下腰去读碑文,一颗心兴奋得怦怦直跳。碑上只刻着十几个字:艾伦·圣约翰,与土耳其人作战的士兵,1423—1454。

他去世的时候只有三十一岁。我没料到他居然这么年轻。

我低声说:"就是这块碑。你能不能叫两个人过来帮我挖?"

霍思肯皱起眉头:"一个犹太人不会被埋在修道院墓地里,更不会有基督徒的名字。"

"要是改宗了就可以。有记录证明这个人进过犹太改宗所。"

他摇了摇头,又穿过墓地朝那群正在踢球的工人走去。他们转头看着我,目光很不友善。我知道这些受雇于土地没收法院的工人工作非常轻松,他们不喜欢有外人横插一脚,给他们增添额外的工作。其中两个人手拿铁铲,跟着霍思肯回来了。他指着圣约翰的坟。

"这位先生想挖开这座坟。你们挖开之后叫我一声。"说完这句话,霍斯肯立刻回他那张桌子去了,桌上又摆好了三口棺材。

两个身强力壮、穿肮脏罩衫的工人开始刨挖起来,近来干旱少雨,土已经干透了,比平时硬得多。其中一个工人问:"我们要挖什么?一箱金子吗?"

"不是值钱的东西。"

"一到傍晚我们就该下班了。"他抬头看了看血红色的天空,"合约上是这么写的。"

我出言安抚他:"我只挖这一座坟。"他哼了一声,弯下腰继续挖。

第三十四章

圣约翰的棺材埋得很深,直到天色渐渐发暗,转红的夕照笼罩大地,铁锹才触到木头。工人们刨走棺材周围的土,拄着铁锹站在一边。棺材以深色木头制成,看起来很粗糙。我注意到其他工人也朝这边围了过来,站在旁边看热闹。

"塞缪尔,咱们加把劲把棺材抬出来,"一个工人说,"已经过了下班时间了,天都快黑了。"

"不用抬出来,"我说,"原地打开吧。我现在要下来,你们帮我一把。"

这个工人帮我下到墓坑,接着自己爬上去找霍思肯报告他们完工了。那个叫塞缪尔的工人开始用铁锹撬棺盖,我在一旁紧张地注视着。啪的一声,棺盖开了,他一推开棺盖,立刻喘着气倒退了一步。"我的天哪,什么东西这么臭?"

我觉得后颈的汗毛一下子竖起来了。这刺鼻的臭气和昨晚飘散在格里斯特伍德夫人家楼梯上的气味一模一样。

我慢慢弯下腰,朝棺材里面看去。在红色的夕晖中,圣约翰的遗体看上去并不狰狞,反而有种奇异的平静感。他的骷髅仰躺在棺材里,双臂交叠在一起。头骨歪向一边,仿佛在沉睡,嘴不像其他骷髅那样张得老大,而是紧紧地闭着,下颌上还附有几缕棕色胡须。裹尸布已经烂没了,朽烂的布片散落于棺材底部。布片之中有个小小的锡罐,只有巴掌大小,顶部有一道裂口,可是当我弯下腰把它轻轻捧起来的时候,我能感觉到罐子差不多是满的。啊,我是对的,我终于找到它了。

"这是什么?"塞缪尔问。他的声音听起来很沮丧,我知道他一心盼望着看到金光闪闪的东西,这个不起眼的罐子肯定让他大失所望。他对他的同伴喊道:"快点儿拿个火把过来,下面太黑了,看不清东西!"

我抬头一看,一个人把一支熊熊燃烧的火把伸到墓坑边缘,正要递下来。"不!"我大喊,"不要把火拿过来,赶快停下!"

"为什么不能?"塞缪尔疑惑地皱起眉头。

有人起哄说:"这是巫术。躺在棺材里的是个杀死耶稣的犹太人。"塞缪尔画了个十字,工人们开始窃窃私语。我用一只手小心翼翼地托着罐子,想要回到地面上去。没有人伸手拉我,我只好踩在棺材上保持住平衡,用另一只手攀住墓坑边缘拼命往上爬。我费了九牛二虎之力终于回到地面,站在墓坑边缘喘着粗气。我抬头寻找霍思肯,可他并不在桌子那边,四下也不见他的踪影。八九个工人把我团团围住,表情既充满敌意,又惊恐万分,其中两个工人举着火把。有人小声骂道:"该死的驼背。"

一阵杂沓的脚步声传了过来,工人们转头一看,纷纷弯腰鞠躬,就像一片被狂风吹倒的麦子。我定睛一看,来人竟是理查德·里奇,他头戴一顶插着羽毛的帽子,身穿黄色绸袍,皱着眉头走到人群中间,霍思肯跟在他身侧。

他厉声喝道:"你们这些人站在这里干什么,统统给我走!"工人们一溜烟撤得干干净净,塞缪尔飞快地爬出墓坑,跟着他们跑了。墓坑边只剩下里奇、霍思肯和我,我悄悄将拿着罐子的那只手藏到背后。里奇看着墓坑,一双透着寒光的眼睛扫过圣约翰的尸骨,落在我身上。

"耶稣啊,这是什么臭味儿!我说夏雷克先生,你好像对这个修道院上瘾了似的,一次次往这里跑。上次你跑到我的花园里,在仆人晾的衣服床单中间穿来穿去,这次你又跑来挖坟找东西。"

我深吸了一口气。"我是奉克伦威尔大人之命来的——"

他轻蔑地摆了摆手。"霍思肯已经告诉我了。在我听来简直是无稽之谈,伯爵从不收集修道院的圣物,他只会烧了它们。"

"先生,我要找的不是圣物。我——我还以为克伦威尔大人叫你去见他了呢——"

第三十四章

"我根本没听说大人找我,我今天一整天都在外面查账。"里奇皱起眉头。"夏雷克,你这个人可真难缠。"他朝墓坑点点头,"要是让我发现这是你自己的主意,我就把你扔到里面好好闻闻臭气。"这时一个仆人跑了过来,他转过头,不耐烦地瞪着来人。

仆人喘着气说:"理查德爵士,有个要紧的通知,是克伦威尔大人送来的,他的手下找了您一整天了。他希望您马上到白厅宫见他。"

里奇惊讶地看了我一眼。他抿紧嘴唇,朝仆人点了点头。"给我备马。"吩咐完这句话,他转头看着我。"夏雷克,你越来越讨人厌了。"他说。他的声音虽然低,但我听得出其中蕴含的愤怒。"你这个人非常讨厌,而我最不能容忍的就是讨厌的人。你给我小心一点儿。"他抛下这句话,迈开大步走了,霍思肯跌跌撞撞地追着他。我紧紧抓住罐子。待他走远了,我的两条腿禁不住像筛糠一样抖起来,我深吸一口气,快步走出了墓地。

第三十五章

我坐在卧室里,凝视着桌上那罐希腊火。我刚才从厨房拿来一个碟子,往碟子里倒了一点儿希腊火。凯奇恩说得没错,这种黏糊糊的液体呈棕黑色,而且可以反光,看着很像癞蛤蟆皮。我把桌子拖到敞开的窗户前,让液体发出的刺鼻气味赶快消散。为了安全起见,我把蜡烛放在房间的另一端,这就意味着房间这一端的光线很暗,我没法进一步细看。说句老实话,我还真有点儿怕它。好了,就这么决定了,我明天就把它带给盖伊。

有人在门上敲了一下,我吓得跳了起来。后背一阵抽搐,我极力忍住痛苦,一边匆匆拿布盖上罐子和盘子,一边喊:"稍等一会儿!"

"是我,"巴拉克的声音从门外传了进来,"我能进来吗?"

"我——我在穿衣服,你回你自己的房间去等我吧,我一会儿就来。"

我听到他离开的脚步声,长长地舒了一口气。我嗅了嗅空气,气味已经很淡了,他隔着门板不可能闻得到。我让窗户继续开着,轻手轻脚地走出卧室,把门锁上。

我半小时前从圣巴塞洛缪修道院回到家的时候,巴拉克已经睡熟了,我没有叫醒他。敲他房门的时候,我突然回想起改革者们曾经为一个人应不应该遵守《圣经》的诫命展开过一场激烈的争论。比起"每个人都该服从政府"这个观点,我更偏向于"服从上帝,而不是服从人"。我知道我今天非得对巴拉克撒谎不可了,虽然我并不喜欢这样,可是我的心告诉我,把希腊火带给盖伊是对的。要是那个仆人没有及时赶到,希腊火也许会落到里奇手上,一想到这件事,我就不寒而栗。虽然据我推测,他可能

第三十五章

已经有很多了。

巴拉克穿着衬衣坐在床上，把一双沾满尘土的袜子拿在手里翻来覆去地看，一脸欲哭无泪的表情。他伸出手指穿过袜子上的一个洞："这几天骑马骑得太多，袜子都被磨成这样了。"

"我相信克伦威尔大人会给你更多的袜子。"房间里乱糟糟的，脏衣服扔得一地都是，桌子上放满了油腻腻的盘子。我想起我从前的助手马可，他住这个房间的时候，这里一向干干净净，整整齐齐，从没像现在这么脏过。

巴拉克把破袜子揉成一团，扔到角落里。

"你在圣巴塞洛缪修道院找到好东西没有？"

"没有。我叫人把坟挖开了，可棺材里除了圣约翰的尸骨之外什么也没有。里奇当时也在场，他走过来问我在干什么。"

"他妈的。你对那个混蛋说了什么？"

"我还以为会有麻烦，谁知刚好有个仆人过来说克伦威尔找他，他急急忙忙就走了。"

巴拉克叹了口气。"这条线索也断了。我们必须看看伯爵能从里奇嘴里问出什么，他一和他谈完话就会送消息来。"

"马奇阿蒙特明天回来，我会去他的办公室找他。"

巴拉克点了点头，抬头看着我："你晚点儿想不想再去探探那口井？伯爵几个小时之内是不会送消息来的，搞不好得等到明天早上。我的肩膀现在好多了。"

以我现在的状态哪能探得了井？我精疲力竭，浑身上下跟散了架一样，受伤的手臂更是疼到不行。但我还是同意了，这件事毕竟关系着伊丽莎白的生死，我既然答应过约瑟夫会竭尽全力救她，就一定要做到。我疲惫地点了点头。"我们先吃点儿东西，然后出发。"

"好主意。我也饿了。"睡过一觉的巴拉克显然已经恢复了体力，他从床上跳下来，带头朝楼下跑去。我跟在后头，欺骗他的愧疚感一点点啃噬着我的心。

琼已经为我们煮好了肉汤，细心的她还把肉汤端到了客厅的餐桌上。

巴拉克伸手抓抓没了头发的脑袋。"妈的，真是痒死了。从现在开始，我出去必须戴顶帽子，我讨厌路上的人一个个盯着我看，我的头现在秃得跟鸟屁股似的，跟谢了顶的老头子差不多——"

只听砰的一声，有人在大门上重重砸了一下。"一定是有人送消息来了。"他说着站了起来，"动作还真快。"

过了一会儿，琼把人引到了客厅，来人原来不是信使，而是约瑟夫。他一脸倦容，衣服上沾满尘土，头发被汗水浸湿了，经烛火一照，闪闪发光。一张脸也脏兮兮的，眼珠满布血丝。

我问："约瑟夫，出什么事了？"

"我从纽盖特监狱过来，"他说，"她快死了，先生。伊丽莎白快死了！"说到这里，这个高大的男人竟然以手掩面，痛哭失声。

我扶他坐下，试图让他平静下来。他掏出一条脏手绢擦了擦脸，我认出这手绢就是他第一次来这里时带的那一条，他当时还说是伊丽莎白绣给他的。他抬头看着我，眼神既痛苦又无助，虽然之前他因为我进展缓慢生过气，但现在显然已经忘记这不快了。

"出什么事了？"我又柔声问了一遍。

"两天前伊丽莎白住的那间牢房又关进一个人，是个在街上讨饭的小姑娘，成天疯疯癫癫的，一看到巡官就跑过去缠着他，控诉有人拐走了她弟弟。她在齐普塞街的一家面包店里惹出了麻烦——"

"我们有一天在街上看到过她……"

"面包店的店主投诉了她，她就被巡官抓起来关进了地牢。伊丽莎白没有和她说话，跟和那个被吊死的老太婆关在一起时差不多——"他突然停住不说了。

第三十五章

"可是那个老太太被带走的时候她突然发狂了。难道这种事又发生了?"

约瑟夫疲惫地摇了摇头。"没有。今天早上我去看莉齐时,看守告诉我那个女孩儿经医生检查之后,被移送到贝德兰姆去了。他断定她疯了。可他说昨天晚上去给她们送饭的时候,听到莉齐在和那个女孩儿说话。虽然听不清她们在说什么,但他能肯定她们的确在说话,他还是头一次听到莉齐开口,而且那个女孩儿打从被关进地牢起也一直沉默寡言,所以他觉得很奇怪。"

"那个女孩儿叫什么名字?"

"我想一想,应该叫莎拉。她和她弟弟是孤儿,圣海伦修道院被关闭之后,她们姐弟俩被赶出了修道院下属的孤儿院。"他叹了口气,"今天早上伊丽莎白一动不动地坐着,眼神呆呆的,既不看我,也不看我带去的食物,她昨天晚上的饭还放在地上,一点儿没动。等我晚上再去的时候——"他说不下去了,又用手捂住脸。

"约瑟夫,"我说,"我想我明天应该能给你送去新消息。我知道你担心我忘了你——"

他抬头看着我:"夏雷克先生,我现在只能靠你了。你是我唯一的希望。可是现在恐怕太迟了。今天晚上莉齐毫无知觉地躺在稻草堆上,我伸手摸了摸她的脸,烫得跟火烧一样。先生,她得了斑疹伤寒。"

我和巴拉克对视了一眼。监狱里常常会爆发斑疹伤寒,这都要怪那些又脏又臭的稻草散发出来的毒气。这种病有时候能让整座监狱的犯人死绝,而且病毒已经渗透到老贝利法庭,证人们常常病倒,就连法官也会中招。如果伊丽莎白真的得了这种病,恐怕凶多吉少。

"看守们不敢靠近她。"约瑟夫说,"我说我愿意出钱把她挪到条件好一点儿的牢房去,再给她请个医生,可是天知道这笔钱要怎么弄,我听说我的庄稼全被晒死了。"他的声音夹杂着一种歇斯底里的绝望。

423

我疲倦地站起来:"既然这样,那我帮你一把。我说过要对伊丽莎白负责,现在是我践行承诺的时候了。我会到监狱走一趟。我知道监狱里为出得起钱的人准备的好房间。我还认识一个药剂师,如果说这世上有人能治得好她的话,我相信他一定是其中之一。"

"她需要一个医生。"

"这人曾经是个医生,不过因为是外国人,所以得不到在伦敦行医的资格。"

"可是这笔费用……"

"钱的事我会解决——你以后再还我就是了。"我宽了他的心,喃喃自语道:"天晓得你能不能还钱,不过眼下这件事是非做不可的。"

巴拉克自告奋勇地说:"要是你愿意的话,我和你一起去吧。"

"你也去?"约瑟夫转头去看他,这才发现他变成了秃头,不禁睁大眼睛多看了几眼。

"谢谢你,巴拉克。我们这就动身吧,我去叫西蒙给盖伊送张便条,请他赶到纽盖特监狱。"我腾地站起来,发觉自己又有了力气,天知道这力气是从哪里来的。约瑟夫也许会认为我这么做是出于扶困济危的胸怀,可我自己很清楚,这并不是我唯一的动机。我们现在还有时间,我已经下定决心要尽全力营救她,如果她现在死了,对我来说无疑是天大的讽刺,我怎么承受得住?

夜色中的纽盖特监狱一片漆黑,弥漫着阴森不祥的气息,夜空撒满繁星,映衬出塔楼冷峻的轮廓。监狱长已经睡下了,被叫醒后一脸的不高兴,直到我把一先令塞进他手里,他才转怒为喜,叫来了胖看守。胖看守一听要带我们去地牢,脸马上拉得老长。下到地牢的路上,他一改往日的贫嘴贱舌,变得沉默寡言。到了地牢前,他飞快地打开门,又迅速退后几

第三十五章

步,背靠牢门对面的墙站着。

牢房里热烘烘的,尿臊气和食物腐败的臭味混合在一起扑面而来,直刺我的喉咙,熏得我眼泪直冒。我们三个纷纷用袖管掩好鼻子,这才走了进去。伊丽莎白毫无知觉地躺在稻草上,手脚软软地摊着。尽管陷入了昏迷,她脸上的表情并不平静,虽然闭着眼,眼皮下的眼珠却转个不停,也不知道在做什么噩梦。她面色潮红,脏兮兮的光头泛着浅粉色。我伸手摸了摸她的额头,约瑟夫说得没错——她的确在发烧。我示意约瑟夫和巴拉克到外面去,自己也出了牢房,走到胖看守面前:"听好了,我知道楼上有舒适的牢房。"

"只有付得起钱的人才能住那种牢房。"

"我们会付钱,"我说,"带我回监狱长那儿去。"

胖看守把牢门重新锁好,我示意其他人留在原地,只身跟着他走回监狱长的房间。房间布置得很舒适,床上铺着羽毛褥子,墙上悬着挂毯。监狱长坐在桌子旁边,一向冷冰冰的脸上露出焦虑的表情。

他问:"威廉姆斯,她死了吗?"

"没有,先生。"

"听着,"我说,"我们想让她远离地牢肮脏的空气。我愿意出钱让她搬到好牢房。"

监狱长摇了摇头。"搬动她只会让斑疹伤寒传遍整座监狱。而且把她关在地牢是法官的命令,我不能自作主张。"

"佛比泽尔要是怪罪下来,有我顶着。我已经请了一个药剂师来为她看病,说不定能医好她的伤寒。一旦她痊愈,这病自然就不会扩散了,你说是不是?"

他仍然犹豫不决:"那谁去搬她呢?我是不敢靠近的,我手下的人也不敢。"

我沉吟片刻,终于下定了决心:"我们去。监狱里一定有后楼梯,我们可以从那儿走。"

他噘起嘴巴:"上等牢房的价钱是两先令一晚,我可以带你去看看。"他虽然把斑疹伤寒视为洪水猛兽,可是一说起钱来,两眼立刻射出贪婪的光。

"成交。"我知道他想趁机狠狠敲我的竹杠,但还是一口答应下来。我掏出钱包,拿出一枚半安杰尔金币递给他:"这是五晚的房费,足够她住到重新上庭那天。"

黄澄澄的金币似乎让这个贪心的家伙下定了决心。他点了点头,伸出手接过了金币。

新牢房在塔楼上,出了地牢之后,得爬整整四层楼才到我花半安杰尔租下的房间,简直要了我的老命。监狱长手持蜡烛,大步流星地走在前面,巴拉克和约瑟夫一左一右扶着不省人事的伊丽莎白跟在后头。我走在队尾,看着他俩半拖半抱地把可怜的姑娘往上拽。伊丽莎白和巴拉克的两个光脑袋在墙上投射出怪异的影子,她已经很久没洗澡了,加上正在发烧,身上散发出一股难闻的气味。我气喘吁吁地往上爬,感觉自己的体力又开始消退——我今天晚上不能再去探井了。

我们被引进一个宽敞通风的房间,里面点着蜡烛。烛光照亮了一张铺着毛毯的床、一张桌子,桌子上摆了个水罐。墙上开了扇大窗户,虽然装着铁条,至少窗门敞着。这是给囚犯里的有钱人住的房间。约瑟夫和巴拉克把伊丽莎白放上床,她好像完全感知不到有人在搬动她,只是微微动了动,呻吟了几声。接着她开始喃喃地说起一个名字:"莎拉。噢,莎拉。"

约瑟夫咬了咬嘴唇,低声说:"她在喊那个被送到贝德兰姆的女孩儿。"

我点了点头。"也许等她痊愈之后,她就肯开口告诉我们那个女孩儿

第三十五章

为什么让她这么难过了。当初就算我们心急如焚,她还是选择不把真相说出来,但是经过这件事,她肯和盘托出也说不定。"

约瑟夫看着我,轻轻地说:"我之前还在生她的气。"

我叹了口气。"我请的药剂师应该很快就到了。"

"先生,你是个好人。"约瑟夫说,"出诊费是多少啊……"

我抬起一只手:"别说了,约瑟夫,钱的事我们以后再谈。巴拉克,你的样子很疲惫。你应该回家休息。"

"我要留在这里,"他说,"我想看看那个老摩尔人到底能不能治好她。"

他对伊丽莎白的安危竟然这样关心,这让我觉得不可思议,甚至有点儿感动。可是盖伊就要来了,我不希望他留在这里,先前出门的时候,我悄悄把那罐希腊火装进了衣袋里。"不,你赶紧回去,"我态度强硬地说,"我不想让你冒染上斑疹伤寒的风险,我需要一个健康的助手。"

他不情不愿地点了点头,转身出去了。我紧紧攥着衣袋里那罐希腊火,和约瑟夫一起默默地站在床边,聆听伊丽莎白急促的呼吸声。

❖

盖伊在一个小时之后赶到了。监狱长亲自把他带上来,一眼不错地盯着他棕黑色的脸孔,直到我厉声命令监狱长离开,他才勉强走出去。我把盖伊介绍给约瑟夫,后者也瞪大眼睛惊讶地看着他,盖伊假装没有留意。

他对我说:"这就是那个让你一直担心忧虑的姑娘吧。"

"是的。"我把她得了斑疹伤寒的事告诉了他。他走到床边,开始为她诊断。

过了好一阵子,他终于说:"我觉得她得的不是斑疹伤寒。斑疹伤寒引起的发烧应该更热。我也不确定她得的是什么病,看看她的小便说不定有帮助。她有尿壶吗?"

"她在地牢的时候一直尿在稻草上。"

他摇了摇头。"那我只能试着给她吃点儿药,看看能不能把她的烧退下来。给她洗个澡,把这身脏衣服脱下来,对她的病肯定有好处。"

约瑟夫的脸唰地红了:"先生,要我看她没穿衣服的样子恐怕不合适吧——"

"如果你不介意,就让我来吧。我这个职业很特殊,光着身子的男女老少我已经见过不少了。你明天可不可以给她买件衬衣送过来?"

"当然可以。我一定买。"

这时伊丽莎白忽然动了一下,发出一声短促的呻吟,然后又躺了回去。盖伊摇头叹道:"她的表情是多么痛苦愤怒啊,就算在昏睡当中,还是不能平静下来。"

"先生,她的病有希望治好吗?"约瑟夫问。

"我不知道,"盖伊坦率地说,"这病能不能好,可能要看患者的求生意志。"

他难过地说:"那她一定活不成了。"

"别这么灰心,说不定能治好呢。"盖伊微微一笑,"你们现在出去吧,我要给她清洗一下。"

盖伊开始给伊丽莎白擦洗身体,我和约瑟夫在外面等着。约瑟夫突然说:"先生,我这几天总是忍不住要发脾气,但我爱她;尽管她让我经受了这么多痛苦,我依然爱她。"

我拍了拍他的肩膀:"约瑟夫,我明白,你不要再想了。"

盖伊终于把我们叫了进去。他已经给伊丽莎白盖好了毯子,点亮了一盏灯,灯油不知是用什么做成的,令整个房间都弥漫着一股甜香。水罐里泡着一件沾满污垢的脏衣服。伊丽莎白的脸很干净,我还是第一次看到这样的她。

"她真漂亮,"我说,"落到这个地步,她该多伤心哪。"

第三十五章

"不管是美是丑,弄成现在这样都会伤心。"盖伊说。

约瑟夫问:"这是什么味道?"

"是一种柠檬汁的味道。"盖伊笑着说,"有时候一个人如果正在遭罪,肮脏或者严酷的环境可能会加重她的痛苦,而明亮整洁的环境、清新的空气也许可以振奋她的精神,就算她躺在床上不省人事,环境的改变也能起到作用。"他不以为然地耸了耸肩。"至少我是这么认为。"他看着我们,"你们俩都累了,应该回去睡觉。要是你们愿意的话,就由我留在这里陪她到天亮吧。"

约瑟夫当然不肯:"这让我怎么好意思——"

"别不好意思,我很乐意这么做。"

"我也再留一会儿吧,"我说,"我还有一件事想和你谈谈。"

约瑟夫千恩万谢地走了,外面很快响起他下楼的脚步声,脚步声迟缓而沉重,显得很疲惫。

我说:"盖伊,谢谢你赶过来。"

"不用谢。坦白说我是被这件事激起了兴趣。这姑娘的病很奇怪。"

"你要是看了这件东西,恐怕兴趣会更浓。"我说。我把手伸进衣袋,拿出用布包裹好的锡罐。"我相信这里面装的是希腊火。除了你我之外,没有人知道我手上有这个东西。"我展开布巾,露出锡罐,在把它放到桌上之前,我先把桌上的油灯移到了地板上。"千万不要让烛火靠近它,盖伊。我怕它会燃起来。"

他借着微弱的光线,睁大眼睛检视这黑色的液体。他伸出手指蘸了一点儿,指头合在一起捻了捻,又凑近鼻端一嗅,立刻嫌恶地皱起眉头。"原来'黑色火焰'是这么一回事。"他此刻的表情严肃极了,我和他相识几年,还从未见他有过这样的表情。

"对。我起初还觉得奇怪,火焰怎么会是黑色的?现在我明白了,这种液体呈黑色,难怪要取这么个名字。"

"或许是吧。一些古书也把它称作'恶魔之泪'。"我把我是怎么在史密斯菲尔德找到它,它又是怎么差一点儿落到里奇手里的事一五一十说了出来。"拿去吧。你准备明天检查它?"

"我会按之前告诉你的安排去做。我绝不会帮克伦威尔利用它。"

"我尊重你的决定。"

他摇着头说:"马修,要是让他发现你把这件东西给了我而不是他,你会大祸临头的。"

我紧张地笑了笑。"那我们一定不能让他发现。"说到这里,我摇了摇头,"可我总会不由自主地想——"我欲言又止,最后还是下定决心说:"克伦威尔的确做了很多坏事,可至少他的理想是建立一个基督教共和国,而诺福克只会把英国带回到愚昧和黑暗中。"

"一个基督教共和国?在这个堕落的世界里,这种事有可能成功吗?过去四千年的历史证明这只不过是空谈。如果这个理想真能实现,那么我,还有许许多多像我一样的人又何至于选择到修道院避世?可惜现在我们连去修道院的权利也没有了。"

"是啊,旧教会一直宣称这个罪恶的世界正在走向最终的毁灭,没有人可以改变这个结果。他们常常以此为借口来压迫人民。"

"要想创造一个完美的共和国,必须利用激烈的手段。比如说,如果你想消除贫困和乞讨现象,就得从富人那里夺取钱财。"

"我常常觉得这是一件利国利民的好事。"

"你现在说话的口气真像再洗礼派教徒。"

我哈哈大笑。"不,我只不过是个迷惑的老律师。"

他严肃地看着我:"可是消除社会不公并不是克伦威尔的首要目的,这一点相信你也很清楚。对他来说,新教能否在英国站稳脚跟才是最重要的事,如果希腊火落到他手里,为了实现这个目的,他一定会利用希腊火大开杀戒。"

第三十五章

我难过地点了点头:"是,你说得很对。他要是得到希腊火,指不定会做出什么事情。谁都无法预测这一点。"

盖伊看上去如释重负。"谢天谢地你能明白这个道理。"他看了看桌上的锡罐,小心翼翼地把它放进衣袋,"我一有发现就马上通知你。"

"谢谢你。如果可以的话,我希望你明天就开始检验——再过五天就到演练的日子了,国王可不好糊弄。"我叹了口气,"那天也是伊丽莎白重新上法庭的日子。"

伊丽莎白仿佛听到我在叫她的名字,两条腿在毯子下面又蹬又踢。我们转过头去看她,只听她又开始低声呢喃:"莎拉,莎拉。"接着又说:"那个邪恶的男孩儿,那个邪恶的男孩儿。"

她的睫毛颤动了几下,一双眼睛缓缓睁开。她呆呆地看着我们,好像完全不知道发生了什么事。

盖伊弯下腰对她说:"温特沃斯小姐,你现在还在监狱里,但是你身处的房间非常干净。你在发烧。我叫盖伊·莫尔顿,是个药剂师。是你的好伯父和夏雷克先生把你送到这里来的。"

我也弯下腰看着她。因为发烧,她的眼神显得很困倦,可她好像已经完全清醒了。这可是千载难逢的好机会,我慢慢说道:"伊丽莎白,我们依然在努力寻找真相。我们想救你的命。我知道你叔叔家的那口井里有东西——"

她似乎往后缩了一下。"上帝死了,"她小声说,"上帝死了。"

"你在说什么?"我问,可是她又闭上了眼睛。我伸出手想摇她,却被盖伊拉住手臂。

"别再刺激她了。"

"但是——她这话是什么意思?什么上帝死了?上帝死了是很常见的骂人话,可她——"

他神情严肃。"上帝死了是一句绝望的呼喊。我做修士的时候,常常有教友因为对生活失去信心而陷入生不如死的境地。虽然他们最后大多恢复了信心，可是这个过程——"他摇了摇头，"一个人在痛苦挣扎的时候，常常觉得这个世界没有希望，仿佛上帝已经死了。"

　　伊丽莎白小声说："那口井，那口井。"说完这几个字，她一下子倒回枕头上，再次陷入了昏迷。

第三十六章

　　我在伊丽莎白重新陷入昏迷后不久就离开了。夜已经很深了，我骑马朝家赶去，从纽盖特监狱到我家只有短短一段路，我却觉得今天这段路长得好像永远也走不完。我精疲力竭，有一下差点儿坐在马鞍上睡着，只好狠狠地掐着大腿上的肉，让自己保持清醒。我觉得很好奇，盖伊能用什么办法检测出希腊火的成分？为了守住这个秘密，死的人已经太多了。

　　回到家已经是凌晨两点多了，巴拉克早就回房睡觉了。我拖着疲惫的身子爬上二楼，连衣服也没脱就倒在了床上。我很快就迷迷糊糊地入睡了，做起一个噩梦。我梦到自己又回到了佛比泽尔的法庭，犯人鱼贯上庭，全被他冷酷无情地判了死刑。当看到犯人们的脸时，我不禁吃了一惊，他们竟然全都是已经死去的人：瑟普特斯和迈克尔两兄弟，芭思希芭和她哥哥，灰狼街的那个看守，还有一个穿着皮围裙的陌生男人，我虽然不认识他，但直觉告诉我他一定就是那个铸造工。他们的表情都很哀伤，面孔也非常完好，不像我曾经看过的那么支离破碎，血肉模糊。在梦里，我从衣袋里拿出那罐希腊火，把它高高举起，然后手一松，任由它落到地上，熊熊火焰立时冲天而起，席卷了每一个人，犯人、观众、法官，全都被烈火吞噬了。我看到佛比泽尔举起上臂高声惨叫，他的胡子起了火，发出噼噼啪啪的声音。我坐在火场中央，起初并没有被火烧到，后来火焰好像自动聚在一起，朝我扑了过来，在一瞬间将我淹没。我感觉到灼人的火焰烧焦了我的皮肤，尖叫着惊醒过来。原来天已经大亮了，炽热的阳光照在我脸上。伦敦上百座教堂的钟声从四面八方远远地传了过来，告诉市民们该去教堂祷告了。今天是六月六号，星期天。

我全身僵硬酸痛，慢慢穿衣服的时候，我对自己说，等这件事一结束，我就离开伦敦。我的顾客们似乎已经不信任我了，我这些年积下了一笔钱，只要节约一点儿，应该足够我在乡下过上平静的生活。刚才的噩梦让我心有余悸，以致下楼时跌跌撞撞，差点儿摔了一跤。我下到一楼，发现巴拉克坐在客厅餐桌边看一封信，脸色阴沉沉的。

我在他旁边坐了下来："是克伦威尔写来的？"

"对。信是从汉普顿宫送来的，他一定正在那里为国王办什么事。来，你也看看吧。"他把信纸扔给我。信是克伦威尔亲手写的。

我已经和里奇谈过了。你们两个担心错了方向，他和那个无赖布里克纳普的计划与希腊火没有一点儿关系。继续尽全力进行你们的调查，等我明天回到伦敦，我会在白厅宫召见你们。

我把信放到餐桌上："他对我们很不满。"

"是啊。你说布里克纳普和里奇究竟在干什么？"

"天晓得他们在搞什么鬼。好在我们明天就能知道答案了，今天得解决马奇阿蒙特。"

"那咱们赶快行动吧。我一直没有叫醒你，因为我觉得你昨天累了一整天，不适合早起奔波，谁知道你一直不醒，半个上午就这么被你睡过去了。我们只剩下四天了。"

"你难道以为我忘了不成？"我心头火起，声音一下子高了起来。话一出口我就觉得不妥，立刻摆摆手说："我早就告诉过你，我们两个不能内讧。"

"我知道。"他抓了抓光秃秃的脑袋，"只是这封信的语气让我有点儿着急。"

我匆匆吃过早饭，和巴拉克沿着尘土飞扬的街道朝林肯律师学院走

第三十六章

去。我抬头看看万里无云的天空,不禁联想起约瑟夫和他干死的庄稼来。今年小麦收成一定不好,秋天多半会有饥荒。

"伊丽莎白昨天晚上清醒了一会儿,"我说,"我又提起了那口井,她听了说,'上帝死了'。盖伊说这句话意味着她很绝望。她说胡话的时候叫了那个小女孩儿的名字,还说了句'那个邪恶的男孩儿'。"

"她指的是她的堂弟还是那个疯丫头的弟弟?"

"我不知道。"我看着他,"但我们今天晚上一定要再去探探那口井,这件事不能再耽搁了。"

他点了点头。"我也想看看井里到底有什么。看到那个姑娘可怜兮兮的,倒叫我想起从前住在贫民窟的日子,那时候我因为妈妈改嫁给布里克纳普的同伙大发脾气,拼命作践自己。"他苦笑一声,"如果失去伯爵的宠信,我可能又要回贫民窟去了。"

"我们还有时间。"我说。

但愿马奇阿蒙特在学院。我不知道欧娜夫人到底有什么秘密,但我强烈地希望这个秘密与希腊火无关,更与犯罪无关。一走进院子,我就看到小礼拜堂的礼拜仪式已经结束了,律师们鱼贯而出。我在人群中看到了马奇阿蒙特,他正朝他的办公室快步走去,身上的长袍飘扬起来,让他看起来更加魁伟了。

巴拉克问:"我和你一起去没问题吧?"

我犹豫了。要是马奇阿蒙特说出的话涉及格里斯特伍德兄弟手里那些希腊火的下落,那该怎么办?可我总不能一次又一次地把巴拉克排除在外吧。我点了点头,心里突然记挂起盖伊来,不知他现在是不是在查验那件可怕的东西呢?

我们在马奇阿蒙特快要进屋的时候追上了他。他惊讶地看着我们。

"夏雷克先生,真没想到你会来。"他咧嘴一笑,一口白牙闪了闪,"星期五那天你们干什么去啦?你们对逗熊不感兴趣吗?"

我直率地说:"欧娜夫人不想看,所以我陪她散步去了。"

他盯着巴拉克问:"这位是谁?"

"是克伦威尔大人手下的一名探子。他现在在帮我查希腊火的事。"

巴拉克摘下帽子,微微鞠了一躬。马奇阿蒙特看到他的光头,吃惊地睁大了眼睛,接着恼怒地皱起眉头说:"我已经把我知道的全都告诉你了。你还要问多少次——"

"那要看我觉得问多少次合适了,高级律师。"我决定不再和他绕弯子了,有什么话就直说,"我们可以进去吗?"

他咬住嘴唇,显得万分不情愿,但还是容许我们跟着他进了办公室。他坐到他那把宝座般豪华的椅子上,傲慢地看着我们。我俯身凑近他。

"高级律师,那天在去萨瑟克的船上,我们说到了诺福克公爵大人向你施压,要你替他向欧娜夫人要一件东西。你证实他是想得到沃恩家族的一部分土地,作为他为年轻的亨利·沃恩在宫廷铺路的报酬。"

马奇阿蒙特一动不动地坐着。我马上意识到我刚才的话触动了他的神经。

"我觉得你在船上表现得言辞闪烁,所以后来散步的时候,我向欧娜夫人问起这件事——"

"先生,你无权这么做。一个绅士怎么能问——"

"欧娜夫人告诉我这件事的起因是公爵向她索要土地,可是后来事情变得越来越复杂。她不愿意多说,但我必须知道事情的真相。"

他狡黠地笑起来:"所以你就来找我,好让克伦威尔不去逼她?"

"你不用管我为什么来找你。我想听完整的故事,马奇阿蒙特。不要大吼大叫,也不要东拉西扯,你只要把故事原原本本地说出来就好。"

他仰靠在椅背上:"这件事和希腊火没有关系。"

"那你们干吗弄得这么神神秘秘的?"

"因为这件事不光彩。"他皱着眉头,脸颊泛起红潮。"我对欧娜夫人

第三十六章

有兴趣，还是男女方面的兴趣，这你是知道的。"他深吸了一口气，"她不肯接受我，但我不会去逼迫一个拒绝我的女人。"他低头抚摸着右手的绿宝石戒指，接着抬起头和我对视："可是公爵会。"

"公爵？"

他的眉头皱得更深了。"他想要的回报不仅仅是欧娜夫人娘家的土地。他还想要她做他的情妇。"

"可是……亲爱的上帝啊，他已经六十多岁了。"

马奇阿蒙特耸了耸肩。"有些男人即使老了，精力依然旺盛得很。公爵就是这么一个人，你单看他的外表，肯定是看不出来的。他当然不肯直接接近她，"他苦笑一声，"他太骄傲了，不愿意放下身段去求女人。所以他让我为他穿针引线。"

"可怜的欧娜夫人。"

马奇阿蒙特不舒服地挪动了一下。"先生，我并不想做这个说客，但我不能和诺福克公爵作对。他要我传话说沃恩家的男孩儿愚蠢懦弱，他必须花大力气才能让他在宫廷站住脚。沃恩家的那个孩子的确不是成大事的材料，他这话倒没有说错。他以此为借口想要更高的回报，那回报自然就是欧娜夫人自己了。欧娜夫人听说过他虐待女人的名声，一次又一次地拒绝了他。可他偏偏是个怪人，女人越是拒绝，他的兴致就越高。"他又不安地动了动，"我只能硬着头皮去劝她。我跟你说过了，公爵是不容许别人反对他的。"

"诺福克承诺给你什么回报？是不是帮你得到骑士封号？"

马奇阿蒙特咬了咬嘴唇。"我是向他提了这类要求，可我这么做不只是为了我自己，也是为了马奇阿蒙特家的未来。为了光耀门楣所做的一切都是值得的，我并不觉得丢脸。"

"我觉得你要价太高了,凭你的所作所为,拿三十枚银币①就够了。"我说。巴拉克放声大笑,马奇阿蒙特愤怒地瞪了他一眼。他瞪完巴拉克,又转头瞪着我,脸涨得更红了。

"你怎么敢这么跟我说话!而且你——你对这件事的看法根本不客观。你自己也对她起了爱慕之心。"

"别说了,高级律师,你的情绪已经有点儿失控了。整件事就是这样了,是吗?"我问,"真的和希腊火完全没有关系?马奇阿蒙特,这一点我必须弄清楚。"

"我不是告诉过你了吗,我只是个无足轻重的中间人,其他的事我不知道,完全不知道。"

"你能百分百肯定?"

他稍稍迟疑了一下,回答道:"当然了。"他抬手抓了抓红色的头发,忽然开始大声咆哮:"你整天拿这件事来烦我,我受够了!没有绅士会做出——"

不等他说完,我腾地站了起来:"巴拉克,我们走。我想我有必要去向欧娜夫人道歉。"巴拉克站起身,又朝马奇阿蒙特鞠了一躬,他这一躬鞠得很夸张,显然是在嘲笑他。

高级律师瞪着我说:"夏雷克,你今天当着这个小混混的面让我下不来台,这个仇我绝不会忘!"

我走到院子里,转头对紧跟在后面的巴拉克说:"他仍然隐瞒了什么——我敢打包票。可他到底隐瞒了什么呢?我得和欧娜夫人谈一谈。"

"她要是晓得你知道了诺福克逼她做情妇的事,一定会不高兴,要是

---

① 传说耶稣的门徒犹大接受了三十枚银币,出卖了耶稣。

第三十六章

再进一步问下去,只怕她会翻脸。"

"不高兴也没办法。她知道我的立场,应该会体谅我。我现在就去找她。"

"我想除了这件事,我们今天也没有别的事可干。不过——"

我不耐烦地问:"不过什么?"

"你应该一鼓作气逼他把剩下的话说出来。每次别人不说,你就不好意思问,真不知道你在害什么羞!"他的语气突然恼怒起来。

我瞪着他:"我没有害羞。如果我感觉到一个人不想多说,而我手上又没有证据做砝码,那我会去寻找证据。这是我一直以来的行事风格。我现在去见欧娜夫人,就是为了找到让马奇阿蒙特无法抵赖的证据。"

他哼了一声。

"我还能怎么做?"一股怒气涌上我的心头,声音不自觉提高了,"我已经尽力逼他把能说的都说了,我还要怎么做才能让他告诉我更多?怎么做?嗯?"

"抬出伯爵来威胁他,你不是对布里克纳普用过这一招吗。"

"但是这一招管用吗?最后闹出多大的风波?同样的错误我不会再犯第二次,这回我要让他自作自受。我要先去找欧娜夫人,看看她能不能告诉我更多,然后再回来质问他。除非你有更好的主意。"

他耸了耸肩:"不,我没有。"

"我要先回办公室一趟。"

我走进办公室,发现斯凯利在点着蜡烛工作,这会儿光线这么足,哪里需要点蜡烛?我压下火气问:"约翰,今天是星期天,你怎么又来了?"

他心虚地看了我一眼:"先生,我的工作没有做完。"

我看了看他那鬼画符一样的字迹,赶紧别过脸去,我怕再看下去,心里的火气就憋不住了。我转头看着戈弗雷的门:"威尔怀特先生在里面吗?"

439

"在，先生。"

戈弗雷坐在书桌前安安静静地办公。"今天是星期天，难道你准备在这里过？"我问。他一脸严肃地看着我。

"上帝会原谅我的。我想把我手头的案子好好整理一下。上头发话说我要是不向公爵道歉，就剥夺我的律师资格。"他苦笑了一下，"这件事一定会引起公愤。我们的律师兄弟也许会由此思考一个问题：我们律师到底应该为谁服务，是为上帝，为国家，还是为诺福克公爵？"

"很多人一定会昧着良心说你是因为无礼被赶出去的，戈弗雷，不是因为宗教。"

"那他们是在自欺欺人。"

"万一离开律师学院，你有什么打算呢？"

"做个牧师。"他露出笑容，"我相信这是上帝的旨意。"

我说："暴风雨就要来临了。"克伦威尔一旦倒台，时局还会平静吗？如果我失败了，如果他没有得到希腊火，他的未来会怎么样？我不把那罐希腊火交给他，诚然是对他不忠，可我要是交给了他，岂不是对人类犯下了更大的罪孽？我心烦意乱，突然觉得一阵眩晕，赶紧抓住一把椅子的靠背。

"马修，你没事吧？"

我点了点头。"我没事，只是最近太辛苦了。"

"不过我有个好消息要告诉你，你手上的案件到现在为止没再流失过。"

"那就好。"我思来想去，决定劝他最后一次，让他回心转意。"戈弗雷，你就不能再好好考虑考虑吗？失去你现在的地位，丢掉你这么多年来赖以谋生的能力去重新开始，你真的不觉得可惜？"我这番话说得有点儿心虚，我自己不也想着离开伦敦，去乡下过平静的生活吗？

"上帝常常呼唤我们走向新生活。"

第三十六章

我接话说:"去经历重重磨难。"看来今天是说不动他了,我只好就此打住。"我这几天可能都不会过来。"

我退回外间,看到巴拉克正在和斯凯利说悄悄话。我猜他们两个是在议论我。我说:"我找欧娜夫人去了。"

"我和你一块儿去,"巴拉克说,"正好顺路回老驳船看一看。"

我们沿着大法官法庭街默默地往回走。我在心里把巴拉克骂了一千遍一万遍。我原本的计划是先去欧娜夫人家,再去盖伊那里,现在巴拉克硬跟过来,我还怎么去找盖伊?可他今天好像下定决心要黏着我了。

第三十七章

我们回家牵了马,骑上马往城里去。巴拉克仍然闷闷不乐,一声不吭。行至路德门下,我注意到门楼外墙有一处地方的颜色比其他地方浅,显然最近才修补过。

我开始没话找话:"那些犹太教会堂的砖就是从那儿掉下来的。"

巴拉克哼了一声。"我敢打赌那个巡官一听你说那些砖来自一座犹太教会堂,肯定发了很多陈词滥调,比如犹太人是杀死耶稣的凶手。"

那个巡官的话我记得很清楚,但我还是说:"我不记得了。"

我们骑马经过圣保罗教堂,教堂巨大的尖顶在街面上投下一片喜人的阴凉。当我们重新走入阳光的时候,巴拉克驱马凑近我。"慢慢朝旁边看,"他小声说,"别把马停下来。往十字架布道台旁边的那排书摊看。"我依言转过头,看到托奇靠在一根栏杆上,周围虽然拥挤,可他好像并不在意,那张苍白的麻脸上,一双阴鸷的眼睛一直扫视着来来往往的行人。

"我还以为他消失了呢,"我说,"我们能不能试着把他抓住?或者叫巡官来?"

"托奇既然在这里,赖特多半就在附近,而且他们肯定带着家伙。要是他们两个一起上,我可打不过,万一你叫来的巡官是个上了年纪的老头子,根本不顶用。"

"他们知道不少事情。只要抓住他们,我们的很多问题就可以迎刃而解了。"

"所以克伦威尔大人才派手下全城搜捕他们。他站的位置很好,进城出城的人都逃不过他的眼睛。不知道他到底在找谁。"

第三十七章

"说不定是我们。"

"他没看见我们。我知道伯爵在派谁找他们——我这就给他们送消息去。"他摇着头说,"他们在伦敦东躲西藏的手段真是高明,我还从来没见过这么聪明的流氓。"听他的口气,似乎对他们还挺欣赏。

"他们是长期混迹于市井的人,善于躲藏在阴暗的角落里。"

"你说话的口气真像你那个新教狂热分子朋友戈弗雷。"他打马走进齐普塞街的人群中,我紧随其后,虽然托奇已经被我们远远甩在了后头,我仍然警惕地注意着周围的动静,丝毫不敢放松。

※

我们在沃尔布鲁克分道扬镳。巴拉克急着把托奇的行踪告知克伦威尔的手下,不过他临走前发了话,说一个小时以后会到欧娜夫人家和我会合。我正为摆脱他而高兴呢,一听这话,一颗心又灰了一半——他说托奇很可能就在附近,为防万一我们应该呆在一起。我实在想不出反对的理由,不过这也意味着我不能去盖伊那儿了。巴拉克骑马离开了,我继续朝蓝狮街进发。

我来到玻璃屋前,两个仆人正在用醋清洗窗户。这表明欧娜夫人在家。我把"起源"交给马童,在一个仆人的带领下穿过门厅,进到内院。一排花盆沿墙壁摆放着,有花匠正在浇花。欧娜夫人坐在一把椅子上看着他。她今天穿着一条蓝裙子,金色的秀发没有裹在头巾里,而是用一根绸带绑成一个圆髻。见我来了,她微笑着欢迎我:"马修,真没想到你会来。"

我向她行鞠躬礼。"请恕我不请自来。不过——"

"你来是为了公事?"

"正是如此。"

她深吸了一口气。"那你过来吧,坐到我身边来。爱德华,现在先别浇了。剩下的晚上再浇吧。"花匠鞠了个躬,快步离开了。欧娜夫人环顾着她的庭院:"我真怕我的花花草草会被晒死。你看那边,我一直想在那边种几棵石榴,可是我那些笨头笨脑的下人对养花养草一窍不通,总是在错误的时间浇水,每次不是浇得太多就是浇得太少。"

"天气炎热干旱,别说你的花草,我看什么东西都快被晒死了。今年田里可能会颗粒无收。"

"是吗?"她冷漠地问,"不过你来这儿肯定不是为了和我谈养花吧。"

"当然不是。欧娜夫人,我有一件事想请求你的原谅。"话一出口我就后悔了,暗骂自己笨嘴拙舌。追查真相本来就是我的职责,有什么好请求原谅的?但是想改口已经不可能了,我只好硬着头皮说下去:"我知道了诺福克公爵追求你的事,那天在河边你没和我说清楚,但我必须追查下去。所以我找到马奇阿蒙特谈了谈。"

我以为她会生气,可她只是转过头凝视着前方,不知在想些什么。过了一会儿,她回过头看着我,脸上挂着疲惫的微笑。"那天在河边和你说过话以后,我一直担心你会向克伦威尔告发我,要真是这样,我就大祸临头了。你去问马奇阿蒙特,首先是为了救我,不让伯爵拷问我,是不是?"

"也许是吧。"

"你对我真好,我根本不值得你对我这样。我之前一直觉得,如果被克伦威尔惩罚就能摆脱伯爵的纠缠,那不如被罚好了,至少名誉能少受点儿损害。我是不是很傻?"

"我就算知道了也不能为你做什么,对不起。"

"我想你至少不会像大多数人那样说闲话。"她认真地看着我,"你会说出去吗?这件事可是很好的谈资。"

"欧娜夫人,我知道这件事之后,想得最多的是你该怎么办。"

她把手放在我的手上,没过几秒就缩了回去,可是真奇怪,我为什么总觉得她的手还在?她叹了口气说:"你是个天生的绅士。我已经把亨利

第三十七章

送回乡下了。他永远不可能在宫廷立足。以后我就能问心无愧地拒绝那个老色狼的无理要求了。"

"没想到你这么讨厌公爵。"

"他根本不配拥有现在的地位。他或许是英国最有权势的贵族，可是在我看来他们霍华德家族只不过是暴发户，这你应该知道。"她笑了，"和沃恩家不一样。"

我深吸了一口气。"欧娜夫人，我必须问你一句话——我保证这是最后一次——你是不是还有什么关系到格里斯特伍德兄弟命案的事没有告诉我？如果你有，不管这件事和命案的关系有多远，我都希望你能如实说出来。"

她不耐烦地看着我。"马修，我已经手按《圣经》发过誓了。你还记得吗，我当时发誓说公爵没有逼迫我吐露希腊火的事。我说的都是真的。他从来没跟我提过希腊火，马奇阿蒙特虽然提过，可那只是为了提醒我提防你。正如我之前说过的，我真希望自己从来没有在愚蠢好奇心的驱使下看过那些资料。"

我看着她的眼睛："我觉得马奇阿蒙特今天早上说起伯爵和你的时候，仍然隐瞒了什么。"

她又笑了。"就算他真的有所隐瞒，那也和我没有关系，我可以发誓。要不要我再把《圣经》拿过来？"

我连忙摇头说："不用了。没这个必要。请你原谅我。"

她宽容地看着我："圣母作证，你是个彬彬有礼的调查者。"

"马奇阿蒙特要是听到你这么说，一定不会同意。"

"那个傲慢自大的家伙。"她又看了看院子里蔫答答的花草，"他表面上人模人样，实际却是个无赖，为了往上爬，什么事都做得出来。"她打了个寒战。"我之前告诉过你，我想逃到林肯郡去，回我娘家的庄园过日子。我受够了伦敦的生活，受够了马奇阿蒙特和公爵，受够了这里的每一个人。"说完她突然笑了笑,"其实也不是每一个人。"

"如果你真的离开了伦敦,我会想念你的。不过我最近也在考虑去乡下过点平静日子。"

她惊讶地看着我:"你在乡下不会觉得闷吗?"

"我生长在利奇菲尔德——我爸爸是那里的一个农场主。不过他现在老了,就连他的管家也不年轻了,经营农场对他们来说成了一件很吃力的事。"我伤感地笑起来,"不过我不适合做农民,也没想过要做。"

"但是他现在年纪大了,应该很希望自己的儿子能陪在他身边吧?"

"我不知道。"我耸了耸肩,"我一直认为他不喜欢我,觉得我丢了他的脸。我很少回去看他,可我每次回去的时候,他都表现得很高兴。"

她沉默了一会儿,轻声问:"那个姓温特沃斯的姑娘这个星期又要回法庭受审了,是不是?"

"对,就是这个月十号,星期四。她病得很重,可能撑不到那一天了。"

"可怜的马修。你的肩上扛了多少责任哪。"她又把手放到我的手上,这次没有移开。我转头看着她,她朝我点了点头。这时院子里响起脚步声,她猛地把手缩了回去。我转过头,看到巴拉克和管家站在一起,手里拿着帽子。管家面无表情,巴拉克却是一脸暧昧的坏笑。

他问:"我是不是来得不凑巧?"

欧娜夫人站了起来,神情恼怒极了:"马修,你认识这个家伙?"

我也站了起来,急忙解释道:"这位是杰克·巴拉克,是我的助手。他为克伦威尔大人办事。"

"那伯爵应该好好教教他规矩!"她开始生气地责骂巴拉克,"你怎么能不经通报突然出现在我们面前?你难道不知道在一个女士家里说话做事要讲礼貌?"

巴拉克的脸也红了,眼中满含怒气:"克伦威尔大人让我给夏雷克先

第三十七章

生带个口信。"

"没人教过你要对女士行鞠躬礼吗?你的头发又是怎么回事?莫非你长虱子了?你最好不要把虱子传到我家里来。"我还是第一次听她说话这么不留情面,不过巴拉克刚才的确太无礼了。

我赶紧打圆场:"我很抱歉,欧娜夫人。或许我们应该告辞了。"我才往前走出一步,突然感觉天旋地转,两条腿沉得像灌了铅。我再也走不动了,重新跌坐在椅子上。一见我这样,欧娜夫人满脸的怒容立刻变成了关切。

"马修,你怎么了?"

我挣扎着想要站起来,可是脑袋仍然晕得厉害。"真是不好意思——可能是太热了——"

她说:"那赶紧进屋去吧。"她又厉声对巴拉克说:"你还不快过来扶扶你家先生。这都是你的错。"

巴拉克狠狠瞪了她一眼,但还是走上前来,让我的手臂环住他的肩膀,把我扶进客厅,放在一堆垫子上。欧娜夫人挥手示意他走开。他又瞪了她一眼,最终还是出去了。

"让你见笑了,我只不过是一时虚弱……"我挣扎着想要爬起来。我现在的样子一定很蠢。该死的巴拉克,要是他刚才没有来——

欧娜夫人走到一个储藏柜前,我听到她往一个玻璃杯里倒了点儿液体。她走回来跪在我身边,露出温柔的微笑。"我给你倒了点儿酒精,是我的药剂师开给我的,说治虚弱无力很有效。"

"酒精?"我笑着接过她递给我的小玻璃杯,杯体很精美,就像艺术品一样。

"你听说过?"

"噢,是的。"我小心翼翼地喝了口杯中透明的液体。喝在嘴里有种火烧火燎的感觉,但是远远没有波罗的海饮料那么烈。一口酒精下肚,我好像真的清醒了。"谢谢你。"我说。

她若有所思地看着我。"我想你是最近太累,把身体都累垮了。那家伙是谁?"

"他是克伦威尔派来协助我调查希腊火事件的。他是个粗人,言行举止没什么风度。"我站了起来,刚才差点儿在她面前晕倒,真是太丢脸了。"欧娜夫人,我得走了。巴拉克带来了伯爵的口信,我必须去处理一下。"

"过几天你再来吧,"她说,"来吃晚饭。就我们两个人。没有马奇阿蒙特,没有伯爵,没有巴拉克。"她笑了。

"我会来的,欧娜夫人。"

"一言为定。"

我们面对面站着,凝视着彼此的眼睛。我很想俯身亲吻她的嘴唇,可我最终什么都没做,只是向她行了个鞠躬礼就走了。一出房间我立刻后悔了,暗骂自己是个胆小鬼。

巴拉克站在门厅里瞪着我。我带他走出大门,站在门口等马童把马牵来。

我直接问:"是什么口信?"

"伯爵把见面的时间提前到了十一点钟。"

"就只是这样?那你何必急着来找我?"

"伯爵的命令还能耽搁?我不这么想。对了,欧娜夫人对你说了什么?"

"她承认了诺福克公爵想让她做他的情妇;她不想把事情说出去,她觉得与其当诺福克的情妇,倒不如被克伦威尔抓起来,这样她的名誉还能少受点儿损害。"

他哼了一声。"她简直是在浪费我们的时间。"

"她这么做也是为了保住她娘家的声誉。"

"你能肯定她没有隐瞒什么事?"

第三十七章

"她上次已经把知道的事全都告诉我了。我以前对此有怀疑，但现在相信了。"

他咬牙切齿地说："这个泼妇。"

"别说了！"我厉声喝止他，"你真是个大老粗。你很喜欢讥讽比你强的人，是不是？文雅在你眼里好像也成了罪过。"

"她一副趾高气扬的样子，说话尖酸刻薄，"巴拉克说，"跟所有的上流阶层一样。像她这种人不过是靠着在土地上辛苦劳作的穷苦人的血汗才富起来的。要是让她自个儿出去谋生，我看她连一个星期都撑不过。"他恨恨地笑了起来。"有必要的时候他们会满口甜言蜜语，可是只要听听他们是怎么和他们的仆从说话的，你就能看出他们的本性。"

"我说杰克·巴拉克，你这个人的心理怎么这么阴暗？"我批评他，"我看你是在贫民窟呆久了，整个人酸得跟老苹果一样。她对周围人的关心可比你多。"

没想到他反问我："那你呢？你关心你的仆人吗？"

我哈哈大笑。"你可不算仆人。你要是仆人，我早就把你解雇了。"

"我不是说我自己。我说的是你的书记员约翰·斯凯利。你难道从没想过他写字为什么这么难看，他工作的时候为什么要点蜡烛？"

"你到底想说什么？"

"他的眼睛快瞎了。"

"你说什么？"

"他几乎看不清东西。我第一次看到他的时候就察觉到了。他不敢说出来，生怕你把他赶到大街上去。可是你没有察觉，是不是？你和你那个虔诚的朋友威尔怀特律师都没有。"

我惊讶地看着他。我不得不承认他说得有道理，斯凯利的工作效率老是很低下，我一直以为是他太笨的缘故，如果是因为看不清，那么所有的事情都说得通了。我支支吾吾地说："我——我没注意到——"

"不,你不是没注意到,而是从来没想过去注意他。"巴拉克酸涩地回答。一个男孩儿牵马走了过来,他把手里的帽子戴回头上。"喂,我们现在去哪儿?"他问,"那个高贵的夫人有没有告诉你新消息?"

"没有。无论马奇阿蒙特隐瞒了什么,我想现在也许是时候让伯爵出面逼他说出来了。"

巴拉克哼了一声。"你终于想明白了。"

第三十八章

我们回到家中。下马的时候,我又觉得天旋地转,差点儿跌倒在院子里。我赶紧靠着马,深吸了几口气。巴拉克看着我问:"你没事吧?"

"没事,"我不想把头晕的事告诉他,"不过我想我要回房躺一会儿。"

"那马奇阿蒙特怎么办?要不要我通知伯爵,让他把那个家伙抓起来审问?"

"你去吧。不过你要记得告诉克伦威尔,把他抓到他家去,不要抓到伦敦塔。一定要逼他说出实话,但是事情要做得隐秘,千万不能泄露出去。"

他点了点头。"那我立刻骑马去白厅宫,事情一办完就回来。我回来之前你不要出去,免得遇到危险。"

我点了点头,走进屋子,叫琼给了我一些面包和奶酪,还有一壶啤酒。我把这些吃食带回楼上的卧房,坐在床沿上,抬手摸了摸额头,还好没有发烧。一定是这两个星期神经一直紧绷着,连歇口气的时间都没有,再加上这段日子持续高温,天天顶着太阳在伦敦来来回回地跑,所以才会头晕。我不能被虚弱打倒。再过四天,无论我有没有成功,一切都会尘埃落定。到那时——到那时我会再去拜访欧娜夫人,下一次我一定不会再做胆小鬼了。现在她身上的疑团已经全部解开了,可她依然希望了解我;我能感觉到她的渴望,这种感觉比我之前坐在她身边时还要强烈,她在关心我,就像我关心她一样。该死的巴拉克,他为什么偏偏在那个时候闯进来?

我那条被火烧伤的手臂一阵剧痛。我解开绷带,往红肿起皱的皮肤上涂了点儿盖伊给的薰衣草油，看着狰狞的伤处，回想起火焰舔舐它的情景，我不禁打了个寒战。那本小册子上的话又浮现在我的脑海：火焰的亲吻多么明亮，又多么痛苦。我重新缠好绷带，躺到了床上。

我很快就睡着了，这一睡就是几个小时，安眠无梦。醒来之后，太阳已经西斜了，暑气退了一些，花园里树影交横。脑袋没睡前那么晕了，我躺在床上，琢磨着巴拉克说的关于斯凯利那些话，越想越觉得他说得有道理。我以前老是生斯凯利的气，认为他粗心大意，不值得我对他这么好，谁知道一直以来——斯凯利的脸突然浮现在我眼前，他抬起头，用那双熬得通红的眼睛看着我，我赶紧摇了摇头。

我突然想到一副眼镜说不定可以解决他的问题。现在戴眼镜的人越来越多了，听说国王自己也戴。我可以买一副送给他。哈哈，我要把这件事告诉巴拉克，看他还觉得我可恨不可恨。想到这里，我高兴得点起了头。接着我又苦恼起来，我凭什么要把这件事告诉他？他的好感对我来说很重要吗？要是运气好的话，我们的合作很快就会结束，到那个时候，我就再也不用忍受他粗野的举止和变化无常的脾气了。我回想起欧娜夫人训斥他的情景，不由得笑了起来：他老是目中无人，不明白自己的斤两，很少有人能挫他的傲气，可她做到了。

巴拉克的斤两。我蓦然想起先前对他说过的话：如果他为我工作，我早就把他给解雇了。我这么说是不是太过分了？如果我真解雇了他，那我将会失去一个智慧与勇气兼备的人，他虽然傲慢无礼，可毕竟救过我的命。今晚去温特沃斯家探井也少不了要他帮忙。

我一跃而起，匆匆跑下楼梯。我在厨房里找到了巴拉克，他正在用醋清洗挂"门柱圣卷"的链子。小小的"门柱圣卷"静静地躺在厨房的桌子上。听到我的脚步声，他转过头狠狠瞪了我一眼，看来他还在生我的气。

"琼在哪里？"我问。

第三十八章

"她想在烧晚饭之前休息一下。"他接着尖刻地补充道:"仆人也是人,也需要休息。"

我坐到他对面。"我一直在想斯凯利的事。我打算带他去找盖伊,看看能不能给他配副眼镜,让他看得更清楚些。"

巴拉克犀利的目光定格在我脸上:"斯凯利买不起眼镜。"

"我给他买。"

他哼了一声。"如果戴了眼镜他还是看不清呢?你会不会把他赶走?"

"如果还是看不清,那我不得不解雇他。巴拉克,你也得替我想一想,我只是个小律师,我也要赚钱吃饭。我会看看有没有慈善机构愿意帮助他。好了,我们别吵架了。"

他又哼了一声。"你当然不想和我吵架啦,你想让我今天晚上下那口井,是不是?"

"这要看你愿不愿意了。"

"我既然说过要去,就绝不反悔。"他把"门柱圣卷"挂回脖子上。

"你通知克伦威尔了吗?"

"我把话留给了格雷。他对我冷嘲热讽,说我一直要伯爵做这个做那个,我成了发号施令的人,伯爵倒成了我的手下。"

我笑了。"他是个严肃的老头。我看你是说错话把他惹恼了吧。"

"就像欧娜夫人一样。"他直视着我,"可是你确定这个女人像表面上这么简单?你能看透她吗?"

"我会试着看透她。"我皱起眉头。"我相信她已经没什么事再瞒着我了。我想我们可以把她和公爵从嫌疑人中排除出去,这个追查方向是错的。"我端详起他的脸,疑惑地问:"巴拉克,你为什么这么讨厌她?"

他耸了耸肩。"那些自恃身份、目空一切的人会给周围的人带来厄运。豪门贵族在朝廷内外互相攻讦争斗的事,我看得太多太多了。这个女人不好惹,谁要是惹上她就惨了。不过你不用介意,总之她不再是嫌疑犯了,而且布里克纳普和里奇好像也不是。"

"我们没必要妄下结论。我们应该等一等,看看克伦威尔怎么说。我希望他把马奇阿蒙特找去问话。"

"他可以把任何人找去问话。如果这个人不肯配合,他会让他尝尝肢刑架的滋味。"

"别看马奇阿蒙特平时傲慢浮夸,骨子里却是个有胆色的人,否则他不可能白手起家,爬到现在这个位置。"

巴拉克耸了耸肩。"他要是敢目中无人,伯爵一定会让他付出代价。"

楼梯上响起一阵脚步声,我们立刻打住了话头。琼走进厨房,我俩退到客厅,把厨房留给她做晚饭。天开始黑了。

"我们原本的计划是吃过晚饭去探井,你的身体支撑得住吗?"

"支撑得住,"我说,"我不知道先前是怎么了。可能是最近太累了,加上受了点儿暑热。"我看着他。"不过我很快就能好起来。我们还是今天晚上去吧,如果运气好,至少能了一桩事。"

※

我们再一次穿过巴奇路,拐进那条黑暗的小巷。果园的木门上挂着一把新锁,可是巴拉克像上次那样随便捣弄几下,就把锁打开了。我们穿过树林,向温特沃斯家的围墙进发。巴拉克又蹲下身子,摊开两只手摆出马镫的姿势,我踩着他的手爬了上去,攀住墙头朝花园里看。后背突然一阵抽痛,我咬紧牙关,把即将出口的呻吟强忍住了。

花园里有人。我看到两个模糊的人影在花园里走动,每个人手里各提有一盏灯笼。一阵微弱的话音声传过来,我听出是尼德勒和约瑟夫母亲的声音。我一开始还想,一个老太太大晚上挂着拐杖在外面走不怕摔倒吗?之后才记起她是个瞎子,有光没光对她来说没有分别。我示意巴拉克不要动。我的脚踩在他的手上,两条手臂攀住墙头,姿势别扭极了,可我一动

第三十八章

也不敢动。我低下头藏住苍白的面孔,等着这两个人走近。我的头发是黑色的,相信他们一定分辨不出来。

我听到尼德勒说:"她朝我尖叫,样子真像个魔鬼,我根本制不住她。她表面上看起来很大胆,其实心里很害怕,艾维斯也一样。"

老太婆叹了口气。"我一定要管住这两个丫头。"他们已经走得很近了,可我还是冒着被发现的危险抬起头,偷偷看他们的脸。尼德勒粗犷的脸庞上显出忧虑之色,老太婆也皱着眉头,闪烁的灯笼光从下至上投在她脸上,让她苍老的面孔显得狰狞可怖,像是一个从地狱图画中走出来的魔鬼。

"戴维,我们得帮帮她们——"她说到这里,突然停下不走了。她慢慢昂起头,好像在听什么。我记起瞎子的听觉往往比正常人灵敏得多。

尼德勒急忙问:"怎么了?"

"没什么。也许只是只狐狸。"他们转过身,又朝宅子走回去了,我长舒一口气,好险。他们越走越远,说的话我再也听不见了。我远远地看到一扇门关上了,没过多久,宅子里所有的灯光也熄灭了。我慢慢爬下来,巴拉克站直身子,不停地搓着双手。

"我的天哪,"他小声抱怨着,"你差点儿把我的手腕弄脱臼了。"

"真对不起,可我不能动。那个老太婆听到了动静。"

"都这么晚了,她到底在花园里做什么?"

"她是和管家一起出来的。我想他们是想单独谈谈话。他们说的话我只听到了一点儿,大概的意思是温特沃斯家的两个姑娘被吓坏了。"

我们在墙下等候着。一只猫头鹰突然从果园里的一棵树上俯冲下来,我看到幽灵般的白影子一闪而过,接着茂密的草丛里传出小动物尖细的惨叫声,看来是被猫头鹰抓住了。过了好一会儿,我又爬上墙头。大宅一片漆黑,花园静悄悄的,那口井在月光中显出模糊的轮廓。

"花园里好像没有狗。"我说。

巴拉克也爬了上来，和我头挨着头。"真是太奇怪了。换作是你，前几天才有人偷偷溜进你家，你晚上会不把狗放出来？"

"我也觉得奇怪，不过他们好像真的没把狗放出来。"

巴拉克骑在墙头，从背包里掏出一个纸包，展开一看，原来是几块油腻腻的肉。他把肉抛到草坪上，又扔了一块从果树下找到的石头。石头落在地上弹了起来，发出啪的一声闷响。

他压低声音说："那个摩尔人说狗只要吃了这肉，用不了几分钟就会睡着。"

"肉是盖伊给你的？"

"没错。昨天你睡着的时候我把井下有古怪的事告诉了他。我还以为他知道什么呢。"他咧开嘴笑了，"和他多相处了几次以后，我觉得他这个人挺不错的。"

我扫视着静谧的草坪："还是没有狗。"

他抓了抓下巴："现在怎么办，要不要冒冒险？"

我看着大宅黑洞洞的窗户："只要小心一点儿，应该没问题。"

他担忧地看着我："你的身体撑得住吗？"

"我没事，真的没事！"

"那我们赶快下去吧。"

巴拉克轻松地跳到了草坪上，我紧跟着跳了下去，着地的一瞬间，脊柱猛地一震，疼得我皱起眉头。我警惕地注视着大宅，巴拉克俯身捡起地上的肉块，重新放回背包里，他边捡边说："最好不要把肉留在这里，否则他们会察觉到有人来过。"

他取下井盖上的锁，我帮着他把井盖推开。井里的臭味变得更淡了，可是看着黑乎乎的井口，我的胃还是一紧。巴拉克展开绳梯，飞快地往下爬。我一直注意着大宅的动静。时间一分一秒过去了，大宅一片死寂。就在我渐渐放松下来的时候，忽然看到一个比夜色更黑的影子在二楼的一扇

第三十八章

窗户里闪了闪,可是等我再看时,却什么也看不见了。

这次巴拉克顺利地点燃了蜡烛。我一转过头,就看到井里亮起淡淡的红光,赶紧小心翼翼地趴在井沿上朝里看。井比我想象的要浅,深不到二十英尺。看到巴拉克站在这长长的圆洞底部,有种不真实的怪异感。他正弯着腰查看一堆黑乎乎的东西。他这次很沉默。我看不到他的脸。

我小声问:"是什么东西?"

他抬头看着我,烛光从下往上照着他,在他脸上造出怪异的阴影。"是动物。有一只猫,还有两条狗。"他又弯下腰,"该死的,它们的尸体都损毁得很严重——猫的眼睛被挖出来了。隔壁邻居家丢失的那条老狗看来也在这里——耶稣啊,它是被勒死的。"他侧过身,查看另一堆稍大一些的物体。这次他惊叫起来,出人意料的喊声在井中回荡。

"怎么了?是什么东西?"

"我要上来了,"他突然说,"看在上帝分上,你好好看着那座宅子。"

他吹灭了蜡烛,开始往上爬。我目不转睛地盯着宅子,心脏剧烈地跳动,眼前的景象好像也跟着颤抖起来。宅子依然一片漆黑,没有一点儿声息。巴拉克爬出了井口,两只眼睛睁得大大的。

"帮我把井盖推回去,"他小声说,"我们得尽快离开这里。"

我们合力将井盖推回原位,巴拉克重新上好锁。我们看了那座悄无声息的大宅最后一眼,跑回围墙边翻墙而过。回到果园之后,巴拉克无力地靠在一棵树上。他凝视着我,大口大口地喘起气来。

"那座宅子里有人虐待动物。而且还不止是动物。井底有个小男孩儿,大概有六七岁,穿得破破烂烂的。他已经——"他突然住了口,过了好一会儿才接着说:"这件事你一定不想听,但我还是要告诉你,他已经死了,而且不是一下子就死掉的。"

"他是那个疯女孩儿的弟弟。"我低声说,"那个被关进伊丽莎白牢房的女孩儿。"

"也许是吧。抓他的人可能觉得一个小乞丐无足轻重，就算不见了也不会有人发觉。"他鼓起腮帮子，"我承认我被吓坏了。我当时想，要是那个虐待狂突然出现，我在井底一定叫天天不应，叫地地不灵。我一定要赶快出去。"他的声音在发抖。

"我不怪你。"

他突然想到了什么，瞪大眼睛看着我，嘴也张得老大。"会不会是伊丽莎白·温特沃斯杀了小男孩儿？所以那个疯女孩儿和她关在一起之后，她因为愧疚不想活了？如果井底的小男孩儿真是疯女孩儿的弟弟——"

我思索了一会儿。"不可能。约瑟夫说伊丽莎白养了一只猫，而且非常喜欢它。尼德勒说那只猫逃走了，但我觉得它就在井底。不，绝不是她干的。我想很可能是小拉尔夫做的。先是虐杀动物，接着虐杀了那个孩子。"

"但如果是这样的话——你难道没看出来吗？这样一来伊丽莎白就有把拉尔夫推下井的动机了！你可以说她这么做是为了主持正义，也许她发现了他的所作所为——"

"可是尼德勒把拉尔夫拉出井之后，为什么完全没说起动物和死孩子？"我摇了摇头，"他一定看到了井底的东西。我必须再见伊丽莎白一面——我得和她谈一谈。"

"不知道她现在是不是还活着。"

"我明天一早就去找她。"说到这里，我笨拙地向他道谢："谢谢你为我做这些。"

巴拉克脸色阴沉："你可能觉得我是个铁石心肠的人，但我绝不会伤害一个无力反抗的弱小生命。"

"我相信你，"我说，"走吧，我们回大法官法庭街去。"

他点了点头。"好吧。耶稣啊，我今天晚上一定会做噩梦。"

第三十九章

这天晚上我和巴拉克都没有睡好。我们一回到家就看到客厅桌子上放着盖伊送来的信,说伊丽莎白的情况有了好转,烧得没那么厉害了。他还在信中叫我去找他,说想和我谈"另一件事"。巴拉克连口气都没顾得上歇,就又骑着马去了约瑟夫住的旅馆,通知他我们明天上午九点在监狱见面。

第二天早上,我一边穿衣服,一边琢磨今天有多少事情要干:去看伊丽莎白,去找盖伊,还要去白厅宫见克伦威尔。一想到要去见克伦威尔,我的心就不自觉地往下沉。只剩下三天了。不过眼下我们并未走进死胡同,克伦威尔要是审问马奇阿蒙特,指不定能问出点儿什么。如果欧娜夫人毫不知情,里奇和布里克纳普也没有嫌疑,那么唯一有嫌疑的只剩下他。我希望他能交代一些线索,指引我们找到杀死格里斯特伍德兄弟的人,可他要是迫于压力,把希腊火的配方交给克伦威尔呢?要是他真这么做了,事情就不在我的掌控之中了。

巴拉克想和我一起去纽盖特监狱。临出门的时候他找不到他的马靴了,要我等等他。我站在门口。时间虽然还早,但气温又高了起来,好在起风了,丝丝缕缕的白云在一阵热风的吹拂下从天上迅速飘过。西蒙牵着马走向我。

他问:"先生,这么早又出去?"

"对。到纽盖特监狱去。"

男孩儿顶着一头鸟窝似的金发,眯起两眼看着我,瘦长的小脸上写满了好奇。"巴拉克先生是不是和强盗大打了一场?他就是因为这样才没了头发的吧？"

我哈哈大笑。"不是，西蒙。别这么爱管闲事。"我看着他脚上那双结实的小鞋子，"你现在习惯穿鞋了吗？"

"习惯了，谢谢你，先生。我现在可以跑得更快了，我想这是因为我最近老是跑来跑去地送消息，所以越跑越快。"他一脸期待地看着我，露出孩子气的笑容，"你说过只要我坚持穿一星期的鞋，就给我六便士，现在把钱给我吧，等我脚上这双鞋穿破了，我好去买新的。"

我被他逗乐了，他一溜烟跑回了屋里。刚才的对话让我颇为触动：我对这个穷孩子的身世一无所知，只知道他有一天来到我家门前，琼因为喜欢他机灵的模样，所以给了他一份工作。他无疑也是伦敦千千万万流浪儿中的一个。

巴拉克出来了，我们骑上马开始了行程。沿着舰队街向前走的时候，我对巴拉克说我被火烧伤的地方疼得厉害，等见过克伦威尔之后，我想找盖伊看一看。我原本担心他又想和我一起去，可他只是点了点头。他脸上还残留着惊惧之色，看来井下的发现使他的内心受到了强烈的冲击。但这很正常，他年少时也在城里流浪过，看到流浪儿被残杀，难免会有兔死狐悲的感觉。

约瑟夫在监狱外面等我们。他神色疲惫，没刮胡子，两颊瘦得凹陷了下去，要是再这么下去，怕是撑不了多久就会垮掉。我把伊丽莎白病情好转的消息告诉了他，他好像高兴了一点儿。

监狱长为我们开了门。"威廉！"他大喊一声。胖看守出现了。我说："我们要见温特沃斯小姐。"

约瑟夫同时问："她今天早上怎么样？"

"我不知道，"胖看守回答，"没人上楼去看她——我们谁都不想被她传染——除了那个黑皮肤药剂师。他昨天又来过一次，不过斑疹伤寒可能奈何不了像他这样的人。"

第三十九章

"你能带我们去看她吗?"

胖看守不情愿地咕哝了几句,还是带我们爬上了楼梯。一想到不用再看到阴森森的地牢,我不由得松了口气。我转过身,看到约瑟夫正跟在我身后攀上盘旋的楼梯。"我掌握了一些新线索,"我说,"同时也可以作为证明伊丽莎白清白无辜的有力证据。我想再做一次努力,让伊丽莎白开口。"

约瑟夫绝望的脸被这突如其来的希望照亮了。我严肃地看着他:"我必须询问她几件非常严重的事情,先生。这些事情并不光彩,甚至可以说是骇人听闻。事情牵涉埃德温爵士一家。"

他深吸了一口气,点了点头。"没问题。"

胖看守带领我们走进伊丽莎白的房间。风从嵌有铁条的窗户穿进来,小桌子上的一块布被吹得微微抖动。伊丽莎白仰躺在床上,仍然一动不动,不过至少没再全身抽搐和说胡话了。她的脸色像纸一样苍白。我搬了个小凳子坐在床边,俯下身近距离端详她的脸。约瑟夫和巴拉克站在我身后静静地看着。她嘴唇上的伤还没有愈合,伤口周围结了一圈黑乎乎的血痂。

她肯定早就醒了,因为当我俯下身去的时候,她立刻张开了眼睛。她的眼神呆滞而困倦。我深吸了一口气。

"伊丽莎白,"我说,"杰克·巴拉克已经到你叔叔埃德温家的那口井下去看过了。"她微微睁大了眼睛,但没有说话。"我们昨天晚上潜入你叔叔家,把井口新装的井盖给移开了。巴拉克爬下去,看到了井底的东西。"

约瑟夫惊骇得张大了嘴巴:"你们潜入了埃德温家!"

"我们只能这么做,约瑟夫。"我把目光转回沉默的女孩儿脸上,"伊丽莎白,我们以身犯险的目的只有一个,那就是找出真相。这一切全都是为了你。"我停顿了一下,接着说:"我们看到了那些死在井底的可怜生命。其中有你的猫,还有一个小男孩儿。"

"什么小男孩儿?"因为恐惧,约瑟夫的声音变得急促而尖厉。

"井底有一具男童尸体。"

"噢,耶稣啊。"约瑟夫重重地跌坐在床上。我看到晶莹的泪水从伊丽莎白眼中涌了出来。

"伊丽莎白,我相信这些可怕的事情不是你做的——"

约瑟夫激动地说:"绝不是她!绝不是她!"

"是拉尔夫做的吗?"

她咳嗽了几声,终于开口说话了,她的声音很低沉,听起来像在叹息。"是。你想得没错,的确是他。"

约瑟夫抬手捂住嘴巴,表情惊骇至极。我看得出他在想什么,他一定和巴拉克一样,觉得这么一来伊丽莎白就有了杀她堂弟的明确动机。我飞快地往下说道:"我去拜访你叔叔埃德温的时候,注意到那口井里飘出一股臭味儿。我马上联想到约瑟夫曾经告诉过我,他陪埃德温去验尸官那里看拉尔夫的尸体时,发现尸体有股恶臭。伊丽莎白,有一件事我始终想不明白,管家尼德勒下井背你堂弟时一定看到了井里的东西,可他什么也没说,之后这家人就把井给封了。"我故意停顿了一会儿,想看看伊丽莎白的反应。她还在哭,眼泪就像断了线的珠子一样顺着脸颊往下淌,可她的眼神仍然呆滞绝望。我继续说:

"这一定是因为一旦井底那具童尸被人发现,会牵扯出另一个案子。尼德勒之所以沉默,是为了保护某个人,而这个人肯定不是已经死去的拉尔夫。伊丽莎白,这个人是谁?"

巴拉克突然气冲冲地说:"快说呀,丫头,看在耶稣的分上!你知不知道你伯父这段日子为你受了多少罪?"

我轻声说:"再过三天,你就要回佛比泽尔法官那里重新受审了。到时候你如果还不回答他的问话,重石压迫处罚是免不了的。"

她看着我,两眼空洞无神。"那就让石头压死我好了。先生,你帮不

第三十九章

了我。没有人能帮我。你不用再试了，没有用的。我是个注定要沉沦的人。"她说出这些话时，脸上的表情平静得可怕，"我曾经是那么的相信上帝，相信上帝照顾着他创造出来的所有生灵，告诉人类应该怎样生活，怎样通过学习《圣经》来得到救赎。我看了国王颁布的英文版《圣经》。我坚信上帝会保佑我们战胜这堕落的世界。"

"伊丽莎白，我们所有人都会战胜这堕落的世界。"约瑟夫两手紧紧交握在一起，仿佛在给自己打气，"我们一定会。"她看了他一眼，眼中既有歉疚，又有遗憾。咸涩的泪水流到她破裂的嘴唇上，她疼得哆嗦了一下。

巴拉克问："你难道不相信这世上有公理？你难道不相信杀人犯会受到应有的惩罚？"

她只是瞟了他一眼，这回他的话没法挑动她的情绪了。"我早就告诉过你，井底的东西会动摇你的信仰。"她对我说。她停顿了一下，长长地吐了一口气，喉间发出痛苦的呻吟。"我原本有个幸福的家庭，直到我妈妈离开了我。她死得很痛苦，肺部的大肿块一直折磨着她，最终耗尽了她的生命。后来我爸爸也死了。"她又咳嗽起来。我递给她一碗水，谁知她一把将碗推开，目不转睛地看着我。

"我只能从祈祷书里寻找安慰，先生。我祈求上帝帮我走出失去亲人的痛苦，可是祈祷似乎没什么用，我的人生反而陷入一片黑暗之中。没过多久，别人告诉我家的房子被卖了，我在那座房子里长大，度过许许多多欢乐的时光，可它却不属于我了。我原本希望跟着约瑟夫伯伯去乡下生活，可他却说我必须到埃德温叔叔家去。"

"我也是为了你好，伊丽莎白。"约瑟夫绝望地说，"我们都以为，只有这样你才能有个好前途。"

"我知道奶奶和埃德温叔叔不想要我。他们一心想把他们的三个孩子培养成上流人士，觉得我这个没有教养的人会把他们任给带坏。可叔叔奶奶根本不知道这三个孩子有多残忍。拉尔夫喜欢虐待动物，不管什么动物，只要他能抓到手，就会尝试各种方式让它们生不如死。萨宾和艾维斯不但不阻止，反而一而再再而三地纵容他，她们还把我的'灰熊'也抓去给了他。"

"萨宾和艾维斯！"约瑟夫简直不敢相信自己的耳朵。

"拉尔夫让她们抓动物给他，她们就抓了——她们一心想让他高兴，不过她们并不喜欢自己干净的衣服粘上血和毛，所以从不跟着拉尔夫动手。她们为了解闷，常常靠欺负作弄我来取乐。她们老是抱怨她们的生活太无聊了。"

"你叔叔埃德温就由着他们这么闹吗？"我问，"你奶奶呢？你可以向他们告状啊。"

"这些事奶奶都知道，可她假装不知情。她一直瞒着埃德温叔叔，不让他知道他三个孩子的真面目。埃德温叔叔平时只关心他们琴弹得怎么样、歌唱得好不好，一举一动有没有上流社会少爷小姐的气派，很少过问其他的事。"

我抬手擦了擦额头上的汗水："太疯狂了，他们三个人沆瀣一气，以折磨动物或人为乐！那你到了他们家之后——"

"我起初并不知道拉尔夫是这样的人。我还以为他和他两个姐姐不一样，他说话做事从来不讲礼貌，后来还表现出了残忍的一面。我刚到他们家的时候，他对我很友善，我以为他只不过是个淘气的小男孩罢了。我也是个不爱守规矩的人，所以一开始和他挺投缘。也许是上帝选中了我，让我来承受他们所有的罪恶——你觉得我说得对吗？"

"不对，"我说，"不是上帝选中了你，是你自己选择了承受这一切。"

她摇了摇头。"拉尔夫有一天拉我去散步，带我看他用陷阱抓到的狐狸。他让那只狐狸一直困在陷阱里，直到饿得奄奄一息。他带了一根针，想用针挖出狐狸的眼睛。我放走了狐狸，告诉他他做的是邪恶的坏事，就因为这个，他恨上了我，从此以后，他站到了他姐姐那一边，天天想法子

第三十九章

折磨我。"

约瑟夫说:"你应该把这些事告诉埃德温。"

伊丽莎白笑了,笑得那么凄凉绝望,让我的心头不自觉地升起一股寒意。"我无论说什么他都不会相信,他坚信拉尔夫和两个女孩儿是好孩子。奶奶关心的只是怎么让女孩儿们嫁到好人家。萨宾对管家尼德勒有好感,奶奶知道了这件事,就利用尼德勒控制她。她不要她们心地善良,只要她们表面上举止得体,找到金龟婿就可以了。"她移开目光,"她们将来的丈夫真是可怜,根本不知道自己娶的是什么样的人,等知道已经太晚了。"

"那么其他仆人呢?他们知道多少?那些被虐待的动物一定——一定会发出惨叫。"我突然恶心想吐,黑胆汁在胃里不断翻腾。

"拉尔夫一向在井底干他的坏事。他有架小梯子。井底是他的刑房,也是他的藏身之所,我想仆人们肯定听到过什么,可他们不敢说——他们都想保住自己的饭碗。埃德温叔叔很大方,虽然他每个星期天都让他们所有人去两次教堂,可付给他们的薪水仍然相当可观。"伊丽莎白此时已经不哭了,眼中终于有了点儿神采,"我记得拉尔夫曾经说过要找个小乞丐来玩儿,他姐姐让他一定要小心,千万别被人抓住。一个跛腿小男孩儿和他姐姐常常在我们这条街附近讨饭。"

"他姐姐就是那个叫莎拉的小姑娘?"

"就是她。可怜的莎拉一被关进地牢,我就记起了她。她弟弟一定被拉尔夫给骗走了。"

"亲爱的耶稣啊,"约瑟夫说,"我们必须把这件事告诉验尸官。"

"没错,"我出声赞同,"可是埃德温一家说不定会把小乞丐的死推到伊丽莎白头上,或者让尼德勒撒谎,说他下井的时候并没看到小乞丐。"

"验尸官肯定不会相信这些谎话。"

"可是伊丽莎白已经激起了公众的反感,他们现在认定了她是恶人。你还记不记得那张小报?佛比泽尔是不会放过她的。而且是谁杀了拉尔夫？还是说他的死是个意外？伊丽莎白，他是自己掉下去的吗？"

她别过脸去。一个阴暗的念头在我脑海里一闪而过，难道真是她做的？但如果真是她做的，尼德勒看到井底的东西之后，为什么一个字也不提？

"拉尔夫一定是着了魔，"约瑟夫说，"被魔鬼附身了。"

"没错。"伊丽莎白头一次直接对她伯父开了口，"被魔鬼，又或者是被上帝——魔鬼和上帝本来就是一体的。"

约瑟夫吓呆了："伊丽莎白，你这么说是亵渎神明！"

她用手肘撑起身子，剧烈地咳嗽起来。"你难道不明白吗？我经历这么多事，终于悟出这个道理！我现在才知道上帝既残忍又邪恶，他偏爱坏人，任何人只要抬起头看看这个世界，就会知道我说得没有错。我读过《约伯记》，读到上帝在他忠实的仆人身上施加了多少痛苦，我问上帝怎么能做出这么邪恶的事，可他没有回答。路德不是说过人在未出生之前，上帝就选定了他是应该获救，还是应该沉沦吗？① 上帝选择了让我沉沦，我这一生注定要受苦受罪！"

巴拉克突然大吼一声："全是屁话！"我转过头惊讶地看着他。他瞪大眼睛怒视着她："你要懂得爱惜自己！"

她一下子变得歇斯底里："我爱惜自己有什么用！谁来爱惜我，可怜我？我的信仰垮掉了，活着只是为了等死！等死后见到上帝，我一定要朝他脸上吐口唾沫，报复他的残忍无情！"她瞪视着巴拉克，然后精疲力竭地倒回床上。

愤怒的余响在房间里回荡。约瑟夫焦急地挥舞着双手，仿佛这么做可以把话音给赶走。"莉齐，你怎么能说亵渎神明的话！你想被当成女巫烧死吗！"他两手交握，开始大声祷告，"仁慈的耶稣啊，请帮帮你的女儿，

---

① 这其实是加尔文教的"先定论"主张，文中将之写为了路德教主张。

第三十九章

请你驱散她邪恶的念头,让她回归顺从——"

"现在做这些没有用!"巴拉克用肩膀挤开约瑟夫,弯下腰注视着伊丽莎白,"姑娘,你听我说!我已经看到那个小乞丐的尸体了,他不能白死了,我们应该为他报仇。拉尔夫虽然死了,可我知道有人在刻意掩盖他杀死小乞丐的罪行,仿佛不当这是回事!还有小乞丐的姐姐莎拉,如果大家知道了她弟弟被人抓走杀害的事,说不定会放她离开贝德兰姆,你说呢?"

"放她出来干什么?"伊丽莎白绝望地问,"是继续在街上要饭,还是去妓院做婊子?"

我两手抱头,心中充满了恐惧。一个快乐天真的女孩儿接二连三地遭遇不幸,又落入一个畸形的家庭,被埃德温一家人的冷酷和残忍逼上绝路,最终她把一腔怒火都撒到看似抛弃了她的上帝身上。她过去无疑是名虔诚的教徒,可是一次又一次的可怕打击摧毁了她心中的信仰。她觉得上帝抛弃了她,难道只是绝望之下的胡思乱想?他到底有没有抛弃她?我想到了千千万万流落街头的孩子们,他们居无定所,只能以讨饭为生。

约瑟夫被吓坏了,不安地绞动着双手,不住地哀叹道:"她可能会被人告发亵渎神明,还有无神论——"我朝房门看了一眼,那个胖看守会不会在门外偷听?他要是听到了伊丽莎白的话,多半会去告发她,到时候她一定会罪加一等。不过这个人害怕传染病,肯定早就躲得远远的了。

"约瑟夫,要是你真为伊丽莎白好,就先冷静下来。"我说。我转头去看伊丽莎白。她躺在床上低声呜咽,声音悲悲切切,闻者心酸。"她遭遇了这么残酷的事情,有这样的想法也不奇怪。"

约瑟夫一脸惊骇地看着我:"先生,你怎么能这么说——"

我轻声唤道:"伊丽莎白。"她转过头看着我,刚才的爆发给她苍白的面颊带来了血色。"伊丽莎白,无论你觉得上帝做了什么,巴拉克的话总是有道理的,你说是不是?你要怪也该怪你叔叔埃德温一家,那些坏事都是他们做的。如果是他们中的一个杀了拉尔夫,你应该说出来。他们理应受到公正的审判。"

"他们不会受到公正的审判。我已经跟你说过了，我是上帝的弃民，是注定要沉沦的人。"她的声音又高了起来，"就让上帝按他自己的方式办吧，让我去死！只要我死了，他的心愿就达成了！"她躺回床上，大口大口地喘着气。

"你不配合就算了，"我说，"我会亲自去质问埃德温一家。"

她没有回答，只是闭上了眼睛。她好像又退回到那个黑暗的世界里去了。

过了好一会儿，我从凳子上起身，对其他人说："我们走吧。"我开门呼唤胖看守，果然不出我所料，他早就退到楼梯底部了。走出牢房时，约瑟夫脚步不稳，差点儿跌倒在地。

监狱外骄阳如火，约瑟夫却不停地打着寒战。他轻声说："我原先还以为事情已经够糟了，没想到——"

"我知道这件事足以让人吓得魂不附体。可是想想伊丽莎白经历了什么，想想她多么惶恐绝望，约瑟夫，你千万不能就这么算了。"

他凝视着我，我看到他脸上流露出极度的恐惧。"这么说你相信她的话。"他声音很小，"我弟弟养了一家子魔鬼。"

"我会查出事情的真相。"我说。

他摇了摇头，突如其来的打击似乎让他心烦意乱，六神无主。我们把他带到一家酒馆，陪了他半小时，在这期间他的情绪逐渐平复了。接下来该去见克伦威尔了。

"好了，约瑟夫，我们骑马陪你回你住的旅馆去，"我说，"然后我们必须坐船到白厅宫办点儿事。我们能不能把马留在你的旅馆里？"

他抬起头来，眼中闪过一丝好奇："你是要去办你手上的另一件事吧，是不是朝廷的事？"

"对，的确是朝廷的事。不过我一定会到埃德温家把事情问清楚，约

第三十九章

瑟夫,我向你保证。"

巴拉克帮腔说:"他一定会的。"

约瑟夫看着我:"要不要我和你一起去?"

"不用了。我会一个人去,或者让巴拉克陪我。"

"看在上帝分上,"他说,眼中充满了恐惧,"你千万要小心。"

第四十章

泰晤士河上一片繁忙，河阶边根本找不到渡船。巴拉克担心我们会迟到，急得直骂娘。船总算来了，我们乘船向上游驶去，一阵强劲的南风吹起我的衣摆，船顺着风迅速前进。我想起伊丽莎白，她现在的精神状态实在让人担忧，对凶残的上帝的憎恨让她失去了理智，她一心想牺牲自己，用生命向上帝献祭。她那些阴暗的思想让我不寒而栗，可我又觉得我能理解她。我看了巴拉克一眼，他弓着背坐在船尾，脸色很阴沉。我想他或许也能理解她，但我们谁都不敢在船夫面前谈论这件事。

船终于撞上了威斯敏斯特阶梯。巴拉克率先跳下船，我紧随其后，一起爬上台阶，连走带跑地冲向私人画廊大楼，一直冲到那幅巨大的壁画之下，才停下来歇了口气。画上的国王皱着眉头，居高临下地瞪视着我们。我们休息了一会儿，穿过一条条走廊，走进克伦威尔的办公室。

格雷正坐在办公桌前核对一份要呈给国会的法案，长长的羊皮纸上密密麻麻写满了字。他抬起头看着我们，目光像刀子一样锐利。"夏雷克先生，我刚才还在担心你会迟到。伯爵他——他今天已经失去耐心了。"

"我很抱歉，一时半会儿没搭到船——"

"我带你们进去。"他起身叹了口气。"伯爵这几天一直在向国会呈送法案，因为数量实在太多，他写东西不像平时那么仔细。"他摇摇头，"他现在一心扑在公事上，连喘口气的时间都没有。"他敲敲内室的门，引领我们走进去。

克伦威尔正站在窗前，眺望白厅宫。他把脸转向我们，我可以清清楚楚地看到这张脸上眉头紧蹙，神情阴郁。他今天穿得很隆重，披一件按照

第四十章

律法规定只有男爵才能穿的红色丝绸长袍，袍边沿镶着黑貂皮；颈间挂着一条彩色缎带，上面缀有星星形状的嘉德勋章。

他冷冷地开了口："啊，你们来了。"他大步走向办公桌，桌上的文件堆得像小山一样高。他不久前肯定一怒之下扔了他的羽毛笔，因为这支笔现在静静地躺在桌子中央，枕着一摊墨水。他重重地坐到椅子上，目不转睛地凝视着我们，面色冷如寒霜。

"马修，你让我去做的似乎是一件蠢事。"

"大人何出此言？"

"我说的是理查德·里奇！"他高声说，"我星期六晚上把他叫到了这里。"他两手交握在一起，砰的一声砸在桌面上。"里奇出言威胁你和布里克纳普不怕我对付他的原因跟希腊火没有关系。"

"那跟什么有关系？"

"你最近不是在为市议会打官司吗，官司涉及修道院财产是否可以排除在《不法妨害排除令状》之外？"

"是有这回事。市议会正准备向大法官法庭上诉。"

他厉声说："不，不能这么做！"他深吸了一口气。"马修，许多有权有势的人都在伦敦购买了修道院地产。在我们解散修道院之前，城里到处都是破烂肮脏的居住区，好房子特别抢手。不幸的是，现在市场上多的是好房子，房价跌得很厉害，已经有不少人向我抱怨说他们受人诱导，做出了错误的投资。布里克纳普因为粪坑扰民的事被市议会告上法庭后不久，里奇就来找过我，说布里克纳普能不能打赢官司对我们来说非常重要。如果他输了，市议会就会把这个案子当成先例，那些新任房主的日子就过不下去了，因为房子不值钱，他们中的很多人只能靠把房子改造成最廉价的公寓来赚钱。你现在明白了吗？"他扬了扬眉毛，"这些人中有不少站在我这边，在这所有人都打定主意要背叛我的关口上，我不能失去他们的支持。"

471

"原来如此。"

"里奇没有告诉我你就是市议会的代理律师，否则我早就猜到这是怎么一回事了。当里奇向我提出贿赂法官赫斯洛普的时候，我同意了，这当然是为了得到我想要的判决结果，只要布里克纳普打赢了官司，那些买下修道院地产的人以后打官司就能援引这个先例了。里奇还告诉我他对他的一些手下施加了压力，让他们撤销和你的合作，转而去找其他律师，以此警告你不要强出头。如果大法官法庭的判决对布里克纳普不利，整个计划就泡汤了——你听懂了吗？"他的语气冷冰冰的，一字一句交代得格外清楚，就像在和一个白痴说话，"这就是他威胁你的原因，布里克纳普也以为你是为了这件事才去逼迫他，可你的脑子始终转不过弯来。"

我闭上眼睛。

"是不是觉得很混乱？"他干笑了几声，"马修，当初明明已经到手的案子接二连三地丢掉的时候，你是不是很担心？你难道没去调查过？如果你调查过，你很快就会发现那些反悔的客户都是里奇的人。"

"大人，我最近已经够忙的了，"我说，"我脑子里整天想的都是希腊火和温特沃斯案。因为实在忙不过来，我已经把我自己的工作转交给办公室的同行了。"

他看了我一眼，眼神十分犀利。"啊，我知道了，威尔怀特先生。他的虔诚总有一天会让他落到万劫不复的地步。"他咬紧了牙关。过去的克伦威尔可能会保护这些激进的宗教改革者，可现在的他再也不会了。他猛地站起来走到窗边，望着窗外来来往往的朝臣和小吏。过了好一会儿，他转过头看着我。

"事情在我看来似乎已经很清楚了，从他们的反应来看，无论是布里克纳普还是里奇，都没有隐瞒关于希腊火的事。里奇甚至根本不知道有这回事。我想方设法在他面前提了一下，但并没有让他起疑。做得恰到好处。"

第四十章

"我明白了。大人,我很抱歉。"我懊丧极了,觉得自己是个傻瓜,是个彻头彻尾的蠢货。

"现在只剩下欧娜夫人和马奇阿蒙特了。"他垂着头,开始在房间里来回踱步,"我们接着说吧,欧娜夫人那儿有什么情况没有?我听说你和她最近相处得很愉快。"

我瞟了巴拉克一眼,他耸了下肩膀。

"她一开始隐瞒了一件事,"我说,"事情关系到她、马奇阿蒙特和诺福克公爵。经过几番周折,我终于查清了这件事,发现事情同样和希腊火无关。"

克伦威尔立刻追问道:"是什么事?"

我犹豫了。我答应过欧娜夫人不告诉任何人。可是当克伦威尔抬起头,用极度凌厉的目光直视我时,我忍不住心里发毛,把整件事原原本本地交代了出来。

他听完后只是哼了一声。"那就让诺福克满世界追求她好了,省得他整天想着策划阴谋诡计来对付我。照你这么说,你也没有证据证明她和希腊火有关系喽?"

"是的,大人。完全没有。"我辜负了欧娜夫人的信任,心里羞愧极了。

他转过身,开始沿着另一条路线踱步。"那么马奇阿蒙特呢?"

"大人,我没有直接证据证明他和希腊火有关,只是觉得他没有把知道的事全都说出来。巴拉克说您会把他召来审问。"

"我的确派人去找过他。"说到这里,他停下脚步看着我,我惊讶地发现他的脸上已经没有了怒气,取而代之的是极度的消沉。"可是马奇阿蒙特失踪了。"

"他这人行踪不定,一向不容易找到。我上星期也找不到他——他离开伦敦办案去了。"

克伦威尔摇了摇头。"我派出两个人去了他的办公室。他们发现他的书记员非常焦急,因为他最近并没有案子可办,却整晚都没回他的住处。"他盯着我,"你是不是把我抬出来威胁过他?"

"我并没有直接这么做。"

"但他也许猜出自己这次要完蛋了,所以干脆一走了之。或者他也步了格里斯特伍德兄弟的后尘?"

我打了个冷战。"如果他的处境不安全,布里克纳普和欧娜夫人可能也会有危险。"

克伦威尔重新坐下来,摇着头说:"从你接手这件事开始,那些人总是比你抢先一步,不是吗?"从说到马奇阿蒙特起,他的语气就变得很平静。"这件事的背后主谋不简单。我这辈子见识过的人形形色色,其中不乏有头脑有心计的阴谋家,可是这么聪明狡猾的人我还是第一次遇到。"他冷峻的脸上闪过一丝微笑,"如果我们不是敌人,我可能会非常欣赏他。或者她。"接着他耸了耸宽厚的肩膀,这个随意的动作让我松了一口气。"你已经尽力了。这个游戏就快结束了。再过三天演练就要举行了,可是我们毫无进展,既没有找到配方,也没有找到发射器械。他们到底把东西藏到哪里去了?"他把头转向巴拉克:"杰克,你再去查一查托奇和赖特的下落。你让你的线人转告他们,只要他们愿意投靠我,想要什么我都可以给。"

"我会照您的吩咐去做,大人。可是我担心事情已经到了这一步,就算查到他们的行踪,把您的话带给了他们,他们恐怕也不会冒险改变立场。"

"不用想太多,再去试一试吧。我必须向国王禀告事情的来龙去脉,早则明天,最晚星期三。我听巴拉克说,那个死掉的妓女临终前说整件事从一开始就是针对我的阴谋。"

"没错,大人。"

第四十章

"嗯,把这些事禀告国王,应该足以应付过去了。不过不到最后时刻,千万不要放弃。我要你认认真真地追查下去。"他的声音带着了无生意的绝望,"还有,去林肯律师学院走一趟。有些事他们也许不会对我的人说,但说不定会告诉你。去马奇阿蒙特的办公室搜一搜。"

"大人,请给我三天时间,直到星期三之间,我都会尽我所能。在最后期限到来之前,不要告诉国王。"

"你有线索了?"他直视着我的双眼,仿佛想看透我的心思。我咽了口唾沫。

"我——没有。不过我会按您的要求尽力去查。"

他又看了我很长时间,这才转身朝办公桌走去。"你们走吧。"他说,"我的天哪,格雷这是想把我埋在文件里吗。"

他好像已经认命了,他的态度不再强硬激烈,甚至可以说得上温和。我惊讶地站在原地,内心突然升起一股强烈的冲动,一个声音在我耳边说:告诉他吧,告诉他你已经找到了一罐希腊火,告诉他你把它交给了盖伊。我猛然意识到在我内心深处,往日对他的忠诚并没有完全消失。巴拉克走过去打开了门,门开的一瞬间,我竟然听到一串脚步声匆匆从门口跑开。我们走出房门,看到格雷坐在办公桌前,神色慌张。

巴拉克咧开嘴笑了:"秘书大人,你刚才是在偷听吧?"格雷没有吭声,脸却红透了。

我赶紧为格雷解围:"巴拉克,你别揪着他不放。"我想格雷是因为害怕将来会发生什么祸事,才在门口偷听的,他这么做无可厚非。而我呢?我明明已经找到了希腊火,却把它藏了起来,不让克伦威尔知道。我越想越不是滋味,突然又觉得头晕眼花,浑身无力。

❖

我和巴拉克坐在威斯敏斯特大厅的台阶上,两个人都是心事重重。

"我还以为他会大发雷霆，"我说，"可他好像——好像差不多认命了。"

巴拉克轻声说："他知道一旦告诉国王希腊火丢了，自己会有什么样的后果。"

"马奇阿蒙特究竟出了什么事？他到底是坏人还是受害者？"

巴拉克耸了耸肩，摆出一副完全没兴趣再探究的样子。"鬼才知道。我会继续查找托奇和赖特的消息，可我担心我什么都找不到。我觉得有人买通了我的一些线人，让他们闭嘴。"

"你难道不觉得奇怪吗，每次一到快要找出真相的时候，我们要找的人就会被杀，这是为什么？就像有人提前把我们的行动透露给了敌人一样。而且是谁从林肯律师学院拿走了那些书，还恐吓了图书管理员？"

他皱起眉头。"我觉得不是这样。出卖芭思希芭和她哥哥的人是内勒夫人。那个铸造工早在我们赶到罗斯柏瑞之前就失踪了。马奇阿蒙特可能是主动逃跑的。"

我点了点头。"如果他是主动逃跑，说明他是幕后主谋之一。事情看起来好像的确是这样。"

"本来就是。但我们需要更多证据。"

"我们可以搜查他的办公室。"

"我得先去找托奇。我待会儿再来和你会合。"

我站起身来。"那好吧。"我注视着他，殷殷叮嘱道："这事可能会有危险，你千万要小心。"

"我会照顾好自己。"他站起来拍了拍身上的尘土，"事关我主人的生死存亡，就算有危险也得去。"

"我们还有时间，"我说，"等会儿在家里会合。"我深吸了一口气。"我的手臂很痛。"

"我的肩膀已经好多了，那个老摩尔人有两下子。"他站在台阶上，眺

第四十章

望着泰晤士河。我顺着他的目光看去。水面上有一个明亮刺眼的东西在跳动。我起初吃了一惊,定睛细看,才发觉那只是一束阳光穿透轻薄的云层映照在水面上,河水在微风的吹拂下卷起细浪,金色的光晕一闪一闪,就像有了生命似的。

我站在窗外朝店里望去,没看见里面有人。我担心盖伊出去了,可是等我敲门的时候,店铺深处响起一阵踢踢踏踏的脚步声,盖伊随即出现在我眼前。他看上去很疲惫。

"马修,你收到我送去的信了?"

"收到了。"我闪身进了屋子,他立刻关上了门。

"伊丽莎白怎么样了?"他问,"我过一会儿想去看看她。"

"好一些了——至少在身体上。"我把我和巴拉克在井下的发现,以及与伊丽莎白的谈话简略地讲述了一遍。他目光灼灼地盯着我。

"你打算去质问那家人?"

"没错,而且一定要快。伊丽莎白星期四就要回佛比泽尔那儿受审了。"

"你要小心一点儿,"他叮嘱说,"这件事不简单。有些人作恶是逼不得已,但是埃德温家的人似乎纯粹是为了作恶而作恶。"

"我知道。"眩晕的感觉突然又向我袭来,我一下跌在了椅子上。

"你怎么了?"

"忽然有点儿发晕。可能是天气太热了。"

他走到我面前,低头看着我:"你之前有过这种症状吗?"

"昨天有过。"

"你的劳动量已经远远超过了一个正常人的负荷。"

"看来巴拉克的身体比我强,他好像还扛得住。"

盖伊笑了。"那天巴拉克把你从火场带来这里之后,我和他聊了会儿天,聊着聊着就混熟了。"

"这我知道,他还说你给了他一样东西,让他加在肉里给狗吃。"

"是有这回事。不过你不用拿自己跟他比。他是个街头小混混,比你年轻得多,而且天生喜欢冒险。"

"他还有挺得直直的背。"

"如果你按照我的吩咐天天锻炼,你的背不会有什么大问题。我猜你肯定会说你最近没空。"

"天地良心,我真的没空。"我直视着他的眼睛,"我所有的线索都走进了死胡同,其中一个嫌疑人还失踪了,就是那个高级律师马奇阿蒙特。然而我们不知道他究竟是整件事的幕后主谋,还是像其他人一样被杀了。盖伊,我现在唯一可以依仗的只剩下那罐希腊火了。"

他点了点头。"跟我到我的工作室去。"

我跟着他走进一间里屋。屋子里放满了圆玻璃瓶和曲颈瓶,里面装着各式各样的奇怪液体。除了这些以外,还有一张长凳和一台由奇形怪状的玻璃蒸馏器组成的复杂仪器。这情景似曾相识,让我想起瑟普特斯的炼金室。

"盖伊,我怎么从来不知道你店里有这么个地方?"

他笑着解释说:"我对蒸馏实验很有兴趣。之所以一直不说,是怕这里的人说我是巫师。"

我看到那罐希腊火就放在窗台上。盖伊指了指一堵墙,我转头一看,只见墙面黑乎乎的,和格里斯特伍德家的院墙一模一样,显然被火燎过。"我昨天蒸馏这种物质的时候,一部分物质突然着火了,弄得满屋子都是呛人的黑烟。幸好我只用了一点点。"

我盯着罐子看了一会儿,转过头急切地问:"它到底是什么,盖伊?它是由什么元素组成的?"

第四十章

他摇了摇头。"马修,我不知道。从某方面来说我倒很庆幸,因为我不愿意看到这种武器落入任何人手里。"他摊开双手,"我已经蒸馏过它了,想看看它会和其他物质产生什么样的反应,希望借此找到线索,弄清它的成分。可是我失败了。"

我的心猛地向下一沉,但与此同时,又觉得如释重负。

"我认识一些著名的炼金术师,"他说,"只要给他们一点儿时间,说不定可以帮上忙。"

我摇了摇头。"我们没有时间了。何况这个秘密绝对不能泄露出去,除你之外,我不信任任何人。"

他两手一摊:"那么我也无能为力了。"

"你已经尽力了。"我走过去打开罐子,看着里面的棕黑色液体,压低声音问:"你有什么想法没有?"

"我只能说它和我以前见过的所有物质都不相像。它的成分肯定和那种波罗的海饮料的成分完全不同。"

我思索了一会儿。"就连你都分析不出它的成分,瑟普特斯怎么可能做得到?根据大家的说法,他是个无赖,没有真才实学。"

"可他有几个月的时间做实验。你不是说过从这种物质被发现到他去找克伦威尔,中间隔了六个月吗?"

"是隔了六个月。"

"而且那张下落不明的配方上可能清清楚楚地记载着所需的成分。既有充足的时间,又有明确的配方,他就算没有真才实学,至少起点比我们高得多。其实那些成分归根究底总不过是土、空气、火和水。"他又摊开手掌,"可是这四种元素有成千上万种组合,这种物质究竟是其中的哪一种呢?"

我凄然点头。"谢谢你的努力。你知道吗,我觉得在这个世界上,我唯一可以时刻信赖的人只有你,你会告诉我真正的答案,替我解决问题。"

也许是我期望太高了。"

"你的确期望太高，"盖伊说，"我只是一个脆弱的普通人，尽管所有人看到我奇怪的长相，都会以为我有神奇的力量。"

"或许我根本就不应该请你帮我解决这么凶险的事情。"

他认真地看着我："你现在打算怎么做？"

"我也不知道还能做什么。克伦威尔让我再想想办法。"

他朝窗台上的罐子点点头："我要怎么处理那种物质？可以毁掉吗？"

我迟疑片刻，斩钉截铁地说："毁掉吧，现在就动手。把它倒进河里。"

他扬起眉毛："你确定？要是被人发现了，我们两个可能会落下叛国的罪名。"

"我确定。"

他的脸上露出欣慰的表情。他紧紧抓住我的手。"谢谢你。你做得对，马修，你做得对。"

◆

我走到河边，站在岸上看帆船卸货。这座城市每个星期都会迎来新的奇迹。也许每天都会有一艘船抵达伦敦，把像希腊火一样危险可怖的东西带到这里。我眼前浮现出圣约翰一百年前带着他的文件和木桶踏上英国土地的情景，现在的他躺在坟墓里，显得那么安静平和。我心里清清楚楚地知道，如果我把制造这种武器的机会给了某个当权者，我将一生受到良心的责难，永远无法得到安宁。无论将来会有什么样的后果，我都不能把希腊火交出去。

我向远处的河岸踱去，那里是我上次和欧娜夫人散步的地方。高耸的逗熊场与斗牛场在一片低矮的房屋中显得鹤立鸡群，隐约可以听到从那儿传出的欢呼声，里面一定正在上演逗熊。我突然很想知道马奇阿蒙特那天

第四十章

在逗熊场玩儿得开不开心。他到底发生什么事了?一部分的我和巴拉克一样,觉得这个游戏已经结束了;另一部分的我却被极度的困惑搅扰得坐立不安。

不远处就是我们前几天和水手碰面的那家酒馆了,如果没记错的话,它叫"巴巴里的土耳其人"。我走进酒馆,这个钟点里边空荡荡的,我的脚步声在幽暗阔大的饮酒间里回响。那根巨人的大腿骨仍然吊在铁链上,我凝视了它一会儿,走向取啤酒的窗口,向老板点了杯啤酒。老板是个壮实的大汉,看样子以前做过水手。他好奇地看着我质地上等的背心。

"很少有绅士来这里喝酒。几天前的一个晚上你来过这里,和哈尔·米勒还有他的朋友聊了很久,我没说错吧?"

"没错。他们把桌子起火的事告诉了我。"

他哈哈大笑,把两条手臂搁在小窗边沿:"我还记得那天晚上发生的事。后来我想让他们把那种饮料分我一点儿——我喜欢新奇的东西。"

"类似巨人的骨头?"我朝那根大腿骨点了点头。

"对,那根骨头就是在这个码头被发现的。那是二十年前的事了,当时的酒馆老板还是我爸爸。有一天退潮的时候,这根骨头从泥浆里露出来,大家争相去找剩下的骨头,可是找来找去也没有了。我爸爸把骨头拿回来挂在了这里。想象一下,这个人的身材该有多高大?《圣经》里不是记载着巨人吗,这根骨头一定是巨人的,寻常人哪能有这么高?要是有全副骨架当然更好,不过一根骨头已经足以吸引人们来这儿看稀罕,给我们带来了不少生意呢。"

他还想再说下去,可我只想一个人静一静。我端着啤酒走向一个黑暗的角落,那天晚上我和巴拉克就坐在那里。

这下耳根彻底清静了,可他的话却不断地在我脑海中回响:"不过一根骨头已经足以吸引人们来这儿看稀罕,给我们带来了不少生意呢。"我想到了格里斯特伍德兄弟,在去找克伦威尔之前,他们和托奇、赖特以及

Dark Fire

他们的主人一起工作了整整六个月，既努力制造希腊火，又四处搜寻波罗的海饮料，可以说是不遗余力。如果不是为了谋求巨大的利益，他们怎么肯这么做？如果整件事真的从一开始就是针对克伦威尔的阴谋，那说明背后的利益必定要靠推翻克伦威尔来实现。

我脑中灵光一闪，一下子全明白了。虽然还不知道幕后主谋是谁，但我已经猜出他的目的和手段了。我的心开始兴奋地狂跳起来。我把刚刚得出的推论在脑子里翻来覆去地想了六七遍，实在太合情合理了。我猛地站起来往外走，因为想得太入神，不小心撞上了那根巨人的骨头，骨头再次和铁链一起晃悠起来。

※

我快步走到约瑟夫住的旅馆，到马厩去牵"起源"。马在隔间里安安静静地等着我，一如既往地温顺。我骑马跑出一段路，又回过头看了旅馆一眼：这个地方已经够破的了，可是住在这里的花费仍然远远超出了约瑟夫的经济能力。忠诚而固执的约瑟夫，他对上帝虔诚得过分，而且老是沉不住气，喜欢咋咋呼呼，常常让我很恼火。可就是这么一个老实本分、没见过世面的乡下老头，无论遇到什么样的困难，付出什么样的代价，始终不肯放弃伊丽莎白。我今天应该去温特沃斯家走一趟，但我意识到去的时候还是带上巴拉克比较好。盖伊说得对，那栋大宅里存在着纯粹的邪恶。我已经想清楚了，如果我的推论是正确的，即使不交出那罐希腊火，我依然可以把克伦威尔拉出困境。现在已经没有再去查线索的必要了。

我到家之后，发现巴拉克还没有回来。我心浮气躁地等候了两个小时，直等到太阳西沉，回想起先前对他的警告，暗暗希望他没有遇上危险。不知道又过了多久，我终于听到他推开大门、脱掉靴子的声音，悬起的一颗心终于放了下来。我把他叫进客厅。

他见我脸色通红，不禁担心地问："你是不是又听到什么坏消息了？"

第四十章

"不是。"我关上了门,兴奋地说,"巴拉克,我想我已经推算出整件事的来龙去脉了。今天下午我又去了那家酒馆,就是我们见水手的那一家。酒馆的天花板上吊着一根巨人的骨头,你还记得吗?"

他抬手示意我先别急着说。"等等,你说得太快,我没听明白。巨人的骨头和我们的事有什么关系?"

"酒馆老板对我说了一句话,'要是有全副骨架当然更好,不过一根骨头已经足以吸引人们来这里看稀罕,给我们带来了不少生意呢'。这让我想到——我最近想得太多了,反倒疏忽了最简单的事情,所以一直没把布里克纳普的案子和理查德·里奇联系到一起。听着,我们之前一直想不通为什么格里斯特伍德兄弟在发现希腊火之后又等了六个月才去找克伦威尔,当芭思希芭说出他们从一开始就在策划针对伯爵的阴谋之后,我们觉得更困惑了。"

"对。"

"格里斯特伍德兄弟误打误撞在圣巴塞罗缪修道院找到希腊火之后,立刻意识到这件东西非同小可,而且能给他们带来极大的好处。迈克尔·格里斯特伍德在土地没收法院工作,他肯定知道反对克伦威尔的势力越来越壮大。"

"是个人都知道。"

"所以我认为他们从一开始就决定要把希腊火卖给反对派的人,这些人可以把希腊火献给国王,作为进身之阶。而且人人都知道国王对舰队和武器很有兴趣。格里斯特伍德兄弟可能觉得跟处在上升阶段的势力合作更稳当。"

"那和他们合作的人是谁呢?"巴拉克也兴奋起来了,忙不迭地问,"是不是马奇阿蒙特?他是伯爵的头号敌人诺福克公爵的党羽。"

"有这个可能。不过既然在土地没收法院工作,迈克尔是有渠道接触到里奇的,而克伦威尔说过里奇为了自保,有可能背叛他。里奇是有嫌疑的，我们应该把他和布里克纳普重新列入嫌疑人名单。"

"那我们也该把欧娜夫人列进去。她不是改革者。"

"那好吧，这样更便于论证。总而言之，格里斯特伍德找到了某些人——我们暂且称呼为克伦威尔的敌人。他们把那桶希腊火和配方一起交了出去，承诺为这些人造出更多希腊火。这些人派托奇和赖特协助他们，可能也有监视的意思。"

"对，你说得很合情理。"

"然后在那六个月里，他们一直在尝试制造更多希腊火。可是这种物质和他们以前见过的任何一种物质截然不同，他们手里虽然有配方，但是配置希腊火所需的成分中很可能有一种他们无法找到的元素。我之前一直想不通，为什么罗马人明明知道一种和希腊火十分相似的物质的存在，却不把它发展成武器，现在我明白了。远离耶路撒冷的郊野有一些水池，里边充满了一种从地底涌出的奇怪液体，这种液体就是制造希腊火的基本成分之一。水池在拜占庭的版图之内，拜占庭人可以拿到这种液体，而罗马人拿不到。我们当然也拿不到。"

他睁大眼睛，饶有兴趣地看着我："制造希腊火的基本成分之一？"

我点了点头。"我想迈克尔和瑟普特斯一定尝试了各种各样的替代物，比如说波罗的海饮料，做了无数次实验，内心的绝望与日俱增。"

"尽管他们拥有配方，却仍然无法造出希腊火。"

"完全正确。可以想象他们有多沮丧，他们主人一定也不好过，大好机会就摆在眼前，只差一点点就可以得到多少人梦寐以求的权势和富贵，可偏偏就是抓不住。你还记得吧，他们在铸造工莱顿的帮助下重建了发射希腊火的器械，还在莱顿的院子里用桶里的希腊火实践过一下。结果证明这台器械本身是可以有效运作的。冬天已经过去了，他们却毫无进展。国王因为讨厌克里维斯的安妮，对促成这桩婚事的克伦威尔很不满，但是还不足以对克伦威尔造成致命的打击，现在眼看就能让他栽个更大的跟头

第四十章

了,却卡在了临门一脚上,你说他们该有多么灰心愤怒?"

"这么说我看的那次演练和后来的第二次演练,已经用光了那桶希腊火?"

"一定是这样。全部用完了,就算没用完也差不多了。"

"我明白了。那个贮水罐里一定装了半桶希腊火,不过那个贮水罐可大了,半桶倒进去,顶多也只是半满。"

"到了三月的时候,我想克伦威尔的敌人对格里斯特伍德兄弟彻底失去了耐心。如果去找个更好的炼金术师,说不定能为他们想出别的办法,当然,也有可能想不出。这件事知道的人越多,走漏风声的可能性就越大,他们不敢冒险。所以他们想出了另一个计划——把他们只剩下少量希腊火的事实转变成他们的优势。天哪,他们真是太聪明了。"

"所以——"巴拉克抬手示意我先别说话,皱着眉头苦苦思索,"格里斯特伍德兄弟找到伯爵,说他们发现了希腊火,而且已经造出了一些,诱使伯爵把这件事告诉了国王。"

"说得没错。他们利用了三个联系人层层接近他——布里克纳普,马奇阿蒙特,欧娜夫人——好让这个故事听起来更加可信。"

"这么说他们三个人都被蒙在鼓里。"

"也许三个人都蒙在鼓里,也许有一两个人蒙在鼓里,也有可能全部都是帮凶。"

巴拉克吹了下口哨。"接着他们用桶里的希腊火在伯爵面前演了一出好戏,骗得伯爵向国王许下了一个他永远无法兑现的承诺。"

"就是这样。也许那些人对格里斯特伍德兄弟保证事成之后他们能得到一大笔钱,还能在克伦威尔发现根本就没有更多的希腊火之前逃出英国开始新生活。可那些人不会告诉他们计划的最后一步:杀死他们,制造出配方被偷,可能即将被卖给外国势力的假象。就在克伦威尔吊起国王的胃口,承诺为他安排一场演练之后,他们完成了这最后一步。"

"在星期四那天。"

"对。我猜这个倒霉的铸造工是因为知道得太多被杀的。那件发射器械可能在他的院子里,克伦威尔的敌人必须把它运走。"

巴拉克点了点头。"你以前说过查案要回溯到整个事件的起源,你终究是对的。"说到这里,他皱起眉头,"但愿你是对的。"

"我只是把所有的事件重新整合了一遍,让一切看起来合情合理。"

巴拉克站在原地啃着指关节,露出若有所思的表情。我焦虑地看着他,生怕他从我的推论中看出什么我没想到的漏洞,可他最终点了点头。"克伦威尔大人的敌人担心迈克尔·格里斯特伍德在床上一时忘情,跟芭思希芭说一些不该说的话,为防万一,把她灭口了。他们的担心倒没有错,他的确说了。"

"接下来说说他们为什么要用剩下的一点儿希腊火点燃格里斯特伍德太太的房子。我猜他们这么做的目的是想继续误导克伦威尔,让他以为希腊火是存在的,顺便推波助澜,把事情闹大。每个亲眼目睹火灾的人都说,房子在片刻之间就从头到尾彻底燃烧起来,官方一旦介入调查,希腊火'被偷'的事就会泄露。你想想国王会有什么样的反应?"

巴拉克惊恐地看着我:"可你如果是对的,我们上哪儿找希腊火给国王演练?伯爵迟早得把实情告诉国王。"

"对,你说得对。但他可以告诉国王整件事都是他的敌人策划的阴谋,他和国王都被骗了,只要我们能查出谁是背后主谋,只要他能向国王说出这个人的名字,他依然可以扳回局面,甚至反败为胜。"

巴拉克伸手摸了摸剃得光溜溜的脑袋:"会不会是马奇阿蒙特?但马奇阿蒙特很可能只是个受害者。"

"对,"我同意了他的话,"很有可能。"我的兴奋开始消退。

巴拉克一脸热切地看着我:"那些人手上可能还有一点儿希腊火,我敢肯定他们至少留了一点点。如果我们揪出他们,把剩下的希腊火交给国

第四十章

王,他可以组织一批炼金术师进行分析,最终能研制出来也说不定。"

对呀,我怎么没想到这个可能。他们肯定留了一点儿。我暗骂自己太粗心了,深吸了一口气。

"难道就没有人想过这件东西会造成多么大的伤亡和破坏吗?大多数人,包括巴拉克你——你亲眼见识过它的威力,还差点儿被它杀死!可为什么你能为井底那几具尸体心神大乱,说到希腊火,说到这件可以杀死成千上万人的东西时你却连眼睛都不眨一下?"

巴拉克没把我的话听进去。"死的只会是军人。身为军人,就要做好为国家战死沙场的准备。"他目不转睛地看着我,"我会把希腊火交给我主人,让他有机会脱困。"

我没有说话。幸好他太兴奋了,没有注意到我忧心忡忡的表情。"你应该马上给伯爵写封信,"他鼓动我说,"由我带给格雷。这件事应该让伯爵知道。"

我犹豫了。"那好吧。现在去林肯律师学院已经太晚了,我们明天再去吧,看看能在马奇阿蒙特那儿找到什么。"

"如果背后主谋真的是他,而我们又能找到证据的话,伯爵就安全了。"他兴奋地笑起来。

我点了点头。但我在心里对自己说,要是我们真的找到了更多的希腊火,克伦威尔一定不能得到它。如果非得让我做一个选择,我会选择阻止巴拉克交给他希腊火。

第四十一章

尽管发生了这么多事,这天晚上我仍然睡得很香。我在快到六点的时候醒了过来,精神抖擞,只是起床时后背有点儿疼。换绷带的时候,我惊喜地发现伤处已经快要愈合。我换好绷带,开始做已经好些天没做过的运动操,我小心翼翼,生怕用力过猛反而伤到身体。今天是六月八号,我们只剩下两天了。

吃过早饭,我和巴拉克朝林肯律师学院走去,学院里人来人往,律师们的一天才刚刚开始。一个喝醉酒的学生躺在我上次碰见欧娜夫人时她坐的那张长椅上。此刻他已经醒了,迷迷糊糊地坐起来,一睁开眼睛,就被明亮的光线刺得瑟缩了一下。腋下夹着文件的律师们从他面前经过时,都向他投去责备的目光。我们走过我的办公室,向马奇阿蒙特的办公室进发。

外间办公室的两个书记员忙得焦头烂额。一个书记员急急忙忙地解释说马奇阿蒙特今天上午要出庭和另一个律师进行辩论,另一个正疯狂地翻阅着一堆文件。他突然呻吟一声,飞快地跑向马奇阿蒙特的房间,房门大敞,我们跟着他走了进去。他开始翻阅另一堆文件,翻着翻着,他抬起头瞪着我们,一脸被人打扰的烦躁表情。

"这里是私人房间。如果你们是为了案子的事来找马奇阿蒙特高级律师,就请等一等。我们得找到上午出庭要用的文件。"

"我们是奉了克伦威尔大人之命来这儿的。"我说,"目的是调查马奇阿蒙特失踪的事,对这里进行搜查。"巴拉克亮出克伦威尔的印章。书记员看过印章,犹豫了一会儿,无奈地摇了摇头。"高级律师会生气的,这

第四十一章

里有他的私人物品。"他终于找到了要找的文件，抓起来急匆匆地往外走。等他一出去，巴拉克立刻关上了门。

"我们要找什么？"他问。

"我也不知道。总之任何东西都不能放过。我们先搜这里，等会儿再去搜他的起居室。"

"如果他是主动离开的，多半不会留下犯罪证据让我们找到。"

"万一留下了呢。你看看这些抽屉，我去搜那张桌子。"说句实在话，翻看马奇阿蒙特的所有物让我有种奇怪的感觉。一个上了锁的抽屉唤起了我们的希望，可是巴拉克撬开抽屉之后，我们发现抽屉里只有一张系谱图。图上记载着马奇阿蒙特家族两百年来的谱系，每个名字下面都草草地写着此人从事的职业，有鱼贩子，铸钟匠，其中最低贱的职业是"农奴"。在一个生活在一百年前的先人名字下面，马奇阿蒙特潦草地写了一句话："这个人有诺曼底人血统！"

巴拉克哈哈大笑。"他到底是有多想要个贵族头衔啊！"

"是啊。他一直是个虚荣的人。走，到他的起居室看看去。"

可是起居室里也没有什么特别的东西，只有几件衣服、几堆法律文件和一些钱，我们一样都没拿走。我们盘问了两个书记员，可他们翻来覆去都是那几句话：他们昨天来上班的时候发现马奇阿蒙特不见了，连张便条都没留，还有上百件工作等着他做，他们也很着急。我们沮丧地离开了马奇阿蒙特的办公室，穿过院子向我的办公室走去。

"我还以为会找到有用的东西呢。"巴拉克说。

我摇了摇头。"和这件事有关的人是不会把证据留在家里的。格里斯特伍德兄弟生前不是也把那台器械寄放在罗斯柏瑞吗？"

"他们把配方留在了家里。"

"所以，看看他们后来的下场。那些人一定把所有的东西都藏在了某个地方。"

"可他们要是没把东西藏在家里,又会藏在什么地方呢?"

我突然停住了脚步。"你说会不会是某个仓库?"

"有这个可能。但是沿河的仓库有十二三座。"

"前段时间我不是丢了很多业务吗?其中一个业务就是办理一座仓库的购买事宜。那座仓库在盐码头附近。我当时还觉得挺奇怪的,因为这个交易的买主只是个代理人,真正的买主似乎并不想让人知道他买下这座仓库的事。"

"可是是里奇把你的这些业务给搅黄的。"

我静默了一会儿,拔腿冲进办公室。斯凯利正在拿小刀把一根羽毛笔的笔头削尖,听到动静,他抬起头,眯起眼睛看着我。"约翰,"我问,"戈弗雷先生在吗?"

"不在,先生。"他难过地摇了摇头,"他又被学院委员会叫去问话了。"

"你能为我做一件事吗?你也知道最近我丢了好几件本来已经到手的业务——大概有六七件吧。你能马上给我列个清单吗?把业务的名目、大概内容和涉及的团体个人都写出来。"

"好的,先生。"

"等一下。"我看着他通红的眼睛,"有件事我很好奇,约翰,你到底能不能看清楚?"话一出口我就后悔了,因为他表现得非常害怕。看到他战战兢兢的样子,我内心充满了负罪感。

"也许看不清楚,先生。"他站了起来,小声说出这句话,一会儿把重心换到左脚,一会儿又把重心换到右脚。

我尽量让自己的声音听起来和蔼可亲:"我有个药剂师朋友正在做配眼镜的实验,四处在找实验对象。如果你去找他,他说不定可以帮你配一副,你这么做是帮他的忙,他自然不会要你的钱。"

我看到他眼中燃起希望的光芒。"先生,我很乐意去见他。"

第四十一章

"太好了。我会尽快安排。现在赶快给我弄清单去吧。"他匆匆忙忙地走了。

巴拉克问:"你觉得那座仓库真的有可能是他们藏匿希腊火和那台器械的地方?"

"我知道听起来不太靠谱,但是你也不能否认有这个可能性。我们还是去查一查的好。"我盯着他狐疑的脸,"除非你有更好的建议。"

巴拉克点了点头。"那好吧,就听你的。"

"我以前从没听说过买个仓库还要通过代理人。这件事太不寻常了,所以我一直记得。如果买主买下仓库是为了藏匿见不得人的东西,这件事就很好解释了。这是我丢掉的最后一个业务——就在我接受克伦威尔派给我的任务之后。"

"无论如何值得一试。"巴拉克走到打开的窗户前,突然问:"那里出什么事了?"

我赶紧走到他身边。一小群人围成了一个圈,其中既有仆人,也有律师和书记员,被他们围在中间的是个学生模样的年轻人,身材壮实,长着一头金发。他发狂似的向众人打着手势,两眼惊恐地大睁着。我听到他说:"这是谋杀!"

我和巴拉克交换了一个眼神,匆匆跑了出去。挤进人群后,我一把抓住年轻人的手臂。"出什么事了?"我问,"谁被杀了?"

"先生,我不知道。我刚才去康尼花园打兔子,在一片果园里发现了——发现了一只脚。那只脚上还穿着鞋子,看样子是被什么利器给切断了。血流得到处都是。"

"赶紧带我们去。"我说。他犹豫了一会儿,转过身带领我们朝门房大院北面的一扇门走去,门外就是一片果园。一部分人跟在我们身后,麻雀一样叽叽喳喳地说个不停。

"其他人不要跟过来,"我说,"这是官家的事。"众人七嘴八舌地抱怨着，但还是乖乖地留在了门外，由着我们三个人穿门而过，进入果园。苹果树和梨树枝繁叶茂，草地上落花点点，仿如一张华美的地毯，只是因为落下的时间久了，花朵大都已经枯萎。学生带着我们穿过树林。

我问："伙计，你叫什么名字？"

"先生，我叫弗朗西斯·格里高利。我本来想打几只兔子吃，所以一大早就出来了，哪知道看到了——看到了那个东西，吓得我赶紧跑了回去。"我仔细端详着他的脸。从外表看他似乎是个老实人，而且的确被吓坏了。

"别这么紧张，弗朗西斯。没什么好怕的，只不过有个人正好失踪了，上头命令我们寻找他。"

年轻的格里高利不情不愿地带领我们走进树林深处。在果园中央一片被落花覆盖的草地上，我们看到了令人毛骨悚然的景象。一大块草地染满了血，血已经变黑了，看上去黏糊糊的。一棵树的一根枝条被生生砍断，断口上有一道深深的凿痕。这道凿痕显然是斧头劈出来的，难道又是赖特所为？树下躺着一只鞋子，鞋口连着一小截苍白的腿。

我走到染血的草地上，仔细查看这只断脚，胃里一阵翻江倒海。这是一只人脚，却被人像剁猪蹄一样剁掉了。苍蝇在断脚周围嗡嗡乱飞。

巴拉克说："这鞋子是绅士穿的。"

"的确是。"我忽然看到落花之中还有别的东西，立刻拔出腰间的匕首，拂开红红白白的花瓣。看清是什么东西之后，我心里一阵恶心，猛地站了起来。那是三根人的手指，和那只脚一样被人切了下来，手指上细长的黑色汗毛被苍白的皮肤一衬，显得非常醒目。其中一根手指上戴有一枚硕大的绿宝石戒指。

"这是什么？"巴拉克一边喊，一边走到我身边。我暗暗对自己说：别害怕，把手指捡起来！却始终不敢动手。可是巴拉克却先我一步，毫无惧色地捡起手指。我说："这枚戒指是马奇阿蒙特的。"我把声音压得很低，

第四十一章

这样一来那个学生就听不到了。他不敢踏上这片染血的草地,此刻正远远地站在一边。

巴拉克低声骂道:"该死。"

"他一定是按照约定来这里和某个人见面,而凶手带着斧头找到了他。"

"托奇和赖特。"

"对。他当时一定奋力挣扎,试图逃跑。为了阻止他逃跑,他们可能挥动斧头砍下了他的脚。接着他又试图用手来自卫。可怜的马奇阿蒙特。"

"那他们既然把尸体给移走了,为什么又留下这些残肢呢?"

"如果事发时是晚上,他们很可能没有注意到这几根手指和戒指。"

"我还以为为了保护律师们和他们的黄金,这里一向守卫森严呢。"

"学院里面的确是守卫森严,花园和果园就没人管了。而且来这里根本不需要走正门,从林肯律师学院广场翻墙过来就到了。"

巴拉克背对着那个学生,把戒指从断指上扒下来塞进衣袋里,接着一松手,让断指落回地上。我们走向等在一旁的学生。

"小伙子,我们没看出那只断脚是谁的。"我说,"看来只能向当局报案了,我们回去吧。"

一听能离开这个地方,他高兴坏了,拔腿就往回跑。我和巴拉克慢慢跟在后头。我暗暗庆幸昨天晚上给欧娜夫人送了那封信,提醒她出门时一定要带着仆人。

"这么看来马奇阿蒙特真的和托奇、赖特有关系。"巴拉克说。

"从表面上看的确是。也许他因为担心我把他抓到克伦威尔那儿去,所以把事情告诉了他的主人,但这个人决定杀他灭口。"我突然停下脚步,"不,不是这么回事,他应该早就知道自己会有什么样的危险,被灭口的人已经够多了——格里斯特伍德兄弟俩、铸造工莱顿、芭思希芭和她哥哥,现在终于轮到他了。"

巴拉克说："也许他就是那个主人。"

"你说什么？"

"也许整件事就是他和托奇、赖特一起策划的。当他告诉他们情势不妙之后，他们决定杀了他，然后带着希腊火逃之夭夭。"

"你可能是对的，"我说，"事情如果真的如你所说，那我们必须找到他们。"

"托奇是个非常精明的人。他在修道院受过教育，又当过几年兵，知道怎么样能把希腊火卖给出价最高的买主。搞不好是个外国人。"

"可他们现在在哪儿？他们把马奇阿蒙特的尸体藏到哪里去了？发射器械和配方又在哪儿？走，我们去看看斯凯利写好清单没有。"

回到院子里的时候，年轻的格里高利已经被一群人围在中间，口水四溅地讲述着我们在果园里的发现。

"他们很快就会把断脚、血迹和马奇阿蒙特联系起来。"巴拉克说。

"但是没有戒指，无论他们再怎么怀疑，也不能证明遇害的就是他。"我看到布里克纳普站在人群边上，两眼睁得大大的，难道他已经猜出被杀的是谁了？

回到办公室的时候，我发现斯凯利已经在等着我们了，他手里拿着一张纸。

"全都列好了，先生。"

"谢谢你。"我把纸放到桌上，和巴拉克一起看。他的字迹虽然潦草，但是勉强能看清楚，这些业务包括四项土地纠纷，一项遗嘱纠纷，还有一项仓库买卖。这座仓库名叫"鹈鹕"，坐落在盐码头。

巴拉克好奇地问："鹈鹕是什么？"

"是一种产自印度的鸟。这种鸟的嘴巴下面有一个大大的囊，是用来装鱼的——或许也装我们不知道的东西。"我望着窗外，"把布里克纳普叫到这里来。你悄悄告诉他，我们相信遇害的人是马奇阿蒙特。"我突然想

第四十一章

到一件事。"约翰,你再在清单末尾添两项业务,随便什么都行,你在我的业务里面选两个吧,添好之后交给我。"

斯凯利此时正张大嘴巴站在一边,听了我的话,他点点头进了我的办公间。一分钟后巴拉克回来了,身边跟着布里克纳普。这个无赖的眼中充满了恐惧。

"这是真的吗?马奇阿蒙特高级律师被杀了?我听到的时候吓坏了——"

"是真的,布里克纳普,我早就以克伦威尔大人的名义命令过你说实话,可你就是不说。现在连马奇阿蒙特也死了,我想和希腊火有关系的人没有一个跑得掉。"

他拼命摆手,疾言厉色地说:"夏雷克,我已经跟你说过很多遍了,我和希腊火无关!理查德爵士是为修道院的事搅黄了你的业务,不是为希腊火!我除了当过一回信使,和这个该死的东西一点儿关系都没有!"他又惊又怒,激动得差点儿跳起来。我现在终于让他尝到了烦恼的滋味。

"你真的从来没有向里奇提起过希腊火?"

"我为什么要提,提了不就是和伯爵作对吗?我当然不会这么做!"

我把清单递给他:"看,这上面列着我最近丢掉的所有业务。你确定这些都是里奇搅黄的?"

布里克纳普把清单飞快地浏览了一遍,摇了摇头。"我不知道。里奇爵士只是告诉我他打算破坏你的生意作为警告,并没告诉我他打算破坏哪些业务!"他停顿了一下,伸手抓了抓又粗又硬的金发,厉声说:"听着,既然我有可能遇上危险,那么我需要保护。我不能像被马奇阿蒙特一样被人杀死!"

"为什么不能?"巴拉克反问他,"谁在乎你的死活?"

"布里克纳普,"我低声说,"我需要见见理查德·里奇爵士,让他看看这张清单。我必须知道他破坏了哪些业务,这关系到另一件事。你知道他在哪儿吗?"

"他中午应该会在圣保罗大教堂听克兰麦大主教布道。桑普森主教被关在伦敦塔,所以这个星期的午间布道会由大主教主持。国会的半数成员会到场。"

"对啊,我都给忘了。巴拉克,我们最好去一趟。我得让他看看这张清单。"我转头对布里克纳普说:"谢谢你。至于保护嘛,我想接下来这几天你应该把自己锁在你的办公室里,和你的那柜金子呆在一起。"

"可是——可是我还有事情要做。"

我耸了耸肩。布里克纳普咬紧牙关,最终扭头走出去,砰的一声关上了门。透过窗户,我们看到他快步跑向自己的办公室,边跑边紧张地扫视着四周。"我觉得不会有人对付他,"我说,"他什么都不知道,和欧娜夫人一样。"

"你确定他说的是真话?他真的对希腊火一无所知?"

"噢,我相信是真的。他刚才已经被吓成那样了,如果真的知道什么,一定早就说出来求我们保护了。走吧,巴拉克,我们必须去见里奇,弄清楚仓库买卖到底是不是他搅黄的。"

"要是他不肯配合呢?"

"要是他不肯配合,我们就去那个仓库调查一下。"

巴拉克点了点头。"说不定还能在那个鬼地方碰到托奇和赖特。"

第四十二章

穿过舰队街进入城区的时候，我注意到云团开始扩散，逐渐布满了西面天空。

巴拉克说："老天爷也许又打算像上次那样，下半小时的雨来戏弄我们。"

巴拉克的话让我想起那天晚上的宴会。刚才回家牵马的时候，我发现欧娜夫人给我送来一封短信，信上说："*谢谢你这么关心我的安危。我一直非常小心。*"我看完后露出笑容，把信折起来放进了衣袋。结束了回忆后，我深深叹了口气，那个仓库里到底有没有我们想要的东西？这个猜想让巴拉克很兴奋，我也一样，可这是因为找不到其他线索，只能出此下策。

我们沿沃里克街前行，雄伟的诺曼底教堂居高临下地俯视着我们。我可以看到巨型木质尖顶下方的那片平台上有许多小黑点儿，伦敦人喜欢溜达到上面欣赏城市风光，天气炎热的时候那儿更是人满为患，与泰晤士河不相伯仲。站在平台上既可以吹风，又可以避开城里的臭气。

"但愿这次能从里奇那儿问到有用的东西，"巴拉克说，"只剩两天了，我主人的敌人们已经迫不及待要看他的好戏。"

"我是在五月底丢掉那个仓库买卖的，"我说，"就在克伦威尔给我下了命令之后。当时我都快把交易手续弄好了。"

"但是那个时候谁会知道你参与到了这件事里面？"

"托奇和赖特可能从我们去找格里斯特伍德兄弟那天起就一直监视着我们，并且告诉他们的主人克伦威尔派了我侦查这件事。可是——"

"可是什么?"

"就像我昨天说的那样,他们几乎次次比我们抢先一步,仿佛我们身边有个人把我们的一举一动都透露出去了。可这个人是谁呢?"

巴拉克冷笑了一声:"难道是琼·沃德?"

"不太可能。"

"那么还有谁从一开始就在我们身边?"他皱起眉头苦苦思索,"只有约瑟夫。"

"我敢说约瑟夫和琼一样不可能。虽然他并不是克伦威尔的支持者。"

"可是伯爵也只把这件事告诉了格雷一个人。他追随伯爵的时间比琼追随你的时间还要长,何况他一直是个改革者。"

我点了点头。"让我再好好想一想吧。"我抬手擦了擦额头上的汗水,空气黏腻凝滞,街道热得像个大蒸笼。我把头转向巴拉克。"我今天一定要去温特沃斯家走一趟,用我们的发现质问那家人。你要不要和我一起去?我觉得一个人去有点儿危险。"

他立刻点头答应了。"好。如果时间允许我就跟你去。"

我松了一大口气:"谢谢你,巴拉克。"他生硬地点了下头,每次受表扬的时候他都会不知所措。他说:"如果待会儿找到了里奇,你最好别让他知道你特别在意那个仓库。为了达到恐吓你的目的,这件事就算不是他搅黄的,他可能也会认下来。"

"我知道。所以我才叫斯凯利把两个根本没丢掉的业务加在清单上。我准备先问里奇清单上哪些业务是他搅黄的,然后观察他的反应。"

"他可能会撒谎。"

"我知道。他口是心非、虚与委蛇的本事比任何一个律师都要强。而且他心肠够狠,谁挡了他的路,他就会除掉谁。"我紧咬嘴唇。和理查德·里奇周旋需要十足的胆量,一来他是枢密院顾问,位高权重,二来他是凶手的可能性依然存在。

第四十二章

"如果他告诉你仓库买卖不是他搅黄的呢?"

"那么搅黄此事的就另有其人,我们今天就去那个仓库一探究竟。"我心中暗想,如果真的在仓库里找到了希腊火,而巴拉克想把它交给克伦威尔的话,我该怎么办?此刻我俩已经走到了大教堂的正下方,教堂庞大的身躯遮挡了天空。"走吧,"我说,"我们可以把马留在那家旅馆里。"

我们拴好了马,穿过大门走进圣保罗大教堂的院子。我还以为会看到十字架布道台周围人山人海的画面,谁知铺满鹅卵石的院子里竟然空荡荡的,通往平台的楼梯上倒是站着很多人,可他们是等着上平台去的。楼梯口有一道门,门口的两个卖花小贩生意很兴隆,没过一会儿就卖出了不少花束。酷热是件折磨人的事情,但他们至少靠着这炎热的天气大赚了一笔。

我问巴拉克:"我们是不是来得太早了?"

"不会啊,都快十二点了。"

我向一个过路人问道:"不好意思,先生,请问大主教今天是不是不在这里主持午间布道会了?"

男人摇了摇头。"他在教堂里面布道呢。因为今天上午这里绞死了一个人。"他朝我身后的围墙点了点头。我转过头,看到那里竖着一座临时搭成的绞刑架,一个人如果犯下了影响恶劣的重罪,有时候会被押到这个院子里绞死。男人鄙夷地说:"被绞死的是个下流的鸡奸者。大主教何等尊贵,怎么能和这种人共处一地。"他走过去加入了等着上平台的队伍。我看了那个吊在绞索上的人一眼,迅速移开了目光。那是个穿着粗布夹克的年轻男人,从他的死状来看,行刑的时候应该没有人往下拉他的腿,所以他的死亡过程非常漫长,整张脸憋成了紫色,五官扭曲,显得狰狞可怖。他是在极度的恐惧中死去的。我突然感觉自己被死亡的阴影包围了。我深吸了一口气,跟上了巴拉克,他已经走到教堂门口了。

圣保罗大教堂的中殿轩阔堂皇,拥有巨大的石制穹顶,是全伦敦最伟大的奇迹。来自全国各地的访客常常在此往来漫步，抬头仰望穹顶，感受它恢宏气势带来的震撼；也有不少小偷和妓女靠在中殿的柱子上盯着来来往往的人，等待下手的时机。但是今天的中殿几乎是空的。我朝教堂深处看去，布道台周围站着一大群人。布道台上方的天花板上绘有《末日审判图》——恶人被打入了地狱，善人则进入了天堂，画面色彩鲜艳，生动传神。这幅画可说是漏网之鱼，克伦威尔还没来得及把它抹去。一个身穿白色法袍，肩披黑色圣带的人正站在台上布道。巴拉克搬了把椅子踩上去，扫视着黑压压的人头，几个离他最近的人向他投来不满的目光。

我问："你看到里奇了吗？"

"没有，人太多了。他可能在前面。我们到前面去。"他开始在人群中左推右挤，毫不理会众人小声的抗议，硬是挤出了一条路，我跟在他后面往前走。这次来听大主教布道的人少说也有几百个。大主教说起来也算克伦威尔的朋友，自从国王和罗马教廷决裂之后，国内所有的宗教变革都是他们两人联手策划的。

我们终于挤到了前排，一群身穿长袍的商人和大臣站在这里，仰头注视着布道者。巴拉克虽然胆大妄为，却也不敢冒冒失失地挤到这些人中间去。他踮起脚尖搜寻着里奇。我细细打量着克兰麦，因为我以前从来没有见过他。他的样貌出人意料的平凡，身材矮小壮实，一张长长的鸭蛋脸，脸上生着一对棕色大眼，眼中的哀伤似乎多过威严。他面前的诵经台上放着一本英文版《圣经》。他一边讲诵，一边轻轻摩挲着书页边缘。

他用洪亮的声音说："我们每一个人都应该理解上帝的话，达到能读、能写的程度。这样还不够，我们还要做到听从。这样一来，我们每个人就能直接聆听上帝的教诲，不需要牧师和烦琐的拉丁语仪式挡在中间。就像《旧约·箴言篇》第三十章里说的那样：'神的言语，句句都是炼净的，投靠他的，他便作他们的盾牌——'"

这番话带有强烈的新教色彩。按照原来的计划，今天在这里布道的应

第四十二章

该是守旧的桑普森主教,要不是他进了伦敦塔,今天的布道重点一定会放在顺从和传统上。桑普森和克兰麦一样,喜欢从浩瀚如海的《圣经》中引经据典来支持自己的立场;他们的这种习惯引发了一种风潮,我听说有印刷工甚至出版了他们的引用语索引,卖给人做辩论之用。我想到伊丽莎白房间里的那些书,她曾经那么耐心地钻研着宗教理论,后来这种耐心却变成了对上帝的满腔怨愤。我不禁扪心自问,我自己的信仰呢?它到哪里去了?它是怎么从我心中悄悄溜走的?

巴拉克附在我耳边说:"他在那儿。"他又开始挤过人群,边挤边说对不起。看来他这个人还是能讲礼貌的,前提是他愿意。我一边想,一边跟着他挤了过去。人群最前面站着一小队保镖,两个身穿华贵长袍的人被他们簇拥在中间,一个正是里奇,另一个则是大法官托马斯·奥德利。里奇英俊的脸上一派漠然,你根本看不出他对克兰麦的布道赞成与否,但我相信他是一定会两头下注的,克伦威尔要是倒台了,克兰麦也会跟着倒台,那些反扑的天主教徒们说不定会让这位大主教也尝尝被烧死的滋味。我看到奥德利靠近里奇,小声对他说了句什么,脸上露出讽刺的笑容,但里奇只是面无表情地点了点头。

巴拉克从衣袋里掏出伯爵的印章递给我。"给,你拿着。有了这个,那些保镖应该会放你过去。"我点了下头。我的心跳很快,在深吸了一口气之后,才不那么紧张了。我朝两名位高权重的枢密院成员走了过去,刚一走近,一个保镖就警觉地回过头来,一只手伸向剑柄。我连忙向他出示了印章。

"我必须马上和理查德爵士说几句话。是克伦威尔大人派我来的。"

里奇已经看到我了。他皱了皱眉头,接着唇边泛起一丝冷笑,主动向我走来。

"夏雷克律师,又是你。难不成我走到哪里,你就跟到哪里?我还以为和伯爵谈过之后,我们之间的事就算了呢。"

"理查德爵士,我这次来是为了另一件事,具体地说是伯爵的事。我必须和你谈一谈。"

他好奇地看着我:"什么事?"

"我们可不可以去个安静点儿的地方?"

他拢紧身上的长袍,打手势示意他的保镖们留在原地,又挥了挥手,示意我在前面带路。我领着他穿过人群,来到一堵墙边,这里离人群很远,他们应该听不到我们说话。巴拉克跟在后面,和我们保持着一点儿距离。

里奇又问:"是什么事?"

我从衣袋里拿出清单。"理查德爵士,我想知道这些业务里面有哪些是你劝我的客户反悔的。"

他目光灼灼。我觉得这双灰色的眼眸就像深不见底的海水,让人难以捉摸。他冷冷地问:"这和伯爵有什么关系?"

"我只能告诉你他对其中一项业务有兴趣。"

他厉声问:"哪一项?"

"我不能说。"

他薄薄的嘴唇抿成一条细缝。他压低声音狠狠地说:"夏雷克,总有一天——"他一把夺过清单,飞快地浏览了一遍。"第一、第二、第四和第五项是,第三、第六、第七项不是。"

第三项就是仓库买卖。我仔细观察着他的表情,可是并没看出什么可疑之处。他刚才如果在说谎,说话时一定会有停顿或者眨眼睛等不自然的表现。

他把清单扔给我。"你还有什么要问的?"

"没有了。谢谢你,理查德爵士。"

他冷笑一声说:"我的天哪,你怎么敢大喇喇地盯着我看。要是没什么事,我就回去听大主教讲道了。"他也不行鞠躬礼,直接转过身挤回人

第四十二章

群里去了。巴拉克来到我身边。

"他怎么说?"

"他说仓库买卖不是他破坏的。"

"你相信他吗?"

"他刚才读清单的时候完全没有停顿。不过这也说不准,他这个人太聪明了。"我一时难以确定,"我不知道,真的不知道。"

巴拉克没有说话。他朝教堂深处看了一会儿,慢慢转过头,压低声音对我说:"赖特在这儿,我看到他了。他就躲在那根柱子后面。我想他应该没注意到我在看他。他在朝我们这边看。"

我闻言一惊,下意识地背靠着墙壁。"他来这里做什么?"

"我不知道。也许他又在跟踪我们。"

"他可能是和里奇一起来的。你有没有看到托奇?"

"没有。"巴拉克思索了一会儿,表情坚定地说:"这是抓住他的好机会。你带匕首没有?"

我伸手摸了摸腰间:"这几天一直带着。"

"那你肯帮我吗?"

我点了点头,可是一想到待会儿又要和那个凶残的杀手正面交锋,我的心就狂跳不止。他几个小时前才杀死马奇阿蒙特,忆起果园里的断脚断指,我不禁打了个寒战。我一边尽力不朝柱子那边看,一边小声说:"他有没有带武器?"

"他腰带上挂着一把剑。不过他不可能带着把斧头进圣保罗教堂。"巴拉克说得又快又轻,脸上挂着漫不经心的笑容,"我们沿着中殿往前走,装出什么都不知道的样子。等走到那根柱子那儿的时候,我立刻绕到一边去。你就在另一边截住他的去路。"他一脸热切地看着我。"你做得到吗?"

我又点了下头。巴拉克开始沿着中殿朝那根柱子走去,走路姿势吊儿郎当。教堂另一端的布道还在继续,克兰麦的声音时高时低,听起来很遥远。

我们走到了柱子旁边。说时迟,那时快,巴拉克拔出长剑,像只猫一样迅速跳到了柱子的另一侧。我听到一阵刺耳的金属碰击声,赖特一定早就拔出了自己的剑。他刚才一定等在柱子后面准备好了杀我们。

我跑到柱子的另一侧,看到巴拉克和赖特各执一把长剑杀得难解难分,赖特虽然身材高壮,动作却出乎意料的迅速灵活。周围的人纷纷停下脚步紧贴着墙壁,唯恐被殃及。一个女人吓得尖叫起来。

我拔出了匕首。赖特还没有看到我。如果我可以刺伤他的手臂或者大腿,让他失去反抗能力,我们应该就能抓住他了。我活到这把年纪,还从来没有对一个人下过狠手,但我的头脑现在很清醒,每一根神经都紧绷着,内心的恐惧感完全消失了。我走上前去。脚步声被赖特留意到了,在避过巴拉克的一击后他后转过头来,表情凶狠残忍,和上次在圣迈克尔方济会修道院里一模一样。但他现在的首要任务变成了逃跑,而不是杀人。

他跳到一边,拔腿狂奔,从彩色玻璃窗射进来的光洒在他的剑上,令剑身闪烁着瑰丽的光芒。"他妈的!"巴拉克着急地嚷道,"快追!"他飞快地追过去,我也拼尽全力跟在后头。赖特突然停下来不跑了,一大家人正扶老携幼朝通往屋顶平台的那扇门走去,就算他拿剑砍出一条路也来不及了,再拖延下去,一定会被巴拉克追上。

赖特转身朝那扇门跑去。一对老夫妇刚好走到楼梯底部,赖特一把推开老妇人,毫不理会她的尖叫,头也不回地往上跑去,巴拉克紧追不舍。我在两人身后狂奔,长袍随着动作飘飞起来。快到达楼梯尽头的时候,我连气都喘不过来了,喉咙像火烧一样疼,和上次在火场里被烟呛到的感觉一模一样。我看到前面通向平台的门开着,露出一块长方形的天空。

我咬牙跑完了最后几步台阶。一阵风立刻吹在我热得发烫的脸上,比起下面,这里的风更凉更大。出现在面前的是一个宽阔的平台,巨大的木头尖顶足足有五百英尺高,剑一样直插天空。在低矮的栏杆外面,整个伦

第四十二章

敦画卷一般呈现在我眼前，泰晤士河在城中蜿蜒而过，像是一条蛇，翻滚的乌云如同千军万马，朝大教堂上空直逼过来。受惊的人群蜷缩在栏杆边，注视着巴拉克。他已经把赖特逼入了绝境，后者背靠着尖顶，举剑与他拼杀。赖特虽然身材高大，行动敏捷，但巴拉克比他年轻，速度更胜一筹。我跑过去加入了战团，握着匕首站在赖特和通往楼梯的门之间，但又和他保持了一段距离，在他剑的杀伤范围之外。在我身后，人们开始争先恐后地跑向那扇门。

巴拉克的脸上浮现出一丝讥笑。他向赖特招了招手。

"投降吧，傻大个，你现在大势已去了。你不该把你的同伙托奇留在家里。丢掉手里的剑，乖乖走过来。我们不想要你的命，只想代克伦威尔大人问你几个问题。你的回答要是让他满意，他会让你变成富翁。"

"不，他不会。"赖特的声音低沉而粗重，"他会杀了我。"他的眼睛在我和巴拉克之间转来转去，我看得出他是在估算自己能否冲过我跑到门口。一想到他那凶神恶煞的样子，我吓得腿都软了，但我这次一定不能让他跑掉，无论付出什么代价。我摆出一副绝不退缩的姿态。赖特看出了我的决心，两眼疯狂地来回扫视着我们。他知道自己被困住了。

"赶快投降吧，"巴拉克继续劝说，"你只要把一切都告诉克伦威尔大人，就不用受肢刑之苦了，你听明白了吗？"

赖特突然跳离了尖顶。并非跳向我的方向，而是避开我们，朝平台深处逃去。这一动作让我们大吃一惊。巴拉克拔腿就追，我紧跟其后，协助他把大个子逼向栏杆，再次困住。赖特转过头，看了看身后令人头晕目眩、胆战心惊的景象。他伸出舌头舔舔嘴唇，咽了口唾沫，再次开口说话了，因为恐惧，他的声音变得尖厉刺耳。

"我很早以前就下定了决心，这辈子就算要死，也绝不被绞死！当我看到院子里那个男人之后，我的决心更坚定了。"

"你说什么？"巴拉克愣住了，即将劈下的剑停在半空。我比他先一步猜出了赖特的意思，扑过去想要抓住赖特的手臂，可惜迟了一步，他已经跳到栏杆上了。我起初以为他无论如何还会跳回来，不料就在他回头看我的一瞬间，身体也失去平衡，向前摔了出去。这大个子连喊都没喊一声，就消失在了浩大的虚空中。等我们冲到栏杆边往下看的时候，赖特已经落地了。他躺在一百英尺下的鹅卵石地上，脸看上去只是一个苍白的小点。鲜血从他破碎的身体里慢慢涌出来，在院子里蔓延。

第四十三章

巴拉克拉着呆若木鸡的我离开平台，硬把我赶下了楼梯。从平台上跑下来的人正聚集在教堂入口处，激动地向大教堂的公务人员讲述着刚才的惊险一幕。我们快走到门口的时候，一个女人跌跌撞撞地冲了进来，放声尖叫："有个人从平台上摔下来啦！"公务人员们连忙抬起手来，示意大家不要喧哗，在他们看来，不打扰大主教布道是最要紧的。我们趁着其他人没注意，偷偷溜了出去。

巴拉克领我连走带跑地钻进福斯特街附近的小巷子里，这些小巷纵横交错，恍若迷宫。直跑到同业公会大厦附近他才停下来，靠在一家蜡烛作坊的墙壁上。一个圆脸学徒站在作坊门口一遍又一遍吆喝着："上好的牛脂蜡烛，一法新十二根！"我也无力地倚着墙壁，大口大口地喘着气。

"把你这身长袍脱下来，"巴拉克说，"那些人一定会四处寻找一个律师打扮的人。"

我依言脱下长袍，卷成一团夹在腋下。巴拉克伸手扯平皱巴巴的背心，向四周看了看。那个学徒连看都不看我们一眼，只顾一心一意地叫卖他家老板的货物，间或撩开一绺被汗水浸得贴在脸上的头发。

"我们赶紧走吧，"巴拉克说，"过不了多久就会有人叫嚷起来了。邦纳主教一定会震怒，大主教亲临大教堂讲道是何等大事，居然有人在这期间持剑斗殴。"

"他一定会派人追捕杀人凶手，而且我多半会被认出来——一个驼背律师是很容易被人记住的。他们也会寻找一个没头发的年轻男人。拿去。"我把我的帽子递给他——他自己的帽子已经在打斗的时候掉了。他接过帽子戴在头上。

"谢谢你。我有伯爵的印章,可我们没时间和那些人头猪脑的巡官争辩。"

我抬手擦了擦额头上的汗。在这一带房屋中,同业公会大厦可以说是鹤立鸡群,我站在这里,可以清楚地看到大厦的最高几层。在约瑟夫来找我之前,在我踏上这段可怕的、疯狂的旅程之前,我还以一个受人尊敬的出庭律师的身份出现在那里,现在却像个丧家犬一样躲在这肮脏的陋巷——时间真的只过去了两个星期吗?

"我们现在怎么办?"我疲惫地问,"去仓库?"

"对,我们现在应该去仓库。"他看着我说,"老天爷作证,你怎么流了那么多汗。"

"我可不习惯跟人以死相拼,巴拉克。何况还隔得这么近。"我抬头看着天空。乌云已经完全遮蔽了天空,而且变得更厚更黑了。

"我们从小路走。跟我来。"

我跟着他穿过一条又一条小巷,途中经历了人和动物的推挤,忍受住了排水沟散发出来的臭气。要到河边就得穿过齐普塞街,就在我们走到大街南头的时候,忽然听到有人叫我的名字。我转身的时候害怕极了,唯恐叫我的是个巡官,结果定睛一看,不是巡官,是我认识的一个市议员杰夫森。他大步流星朝我们走来,身后跟着一个随从。我连忙鞠了一躬。

"上午好啊,夏雷克先生。我有要紧话和你说。"他那张刮得干干净净,不剩半点儿胡楂的圆脸上一派严肃。妈的,我怎么这么倒霉!要是他已经听说了圣保罗大教堂的新闻,他可能会叫巡官,甚至指挥过路的市民抓住我们。我可不喜欢街头混战。巴拉克把手悄悄滑向了剑柄。

"先生,有件事我一定要告诉你。市议会想感谢你——"

"你说什么?"

"感谢你让人把在路德门发现古砖的事上报给我们。古砖上的希伯来

第四十三章

文显示它们的确来自一座古代犹太教会堂,这可是我们第一次发现带有希伯来文的古物,整个伦敦迄今为止还没有第二例。"

我暗暗松了一口气,咽了口唾沫说:"先生,能为你们效劳,我很高兴。我现在有要紧事要办——"

"我们打算把古砖放到同业公会展览。犹太人已经成为了回忆,但是这些砖依然是我们城市历史的一部分,理应得到保留。"

"谢谢你,杰夫森先生。可是我这会儿必须失陪一下——"我飞快地鞠了个躬,在他说出挽留的话之前拐进了小巷。

"混蛋。"估摸着他听不见了,巴拉克立刻骂了出来,"我真想狠狠地揍他一顿,向他证明我不是回忆。"

"幸好你没有。"

他指了指不远处的一个小贩,小贩身边有一个桶,里边装着淡啤酒,"我渴了。"

正好我也渴了,我们每人买了半品脱,就着小贩的木头杯子咕嘟咕嘟一饮而尽。我嘴巴不停地吞酒,眼睛却将这条通向河边的小巷扫视了一遍。我觉得有人在看着我们,但我无法从熙熙攘攘、汗流浃背的人群中分辨出是谁。

❖

盐码头是一处宽阔的河湾,呈三角形切入河岸,能供小船停泊卸货,此刻就有两艘海船在码头卸橘子。这里有一条街,街道一侧紧挨着王后港,沿街仓库林立。我们在街上四处转悠,开始寻找"鹈鹕"仓库。

我们走完整条街才找到了这个仓库。它是街道尽头的最后一栋房子,紧靠着河边,总共有四层楼,用青砖建成,非常坚固。房子的外墙上有一幅褪了色的招牌,上面画着一只嘴巴大得出奇的鸟。为了防贼,所有的窗户都关得严严实实,还装了铁条,挂着一把大门锁。毗邻的房屋都有人工作,可是这个仓库好像已经被废弃了。

我们走到房子南侧,彻底看清了房子所处的位置。房子的北侧在码头上,南侧直接插进了河里。我俯视着棕色的河水,现在正是退潮时分,房子的墙根露出来,上面绿乎乎一片,也不知道是泥还是青苔。我顺着墙根往上看,发现二楼的墙壁上开着一个洞,洞里伸出一个绞盘,人不用出门,靠它就能把下面小船上的货物拉进仓库,十分快捷省力。一根绳子从绞盘上垂下来,在凉爽的河风中微微摇晃。

"仓库里没人,"巴拉克在我身边说,"我刚才敲了门,可是没有人回应。里面有空旷的回声,好像完全没有储藏什么东西。要不要我试试能不能把锁撬开?"

我点了点头,他掏出那根小巧的开锁法宝,弯腰捧起大锁,和在温特沃斯家的井边一样开始捣弄。我不安地注视着正在码头边卸货的工人,所幸他们并没有注意到我们。

"但愿这群想害伯爵的混蛋还没死光,"他小声嘀咕着,"他们可能每隔一段时间就换个地方藏希腊火和发射器械,好让别人找不到。"

"这群人很可能只剩托奇一个了。"我嘴上这么说,心里却明白,就算单打独斗,他也绝对是个危险的敌人。

只听咔哒一声轻响,锁开了。巴拉克低呼一声:"搞定了!让我们看看里头到底有什么。"

门合页明显上过润滑油,门一推就开了,而且声音不大。为防有人躲在门背后,巴拉克用力很猛,一下就把门推到了底。门撞上墙壁,发出砰的一声,声音在仓库里空洞地回响。出现在我们眼前的是一个幽暗的空间,唯一的光源是一扇开在高处的玻璃窗。这座仓库同教堂中殿一般阔大,而且空荡荡的。空气里弥漫着一股布料发霉的气味,石头地板上散落着破碎的羊毛织料。巴拉克拔出长剑走了进去,我紧随其后。

他粗鄙地说:"这里空得跟生不出孩子的女人肚皮一样。"

第四十三章

我望向仓库尽头。一段木楼梯通向二楼,但这所谓的二楼其实只是一个紧靠墙壁用木头搭成的平台。平台上靠近楼梯的地方倒是有一个房间,房门关得紧紧的。

"那里一定是办公室。"我说。

"要过去看看吗?"

我点了点头,心跳一下子快起来。我们小心翼翼地爬上了摇摇晃晃的木楼梯。爬楼梯时我一直盯着那扇门,生怕门会突然打开,托奇从里面冲出来扑向我们。巴拉克把剑举在身前,我也握紧了腰间的匕首。但是门没有开,托奇更没有冲出来,最终我们安全地来到了平台上。我看到门上也挂着一把锁。光线似乎更暗了,我朝那扇玻璃窗看了一眼,窗外的天空黑沉沉的,仿佛冬日的黄昏。隐隐有雷声传了过来。

巴拉克弯下腰,开始对付这把锁。地上的灰尘跟着我们的脚步扬起来,呛得我咳嗽了几声。这个地方看起来好像几个月没人用了。我扫视着整个平台,一个角落里放着一捆布。巴拉克突然高兴地嘟囔了一声,他成功地把锁撬开了。他后退两步,一脚踢开了门。

这个房间也是空无一物。我们在外面看到的那个洞原来就在这里,洞外是阴沉沉的天空。绞盘一端伸出洞口,另一端则用螺栓固定在地板上。接着我看到房间里还有一扇门。我推了推巴拉克,他立刻走上去把门推开,在看清屋内的景象之后,他兴奋得吹起了口哨。

门后又有一个房间,中央摆着一张桌子,上面放着一个啤酒罐、三个餐盘、一支没点燃的牛脂蜡烛,还有一大块面包。桌子旁边也有一捆布,看样子是被人拿来做凳子用的。我们走了进去。

"这里不久之前有人来过。"我说。

巴拉克突然停住了脚步。离我们较远的那堵墙边有一堆东西,我首先认出了一根长长的金属管,管子一头连着引线;接着是一个式样复杂的手泵和一个金属三脚架,这些东西都被捆在一起,靠在一个极大的金属贮水罐旁边。

他压低声音说:"这就是发射希腊火的器械。"

那堆难看的金属物件旁边还有一样东西。那是一个细长的瓷花瓶,大约高两英尺。这种式样的花瓶一般是拿来插时鲜花草,放在庭院里做摆设用,我曾经在玻璃屋里看到过类似的。我慢慢走过去,小心翼翼地拔出小小的瓶塞。花瓶里装着一种黑乎乎的黏稠液体,一股熟悉的臭气迅速飘散出来,我后颈的汗毛一下子竖了起来。

巴拉克站在我身边凝视着花瓶,我能感觉到他呼出的热气喷在我脸颊上。他把一根手指伸进液体里蘸了蘸,又凑近鼻端一闻。"我们找到了,"他小声说,"我的上帝啊,我们终于找到了!"他退后一步,激动地抓紧了剑柄,脸上满是喜色。

"那些人用剩的希腊火可能全在这儿了,"我说,"只够装到那个贮水罐的底部。要烧掉一艘船,靠这点儿希腊火根本不够。"

"这我知道。"巴拉克闻了闻手指,立刻把手指移开,但没过多久又开始闻,仿佛这可怕的气味是某种绝世奇香。"可是呈给国王绝对够了,他完全可以把这瓶东西交给他的炼金术师们做研究。这么一来伯爵就得救——"

身后突然响起一声大笑,笑声说不出的得意。我们浑身一僵,慢慢转过身去,托奇站在背后,那张麻脸上露出张狂的笑容。他身边还有两个人,一个身材矮小结实,胡子稀稀拉拉,另一个非常年轻,模样没另外两个人这么粗鲁。我觉得他很眼熟,好像在哪儿见过。他们三个人都举着长剑。

托奇用他尖厉的声音命令道:"秃头,给我把武器丢掉!我们人手比你们多。"巴拉克犹豫了一会儿,最终还是松开右手,任由长剑落地,发出当的一声响。

第四十三章

托奇又咧开嘴笑了。"我的小心肝们,我们等了你们好久了。说句心里话,你们真的很难杀,不过这次我们总算逮到你们了。"他朝他那个年轻同伙点了点头,"杰克逊先生正好看到你们在陶工巷喝啤酒,急急忙忙跑回来通知我们。我们锁上了门,好让你以为我们不在这里。然后我们躲在角落里,等你们一闯进来,就出来袭击你们。"托奇那双猫一样的眼睛亮得吓人,谁都能看出他此刻的兴奋。"我们料定你们会上这里来,也猜到了你们要找什么。你们一心扑在'黑色火焰'上,完全没听到我们走在木板上的声音。"

"黑色火焰,"我把这个词重复了一遍,"原来你知道这个古老的称呼。"

"没错,这个称呼比希腊火好,因为它现在是英国火了,而且它将把无边的黑暗带给我们的敌人。也给我们带来黄金。"托奇笑得更得意了。他知不知道赖特已经死了?巴拉克说他们已经合作了很多年了。不过就算知道,或许他也不会在乎吧。他说完黄金两个字就开始放声大笑,直到笑得连气都喘不过来了,才收住笑声,向两个同伙点了点头。"*Cadit quaestio*. **辩论结束了**。看,我也会说几句律师们用的拉丁语。"

"我早就听说你会拉丁语。你以前做过见习修士?"

"你竟然知道这个?对,我做过见习修士,后来被修道院赶了出来,原因是控诉那些修士揩我的油。我以前可是个俊小伙。"他笑了,那是一种让人胆寒的笑容。他下令说:"把他们两个杀了。"

巴拉克咬紧牙关。我向后退了几步,指着那个花瓶说:"你们手里的希腊火全在这儿了,是不是?"我说得很急,现在敌众我寡,要是不想想办法,恐怕我和巴拉克就要没命了。"你们根本不知道怎么才能造出更多——你们失败了。两次演练几乎用完了在圣巴塞洛缪修道院发现的那桶希腊火。这一切只是一场阴谋,目的是要让克伦威尔失去国王的宠信。这件事不止我们知道,就连伯爵也心知肚明。"

托奇眯起眼睛。"那你们来这里干什么？为什么不带军队来？"

"我们来这里是为了证实心中的猜测。我们虽然猜到希腊火就在这里，但是并不确定。不过其他人就快来了，你现在最好束手就擒，伯爵看在你改过自新的分上，说不定会饶你一命。"

有胡子的男人忍不住骂道："噢，他妈的！"他还想再说，可是托奇瞪了他一眼，逼他安静下来。托奇皱着眉头，刚才的兴奋消失得无影无踪。他用手摩挲着布满麻点的脸，贼亮的眼睛在我和巴拉克身上扫来扫去。

他问："你知道我们的主人们是谁吗？"

"当然知道，他们很快就会被捕。"原来他们的主人还不止一个。

他厉声说："说出他们的名字！"

我犹豫了一会儿，试探着说："理查德·里奇。"

托奇的脸上慢慢露出笑容。"里奇。去他娘的。你根本不知道——你刚才只是在虚张声势。"

"杀了他们，"年轻的杰克逊紧张地说，"趁现在还有时间，赶快把他们除掉。"

托奇恼怒地说："现在还不是时候。你就不能动脑子好好想想吗？我们的主人必须亲耳听到他们到底知道多少。先把他们抓起来，让他们自己决定是要死还是要活。"

"两个都抓起来？"即使到了这个时候，这个年轻人说话时还是不自觉地想让自己的口音听起来更有教养。他极力想说好的这种口音通常是富人家的仆人说的。我到底在哪里见过他呢？

"对。先把他们绑起来。"他朝角落里的几卷绳子点了点头，"就用我们绑那个铸造工的绳子。"

我们的手被紧紧抓住，反扭到背后。我感觉到一根湿乎乎、油叽叽的绳子从手腕上绕了过去。年轻人和胡子男把我们赶到一个角落里用力一推，我们失去平衡，重重地摔在了地板上。

第四十三章

托奇催促道:"快点儿,杰克逊。"

年轻人忧虑地看了我们最后一眼,转身走出房间。我听到他下楼的脚步声。托奇坐在那捆布上,若有所思地看着我们。胡子男坐上桌子,拿起面包咬了一口,又喝了口啤酒把面包冲下去。他朝我们咧嘴一笑,房间里的光线很昏暗,但我仍然能隐约看到他那口老鼠齿似的黄牙。

"你们两个给我们惹出这么多麻烦,我还以为你们有多厉害呢,没想到只是中看不中用的绣花枕头。你说是不是啊,托奇?"

托奇哼了一声,他已经不像之前那么兴奋了。

巴拉克问胡子男:"你又是谁?我知道托奇的身份,却完全不了解你。"

"埃塞克斯的杰德·弗莱彻愿意为您效劳。我是托奇先生的老朋友。"他装模作样地鞠了个躬,转头对托奇说:"我们能把蜡烛点起来吗?天越来越黑,快跟晚上差不多了。"屋外又响起了雷声,暴雨很可能即将来临。

托奇朝那个装着希腊火的花瓶点了点头。"不行。有那个东西在,点蜡烛不安全。"

"那他们到底是谁呢?"我问,"你们的那些主人?"

托奇露出邪恶的笑容。"你马上就会知道了。你好好想一想,以前你还和那位贵族吃过饭呢。"

我突然觉得浑身发冷。贵族,哪个贵族?我认识的贵族只有欧娜夫人。我现在终于记起在哪里见过那个年轻人了。他在欧娜夫人的宴会上做过侍者。我凝视着托奇,小声说:"玻璃屋。"

托奇借着越来越暗的光线盯着我。"到时候你就知道了,"他说,"耐心一点儿。"他伸手去拿面包。房间里彻底安静下来。突然我听到屋外传来一阵极响的沙沙声。我起先并不明白这是什么声音,等水滴开始从天花板上渗落的时候,我才意识到是下雨了。仓库正上方响起一声炸雷,雷声震耳欲聋,整个仓库仿佛都跟着抖动起来。

弗莱彻说:"终于下雨了。"

"是啊,"托奇出声应和,"他妈的,天完全黑下来了。看来不点蜡烛不行啦,不过一定要把它放在桌子的那一边,离花瓶远一点儿。"弗莱彻把蜡烛放到一个餐盘上,拿出火绒箱打了好几次,终于点燃了蜡烛,淡淡的黄光顿时洒满了整个房间。弗莱彻坐回桌子上,等着托奇发话。

巴拉克忍不住了:"听着,你知道我们在为克伦威尔大人办事。如果我们被杀了,大人一定会派人抓捕你们,我担保那阵仗会大到你们连听都没听说过的程度。"

托奇冷笑一声。"我呸,你以为我会怕那个酒馆掌柜的儿子?他就快完蛋了。"

"要是你肯放我们走,你能得到一大笔赏钱。"

"现在说什么都晚了,朋友。"托奇凝视着巴拉克,眼睛在烛火照耀下闪烁着光点,"你们给我带来这么大一个麻烦,你说我会放过你们吗?"

"我们给你带来的麻烦可不止一个,"巴拉克说,"你的同伙赖特今天上午被杀了。他从圣保罗大教堂的平台上掉了下去。"

托奇身体前倾,用难以置信的口气问:"你说什么?"

"到我们这边来吧,伙计,在你落到他那样的下场之前。"

"你们杀了山姆?"托奇的声音因为恐惧而变得嘶哑,"你们竟然杀了山姆!"弗莱彻不安地看着他。巴拉克这下闯出大祸了。托奇半站起来,接着又坐了回去。

"我对天发誓,"他说,"我不会让你们死得太痛快,我要好好折磨你们,给山姆报仇。我知道不少折磨人的法子,等会儿我会用匕首好好招呼你们——"他眼中的凶光让我胆战心惊。

巴拉克一边往后缩,一边拼命往我身上蹭。他的眼睛仍然盯着托奇,可我感觉到几根手指摸上了我的腰带,我这才明白他是想用被绑住的手拿到我的匕首。他们根本没想到我也带着武器。我尽力不去看巴拉克,身体

第四十三章

微微往他那边靠了靠。腰上忽然一轻,匕首被他成功拔走了。托奇把头埋在手里,看来赖特的死给了他很大的打击。弗莱彻仍然焦虑地看着他。

巴拉克开始用匕首割我手腕上的绳子,这时弗莱彻突然站起来,他赶紧躺回地上一动不动。幸好弗莱彻起身只是为了开门。透过墙上的洞口,我看到雨帘自黑沉沉的天空中直泻而下,如千千万万道小瀑布般落入棕色的大河。弗莱彻关上了门,又回到桌子那里。托奇坐直了身子。他的脸比之前更加苍白,乍一看近乎于一个白惨惨的椭圆,脸上的痘坑经烛光一照,显出一道道细长的阴影。

"他们来了吗?"他的声音很镇定,但我可以感觉到这声音中蕴藏着多大的痛苦和愤怒。

"没有。雨下得这么大,骑马赶路很不容易。"

托奇点了点头,低下头看着自己的手掌。他好像已经不想再看我们了。巴拉克重新开始割我的绳子,割得又慢又小心,好让自己的动作不引起注意。尖利的刀刃突然划破了我的皮肤,我死死咬住嘴唇,憋住了快要脱口而出的痛呼,接着就感觉到绳子从手腕上滑落下去。我真的很想把那只被割伤的手拿到前面来看看伤势,可是迫于形势只能忍住。我从巴拉克手里接过匕首,开始反过来割他的绳子,一边割一边盯着抓住我们的人。托奇仍然沉浸在自己的思绪里,而弗莱彻只是偶尔朝我们看上一眼。他焦躁不安,紧张到了草木皆兵的地步。

接着我听到了上楼的脚步声。弗莱彻站了起来。我停止了割绳子的动作——我敢肯定绳子就快断了。我冒着危险偷偷瞟了巴拉克一眼,可他的脸上毫无表情。弗莱彻打开了门。

马奇阿蒙特高级律师走了进来,抖了抖厚外套上的水。他居高临下看着我们。我从来没在他脸上看到过这样的表情:冷酷,残忍,就像一头准备撕碎猎物的熊,以前的假面具彻底剥落了。

"你们没想到还能看见我吧?"

我们张大了嘴看着他。巴拉克头一个反应过来:"你不是死了吗?"

马奇阿蒙特笑了。"你们就快查到我身上了,所以我决定诈死脱身。你不知道吧,我们一直把那个铸造工关在这里,托奇和赖特把他带到林肯律师学院的果园里,几斧头劈死了那个蠢货,再把我的戒指套在他的手指上,把尸体放到马车上运了回来。那个洞真有用啊,我们就是从那里把尸体抛进了泰晤士河。你们死了以后,也到河里喂鱼去吧。"

"赖特死了,"托奇说着狠狠瞪了我一眼,"他们把他从圣保罗大教堂的平台上推了下去。我要给他报仇。"

"原来城里街头巷尾到处在谈论的人就是他呀。"马奇阿蒙特若无其事地回答。他脱下外套,露出做工精良的背心,上边缀满了细碎的钻石。"人人都说这是一场刺杀克兰麦的阴谋。"他看着托奇,压低声音说,"没问题,待会儿你想怎么处置他们都可以。顺便告诉你,我派杰克逊去接人了。眼下我们必须在这里等一等,雨已经把街道变成了小河。"他坐到桌子边沿,两只肉嘟嘟的手交握在一起,一副若有所思的样子。"杰克逊刚才把一切都告诉我了。克伦威尔是不是已经知道我们没能造出更多希腊火了?但是还不知道我们的名字?"

"是的。"我老老实实地说。现在否认已经没有意义了。

巴拉克冷笑着问:"炼金术对你们来说是不是太难了?"

马奇阿蒙特走上前来,狠狠甩了他一耳光。"我是个高级律师,乡巴佬,你和我说话的时候最好放尊重一点儿。"

巴拉克大胆地回视着他:"你策划阴谋的时候怎么没想过自己是高级律师?这件事就是一个阴谋,彻头彻尾的阴谋!"

门口突然响起一个极有威势的声音:"不,这不是阴谋。"

第四十四章

马奇阿蒙特和那两个走狗深深地弯下了腰。诺福克公爵走进来，雨水不断地从他镶皮毛的外套上滴落，年轻的杰克逊跟在他身后。我猛然意识到他一定是作为诺福克的仆人出现在那场宴会上的，想到他不是欧娜夫人的仆从，我不由得松了一口气，同时又觉得恐惧：这个阴谋的牵涉范围之广，参与者地位之高，令人难以想象。

诺福克脱下外套丢给弗莱彻，用他惯有的傲慢眼神凝视着我。我知道他是绝不会网开一面的。他向那捆布走过去。托奇连忙站起来，把临时座位让给了他。

"你好啊，夏雷克先生。"他说，"我冒着瓢泼大雨渡过泰晤士河赶到这里来，全身上下都湿透了，这一切全是拜你所赐。"他冷冷地笑着。"考虑到你面对的是什么样的敌手，你已经做得很不错了。"他哈哈大笑起来。"我告诉你吧，你面对的敌手比你想象的还要多。我不介意有个像你这样的人在我身边辅助我，可惜你在为别人效忠，对吧？现在我们说正经事吧，克伦威尔现在知道了哪些情况？"

我撒谎道："他目前已经得知格里斯特伍德兄弟没能造出希腊火。"

"那你是怎么发现这件事的呢？"他的语气就像在和我闲谈。

"追根溯源，从整件事的源头查起。"

"啊，我想起来了，凯奇恩修士。我猜他现在就躲在克伦威尔安排的一栋安全的房子里，是不是？"

"没错，他很安全。接下来我深入研究了一些古老的书籍。我逐渐意识到你们可能缺少一种制造希腊火所需的物质，而这种物质在英国是找不到的。不过你们或许也经历了同样的过程，这就是马奇阿蒙特从林肯律师学院带走那些书的原因吧？"

马奇阿蒙特点了点头。"对。而且我不许那个图书管理员过问半句，还告诉他不能把事情泄露出去，否则公爵一定会狠狠地惩罚他。我们似乎走了同样的路，夏雷克。我一心扑在那些书上，想得头都大了，最后我终于明白，我们是绝不可能在英国造出希腊火的。"

诺福克点了点头。"可是你并不知道我是这件事的主谋，也不知道马奇阿蒙特是我的人吧？"

托奇抢着说："对，他们不知道。"

诺福克粗暴地制止了他："让这个驼背律师回答。"

"不知道。"

诺福克慢慢地点了点头。"你有没有猜出我们最初的计划？"

"我猜你起初打算亲自把希腊火献给国王，但是当瑟普特斯·格里斯特伍德失败之后，你不甘心就这么算了，决定把事情变成一个陷害克伦威尔的圈套，让他失去国王的宠信。"

诺福克发出一声大笑。"加布里埃尔，这个驼背为什么不是高级律师？我看他随时都能在法庭上战胜你。"马奇阿蒙特脸色一沉。

"老天爷作证，"公爵继续说，"瑟普特斯·格里斯特伍德和他弟弟让我非常生气。他们先是找到加布里埃尔，信誓旦旦地保证他们可以造出希腊火。加布里埃尔听说后兴冲冲地跑来见我，说我们拥有了压垮克伦威尔的最后一根稻草。之后的每一个星期，他们总是说还要再花一点点时间，说他们需要找到一种元素——几个月之后，他们终于承认他们失败了。把这件事转变成对付克伦威尔的阴谋是加布里埃尔的主意，他到底是个聪明人。为了确保万无一失，我们找到几个中间人把话传到克伦威尔那里，让故事听起来更加可信。等克伦威尔一倒，他就能得到骑士封号了，是吧？"他拍了拍马奇阿蒙特的肩膀，后者尴尬地涨红了脸。

第四十四章

"所以说克伦威尔是永远拿不出希腊火献给国王的。你应该看看国王发怒的样子,我保证你会终生难忘!"诺福克把头向后一仰,哈哈大笑起来。马奇阿蒙特和弗莱彻也赔着笑,只有托奇目不转睛地瞪着我们,手指摩挲着从腰带上拔下来的匕首。

"克伦威尔就快完了,"公爵说这话时把声音压低了一些,"这次失败会让他倒台。等他一倒,我就会接替他的位置,再过几个月,希腊火就会神秘地再次出现。国王的炼金术师们会得到这瓶希腊火,而我将以重新找到希腊火的功臣身份博得国王的赞赏。"

"可是你自己造不出来。"我说。

"造不出来?马奇阿蒙特,配方还好好地在你手上吧?"

高级律师拍了拍自己的背心。"在,大人。我一直把它带在身上,从没离过身。"

公爵点了点头,接着对我说:"夏雷克先生,我们将来一定能找到那种缺失的物质,它在配方里的名字是石脑油。我们会组织一次远航,到石脑油的产地去寻找它。"

"可是那些地方都在土耳其人的控制之下。"

"是吗?可是我不缺金子,有了金子还有办不到的事吗?"诺福克眯起眼睛,"我一定会取得最终的胜利。国王已经厌倦了改革,他现在看到了改革造成的混乱。他最终会听从劝告与罗马教廷重修旧好,而且凯瑟琳说不定能再给他添一个儿子,将来的事谁知道呢?万一西摩家的小王子出点儿什么事,这个有霍华德家血统的男孩儿就是王位继承人了。"他扬了扬眉毛,又露出得意的笑容。

"就为了达到这个目的,你害死了这么多条人命。"

他肃然点头。"是我叫人杀了他们。你是不是觉得你的职业感情受到了伤害,律师?他们只不过是低贱的下等人。几个无赖,一个妓女,还有一个普普通通的铸造工。他们就像风前的碎秸①，不管是死是活都不会有人关心。我做的一切都是为了英国的未来，我要把三百万灵魂从新教徒的异端邪说中拯救出来。"公爵猛地起身，走上前来踢了我一脚，他虽然没有刻意狠踢，但是这一脚正好踢中我的胫骨，疼得我差点儿叫出声。接着他向托奇点点头。"他们两个就留给你处置吧。你想怎么整治就怎么整治，不过我很想知道夏雷克在那些古书里找到了哪些信息，你在弄死他之前必须给我问清楚。之后尸体可以从那个洞扔出去。马奇阿蒙特，你留在这儿帮着盘问他，把他说的话记录下来。"

高级律师皱了皱鼻子。"真的有这个必要吗？待会儿场面一定很难看——"

"对，有必要。"公爵斩钉截铁地回答，"你和这个驼背都是有学问的律师。"他说着指了指托奇和弗莱彻。"这些家伙对古罗马作家的了解还不如我多呢。"

马奇阿蒙特叹了口气。"那好吧。"

"我现在要回加德纳主教家和凯瑟琳一起吃饭。事情办完了记得通知我。"公爵说完朝我点了下头，"如果我对托奇先生的看法没有错，那你很快就会发现这世上有比被火烧更痛苦的事，律师。"他朝年轻的杰克逊打了个响指，小伙子立刻帮他穿上外套，然后打开通往外间的门。我看了看那个洞口，外面的雨势丝毫没有变小，屋子旁边的泰晤士河水势暴涨，水位越来越高。公爵和杰克逊一前一后走了出去，弗莱彻和托奇恭敬地弯下了腰。

房间里出现了短暂的静默，除了哗哗的雨声和公爵主仆下楼的脚步声，再也没有任何声响。托奇突然举起又长又利的匕首，狞笑道："每一刀都是为了山姆·赖特！"他站起身来。"我们从哪里开始好呢，驼背？就

---

① 来自《圣经·诗篇》第83章。

第四十四章

从你的耳朵开始吧——"

马奇阿蒙特微微一笑,笑容中满含歉意。"我们接下来恐怕要进行一场对律师来说很不寻常的谈话。"

我感觉身旁的巴拉克绷紧了身体。他已经松绑了,趁托奇还没走近,迅速以双手撑住地面,向离得最近的弗莱彻发出一记高踢腿。这一击漂亮极了。弗莱彻被踢中肚子,跌跌撞撞地退向身后的墙壁,后脑勺砰的一声砸上去,力道大得让整个房间都晃了晃。他顺着墙慢慢滑下去,倒在地上不再动弹了。

巴拉克一跃而起,箭一样冲向他那把剑所在的角落。我也爬起来,后背和被割伤的手腕疼得钻心,我差点儿尖叫出声。托奇见势不妙,丢下匕首拔出了长剑。巴拉克拿回了自己的剑,可是站起来的时候差点儿绊了一跤,托奇趁机举剑刺向他的大腿,眼看就要刺中,幸好我手里还抓着匕首,赶紧扑上去把剑格开了。稳住身形的巴拉克一剑砍向他的手,斩断了他半只手掌。托奇发出一声既愤怒又痛苦的吼叫,手里的剑砰的一声掉落在地。

马奇阿蒙特把手伸向腰间,拔出自己的匕首,喘着粗气向我冲来。可是巴拉克又踢出一脚,正命中他的腿,这个大个子站立不稳,重重地摔在了地板上。巴拉克再次冲向托奇,一剑刺入了他的心脏,这画面不禁让我皱了皱眉头。托奇低头看看没入自己心口的剑,又抬头看看我们,眼中流露出难以置信的神色,接着他眼中的光芒渐渐暗淡下去,整个人缓缓瘫倒在地。我和巴拉克呆立了几秒,不敢相信这个过去几星期一直阻挠我们,甚至想杀害我们的亡命之徒已经死了。

巴拉克悠悠地说:"地狱里又添了个新面孔。"

这时角落里的弗莱彻发出一声呻吟。马奇阿蒙特扶着桌沿站起来,涨得通红的脸上沾满了灰尘。巴拉克转过身,用剑抵住他的喉咙。"你这个老癞蛤蟆,现在乖乖跟我们走,去伯爵面前请罪吧。"

523

马奇阿蒙特浑身战栗。"求你们别这样,"他说,"听我说,公爵会给你们——"

巴拉克哈哈大笑。"你以为我是傻子?他什么都不会给我们。胖蛤蟆,你要想活命,就得好好和我们合作。"说到这里,他又嬉皮笑脸地加了一句:"不知道谁的祖先不是鱼贩子就是农奴。"

马奇阿蒙特低下了头,我几乎忍不住要可怜他了。弗莱彻挣扎着站了起来。他靠着墙摇摇晃晃地站了一会儿,托奇的尸体和扶着桌子一动不动的马奇阿蒙特都被他看在眼里,他突然纵身向门口扑过去,拉开门没命地跑掉了。我正要去追,被巴拉克拉住了。

"让他走吧。反正关键人物已经被我们抓住了。"

"求求你们,"马奇阿蒙特呻吟道,"让我坐下吧。我觉得头晕。"巴拉克指了指那捆布。"坐吧,你这个没用的脓包。"他轻蔑地看着马奇阿蒙特脱力般瘫坐到上面,转头看着我。"把那个花瓶带上。"

"你说什么?"

"我们也要把那瓶希腊火带给伯爵。"

我走过去拿起花瓶。至少它现在在我手里。花瓶几乎是满的,入手很沉。"巴拉克,我不确定有没有这么做的必要,"我说,"我们已经抓到了马奇阿蒙特,也知道了这件事的幕后主使是诺福克公爵,这已经足够救克伦威尔脱困,反将霍华德家族一军了。"

他严肃地看着我,低声说:"我一定要把花瓶交给伯爵。"

"可是杰克,你知道希腊火会造成多大的伤亡——"

"你怎么说都没用,我——"

巴拉克突然惊叫一声。原来马奇阿蒙特以快得超过我想象的速度弯下腰抓起托奇的剑,跳起来劈向巴拉克的脖子。幸亏巴拉克及时侧身,让这一剑失了准头,但是锋利的剑刃还是砍中了他持剑的右手臂。他一把抓住受伤的手臂,鲜血从指缝间流出来,他右手一松,长剑从手里掉落在地。

第四十四章

马奇阿蒙特捡起巴拉克的剑,虎视眈眈地看着手捧花瓶的我。他眼中射出得意的光芒,又举起自己的剑,向巴拉克挥出致命的一击。

眼看巴拉克就要没命,我下意识将花瓶里的液体泼向了他。一大股黏稠的黑色液体喷出来,把马奇阿蒙特淋得透湿。希腊火独有的臭气在房间里弥漫开来。他大声号叫着,跌跌撞撞地往后退,结果踩到了洒到地上的希腊火,脚下一滑,整个人失去平衡,撞上了桌子。桌上的蜡烛被撞翻了,烛焰触到他的袖子,令人难以置信的一幕发生了:马奇阿蒙特整个人在一瞬间变成了一根火柱。我胆战心惊地后退几步,此刻的他从头到脚都起了火,发出撕心裂肺的惨叫。他拼命用手拍打着身体,可是完全没有用。一股让人毛骨悚然的烤肉味钻进了我的鼻子。我看到桌子,连同沾到希腊火的地板也都燃烧起来。

马奇阿蒙特跑向那扇敞开的门,跌跌撞撞地冲进另一个房间。火焰围着他的腿部旋转跳动。我跟着追了出去。我永远不会忘记他惨叫翻滚的惨景,他已经没有人样了,整个人就是一根活生生的火把,橘红色的火焰熊熊燃烧着。他痛苦地张大了嘴,露出白色的牙齿,在那张已经被烧成黑色的脸上,这点白色触目惊心,他的头发也燃了起来。他一边发出一种像野兽般的惨号,一边摇摇晃晃地冲向那个洞口,无数燃烧的布片从他身上飘落下来,伴随着肥肉被火烧着时发出的嗞嗞声。他跃出洞口,火柱般落向河面,在坠落的过程中,他仍然没有停止号叫。他最终撞上了河面,发出扑通一声巨响,接着消失得无影无踪。非人的惨叫突然停歇了,除了地板上还在燃烧的高级律师长袍的碎片,屋子里再也没有他存在过的痕迹。

巴拉克突然叫了一声,我急忙转过身去。另一个房间此刻已经变为一片火海,那个摔得粉碎的花瓶躺在火海中央,发射器械也被火焰包围了。巴拉克不顾手臂还在大量出血,抬脚就朝器械走去。我赶紧抓住他的肩膀。

"现在已经太迟了!走吧,否则我们两个都要葬身在这座仓库里。"

他转头看了我一眼,眼中充满了愤怒和挣扎,但最终还是跟着我冲向楼梯。我们跑下楼梯进入库房,抬头一看,火焰已经把办公室的墙面完全包裹住了。巴拉克停下脚步,眨了眨眼睛,努力镇定了下来。

"我们必须去找伯爵,"他说,"这里我们不要管了,免得惹上麻烦。"

我点了点头。我们一齐冲进雨中。冰凉的雨水拍打上我的脸,我大口大口喘着气。那两艘船还在卸货,码头工人们低着头,没有注意到浓烟开始从仓库二楼的洞口涌出,飘上河面。我低头看了看河水,不远处好像浮着一件黑乎乎的东西,等定睛再看时,它已经被大浪卷到上游去了。它可能是一段木头,也可能是希腊火的最后一个受害者——马奇阿蒙特的遗体。

第四十五章

我们慢慢地走回齐普塞街，又朝河边的渡口走去。大雨把通往河边的小巷变成了泥塘，路上的烂泥简直让人无法下脚。大雨无情地砸在一个个没有雨具遮挡的脑袋上，仿佛有一只愤怒的手从天上投下一把把雨剑。这是一场货真价实的暴雨，伦敦之前天旱少雨，就算有也不会超过半小时，今天这场雨简直是个奇迹。到处都能看到落汤鸡一样的伦敦人，他们飞快地跑向可以避雨的地方，单薄的夏衣紧紧贴在身上。

巴拉克突然停了下来，靠在一堵墙上。他抓住受伤的手臂，我看到一股股红的血线从指缝间涌了出来。

"你得去看医生，"我关切地说，"我们可以去找盖伊，他的店铺离这里不远。"

他摇了摇头。"我们必须马上赶到白厅宫。我的伤不碍事。"他看了看我的手腕，"你的手怎么样了？"

"没什么大问题，伤口并不深。"我从衣袋里掏出一条手帕，"来，我给你包扎一下。"我用手帕紧紧地绑住他的手臂，在末端打了一个结。他的伤口一开始喷出一小股血，随后出血慢慢止住了，我终于放下了心。

"谢谢你。"巴拉克深吸了一口气，"好了，我们搭船去吧。"他强打精神站起来。我们深一脚浅一脚地向河阶走去，他边走边说："我们赢了。最终倒霉的会是诺福克，而不是克伦威尔大人。诺福克试图欺骗国王的行为是不会得到原谅的。"

"前提是国王相信伯爵说的话。现在马奇阿蒙特死了，所有东西都被火烧毁了，我们已经没有证据了。"

"只要国王把诺福克抓起来审问,一切就会真相大白——而且我们还可以抓住弗莱彻。"他吹了下口哨,"他妈的,伯爵说不定会安排我们去见国王,亲口把我们的经历告诉他。"

"但愿他不会。无论国王选择相信谁,只要得不到希腊火,他就会大发雷霆。"

巴拉克用探寻的目光看着我:"你靠向马奇阿蒙特泼出希腊火救了我。"

"我这么做的时候根本没想别的——这完全是本能反应。我甚至根本没想过把马奇阿蒙特烧死。"

"但是假如他不攻击我们呢?我是不是必须使用暴力才能把花瓶从你手里夺走?"

我迎上他的目光。"现在说这些已经没用了,别揪着这件事不放了,好吗?"巴拉克不再说话了。阶梯边泊着一艘渡船,我们刚一上船,就赶上一阵汹涌的潮水,渡船趁势起航,如离弦之箭一般向上游的白厅宫驶去。大雨倾盆而下,河面上泡沫翻腾,隆隆的雷声仍然在我们头顶响个不停。如果说我们刚才是在一个火的世界,那现在无疑是来到了一个水的世界。我不由自主地扫视着河面,唯恐马奇阿蒙特焦黑的尸体会重新出现,不过尸体下沉之后通常要过好几天才能浮上来,说不定在浮上来之前已经被潮水冲到城外去了。我真心希望盐码头的人能把仓库的火势控制住,幸亏那座仓库是砖房。

身上的衣服从里到外都湿透了,我把身子缩成一团,注视着雨点落到巴拉克和船夫头上的瞬间迸裂为四溅的水花。河岸边有座教堂,教堂大钟显示时间快到三点了。我忽然想起今天本来该去温特沃斯家,如果今天不去,就只剩下明天一天了。不用想也知道约瑟夫会急得像热锅上的蚂蚁。

巴拉克突然问:"诺福克说我们面对的敌手比我们想象的还要多,到底是什么意思?"

第四十五章

我皱起眉头:"这句话似乎印证了我之前的猜测——我们身边的某个人在充当敌人的间谍。"

"可这个人是谁呢?帮我送信的那个人是绝对信得过的。"他皱起眉头想了一会儿,"那个老摩尔人知道不少事。"我不耐烦地摇了摇头:"盖伊绝不可能和凶杀扯上关系。"

他哼了一声。"他以前是个天主教徒,伯爵可是天主教徒的眼中钉,他怎么就不可能干出这种事呢?"

"请你相信我。我很了解他。"

"那么约瑟夫呢?"

"够了,巴拉克,你看约瑟夫·温特沃斯说话做事像间谍吗?更何况他是新教徒。"

"那还有谁?格雷?"

"他这十五年来一直追随在克伦威尔左右。"

"如果不是他,那会是谁呢?"

"我不知道。"

船撞上了白厅宫的阶梯。就在我付船钱的当口,巴拉克已经拿出印章在一个守卫眼前晃了晃,守卫看过印章,挥了挥手让我们进去。爬台阶的时候,我发现自己就快喘不过气来了,眼前直冒金星,等终于爬到台阶尽头,我双腿发软,一步也走不动了。巴拉克也和我一样气喘吁吁。我凝视着被笼罩在雨帘中的庞大宫殿,这时一阵风吹来,我全身上下突然泛起一股凉意,忍不住打了个寒战。巴拉克鼓了鼓腮帮,拖着沉重的脚步往前走,我疲惫地跟在后面。

我们轻车熟路地来到私人画廊大楼,穿过七弯八拐的走廊,到达克伦威尔的办公室门前。守卫放我们进入了外间办公室。格雷正坐在办公桌前,和一个办事员一起核对一份公文,他抬起头来,看到我们浑身湿透、裤子上沾满泥巴的狼狈相,惊讶地瞪大了眼睛。

"格雷先生，"我说，"我们有消息要告诉克伦威尔大人。事情十万火急，我们必须马上见到他。"

他看了我们一会儿，转头命令办事员退下。他起身绕过桌子向我们走来，焦急地挥动着双手说："夏雷克先生，到底出什么事了？巴拉克，你的手臂——"

"我们找到了希腊火失踪事件的答案，"我说，"整件事其实是一场骗局，是诺福克给克伦威尔大人下的套。"我把在"鹈鹕"仓库里发生的一切飞快地讲了一遍，因为说得太急，我连舌头都转不过弯来了。他张大了嘴巴，像是在听天方夜谭。

"求你帮帮我，"我最后急切地说，"我们必须立刻把这件事禀告伯爵。"

他瞟了瞟内间办公室紧闭的门。"他不在这里。安妮王后派来信使，请他去汉普顿宫一趟。他一个小时前坐船走了。今天晚上他会回威斯敏斯特宫，有件国会事务等着他处理——"

"国王现在在哪儿？"

"在格林威治宫。"

"那我们马上到汉普顿宫去。"巴拉克转身就走，还没走出几步，他突然呻吟了一声，两腿一软，眼看就要摔倒在地，幸亏我眼疾手快，一把扶住了他，让他坐到一把椅子上。格雷睁大了眼睛。

"他哪里不舒服？你看，他的手臂在流血！"

我这才注意到那条临时止血带不知什么时候松了，巴拉克手臂上的血又开始汩汩冒出。他已经面如死灰，额头上渗出一片冷汗。"上帝呀，我好冷。"他瑟瑟发抖，用力拢紧湿透了的背心。

"你现在这个样子，哪里还能去汉普顿宫！"我焦急地说。我转头问格雷："国王的御医在这里吗？"

格雷摇了摇头，惊惶无措地围着巴拉克打转。"国王昨天命令巴茨医

第四十五章

生和他的助手离开了。他们想再次割开他腿上的溃疡，国王一怒之下把他们赶走了。听说他破口大骂，还用枕头扔他们。"

"那你应该让盖伊给你看一看，巴拉克。"我说，"我这就带你去。"

"不，你应该去汉普顿宫。把我留在这里吧。"

"我自己也快撑不住了。"我把头转向格雷，"格雷先生，你能马上派人送信去汉普顿宫吗？一定要派你信得过的人，对伯爵忠心耿耿的人。"

他点了点。"如果你觉得这么做最妥当，我照做就是了。汉福尔德正好在这儿，他年轻力壮，对伯爵很忠心。"

"我记得他。"我苦笑了一下，"他曾经不远千里从伦敦塔给我送来一封关系到一座修道院命运的密信。好，就派他去。"我拿起一支羽毛笔，草草地给克伦威尔写了一封信。格雷在信纸上盖好克伦威尔的蜡印，拿着信匆匆走出房间，找汉福尔德去了。我眺望着雨中的花园。

我思索了一会儿，问巴拉克："你说诺福克接下来会怎么做？"

"他现在仍然觉得自己很安全。他要过一个小时才会开始担忧，仓库里发生的事一定还没传到他耳朵里。"

我端详着他的脸。他的脸色依然苍白如纸。"我们现在就去盖伊那里好不好？等治完伤我们就回来，就算克伦威尔回来时我们不在，他也会派人去叫我们的。"

"那好吧。"他慢慢站起来，"我想还是去找盖伊比较好，否则我就要坐在格雷先生舒服的椅子上流血而亡了。"

格雷很快就回来了，说信使已经上路了，他还安排了一艘船载我们回下游。我把盖伊店铺的地址给了他，和巴拉克急匆匆地走了。雨还是那样大，我们两个受了伤的人又在船头淋了半个小时的雨，这才弃舟登岸。巴拉克已经连路都走不稳了，我只好让他靠在我的肩头，两个人像对醉汉一样跌跌撞撞地穿过七弯八拐的小巷，朝盖伊的店铺走去。

盖伊开门让我们进屋的时候镇定极了，甚至连眉毛都没抬一下。他已经逐渐对这种事习以为常了。我们坐了下来,巴拉克脱下衬衣,让盖伊检查手臂,伤口狰狞,深可见骨。盖伊伸出手指触摸伤口,巴拉克咬紧牙关,死死握着他的门柱圣卷。

"巴拉克先生,我觉得你的伤口需要缝合,"盖伊说,"你能忍受疼痛吗?"

巴拉克苦着脸问:"有没有其他选择?"

"恐怕没有,除非你想流血而死。"

盖伊把巴拉克带到他的工作间去了,我在店堂里等着,盖伊临走之前拿药油涂在我受伤的手腕上,这药油也不知是用什么成分,涂上火烧火燎的。他还拿了一套干衣服给我,我直接在店堂里换了,庆幸没有人看见。以前常常浮现在脑海的一个念头此刻又出现了:欧娜夫人要是看到我的驼背,会怎么想?不过她是个聪明的女人,为了不让我尴尬,她应该不会主动来看我最难示人的一面。我系好腰带,开始穿向盖伊借来的长筒袜,冷不防另一个房间里传出了巴拉克杀猪般的号叫,吓得我哆嗦了一下。我突然生起自己的气来,我一个大男人,干吗老是纠结自己的外表!这就是一种阴暗的虚荣心,一种自我折磨!我的心境豁然开朗,我是驼背又怎么样呢,驼背也可以和大方地和欧娜夫人交朋友,我决定将来不再错过任何机会。可是当我回想起仓库里发生的一切时,一颗心止不住往下沉:即使杰克逊不是她的仆人,她也可能是希腊火阴谋的幕后主使之一。想到这一点,我的心重又坠入了深渊。我一直知道自己喜欢她,却从没想过有多喜欢,此刻我终于意识到这份感情如此之深,如果她真的参与了这个阴谋,我一定会痛苦至极。

我走到窗前向外张望。雨似乎变小了,窗户蒙上了一层水雾,我把头靠在冰凉的玻璃上,闭上了眼睛。我身后的门突然开了,盖伊走出来,长袍上溅着斑斑点点的血迹。

"哎,"他轻声说,"伤口缝好了。我让他休息一个小时。他是个勇敢

第四十五章

的年轻人。"

"是啊,他就像铁钉一样坚强。"我疲惫地笑了笑,"盖伊,我们赢了。这世上再也不会有希腊火了。所有的希腊火都被烧毁了。"

他坐到一张凳子上。"赞美上帝。"

"你把那个锡罐里的希腊火销毁了吗?"

"它现在已经在泰晤士河里了。"

我把在仓库里发生的事原原本本地告诉了他。"整件事已经水落石出,现在唯一要做的就是把事情的真相告诉克伦威尔了。"

"马修,你真是打了个漂亮的胜仗,不仅圆满完成了任务,还毁掉了希腊火。"

"对,不过毁掉最后的希腊火也是出于偶然。如果马奇阿蒙特不去杀巴拉克——"

盖伊笑了。"也许这是因为上帝听到了你和我的祈祷,所以做了这个安排。"

"那上帝对马奇阿蒙特未免太残酷了。"我严肃地看着他,"这段日子我几乎没有祈祷过。马奇阿蒙特和诺福克策划了这个阴谋,害死了那么多条人命,到底是为了什么——是为了实现让罗马教廷重回英国的目标,你难道从没意识到这一点吗?"

"克伦威尔也做过很多坏事。"

我悲伤地摇了摇头。"我曾经坚信这个世界会变得更好。现在我已经不这么想了,但我仍然相信我的所作所为成功阻止了坏的一面变得更糟。"我皱起眉头,"然而——"

"然而什么?"

我把长期以来一直憋在心里的话一股脑说了出来:"盖伊,信仰为什么会给这么多人、这么多事带来如此深重的灾难?它到底是怎么把这些人,无论是天主教徒还是新教徒,统统变成凶残的魔鬼的?"

"人类是一种暴躁又野蛮的生物。信仰本身没有错,但它时常会成为战争的借口。这种借信仰生事的人并不是真正的信徒。他们只不过想借着上帝的名义为自己的正统性辩护,人类想堵住上帝的嘴——想想是很可笑的。"

"可他们却以为读过《圣经》和做过祷告的他们是不可能有错的。"

"恐怕是这样。"

里屋的巴拉克忽然嚷着要水喝。盖伊站了起来。"你的朋友口渴了。我就知道他不会安安静静地躺太久。"他笑了,"我觉得他是个没有信仰的人,但他却拥有质朴诚实的品格。"

※

我们在盖伊店里呆了一个小时,直到离开的时候克伦威尔也没派人送信来。回到家一看,家里同样没收到任何信件。我派出西蒙去圣保罗大教堂旁边那家旅馆牵马,自己和巴拉克吃过午饭,坐在客厅里等候消息。下午的时光不知不觉就过去了,天渐渐黑了下来,我们实在太累了,时不时坐着坐着就睡了过去。

巴拉克终于说:"不行了,我一定要上床躺一会儿。"

"是啊,我也需要休息。"我皱起眉头,"克伦威尔为什么还不联系我们?"

"他也许在正在等待机会面见国王。"巴拉克说,"以他的作风,很可能先到国王面前告诺福克一状,等需要我们了再来找我们。我们明天早上就会听到消息了。"

我勉强挺直身子。"巴拉克,你觉得你的身体明天能恢复吗,陪我去温特沃斯家有没有问题?明天可是我们最后的机会。"

他一边点头,一边站了起来。"没问题,区区一剑怎么可能放倒我?而且一个专会拍马屁的管家,一个又肥又老的商人和一群女人有什么好怕的？我陪你去就是了。毕竟整件事是从那里开始的，不是吗？"

"是，所以我们一定要赶在伊丽莎白回佛比泽尔那儿受审之前，在那里把事情了结掉。"

琼以前每天早上都会叫我们下楼吃早餐，但是在看到我和巴拉克昨天回家时半死不活的样子之后，这个体贴的女人决定让我们多睡一会儿。我们醒来的时候已经快到正午了。我觉得身体好多了，只是手腕还有点儿疼，巴拉克的脸色虽然还有点儿苍白，但是整个人精神抖擞，好像已经差不多恢复了平日的生龙活虎。雨已经停了，但天空黑沉沉的。让我诧异的是克伦威尔仍然没有送来只言片语，只有约瑟夫写来一封情辞哀切的信，求我们告诉他一点儿消息。

"伯爵现在一定已经见过国王了，"我说，"那他至少应该通知我们一声吧。"

巴拉克耸了耸肩。"你和我只是无足轻重的小人物。"

"或许我们应该再送封信去？"

"向伯爵问消息？不行不行，这么做太无礼了。"

"至少我们可以送封信去，说如果我们不在家，就一定在温特沃斯那儿，问他需不需要我们的帮助。"我看着他，"你身体怎么样，能去沃尔布鲁克吗？"

"我身体好得很。你看起来也好多了。"他哈哈一笑，"看来你并不像平时假装的那么虚弱。"

"原来你觉得我是在假装？不过你还年轻，说出这种话很正常。我现在就去写信，写完信我们就出发。我会让西蒙把信亲自交到格雷先生手里。独自去白厅宫对他来说可是场考验。能不能把你的印章借给我？我想用它盖蜡印。"我犹豫了一下，接着说："照理说我应该亲自去，可是没有时间了。我们不该起这么晚，离伊丽莎白回法庭只有不到二十四小时了。"

我们乘船进了城，上岸朝沃尔布鲁克走去。我特意穿上了我最好的礼服和背心，又强迫巴拉克穿上我第二好的礼服，以遮住他缠着绷带的手臂。

来应门的是个女仆。"请问埃德温先生在吗？"我问，"我是夏雷克律师。"

她微微睁大了眼睛，看来是记起了我的名字。我相信仆人们不可能完全不知道这里发生的事，但他们到底知道多少呢？

"先生，我家老爷在布商公会大厅。"

"那么温特沃斯太太呢？"年轻女孩儿犹豫不决。我故意着急地说："请你快点儿，我们今天还要去白厅宫和克伦威尔大人商议事情。你家女主人在吗？"

听到克伦威尔的名字，她的眼睛睁得更大了。"先生，我去看看。请稍等一下。"她把我们留在门口，急急忙忙地跑进了宅子。一晃几分钟过去了。

巴拉克不耐烦地问："她怎么还不出来？我们自己进去吧。"

我拦住了他。"她出来了。"

重新出现的女仆神情慌张，手足无措。她带着我们上了楼，我们再一次被领进那间有华丽挂毯和软垫椅的客厅，透过窗户，可以看到花园和那口井。客厅今天冷飕飕的。这次瞎老太婆是温特沃斯家唯一出场的家庭成员。她仍然穿着黑裙，黑色头巾把她沟壑纵横的脸衬得更加苍白。管家尼德勒站在她身边，脸上毫无表情，一双眼睛却充满了警惕。老太婆刚才显然在吃饭，因为她面前的桌子上摆着一个餐盘，盘里的菜是一道烩时蔬和一块冷牛肉，都差不多快吃完了。我注意到餐盘是银子做的，旁边的芥末

第四十五章

罐和小小的盐瓶也一样。

温特沃斯太太没有站起来。"夏雷克先生,我的管家现在不能离开,请你原谅我。我们家其他的人眼下都不在家。"她露出一丝笑容,"他可以做我的眼睛。告诉我,戴维,陪夏雷克先生一起来的人是谁?听脚步声,他应该是个年轻人。"

"是个没头发的年轻人,"尼德勒无礼地说,"不过他穿得还算体面。"

巴拉克狠狠地瞪了他一眼。我对老太婆解释说:"他是我的助手。"

"那我们就各自拥有一个伴儿了。"温特沃斯太太又笑了,露出她可怕的假牙和木头牙龈,"我们现在进入正题吧,我能为你做什么呢?我知道事情很紧急。伊丽莎白明天就要回法庭受审了,是不是?"

"的确是这样,夫人,除非能找到新的证据。什么新证据管用呢,我举个例子吧。比如说,花园那边的那口井底下的东西。"

她低声问:"我们的井?先生,你这话是什么意思?"她说话时面不改色,镇定得让人惊讶。

"你孙子拉尔夫喜欢靠虐杀动物来取乐,井底有不少被他虐杀的动物尸体,其中包括伊丽莎白的猫,而且这只猫是被萨宾和艾维斯抓去交给拉尔夫的。井底不光有动物,还有一个被折磨致死的小孩儿,一个小乞丐。尼德勒,你当初下井的时候一定见过他,可是我询问你时你却完全没有提起。"我的目光在他们两个人脸上扫来扫去。他们一声不吭,脸上毫无表情。

巴拉克接话道:"那个男孩儿生前遭受的折磨足以让一个刽子手起鸡皮疙瘩。"

老太婆哈哈大笑起来,笑声尖厉刺耳。"戴维,他们是不是疯了?他们是不是正在口吐白沫,像扯稻草一样扯自己的头发?"

我平静地说:"过去这几个星期你一定过得很艰难吧,要你的孙女们保守这么一个秘密是很不容易的。"

老太婆说:"伊丽莎白也是我的孙女。"

"但是你把所有的关心都给了埃德温爵士的孩子。你关心他们,关心他们的前途。"

她不说话了。过了很久,她终于狠狠地抿了下嘴唇。"我想你已经知道很多了。"她叹了口气,"看来不把所有的事情都说出来是不行了。戴维,我想要一杯酒。夏雷克先生,你和你的助手要不要也来一杯?"

我没有回答。没想到这个难缠的老太婆这么快就投降了,实在出乎我的意料。我抬头看着管家。

他的表情紧张而焦虑。

"戴维,给我倒杯酒。"老太婆轻声说。尼德勒走到餐台前瞧了瞧,转头对他的女主人说:"太太,最后一点儿酒昨天已经被喝光了。要不要我去酒窖再拿一瓶?"

"好,去拿吧。我想我是不会有事的。"

我冷冷地说:"一定不会有事。"尼德勒走出了客厅。老太婆把手放在膝头,戴满戒指的枯瘦手指这动动,那摸摸,似乎觉得这样很好玩。"这么说伊丽莎白说话了?"

"对,勉勉强强地开了口。对我们和对你儿子约瑟夫。"

她噘起嘴,轻声说:"我们一家已经爬得很高了。如果埃德温也像约瑟夫一样不求上进,我们全家恐怕现在还留在乡下,在那个死气沉沉的农场干农活。可是埃德温改变了这一切,他让我们拥有了地位、财富,让他的孩子们有机会跻身伦敦上流社会。对我一个瞎了眼的老太婆来说,还有比这更让人欣慰的事吗?现在拉尔夫走了,我们只能把希望寄托在萨宾和艾维斯嫁入豪门上。她们是我们家唯一的资本。"

"她们做出了那么残忍的事情,这对她们将来要嫁的年轻人公平吗?"

她耸了耸肩。"这有什么关系?只要有身强力壮、精力充沛的小伙子愿意接手就行了。"

第四十五章

尼德勒举着一个托盘回来了，托盘里放着一瓶红酒和三个银质高脚杯。他把托盘放到一张桌子上，拿起一只高脚杯递给老太婆，接着把另外两个递给我和巴拉克。等分完了酒，他立刻走回他原来的位置，站在他女主人的椅子旁边。真奇怪，他们两个为什么这么平静？我抿了一小口酒。酒甜得发腻。巴拉克喝了一大口。

温特沃斯太太决然说道："现在我要告诉你真相。"

"对，夫人，告诉我真相。如果你不在这里告诉我，那么只有明天上午到法庭告诉我了。"

"伊丽莎白会在法官面前为自己辩护？"

"无论她为不为自己辩护，我都会出示我掌握的证据。夫人，今天是你最后的机会。如果你把真相说出来，也许——"我停顿了一下，又喝了一小口酒，"也许事情还能有转圜的余地。"

"约瑟夫在哪儿？"她问。

"在住宿的旅馆里。"

她听了连连点头，接着停下这个动作，开始整理思绪。"戴维看到了一切，"她说，"透过那扇窗户。他当时正在清理挂毯，这项工作我只有交给他才放心。"她犹豫了一会儿，那模样像在聆听什么，然后继续说。

"那天下午伊丽莎白一个人呆在花园里，像往常一样闷闷不乐。其实如果她表现得强硬一点儿，是可以更好地保护自己的，成天像个怨妇一样缩在角落里，只会惹得孩子们更想欺负她。孩子都是残忍的，不是吗？你是个驼背，对此应该深有体会。"

"他们的确残忍。这就是大人们必须纠正他们的原因。而且事实是埃德温的三个孩子联起手来欺负伊丽莎白一个，我说得没错吧？"

"伊丽莎白差不多是个大人了。一个十八岁的大姑娘居然害怕一个十二岁的男孩儿。"她轻蔑地哼了一声，"那天拉尔夫进了花园，朝伊丽莎白走了过去。他坐在井台上和她说话。戴维，你站在窗户里面是听不到他在说什么的吧?"

"是,太太。"他看着我们,耸了耸肩膀,"他可能是在用言语折磨她,也许提到他杀死了她的猫。她只是坐在那棵树下,垂着脑袋,像往常一样默默地承受着。"

老太婆点了点头。"她要是有勇气,就该站起来扇他一耳光。"

"扇全家人最宠爱的宝贝儿子一耳光?"我说,"埃德温爵士一定会不高兴。"

温特沃斯太太歪了下头。"也许不会。"

"夫人,你知道你孙子杀了一个小男孩儿吗?"我问。尼德勒立刻把手放在她的胳膊上,提醒她要小心应对,可她一扭肩膀,把他的手甩开了。

"当听到那个小男孩儿失踪的消息时,我就隐约猜到是怎么一回事了。我知道拉尔夫的所作所为,一直在等待机会和他谈一谈——我担心他让自己陷入危险,"说到这里,她特意强调了一句:"我儿子埃德温毫不知情。他相信拉尔夫绝不会行差踏错,我觉得揭露真相是很残忍的,倒不如让他一直相信下去。生意上的事已经够让他烦的了。"

"你不怕拉尔夫长大后变成恶人?"我的喉咙突然一阵发干,忍不住咳嗽起来。

她耸了耸肩。"如果拉尔夫长大后戒不掉残忍的行为,他会学着隐藏。每个人不都是这样吗?"她叹了口气,"你接着说吧,戴维,我说累了。把后来发生的事告诉他们。"

尼德勒目不转睛地看着我们。"过了一会儿,萨宾和艾维斯也出去了,和拉尔夫一起坐在井台上。我想他们是在合伙欺负伊丽莎白。可是后来拉尔夫对萨宾说了一句话。一句她很不喜欢的话。"

管家的脸唰地红了。

"他是不是提到她喜欢上了你?"我问。

老太婆抬起手来。"不用不好意思,戴维。没错,萨宾对戴维怀有一

第四十五章

种朦胧的爱慕,但他没有回应她。他服侍了我儿子和我整整十年,一直对我们忠心耿耿,愿意为我们做任何事。戴维,把你接下来透过窗户看到的情景告诉他们。"

"萨宾抓住了拉尔夫。他扭动身子想要挣脱,结果向后一仰,整个人就不见了。他落到井里去了。"

温特沃斯太太叹着气说:"萨宾说她不是有意把他推下去的,她只是一时气愤。我想按照法律这算过失杀人,是吧律师?不是谋杀?"

"这要靠法官依照事实来判定。"

"无论是有意还是无意,萨宾都有可能被判处绞刑,哪怕她是个千金小姐。我们虽然可以试着求得国王赦免,但即使成功了,我们一家也会倾家荡产。当然了,如果伊丽莎白不在场,萨宾和艾维斯还可以说拉尔夫是自己不小心滑下去的,可是伊丽莎白目睹了一切,而且她对我们没有好感。"她摊开双手,露出笑容,"你看,我们遇上了难题。"

"所以你们必须让她闭嘴,而方法就是把罪名推到她头上。"我的声音一出口就变得嘶哑了,干涩的喉咙疼得受不了。奇了怪了,我是不是得了病?

尼德勒继续说:"我一看到拉尔夫掉到了井里,立刻跑下楼冲进花园。萨宾和艾维斯在井边尖叫号哭。我朝井里看了一眼,里面光线很暗,我只能勉强辨认出拉尔夫的身体。"

"可怜的孩子。"老太婆小声说。

"伊丽莎白只是坐在树下,呆呆地盯着井口。接下来,不知道我已经透过窗户看到了一切的萨宾指着伊丽莎白说,'是她杀死了拉尔夫。她把他推进了井里!是我们亲眼看到的!'伊丽莎白坐在那里一动不动,就像一块石头,连一句辩解的话也没有。接着艾维斯也加入进来,指着伊丽莎白,说她是杀人凶手。"

温特沃斯太太点了点头。"我听到尖叫声也下了楼。萨宾和艾维斯在大吼大叫，说伊丽莎白杀了拉尔夫。我问伊丽莎白这到底是怎么一回事，可她始终不肯开口。我起初以为拉尔夫真是伊丽莎白杀的，我命人把埃德温找了回来，他叫来巡官把伊丽莎白抓走了。事后戴维才把真相告诉了我。询问了两个女孩儿，她们全都承认了。她们也知道那个小乞丐的事。夏雷克先生，她们非常害怕，但她们很清楚名门淑女应该如何控制自己的情绪。她们总有一天会成为出色的贵妇人。"

巴拉克讥讽地说："她们只会成为心如蛇蝎的毒妇，就同她们的弟弟一样。"

老太婆没有理他。"我们等了一天又一天，想看看伊丽莎白会不会把这件事说出来，可她始终保持着沉默。后来约瑟夫来了，说她坚决不肯回答服罪或是不服罪，于是我们决定了，既然伊丽莎白已经做好了死的准备，那就随她去吧。"她说得很平静，仿佛只是在安排一件无关紧要的小事。

我觉得喉咙发干，又咳嗽了几声。"好了，夫人，你已经把一切都告诉我们了。你觉得接下来会发生什么？"

她笑而不语。我突然觉得我的心跳得非常快，也不知道是为什么。门厅里忽然传来许多人说话的声音，接着紧闭的房门外也响起了这种声音。

"该死的，"巴拉克说，"我的眼睛。我看东西有重影。"

我转头看着他。他瞪着眼睛，瞳孔放大到了极点。我记起第一天来拜访时萨宾的那双眼睛，她用来滴眼的颠茄有剧毒。我曾经在斯卡恩西修道院见识过它的威力。

我嘶声说："他们给我们下了毒。"

老太婆低声说："这种毒发作得很快。"尼德勒快步走到门前，把门锁上了。他抵住房门看着我们，肉乎乎的下巴绷得紧紧的，显出绝不容我们生还的冷酷。

老太婆问："仆人们都走了？"

第四十五章

"我对他们说今天上午家里没事可干,天刚下过大雨,空气很新鲜,正好可以出去散散步,呼吸一下新鲜空气。"他转过头看着我,"你们自以为那天晚上没人看到你们下井,其实我家女主人早就听到果园里有人。她让我躲在一扇窗户后面等着,看看到底会发生什么事。我看到你们两个鬼鬼祟祟地溜了进来,还看到光头小伙子下了井。"

老太婆哈哈大笑,那是一种残忍可憎的怪笑。"夏雷克先生,瞎子的听力是超乎常人的。在那之后我们一直担心会有巡官找来。可是好几天过去了,什么也没有发生,我们意识到伊丽莎白一定还是不肯说出真相。"

巴拉克挣扎着想要站起来,可最终还是跌了回去,他拼命地睁大了眼睛:"我看不见了!"与此同时,他的头开始摇晃。他刚才喝得比我多,中毒反应自然比我更强烈。

我张口想要说话,可是已经发不出声音了。我回想起在斯卡恩西第一次见到颠茄时的情景。我那时站在一丛颠茄边,盖伊告诉我这种植物是有毒的,毒性发作很快,解毒的唯一方法就是尽快服下足量的催吐剂。

尼德勒重新站回那个巫婆背后。"我们知道你会来。"她继续说,"你们只能这么做。"我深吸了几口气,试图让心跳不那么厉害,闻听我痛苦的样子,她露出恶毒的笑容。"顺便告诉你一件事,那口井现在已经空了,尸体都被抛进了河里。我们专门把地方腾出来,就等着你们呢。等收拾了你们,我们再去解决约瑟夫。"她的声音又轻又低,我知道她正在听我们有没有倒在地上,"一个乡下老太太可知道不少有毒的植物,而且我们还有个巨大的草药园。戴维,他们现在已经很虚弱了,赶快杀了他们。"

尼德勒艰难地咽了口唾沫。他板着脸,拔出一把匕首,慢慢绕过椅子,不慌不忙地朝我们走来。

眼看就要命丧于此了,我心慌意乱,不知道如何是好,脑海中忽然灵光一闪:对了,我第一次把温特沃斯案告诉盖伊的那一天,他曾经提起芥末可以做催吐剂。我知道这是我最后的机会了,求生的渴望让我忽然有了力气，我挣扎着站了起来。不过我站得并不稳，从头到脚都在颤抖。与此同时，巴拉克也靠着巨大的毅力摇摇晃晃地站了起来，伸出手摸索他的剑。他神情恍惚，好像已经无法集中注意力了。尼德勒先看看我，又看看他，脸上突然显露出迟疑不决的神色。我把手伸向芥末罐，在尼德勒惊讶的目光中，抓起罐子往嘴里倒了一大勺的量。我把芥末狠狠一吞，喉咙顿时火辣辣的疼。

老太婆喊叫起来，声音里带着一丝恐惧："戴维，出什么事了？他们做了什么？"

她话音刚落，巴拉克就胡乱挥出了一剑。这一剑虽然只砍到了空气，但是受了惊的尼德勒飞快地退回椅子后面去了。

我觉得肚子里一阵翻江倒海，急忙弯下腰，伴着可怕的干呕声，肚子里的东西全被我吐了出来。"杰克！"我大喊，"来，把这个吃了！"

他一把抓过罐子，把剩下的芥末全吞了。他气喘吁吁地背靠着他的椅子，手里的剑仍然指向尼德勒。我忽然觉得天旋地转，赶紧伸手扶住我那把椅子的椅背。

"挺住啊，先生！"巴拉克朝我大喊，"我们一定要挺住！"

我深深地吸了一口长气。我当然知道一定要挺住，如果我们放任自己垮掉，今天可能就是我们的死期。不过我的心跳已经稍微平稳一点儿了。我拔出腰间的匕首。老太婆也站了起来，她浑身颤抖，两手平伸，好像要摸索什么似的。"戴维！"她发出尖厉的号叫，"戴维！发生什么事了？"

尼德勒崩溃了。他抛下他的女主人跑向门口。巴拉克摇摇晃晃地追了过去，可是还没追几步就差点儿摔倒。老太婆把脸转向尼德勒逃走的方向，无助地挥舞着双手："戴维！戴维！你在哪里？发生什么事了？"

尼德勒打开门锁，一把推开了门，没命似的冲下楼梯跑出了宅子，这时巴拉克也佝下腰，像我刚才那样吐得一塌糊涂。等吐到什么也吐不出了，他双腿一软，一下子跪倒在地，大口大口地喘着气。

第四十五章

老太婆把脸转向声音发出的方向，此刻她的表情已经可以用惊慌失措来形容了。她一边大喊着："戴维！戴维！"一边跌跌撞撞地往前走。突然，她失去平衡往地上摔去，头撞到了墙壁，整个人像摊烂泥似的瘫倒了，哎哟哎哟地叫唤着。

我摇摇晃晃地跑出客厅敞开的门，下了楼梯。大门也开着，尼德勒刚才把门推开后没有关上。我全身发软，只能倚靠在门边，用嘶哑的声音喊"救命！"大街上熙熙攘攘，呼救声一出，无数个脑袋朝我这边转了过来。我继续喊道："杀人了！快叫巡官来！救命！"喊完这句，我忽然觉得两条腿好像消失了似的，一下子软倒在地，失去了知觉。

第四十六章

我在朦朦胧胧中闻到一股难闻的气味,身体本能地一扭,顿时惊醒过来。我喘着粗气,迷茫地四下张望。

我又回到了温特沃斯家的客厅,不过是坐在椅子上。一个身材矮胖,穿巡官服饰的男人站在我面前看着我。盖伊站在我身边,手里握着刚才凑到我鼻子下面的小瓶子。我继续环顾着四周——房间的陈设富丽堂皇,巡官和身穿药剂师长袍的盖伊与这里格格不入,似乎走错了地方。巴拉克摊开手脚坐在另一把椅子上,脸色惨白——不过还活着,两只眼睛的瞳孔已经恢复正常了。

我嘶声说:"那个老太婆——"

"不用担心,"盖伊说,"她已经被抓走了。一起被抓走的还有她的两个孙女。幸亏你及时想到吃芥末让自己呕吐,否则你和巴拉克这会儿已经没命了。你昏迷了快一个小时,我担心死了。"

我深吸了一口气,头疼欲裂。"是你告诉我中毒之后要赶快吃催吐剂把毒吐出来。"

"我记得。你的记忆力是我见的人里面最棒的,无论我说什么你都记得。"

"老天爷作证。"我发出嘶哑的笑声,"我根本不敢去想这段时间我到底欠了你多少钱。"

"有什么不敢想的,我保证你付得起。你的手臂和腿能动吗?"

"能动,只是没什么力气。"

"应该很快就会好起来。"盖伊伸手拿过放在桌上的一个碗,碗口用一

第四十六章

块布盖着。他揭开布,一股刺鼻的气味在房间里弥散开来。"马上把这个喝了吧,"他说,"这种药可以清除你身体里残留的毒素。"

我万般不情愿地盯着药碗,可是盖伊不等我回答就把碗凑到我嘴边,将药一点点喂进我嘴里。味道真是苦极了。"好了,"他说,"靠回去吧。"我依言靠在椅背上,大口大口地喘着气。

门突然开了,约瑟夫走了进来,面色苍白如纸,可是一看到醒来的我,他立刻露出了笑容。"啊,先生,你醒了。感谢上帝。"

我抓住盖伊的手臂,着急地问:"尼德勒跑掉了吗?"

"是的。大家已经在到处搜捕他了。"

"你是怎么来这儿的?"

"你晕倒之前叫人去找巡官。"

"是,这我记得。但是后来发生的事我就不知道了。"

"巡官赶到这里,发现你、巴拉克和那个老太太全都晕过去了。不过你后来清醒了一阵子,要巡官把我找来。"

"我完全不记得了。耶稣啊,我难道失忆了吗?"

盖伊把手搭在我的手臂上。"你会想起来的。但是你和巴拉克现在都很虚弱,你必须好好休息。"

巡官开口了:"先生,我来这儿是想告诉你,戴维·尼德勒已经被抓住了。他想骑马穿过跛子门,结果被守门人认了出来,他几乎没怎么反抗就束手就擒了。他现在在纽盖特监狱。"

巴拉克严肃地看着我。"萨宾和艾维斯跟那个老太婆一起被抓走了,不过她摔倒的时候撞到了头,伤得很严重。那两个丫头躲在楼上的房间里,巡官最后是从床底下把不停尖叫的她们拖出来的。我醒过来之后,把所有的事情都告诉了治安官。两个丫头意识到大势已去,像只猫一样又抓又打,可还是被押走了。不过她们不会被关进地牢,"他哑着嗓子忿忿地说,"而是条件更好的牢房。"

我转头望着窗外。已近黄昏时分,天色逐渐昏暗下来,那口井的轮廓变得越来越模糊。"耶稣啊,"我小声说,"如果尼德勒和老巫婆得逞了,我们现在想必也在那口井里。"我把头转向约瑟夫。"我很抱歉。她是你的妈妈——"

他摇了摇头。"从小到大她只喜欢埃德温,我们这些不出色的孩子只能遭她的白眼,她也好像完全不觉得自己是我们的母亲。"

"巴拉克,"我说,"你必须写一份证词,治安官大人和巡官也要写。你们明天得到佛比泽尔面前作证——"我想要站起来,结果试了几次都歪歪倒倒地跌了回去。我突然想起一件事。"埃德温怎么样了?"

"他在他的房间里,就在客厅对面。"约瑟夫轻声说,"可怜的埃德温,他受的打击太严重了。儿子死了,妈妈和两个女儿被抓了——"

我深吸了一口气。"伊丽莎白知道了吗?"

"知道了。我一告诉她她就哭了。"他的脸上绽出一丝笑容。"但是我走的时候她握住了我的手。从今以后我会好好照顾她,先生。可我现在必须来这儿,"他朴实地说,"我弟弟需要我。"

我看着他。我终于明白了自己当初为什么要接下这个棘手的案子——是因为他的善良。世上很少有人能拥有这种出自天性的善良和仁慈。

他说:"我应该去看看埃德温。"

巡官抬手制止了他:"先生,治安官大人仍然和他在一起。"

记忆忽然像潮水一样涌进我的脑海。我惊叫一声:"克伦威尔!已经过了这么久了,格雷有没有送消息来?"

巴拉克点了点头。"不久之前有人把这封信送到这里。"他从衣袋里掏出一封盖有伯爵印章的信递给我。我接过一看,信上只有寥寥几句话,字迹工整,显然是出自格雷的手笔:

克伦威尔大人已经收到你们的消息了。他今天会面见国王,等有需要的时候,他自然会联系你们。他感谢你们为这件事竭尽了全力。"

"这么说一切都结束了。"我压低声音说。我重新靠在椅背上,舒了一口长气。"伯爵也说他感谢我们。"

盖伊朝我走过来。他检查过我的嘴巴和眼睛,又对巴拉克做了同样的事。

"你们两个都没事了,"他说,"不过你们应该回家好好睡一觉。接下来几天你们会感到虚弱疲惫,但是不用担心,这都是正常现象。"

巴拉克说:"先生,我不会再和你吵架了。"

"我现在得回店里去了,还有病人等着我呢。"他朝我们鞠了一躬,转头向门口走去,他还是那副异国模样,一身连帽长袍,棕黑色的脸膛,灰黑色的头发打着卷,但是此时此刻,我却觉得他是我的兄弟。

"谢谢你,老朋友。"我轻声说。

他扬起手对着我笑了笑,这才走出去。"真是个长相奇怪的家伙,"站在一旁的巡官说,"我刚来这里的时候还以为我要抓的人是他呢。"我没有回应他。

门又开了,一个高高瘦瘦的男人走了进来,我认出他是治安官帕斯洛。他平常总是一副志得意满的样子,今天却拉着一张脸,显得很严肃。他行了个鞠躬礼,转身对约瑟夫说:"温特沃斯先生,我想你也许该去看看你弟弟。"

约瑟夫急忙站起来。"先生,我这就去。是不是他让您叫我去的?"

帕斯洛犹豫了。"不是,但我觉得他需要人陪着。"他把目光投向我,"夏雷克先生,看到你醒过来,我非常高兴。巡官把我叫到这里的时候,那场面把我惊呆了。"

"可以想象。你询问过埃德温爵士了吗?"

"问过了。他说他对他家人的所作所为毫不知情。我相信他没有说谎,那种备受打击、伤心绝望的样子应该不是装出来的。"帕斯洛摇了摇头,"可是有一件事很奇怪,那个老太太怎么会和一个区区一个管家有这么紧密的关系?"

"尼德勒是她的眼睛,这是她亲口说的。她需要他,毕竟如果没有其他人的帮助,一个瞎子是很脆弱的。"

"我们在酒窖里发现了这个。"帕斯洛把一个小玻璃瓶递给我,"你的药剂师朋友说里面装着浓度很高的颠茄。"

身体不由自主地想要发抖,我极力抑制住,把瓶子递还给他。

"先生,你明天能去老贝利法庭吗?"他问,"明天佛比泽尔法官将重新审判伊丽莎白·温特沃斯。如果你能出庭作证,一定会对她有帮助。"

"我会去。你觉得她明天会开口说话吗?"

"我觉得会。"

我露出一丝苦笑,看了巴拉克一眼。"现在整件事已经真相大白了,无论愿不愿意,她都做不成殉道者了。"我转头对约瑟夫说:"你明天上午十点能不能也去老贝利法庭?这样伊丽莎白被释放之后就可以直接受你的监护了。"

他点了点头。"好。真是谢谢你,先生,谢谢你为我们做的一切。"

我们随他走到客厅门口。对面有一个房间,透过半开的门,可以看到里面是一个陈设考究的卧室。在床边的一把椅子上,埃德温像尊石像一样一动不动地坐着,脸色苍白,面目浮肿。约瑟夫敲门走了进去。埃德温抬起头看着他,那双眼睛呆滞无神,虽然是在看他,但又好像什么都没看见。约瑟夫坐到床沿上,想要去握埃德温的手,可他猛地把手缩了回去。

"没事了,埃德温,"约瑟夫柔声说,"我在这里。我会尽我所能帮助你。"他又伸出了手,这次他弟弟任由他握住了自己的手。

第四十六章

我们回到家里。虽然觉得头重脚轻,我还是写了一份证词,好明天上庭时呈给佛比泽尔。只是在写的过程中我必须时不时地停下来休息一会儿。巴拉克的情况比我好不到哪儿去,但他也写了。我把他的证词读了一遍,说句真心话,这篇证词的水平高得出乎我的意料,字迹非常公正,文辞也非常流畅,看来他在教会学校学得不错,而且他呈给克伦威尔的报告都是由他亲自动笔,对写作水平也是一种锻炼。写完后我们吃了晚饭,像昨天晚上一样疲惫地上楼睡觉去了。身子一沾床铺,我立刻沉沉地睡了过去。

天亮之后克伦威尔还是没有再送消息来。今天是六月十号,无论是温特沃斯案还是希腊火事件,都该画上句号了。吃早饭的时候,我朝窗外看了一眼。天依旧阴沉沉的,外面起了一点儿雾。为国王举行的演练就安排在今天,如果真的有希腊火的话,在这样一个灰暗潮湿的早晨,那场面一定会比以往更惊心动魄。

"我们该走了,"巴拉克说,"你支撑得住吗?"

"勉强可以。只是手脚有点儿发抖,喉咙很干。"我努力站了起来,"走吧。辛苦了这么多天就是为了今天,我们最好不要迟到。"

我们到达老贝利法庭的时候,一切已经准备就绪了。帕斯洛——昨天那个巡官,和三个神情焦虑的温特沃斯家仆人已经等候在外厅,帕斯洛拿出一叠证词让我过目。约瑟夫站在他身边,脸色依然很苍白,不过神态比昨天镇定多了。对他而言,这着实是个皮洛士式胜利①。

我挽住他的手臂:"约瑟夫,你准备好了吗?"

---

① 西方谚语,意指代价高昂或得不偿失的胜利。

"准备好了。埃德温不能来了,他的状态很糟糕。"

"我能理解。而且他昨天并不在场,并没有直接的证据可给,来不来都没关系。"

"昨天晚上我一直陪着他。我想他会原谅我的。他现在只有我了。"

"我想试着劝说他去农场和我一起生活。我会带着伊丽莎白回到那里。那里对他们两个来说都是一个既熟悉又亲切的地方,至少有一些美好的回忆。"

"是啊,离开伦敦也许更好。等这个新闻一流传出去,编小册子的人又有得忙了。那些该死的家伙最擅长往别人的伤口上撒盐。"我问帕斯洛:"我们的案子是不是要和其余的案子一起审?"

他摇了摇头。"不是。我已经见过法官了,他说因为我们的事只涉及伊丽莎白无罪释放的问题,所以等我们全都到齐了,到他的办公室去见他就行。"

我深吸了一口气。"那我们就去吧。看,他的书记员在那边。"我看到佛比泽尔那个矮矮胖胖的书记员正在法庭上忙碌着。我回想起那天他把佛比泽尔改变主意的消息告诉我时的情景,他刚刚离开,巴拉克就以一种莽撞的姿态闯入了我的生活。

帕斯洛、约瑟夫和巴拉克陪我进了法官办公室。佛比泽尔已经穿好了红色法官袍,端坐于一张桌后,桌上一摞摞文件堆得整整齐齐。他冷冷地看着我们,目光在巴拉克身上停留了一会儿,接着伸出手打了个响指。

"把证词呈上来。"

我把证词交给了他。佛比泽尔浏览着证词,脸上毫无表情,偶尔也会停下来,皱起眉头仔细查看某一处文字。我知道这只不过是走过场而已,他已经从帕斯洛嘴里听到了整件事的经过,除了释放伊丽莎白,他没有第二个选择。他终于看完了,把整叠证词竖起来垛了垛,让纸页边缘平齐,然后哼了一声。

第四十六章

"这么说她终究是无辜的。"他说。

我回答:"是。"

"但她仍然该受重石压迫处罚,"他冷冷地说,"对一个胆敢拒绝接受陪审团审判的人,这种惩罚是合理的,也是非常公正的。"他摸了摸灰白的胡须,摆出一副沉思默想的模样。

"我一直在考虑要不要罚她在地牢里多呆几天,以作为对她藐视法庭的惩罚。"他把目光投向约瑟夫,后者的脸上已经没有了血色。我难以抑制住心里的不悦,这真是太不讲理了,纯粹是为了报复巴拉克当初以克伦威尔名义对他施压的事。佛比泽尔耸了耸肩。"不过我今天上午要审的案子已经够多了,没空把她带回法庭再审一遍。我会放她走。但不是现在,至少要等到她的家人受审为止——到时候她得上庭作证。"

我平静地说:"谢谢你,大人。"

佛比泽尔从文件堆里抽出一张纸,我看了一眼,原来他早就把释放令准备好了。他拿起羽毛笔在上面签字,下唇微微一撇,又来了,这个轻蔑的表情真是够讨厌。签好之后,他把释放令丢在桌上,向我这边一推。

"拿去吧,夏雷克律师。"我伸手要拿,可他却伸出两指按住释放令的边缘。我抬起头直视他的眼睛,他眼中闪动着冷酷而愤怒的光芒。

"以后不要再来招惹我,律师,"他压低声音说,"又或者你将来如果卷入什么政治风波落到我手里,我一定会扒了你的皮。"他抬起手指,我一把抓过释放令,站直身子向他行个鞠躬礼。我们几个人默默地走出了办公室。

出来之后,帕斯洛惊讶地摇了摇头:"我还以为他看到冤屈得雪、一个女孩儿避免了惨死的命运会非常高兴呢。他真是个怪人。"

"那个混蛋不喜欢别人否定他的权威。"巴拉克说。他已经坐在了一条长椅上,整个人看上去仍然虚弱苍白。我正累得慌,一看他坐了,也走过去坐在他身边。

553

Dark Fire

"谁否定他的权威了?"帕斯洛皱起眉头看着我们,"他说卷入政治风波又是什么意思?"

我随口敷衍道:"天晓得他是什么意思。帕斯洛先生,我非常感谢你的帮助。我知道你很忙,就不留你了。"

治安官转身走了。我瞪了巴拉克一眼。"你差点给我惹出大麻烦!帕斯洛是出了名的爱传闲话,要是你告诉他克伦威尔命令你逼迫佛比泽尔改变主意,救下了伊丽莎白,这个故事明天就会变成成百上千本小册子畅销全城,到时候佛比泽尔一定会说到做到扒了我的皮。"最后我沮丧地加了一句:"如果我以后再撞到他手里,他会想方设法整死我的。"

"律师们都爱传播小道消息,这难道是我的错吗?顺便告诉你一句,我现在已经精疲力竭了,我要上床休息。"

"可是先生,"约瑟夫焦急地问,"他说的政治风波到底是什么意思?"

我不知道该怎样回答他。可是转念一想,既然佛比泽尔都知道了,约瑟夫为什么不能知道呢。"巴拉克和我卷入了——不是,是为克伦威尔大人做了一件事。这件事非常重要,这就是我没多少时间来管伊丽莎白的原因。佛比泽尔之所以肯暂时放过伊丽莎白,也是迫于克伦威尔大人的压力。但是请你一定不要把这件事告诉别人。"

他点了点头。"放心吧先生,我不会说出去。"他说完又摇头。"原来是伯爵救了伊丽莎白。愿上帝保佑他,愿上帝保佑他的改革事业。"

我把释放令递给他。"给,把这个拿到纽盖特监狱去,伊丽莎白就能出来了。要不要我们和你一起去?"

他笑了。"先生,这件事我想我还是一个人做比较好。希望你不要介意。"

"我明白。"

巴拉克和我目送他离开老贝利法庭,那份珍贵的文件被他紧紧地攥在手里。

第四十六章

"好了!"我说,"一切都结束了。你现在打算做什么?我得回林肯律师学院一趟,这段时间积下了好多工作。"我仔细端详着他的脸,突然意识到分别的那一天离我们不远了,虽然他这个人有数不清的坏习惯,但我将来一定会想念他。

他犹犹豫豫地说:"要不然我跟你一起去大法官法庭街吧?收不到伯爵的消息,我这颗心始终放不下。睡是睡不着了,也没心思去做其他事情。"

"那好吧。我也有同样的感觉。"

"但愿能有新的消息。"

"林肯律师学院说不定有伯爵送去的信。我们应该去看看。"

他打量着我的脸。"其实你是真心希望伯爵能赢的,是不是?你一直叫他克伦威尔,而且说起他的时候,声音里时不时地流露出紧张和焦急。"

"是啊。我虽然不希望他得到希腊火,但也不希望他倒台。如果诺福克上了台,形势只会更糟糕。所以我和欧娜夫人不太一样,她是个中立者,对两方都不怎么关心。"我犹豫了一下,还是把心里话说了出来,"你知道吗,在仓库里我曾经怀疑过她,就在托奇他们提到整件事的幕后操纵者是个贵族的时候。后来诺福克走了进来,我当时的心情简直可以用'如释重负'来形容。"我叹了口气。"要是我破案的速度再快一点儿就好了,说不定还能救回几条人命。"

"我们两个的对手可是诺福克和他手下那群如狼似虎的家伙,能活下来都是奇迹。大部分功劳应该算你的,无论是这件事还是给伊丽莎白找回公道的事。"

"也许吧。"

不远处传来一阵铁链摩擦地面的声音,听了让人牙酸。我们转头看去,一队衣衫褴褛的重罪犯被几个横眉立目的治安官带着穿过大厅,一个个蓬头垢面,浑身发抖。他们从我们身边经过的时候,我闻到一股浓烈的

Dark Fire

酸臭气,这是监狱特有的气味。他们一走进法庭,大门立刻在身后关上了。我们立在原地,谁都没有说话。我想到了驶往泰伯恩刑场的囚车,想到了公正与不公,这两个截然不同的词语却总是叫人难以分辨。良久,我们才慢慢走出法庭来到大街上。能离开那个地方,真是一件令人高兴的事。

林肯律师学院也没有克伦威尔的信。斯凯利伏在桌上抄写东西,虽然看文件的时候两只眼睛还是得费劲地眯着,但是神态已经远远没有从前那么紧张了。不过戈弗雷不知道上哪儿去了。我走进他的办公室,在他的办公桌上发现了一摞叠得整整齐齐的文件,文件顶上放着一张便条,写明是留给我的。

劳烦你接收我的案子,我相信你会尽力让我的顾客满意。我应得的那份劳务费就先不拿了,等有机会我会送消息给你,告诉你把钱寄到什么地方。我和几个朋友打算到城镇去传道,不过我们必须得提防那些治安官——我想我现在还是不要告诉你我在哪里的好。

你的同行和教友,戈弗雷·威尔怀特

我叹了口气。"看来他真的走了。"我开始查看桌上的案卷。一切都被整理得井井有条,戈弗雷还在每份案卷卷首附上了纸条,把要做的事一件件列了出来。我退出戈弗雷的办公室,回到外间。巴拉克坐在椅子上望着窗外,脸色很阴沉。我走过去坐在他身边,虽然休息了一整晚,我的腿仍然提不起力气。我突然心头火起,克伦威尔到底在干什么,为什么要让我们干等着?不过巴拉克说得对,我们只不过是无足轻重的小人物。

他忽然说:"那个混蛋在那边。"边说边把头一歪,我朝着他歪头的方

第四十六章

向看去,斯蒂芬·布里克纳普正穿过院子。一阵声响让他停住了脚步,惊恐地扫视着四周。

我哈哈大笑。"我们去帮帮他吧,否则他总有一天会自己吓死自己。"

巴拉克陪着我走进院子。一看到我们,布里克纳普急急忙忙地跑了过来。"夏雷克律师,有什么消息没有?"这个无赖神色惶急,淡蓝色的眼睛里流露出恳求之色。

"布里克纳普,你不需要再害怕了,"我笑着说,"希腊火的事已经解决了。你现在很安全。"

他紧绷的肩膀一下子松了下来,长长地舒了一口气。"到底发生什么事了?"他问道,眼睛里满满的都是好奇,"谁是幕后主使?克伦威尔大人得到希腊火了吗?"

我扬手示意他别再问了。"律师,这些事是机密。我只能告诉你你已经安全了,可以继续正常的生活。"

他眯起眼睛。"那和我房产有关的那个案子呢?现在你已经知道这个案子关系到里奇爵士的利益了,你会放手吗?"无赖果然是无赖,前一刻还战战兢兢,这才刚好,贪婪的本性就又冒头了。

"凭什么,我绝不会放手。"我斩钉截铁地回答,"我仍然是市议会的代理律师。我会去大法官法庭打这个官司。"我决定豁出去了,就连克伦威尔也阻止不了我。他欠我太多了。

布里克纳普挺直了身子,一脸的不高兴。"你居然要把一个律师同行告上法庭!你的行径太可耻了,我一定会让所有人都知道这件事。"他突然恼怒地提高了声音:"律师,其实你大可不必这样做。法律体系的运作对我们是有利的,如果一个人选择一条捷径,就能以最少的努力换得最多的黄金。"

我想起圣迈克尔方济会修道院里那些用木板搭成的小房间,居住在那里的人不得不使用那个臭气熏天的粪坑,坑里的脏水甚至渗到了隔壁的房子里。自从修道院解散以后，这种经修道院建筑改造而来的公寓像雨后的蘑菇一样遍布伦敦城，居住条件都很糟糕。

"布里克纳普，你简直罪不可恕！"我气愤地说，"我会尽全力和你周旋到底！"

这时巴拉克推了我一下，我转过头去，一个男人穿过学院大门朝我们跑来，一张脸跑得通红，居然是约瑟夫。他在我们跟前停了下来，喘得上气不接下气。一种难言的恐惧突然涌上我的心头。

我问："是不是伊丽莎白——"

他摇了摇头。"她现在好好地呆在我住的旅馆里。可是我在城里听人说——"

"说什么了？"

他颤抖着吸了一口气。"克伦威尔大人垮台了！"

"什么！"

"这个消息是刚刚才宣布的。他今天一早在议事桌上被捕，罪名是叛国。他现在已经被押送到伦敦塔了。听说他的财产全都被抄了，你应该知道这意味着什么。"

"意味着被剥夺财产和公民权。"我说。我平时能说会道，但此刻两片嘴唇就像有千钧重，让我难以张开，想必它们现在已经没有血色了吧。"他将不经审判就被处刑。"

"听说诺福克公爵亲手把官印从他脖子上扯了下来。他是在议事桌上被捕的。他那一派的人全都被抓了，包括怀亚特①！"

我一把搂住约瑟夫的肩膀，带着他离开了。布里克纳普瞪大眼睛站在原地，突然猛地一转身，急匆匆地跑进大礼堂散布消息去了。

"先生，我当时的第一反应就是应该马上赶来通知你。"约瑟夫说，

---

① 托马斯·怀亚特，英国诗人，克伦威尔是他的挚友和资助人。

第四十六章

"你今天早上跟我说了那件事,我觉得——觉得你可能会有危险——"

我转头对巴拉克说:"我们的信怎么会没起作用?格雷明明说克伦威尔已经收到了,被抓的该是诺福克才对——"

约瑟夫插嘴问:"你说格雷先生?伯爵的秘书?"

"是啊。他怎么了?"

"听说他改变立场,交出了对伯爵不利的证据。除了他之外,还有不少人也这么做的,十个人里起码有五个背叛了伯爵。但是国会里没有一个肯站出来为他说句话,就连克兰麦也没有。"他握紧了拳头,"这些混蛋。"

"格雷!"巴拉克低呼一声,"这个混账东西!他根本没把信送给伯爵,甚至一开始就没把信交给汉福尔德。一直以来把我们的一举一动泄露给诺福克一伙的人就是他!"

我苦笑了一声。"我认识格雷很多年了,我一直以为不可能是他,没想到——噢,巴拉克,当初猜想谁在和我们作对的时候,我们就该想到这个人是朝中的大臣,只有身在那个大染缸里的人才有这样的势力,这样的野心。"我靠在墙上,努力压下心中的悲伤,"我们最后还是失败了。赢的是诺福克。"

巴拉克目不转睛地看着我:"而且我们现在的处境很危险。"

第四十七章

"你能肯定克伦威尔真的被抓了吗?"我问约瑟夫。我的心跳得和昨天中毒时一样快。

"我能肯定。我从纽盖特监狱出来的时候,街上的人都在谈论这件事。"他咬了咬嘴唇,"真是太可怕了。"

"大家有什么反应?"

"大多数人好像很高兴,说伯爵终于垮台了。他们怎么能这么说呢,伯爵所做的一切都是为了在英国树立真正的信仰啊。不过另一些人很害怕,说将来指不定会出什么祸事。"

"他们有提到诺福克公爵吗?"

"没有,完全没有。"

我看着巴拉克:"这么说国王并没有让他取代克伦威尔的位置,或者说暂时还没有。"

约瑟夫难以置信地说:"叛国。他们凭什么说伯爵叛国?国王身边的大臣有哪一个比他忠心——"

"这只不过是借口罢了!"我痛苦地说,"一个把他赶下台、关进伦敦塔的借口。如果国王只是想当着国会众人的面剥夺他的公民权,根本就不需要给他安上叛国的罪名,国王一定是想置他于死地。"

"他终究还是失去了国王的宠信。"巴拉克说,他的语速很慢,语气很严肃,完全不像平时的他。"他一直担心会有这一天。可是他没看到这一天正离他越来越近,格雷那个小人最终倒比他更清楚地看出了风往哪儿吹。"他一脸认真地看着我。他脸色苍白,惊魂未定,思路却很清晰。"我

第四十七章

们必须离开这里，"他的语速变得很快，"我们两个人。朝廷如果真的在抓捕伯爵一派，对诺福克来说无疑是个绝佳的机会，他一定会趁机除掉我们，好让我们永远不能把他的秘密说出去。"

约瑟夫好奇地问："秘密？什么秘密？"

我回答他："你还是别知道的好。"我透过窗户凝视着学院大门，想象一群骑手闯进大门把我们也抓走，关进伦敦塔去的画面。不过诺福克应该不会明目张胆地抓我们，他更可能派像托奇那样的暴徒乘夜偷袭，把我们乱刀捅死。我回头看着巴拉克。

"杰克，你说得对，我们留在伦敦不安全。哎，格雷。我的上帝啊，他在成为克伦威尔的秘书之前是个律师。"

"然后在当律师的时候学会了掩藏真实的情绪。"巴拉克皱了皱眉头，"那他为什么不杀死凯奇恩和格里斯特伍德夫人呢？他明明知道他们在哪里。"

"他差不多是唯一知道他们藏身地点的人。如果他们被杀了，我们肯定会怀疑到他头上。而且他们已经把知道的事全都告诉我们了。他们也是知情人，但愿这次他们能逃过一劫吧。"

巴拉克摇了摇头。"我们现在不能随随便便出去，能上哪儿打听他们的消息呢？"

"可是你们俩准备去哪里呢？"约瑟夫问。

"我会到埃塞克斯的朋友家躲几天。"巴拉克回答。他转过头问我："你可以回你爸爸家——我记得在利奇菲尔德，我没记错吧？"

我点了点头。"对，那里是最安全的地方。看来我终究要在乡下逗留一段时间了。约瑟夫，你也应该马上离开。要是布里克纳普没看到你来找我们就好了。"

约瑟夫把目光投向大门，一个身穿国王侍从服的信使正在门口下马，刚一站稳脚跟，他立刻朝大礼堂方向跑去。"他是来给律师们送消息的。"

我说。

巴拉克急忙说:"我得走了。"

"你现在的身体状况适合赶路吗?"

"没问题。"

他用一双明亮的黑眼睛注视着我,突然伸出右手握住了我的手。我惊讶地发现他的双眼竟然浸满了泪水。"我们出色地完成了使命,是吗?"他说,"你和我都已经尽力了吧?"

我也紧紧地握住了他的手。"是的,我们都尽力了。谢谢你,巴拉克,谢谢你所做的一切。"

他点了点头,拉下帽子挡住脸,快步穿过院子往大门方向去了。信使已经进入礼堂。我突然觉得很孤独,从现在开始,不会再有人时时刻刻保护我了。我重重地坐到一条长椅上。

约瑟夫低声问:"夏雷克先生,你真的陷入危险了吗?"

"很有可能。我现在不能留在这里了,我得回家收拾点儿东西,赶紧骑马离开。但是临走之前我必须去见一个人。"我握住了他的手,"走吧,约瑟夫,马上走。带伊丽莎白和你弟弟回埃塞克斯去。"

他也用力握住了我的手。"谢谢你,先生,谢谢你救了伊丽莎白。你的大恩大德我永远不会忘记。"

我点了点头,一时不知道该说什么。

"如果有人问起,我会说我不知道你上哪儿去了。"

"这样最好。谢谢你,约瑟夫。"

震耳的钟声突然穿透清晨的雾气,回荡在学院中,提醒学院成员们去大礼堂集合。我看到布里克纳普夹在人群中间宣布新闻,一张脸涨得通红,为自己赶在所有人之前得知了这个重大消息而得意。我站起来,暗暗积蓄起身体里剩余的所有力气,举步朝我的办公室走去。

第四十七章

我给斯凯利留了一些钱，又写下一张便条，嘱咐他把戈弗雷和我的案子转交给我信任的几个律师。

我在便条结尾处写道："我这一走不知道什么时候能回来。"写完这句话，我趁所有人都在礼拜堂里的机会悄悄溜出了学院，快步回到家里。琼出去了，西蒙也不在，想必是被她带出去打下手了。在这个宁静的早晨，整栋房子静悄悄的，里里外外只有我一个人。我很庆幸自己不必向她解释这场迫于无奈的逃亡。

我从我房间的储物柜里拿了些钱，写下一张字条，说明剩下的钱都留给她。接着我来到马厩。巴拉克的母马苏姬已经不见了，不过"起源"仍然安安静静地站在它的隔间里。我拍了拍它的脖子。"伙计，我想从今往后我们两个可能是分不开了。克伦威尔大人一定不希望你回去。"

提到克伦威尔，悲伤突然像潮水一样涌上我的心头。我想到在一场改革者聚会中第一次见到他的情景，虽然已经超过十五年了，一幕幕画面仍然那样清晰。他对改革的热忱，他的聪明智慧，还有那坚强的品性和无穷的活力把我吸引住了。随着他一步步登上权力的高峰，他成了我的资助人，支持着我的事业，直到他的冷酷残忍让我灰心失望。三年前我和他分道扬镳，现在他大难临头，我最终还是救不了他。也许从国王厌弃克里维斯的安妮开始，他就注定会有这一天，但我还是把头靠在"起源"的肚子上，为他流下了眼泪。这个曾经权倾朝野、不可一世的男人被关进了伦敦塔，过去他曾经把许许多多的敌人送进那里，现在自己却沦为了阶下囚。

"对不起！"我流着泪大声说，"对不起。"

我对自己说，振作起来吧，再不走就来不及了。我用衣袖把脸上的泪水尽可能擦干，骑上马往城里赶去。我还有一件事要做。

约瑟夫说得没错，克伦威尔垮台的消息已经传遍全城，每个人都在议论。我看着这些人的面孔，看到最多的表情就是恐惧。尽管手段残忍，但是在这个动荡的时代，克伦威尔毕竟成功维持了社会的稳定。而且伦敦是一座改革派占上风的城市，如果朝廷要在伦敦恢复天主教，市民们一定不会欢迎。我听到一个人说："国王要娶凯瑟琳·霍华德啦！"我迅速转头一看，原来说这话的是个学徒，他根本不可能知道什么确切消息，只是在信口胡吹罢了。一个牧师被一群国王卫兵推搡着走下教堂台阶，他肯定是个新教徒。围观的人群沉默地注视着这一切。我赶紧拨转马头离开了。我猛然意识到这些年来我是多么的自以为是。因为曾经极力拥护改革，所以我一直理所当然地以为伦敦对我来说是个安全的地方，哪怕后来失去了改革热情，这个想法也没有改变。此时此刻，我忽然感觉到脆弱和无助。我终于明白了盖伊生活在这里的感受。

玻璃屋外一片喧哗。一辆由四匹马拉的黑色马车停在大门口，仆人们正忙着把大大小小的箱子盒子往马车上搬。我下了马，问其中一个人欧娜夫人在不在家。

"请问您是谁——哎，你不能就这么进去！"虽然知道不礼貌，但我已经等不及让他通报了。我把"起源"拴在栏杆上，快步走进大门。一个侍女抱着一大堆丝绸裙子吃力地走了过来，我闪身避开她，跑上楼梯进入客厅。

欧娜夫人站在壁炉前，拿着一张列了一长串条目的单子核对，一对仆人正抬着另一个箱子走出门外。她今天穿了一条轻便的裙子，是夏天出远门时穿的款式。

我轻声唤道："欧娜夫人。"

她好像被我的声音吓了一跳，接着脸颊慢慢染上了红晕。"马修。我

第四十七章

没想到——"

"你要离开这里?"

"是啊,回乡下去,今天就动身。难道你没听说——"

"我听说了。克伦威尔大人垮台了。"

"我朝中的一个朋友给我送来消息,说公爵知道了我在希腊火事件上帮过克伦威尔,对我非常不满。"她的语气突然变得严厉尖刻,"具体地说,是知道我帮过你。"

"你明明什么都没做——"

她苦笑一声。"好了,马修,我们之间发生了什么,我们两个人是最清楚的。你说一个人遇到危险时候应该怎么办?我的座上宾客中有好几个被抓了,我朋友建议我最好消失一段时间,到我娘家的庄园避避风头,直到新的政治体系稳定下来。"

"这么说诺福克已经大权在握了。"

"国王和克里维斯的安妮离婚,准备迎娶凯瑟琳·霍华德的消息可能会在几天之后公之于众。"

"我的上帝啊。"

"我真希望我从来没有遇上你,没有任凭你把我牵扯进这件事!"她突然恼怒起来,"这下好了,我以后只能躲在林肯郡发霉,我长得再美,再有学问,再与众不同,又有什么用!"

我此刻的表情一定很痛苦,因为她的脸色缓和下来了。"真对不起,只是家里现在乱成一团,让我觉得心烦。要安排的事太多了。"这时她看到我缠着绷带的手腕,"你的手腕怎么了?"

"没什么大碍。我也要走了。到中部去。"

她仔细端详着我的脸,然后点了点头。"我明白了。对,你也必须走。那个姓温特沃斯的女孩子怎么样了?"

"她被无罪释放了。"我叹了口气,"我最终找到了希腊火事件的答案,可惜已经太迟了，终究救不了克伦威尔。"

她抬手示意我别说了。"不，马修，你不能再告诉我更多了。"

"当然了，我很抱歉。欧娜——"

她露出一丝冷笑，带着她独有的端庄与风情："难道从今以后，我不再是一位贵夫人了？"

"你永远是。不过——"我根本没有斟字酌句，许多话就脱口而出，"我们既然都要去中部，不如结伴而行吧。我们可以一起骑马赶路，到了北安普敦再分手。我想我们是不会分别太久的。现在是夏天，道路状况不太糟糕。也许我们可以约个地方见面——"

她的脸唰地红了。她站在离我三步远的地方，我抬脚向她走去。我现在已经不需要额外的勇气了。可她扬手制止了我。

"不，马修，"她柔声说，"不要这样。我很抱歉。"

我难过地吐了一口长气。"难道是因为我的外表——"

没等我说完，她突然走到我身边，挽住了我的手臂。我凝视着她的脸。

"在我眼里，你的外表英俊极了。我一直是这么认为的。你相貌堂堂，不输给任何一名贵族。那天在河边我就想把这句话告诉你，但是——"她停住了，小心地斟酌着合适的字眼，"你记不记得我曾经说过，只有某些特别出色的人，才能摆脱原有的身份，进入更高的社会阶层？"

我焦急地说："阶层，什么阶层？如果你希望我——"

她摇着头说："阶层意味着一切。我来自沃恩家族。我曾经很高兴能认识你，因为你是一个特别出色的人，有希望进入更高的社会阶层，就像我死去的丈夫一样。可是你现在没有希望了，你从前的效忠对象是克伦威尔，如今统治这个国家的新势力是他的敌人。而我是不可能降低身份和你在一起的，马修。"她又摇了摇头。

我失望地说："这么说你从来没有爱过我。"

第四十七章

她笑了,笑得很悲伤。"爱情只不过是小孩子的浪漫幻想。"

"真的吗?"

"真的。没错,我欣赏过你,喜欢过你,可是沃恩家族的前途才是最重要的。如果你出身名门,拥有高贵的血统,你一定会理解我。"她深情地看了我最后一眼,"可惜你永远不会。再见了,马修,保重。"她决然地转过身去,随着裙摆拖地的窸窣声,她走出客厅,消失在我的视线里。

一个小时以后,我骑马出了跛子门。等着出城门的民众排成了长龙,一个个神色慌张。一队国王卫兵在城门口张贴告示,我起初害怕会被拦住,幸好后来顺利地通过了。

午后的天空依旧阴沉。我经过肖迪奇和芬斯伯里草地,草地上的风车转啊转啊,好像永远不会停下来。我一路马不停蹄,直走到汉普斯特德荒野才勒住了马缰。四下一看,只见一条弯弯曲曲的小路伸入茂密的草丛,我纵马踏上这条小路,转头回望着伦敦城。伦敦塔巨大的轮廓依稀可辨,克伦威尔现在被囚禁在那里;泰晤士河从旁边奔流而过。从这里看过去,伦敦城显得异常宁静,它更像一幅活人画①,而不是一座处于恐慌边缘的城市。但我知道真实的伦敦是什么样子,那是一个残酷的世界,上等人和下等人之间泾渭分明,隔着难以逾越的鸿沟。我觉得身心俱疲,很想躺在草地上睡一觉,但我知道不可以。我深吸了一口气,拍了拍"起源"的脖颈。"好马儿,我们还有很长一段路要赶呢。"我说着,回过头一夹马腹,"起源"撒开四蹄,飞快地向北驰去。

---

① 欧洲一种戏剧形式,指舞台上活人扮的静态画面。

尾声

1540 年 7 月 30 日

我从大法官法庭街走到圣殿阶梯，一边走一边观察四周，想看看这座城市有没有发生什么变化，因为我已经离开了差不多两个月了。城里仍然很热闹，人们像从前一样各忙各的，不过街上的人明显比平时要少，因为有传言说伦敦东郊暴发了瘟疫，据我所知很多律师都离城避祸去了。留在这里的人今天有双重好戏可看，一场在泰伯恩刑场，一场在史密斯菲尔德。

几天前巴拉克给我写来一封信。信的内容简明扼要。

夏雷克先生：

我已经回到伦敦了。我有几个朋友在做国王的侍从，我从他们那儿打听到了消息，说我和你也许可以平安返回伦敦。克伦威尔大人被判了死刑，不过他的支持者不会受到牵连，除非有大逆不道的行为。怀亚特和大人其他的朋友已经被释放了，留在监狱里的只有一些最顽固的改革者。如果你愿意回伦敦来见我，我很乐意告诉你更多。你之前受了伤又中了毒，希望你现在已经完全康复了。

杰克·巴拉克

尾声

其实他在信上说的这些消息，我在中部已经听说了。朝廷对新教徒的迫害没有大家想象中那么残酷，不过教会对路德宗发出了比以往任何一次都要强烈的警告。而就在今天，三个新教传教士将在史密斯菲尔德被烧死，其中包括克伦威尔的朋友巴恩斯。在今天的同一时刻，三个天主教徒也将在泰恩伯刑场被凌迟处死，他们首先会受绞刑，等到被吊得奄奄一息，再被剖腹挖心，大卸八块。这一连串看似矛盾的事件表明国王现在并不想让任何一派占上风，即使克伦威尔垮台了，这个国家也是不会回到罗马教廷的统治之下的。出乎所有人意料的是，大主教克兰麦居然在这场风暴中保住了他的位子。不过教会虽然迅速批准了国王和克里维斯的安妮离婚，迎娶凯瑟琳·霍华德一事势在必行，但国王始终没有委派诺福克和其他任何人接替克伦威尔的位置。克伦威尔的办公室被解散了，人员被分派到其他机构，有传言说登基近三十年的亨利国王如今想亲自主政，不再需要首席大臣。公爵机关算尽，到头来只是白忙活一场，可以想象他心里有多么失望。

我是在今天早上抵达伦敦的。回到家之后，我发现家里一切正常，不禁松了一口气。我离开这么久才回来，琼显得有点儿不高兴。我很理解她，在我离家前的两个星期，她一直为我担惊受怕，结果我还忽然不见了踪影，留她一个妇道人家在家里，她心里一定非常害怕。为了求得她的原谅，我诚恳地向她保证我的生活已经恢复了正常的轨迹，她以后不用再为我担心了。

昨天晚上我留宿在伯克汉斯德的一家旅馆里。吃晚饭的时候，我听到了克伦威尔被处死的消息。那个从伦敦来的男人说刽子手行刑的时候笨手笨脚，砍了好几下才砍断他的脖子。一个人大喊："但是一切终于结束了，这是最重要的事情！"其他人哈哈大笑。我在笑声中离开了座位，悄悄回到了楼上的房间。

来到河边后，我脱下帽子，擦去额头上的汗水。克伦威尔垮台后不久，高温天气又回来了，从那以后没有凉快过一天。我扫视着河阶。我在回信中要求巴拉克在河阶上等我，他果然等在那里。他的头发又长出来了，身上穿着他最好的那件绿背心，看上去很精神。那把长剑像往常一样悬在他的腰带上。他斜倚在矮墙上，和等船的人群隔着一点儿距离，专注地凝视着繁忙的河面。我轻轻拍了下他的肩膀，他回过头来，不再像从前那样咧着嘴笑，而是用严肃的目光看着我。良久，他伸出一只手："你还好吗？"

"我已经完全康复了，巴拉克。我这段时间过得很平静。你呢？"

"我嘛，我回到了'老驳船'，觉得住在那里挺好的。埃克塞斯对我来说太安静了，一眼望出去除了荒郊野外还是荒郊野外，看得我头都快大了。"

"我知道你的意思。"说句实在话，我和他的感受是一样的，在利奇菲尔德的这一个多月，把我对乡村生活的向往几乎消磨殆尽。在被太阳炙烤得焦枯的田野里漫步，听我父亲和他的管家不停地抱怨着天气时，我的心情越来越烦躁。就像巴拉克说的，一眼望出去，除了荒郊野外还是荒郊野外，看得我头都快大了。

"我们的旧主人两天前死了，你知道吗？"他的表情又变得严肃起来。

"我知道。"我刻意压低了声音，"我听说刽子手砍了好几次才砍下他的头。"

"没错，是我亲眼看到的。"他脸色阴沉，"他的头被扔进滚水里煮熟，钉在伦敦桥的一根木桩上，脸部是背对着伦敦城的，好让他从今往后再也看不到国王。但他死得很勇敢，就算到了行刑的最后一刻，他依然不承认自己有罪。"

"是啊，他是一个勇士。"我摇了摇头，"那些罪名太荒谬了，暗中策划阴谋，怂恿别国向国王开战？如果有人问我托马斯·克伦威尔这辈子做过什么尽忠职守的事，我一定会回答，为亨利·都铎效力。"

尾声

"国王已经不是第一次把叛国罪名加在他想摆脱的人身上了。那些人在议事桌上逮捕克伦威尔大人的时候,他大声喊道,'我不是叛国者!'还把自己的帽子扔到地上。然后诺福克一把扯下了他胸前的嘉德勋章。"

"对了,诺福克最近有什么动静?"我问,"你确定他不会来找我们的麻烦?"

"我确定。我有朋友在朝中做事,准确地说是替王室管理内务。诺福克已经亲自放出话来,说他不会动我们。他一直担心希腊火事件的内幕会泄露出去,所以我将计就计,暗示他如果我们中的任何一个有什么闪失,其他人就会知道这件事的真相。"

我斜视着他:"这么做太危险了。对我们两个来说都是。"

"只有这样才能保障我们的安全。相信我,我对这种事很在行。"

"你有没有听到凯奇恩的消息?或者格里斯特伍德夫人和她儿子的消息?"

"他们很安全。他们一听到克伦威尔垮台的消息,就和那个守房子的男人一起逃走了。我也不知道他们逃到哪里去了。"

我点了点头:"我会继续打听。"

他也点头:"你想做就去做吧。"

我走过去靠在矮墙上,这两天骑马骑得太久,后背的疼痛又发作了。他也背靠着矮墙,和我一起眺望着河面。我尽力不朝伦敦桥那边看。

"这次肃清力度比我预想的要轻,"我说,"虽然罗伯特·巴恩斯今天要被烧死。我这段时间没有听到戈弗雷的任何消息——我很为他担心。"我看着巴拉克。"而三个天主教徒今天会在泰伯恩被处死。"

巴拉克哼了一声。"无论诺福克想不想,国王是绝对不会让国家重回罗马教廷统治时代的。他太想做教会领袖了。"他最后轻声加了一句:"那个老混蛋。"他突然专注地看着我:"你说如果我们当初能及时猜出格雷是叛徒,克伦威尔大人是不是就不会死?"

我深深地叹了口气。"这一个多月以来，这个问题日日夜夜折磨着我。后来我终于想通了：在促成国王与克里维斯联姻一事上的失误已经使他泥足深陷，垮台是迟早的事。除非他愿意放弃安妮王后，放弃改革，可他绝不会那样做。"我凄然一笑，"我也不知道我想得对不对，但至少心里不那么难受了。"

"我想你是对的。"巴拉克说，"他的原则和信念最终杀死了他。"

"他也曾因为这些原则和信念杀了很多人。"

巴拉克摇了摇头，却没有说话。我们继续靠在墙上，默默地看着河面出神。我忽然看到一艘渡船朝河阶方向驶过来，坐在船头的两个人我再熟悉不过了。我推了推巴拉克："我还安排了其他人来这里和我们见面。他们想见你。"

"谁呀？"他迷惑地转过头，顺着我的目光看向那艘渡船。船靠岸了，约瑟夫·温特沃斯从船上跳了下来。他伸手拉住一个身穿黑裙，戴黑头巾的年轻女人，把她扶下了船。

巴拉克低呼一声："她是——"

我点了点头。"她是伊丽莎白。"

她一直低着头，脚步有点儿不稳，约瑟夫只好扶着她走上台阶。我赶紧迎了上去，巴拉克跟在我身后。

约瑟夫热情地握住我的手，向巴拉克鞠了一躬。"巴拉克先生，很高兴能见到你。我侄女想谢谢你们二位的救命之恩。"

巴拉克顿时不好意思起来，支支吾吾地说："我什么都没做，真的。"伊丽莎白抬起头。她的头发也长出来了，几缕卷曲的短发从头巾下面露了出来。这是我第一次在正常状态下看到她的脸，脸庞干干净净，全无污迹和伤痕。我必须承认这张脸非常美丽，但又充满了个性。她的绿眼睛里不再是呆滞茫然或突然冒出的凶光，眼神平静而清澈，只是带着无尽的悲伤。

尾声

约瑟夫抖着声音说:"不,先生,你为我们做了很多。"这时伊丽莎白紧紧握住了他的手,用清脆的声音说:"你冒险爬下那口可怕的井,还差点儿死在我奶奶手上。"她注视着巴拉克。"而你那天在监狱里对我说的那番话,让我明白默默忍受是毫无意义的——无论是对我还是对我可怜的叔叔。是你让我开始思考我以前从来没想过的事。"

巴拉克深深地鞠了一躬。"如果我做的这些真的帮到了你,那是我的荣幸。"

"我欠你们太多了。你们和约瑟夫伯伯一直对我不离不弃,而我却这么狠心地对待你们。"她嘴唇发颤,又垂下了头,仍然紧握着她伯父的手不放。

"忍受苦难不会使人变得更高尚,"我说,"那些令你受苦受难的人不但不会放过你,反而会反咬你一口。千万不要有愧疚感,伊丽莎白,因为愧疚是另一种形式的自我折磨。"她抬起头看着我,我伤感地笑了笑。"这对你没有好处。"

"先生,我明白了。"她颤抖着点了点头。约瑟夫拍了拍她的手。

"伊丽莎白的身体还没有恢复,情绪很不稳定。"他说,"她现在越来越依赖乡下淳朴宁静的生活,不想回伦敦来,但她今天坚持要和我一起来谢谢你们。"

"真是太感谢了。"我犹豫了一会儿,最终下定决心问:"你弟弟怎么样了?"

"自从萨宾犯下杀人罪的事被发现,和艾维斯一起被关进监狱之后,他深受刺激,情绪一直很低落。不过他花钱让她们姐妹俩住上了好牢房。他已经把沃尔布鲁克的宅子给卖了,打算不惜金钱求得国王的赦免。我每个星期都会来城里看看他。他现在很需要我。"他停顿了一会儿,迟疑片刻后又说:"我妈妈去世了,你知道吗?"

"我没有听说。"

"她被捕一个星期后就死了,死在纽盖特监狱。"

"是因为那天的跌倒吗?"

"不是。"他叹了口气,"我觉得是因为温特沃斯家名誉尽毁,她灰心绝望,不想再活下去了。"

我难过地点了点头。约瑟夫笑着对伊丽莎白说:"我想我们该走了。虽然之前已经说过了,但我还要再说一次:谢谢你们!"

他和伊丽莎白各自跟我们握手道别。伊丽莎白的手纤细瘦小,握在手里就像一只鸟爪。道完了别,约瑟夫带着她爬上河阶,朝圣殿街方向走去。我看着他们的背影,这才发现伊丽莎白如此消瘦,仿佛一株纤弱的小草,风一吹就会折断。

巴拉克问:"你觉得她会不会恢复过来?"

"我不知道。但她至少还有机会。"

"你有没有去见欧娜夫人?"他睁大眼睛看着我,毫不掩饰心里的好奇,"我听说她离开伦敦了。"

我哈哈一笑。"你的消息可真灵通。不,我以后不会再见欧娜夫人了。"

"为什么会这样呢?"

"社会地位的不同是我们之间无法解决的矛盾,"我沉重地说,"地位对她而言意味着一切,从这一点来说,她和温特沃斯老太太是一样的人。"我皱了皱眉头。"好了,我们别再说这些伤心事了。但是从今往后,我对那些正式的宴会和欢迎会不会再有兴趣了,我想我还是做个接零工的小律师比较好。"我叹了口气。"我又要回林肯律师学院做我的案子,查我的书啦。"我说着站了起来,"这回一定要把布里克纳普告上大法官法庭。"

"你要小心理查德·里奇。他可是布里克纳普的靠山,你这么做肯定会得罪他。"

"我会小心的。说句实在话,"我深吸了一口气,"我非常喜欢挑战强劲的对手,运用法律绳愆纠谬,匡扶正义。我相信我做得到。"

"斯凯利先生现在怎么样?"

"我今天早上看到他了。有了眼镜,他看得比从前清楚多了,不过动作还是相当慢。"我眺望着河水,轻声说:"我现在才明白,一个人压迫摧残另一个人原来是这么容易的事。人类不知不觉就会沉迷于这种罪恶当中,不能自拔。我压迫过斯凯利,伊丽莎白的家人对她施加过更恶劣的摧残。改革者们迫害过天主教徒,现在形势倒转,改革者们又成了受迫害的人。你害我,我害你,这样的事要到哪一天才算完?"我转头望着北方,那是史密斯菲尔德的方向。现在那里已经点起火来了吧,烟一定会升得很高,高得在大法官法庭街也能望见。要把活生生的人烧成灰,不多用点儿柴火怎么行呢?那些受刑的人该有多么痛苦啊。

"人们不应该让自己成为受害者。"巴拉克说。

"可他们常常身不由己。如果他们落入相当悲惨的境地,或者经常性地陷入困境,他们是救不了自己的。"

"也许吧。"

我看着他。这几天我心里一直翻来覆去地琢磨着一个打算。我不确定这个打算是好还是不好。

"现在我手上不仅有我自己的案子,还有戈弗雷的案子,这表示有一大堆工作等着我去做,而且将来还会更多。如今打官司的伦敦人越来越多了,我身边光有斯凯利已经不行了,我需要一个助手,一个能和我交流想法、帮我做一些调查工作的人。我想你现在正处于失业状态吧?"

他惊讶地看着我,但我是不会被他的表情给骗住的。我从一开始就猜出来了,他建议我回伦敦来见他,绝不仅仅是出于好心。

"我以后不会再替朝廷做事了。人人都知道我做过克伦威尔大人的手下,谁会雇佣我呢?"

"那你觉得替我做事怎么样?用你那三脚猫拉丁语能应付得过来吧?"

"我想应该可以。"

"你确定你想留在伦敦？有传言说伊斯灵顿暴发了瘟疫。"

他耸了耸肩，一副无所谓的样子："瘟疫年年都有。"

"替我工作有时候会很枯燥。你必须适应法律用语，学着理解它，而不是嘲笑它。你还必须改掉一些粗鲁的习气，学着用敬语和律师还有法官们说话。还有，以后不要一说到不喜欢的人就叫人家混蛋。"

"就算说到布里克纳普也不行？"

"布里克纳普可以例外。而且你必须称呼我先生。"

巴拉克紧咬嘴唇，皱了皱鼻子，仿佛内心在进行着天人交战。这一切当然全是假装的，我不用猜也知道他的套路，他一定会装出犹豫不决的样子，最后勉勉强强地答应我。我努力憋着笑。不行了不行了，再拖一会儿就要笑出来了。

他终于说："先生，我很乐意为你效劳。"接着他做了一件以前从来没做过的事。他向我鞠了一躬。

"太好了，"我说，"那咱们现在就走吧，到大法官法庭街去，看看我们能不能给这个腐朽的世界带来一点点规则——只要一点点就好。"

我们穿过圣殿律师学院，过了这个地方就到大法官法庭街了。远处的史密斯菲尔德想必正燃烧着熊熊烈火。滚滚河水从身后流过，流往下游的伦敦桥。桥面的木桩上钉着克伦威尔的头颅。夹在史密斯菲尔德和泰晤士河之间的这座城市如今动荡不安，它需要正义，也需要救赎。

历史说明

1540年的夏天是英国16世纪最炎热的夏天。就在这个夏天，托马斯·克伦威尔身为亨利八世首席大臣的地位受到了威胁。八年前，亨利八世与罗马教廷决裂，自立为英国教会最高领袖，开始大力推行宗教改革措施。由克伦威尔主导的解散修道院运动给亨利八世带来了巨大的财富，在这笔财富的鼓舞下，他纵容克伦威尔和大主教克兰麦终止了拉丁语仪式，并第一次发行了英文版《圣经》。

但是在30年代末期，形势发生了变化。亨利八世天性中的宗教保守主义逐渐抬头，他开始担心彻底推翻旧宗教阶层会导致世俗阶级结构的动摇，德国部分地区就是因此引发了动乱。1539年，亨利八世颁布了《取缔分歧意见六条款法案》，英国的宗教教义和礼仪开始出现倒退。

宗教改革使英国在欧洲陷入了前所未有的孤立，罗马教廷强烈要求两个主要的天主教国家——法国和西班牙联手攻占这个被异端控制的岛国，让天主教再次回归。异国入侵的阴影让亨利八世坐立不安，他耗费大量金钱征召年轻人入伍，在南部海岸修筑防御工事，还建立了一支海军。

为了巩固国内的改革成果，同时改变英国孤立无援的处境，克伦威尔打算从信奉德意志新教的各国中物色一位公主为亨利八世续弦。最后他选择了克里维斯的安妮，然而这个选择给他带来了灾难。国王从看到她的第一眼起就不喜欢她，声称自己绝不可能和她发生肉体关系。虽然同意了结婚，但满腹怨气的亨利八世一直想把误娶的责任归咎于某个人，最终把火撒到了促成这桩婚事的克伦威尔头上。此时另一件事的发生让这位首席大臣的处境更加难堪：新成立不久的法国—西班牙联盟破裂了，这两个天主教国家又恢复了传统的敌对状态,异国入侵的威胁消退了。

这时年近五十的国王迷上了凯瑟琳·霍华德,诺福克公爵年方少艾的侄女。诺福克身为朝中宗教保守派的领袖,长期以来一直是克伦威尔最危险的敌人。当国王试图与新婚不久的克里维斯的安妮离婚,迎娶凯瑟琳为他的第五任王后时,克伦威尔陷入了进退两难的境地。他曾经帮助国王摆脱阿拉贡的凯瑟琳和安妮·波琳,但他不可能帮助国王摆脱克里维斯的安妮,因为一个霍华德家的王后必然意味着他的权力和宗教改革将双双受到挑战。也许就像夏雷克推测的那样,如果克伦威尔帮助国王和克里维斯的安妮离婚,他或许可以保住性命,摆脱目前的困境——但他选择了极力保住这段婚姻,保住安妮的王后地位,这种行为可能触碰了国王的底线。

尽管如此,他于1540年6月10日在议事桌上戏剧性的意外被捕不仅震惊了同时代的人,也让历史学家们迷惑不已,他被捕的罪名是叛国,这显然是捏造的。我在书中把希腊火骗局描述为压垮克伦威尔的最后一根稻草,本故事虽然是完全虚构的,但却填补了这段历史空白。在真实的历史中,每一个人,包括理查德·里奇,都背叛了克伦威尔。格雷秘书是个虚构的角色,但像他这样的人一定多不胜数。

托马斯·克伦威尔于1540年7月28日被处死。亨利和克里维斯的安妮离了婚,后者为可以摆脱这段婚姻,离开这个可怕的丈夫而高兴。接着他在克伦威尔死后第二天秘密迎娶了凯瑟琳·霍华德——这是一段只维持了一年的短暂婚姻,以另一个让人毛骨悚然的悲剧收场。

然而罗马教廷重回英国的局面并没有发生。在余下的统治生涯里,亨利八世没有再任命首席大臣。他让改革派和保守派互相争斗,以此达到政治平衡的目的。克伦威尔被处死一年之后,国王开始抱怨自己被人蒙蔽,误杀了"我最忠诚的仆人"。在这一时期,诺福克公爵也失宠了。

历史说明

世人普遍认为希腊火是石油和某种树脂的混合物。关于这种原始的火焰喷射器的最早记录始于7世纪的君士坦丁堡之战，在那场战役中，拜占庭军队利用希腊火大败阿拉伯海军。拜占庭皇室对希腊火的制作方法极端保密，只能由上一任拜占庭皇帝传给下一任皇帝，以至于几个世纪后，连拜占庭人自己也不清楚希腊火是如何制作的了。但是希腊火巨大的威力仍然在学者中广泛流传。

当然了，就算文艺复兴时期的欧洲人重新发现了希腊火的制作和发射方法，这种武器也不可能得到运用，原因在于石油对当时的欧洲人来说是一种未知物质，而且所有潜藏着石油资源的地区都处于不断扩张的奥斯曼帝国的控制之下。反观彼时的欧洲，因为政治上的不统一而无法团结一致，后来的宗教矛盾更是让欧洲在16世纪陷入了内部混战，实力大大削弱。后来西欧恢复元气，社会发展实现了飞跃，与美国一起研制出许多武器。与这些武器相比，希腊火就像小孩子的玩具，已经没有复原的必要了。

后记

在创作本书的过程中,我收集创作素材的渠道是非常广泛的。写作初期,第四频道恰好在播放纪录片《被遗忘在历史长河中的机械之纵火船》(2003年版),在这部纪录片中,伯明翰大学的约翰·霍尔顿教授成功复原了希腊火和发射希腊火的装置。我在本书中描写的发射器械和配方正是参照了他的复原,在此我要感谢他,感谢这个节目。

此外许多研究都铎时代伦敦历史的著作也让我受益良多,其中尤以丽莎·皮卡德的《伊丽莎白的伦敦》(韦登菲尔德及尼科尔森联合出版社,2003年版)和加米尼·萨尔加多的《伊丽莎白一世时代的下层社会》(君王出版社,1977年版)为最。约翰·斯科菲尔德的《中世纪伦敦的房屋》(耶鲁大学出版社,1995年版)以及约翰·斯托的《伦敦大调查》(1598年初版;1999年格恩西出版社再版)把我带回都铎时代的伦敦,在城里的大街小巷中穿行。《伊丽莎白一世时代的伦敦风情》(哈利·马嘉里出版社,1979年版)使我得以跟随我的角色四处漫步。

约翰·H. 贝克先生的不朽之作《英国法制史》(巴特沃斯出版社,1971年版)是一部宝贵的法律史著作。阿德里安娜·梅约的《希腊火,毒箭和蝎子炸弹——古代的生化战争》(瞭望出版社,2003年版)对了解希腊火的历史很有帮助,而艾伦·G. 迪博斯的《文艺复兴时期的人与自然》(剑桥大学出版社,1978年版)向我展示了奇妙的中世纪炼金术世界。丽娜·嘉丁纳图文并茂的著作《圣巴塞洛缪修道院的故事》(工场出版社,1990年版)则是研究圣巴塞洛缪修道院的一座宝矿,让我得以全方位地了解这座从解散修道院运动中幸存下来的建筑瑰宝。不过这部书中提

后记

到的圣巴塞洛缪修道院埋葬逝者时要陪葬与逝者生平最有关联的物品的传统,是我虚构的。

我要感谢林肯律师学院财务部的詹姆斯·杜瓦先生,他带我参观了学院大礼堂;感谢伦敦犹太人博物馆的伯恩斯坦夫人,她指引我查找了有关英国犹太人历史和英国犹太人姓氏的资料;感谢塞尔登协会的维克多·汤克尔先生,他向我推荐了许多研究亨利八世时期法律的著作。这本书中如果出现任何谬误,都是我的责任,这一点是毋庸置疑的。

在筹备这本书的初期,我遭遇了一场严重的车祸。在此我要衷心感谢许多人,如果没有他们的帮助和鼓励,我想这本书很可能不会按时完成。首先我要把我的感谢送给麦克·霍姆斯和托尼·麦考利,在针对克伦威尔的阴谋要如何实施才合情合理上,他们给了我这个科学盲绝妙的建议。要是没有他们帮忙,我绝对会一片茫然,不知道从何下手。尤其要感谢麦克,若非经他指点,我不可能想到以当时根本无法找到石油的可靠替代品来为整个故事画上句号,试着用酒精做替代品的构想是托尼的主意,非常感谢他。

再次感谢麦克和托尼对我的帮助,同时也要感谢罗兹·布罗迪、简·金和威廉·肖百忙之中抽出时间阅读这本书的草稿,并向我提出宝贵的意见。感谢我的代理人安东尼·托平给予我的多方面的帮助和中肯的意见,感谢我的编辑玛丽亚·瑞杰塔、凯瑟琳·康特和莉斯·考恩出色的编辑校订。最后我要感谢替我将这本书录入电脑的弗兰西·劳伦斯,虽然把他排在最后,但是我对他的感谢绝不亚于上述诸位,我会永远记得他在我足不出户的时候为我到伦敦找书的好意。

《猎魔人》系列

作者：【波兰】安德烈·斯帕克沃斯基

译者：乌兰、小龙、赵琳 等

- 波兰国宝级奇幻系列，曾被作为国礼赠送给美国总统奥巴马！
- 经典游戏大作《巫师》系列原著小说，一切魅力的原点，猎魔人的故事从这里开始真正展开！
- 附地图及怪物图鉴，资料翔实，极具收藏价值！

他骑马从北方来，一头白发，满面风霜；
他是异乡客，也是猎魔人，以斩妖除魔为己任，
行走在现实与传说的迷雾之间！

绅士盗贼
新版重磅出击！

卷一　绅士盗贼拉莫瑞
卷二　红色天空红色海（上下册）
卷三　盗贼联盟（上下册）

[美]斯科特·林奇 / 著　　马 骁、姚向辉 / 译

女士们，先生们，
请注意你们的荷包，从未失手的盗贼团即将前来！

顺手牵羊，招摇撞骗，这些小把戏不足挂齿，
绅士盗贼洛克·拉莫瑞与他的伙伴们巧手伪装，
将要设下重重惊天骗局。

奇诡幻变的卡莫尔城，紫醉金迷的塔尔维拉，
他们乔装打扮，混迹于此。
一毛不拔的大贵族，押上性命的赌局，最不可能失守的金库……
哪有难题，能拦住绅士盗贼们的脚步？

面对生死抉择，同伴莫非即将成为夙敌？
爱恨纠葛，步步惊心，即将上演的是一场真正的好戏！

引爆欧美奇幻文坛，国内最受欢迎奇幻小说之一
荣登美国Goodreads书评网站最佳史诗奇幻榜

UNICORN
独 角 兽 书 系
分享与无趣相悖的话题
你的脑洞 超乎你想象